Antonia

Was ich Dir r

Antonia Richter

Was ich Dir nehmen will

Ein Fall für Tuulia Hollinder

Kriminalroman

Bibliografische Information der Deutschen Nationalbibliothek:
Die Deutsche Nationalbibliothek verzeichnet diese Publikation
in der Deutschen Nationalbibliografie; detaillierte bibliografische
Daten sind im Internet über http://dnb.dnb.de abrufbar.

-

1. Auflage
Deutsche Erstauflage Dezember 2019

© 2019 Antonia Richter
Antonia Richter
c/o AutorenServices.de
Birkenallee 24
36037 Fulda

© Cover- und Umschlaggestaltung: Laura Newman
- design.lauranewman.de -

gesetzt aus der EB Garamond
erstellt mit *SPBuchsatz*

Herstellung und Verlag:
BoD - Books on Demand, Norderstedt
ISBN: 9783750418547

www.antonia-richter.com

War dies der Tod? Sein Ende?

Um ihn herum war es dunkel. Er war blind und unfähig, seine Gliedmaßen zu bewegen. Es war, als ob ewige Nacht ihn einhüllte. Ihn fesselte und beinahe erstickte.

Die Panik war lebendig. Er spürte sie, wie sie erst leise prickelte, irgendwo da, wo sein Magen sein musste. Wie sie sich dann ausdehnte und missachtete, dass hier kein Raum für sie war.

Sein Herz, auf das er doch aufpassen musste, schlug schnell, viel zu schnell. Wie die Flügel eines Vogeljungen, das durch irgendeine unvorsichtige Bewegung an den Rand des Nests geraten war. Das sich mit winzigen Krallen an Hölzchen und Stöckchen und sein bisschen Leben klammerte. Und man ahnte, dass es nicht gut ausgehen würde.

Er wusste, dass dies nicht gut ausgehen würde.

Kalter Schweiß brach ihm aus, und seine taube Haut begann Signale zu senden. Morsezeichen aus leblosen Landschaften, die sein Körper waren. SOS an mehreren Fronten. Save Our Souls.

Ob seine Seele zu retten war? Er hatte Zweifel. Berechtigte, das war ihm klar. Er hatte viele Fehler gemacht in seinem Leben. Kleine und große. Einige, die nicht mehr gut zu machen waren. Von denen außer ihm heute niemand mehr wusste. Und die er mit ins Grab nehmen würde.

Ob es jetzt so weit war? Ein enges Band schien seine Brust zu umschließen. Das war ein sicheres Anzeichen. Doch da war mehr.

Ein Druck um seine Stirn und dieses pelzige Gefühl am ganzen Körper.

Er kam mehr und mehr zu sich. Wohl als Nebenwirkung der rasenden Panik in ihm. Eine weitere war ein ungerichteter Bewegungsdrang. Sinnlos, aussichtslos. Im Keim erstickt durch die Lähmung, die seinen Körper jetzt schon ergriffen hatte.

So fing es an. Das machte Sinn. Er erstarrte, versteinerte, als er begriff. Nur sein Bewusstsein würde beweglich bleiben. Genug jedenfalls, um ihm all seine Fehler in Erinnerung zu rufen. War dies das Jüngste Gericht?

Er wünschte, er könnte sehen. Doch es ging nicht. Irgendetwas übte einen zu starken Druck auf seine Lider aus. Ein neuer Schub Adrenalin beim Gedanken daran, sie könnten zugenäht worden sein.

So ein Unsinn. Es war wichtig, dass er bei Verstand blieb. So lange wie möglich. Warum und ob das nicht viel größere Qualen mit sich bringen würde, waren verbotene Fragen.

Was war mit seinen Augen? Er bewegte die Brauen, runzelte und entspannte abwechselnd die Stirn und nach einer Weile war da mehr Platz. Irgendwo in Richtung Haaransatz spürte er etwas. Seine Haut rieb an einer Art Stoff. Das ließ zumindest die Textur des Materials vermuten. Gleichzeitig war es fest, wie eine harte Schale.

Er versuchte die Nase zu rümpfen. Sie hob sich ein kleines Stückchen, bevor sie an die Schale stieß. Jetzt bewegte er seine Lippen. Wölbte sie zuerst nach innen, befeuchtete sie und drückte dann nach außen.

Frei! In diesem Bereich war sein Gesicht völlig frei! Natürlich. Er hatte einigermaßen ungehindert atmen können.

Was war hier los? Er spürte, dass ihm nicht mehr viel Zeit blieb.

Dass ein gottähnliches Wesen diese Situation lenkte, erschien ihm immer unwahrscheinlicher. Er bewegte seine Stirnpartie und merkte, dass er die rätselhafte Schale auf diese Weise ein Stückchen verschieben konnte.

Seine Wimpern kratzten an dem Material, und ein jähes Kitzeln um die Augen herum ließ ihn reflexhaft zusammenzucken. Gut, die Nerven funktionierten. Und seine Arme? Warum gehorchten sie ihm nicht? Er versuchte, seine Finger zu heben. Und auch hier waren Bewegungen im Millimeterbereich möglich!

Seine Hände erwachten, zumindest fühlte es sich so an. Es kribbelte und stach unangenehm und doch durchlief ihn eine unvorstellbare Erleichterung.

Dem Vögelchen war es offenbar gelungen, sich an einem etwas kräftigeren Stöckchen festzuklammern. Es verstand, dass es jetzt weniger flattern musste, wenn es überleben wollte.

Sein Puls beruhigte sich merklich. Gaukelte ihm die Illusion eines kräftigen Herzens vor.

Ihm war das alles nicht mehr so wichtig. Nur auf eines wollte er unter keinen Umständen verzichten: Wenn sein Leben hier und heute zu Ende gehen sollte, wollte er zumindest begreifen, was mit ihm passierte. Und warum.

Er wollte die ganze Geschichte verstehen.

Kapitel 1

Tuulia Hollinder merkte sofort, dass heute etwas anders war.

Etwas stimmte nicht, als sie an diesem Sonntag im Januar die Wohnung ihres Bruders betrat. Zunächst war das einfach ein Gefühl. Oberflächlich schien nichts verändert: Die zusätzliche Fußmatte hinter der Wohnungstür war frisch gesaugt, wie immer. Die immer gleichen Schuhpaare, eines davon Hausschuhe von ihr, standen an den ihnen rechtmäßig zugewiesenen Plätzen in der Garderobe. Die Luft in der Wohnung war, ebenfalls wie immer, frisch. Eine schwache Zitronennote kündete von Sauberkeit. Der ganze Eindruck unterstrich Akkuratesse. Wie sie typisch war für Lenni. Vor allem aber notwendig.

Dennoch – die Stille, die ihr förmlich entgegensprang und die im Grunde nicht ungewöhnlich war, schien heute dichter, und Tuulia spürte, wie sich ihr Herzschlag beschleunigte. Wie eine unbestimmte Sorge in ihre Gedanken kroch. Sie beeilte sich, Mantel und Schuhe auszuziehen und ließ noch währenddessen ihren Blick in den Flur schweifen. Wie alle Räumlichkeiten in Lennis Wohnung, war auch dieser äußerst karg eingerichtet. Alles Notwendige, jedoch nicht mehr, befand sich an seiner immer gleichen, korrekten Position. Soweit konnte sie keinen Hinweis darauf entdecken, dass es ihrem Bruder nicht gut ging.

Sie öffnete leise die Wohnzimmertür. Und war im ersten Moment erleichtert, als sie ihn auf der Couch sitzen sah. Sein Blick ging vor ihm ins Nichts, vermeintlich, und er bewegte seinen Oberkörper in ruhiger Gleichförmigkeit leicht vor und zurück.

Tuulia verstand, dass er aus irgendeinem Grund aufgeregt war. Automatisch schaltete sie auf ihre Kindheitssprache um und versuchte behutsam, zu ihm durchzudringen.

»Hej, hur är läget? Allt bra med dig? Wie geht's dir, ist alles in Ordnung?« Sie musterte ihren Bruder aufmerksam. Es war ungewöhnlich, dass er nicht zumindest kurz aufsah. Das tat er, wenn sie kam, sonst schon, auch wenn er den Blick üblicherweise nicht aufrechterhielt. Heute jedoch war etwas anders, das hatte sie instinktiv sofort richtig erfasst. Lennis Schaukeln verstärkte sich jetzt deutlich, er wandte seinen Kopf demonstrativ in eine andere Richtung. Von ihr weg.

Sie kannte diese Reaktion bereits, wusste, dass sie ihm zu nahe gekommen war. Um die Situation für ihn zu entspannen, bewegte sie sich ein wenig zur Seite, so dass sie Lenni nicht weiter frontal gegenüber stand. Zumindest körperlich schien ihm nichts zu fehlen. Das war schon einmal gut. Dennoch, ganz offensichtlich beunruhigte Lenni heute etwas ganz besonders, und sie versuchte, dieses Etwas auszumachen.

Ihr Bruder war anders. Das war schon seit ihrer frühen Kindheit klar gewesen und für Tuulia völlig normal. Sie wusste, wie sie mit ihm umgehen musste, wie sie ihn erreichen konnte, und er war für sie, trotz seines Andersseins, immer ein großer Halt gewesen. War es immer noch. Ihre ruhige Zweiheit konnte kein Außenstehender durchdringen. Da war ihre gemeinsame Kindheitssprache, Schwedisch, nur einer von vielen Schutzwällen.

Ihr Blick durchforstete das penibel aufgeräumte Wohnzimmer, wanderte über die, wie immer, blitzblank geputzten Oberflächen und blieb schließlich an einer Unregelmäßigkeit hängen. Auf der Tischplatte, ein Stückchen links von ihrem Bruder, lag ein kleiner Stapel Fotos. Für jeden anderen mochte das harmlos erscheinen. Tuulia jedoch fielen hieran sofort zwei Dinge auf: Zum einen lagen die Bilder nicht völlig deckungsgleich aufeinander, sondern überlappten sich an den Rändern in einer deutlichen Schieflage. Zudem waren sie nicht rechtwinklig zur Tischkante ausgerichtet, was unter anderem der inkorrekten Stapelweise geschuldet sein mochte.

Daneben aber war, für Tuulia vollkommen klar ersichtlich, die emotionale Verfassung ihres Bruders, der die Fotos zuvor auf dem Tisch abgelegt haben musste, der Grund hierfür.

»Na, du bist ja eine ganz besonders Süße!«

Mira Wagner sah ruhig zu der älteren Dame auf, die eben begeistert auf sie und ihr rotes Kinderdreirad zulief. Im nächsten Moment reckte sie prüfend ein Händchen in deren Richtung und drehte sich dabei gleichzeitig zu ihrer Mutter um. Annette Wagner und ihrem Mann Lorenz stand der Stolz auf ihre Erstgeborene ins Gesicht geschrieben.

»Sie wird bald zwei«, sagten sie gleichzeitig und mussten im selben Moment hierüber lachen. »Und sie heißt Mira«, fügte Lorenz hinzu, nachdem sie sich wieder beruhigt hatten.

»Nein, also wirklich! Entzückend! Und sie fremdelt gar nicht«, meinte die ältere Frau und wandte sich im gleichen Atemzug wieder an Mira, der die ganze Situation zu gefallen schien. »Nein, gell, kleine Mira, du hast keine Angst vor mir?«

Ein fröhliches Klingeln war Antwort genug, und die nette Tante ergriff die behandschuhte Kinderhand und schüttelte sie vorsichtig ein wenig. »So, ich muss jetzt weiter. Aber weißt du was? Ich wünsche dir ein tolles Leben und dass du dir deine Fröhlichkeit immer bewahrst!« Sie nickte Annette und Lorenz noch einmal zu, bevor sie mit einem Lächeln auf den Lippen ihrer Wege ging.

Die stolzen Eltern sahen sich glücklich an. Mira war ihre kleine Sonne und sie konnten sich ihr Leben ohne sie längst schon nicht mehr vorstellen. Dabei war es ein relativ spätes Elternglück, das sie genossen. Er war schon 43, Annette 36 Jahre alt gewesen, als Mira im Februar 2014 geboren worden war. Und doch hatten sie das Rätsel, womit ihre Stunden gefüllt gewesen waren, bevor die Kleine ihre Familie komplett gemacht hatte, bis heute nicht lösen können.

An diesem Sonntag zum Beispiel hatten sie sich für einen Ausflug in den Volkspark entschieden. Im Sommer waren die Rasenflächen, gewundenen Wege und natürlich der Biergarten in der großen Grünanlage von Menschen und ihren diversen Freizeitutensilien übersät. Jetzt im Winter jedoch lockte der Park nur wenige Mainzer aus ihren gemütlichen Häusern und Wohnungen. Vorrangig hartgesottene Ausdauersportler und natürlich Hundebesitzer waren ihnen auf ihrem Spaziergang bisher begegnet.

»Jetzt sag' mal, wie geht es dir?«, fragte Annette Lorenz unerwartet, den Blick immer halb auf Mira gerichtet. »Ich meine, in der Ermittlungsgruppe wird sich ja wahrscheinlich einiges ändern, jetzt, wo Lena ausfällt?«

»Ach, na ja, sie wird natürlich fehlen. Aber wir kriegen das schon hin«, antwortete Lorenz. Er freute sich für die Kollegin, die mit 40 Jahren in Kürze ihr erstes Kind erwartete. Es war ein offenes Geheimnis gewesen, dass sie und ihr Mann es lange erfolglos versucht hatten. Und es, wie so oft, erst geklappt hatte, als sie schon gar nicht mehr damit rechneten. »Da ich ja quasi als zusätzlicher Ermittler dabei bin, und nicht, wie für den Leiter einer Mordkommission eigentlich üblich, vorrangig mit Verwaltungsaufgaben betraut, waren wir im Grunde von Anfang an überbesetzt.«

Annette nickte nachdenklich. »Das heißt Kathrin und Tobias werden in einem Team zusammenarbeiten?« Sie hatte die Kollegen der Mainzer Mordkommission, kurz nachdem Lorenz die Stelle angetreten hatte, bei einem Treffen bei ihnen zu Hause kennengelernt. Damals waren der Einstand von Lorenz als Gruppenleiter und die Aufklärung seines ersten Falls gefeiert worden.

»Genau. Und ich glaube, das wird mehr als eine Notlösung sein. Kathrin ist, wie Gottfried auch, von Anfang an dabei und ihr

Wesen wird vielleicht dazu beitragen, Tobias' Temperament ein wenig zu zügeln.«

»Hmm«, nickte Annette nachdenklich. »Kann gut sein. Und Lena? Wie geht es ihr eigentlich?«

»Nach allem, was wir hören, ist sie ziemlich glücklich. Conny meint, sie und Martin hätten sich schon so lange ein Kind gewünscht, und wenn ich mich an das Treffen bei uns erinnere ...«

»Stimmt«, lachte Annette, »ihre Blicke über Miras Wiege haben Bände gesprochen!«

»Eben. Und wenn Conny das sagt ...« Jetzt lachten sie beide. Der Sekretär der Mordkommission war dafür bekannt, jederzeit gut informiert zu sein. Sowohl über ihre Fälle als auch gerne über die privaten Belange aller Kollegen.

»Du fühlst dich dort immer noch wohl, oder?« Annette warf ihm einen jener zärtlichen Blicke zu, die schon immer direkt in sein Herz gegangen waren.

»Ja. Ja, das tue ich wirklich. Es war damals die richtige Entscheidung, zu wechseln. Der richtige Schritt.« Jetzt, da er das so formulierte, wurde ihm noch einmal klar, wie sehr es stimmte. Er hatte vor ziemlich genau anderthalb Jahren das Dezernat für Todes- und Vermisstenermittlungen verlassen und die Leitung der Mainzer Mordkommission übernommen. In dieser Zeit hatte er schon einige Ermittlungserfolge für sich beziehungsweise die Gruppe, wie er selbst gerne betonte, verbuchen können. Dabei war der bislang schwerste Fall, der ihre Ressourcen über zwei Wochen komplett für sich vereinnahmt hatte, gleich sein erster gewesen.

Damals, im August 2014, war auf den Stufen eines verschlossenen Vorlesungssaals der Uni Mainz eine tote Studentin gefunden worden. Aber was als ihr »Fall Penny« vermeintlich überschaubar begonnen und die Runde durch alle Mainzer Medien gemacht hatte, hatte sich schließlich als ein Verbrechen weitaus größeren Ausmaßes als vermutet herausgestellt. In dieser besonderen Zeit war die Ermittlungsgruppe unter seiner Führung auf die Probe gestellt worden und hatte sich beweisen können.

»Mama, da!« Die Stimme ihrer Tochter riss Lorenz und Annette aus dem Gespräch. Ihre Blicke folgten Miras ausgestrecktem Ärmchen und fielen auf zwei Windhunde, die in voller Geschwindigkeit auf sie und ihr Dreirad zuschossen.

»Oh, Gott ...«, Annette stellte sich sofort schützend vor ihr Kind.

Lorenz tat es ihr gleich. »Na prima, vom Besitzer ist natürlich weit und breit nichts zu sehen«, schimpfte er. Gleichzeitig konnte er nicht umhin, seine Frau zu bewundern, in der sofort die Löwenmutter aufgeblitzt war, bereit, ihr Kind gegen alle Widrigkeiten dieser Welt zu verteidigen.

Die Hunde näherten sich ihnen jetzt bedenklich und auch, wenn er nicht davon ausging, dass sie tatsächlich angreifen würden, war Lorenz froh, als in letzter Minute ein feiner Pfiff ertönte. Im nächsten Moment gefror die beängstigende Szene. Die beiden Hunde, Lorenz meinte zu erkennen, dass es sich um Afghanen handelte, schienen wie von einem unsichtbaren Faden zurückgerissen zu werden und verharrten kurz regungslos mit den Vorderbeinen in der Luft. Die dampfenden Atemwölkchen vor ihren aufgerissenen Mäulern bildeten die einzige Bewegung in diesem surrealen Standbild.

Einen Augenblick später war der Zauber vorbei, die Marionettenspielerin erschien auf der Kuppe der geschwungenen Hügellandschaft und die Hunde wandten sich endgültig von ihrem kleinen Grüppchen ab.

Annette beugte sich sofort zu ihrer Tochter hinunter, die die ganze Situation interessiert und keineswegs ängstlich beobachtet hatte und sie nun mit glänzenden Augen anlachte. Sie versuchte, das Lachen zu erwidern und Mira ihre gerade überstandene Angst nicht spüren zu lassen. Da waren Lorenz und sie sich einig: Sie wollten ihre Tochter zu einem starken und mutigen Menschen erziehen. Auch wenn das manchmal nicht einfach war. Eben, das war eine kritische Situation gewesen, aber sie hatten sie überstanden und es war nichts passiert.

Lorenz wandte sich dennoch an die Hundebesitzerin, die sich ihnen jetzt näherte und nicht den Eindruck machte, den Vorfall zu bedauern. »Na, also, wissen Sie ...!«, begann er und musterte die Frau dabei aufmerksam. Ihre stattliche Erscheinung fiel irgendwie aus dem Rahmen, das mochte auch an dem in diesen Breiten selten vertretenen schweren Lodenmantel liegen. Oder an dem darunter zu erkennenden großkarierten Jagdkostüm. Er schätzte sie auf Mitte/Ende 40. Eine Reitgerte würde das Bild, seiner Meinung nach, harmonisch komplettieren. Zwar wollte er nicht voreingenommen sein, die Wahrheit war jedoch, dass sie ihm unsympathisch war, schon bevor sie überhaupt etwas gesagt hatte.

»Ja?«

Wie ein einzelnes Wort so viel Kaltschnäuzigkeit übermitteln konnte, war schon bemerkenswert. Es passte aber zu seinem wohl doch nicht so falschen ersten Eindruck. War Lorenz eben noch bereit gewesen, die Sache ohne Weiteres ad acta zu legen, spürte er jetzt, wie Ärger über das Verhalten dieser Person in ihm aufflammte. Mühsam verschluckte er die wenig freundlichen Worte, die ihm auf der Zunge lagen und münzte sie in einen grimmigen Blick um. »Sie sollten vielleicht besser auf die Tiere achten. Hier sind schließlich Familien mit kleinen Kindern unterwegs.«

»Na, das ist ja auch ok. Dagegen habe ich ja überhaupt nichts. Und Romulus und Remus sind friedlich, sie tun nichts.«

Lorenz traute seinen Ohren nicht. Dann war es also in Ordnung, dass auch Kinder sich in dem Park aufhielten? Unglaublich, was diese Frau da von sich gab. Im Übrigen wirkte sie selbst jetzt noch ganz zufrieden und schickte sich an, weiterzugehen. Oder besser: zu schreiten. Ihr Gang war sehr aufrecht, der Kopf gebieterisch nach oben gereckt. Unter selbstgefällig erhobenen Augenbrauen nickte sie herablassend in Richtung der kleinen Familie und ließ ihre Hunde demonstrativ nach vorne preschen. Dann erst folgte sie ihnen gemessenen Schrittes.

»Also, so was Dreistes!« Annette konnte sich gar nicht beruhigen. »Hier ist doch bestimmt Leinenpflicht. Kann man da nicht irgendwas machen?«

»Könnte man zwar«, räumte Lorenz ein, »aber ich finde, es ist eine viel bessere Idee, wenn wir den Tag weiterhin genießen. Und ihn uns nicht von so einer Person kaputtmachen lassen.«

»Ja schon, aber ...«, Annette war nicht bereit, die Angelegenheit so schnell unter den Tisch fallen zu lassen.

»Pschscht«. Über Lorenz' Blick lag plötzlich dieser Schleier, der seine Frau immer ganz weich werden ließ. Und es klappte auch jetzt wieder.

»Na gut. Auch wenn ich es nicht ...«

»Mira wird heute Abend bestimmt sehr müde sein«, unterbrach er Annette und zwinkerte spitzbübisch.

»Äh, was?«

»Na ja, sie wird sicher tief und fest schlafen ...«, aus jedem seiner Worte war die Vorfreude herauszuhören.

»Ach so – hmm, gut möglich«, bestätigte sie lächelnd und erwiderte Lorenz' langen leidenschaftlichen Kuss zärtlich.

Mit einem Seitenblick auf Lenni griff Tuulia zu dem Bilderstapel und nahm ihn hoch. Die Fotos lagen mit der Rückseite nach oben, und als sie den Stapel umdrehte, wurde ihr sofort alles klar. Lenni beobachtete sie aus dem Augenwinkel, das hatte sie bemerkt, ignorierte es aber. Er ließ sie gewähren, das war alles, was sie wissen musste. Sie wollte ihn nicht aufregen. Besonders nicht heute, da er offensichtlich besonders verletzlich war.

Sie sah sich das erste Foto an. Darauf abgebildet war eine glückliche Familie. Mutter, Vater und zwei Kinder. Vor einer typischen schwedischen Sommarstuga, einem Sommerhaus. Gestrichen in dem obligatorischen Falun-Rot. Sie kannte das Bild. Natürlich. Hatte selbst einen Abzug hiervon und es unzählige Male betrachtet. Wenn sie sich ihre Eltern, Mama und Papa, ins Gedächtnis zurückrufen wollte. Wenn sie verzweifelt versuchte, Erinnerungen heraufzubeschwören, die verschüttet waren und wieder und wieder daran scheiterte. Weil sie damals zu klein gewesen war.

Damals, das war vor 23 Jahren, als sie alle noch zusammen in Schweden gelebt hatten. Unbeschwert. Als ihre Eltern noch da gewesen waren und nichts auf das bevorstehende Unglück hingedeutet hatte. Als Lenni und sie noch ganz gewesen waren.

Tuulia atmete tief durch. Lenni tat ihr leid. Sie wusste, dass in ihm im Moment Chaos herrschte. Weil die Emotionen ihn wieder überfluteten und er sie einfach nicht sortieren, nicht bändigen konnte. Auch sie konnte ihm da nicht heraushelfen. Selbst wenn sie ihm von allen Menschen in seinem Leben von Anfang an am nächsten gestanden hatte. Es immer noch tat.

»Jag förstår«, murmelte sie, und es stimmte. Sie verstand. Die Geschehnisse von damals hatten sie alle hilflos zurückgelassen. Wortlos. In einem Leben, dem alles Licht genommen worden war.

Tuulia hatte sich als kleines Mädchen lange Zeit Vorwürfe gemacht. Die nicht recht greifbar, für sie aber unermesslich belastend gewesen waren. Hatte sie die Eltern vielleicht zu jener verhängnisvollen Reise gedrängt? Sie war damals ganz verrückt nach Schiffen gewesen. Hatte nicht geahnt, dass sie untergehen und ihre Eltern verschlucken konnten. Hatte nicht verstanden, wie danach trotzdem alles weitergehen sollte, so als ob nicht das Wichtigste, Elementarste in ihrem Leben fehlte, fehlte, fehlte ...

Sie spürte die Tränen, die nie versiegen würden, aufsteigen und biss sich auf die Unterlippe. Sie musste stark sein. Wie so oft. Auch für Lenni. Vielleicht rettete sie das mehr, als sie sich eingestand.

Dieses Stark-sein-Müssen, zumindest nach außen hin, war sehr prägend gewesen und hatte sie zu dem Menschen gemacht, der sie heute war. Oder der sie immer noch zu sein versuchte. Sie war sich da manchmal nicht sicher. Jedenfalls war sie schon als kleines Mädchen, nachdem sie von Tante Gunilla, Mamas Schwester und ihrem schwedischen Mann Magnus aufgenommen worden waren, über die Maßen gewissenhaft gewesen. In allem.

Tante Gunilla hatte zwar stumm, in Wahrheit jedoch wie wahnsinnig unter dem Verlust der Schwester gelitten. Die für sie selbstverständliche Verpflichtung, sich um ihre Kinder zu kümmern, ihnen ein liebevolles Zuhause und ein sorgloses Leben zu schenken, hatte zugleich eine neue, ihre schlimmste Sorge beinhaltet. Völlig unvermittelt Pflegemutter von zwei kleinen Kindern zu sein und das ohne die Erfahrung eigener Sprösslinge, hatte die größten Ängste von Eltern potenziert in sie gepflanzt. Heute verstand Tuulia das, damals hatte sie es instinktiv gespürt.

Einstmals eine lebenslustige, starke Frau, begann ihre Tante, sich um alles zu sorgen. Lenni und ihr durfte nichts passieren. Und auch, wenn sie immer bemüht war, ihre Ängste vor den Kindern zu verbergen, waren sie doch zu stark und schienen bedrohlich durch ihre angestrengte Fröhlichkeit.

Tuulia hatte sie zumindest immer wahrgenommen und bald gelernt, sich entsprechend zu verhalten. Wenn sie zum Beispiel auf dem Rückweg vom Kindergarten eine Straße überqueren, gab es das vernünftige Nach-links-und-rechts-Sehen und daneben die Tanten-Version hiervon: demonstrativ nach links und rechts sehen und dabei den Kopf ganz bewusst in die jeweilige Richtung drehen, bis sie sicher sein konnte, dass Tante Gunilla ihre Sorgfalt bemerkt hatte. Das machte keinen Sinn, trug aber dazu bei, ihre Tante zu beruhigen.

Für Tuulia waren an dieser Erinnerung zwei Dinge bemerkenswert: Zum einen war damals offensichtlich der Grundstein für ihre Zwangsgedanken und gelegentlichen -handlungen gelegt worden. Daneben aber, darüber hatte sie schon oft verzweifelt, wütend, hoffnungsvoll und desillusioniert nachgedacht, wollte sie sich einfach nicht damit abfinden, dass sie sich an so viele, lange zurückliegende Dinge erinnern konnte, dass das ausgerechnet bei ihren Eltern aber einfach nicht funktionieren wollte.

Als Psychologin wusste sie, dass traumatische Ereignisse so etwas bewirkten, und als Ermittlerin war sie traumatisierten Menschen begegnet, die unter ähnlichen Problemen litten. Und dennoch war es eines der ganz wenigen Dinge in ihrem Leben, die sie niemals akzeptieren würde. Sie weigerte sich einfach, die Hoffnung aufzugeben, dass irgendwann, vielleicht wenn sie alt und grau war, irgendeine Kleinigkeit, eine Empfindung, der Klang einer Stimme, ein Stückchen Erinnerung an eine Gegenwart, wie ein Geschenk in ihr Bewusstsein purzeln und sie einfach wissen würde, dass es aus der damaligen Zeit stammte.

»Tuulia?«

»Ach, Lenni ... Ich war nur kurz in Gedanken«, Tuulia hatte nicht bemerkt, dass Lenni sich ihr endlich zugewendet hatte.

»Allt tumlar runt i huvudet.«

»Das stimmt, Lenni. Mir schwirren auch die seltsamsten Dinge im Kopf herum. Manchmal gibt es eben solche Tage. Aber, weißt du ...«

Lenni sah sie jetzt konzentriert an.

»... es sind nur Gedanken. Und auch, wenn man sie nicht vertreiben kann, kann man doch versuchen, die anderen, nicht so aufwühlenden, Gedanken lauter werden zu lassen.«

Ihr Bruder runzelte die Stirn. So ganz schien er nicht überzeugt zu sein. Aber vielleicht war auch ihr Bild der lauteren Gedanken ungeschickt gewählt. Schließlich wusste sie, dass Lenni genau dieses ständige Einströmen verschiedener, ungefilterter Sinneseindrücke quälte.

»Was ich meine, ist, dass die bösen Gedanken auch wieder leiser werden. Und, Lenni, es sind nur Gedanken. Sie sind ein Teil von dir. Du aber bist das Ganze und deswegen immer stärker. Versuch' daran zu denken, wenn es wieder schlimm wird.«

Lenni wirkte noch immer nicht ganz zufrieden, aber Tuulia merkte, dass er ein wenig aus dem schwarzen Loch aufgetaucht war, in dem sie ihn vor einer guten Dreiviertelstunde vorgefunden hatte. Und richtig.

»Vad sägs om *Yam Yam*?«, hörte sie ihn murmeln und wusste, dass das schlimmste Tief überwunden war.

Das *Yam Yam* war ihr Lieblingsthailänder hier in Worms und gehörte zu ihrer üblichen Samstagsroutine, die heute eine Sonntagsroutine war, schon lange dazu.

»Was ich zum *Yam Yam* sage?«, fragte sie grinsend. »Na, wollen wir hingehen oder etwas bestellen?«

»Gå bort till«, antwortete Lenni nach kurzem Überlegen.

»Na gut, dann also hingehen.« Das war überraschend, meistens zog Lenni es vor, zu Hause zu essen. Auf der anderen Seite mochte er es gelegentlich ganz gern, unter Leuten zu sein, vorausgesetzt, sie ließen ihn in Ruhe.

»Bist du fertig? Na, dann los.«

Im Hintergrund forderte Meat Loaf mit leidenschaftlich bebender, wenn auch leise gestellter Stimme, wiederholt dazu auf, Tabus zu brechen und neue Höhepunkte zu erkunden.

Lorenz und Annette waren äußerst entspannt, hatten sie den Auftrag ihres gewichtigen Lieblingsinterpreten doch zur vollsten Zufriedenheit erfüllt und streckten sich jetzt verschwitzt aber glücklich auf den zerwühlten Laken aus.

»Ich liebe dich«, hauchte Lorenz seiner Frau ins Ohr, die in diesem Moment schöner war denn je. Sie antwortete mit einem weiteren langen, zärtlichen Kuss und rückte wieder näher an ihn heran. Mira schlief, wie erhofft, schon seit über einer Stunde tief und fest in ihrem Zimmer nebenan, und sie hatten störungsfrei das

Leben und ihre Liebe feiern können. Und wer sagte denn, dass die eheliche Pflichterfüllung für heute schon abgeschlossen sein sollte?

Auch Lorenz schmiegte sich an seine Frau und war gerade im Begriff, sich ganz zu ihr hinüberzubeugen, als ein unangenehm lauter Klingelton das Ende der nächsten Runde einläutete.

»Och, nö«, Annette zog eine Flunsch. »Können wir nicht vielleicht einfach ...?«

»Ich wünschte, wir könnten«, auch Lorenz' Stimme war die Enttäuschung über die Unterbrechung anzuhören. »So sehr!«, flüsterte er Annette ins Ohr. Und dann wieder lauter: »Aber es geht nicht, ich muss da rangehen.«

»Ich weiß«, seufzte Annette. »Na ja, vielleicht ist es ja nichts Schlimmes.«

»Hoffentlich«, meinte Lorenz, »aber ich bezweifle das.«

Im nächsten Moment erscholl im Kinderzimmer ein verzweifeltes Rufen nach »Mama!«. Jetzt war auch noch Mira aufgewacht und die selten gewordene Zweisamkeit von eben schon wieder Erinnerung. Wenn auch eine äußerst angenehme, wie Lorenz in Gedanken sehnsüchtig unterstrich. Aber es half alles nichts.

Er ging an sein Diensthandy und war im nächsten Moment bereits wieder ganz der Leiter der Mordkommission. So war das in seinem Beruf. In Gonsenheim hatte eine Rentnerin vor etwa 20 Minuten ihren Mann zu Hause tot aufgefunden. Viel mehr wusste er noch nicht. Er beendete das Gespräch und wählte sofort danach die Nummer von Conny, ihrem Sekretär.

Er warf einen entschuldigenden Blick in Annettes Richtung und stellte fest, dass sie schon drüben bei Mira war. Ihr gemeinsames Wochenende war damit mal wieder vorzeitig beendet.

Für eine ältere Dame in Gonsenheim war seit wenigen Minuten jedoch das gemeinsame Leben mit ihrem Lebenspartner völlig unerwartet und brutal zu Ende gegangen. Das wog definitiv schwerer und gehörte zu den Dingen, die Lorenz immer wieder und unter allen Umständen zu seiner Arbeit motivierten.

Hallo!

Du bist ein Geschenk! Mein Geburtstagsgeschenk.
Ich bin jetzt schon zehn Jahre alt und Tante Bea hat gesagt, als junge Dame hätte man so seine Geheimnisse und dass du ein sicherer Ort für sie bist.
Mama hat nur komisch geguckt. Ich glaube, sie mag nicht, dass du ein Schloss hast, für das nur ich einen Schlüssel habe.

Kapitel 2

»Hej, Tuulia!«

Conny, der sicher schon seit halb sieben an seinem Platz am Empfang der Ermittlungszentrale im Weibergässchen saß, war beneidenswert wach für einen Montagmorgen.

Tuulia trat eben in einem Schwall eisiger Luft aus dem Treppenhaus und lächelte müde zu ihrem Lieblingskollegen hinüber. Immerhin war sie erstmal im Warmen. Ein wohliger Schauer überlief sie, und sie schälte sich aus Schal und Anorak.

In diesem Jahr hatte der Winter sich viel Zeit gelassen, es hatte grüne Weihnachten vor dauergrauem Hintergrund gegeben. Und jetzt, da der Frühling, wenn es nach ihr ging, seine Fühler langsam hätte ausstrecken können, wurde es kalt. Bitterkalt. Besonders heute, wie ihr schien.

»Guten Morgen! Und, wie war dein Wochenende? Ich meine, eures?«

Tuulia hatte Connys Freund Simon einige Monaten, nachdem die beiden zusammengekommen waren, kennengelernt und sofort gemocht. Seither hatten sie immer mal wieder etwas zusammen unternommen. Zuletzt war dies ein Weihnachtsmarktbesuch gewesen, während dem sie bei Temperaturen im zweistelligen Bereich tapfer versucht hatten, den obligatorischen Glühwein zu genießen. Wie auch immer, das war nun ja auch schon wieder länger her.

»Hach, schön. Einfach schön!«, Conny strahlte. »Simon ist der liebste Mensch auf der ganzen Welt! Er macht mich so glücklich, Tuulia, ich hätte gar nicht gedacht, dass es so was gibt.«

»Das freut mich«, lächelte Tuulia. Sie gönnte Conny seine Liebe von Herzen. »Hauptsache, er ist gut zu dir. Anderenfalls«, sie hob die Augenbrauen und sah ihn streng an, »gib' mir Bescheid.«

»Ach, du bist ja süß«, rief Conny gerührt. Kurzentschlossen sprang er von seinem Platz auf, kam zu Tuulia herumgelaufen und drückte sie lange und herzlich an sich.

»Ist doch selbstverständlich«, nuschelte Tuulia undeutlich an seiner Schulter. Obwohl er sie fast zerdrückte, freute sie sich über Connys freimütige Freundschaftsbekundung.

»Aber jetzt sag' mal«, er trat einen kleinen Schritt zurück, und ein Ausdruck gespannter Konzentration schlich sich auf sein Gesicht, »was war denn da gestern Abend in Gonsenheim los? War das ein Einbruch, der aus dem Ruder gelaufen ist, oder ...?«

Tuulia, die wusste, dass Conny gerne sehr viel stärker in die Ermittlungen involviert wäre – die Neugier und das nötige Engagement brachte er in jedem Fall mit – musste, ungeachtet des ernsten Themas, grinsen. Das ging ja nicht, dass Conny nicht über alles im Bilde war. Auf der anderen Seite konnte sie ihn verstehen: Er war in der Regel schließlich der Erste, der die Anrufe der Kollegen vom KDD, dem Kriminaldauerdienst, entgegennahm und weiterleitete. Klar, dass er wissen wollte, wie es weiterging.

»Nein, obwohl der Gedanke in Anbetracht der Gegend nahe liegt«, antwortete Tuulia. Gonsenheim war einer der wohlhabenderen Stadtteile von Mainz. Im Ortskern gab es eine kleine Fußgängerzone, aber auch geschmackvolle Häuser und schmucke Villen in Waldnähe, die ihre ganz eigene Anziehungskraft ausübten. Leider auch auf jene spezielle kriminelle Klientel, die dort ihren düsteren Geschäften nachgehen wollte. »Aber es war wohl ziemlich sicher ein Fall von Suizid. Der Mann lag in der Badewanne. Mit aufgeschnittenen Pulsadern.«

»Puh«, Conny stieß geräuschvoll den Atem aus, »keine schöne Vorstellung. Gruselig.«

»Ja, vor allem für die Ehefrau, die ihn so gefunden hat. Sie war über das Wochenende mit Freundinnen auf einem Wellness-Trip im Odenwald.«

»Ach je – Massage, Moorbäder, heiße Steine? Fastensüppchen?«

»Mag sein. Was immer sie da genau gemacht hat – als sie nach Hause kam, hatte die Entspannung jedenfalls ein jähes Ende.«

»Hmm«, Conny nickte mitfühlend. »Das muss ja grauenhaft sein, stell' dir doch mal vor, du rechnest mit nichts Bösem, freust dich auf deinen Mann und dann ...«

»Ja, na klar, das ist furchtbar. Dr. Schuster wird uns nochmal Bescheid geben, ob in diesem Fall tatsächlich keine Fremdeinwirkung bestanden hat, wovon wir aber im Moment nicht ausgehen. Auch wenn die Ehefrau sich überhaupt nicht vorstellen kann, dass ihr Mann unglücklich gewesen sein soll. Schon gar nicht, dass er nicht mehr leben wollte.«

»Wie, er war nicht vielleicht krank? Depressiv?«

»Bei der ersten vorsichtigen Vernehmung gestern vor Ort hat sie das sofort verneint. Man muss aber wohl berücksichtigen, dass sie unter Schock gestanden hat. Sie wird sicher nochmals befragt, aber ob wir dafür zuständig sein werden, hängt davon ab, was bei der rechtsmedizinischen Untersuchung herauskommt.«

»Ah ja. Und wann ...?«

»Dr. Schuster hat versprochen, uns bis heute Abend zu informieren, dann wissen wir mehr. Aber jetzt«, Tuulia gähnte kräftig hinter vorgehaltener Hand, »brauche ich erst mal einen Kaffee. Soll ich dir einen mitbringen?«

»Danke, das ist nett, aber ich habe seit vorgestern Wasserwoche«, begann Conny und fuhr begeistert fort: »Du, das ist toll, da ...«

»Das glaube ich dir«, unterbrach Tuulia ihn lachend. »Lass' mich raten, da trinkt man eine Woche lang nur Wasser?«

»Du nimmst mich ja nicht ernst«, schmollte Conny und bedachte sie mit einem gespielt verächtlichen Blick. »Das ist nun also der Dank dafür, dass ...«

»Ja? Dafür, dass ich dich so schön informiert habe?« Tuulia

streckte ihm grinsend die Zunge heraus und machte sich auf den Weg in die kleine Küche der Ermittlungszentrale.

Elfriede Dornbusch liebte die Montage am allermeisten. Sie machte Woche für Woche drei Kreuze, wenn der Sonntag, der in ihrer persönlichen Favoritenliste ganz weit hinten rangierte, endlich vorüber war und eine neue Woche begann.

Natürlich gab es einen ganz bestimmten Grund dafür, dass sie gerade den Wochenbeginn so sehr mochte: Zum einen verscheuchte er die Einsamkeit, die ihr die viel zu stillen Sonntage immer ganz besonders gnadenlos vor Augen führten. Daneben aber, und das war ihr eigentlicher Antrieb, war der Montag einer der beiden Vorlesetage in der Woche.

Am Montag, wie auch am Donnerstag, war sie ›Oma Elfie‹. Unter diesem Namen hatte sie viele Jahrgänge des kleinen Kindergartens im Mainzer Stadtteil Bretzenheim mit ihren Geschichten gefesselt, zum Lachen gebracht und manchmal sogar ein bisschen gegruselt. Man konnte so viel allein mit der Stimme bewirken, den Rest übernahm die Fantasie der Kinder.

Sie machte sich nichts vor, für sie selbst waren diese Stunden mindestens ebenso bereichernd und wichtig wie für ihre gespannten Zuhörer. Sie konnte sich nichts Schöneres vorstellen, als die Kinder für ihre Geschichten zu begeistern, in die vor Spannung geweiteten Augen zu sehen, die offenen Münder, wenn es gar zu spannend wurde. In diesem Alter bedurfte das keiner großen Anstrengung. Weil für die Kleinen alles doch vielleicht wahr war. Und die Vorstellung, dass ihre Geschichten wirklich passiert sein könnten, nur ein Augenzwinkern entfernt.

Am Montag war es allerdings auch immer ein bisschen schwieriger, die Aufmerksamkeit der Kinder zu bannen. Zu aufregend waren oft die Wochenenden gewesen, und die Schlafenszeiten, so erschien es Elfie, wurden an diesen Tagen von vielen Eltern lockerer gehandhabt. Es dauerte seine Zeit, aber früher oder später wurden sie ruhiger. Konzentrierter. Und das mochte wohl auch der Gedanke der netten Kindergartenleiterin, Frau Freitag, gewesen sein, sie für diese regelmäßigen Wochentermine anzufragen.

Ihr war es im Grunde egal, wann sie kommen sollte. Sie hatte doch Zeit. Fast zu viel davon, jedenfalls wenn sie an die langen Stunden dachte, die sie allein in ihrer kleinen Wohnung zubrachte. Gewärmt von den Erinnerungen an bessere Zeiten. Als ihr Mann noch gelebt und alle trüben Gedanken mit einem liebevollen Blick, einer Berührung und der Gewissheit, dass er an ihrer Seite war, vertrieben hatte.

Sie blinzelte die aufsteigenden Tränen weg. Wie sie ihn noch immer vermisste ... Die Zeit heilte eben keine Wunden, stattdessen ließ sie sie ratlos zurück. Allein. Bald 15 Jahre war es jetzt her, dass er vorgegangen war. Und der Schmerz darüber war nie kleiner geworden, das war die sorgsam verborgene Wahrheit, mit der sie weiterlebte. Sie waren beide davon überzeugt gewesen, dass es ein Wiedersehen geben würde. Neben den Erinnerungen an die 31 schönsten, unbeschwertesten, ja einfach glücklichsten Jahre ihres Lebens, war diese Vorstellung ihr einziger Trost. An ihn klammerte sie sich mit tränenschwerem Herzen.

Nein, sie war schon froh, dass sie die Kinder hatte. Keine eigenen, das war Paul und ihr nicht vergönnt gewesen. Aber in ihrem früheren Beruf war sie der Mutterersatz für viele kleine Würmchen gewesen. Sie hatte viele Jahre als Kindermädchen gearbeitet und sich nie etwas Schöneres vorstellen können. Im Gegenteil, die Kleinen hatten ihr so viel gegeben, dass sie über das Schicksal der ungewollten Kinderlosigkeit nie bitter geworden war. Und schließlich hatten die Kinder sie auch voll und ganz gefordert. Und heiß und innig geliebt, was bis heute leuchtende Spuren in ihrem Herzen hinterlassen hatte.

In manchen Familien war sie für längere Zeit gewesen, da hatte die Bindung zu den ehemaligen ›Kleinen‹, die heute längst erfolgreich im Berufsleben standen, noch bis ins Erwachsenenalter Bestand gehabt. Anfangs hatte sie immer noch viele Weihnachtskarten bekommen und sich sogar zwei-, dreimal mit ehemaligen Betreuungskindern getroffen. Das war allerdings auch schon wieder viele Jahre her, und inzwischen war es still geworden in ihrem Leben.

Für einen Moment schwelgte sie in vergangenen Zeiten, bevor sie sich zur Eile mahnte. Wenn sie jetzt nicht losginge, würde sie es nicht mehr rechtzeitig schaffen. Ganz leise lockte eine verräterische Stimme in ihr mit Ruhe und Entspannung. Aber da ihr die Stunden mit den Kleinen guttaten, gab es für sie hierüber keine Debatte. Sich zu Hause der Schwermut hinzugeben, durfte keine Alternative sein. Sie musste raus, unter Menschen, und der Rest käme dann von ganz allein. An manchen Tagen schien die Hürde einfach etwas höher. So auch heute, ein bisschen zumindest. Aber schließlich überredete ihr Kopf ihr trauriges Herz doch immer wieder, und die der anderen war ihr Ablenkung und heimlicher Trost.

Elfriede Dornbusch griff nach ihrer Tasche und hängte sie entschlossen an den Griff der Wohnungstür. Es war wieder kalt geworden, und um diese frühe Uhrzeit, gegen kurz nach sieben, wie ein Blick auf die stilisierte Bahnhofsuhr am Ende des schmalen Flurs verriet, mochten die Wege noch nicht gestreut und daher glatt sein. Sie überlegte kurz und holte aus der kleinen Küche ihren Einkaufstrolley. Sie mochte die Geschäftigkeit, die es ihrer Meinung nach ausstrahlte, wenn sie mit ihm unterwegs war. Und sie musste zugeben, dass es ihr wichtig war, ohne Altersattribute, wie etwa einem Gehstock, nach außen zu erscheinen. Ein kleines bisschen eitel war sie dann doch. Auch wenn es in Wahrheit darum ging, den Halt nicht zu verlieren. In jeder Hinsicht.

So, Mantel und Hütchen, und schon konnte sie los. Sie warf einen zufriedenen Blick in den großen Flurspiegel gegenüber der Garderobe und wunderte sich wieder einmal amüsiert über ihren

Anblick. Eine richtig alte Dame war sie geworden. Wann war das wohl passiert? Und was würde Paul sagen, wenn er sie so sähe? Daran musste sie so oft denken ... und barg seine liebe Stimme, das warme Lachen, das in seinen Worten immer ein bisschen mitgeschwungen war, tief in ihrem Herzen. »Du bist wunderschön mein Röschen, meine kleine Elfie, und das wirst du immer sein. Mein ganzes großes Glück.« Wehmut schlich sich in ihr Lächeln, und sie beeilte sich, ins Treppenhaus zu kommen.

»Ach, Frau Dornbusch, guten Morgen!«, schallte es ihr entgegen, als sie gerade umständlich ihren Trolley hinausbefördert hatte und die Tür abschloss.

»Frau Melling, das ist ja schön! Wie hat Ihnen denn das Buch gefallen?« Elfie hatte ihrer jungen Nachbarin ein Buch ausgeliehen, eine typische Frauengeschichte. Die las sie selbst am liebsten. Und träumte sich dabei in ihre Dreißiger zurück.

»Total gut, wirklich«, Tatjana Melling strahlte. »Richtig witzig geschrieben, ich habe an manchen Stellen laut gelacht.«

»Na, das freut mich doch«, sagte Elfie. »Da habe ich vielleicht noch etwas in der Art für Sie. Falls Sie mögen?« In gewisser Weise war die junge Frau in einer vergleichbaren Situation wie sie. Alleinstehend und mit genügend zu füllender Zeit.

»Sehr gern. Wie wäre es, wenn ich heute Abend kurz bei Ihnen anklingele und wir einen kleinen Büchertausch machen? Bestimmt fällt mir auch etwas Schönes für Sie ein«, ihre Nachbarin beschenkte sie mit einem richtig herzlichen Lächeln, und in diesem Moment geschah es: Elfies Herz pflichtete ihrem Kopf endlich bei, dass es doch eine gute Idee war, sich hinauszuwagen. Den sehnsüchtigen Schmerz in ihr auch einmal loszulassen.

»Ach, das ist eine wunderbare Idee. So machen wir es! Kommen Sie einfach vorbei, wann es Ihnen passt. Ich bin ja immer da.«

Elfie freute sich schon auf den unverhofften Besuch am Abend.

»Na gut, dann stellen Sie Ihr Telefon meinetwegen auf das Handy um. Falls die Störungen aber zu viel werden ...«, Lorenz sah den Assistenten seiner Ermittlungsgruppe streng an.

»Schon klar, dann verziehe ich mich ruckzuck wieder nach draußen«, Conny nickte eifrig und nahm glücklich in der Runde der Ermittler Platz. Heute Nachmittag wurde der gestrige Suizidfall besprochen, und Conny hatte sich sehr dafür eingesetzt, anwesend sein zu können, wenn die Gruppe über die Geschehnisse des Vorabends informiert wurde.

Lorenz ließ sich seine Belustigung über die Begeisterung ihres Assistenten nicht anmerken. Er wartete ab, bis alle sich gesetzt hatten und Ruhe eingetreten war.

»So, wie sicher schon durchgesickert ist, gab es gestern Abend einen Einsatz in Gonsenheim. Tuulia und ich waren dort«, er sah zu Tuulia hinüber, die bestätigend nickte, »und haben uns einen ersten Eindruck verschafft.«

Die Pause, die seinen Worten folgte, provozierte Tobias erwartungsgemäß. »Aha. Und? Wie ist dieser Eindruck?«

»Vielleicht wollen Sie kurz zusammenfassen, was uns dort erwartet hat, Tuulia?« Lorenz hatte offensichtlich nicht vor, dem unangemessenen Ton von Tobias unverdiente Aufmerksamkeit zu schenken.

»Äh, ja, natürlich. Wir waren also in Gonsenheim, genauer in einem Haus in der Kastanienallee.«

»Bei den Bonzen«, warf Tobias schlechtgelaunt ein.

»Es war schon eher ein Anwesen, ja«, fuhr Tuulia ungerührt fort. »Also, eine hochpreisige Immobilie, die einen herrschaftlichen Eindruck macht. Gepflegter englischer Rasen, das Haus weit entfernt von der Straße, ein von Mäuerchen gesäumter Weg zum Hauseingang, und am Fuß der Treppe standen zwei von diesen Wasserspendern.«

»Gargoyles?«, fragte Gottfried, der älteste beziehungsweise, wie er es gerne umschrieb, erfahrenste Ermittler in der Gruppe.

»Genau, danke Gottfried«, Tuulia grinste und fuhr fort. »Als wir ankamen, waren die Kollegen des Erkennungsdienstes bereits vor Ort. Die Spurensicherung war noch nicht abgeschlossen, deshalb kamen wir nur bis auf eine gewisse Distanz an den Fundort.«

»Wo man nämlich was genau gefunden hatte?« Tobias war nicht nur ungeduldig, inzwischen wirkte er sichtlich genervt. Und um seine schlechte Stimmung nicht allein ertragen zu müssen, ließ er sie nun alle daran teilhaben.

Tuulia wusste aus vorangegangenen Ermittlungen, dass ihr Kollege vor allem in arbeitsarmen Zeiten derart aufdrehte. Wenn es drauf ankam, war er voll bei der Sache, und das allein zählte im Grunde. Die Arbeit in der Mordkommission brachte sie alle auf die eine oder andere Weise immer wieder an ihre Grenzen. Was sie als Ermittler auszeichnen sollte, war unter anderem, hiermit umgehen zu können. Auch wenn das in ruhigen Zeiten bedeuten mochte, Dinge, wie jetzt zum Beispiel Tobias ätzende Kommentare, zu überhören oder einfach stehenzulassen.

»Dazu komme ich jetzt«, erwiderte sie unbeirrt. »Im unteren Badezimmer des Hauses ...«

»Hört, hört, man verfügt also über mehrere Badezimmer?«, warf Tobias gleich wieder ein, wurde jetzt jedoch sofort von Gottfried unterbrochen: »Ach Tobias, jetzt gib' halt mal Ruhe. Ja, andere Menschen sind unter Umständen wohlhabend, ob es dir passt oder nicht, und trotzdem werden wir diesen Fall wie jeden anderen behandeln.«

Es mochte daran liegen, dass Gottfried als ältester Mitarbeiter eine natürliche Autorität ausstrahlte. Jedenfalls hielt Tobias sich jetzt endlich zurück, und überließ Tuulia mit ironischer Geste das Wort.

»Also, im unteren Badezimmer des Hauses, genauer gesagt in der Badewanne, haben wir den Hausbesitzer, Dr. Raik Hajduk, tot aufgefunden. Er trieb in seinem eigenen Blut, und alles deutet darauf hin, dass er seinem Leben selbst ein Ende gesetzt hat. Dafür spricht auch, dass ...«, sie unterbrach kurz, um in ihre Notizen zu sehen, »... dass auf einer als große Löwentatze stilisierten Ablage ein Glas Sekt oder Champagner und ein Schälchen schwarzer Kaviar standen. Auf die Bestätigung von Dr. Schuster warten wir im Moment aber noch.«

»Von wem ist er denn gefunden worden?«, fragte Kathrin. Die ältere Kollegin hatte bisher im Zweierteam mit Gottfried zusammengearbeitet und nahm ab sofort Lenas Platz an Tobias' Seite ein.

»Von seiner Frau, Rita Schmidt-Hajduk. Sie war es auch, die den Notruf gewählt hat«, jetzt mischte sich Lorenz doch wieder ein. »Ihren Aussagen zufolge ist sie in den vergangenen zwei Tagen nicht zu Hause gewesen, sondern hat das Wochenende mit Freundinnen in einem Wellness-Resort im Odenwald verbracht. Als sie zu Hause ankam, hat sie sich gewundert, dass im unteren Badezimmer Licht brannte, der Raum ist ansonsten wohl nur Gästen vorbehalten. Also ist sie hineingegangen und hat ihren Mann wie beschrieben vorgefunden.«

»Weitere Zeugen gibt es nicht?«, fragte Gottfried grimmig.

»Nein, es war sonst niemand anwesend«, antwortete Lorenz.

»Was sagt sie denn dazu? Ich meine, hat sie irgendetwas davon mitbekommen, dass ihr Mann nicht mehr leben wollte?«, fragte Kathrin nachdenklich.

»Nein. Laut eigener Aussage kann sie sich das überhaupt nicht erklären«, Lorenz sah auf seine Notizen. »›Wir waren doch so glücklich‹, hat sie gesagt und dass ihr Mann nicht zur Schwermut neigte. Irgendwann hat sie nur noch geweint und war schließlich nicht mehr vernehmungsfähig.«

»Verständlich«, murmelte Kathrin.

Es half alles nichts, sie musste los, wenn sie noch im Hellen nach Hause wollte. Elfriede Dornbusch saß seit einer knappen Stunde im Café ›Zum Hahnen‹ in der Altstadt. Nachdem sie heute in zwei Gruppen vorgelesen hatte, hatte sie den Kindergarten ›Butterblume‹ gegen vierzehn Uhr verlassen und war mit dem Bus in die Innenstadt gefahren. Bloß noch nicht nach Hause, war ihr Gedanke dabei gewesen. Lieber noch etwas vorhaben.

Sie war fröstelnd durch die Stadt geschlendert, in zwei, drei Kaufhäusern gewesen, und hatte spontan entschieden, sich in ihrem Lieblingscafé einen Cappuccino zu gönnen. Mit Sahne, denn in ihrem Alter wusste man schließlich nie, welcher der letzte Cappuccino sein würde. Und es wäre doch ein Jammer, wenn ausgerechnet diesem der eigentliche Kick, das Sahnehäubchen, gefehlt hätte.

Elfie schmunzelte. Die genussreiche Wahrheit war, dass sie ihren Cappuccino schon immer genau so getrunken hatte. Und sich noch nie um die, über die Jahre wechselnden, vermeintlich damit einhergehenden, Gesundheitsrisiken gekümmert hatte. Koffein, Cholesterin, Zucker – schockierend!

Nein, sie hatte keine Angst mehr. Was sollte ihr schon Schlimmes zustoßen? Ganz am Ende würde sie wieder mit Paul, ihrem lieben Paul, zusammen sein, und was auf dem Weg dahin passierte, wäre spätestens dann bedeutungslos.

Dennoch zog sie es vor, nach Hause zu fahren, bevor es dunkel wurde. Es war jetzt kurz nach halb fünf, sie beeilte sich zu zahlen und brach wenig später auf. Ihre Gedanken sprangen unterdessen von den Erinnerungen an das heutige Vorlesen zu dem geplanten Treffen mit Tatjana Melling am Abend. Welchen Titel hatte sie sich wohl für sie ausgesucht? Vielleicht kannte sie das Buch ja sogar schon. Das wäre auch kein Beinbruch, in diesem Fall konnte man sich doch kurz darüber austauschen. So oder so, sie freute sich darauf, die junge Frau zu empfangen.

Ihr Einkaufstrolley erwies ihr heute gute Dienste, nicht nur, weil die Straßen feucht und rutschig waren. Sie fühlte sich auch ziemlich erschöpft nach dem langen Tag und war froh, als sie wohlbehalten gegen 17:20 Uhr zu Hause ankam. Inzwischen war es tatsächlich dunkel geworden, die Straßenlaternen vor ihrem Wohnzimmerfenster malten orange-schimmernde Kreise auf den graupeligen Schneematsch an den Straßenrändern. Aus den Fenstern des gegenüberliegenden Mehrfamilienhauses drang warmes Licht und kündete von Gemütlichkeit.

Elfie hängte ihren Mantel an den Garderobenhaken, wechselte die Schuhe und beeilte sich, auch in ihrer Wohnung Licht zu machen. Den Einkaufstrolley hatte sie vor der Wohnungstür stehen lassen. Er war schließlich leer und würde sicher nicht gestohlen werden. Jetzt noch schnell Hände waschen, und dann wollte sie es sich mit einem Buch auf ihrer Couch im Wohnzimmer gemütlich machen. Sich schon ein wenig auf den Besuch von Tatjana Melling nachher einstimmen.

Als es bereits kurze Zeit später an der Tür klingelte, wunderte sie sich im ersten Moment. Kam ihre Nachbarin nicht immer erst gegen 19:30 Uhr von der Arbeit? Na, vielleicht hatte sie etwas früher Schluss machen können. Zu gönnen war es der jungen Frau jedenfalls, Elfie wusste, dass sie viel Stress an ihrer Arbeitsstelle hatte.

Also dachte sie sich nichts weiter dabei. Ihr Herz klopfte aufgeregt, vor Vorfreude, wie sie meinte, als sie in ihren Flur lief und die Wohnungstür öffnete. Doch da stand kein Besuch. Das war nicht Frau Melling. Sie blinzelte in die Dunkelheit und konnte absolut nichts erkennen. Dann ein Wispern: »Keine Angst!«

Im nächsten Moment durchfuhr sie ein stechender Schmerz, sie war orientierungslos, verlor den Halt und ging in die Knie. Heiße Panik schoss durch ihren Körper und sie verlor sich in der Dunkelheit. Das Dunkel, überall jetzt, verschluckte sie.

Bevor alles verschwand, war da plötzlich seine geliebte Stimme. Pauls Stimme. Seine Worte »Ich bin da, mein Röschen, komm' zu mir. Hab' keine Angst! Keine Angst!«, spürte sie mehr, als dass sie sie hörte. Mein Gott, es war wirklich wahr …

Und ein nie gekanntes Glücksgefühl, als sie beruhigt losließ.

Liebes Tagebuch,

in der Schule hat Frau Gerber uns heute aus dem Tagebuch der Anne Frank *vorgelesen.*

Mama findet das nicht gut, sie meint, dafür wäre ich noch zu jung. Anne Frank war nämlich ein jüdisches Mädchen, das im Zweiten Weltkrieg Tagebuch geschrieben hat. Weil sie eben jüdisch war und deswegen verfolgt wurde, ist es für uns heute besonders interessant, zu lesen, wie es damals war. So hat Frau Gerber es uns erklärt.

Ich hatte gar nicht das Gefühl, dass das alles schon so lange her ist. Es war mehr, als ob eine Freundin einem was erzählt.

Anne hat ihre Einträge nämlich wie Briefe an eine Freundin formuliert, und heute hat Frau Gerber uns als Hausaufgabe aufgegeben, auch mal in Briefform so einen Eintrag zu schreiben. Über einen normalen Tag am Wochenende.

Frau Gerber hat vorgeschlagen, dass man, wenn man nicht weiß, wie man anfangen soll, >Liebes Tagebuch< schreiben soll. Das finde ich aber blöd. Viel lieber will ich mir vorstellen, dass ich einer Freundin etwas erzähle. So, wie Anne das gemacht hat.

Ich glaube, ich nenne sie Mia. Und sie ist so alt wie ich und immer auf meiner Seite.

Also, liebe Mia, jetzt fällt mir nichts mehr ein, aber ich schreibe bestimmt bald wieder ...

Kapitel 3

Von der Fensterscheibe, hinter der die allgegenwärtige Dunkelheit längst schon die Sträßchen der Altstadt verschlungen hatte, starrte sie ein bleiches Gesicht an.

Tuulia zog eine Grimasse, streckte ihrem Spiegelbild die Zunge heraus und gähnte schließlich ausgiebig. Sie war schon wieder müde. Oder immer noch? Es waren diese Tage des Jahres, an denen man leicht den Eindruck gewinnen konnte, es werde gar nicht richtig hell, bevor schon wieder die Dämmerung einsetzte.

Gerade überlegte sie, ob sie für heute Feierabend machen sollte, als es leise an ihre Bürotür klopfte.

»Ja?«, sie wandte sich träge vom Bildschirm ab.

»Hi, Tuulia, störe ich?« Conny streckte den Kopf in den Raum. Sie sah ihm an, dass er Neuigkeiten hatte, die er nicht lange würde für sich behalten können.

»Na, komm' schon rein, was gibt es denn?« Tuulia schmunzelte, dankbar für die Unterbrechung.

»Ach nichts, eigentlich. Oder doch, schon, es ist nur – Simon hat doch nächste Woche Geburtstag.«

»Ja? Schön. Und wie kann ich helfen?«

»Na ja, ich habe da nämlich so eine Idee. Was ich ihm schenken könnte, meine ich.«

»Conny! Jetzt aber mal raus mit der Sprache«, Tuulia musste lachen. »Was willst du von mir?«

»Ja gut, also, es ist nur eine Kleinigkeit, aber ich dachte … Du sprichst doch Schwedisch und Finnisch.«

»Stimmt«, Tuulia hob die Augenbrauen und sah Conny abwartend an.

»Und, na ja, ich plane da so eine Art Collage ...«

»Lass' mich raten«, Tuulia grinste ihren Kollegen verschwörerisch an. »Es geht um die wichtigsten Worte, die zwei Menschen auf der ganzen Welt einander sagen können?«

»Äh, ja, so ungefähr«, Conny war inzwischen puterrot angelaufen und vermied den Blickkontakt mit Tuulia. Sie stupste ihn kumpelhaft an.

»Hey, das ist eine total süße Idee, und ich bin mir sicher, Simon wird ganz gerührt sein.«

»Wirklich? Ich meine, du findest das nicht irgendwie kitschig oder albern?«

»Natürlich nicht«, Tuulia piekte Conny in die Seite, bis er sie ansah. »So, und jetzt – guck' mal«, sie reichte ihm einen Zettel, auf dem sie längst schon die beiden Sätze notiert hatte. »Das obere ist Schwedisch und hier«, sie tippte mit dem Kugelschreiber auf die zwei unteren Worte, »das ist Finnisch.«

»Dankeschön, Tuulia«, Conny grinste verlegen, »vielen Dank!«

»Na klar, wenn ich helfen kann, tu' ich das doch gerne. Aber du musst Simon im Gegenzug auch ganz herzlich von mir gratulieren!«

»Natürlich!«, Conny studierte noch immer den kleinen Zettel und murmelte: »Weißt du eigentlich, dass ich mir als Kind immer gewünscht habe, zweisprachig aufzuwachsen? Ich war richtig neidisch auf Klassenkameraden, denen das vergönnt war.« Er lächelte gedankenverloren.

»Ja, es hat zweifellos seine Vorteile, zwei Muttersprachen zu haben«, bestätigte Tuulia. »Und abgesehen davon ...«, sie überlegte kurz, aber Conny war ein Freund, dem sie vertraute. »Abgesehen davon haben Schwedisch und Finnisch, unsere Kindheitssprachen, noch eine ganz besondere, zusätzliche Bedeutung für Lenni und mich.«

»Ich glaube, ich weiß, was du meinst«, sagte Conny ernst. »Die

Sprachen sind Geschenke eurer Eltern, die euch euer ganzes Leben lang begleiten werden.«

»Ja, genau so ist es!«, meinte Tuulia, unerwartet berührt von Connys Worten. Nach einer kurzen Pause fuhr sie mit leiser Stimme, die sich Mühe gab, fest zu wirken, fort: »Sie bewahren ein Stückchen Heimat in unseren Herzen.« Sie schluckte und atmete tief durch. War dankbar für die Zeit, die Conny, der über ihre traurige Familiengeschichte Bescheid wusste, ihr wie selbstverständlich ließ.

Im nächsten Moment hatte sie sich schon wieder gefasst. War wieder die Starke. Die sie immer gewesen war, weil sie anders gar nicht hätte weiterleben können. Dieses Gefühl, die vertraute Rolle wieder einzunehmen, gab ihr Halt. Zwar keine Unbeschwertheit, die niemals, aber damit kam sie klar, und das musste ja auch keiner wissen.

»Meine Tante Gunilla hat übrigens auch demnächst Geburtstag«, begann sie, um das Gespräch in fröhlichere Bahnen zu lenken. »Und sogar einen runden, sie wird fünfzig.«

»Na, das sieht doch ganz so aus, als ob wir viel zu feiern hätten«, Conny lächelte sie an und zwinkerte verschmitzt.

Tuulia kriegte ein schiefes Grinsen hin. In Wahrheit waren Geburtstage, besonders runde, für sie schon seit langem ein ambivalentes Vergnügen. Sie lösten völlig widersprüchliche Gefühle in ihr aus und sie konnte sich nicht gegen eine latente Angst verwehren, die still und heimlich in die Freude über den Ehrentag eingewoben zu sein schien. Natürlich gab sie sich immer Mühe, ihre wirren Gedanken, wie sie sie selbst oft genug nannte, nicht durchscheinen zu lassen. Niemals, auch nicht Conny gegenüber.

In Wahrheit aber leuchtete neben der Realität in ihrem Kopf immer auch eine Spur unbestimmter Bedrohung auf. Denn es war schließlich nicht unwahrscheinlich, dass man irgendwann einmal, in einem zukünftigen Leben ohne die geliebten Menschen, auf eben diese glücklichen Leuchtturmtage zurückschauen würde. Traurig lächelnd Weißt-du-noch's austauschen und versuchen würde, die Ängste im Zaum zu halten.

Zugleich hatte sie ein schlechtes Gewissen. Sie sollte ihr glückliches Hier und Jetzt nicht von solchen düsteren Gedanken vergiften lassen. Daher der immerwährende Versuch, einen Schutzwall aus guten Gedanken zu errichten. Hinter den sie die Gedanken und Ängste, ihre ganz persönlichen Dämonen, unablässig zu schieben versuchte. In ihrem Kopf, das war alles nur in ihrem Kopf. Wie in diesem Lied, das ihr aber auch keine Hilfe sein konnte. Denn obschon sie die Mechanismen kannte, theoretisch wusste, wie sie andere aus den Gedankenkreisen hinausführen konnte, blieb am Rande ihres Bewusstseins immer dieses unbestimmte Wispern. Waren die Ängste einfach nicht stillzukriegen.

»Aber weißt du was?«, Connys Stimme zitterte verdächtig. Er hatte sich noch einmal den Zettel mit Tuulias Übersetzungen vorgenommen. Von ihren kruden Gedanken hatte er zum Glück nichts mitbekommen.

»Hm?« Sie sah zu ihm, schickte ein fragendes Lächeln durch ihren Schutzwall.

»Es klingt wie eine Kriegserklärung!« Jetzt konnte Conny das Lachen nicht mehr unterdrücken.

»Was?« Tuulia wusste genau, was er meinte, gab sich aber betont ahnungslos.

»Na, hier: die finnische Version!« Conny wedelte prustend mit dem Zeigefinger in Richtung des Notizzettels. ›Raka ..., Raksta ...‹

»Also, ich muss doch sehr bitten«, Tuulia hob mit gespielter Strenge die Augenbrauen und spürte überrascht, wie Conny sie gerade aus den Gedankenstrudeln befreit hatte. »Gib' dir ein bisschen mehr Mühe! Es heißt ›Rakastan sinua‹«, sie rollte das ›R‹ demonstrativ sekundenlang, was bei Conny ein hilfloses Japsen auslöste, »und ist in Finnland über die Jahrhunderte unzählige Male in romantischen Momenten ...«

Jetzt war es endgültig um Conny geschehen. Er krümmte sich

vor Lachen, hielt sich den zu Recht schmerzenden Bauch und bat mit verzweifeltem Blick aus tränenden Augen um Gnade.

Gleich konnte es losgehen.

Die Zeiger der antiken britischen Spiel-Standuhr in dem großzügigen, mit wertvollen Teppichen ausgelegten Flur im Westflügel der Villa Claaßen bewegten sich auf 20:00 Uhr zu, und sie sollten inzwischen alle da sein. Nun, Carl-Conrad Claaßen, der Patriarch, als der er sich selbst ohne falsche Bescheidenheit verstand, würde sie eine Weile schmoren lassen. Als das Kunstwerk von John Taylor in der Tonfolge des Big Ben jetzt vollmundig die Stunde schlug, ließ er sich daher noch einen Moment Zeit. Er genoss das Prickeln diebischer Vorfreude, das sich in diesem Augenblick, wie auf ein geheimes Zeichen, über seine Armen und den Rücken ausbreitete.

Die Tür zum Grünen Salon der prächtigen Jugendstil-Villa war lediglich angelehnt, und so konnte er einen heimlichen Blick auf die erhaschen, die sich bereits um den großen Konferenztisch versammelt hatten. Und die sich ihrer Sache offenkundig noch viel zu sicher waren. Er lächelte amüsiert. Heute würde er ... wie sagten die jungen Leute? Die Bombe platzen lassen.

Wie zu erwarten saßen da seine Tochter Philippa, in tadelloser Aufmachung und Haltung, mit Romulus und Remus als unvermeidlichen Begleitern an ihrer Seite, und Quentin, sein älterer Sohn. Der Vernünftige. Ihn langweilig zu nennen wäre gemein, aber, um ehrlich zu sein, nicht besonders weit hergeholt.

Einer jedoch fehlte noch. Natürlich. Carl-Conrad Claaßen verspürte den Impuls zu schmunzeln, unterdrückte ihn aber. Henry. Sein Jüngster und sein Lieblingssohn. So etwas sollte man als Vater vielleicht nicht denken, aber so war es nun mal. War es immer gewesen.

Seine drei Kinder konnten unterschiedlicher nicht sein. Kaum zu glauben, dass sie tatsächlich aus dem gleichen Stall kamen. An seiner Vaterschaft hatte er indes nie gezweifelt, trotz allem waren sie ihm einfach zu ähnlich. Sie alle hatten mindestens eine herausragende Eigenschaft, die sie eindeutig von ihm geerbt hatten. Und sein Jüngster, Henry, war eben Idealist und Lebenskünstler. Das waren die Attribute, die ihm, Carl-Conrad selbst, es ermöglicht hatten, das Auktionshaus überhaupt aufzubauen. Aus dem Nichts etwas so Großes entstehen zu lassen, das auf die eine oder andere Weise ihrer aller Lebensgrundlage geworden war.

Henry also. Er hatte, zu seinem anfänglichen Bedauern, keinerlei Interesse an der Firma gezeigt. Viel zu viele Versprechen warteten in der weiten Welt auf ihn. Henry hatte alle Möglichkeiten gehabt und sie genutzt. Erinnerungen geschaffen, um die er seinen Sohn, wenn er ehrlich war, beneidete. Heimlich hatte er seinen Weg immer verfolgt und durch ihn ein bisschen miterlebt. Auch wenn dieser Lebensentwurf seiner eigenen, vielleicht altmodischen, Handlungsmaxime zu widersprechen schien, hatte Henry es dem Grunde nach doch richtig gemacht. Es gab nur ein Leben. Und wenn Carl-Conrad über die immer schneller vorüberfliegenden Jahre eines gelernt hatte, dann, dass es kurz war. Lebe heute deine zukünftigen Erinnerungen, sie sind das einzige, was bleibt, hatte er Henry in Gedanken oft zugeflüstert. Er war stolz auf ihn.

Philippa, seine einzige Tochter und Erstgeborene, war da ganz anders. Zielstrebig, ehrgeizig. Hatte schon früh nach den von ihren Brüdern verschmähten Früchten gegriffen. Mit beiden Händen und ohne Mitleid für die, die leer ausgingen. Sie hatte nie einen Zweifel daran gelassen, dass sie alles für die Firma tun würde. Der Familienbetrieb, das geschichtsträchtige Auktionshaus Claaßen, war ihr Bestimmungsort. Hier verwirklichte sie sich, hier blühte sie auf. Und hierfür würde sie jederzeit kämpfen. Bis zum Letzten und mit allen Mitteln.

Natürlich erkannte er das an. Hatte es immer getan. Und sich seinen Kummer darüber, dass aus seinem kleinen Mädchen so eine knallharte Geschäftsfrau geworden war, nie anmerken lassen. Kinder? Waren für sie augenscheinlich nie ein Thema gewesen. Dafür hatte sie ihre Windhunde. Er hatte sich aus den Tieren nie etwas gemacht, aber für seine Tochter bedeuteten sie die Welt. Wenn man ihn fragte, lenkten sie sie von alldem ab, worin sie versagt hatte: einen Menschen zu finden und zu binden, zu lieben, geliebt zu werden und den eigentlichen Wert hinter allen Zahlen zu erkennen. Nein, dafür war seinem kleinen Mädchen irgendwann unbemerkt der Sinn abhandengekommen. Wie traurig das war, war ihm selbst erst spät klar geworden. Doch das, was er ihnen und besonders ihr heute zu sagen hatte, würde die Weichen für die Zukunft vielleicht anders stellen.

Was Familie betraf, so hatte er auf seinen älteren Sohn, Quentin, zählen können. Das war irgendwie immer klar gewesen. So wenig Härte, wie er im Geschäft aufzubringen fähig war, so innig hatte er seine Frau geliebt und mit ihr bald seinen einzigen Enkel Jonathan bekommen. Nun ja, auch für ihn würde sich heute allerdings einiges ändern.

Der Träumer, die Zielstrebige und der Familienmensch. Das waren seine Kinder.

Das war er.

Erschöpft aber voller Vorfreude auf ihre kleine Verabredung mit Frau Dornbusch heute Abend, schloss Tatjana Melling ihre Wohnungstür auf. Es war anstrengend gewesen im Büro. Weniger wegen der Arbeit, da hatte sie ihre Routinen und stieß nur noch selten auf Herausforderungen. Aber die Zickereien wurden in letzter Zeit immer schlimmer. Sie war froh, dabei wenigstens nicht im Fokus zu stehen, dennoch belastete die Atmosphäre sie zunehmend.

Zum Glück gehörte der Abend jetzt aber ganz ihr. Und ein kleines bisschen Frau Dornbusch. Sie konnte es kaum erwarten, sich bald schon in ein neues Buch, eine fesselnde Geschichte, zu vertiefen. Und den trüben Alltag endlich außen vor zu lassen. Außerdem war sie gespannt, ob die Nachbarin ihren Buchtipp vielleicht sogar schon kannte. »Büchermenschen unter sich«, dachte sie lächelnd. Das war einfach eine ganz besondere Verbindung, über alle Altersgrenzen hinweg.

Sie beeilte sich, ihre gemütliche Freizeitkleidung über- und damit den Arbeitstag symbolisch abzustreifen und aß eine Kleinigkeit. In Gedanken war sie dabei schon halb unten bei Frau Dornbusch. Gegen 20:15 Uhr schnappte sie sich die beiden Bücher, eines zur Rückgabe und jenes, das sie der Nachbarin ausleihen wollte, und verließ ihre Wohnung gutgelaunt.

Frau Dornbusch wohnte direkt unter ihr und so klingelte Tatjana Melling zwei Treppen später auch schon an ihrer Tür. Ein angenehmes vollmundiges ›Ding Dong‹ ertönte, und sie wartete ab. Seltsam, aus der Wohnung war keinerlei Geräusch zu vernehmen. Sie versuchte es erneut – wieder nichts. »Komisch«, murmelte sie und spürte ein unangenehmes Kribbeln in ihrem Magen aufsteigen. Sie mahnte sich zur Geduld. Hatte sie selbst nicht schon mal erzählt, dass es grundsätzlich immer dann an der Tür klingelte, wenn sie gerade unabkömmlich war?

Wahrscheinlich war ihre Nachbarin gerade im Badezimmer und konnte nicht so schnell zur Tür kommen. In diesem Moment erlosch die Deckenlampe im Treppenhaus. Jetzt konnte sie es ganz deutlich sehen: Aus der Wohnung sickerte warmes Licht durch den kleinen Ritz zwischen Türkante und Teppichboden ins Treppenhaus. Frau Dornbusch war also zu Hause. Bestimmt ging es ihr gut. Du lieber Gott, bitte ...

Tatjana Melling drückte auf den viereckigen Schalter mit dem kleinen Kontrolllämpchen und nahm sich vor, mit dem nächsten Versuch zu warten, bis das Licht im Treppenhaus wieder ausging. Bestimmt war alles in Ordnung. Trotzdem ließ sich das ungute Gefühl nicht vertreiben. Sie nahm die beiden Bücher in die andere

Hand und begann innerlich zu zählen. Sie war bei »64« angelangt, als es wieder dunkel wurde. Sie machte sich selbst Mut: »Na, jetzt aber ...!«, schaltete das Licht erneut an und klingelte ein letztes Mal.

Nichts.

Ihr wurde schlecht. Wenn da bloß nichts passiert war! Wie alt war Frau Dornbusch eigentlich? Sie schätzte sie auf Mitte siebzig. Aber sie war doch topfit. Oder? Da sie etwas tun musste, irgendetwas, überwand sie sich und klopfte. Das Geräusch hallte übermäßig laut im leeren Treppenhaus wider und im ersten Moment erschrak sie hierüber. Ihre Nerven feuerten auf höchster Alarmstufe und sie rief Elfriede Dornbuschs Namen mit brüchiger Stimme. Erst leise, dann noch einmal lauter. Aber es blieb weiter still.

So, genug, sie konnte hier nichts machen. Was hieß schon ›nichts machen‹? Ein Teil von ihr glaubte, hoffte, dass sie völlig überreagierte. Wie dem auch sei, ihr Herz rebellierte in ihrer Brust und sie wollte nur noch zurück in ihre gemütliche Wohnung. Weg von der Tür, dem verräterischen Lichtspalt und dem, was sich dahinter verbergen mochte. Was da passiert sein musste.

Mit zittrigen Knien und einem Schwindelgefühl, das sie bis eben nicht wahrgenommen hatte, stieg sie die zwei Treppen zu ihrer Wohnung wieder hinauf. Mit einiger Mühe gelang es ihr, den Schlüssel in das Zylinderschloss zu schieben und wenig später stand sie sicher in ihrem Wohnungsflur. Automatisch hatte sie irgendwann währenddessen nach ihrem Handy gegriffen und begann bereits zu wählen, als die Tür lauter als beabsichtigt zuschlug.

Aus der angelehnten Tür zum Grünen Salon drang kein Laut. Carl-Conrad Claaßen wartete im Flur und unterdrückte ein Seufzen. Ein heimlicher Blick schräg durch die angelehnte Tür offenbarte, dass Philippa und Quentin an dem großen ovalen Versammlungstisch mehr Platz als nötig zwischen sich gelassen hatten. Desinteressierte Sprachlosigkeit schwebte über dem Bild, ganz offensichtlich hatten seine Kinder einander nichts zu sagen. Das war traurig, aber leider nichts Neues.

Ein kühles Nebeneinander, das die Etikette wahrte, ansonsten aber keine familiären Bande erkennen ließ, so würde er das Verhältnis seiner beiden Ältesten zueinander beschreiben. Nun ja, in naher Zukunft würde sich daran etwas ändern müssen. Den Grund hierfür würden sie heute erfahren.

»Dad!«

Carl-Conrad Claaßen zuckte zusammen, als ihn zwei bemerkenswert braungebrannte, kräftige Arme von hinten umschlossen.

»Henry! Mein großer Kleiner! Lass' dich erst mal ansehen. Geht es dir gut? Ist alles in Ordnung?« Sein Sohn war mal wieder mehrere Monate unterwegs gewesen, wie immer in wohltätiger Mission.

»Na klar, Dad. Es war schon anstrengend im Camp, aber ohne die Entwicklungsarbeit wäre Haiti verloren.«

Carl-Conrad Claaßen klopfte seinem Sohn anerkennend auf die Schulter. Er war stolz auf ihn, das konnte er nicht bestreiten. Und warum auch? Es war ein gutes Gefühl, dass wenigstens eines seiner Kinder über den eigenen Tellerrand hinausdachte. Bevor er jedoch allzu rührselig wurde, schwenkte er zu dem bevorstehenden Gespräch über.

»Na gut. Ich schlage vor, du erzählst später mehr, deine Geschwister sind bereits da.«

Seinen Jüngsten nach mehreren Monaten harter körperlicher Arbeit in einem krisengeschüttelten Land so kurzangebunden zu vertrösten, tat ihm in der Seele weh. Fast bereute er seine Pläne. Doch es würde zum Besten der Familie sein. Und damit auch seinem Jüngsten zu Gute kommen. Auf die eine oder andere Weise.

Aber jetzt gab es zunächst andere Punkte zu klären. Für mehr war später noch Zeit. Er hoffte, dass Henry dann noch gut auf ihn zu sprechen sein würde.

Sie betraten den Grünen Salon und Quentin, sein älterer Sohn, sah sofort zu ihm herüber. Nickte Henry erfreut zu. »Hallo, na, das ist ja ein seltener Gast! Geht's dir gut?«

Philippa ließ sich da etwas mehr Zeit. Wechselte einen raschen Blick mit dem Vater, bevor sie ihren jüngeren Bruder prüfend musterte. »Na, auch mal wieder hier? Man kriegt dich ja kaum noch zu Gesicht.«

Henry grinste seine Geschwister an. »Ja, Philippa. Ich freue mich auch, dich zu sehen. Und es geht mir gut, danke der Nachfrage, Quentin.«

»So!« Carl-Conrad Claaßen hatte nicht vor, den Abend mit Small-Talk zu verschwenden. »Nachdem jetzt alle anwesend sind, schlage ich vor, dass wir beginnen.«

»Natürlich, Vater«, Philippas Stimme klang kühl. »Wir wüssten auch gerne, wofür dieses Treffen gut sein soll. Kläre uns bitte auf.«

»Geduld, Philippa. Wie ihr wisst, bin ich nicht mehr der Jüngste. Und auch, wenn ich es länger vor mir hergeschoben habe, nicht zuletzt, um die beste Lösung zu finden, ist heute doch der Zeitpunkt gekommen, euch darüber ins Bild zu setzen, wie es nach meinem Tod weitergehen soll.«

Er machte eine Pause, in der er seine Kinder bedeutungsschwer ansah, und fuhr schließlich fort: »Was ich mir überlegt habe, wird euch vielleicht ungewöhnlich erscheinen, und es wird einige Unruhe in die festgefahrenen Unternehmensstrukturen und auch in unsere, äh, Familie bringen.«

An dieser Stelle sah Philippa alarmiert auf. »Was meinst du Vater? Ich dachte eigentlich, es sei im Großen und Ganzen alles geregelt?!«

Es begann, das spürte er, und es würde noch schlimmer werden. Er konnte einen Hauch von Vorfreude nicht unterdrücken. »Ich habe viel nachgedacht, wie gesagt, und ich bin zu dem Schluss gekommen, dass ihr bisher ein viel zu komfortables Leben hattet.«

»Wie bitte? Wie meinst du das?«, Quentin klang eher verwirrt als empört und Carl-Conrad bedeutete ihm, sich zu gedulden.

»Ihr habt alle drei auf eure Weise dazu beigetragen, dass das Unternehmen heute so erfolgreich dasteht«, im Augenwinkel fing er einen durchaus als abfällig zu bezeichnenden Blick von Philippa in Henrys Richtung auf.

»Andererseits wäre es nicht zu weit hergeholt zu sagen, dass ihr schließlich auch immer im gemachten Nest agiert habt.«

»Also Vater, ich denke nicht, dass das gerecht ist«, unterbrach Philippa seine kleine Rede. »Immerhin ...«

»Ich würde dich bitten, dir zunächst alles anzuhören, was ich zu sagen habe«, beschied er sie ungerührt. »Meiner Meinung nach hat euch das nur wenig befähigt, die nicht unbedeutende Stellung des Auktionshauses Claaßen auf dem Weltmarkt zu halten. Weiterhin erfreuliche Bilanzen zu garantieren. Und den guten Ruf als erfolgreiches Familienunternehmen«, er betonte den für ihn zentralen Begriff mit einer nachgestellten Pause, »zu erhalten und zu stärken.«

Quentin runzelte die Stirn. Mehr Reaktion hatte Carl-Conrad von seinem ruhigsten Kind eigentlich auch nicht erwartet.

Ganz anders Philippa: Sie rückte ihren Stuhl ein Stück nach hinten und setzte sich auf die vorderste Kante. Sie war bereit, die Diskussion aufzunehmen. Den Fehdehandschuh. Seine Tochter enttäuschte ihn nicht. Erfüllte seine Erwartungen bis zu diesem Punkt perfekt. Letztendlich war sie durchschaubar, das mochte ihre größte Schwäche sein und sie auf der geschäftlichen Bühne das ein oder andere Geschäft kosten.

Er sah seiner Tochter an, wie sehr sie sich zügelte. Welche Anstrengung es sie kostete, sich gelassen zu geben.

»Es soll gerechter werden«, begann er. »Jeder von euch soll daher nicht nur die Möglichkeit, sondern auch die Pflicht haben, sich in das Geschäft einzubringen. Ihr werdet lernen müssen, miteinander zu arbeiten, und damit ist nicht gemeint, Aufgaben an diejenigen – oder soll ich sagen ›diejenige‹? – abzugeben, die sie jederzeit nur zu gern an sich reißen.«

Seine Tochter hatte den Seitenhieb natürlich gespürt und protestierte, wie zu erwarten, heftig: »Also, das ist jetzt wirklich ungerecht, Vater!« Die eleganten Windhunde, Romulus und Remus, die bis zu diesem Zeitpunkt zu ihren Füßen gedöst hatten, wurden unruhig. Auf ein knappes, beiläufiges Kommando ihres Frauchens legten sie sich jedoch sofort wieder unter den Tisch.

Carl-Conrad fuhr unbeeindruckt fort, denn mit Protest, durchaus auch schlimmeren Ausmaßes, hatte er schließlich gerechnet. »Was ich mir vorstelle, ist ein wahres Familienunternehmen.« Wieder eine kurze Pause, ein Blick in die Gesichter seiner Kinder. Henry neugierig, Quentin nachdenklich und Philippa aufgebracht, mühsam beherrscht.

»Mir ist in den vergangenen Monaten bewusst geworden, dass ich es versäumt habe, darauf zu achten, dass ihr tatsächlich zusammenarbeitet. Dass ihr es lernt, Kompromisse einzugehen und so gemeinsam ...«, Pause, gedachtes Ausrufezeichen, »... das Optimum aus den Geschäften herauszuholen.«

»Ich bin nicht der Meinung, Vater, dass wir das nicht bereits tun. Ansonsten stünde die Firma längst nicht so gut da. Du weißt«, Philippa blitzte ihn eisig an, »wie hart umkämpft der Markt ist.«

Sie mochte durchschaubar sein, seine Tochter, aber die Leidenschaft, mit der sie hinter der Firma stand, hatte er nie bezweifelt. Im Gegenteil, lange Zeit hatte er ihr Wirken mit ganz besonderem Stolz beobachtet. Jetzt aber ging es um etwas anderes, Substantielleres.

»Du hast recht«, sagte er einfach. »Zumindest was den reinen Geschäftserfolg betrifft. Das ist jedoch nicht, was ich meine.«

»Aha, sondern was genau?«, Philippas Ton ließ keinen Zweifel daran, dass es sich ihrer Ansicht nach jedenfalls um nichts von Bedeutung handeln konnte.

»Im Grunde«, meinte Carl-Conrad, »und das sage ich keineswegs unbedacht, ist es mir fast egal, was mit der Firma nach meinem Tod wird. Euch aber«, er hatte den erwartungsgemäß fassungslosen Ausdruck in Philippas Blick durchaus registriert, »euch sicher nicht. Daher ist jetzt der Zeitpunkt gekommen, da ihr euch euren Wohlstand verdienen müsst. Beweisen, dass ihr die Dinge nicht nur weiterführen, sondern auch auf die Beine stellen könnt. Agieren statt verwalten, wenn ihr so wollt.«

In der Stille, die seinen Worten folgte, spürte Carl-Conrad, wie sich die körperliche Anspannung, die sich in Erwartung dieses Gesprächs über die letzte Zeit in ihm angestaut hatte, in einem Kribbeln auflöste. Wie sie an seinen Armen, seinen Beinen abperlte und ihn ein wenig zittrig werden ließ. Er war froh, dass er saß und wartete ab. Gab seinen Kindern Zeit, die Neuigkeiten zu verdauen und wappnete sich für die Fragen, die zweifellos gleich auf ihn einprasseln würden.

Zu seiner Überraschung war es Quentin, sein vernünftiger Sohn, der das Wort als Erster ergriff: »Ich habe das noch nicht verstanden, Vater. Wie genau soll unsere Zusammenarbeit denn aussehen? Denn, ich meine, beteiligt sind wir ja alle jetzt bereits, auf die eine oder andere Weise. Also«, er warf einen fast entschuldigenden Blick in Henrys Richtung, »mehr oder weniger.«

»Ha, sehr schön umschrieben, Quentin«, Philippas hämisches Lachen verunglückte irgendwie. »Ich meine, mich zu erinnern, dass in erster Linie wir beide an die Firma gebunden und an den Geschäften der letzten Jahre gewinnbringend beteiligt sind. Während Henry«, sie musterte ihren jüngeren Bruder eisig, »na ja, du bist ja weniger präsent in der Firma. Im wahrsten Sinne des Wortes.«

»Das stimmt nicht, Philippa, und das weißt du auch. Dein Bruder beobachtet den internationalen Markt seit vielen Jahren und leistet auf seine Weise einen Beitrag.«

»Wie auch immer«, gab Philippa kühl zurück, »egal, was du da im Einzelnen für uns vorgesehen hast, es wird sich nicht viel ändern. Außer wahrscheinlich, dass gleiche Ergebnisse mehr Aufwand erfordern. Effizienzminderung, Vater. Aber bitte.«

»Ihr kennt mich«, mischte sich Henry, der den Verlauf des Gesprächs mit belustigter Miene beobachtet hatte, jetzt ein. »Ich reiße mich nicht um große Posten in der Firma, aber wenn die Dinge jetzt einmal so sind, hätte ich schon einige Ideen. Und vielleicht können wir den Ländern, die die erste Welt ihrer Schätze beraubt, etwas zurückgeben. Ich denke da zum Beispiel an einen Entwicklungshilfe-Fonds oder Ähnliches.«

Carl-Conrad entging das abfällige Schnauben seiner Tochter nicht. Quentin indes hakte nach: »Ich verstehe dich nicht, Vater! Es tut mir leid, aber was du da sagst, ist für mich absolut nicht nachvollziehbar. Die Firma war doch immer dein Ein-und-Alles!«

»Sie kam immer erst nach der Familie, jedenfalls habe ich versucht, das zu beherzigen«, Carl-Conrad spürte, wie sie langsam an den Kern dessen kamen, worum es ihm ging. Was ihm wichtig war. Mein Gott, wie er hoffte, dass sie ihn nicht ihr Leben lang so gesehen hatten. Dass er in ihren Augen kein Vater war, dem das Geschäft über alles ging. Dem er seine Kinder, den einzig wahren Reichtum, dessen er sich rühmen konnte, achselzuckend untergeordnet hatte. Er spürte, wie sein Puls sich beschleunigte.

»Aber wie kannst du alles so leichtfertig aufs Spiel setzen?«, Quentin bewies eine bemerkenswerte Hartnäckigkeit, eine Leidenschaft fürs Geschäft, die er so gar nicht von seinem Sohn erwartet hatte.

»Das tue ich mitnichten, lieber Quentin.« Ruhig bleiben, diese Diskussion war es doch schließlich, die er hatte provozieren wollen. »Sieh' es doch mal so: Ich setze auf euch. Das wird zwangsläufig euer Engagement für die Firma stärker als bisher fordern, aber langfristig ...«, er erhob sich von seinem Stuhl, die verschwitzten Hände fest um die gepolsterten Armlehnen geschlossen.

Es war plötzlich unangenehm stickig im Raum geworden. Die Luft zäh und verstopft von noch unausgesprochenen Vorwürfen. Von Verständnislosigkeit. Er lockerte seinen Hemdkragen »... langfristig wird es zu Gewinnen führen. Auf der ...«, das Kribbeln, das er vorhin als feines Anzeichen seiner Vorfreude nicht weiter beachtet hatte, verstärkte sich, wurde unangenehm. Seine Hand, die ungeschickt die oberen Knöpfe seines Hemdes aufgerissen hatte, zitterte unkontrolliert. Kalter Schweiß brach ihm aus. »... auf der geschäftlichen wie familiären Ebene und dann ...« Er stockte. Irgendwas war mit seinen Beinen. Sie waren müde. Er war müde. Er musste sich ausruhen.

Nur einen Moment ...

27. Dezember 1984

Liebe Mia,

heute bin ich sehr traurig.
Papa ist nämlich schlimm krank. So schlimm, dass wir es Mama
nicht sagen dürfen. Papa sagt, sie wird dann ganz traurig und wenn
sie zu traurig wird, geht sie vielleicht von uns weg. Und dann habe
ich keine Mama mehr. Deshalb muss es unser Geheimnis sein.
Ich hatte noch nie ein trauriges Geheimnis.

Kapitel 4

Tuulia fröstelte in dem grell beleuchteten Flur.

Sie war gerade einmal eine Stunde zu Hause gewesen, bevor ein Anruf ihres Chefs sie zurück zur Arbeit beordert hatte. Aber wenn sie ehrlich war, war sie fast dankbar für diesen Einsatz, zumal Lorenz angedeutet hatte, er sei speziell. Noch war unklar, was genau er damit gemeint hatte.

In diesem Moment standen sie vor der Haustür einer oder eines gewissen E. Dornbusch und legten ihre Schutzanzüge an. Wie immer, kurz bevor sie einen möglichen Tatort betraten, spürte Tuulia diesen kribbelnden Mix aus Tatendrang, Neugier und Vorsicht. Sie war im Arbeitsmodus, scannte den vor ihr liegenden Eingangsbereich und versuchte, Wichtiges von Unwichtigem zu unterscheiden.

Auch wenn sie noch vor der Wohnungstür standen, fiel ihr doch auf, dass diese unbeschädigt zu sein schien. Sie konnte hier beispielsweise keine Kampfspuren entdecken. Die Spurensicherung hatte diesen Teil der Wohnung bereits freigegeben und die Kollegen würden ihnen ihre Beobachtungen später bestätigen können. Gegebenenfalls.

Aus dem Flur traten in diesem Moment die Kollegen des KDD, die nach ein paar gemurmelten Grußworten das Treppenhaus hinab verschwanden. Tuulia reckte den Kopf um durch die, nun weiter offenstehende, Haustür einen raschen Blick in die Wohnung zu werfen. Außer dem Schlüsselkästchen neben der Tür sowie einem kleinen Flurabschnitt konnte sie so jedoch nichts erkennen. Sie wartete ungeduldig, bis Lorenz in aller Ruhe den weißen Overall geschlossen hatte.

»Na, dann wollen wir mal«, er straffte sich und nickte ihr auffordernd zu, bevor er durch die Wohnungstür trat. Tuulia folgte ihm und unterzog die Räumlichkeiten dabei bereits einer genauen, ersten Musterung. Sie nahm einen schwachen Lavendelduft wahr, die Wohnung erschien ihr insgesamt sehr gepflegt.

Gleich neben dem Schlüsselkästchen schloss sich eine Garderobe an, in der, der Jahreszeit entsprechend, ein dunkler Mantel neben einem gemusterten Schal und einer Auswahl an farbenfrohen Seidentüchern hing. Außerdem fanden sich hier zwei Handtaschen und daneben mehrere Stofftaschen mit Aufdrucken großer Supermarktketten. Soweit nichts Ungewöhnliches.

Die gegenüberliegende Wand wurde von einem großen Spiegel in einem goldschnörkeligen Rahmen dominiert. Drei Notizzettel waren zwischen Rahmen und Scheibe geklemmt. Wie es aussah, waren hierauf Arzttermine vermerkt. Ein zierlicher Filzhut im Trachtenstil, den sie fast übersehen hätte, spiegelte sich in der großen Fläche. Er thronte auf der Hutablage der Garderobe und würde einer älteren Dame sicher gut stehen. Tuulia machte sich auf ein trauriges Szenario in einem der sich anschließenden Räume gefasst.

»Na, was haben Sie heute Abend Schönes vor, Wagner?«, vernahm sie unvermittelt die laute Stimme des Rechtsmediziners Dr. Schuster, der ihren Chef wie einen alten Kumpel begrüßte. Dessen Antwort konnte sie nicht verstehen, aber was sollte man dazu schon sagen? Es war bemerkenswert, wie unbekümmert Dr. Schuster seinen morbiden Arbeitsalltag meisterte. Wahrscheinlich war Humor die beste Verteidigung im Umgang mit dem allgegenwärtigen Ende. Für sie wäre es trotzdem nichts.

Tuulia trat nun zu den beiden Männern, die in der Tür zu einem kleinen, gemütlich eingerichteten Wohnzimmer stehen geblieben waren und die Kollegen von der Spurensicherung ihre Arbeit machen ließen. Instinktiv versuchte sie sich im ersten Moment vor dem Anblick dessen zu schützen, was sie hier mit trauriger Gewissheit erwartete. Ihr Blick wanderte über ein kleines dunkelrotes Sofa und einen dazu passenden Sessel. Blieb an dem niedrigen Couchtisch hängen, auf dem mehrere Bücher lagen. Liebesromane, wie sie anhand der genretypischen Buchcover sofort erkannte. Auf einem Teller mit Blütenmuster lag ein halbes Stück Schwarzwälder Kirschtorte, das nicht mehr gegessen werden würde. Und daneben ein Schwarzweiß-Foto von einem Mann um die 40, mit liebem, ja verliebtem Blick.

Schließlich überwand sie die natürliche Hemmung und sah sie sich, wenn auch vorerst noch aus einigen Schritten Entfernung, genau an. Die Leiche der älteren Dame, die hier, in dieser winzigen aber adretten und liebevoll gepflegten Wohnung gelebt hatte. Sie war auf einem zweiten dunkelroten Sessel schräg gegen Rücken- und Armlehne zusammengesackt. Die im Todeskampf aufgerissenen, starr ins Leere blickenden Augen ließen keinen Zweifel zu.

E. Dornbusch war eine kleine, rundliche Frau in ihren Siebzigern, schätzte Tuulia. Sie hatte weiße Ringellöckchen und zarte Hände. Seltsam, was einem so auffiel. Es waren jedenfalls keine abgearbeiteten Hände. An der linken Hand trug sie zwei Eheringe. Der verliebte junge Mann vom Wohnzimmertisch, dachte Tuulia gerührt. Traurig. Für einen Moment.

Dann aber wanderte ihr Blick weiter zu den Fingern der rechten Hand. Diese waren steif um eine Spritze geschlossen, die knotigen Fingerknöchelchen traten deutlich hervor. Tuulia runzelte die Stirn, sah auf und reckte ihren Kopf nach links um zu erkennen, was Dr. Schuster, der sich in Absprache mit der SpuSi jetzt geschäftig zu dem leblosen Körper hinabbeugte, verdeckt hatte. Und tatsächlich: Der linke Oberarm der älteren Dame musste abgebunden gewesen sein, die Schlaufe des hierfür verwendeten Riemens baumelte locker über dem Ellbogen, aufgehalten nur von dem Ärmel einer feinen Strickjacke und einer darunter befindlichen weißen Bluse, die bis hierhin hochgekrempelt waren. Ein dünnes, hellrotes Rinnsal war in die Ellenbeuge gelaufen. Als das Herz noch geschlagen hatte.

»Der Todeszeitpunkt liegt noch nicht lange zurück«, verkündete Dr. Schuster in diesem Moment triumphierend. »Zwei, höchstens drei Stunden, würde ich sagen. Sie ist ja fast noch warm, die Extremitäten noch gut beweglich.«

Die Freude und Erfüllung, die Dr. Schuster in seinem Beruf zu finden schien, war fast greifbar. Und absolut nicht nachvollziehbar, wenn man Tuulia fragte.

»Was hat sie sich denn da gespritzt? Können das Medikamente gewesen sein?«, wollte Lorenz wissen.

»Möglich, ich würde es aber eher ausschließen. Intravenöse Injektionen sollten ausschließlich von Fachpersonal vorgenommen werden, das Risiko, dass Luft in die Vene gelangt, ist zu groß. Selbstverabreichte Injektionen werden daher in der Regel im Bauchbereich vorgenommen.«

»Ich muss bei diesem Anblick, ehrlich gesagt, an ganz andere Zusammenhänge denken«, wandte Tuulia ein. Dr. Schuster sah zu ihr. Er schien ihre Anwesenheit erst jetzt richtig wahrzunehmen.

»Nachvollziehbar«, meinte er. Sein Blick war jetzt schärfer geworden, ihm musste klar sein, was sie meinte. Woran jeder bei dem Bild, das sich ihnen hier bot, sofort denken musste. »Über die Substanz in der Spritze werde ich bis morgen früh mehr sagen können. Spätestens. Vielleicht melde ich mich vorher schon.«

»Sie meinen …«, auch Lorenz war offenkundig klar, worauf alles hinwies. Und was im Grunde völlig unvorstellbar war. Er sprach laut aus, was im Raum hing: »Goldener Schuss?!«

»Kann ich mitfahren?« Henry Claaßen hörte selbst, wie brüchig seine Stimme klang.

Das Blaulicht des Krankenwagens markierte einen grell-blitzenden

Kreis fassungslosen Schweigens vor der repräsentativen, zweiseitig geschwungenen Außentreppe der Villa Claaßen. Kreiste unermüdlich über der wortlosen Gruppe, die sich hier versammelt hatte. Neben seinen Geschwistern hatten sich Edith, die langjährig in Diensten der Familie stehende Hausdame, sowie Quentins Sohn Jonathan und seine Freundin Nina eingefunden und verstärkten das traurige Abschiedskomitee in der Auffahrt.

Der eilig herbeigerufene Notarzt warf seinen Koffer, dessen Inhalt über Leben und Tod entschied, eben in den Wagen und schickte sich an, einzusteigen. Noch im Grünen Salon hatte er die Erstversorgung von Carl-Conrad Claaßen abgeschlossen und an die Sanitäter übergeben. In diesem Moment schlossen zwei von ihnen die hinteren Türen des Krankenwagens von innen. Mit einem Schwung, der nicht so recht in die Szene passen wollte.

Der Fahrer musterte Henry kurz und nickte in Richtung des Beifahrersitzes. »Setzen Sie sich nach vorne.«

Henry verlor keine Worte und nahm Platz. Seine Familie würde schon nachkommen, darüber konnte er jetzt nicht nachdenken. Eine Beobachtung aber hatte sein flimmerndes Bewusstsein vorhin durchdrungen und ihn unerwartet tief berührt. Dabei war es nur eine Geste, ein winziges Streicheln gewesen, mit dem Nina seinen Neffen trösten wollte.

Er war beruhigt, Nina tat Jonathan fraglos gut. Und auch in ihm, Henry selbst, hatte diese kleine Szene etwas bewirkt. Weil sie das Bedürfnis weckte, sich anzulehnen. Die Dinge einfach einmal gut sein und den Schild aus Ironie und Flapsigkeit sinken zu lassen, der seit jeher zwischen ihnen dreien, Philippa, Quentin und ihm, stand. Er unterdrückte ein Seufzen.

Seinem Dad durfte einfach nichts passieren, das war das Einzige, was jetzt zählte. Klar, er war inzwischen ein älterer Herr. Aber er war doch stark, war es, so lange er denken konnte, gewesen. Und außerdem immer da. Einfach da für ihn. Wenn er von seinen oft monatelangen Reisen zurückkehrte, war es sein Dad, auf den er sich freute. Dem er von der Zeit erzählen wollte. Den er, wenn er ehrlich war, an manchen Tagen wie ein kleiner Junge vermisst hatte.

Und den er stolz machen wollte.

Tatjana Mellinger machte ein paar unsichere Schritte auf den Treppenabsatz hinaus. Ihr war schlecht. Vorhin waren die Polizisten von der Mordkommission bei ihr gewesen. Sie hatten betont, dass man noch nichts Genaues über die Todesursache von Frau Dornbusch wisse. An der Stelle hatte ein Teil von ihr abgeschaltet, dem Gespräch nicht mehr richtig folgen können.

Es war dunkel im Treppenhaus, dunkel und ruhig. Die Wohnung ihrer Nachbarin wirkte unauffällig, wenn man einmal von dem roten Siegel der Kriminalpolizei absah. Das Echo des Aufruhrs, den Spurensicherung, Polizei und, wie sie vermutete, der Rechtsmediziner noch vor weniger als einer Stunde verursacht hatten, klang in ihrem Kopf nach. Vibrierte wie eine Kontrabassseite, obwohl der Ton längst verklungen war.

Sie konnte es nicht fassen. Die liebe alte Frau Dornbusch war tot. Damit war die schlimmste Option, die sie während des bangen Wartens auf die Polizei immer wieder aus ihren Gedanken verbannt hatte, also traurige Gewissheit geworden. Das hieß jedoch nicht, dass sie es wirklich verstand. Dass die nette ältere Nachbarin, die schon immer hier gewohnt und ihr nicht selten aus dem Fenster zugewinkt hatte, wenn sie von der Arbeit kam, nicht mehr da sein sollte. Sie weigerte sich einfach, diese neue, brutale Realität zu akzeptieren.

Das ›Warum?‹ rumorte in ihr, voller Wut und Angst. Voller Fassungslosigkeit darüber, dass ganz offensichtlich jemand einem so friedlichen, ja gütigen Menschen wie ihrer Nachbarin das Leben genommen hatte. Es erschütterte ihre Grundvorstellungen von

Moral und Sicherheit und einem Mindestmaß an Gerechtigkeit. Das durfte einfach nicht wahr sein.

Die Ermittler hatten gesagt, dass sie noch nichts Genaues wussten. Natürlich hatten sie Informationen, die sie zu diesem Zeitpunkt jedoch für sich behalten mussten, da machte sie sich nichts vor. Vermutlich war auch nicht ausgeschlossen, dass Frau Dornbusch sich selbst das Leben … Sie wollte es gar nicht weiterdenken. Das hieße ja, dass die Nachbarin sich heute Morgen ganz gezielt mit ihr verabredet hatte, um von ihr gefunden zu werden. Rechtzeitig. Bevor es zu unangenehm wurde für die Hausgemeinschaft.

Tatjana Mellinger erschauderte. Aber Frau Dornbusch war so eine positive, freundliche alte Dame gewesen. Der Gedanke, dass sie ganz gezielt ihren Freitod geplant und dann auch noch einen anderen Menschen, nämlich sie, mit dem Auffinden belastet haben sollte, war nicht stimmig. Fühlte sich ganz und gar nicht richtig an. Das würde sie auf jeden Fall aussagen. Morgen.

Sie solle sich bereithalten, hatten die Polizisten zu ihr gesagt. Aber sie hatte längst entschieden, dass sie die Dinge verkürzen würde. Anstatt passiv und mit Gedanken, von denen einer schlimmer als der andere war, auf einen Anruf von ihnen zu warten, würde sie gleich morgen früh auf das Revier gehen. Sich krankmelden und ihre Aussage machen.

Sie spürte, wie die Idee sie ein kleines bisschen beruhigte. Der Plan gab ihr etwas zu tun, beschäftigte ihre aufgebrachten Gedanken, versprach einen Weg aus dem ganzen Durcheinander.

Wie sie die Nacht durchstehen sollte, war eine ganz andere Frage.

Vor seinem inneren Auge hatte die Angst schon unzählige Male ein böses Ende inszeniert.

Henry konnte nicht sagen, wie lange sie bereits auf dem endlosen Krankenhausflur, die blassen Gesichter in kaltem Licht verzerrt, warteten. Auf Information, auf Entwarnung, auf jeden Fall aber auf Gewissheit.

Er machte sich Vorwürfe. Vielleicht hatte er seinen Dad zu lange allein gelassen. Während seiner egoistischen Touren in die verschiedensten Entwicklungsregionen der Erde. Natürlich hatte er in den Einsatzgruppen immer helfen können, aber letztendlich war er doch in erster Linie seinem Abenteuerdrang nachgegangen. Kompromisslos, das ja, aber ohne auf die unvermeidliche Anerkennung zu verzichten. Er hatte die Zeit genossen. So sah es doch in Wahrheit aus.

In der gleichen Zeit hatte sein Dad sich mit dem fordernden Tagesgeschäft im Auktionshaus auseinandersetzen müssen. Und nicht zuletzt auch mit Quentin und Philippa. Quentin war ihm egal, er war harmlos und seinem Vater sicher eine Stütze, aber bei dem Gedanken an seine Schwester verzog er das Gesicht. Anders als sie alle, war Philippa jetzt nicht hier. Nein, sie musste sich um Romulus und Remus kümmern. Natürlich. Schließlich hatten die Köter auch mitbekommen, dass etwas passiert war und waren entsprechend verstört. Verstört! Dazu fiel ihm nun wirklich nichts mehr ein.

Das Verhältnis zwischen ihm und Philippa war nie liebevoll, ja nicht einmal wirklich geschwisterlich gewesen. Heute konnte es getrost als unterkühlt beschrieben werden. Sie war 14 Jahre älter als er und abgesehen davon, dass sie seltsamerweise dem gleichen Nest entstammten, gab es keine Gemeinsamkeiten. Weder charakterlich, noch was ihre Interessen betraf. Auf eine merkwürdige Weise beruhigte ihn das.

Henry hatte den Eindruck, dass seine Schwester längst mehr Geschäftspartnerin als Tochter für seinen Dad war. Dass sie jegliche familiären Strukturen am liebsten verleugnen würde. Verständlich, wie er fand. Schließlich war ihr alles, was sie mit zugegebenermaßen ausgeprägtem Geschäftssinn weiterführte, ursprünglich einmal in den Schoß gefallen.

Gerade einen Menschen wie seine Schwester musste es wurmen, sich ihre Position nicht von Grund auf erarbeitet zu haben. Und derart begünstigt in der Öffentlichkeit wahrgenommen zu werden.

Aber worüber dachte er hier nach, während sein Dad um sein Leben kämpfte?! Das flaue Gefühl im Magen war sofort wieder da, riss ihn aus seinen Gedanken und in die Gegenwart zurück. Im Moment zählte einzig, dass er überlebte. Er versuchte, seine Gedanken zu lenken, sich ein positives Ende vorzustellen, und bemerkte den diensthabenden Oberarzt erst, als er etwa zehn Meter von ihm entfernt war.

Zehn Meter, auf denen Henry die Miene des Mannes im weißen Kittel zu ergründen versuchte, hoffend auf ein Zeichen der Entwarnung. Zehn Meter, die ihn von der Gewissheit trennten. Zehn Meter, die kein Ende nahmen und zugleich schneller zurückgelegt waren, als er bereit, die Nachricht aufzunehmen.

»Das war knapp«, begann der Arzt, und Henry sackte zusammen. Auf den Stuhl, von dem er sich eben unbewusst erhoben hatte.

»Stenose der Aortenklappe. Wir haben Ihren Vater stabilisiert und werden ihn so bald wie möglich operieren.«

»Gott sei Dank!«, murmelte Henry. Auch Quentin war die Erleichterung anzusehen. Nina barg ihr Gesicht an Jonathans Brust.

»Es gibt da mittlerweile relativ schonende Verfahren«, fuhr Dr. Weinert, wie ein Namensschild auf seinem Arztkittel verriet, fort. »Wenn der Allgemeinzustand Ihres Vaters stabil bleibt, wird ihm morgen bereits eine künstliche Klappenprothese eingesetzt.«

»Ok, verstehe«, nickte Quentin. »Aber, ich meine, solch eine OP ist doch sicher riskant?«

»Riskanter wäre es, nicht zu handeln. Und gerade diese Operationen können heute verhältnismäßig schonend durchgeführt werden. Bis über das 90. Lebensjahr hinaus.«

Henry war beeindruckt. Kurz blitzten in seinem Gedächtnis Erinnerungen an die absolut mangelhafte ärztliche Versorgung in den Krisengebieten dieser Welt auf. In diesem Moment jedoch war er, aller Ungerechtigkeit zum Trotz, einfach nur dankbar.

»Aber kommen Sie doch bitte mit in mein Büro«, sprach Dr. Weinert weiter und wies mit dem Kopf in Richtung Treppenhaus, »dort erkläre ich Ihnen alles genau.«

David Kühnel ließ sich in der Menge fröhlicher Kinobesucher dem Ausgang zutreiben.

Dabei war er bemüht, Sophie immer im Blick zu behalten. Seine Sophie, wie er insgeheim stolz ergänzte. Seit etwas über einem halben Jahr gingen sie nun schon miteinander, und er war glücklich wie nie zuvor. Heute Abend waren sie mit Freunden im *CineStar* gewesen, wo in diesem Monat *Jupiter Ascending* angelaufen war, ein Sci-Fi-Film mit Channing Tatum und Mila Kunis in den Hauptrollen.

Er war ganz nett gewesen, der Film. Glaubte er. Wenn er ehrlich war, war er in Gedanken die meiste Zeit woanders gewesen. Bei Sophie nämlich, dem hübschesten und liebsten aller Mädchen, die für ihn die Hauptrolle in seinem Leben spielte. Seine Gedanken waren immer wieder zu ihr gewandert. Zu ihr und ihrer beider Hände, die einander zwischen den Getränkehaltern der plüschigen Sitze gesucht und gefunden hatten. Einander geneckt und erforscht und genügt hatten.

Er war glücklich, es lief gut zwischen ihnen und selbst, wenn er sie nur halb so glücklich machen konnte, wie sie ihn, musste es ihr ähnlich gehen.

»Und, wie sieht's bei euch aus? Hat noch jemand Lust, was trinken zu gehen?«

Phils Stimme drang in sein Bewusstsein vor. Inzwischen waren sie auf dem Vorplatz des großen Kinocenters angekommen und sortierten ihre Gruppe zusammen. Sie waren heute zu siebt unterwegs, zwei Pärchen und drei Singles. David hatte keine große Lust auf weitere Gruppenunternehmungen. Er wollte mit Sophie allein sein und warf einen fragenden Blick in ihre Richtung. Sie deutete ein Kopfschütteln an und strahlte dabei so umwerfend, dass er sich im nächsten Moment sagen hörte: »Ach, ich glaube, heute nicht. Ich bin schon ziemlich müde. Und ihr?«

»Müde, aha…« Phil grinste, dennoch war ihm die Enttäuschung anzumerken. Er war einer der drei Singles in ihrer Gruppe und verständlicherweise wenig angetan von der seligen Zweisamkeit, die ihm seine eigene frustrierende Lage vor Augen führten. Zumindest konnte David sich das gut vorstellen, er selbst hatte noch vor einem Jahr genauso empfunden.

Nun machte auch das zweite Pärchen unter ihnen Anstalten, sich abzuseilen. Phil und die zwei anderen Kumpels einigten sich inzwischen darauf, den Abend im *Bogart's*, einem Darts- und Billard-Bistro in Marienborn, ausklingen zu lassen. Klang nach einem guten Plan, aber er hatte Schöneres in Aussicht. Seine Hand suchte die von Sophie, und nach ein paar letzten Worten verabschiedeten sie sich von ihren Freunden.

»Und jetzt? Was wollen wir machen?«, Sophie stupste ihn liebevoll an. Er ließ es nur zu gern geschehen und hauchte ein Küsschen auf ihre Wange. Mein Gott, sie machte ihn so wahnsinnig glücklich. Er räusperte einen Kloß im Hals weg.

»Hm, weiß nicht. Vielleicht nochmal zum Rhein 'runter? Oder ist dir kalt?«

»Mit dir ist mir nie kalt.« Sie lächelte spitzbübisch und vergrub ihre linke Hand, deren Finger mit seinen verflochten waren, im Fleecefutter seiner Jackentasche.

David sah sich um. Die anderen waren inzwischen weit genug entfernt, und er befreite seine Hand aus der Tasche. Nur um seine Arme im nächsten Moment zärtlich und ein wenig ungestüm um Sophie zu legen und sie an sich zu drücken. Sie war so zierlich, so schutzbedürftig. Und dennoch stark genug, sein ganzes Leben auf den Kopf zu stellen. Alle Sorgen vergessen und seine Welt leuchten zu lassen.

Sie blieben lange so stehen. Sophie schmiegte sich an ihn, die Augen geschlossen. Er tat es ihr gleich und blendete den Rest der Welt aus. Nur sie beide, zusammen.

Für immer.

Liebe Mia,

Papa hat gesagt, ich muss nicht traurig sein.
Weil er doch krank ist. Jedenfalls nicht so schlimm traurig, weil, ich musste immer heimlich weinen, wenn Mama es nicht gesehen hat. Das hat Papa gemerkt und gesagt, wir können vielleicht etwas tun, damit die böse Krankheit aus ihm rausgeht.
Man kann das Schädliche von der Krankheit wegmassieren. Das Wort hat Papa mir neu beigebracht. Und mir gezeigt, wo ich massieren muss. Er kann das nicht selbst machen, weil es ihm dabei sehr schlecht geht. Er stöhnt und schwitzt und wird ganz schwach. Erst habe ich Angst bekommen und aufgehört. Da ist Papa wütend geworden und hat gesagt, ich will doch nicht, dass ihm etwas Schlimmes passiert.
Also habe ich schnell weitergemacht, obwohl ich es eklig fand. Aber Papa hat gesagt, dass ich es gut gemacht habe und wir die Krankheit vielleicht irgendwann besiegen können. Da musste ich wieder weinen, aber ich habe nicht gesagt, warum.
Ich dachte doch, ich muss das nicht wieder machen.

Kapitel 5

Es war noch früh am Dienstagmorgen, als Tuulia die Räumlichkeiten der Ermittlungsgruppe im Weibergässchen betrat.

Wie es aussah, war sie die Erste an diesem Tag. Die Anmeldung war unbesetzt und der Flur erstreckte sich dunkel vor ihr. Sie betätigte den Lichtschalter, woraufhin das Licht der Neonröhren an der Decke träge flackernd durch den langen Gang wanderte, von dem die Büros der Kollegen und auch ihr eigenes abgingen.

Für einen Moment hielt sie inne, genoss die Ruhe und Wärme, die sie schützend umschlossen. Bald schon würden sie einer geschäftigen Hektik weichen, und eigentlich freute sie sich hierauf. Sie mochte ihre Arbeit, und nach den Ereignissen des Vorabends sah es ganz so aus, als hätten sie es mit einem neuen Fall zu tun.

Elfriede Dornbusch. Die ältere Dame, die auf den ersten Blick alle Attribute einer herzensguten Omi zu erfüllen schien. Aber sie mussten vorsichtig sein mit allzu voreiligen Beurteilungen. Tuulia war klar, dass sich hinter der Sache eine Geschichte verbergen konnte, die im Moment noch überhaupt nicht erkennbar sein musste. Ihre Neugier war jedenfalls geweckt.

Dr. Schuster hatte versprochen, die Untersuchungsergebnisse zeitnah, noch vor 8:00 Uhr am heutigen Tag, zu liefern. Dann mochten sie schlauer, möglicherweise aber auch um eine entscheidende Frage reicher sein. Denn die ganze Szene in der Wohnung der alten Dame war auf verstörende Weise unstimmig gewesen. Dreh- und Angelpunkt der Irritation war die Spritze in der linken Ellenbeuge der herzensguten Omi.

Dass sie es mit einem sehr untypischen Fall von Suizid zu tun hatten, schloss Tuulia, wenn sie ehrlich war, jetzt schon aus. Sollten sich in der Spritze Opiate oder andere Medikamente befinden, stellte sich die Frage, warum Frau Dornbusch nicht einfach Tabletten geschluckt hatte, um ihrem Leben ein Ende zu setzen. Zumindest in der Vorstellung erschien dieses Vorgehen doch erheblich angenehmer. Die ganzen traurigen Umstände, die zu einer solchen Entscheidung geführt haben mochten, mal außen vor gelassen.

»Guten Morgen!«

Tuulia fuhr herum und sah sich Lorenz gegenüber, der eben aus dem Treppenhaus und durch die Tür trat. »Knackig kalt draußen, der Winter kommt wohl doch noch«, er schloss die Tür hinter sich energisch. »Sie sind heute aber auch früh dran. Hat Ihnen Frau Dornbusch keine Ruhe gelassen?«

»Ja, das kann man so sagen«, Tuulia nickte nachdenklich. »Es erscheint ja zumindest naheliegend, dass hier etwas faul ist.«

»Das ist auch mein Eindruck«, meinte Lorenz, hängte seine Jacke und einen karierten Burberry-Schal an die Garderobe und kam zur Anmeldung, wo Tuulia stand. »Ein natürlicher Tod kann jedenfalls ausgeschlossen werden.«

»Das klingt doch schon mal gut«, dröhnte Tobias' Stimme aus Richtung des Eingangs. »Haben wir einen neuen Fall?«

»Sieht ganz so aus«, antwortete Lorenz. »Tuulia und ich waren gestern Abend vor Ort, Näheres gleich in einer Sondersitzung, wenn die anderen da sind.«

Tuulia beobachtete Tobias verstohlen. Es irritierte sie immer wieder, mit welch unverhohlener Freude er seinem Beruf nachging. Das war auf der einen Seite sicher begrüßenswert – auf der anderen Seite konnte er übergangslos zu einem Ekel mutieren, wenn die Arbeit einmal nicht den gewünschten Unterhaltungswert bot. Das hatte er oft genug bewiesen.

Oder war sie, was diese Dinge betraf, zu empfindlich? Sie war sich nicht sicher. Jedenfalls konnte sie die menschlichen Dramen, die sich oft genug hinter ihren Fällen verbargen, oftmals nur schwer ausblenden. Das Leid der Opfer und ihrer Angehörigen. Natürlich verschaffte es ihr auch ein gutes Gefühl, einen Fall aufzuklären. Für Gerechtigkeit zu sorgen. Im Nachhinein und auch nur ein kleines Bisschen. Wiedergutmachen konnten sie nicht, und das zu akzeptieren, war etwas, was ihr zu Beginn ihrer Arbeit in der Mordkommission nicht leichtgefallen war.

»Alles klar, bis gleich dann«, Tobias nickte grüßend und verschwand im Gang zu den Büros. Sein Schritt eine Idee beschwingter als zuvor.

Henry trat erschöpft durch die mächtigen Pforten in den historischen und mittlerweile denkmalgeschützten Innenhof des Anwesens in Mainz-Gonsenheim, das seine Familie nur wenige Jahre nach Ende des Zweiten Weltkriegs bezogen hatte.

Vor einem guten Jahrhundert waren hier noch Pferdekutschen ein- und ausgefahren, die mächtigen Mauern atmeten Geschichte. Wann immer Henry von seinen Reisen in die Armutsgebiete dieser Welt zurückkehrte, war er aufs Neue beeindruckt von den klassizistischen Gebäuden in harmonischer Komposition, die nicht weniger als sein Zuhause waren.

Zuhause. Das war ein Kindheitswort. Eines, das ihn an früher erinnerte. Damals war nicht wichtig gewesen, wie ehrfurchtgebietend das Anwesen war. Wie es auf andere wirkte. Damals war einzig entscheidend gewesen, dass man hier auf ihn wartete. Sein Papa, denn zu jener Zeit war er noch nicht Dad gewesen. Papa. Er dachte das Wort und biss sich auf die Unterlippe. Jetzt war nicht die Zeit für Tränen, jetzt durfte kein Gedanke in die falsche Richtung gehen.

Er war bei seinem Papa geblieben. Die ganze Nacht. Weil er irgendwo einmal gehört hatte, dass Menschen nachts starben. Auch in Krankenhäusern. Dass es diese unbeobachteten, stillen Stunden waren, in denen sie sich heimlich verabschiedeten. Deswegen und auch, weil er gar nicht anders konnte, war er die ganze Nacht bei ihm geblieben. Und sein Papa lebte. Das war das Einzige, was zählte. Bloß nicht an die undenkbare Alternative denken.

Seine Mutter war bei seiner Geburt gestorben. Deswegen mochte die Bindung an seinen Vater ganz besonders sein. Besonders stark. Besonders wichtig. Sein Vater hatte jedoch auch an eine weibliche Bezugsperson für seine Kinder gedacht. Henry schüttelte leicht den Kopf über sich selbst. Es war diese Umgebung, die ihn so rührselig stimmte. Oma Elfie. Natürlich. Heute, in seinem Erwachsenenleben, dachte er fast nie an sie. Dabei war sie seine ganze glückliche Kindheit hindurch sein halbes Leben gewesen. Sie hatte die Lücke, die der Tod seiner Mutter in die Familie gerissen hatte, restlos gefüllt. Zumindest für ihn, der er, anders als seine Geschwister, die Mutter nie gekannt hatte, stimmte dieses Bild. Und er hatte sie mit kindlicher Bedingungslosigkeit geliebt. Nach seinem Papa, der immer an erster Stelle gestanden hatte.

Was Oma Elfie heute wohl machte? Sie müsste inzwischen in ihren Siebzigern sein. Aber für solche Überlegungen war jetzt keine Zeit, ermahnte er sich. Jetzt hatte sein Dad Vorrang. Den Vormittag übernahm Quentin, sie hatten sich nur kurz zugenickt, ohne viele Worte. Mittags sollte die OP sein. Der Gedanke hieran löste ein Übelkeit erregendes Kribbeln in seinem Magen aus. Ob Philippa ›vorbeischauen‹ würde, war nicht ganz klar und ihm im Grunde auch egal. Er verstand seine Schwester nicht. Das war immer schon so gewesen und jetzt, in diesen dramatischen Stunden, vollkommen unwichtig.

Er spürte die vergangenen zwei schlaflosen Nächte jetzt, da die Anspannung ein wenig nachließ, überdeutlich. In diesem Moment, da sein Zuhause ihn in die Arme schloss – Gott, war er immer schon so kitschig gewesen? Es musste die besondere Situation sein, die ihn für seinen Dad stark und im nächsten Moment schwach wie ein kleines Kind machte.

Im Westflügel war seine Wohnung. Edith hatte sich darum gekümmert, dass alles frisch war. Er könnte sich einfach auf sein Bett fallen lassen und für ein paar Stunden in eine Welt flüchten, in der alles noch wie immer war.

Aber etwas hielt ihn davon ab. Obwohl seine Beine drohten, den Dienst zu versagen und der Körper sich mit jedem Schritt schwerer und schlapper anfühlte, wandte er sich in dem quadratischen Innenhof nach Osten. Er betrat das Gebäude über die Steintreppe oberhalb des Weinkellers und fand sich wenige Schritte später im Treppenhaus wieder. Hiervon gab es zwei in dem großen aber ungemein verwinkelten Gebäude.

Dieses war das ›alte‹ Treppenhaus. Das war es auch schon immer gewesen. Die breiten Stufen waren hier aus dunklem Holz angefertigt und knarrten gemütlich und einem Spukschloss angemessen. Glückliche Erinnerungen an seine Kindheit stiegen in ihm auf, neuerdings mit einem hauchzarten Schleier Traurigkeit überzogen. Er atmete den vertrauten Duft von Holz und Lanolin und ›Früher‹ ein und spürte eine vergebliche Sehnsucht in sich aufsteigen. Seine Sicht verschwamm, und er kämpfte überrascht gegen Tränen an, die da wohl schon länger gelauert hatten.

Jetzt aber, nur für eine halbe Stunde, sollte alles gut sein. Jetzt wäre er gleich am Ziel. Die Treppe ganz nach oben, nach dem zweiten Stock noch die kleine Wendeltreppe. Unterwegs ein kurzer Gruselmoment vor dem ›Selbstbildnis mit dem fiedelnden Tod‹ von Arnold Böcklin. Als Junge war ihm das Bild riesig erschienen, der Totenschädel, der dem Künstler über die Schulter schaute, viel zu realistisch. Damals aber blieben die Schrecken noch in den Bildern, Büchern, Filmen. Heute war das anders.

Da war sie. Die Pforte zu seinem ganz privaten Rückzugsraum. Er öffnete die schmale, unscheinbare Tür und stand im nächsten Moment auf der winzigen Empore einer zierlichen Wendeltreppe aus weißem Edelstahl. Von hier aus sah er hinab in einen kleinen Konzertsaal – eine Spielerei, im Grunde. Es gab eine Bühne, auf der ein schwarzglänzender Flügel stand. Steinway & Sons, die Spitzenklasse, den Ansprüchen des Traditionshauses Claaßen gerade angemessen. Zuschauer fanden in fünf Reihen à sechs Stühlen Platz. Nach Belieben konnte ein kleiner Mittelgang gebildet werden. Dann wurde es an den Seiten jedoch eng.

Henry liebte dieses umgestaltete Turmzimmer. Unten, genauer hinter den Zuschauerplätzen, gab es eine weitere Tür, die in aller Regel, mit Ausnahme von privaten Konzertabenden, jedoch verschlossen blieb. Über die Geheimtür, durch die er selbst eben hereingekommen war, war der Raum hingegen jederzeit zugänglich. Die Logik hinter diesem Umstand blieb ihm verborgen. Vielleicht war es auch einfach schon immer so gewesen, dass dieser Miniatursaal jenen zur Verfügung stand, die ihn brauchten und eingeweiht waren.

Vor allem in seiner Kindheit hatte er hier oben viele Stunden verbracht. Meistens ausgestattet mit einem Buch und jeder Menge Abenteuer im Kopf. Für einen Moment tauchte er in seine eigene Geschichte ein. Das kribbelige Gefühl im Bauch, als sein Papa ihn zum allerersten Mal mit in das sagenumwobene Turmzimmer genommen hatte. Damals war ihm zum ersten Mal richtig klar geworden, dass er Teil einer reichen Familie war. Und dass das etwas ganz Besonderes war. Dass all das, was er in seinem jungen Leben immer als selbstverständlich angenommen und nie hinterfragt hatte, für andere Welten entfernt war.

All die Annehmlichkeiten, die schönen Dinge um ihn herum. Das große Geschäftshaus mit den vielen Geheimgängen, in denen er stundenlang hatte herumstrolchen und nie ein Ende finden können. Die vielen Menschen, die zu ihm als dem jüngsten Spross des Chefs immer besonders liebenswürdig gewesen waren. Heimlich vermisste er die allumfassende Sorglosigkeit, die seine Kindheit wie ein Sommerhimmel überspannt und beschienen hatte.

Im nächsten Augenblick rief er sich zur Ordnung. Ja, er war hierhergekommen, um Kraft zu tanken. Und eben dies tat er gerade. Mein Gott, wahrscheinlich konnte niemand nachfühlen, was es für ihn bedeutete, in diesem Moment hier oben zu sein. Dennoch musste er jetzt in seine Wohnung gehen und schlafen. Um mittags, wenn sein Dad operiert wurde, wieder bei ihm sein zu können. Wach und stark für zwei.

Vorher musste er Quentin und Philippa über einen gemeinsamen Termin am Abend informieren. Heute Morgen hatte Dr. Weinert ihm eine Notiz seines Vaters übergeben, die dieser in seiner Hosentasche aufbewahrt hatte. Sollte ein Notfall wie der aktuelle auftreten, müssten sie umgehend den Familienanwalt Dr. Reichert kontaktieren, hatte hier in der Handschrift seines Dads gestanden. Henry war dem Anwalt der Familie erst einmal begegnet. Dass dieser nun wichtige Informationen für sie haben sollte, musste mit ihrem gestrigen Treffen im Grünen Salon zusammenhängen. Dafür sprach auch die Eile, mit der Dr. Reichert den Termin möglich gemacht hatte.

Das alles interessierte ihn im Moment nicht wirklich. Er hoffte einfach nur, dass sein Dad die OP heute Mittag gut überstehen würde. Und ihnen irgendwann selbst sagen konnte, was ihm so sehr auf dem Herzen lag.

»Elfriede Dornbusch, 77 Jahre, Rentnerin«, begann Lorenz und schrieb die Eckdaten ihres neuen Falls an das Whiteboard in dem großen Konferenzraum.

Inzwischen waren alle Kollegen da und sahen hellwach zu Lorenz nach vorne. Es hatte sich herumgesprochen, dass es einen Todesfall gegeben hatte, der vermutlich in den Zuständigkeitsbereich der Mordkommission fiel, und entsprechend neugierig verfolgten sie Lorenz' stichwortartige Aufzählung.

»Tuulia, vielleicht möchten Sie die Kollegen informieren, was es mit der Geschichte der alten Dame auf sich hat«, wandte Lorenz sich an seine jüngste Mitarbeiterin.

Tuulia nickte kurz und begann: »Gestern Abend ging ein Notruf von der Nachbarin von Frau Dornbusch ein. Sie war besorgt, da sie mit ihr verabredet war, in der Wohnung auch erkennbar Licht brannte, die alte Dame jedoch nicht öffnete. Vor Ort fanden wir sie leblos in einem Sessel sitzend vor. Sie war da schon etwa zwei Stunden tot. In der rechten Hand hielt sie eine Spritze, der linke Arm war abgebunden und in der Ellenbeuge waren deutliche Spuren einer kurz zuvor erfolgten Injektion zu erkennen.«

Bei Tuulias letzten Worten wandten sich die Köpfe ihrer Kollegen fast unmerklich stärker in ihre Richtung, hier und da nahm sie ein Stirnrunzeln wahr.

»Ihr habt richtig gehört«, fuhr sie fort. »Dr. Schuster hat vor einer halben Stunde unseren Anfangsverdacht bestätigt. Bei der Substanz in der Spritze handelt es sich um Heroin. In seiner Reinform, also nicht gestreckt oder anderweitig verunreinigt.«

Zunächst war es mucksmäuschenstill im Konferenzraum, dann hob ein leises Murmeln an. Lorenz ließ seinen Ermittlern Zeit, diese Information sacken zu lassen. Er nahm wieder Platz und wartete einen Moment, bevor er leicht auf die Tischplatte vor sich klopfte, um die Aufmerksamkeit der anderen wieder auf sich zu fokussieren.

»Ich denke, wir sind uns einig, dass dieser Fall mehr als ungewöhnlich ist. Etwas Vergleichbares habe ich zumindest noch nicht erlebt«, sagte er in die gespannte Stille.

»Nun ja«, meldete sich Gottfried zu Wort. »Es ist allerdings eine traurige Tatsache, dass Abhängigkeiten von Substanzen im Alter keineswegs selten sind.«

Keiner schien in der Stimmung, den, angesichts des fortgeschrittenen Alters des Kollegen, naheliegenden Scherz anzubringen.

»Das stimmt«, pflichtete Tuulia ihm bei. »Allerdings betrifft das in der Regel vor allem Medikamente. Also sozial akzeptierte

Substanzen, wenn du so willst. Die auch, insbesondere für ältere Menschen, leicht legal zu beziehen sind. Auf Heroin trifft das aber nicht zu.«

»Genau«, preschte Tobias vor. »Wenn die liebe Omi sich tatsächlich Heroin gespritzt hat, wirft das doch noch ganz andere Fragen auf. Erstmal: Woher hatte sie den Stoff? War sie abhängig? Oder wollte sie ihrem Leben einfach ein leichtes Ende machen?«

»Es ist wohl kaum zu erwarten, dass sie mit dem Dealer um die Ecke auf du und du war«, warf Gottfried trocken ein.

»Eine wichtige Frage wäre demnach, ob irgendjemand in die ganze Angelegenheit eingeweiht war. Wer hat Frau Dornbusch die Droge besorgt? Ist das einmalig oder mehrmals vorgekommen? Wenn ja, wie lange ging das schon so? Lag eine Abhängigkeit vor?«, überlegte Tuulia laut.

Lorenz runzelte die Stirn. »Schwer vorstellbar. Ich meine, obwohl wir zu diesem Zeitpunkt nichts ausschließen können, glaube ich nicht, dass sie abhängig war und regelmäßig Heroin konsumiert hat. Das passt ganz einfach nicht.«

»Da fällt mir noch etwas ein«, fiel Tuulia ihrem Chef ins Wort. »Hat Dr. Schuster etwas zur absoluten Menge der Substanz gesagt?«

»Sie meinen ...?« Lorenz verstand offensichtlich nicht, was Tuulia mit ihrer Frage bezweckte.

»Ich habe mich da mal schlaugemacht«, fuhr sie fort und ignorierte die Grimasse, die Tobias, vermutlich reflexhaft, zog. »Die Wirkung von Heroin – und hier interessiert uns natürlich die letale, die tödliche, Wirkung – ist stark von der körperlichen Toleranzentwicklung abhängig. Von Gewöhnungseffekten. Langjährig Abhängige vertragen daher häufig noch Mengen, die bei Erstkonsumenten zum Tod führen würden.«

»Und das heißt?« Lorenz sah sie fragend an.

»Eine sehr hohe Dosis wäre demnach ganz gezielt verabreicht

worden, um den Tod herbeizuführen. Entweder von Frau Dornbusch selbst oder aber ...«

»... von ihrem Mörder!«, vervollständigte Lorenz.

»Machen Sie sich keine Umstände, ich finde schon hinaus. Sie werden jetzt sicher einiges zu besprechen haben. Und sollten sich noch Fragen ergeben, wissen Sie ja, wie Sie mich erreichen.«

Mit diesen nüchternen Worten verabschiedete sich Dr. Reichert in den heraufziehenden Winterabend. Die Stille, die den Grünen Salon nach dem Abgang des Familienanwalts und langjährigen engen Vertrauten von Carl-Conrad Claaßen vollständig ausfüllte, war ohrenbetäubend.

»Das darf einfach nicht wahr sein ...«, sagte Philippa schließlich tonlos. »Das DARF einfach nicht wahr sein! Vater muss völlig unzurechnungsfähig sein! Wie konnten wir das nur nicht mitbekommen?«

»Ich verstehe das, oder besser ihn, auch nicht«, pflichtete Quentin ihr bei. »Dafür ist er doch viel zu sehr Geschäftsmann. Ich meine ...«

»Es macht schlicht keinen Sinn! Wenn die Firma in fremde Hände gegeben würde – ok. Wenn mehrere Geschäftsführer, die einander wohlgemerkt nicht kennen würden, beteiligt wären – von mir aus. Aber so, wie das jetzt laufen soll, wird es, wie ich gestern schon gesagt habe, ganz einfach nur eine Effizienzminderung zur Folge haben. Und die Firma unnötig belasten.«

»Von unseren Nerven ganz zu schweigen«, ergänzte Quentin ungewohnt direkt.

Henry hörte sich die Argumente seiner Geschwister an, doch es fiel ihm schwer, die erforderliche Konzentration aufzubringen. Was ihn viel mehr beschäftigte und seine Gefühle in diesen Stunden bestimmte, war, dass sein Dad lebte. Er hatte die für den frühen

Nachmittag angesetzte OP gut überstanden. Den Umständen entsprechend natürlich, aber Dr. Weinert hatte ihnen Hoffnung auf einige weitere Jahre gemacht. Das war es, was ihn eigentlich interessierte. Wie wenig ihn im Moment juckte, was aus der Firma wurde, konnten sich seine Geschwister überhaupt nicht vorstellen. Das war mehr als deutlich.

Wie es aussah, würde er zukünftig bedeutend mehr in die Geschäfte involviert sein. Sein müssen, korrigierte er sich innerlich. Sein Dad hatte einen ungewöhnlichen Plan ausgeheckt. Ein Süppchen gebraut, das sie drei, wie es aussah, jetzt und in Zukunft auslöffeln mussten. Wenn sie die Firma unter ihrer Ägide erhalten wollten. Henry seufzte leise. Das hier war tatsächlich wichtig. Für sie alle. Er bemühte sich, mit den Gedanken bei der Sache zu bleiben.

»Kann man da denn gar nichts machen?«, überlegte Quentin laut.

»Ich wüsste nicht, was«, erwiderte Philippa gereizt. »Was meinst du, worüber ich die ganze Zeit nachdenke? Aber solange Vater nicht für geschäftsunfähig erklärt wird, ist die ganze Sache hieb- und stichfest. Und dieser Schritt ist praktisch nicht möglich, zumal die Entmündigung, denn eine solche wäre es de facto, rückwirkend auf einen Zeitpunkt, bevor die Stiftung eingetragen wurde, datiert werden müsste.«

»Ich kann nicht glauben, worüber ihr hier offensichtlich ernsthaft nachdenkt«, mischte Henry sich jetzt doch ein. »Ja, es wird sich einiges ändern, und vieles wird schwieriger sein als bisher. Aber mal ganz im Ernst, für euch beide werden die Neuerungen doch deutlich weniger belastend sein, als für mich.«

»Weil du jetzt endlich auch mal einen Beitrag leisten musst?«, fragte Philippa gehässig.

Henry ignorierte ihren Einwurf gelassen. »Mir gefällt die Idee, die hinter dieser Stiftung steht, eigentlich ganz gut«, begann er erneut.

»Das glaube ich!«, ätzte seine Schwester weiter.

»Dad will eben sicher sein, dass wir die Firma zusammenhalten und sie uns, die Familie, vereint.«

»Das mag ja eine ehrenwerte Absicht sein«, meinte Quentin. »Auf der anderen Seite steht aber doch die Frage, ob es tatsächlich ratsam ist, die über Jahrzehnte gewachsenen Strukturen und Entscheidungsabläufe, die sich immerhin mehr als bewährt haben, so einfach einzureißen.«

»So wie ich das sehe, muss doch nichts entscheidend geändert werden. Abgesehen davon, dass ich stärker eingebunden sein werde und wir uns irgendwie einigen müssen, kann doch vieles erhalten bleiben.«

»Henry, bitte!« Philippa ließ ihrem Ärger jetzt ungehemmt freien Lauf, was in dieser Form eine durchaus seltene Vorstellung war. »Vater hat die Firma in eine Stiftung überführt. Damit fließen alle Gewinne von nun an ausschließlich hier hinein. Und in der Stiftungsvereinbarung hat er festgelegt, dass wir als Stiftungsmitglieder alle – ich wiederhole: alle! – Entscheidungen einstimmig treffen müssen. Damit noch nicht genug, es sollen außerdem die Beiträge eines jeden Einzelnen erkennbar sein. Du wirst also in Zukunft nicht mehr munter in der Weltgeschichte umherreisen können, wie es dir beliebt.«

»Wo ich gebraucht werde, wolltest du sicher sagen«, Henry hatte keine Lust, seine Kraft in sinnlosen Diskussionen mit seiner ignoranten Schwester zu vergeuden.

»Wie auch immer, in einem hat Philippa recht«, versuchte Quentin, das Gespräch wieder auf das Wesentliche zu fokussieren. »Es wird fortan deutlich mehr Arbeit, insbesondere Zusammenarbeit, erfordern, die Gewinne des Auktionshauses Claaßen auf dem gewohnten Level zu halten.«

»Und wir werden Rechenschaft ablegen müssen.« Philippa spuckte den Satz angewidert aus.

»Na ja, ganz so stimmt das nicht, Philippa«, stellte Quentin klar. »Für den Fall, dass wir die Stiftungsvereinbarung nicht erfüllen, ist Dr. Reichert als Notverwalter eingesetzt. Er würde also aktiv werden, wenn wir uns weigerten, zusammen zu agieren, oder das Kriterium der Einstimmigkeit nicht einhielten.«

»Sage ich ja!«, rief Philippa aufgebracht. »Wenn wir also nicht brav nach der Pfeife von Vater, verkörpert durch Dr. Reichert, tanzen, verlieren wir hochoffiziell unsere Arbeit und werden aus den Gewinnen der Firma, die zu einhundert Prozent in die Stiftung fließen, mit einem minimalen Grundeinkommen abgespeist.« Sie verzog erzürnt das Gesicht.

Henry war klar, dass dieses Szenario auf seine Geschwister beängstigend und existenzbedrohend wirken musste. Anderswo auf der Welt würden Menschen mit einem derartigen ›minimalen Grundeinkommen‹ wahrscheinlich problemlos ihre ganze Familie inklusive eines kleinen Hofs finanzieren können. Auf der anderen Seite nahm das seinen Geschwistern natürlich nicht das Recht, sich um ihren Wohlstand zu sorgen.

»Kann es nicht auch etwas Positives haben, wenn wir zusammenarbeiten? Nochmal, das ist schließlich nicht unmöglich. Ganz im Ernst«, langsam hatte Henry keine Lust mehr auf diese Debatte, die doch für keinen von ihnen wirklich fruchtbar sein konnte, »ich glaube, wir können alle hierbei etwas lernen. Und ich bin überzeugt, dass Dad das genauso sieht.«

»Natürlich kann diese erzwungene Zusammenarbeit etwas Positives haben«, eiferte sich seine Schwester weiter. »Allerdings in erster Linie für dich. Tu' bloß nicht so naiv, Henry. Quentin und ich haben über die Jahre längst einen Modus Operandi miteinander gefunden. Wir arbeiten gut und vor allem erfolgreich zusammen. In letzter Konsequenz werden zukünftig also alle Entscheidungen, die das Schicksal der Firma bestimmen, von deinem Urteil abhängen. Du, der du dich jahrzehntelang immer schön aus allem, was nach Arbeit roch, rausgehalten hast, wirst ab sofort als Königsmacher fungieren.« Philippa war hochrot im Gesicht, sie raufte sich entnervt die Haare, wandte sich von den anderen ab und präsentierte ein gänzlich untypisches Bild ihrer selbst. Romulus und Remus, die bisher still auf ihrem angestammten Platz unter dem Tisch ausgeharrt hatten, erhoben sich und trippelten unruhig auf ihrer Decke herum.

Henry schürzte die Lippen und ließ sich seine Überraschung nicht anmerken. So hatte er die ganze Geschichte tatsächlich noch gar nicht gesehen.

David Kühnel war todmüde. Aber auch unheimlich glücklich. Der Dienstag und damit fast schon die halbe Schulwoche war überstanden. G8 war wirklich hart, für Hobbys hatte er kaum noch Zeit. Dafür lief es mit Sophie gut, die Liebe zu ihr füllte ihn ganz aus. Ließ alltägliche Ärgernisse nichtig erscheinen. Und auch sie war glücklich. Mit ihm, obwohl er doch total durchschnittlich und keiner von den coolen Typen war.

Er legte sich in sein Bett und zog die Decke hoch. Seine Gedanken gingen auf Wanderschaft, streiften durch ihre gemeinsame Zukunft. Wie es sein würde, nach dem Abitur. Heimlich hoffte er, dass sie an der gleichen Uni studieren könnten. Wie sagte man? Ihren Lebensweg gemeinsam gehen. Und irgendwann eine Familie gründen. So kitschig und wenig abenteuerlich es klingen mochte.

Für ihn war Sophie das schönste, aufregendste Abenteuer, das er sich vorstellen konnte. Er spürte schon eine ganze Weile, wie zwischen ihnen etwas wuchs, das längst stärker war als eine flatterhafte Teenie-Romanze. Weil sie wirklich füreinander einstanden, einander in ihren Plänen immer mitdachten. Wenn andere Pärchen, mit leisem Bedauern zwar, letztlich aber doch begeistert, Auslandsaufenthalte planten, die sie voneinander trennen würden, genügte ihnen beiden ein Blick und es war klar: zusammen oder gar nicht.

Ob anderen das seltsam erschien, war ihnen egal. Da dachte Sophie genauso, das wusste er, denn sie hatten oft über solche

Themen gesprochen. So in Gedanken nahm David plötzlich eine Bewegung am Rande seines Gesichtsfeldes wahr. Nein, es war nur sein Smartphone. Das Display war in diesem Moment aufgeflammt, und in der warmen Gewissheit, dass das nur eine Nachricht von Sophie sein konnte, nahm er es vom Nachttisch.

Er tippte auf das SMS-Icon und runzelte irritiert die Stirn. Er kannte die angezeigte Nummer nicht, entschied sich aber dennoch dafür, den Text zu lesen.

»Mein lieber Schatz, können wir uns sehen?«, stand hier, und bei den nächsten Worten spürte er sofort Adrenalin in seinen Körper schießen. »Es ist mein Vater, so was hat er noch nie gemacht. So schlimm war es noch nie! Komm auf keinen Fall hierher, und ruf auch nicht auf meinem Handy an. Er hat es konfisziert. Können wir uns sehen? Um 01:00 Uhr am Drususstein? Bitte! Ich liebe dich, deine Sophie.«

Sofort war er hellwach. Heißer Zorn stieg in ihm auf. Was fiel Sophies Vater ein? Er musste sich beherrschen, wüste Bezeichnungen für ihn hinunterschlucken. Niemandem war schließlich geholfen, wenn die Situation eskalierte. Doch seine Vernunft hatte nur einen winzigen Vorsprung vor seiner rotglühenden Wut. Am liebsten wäre er sofort losgelaufen, aber Sophie hatte recht. Damit wäre ihr nicht geholfen.

Wie auf heißen Kohlen verbrachte er die nächsten zwei Stunden in seinem Bett. Bloß jetzt nicht noch seine Eltern in Unruhe versetzen. Sie waren schon ok, und ihm war bewusst, dass er mit ihnen wirklich Glück hatte. Trotzdem, allein mit Besonnenheit würde die Situation nicht zu lösen sein. Sie brachten es fertig und riefen einfach mal eben bei Sophies Vater an.

Nein, er würde die Sache selbst in die Hand nehmen. Das war selbstverständlich. Zunächst jedoch begann eine nervtötende Warterei. Die Zeiger der großen Wanduhr in seinem Zimmer schlichen quälend langsam voran. Nach einer gefühlten Ewigkeit war es irgendwann endlich soweit, er konnte etwas tun!

David trat leise aus seinem Zimmer in den Flur der Wohnung, der sich dunkel vor ihm erstreckte. Das war gut, seine Eltern waren also im Bett. Wie er es erwartet hatte. David gab sich Mühe, seine dicke Winterjacke möglichst geräuschlos von ihrem Platz in der Garderobe zu pflücken. Im letzten Moment verhinderte er, dass der leicht hin und her schwingende Bügel gegen seine Nachbarn stieß. Er lauschte vorsichtig in Richtung des Schlafzimmers seiner Eltern. Leises Schnarchen von seinem Vater, noch leisere Atemgeräusche von seiner Mutter. Ruhig, gleichmäßig. Gut.

Er verließ die Wohnung gegen 00:35 Uhr. Geräuschlos und ohne einen Blick zurück.

Liebe Mia,

ich fühle mich so furchtbar schmutzig, schmutzig, schmutzig.
Papa hat mir erklärt, dass die Massagen nicht ausreichen. Er hat
mir wehgetan und dann gesagt, das muss sein und dass wir doch
zusammen gegen die Krankheit kämpfen wollen. Weil er sonst vielleicht sterben muss. Und Mama weggeht und mich allein lässt und
dass ich daran doch bestimmt nicht schuld sein will.
Ich will ja aufpassen und mich mehr anstrengen. Und nicht mehr so
viel weinen, weil Papa das nicht mag. Aber es hat so wehgetan und
dann hatte ich noch Angst, dass ich mich anstecken könnte. Als ich
gesagt habe, ich will nicht sterben, hat Papa geschimpft.
Ich soll nicht so ein dummes Zeug reden.

Kapitel 6

»Ich komme!« Tuulia hatte gerade erst vor wenigen Minuten ihr Büro betreten, jetzt jedoch war alles, mal wieder, ganz anders.

»Wissen wir, was passiert ist?«, hörte sie Lorenz gerade vorne in der Anmeldung fragen und lief schnellen Schrittes zum Eingangsbereich. Sie war neugierig, noch immer, jedes Mal. Sollte das einmal aufhören, wäre dies wahrscheinlich auch der falsche Beruf für sie. Sie schnappte sich ihre Dienstjacke und bekam am Rande mit, was Conny antwortete.

»Nur, was ich schon gesagt habe. Ein junger Mann, um die 20. Sieht nach Selbsttötung aus. Er liegt am Fuß des Drusussteins.«

»Alles klar«, Lorenz nickte knapp, sah sich um und erkannte, dass sie bereits an der Tür auf ihn wartete. Da war es wieder, dieses ganz bestimmte Kribbeln im Magen. Es ging los, und sie beobachtete ungeduldig, wie Lorenz seine Jacke vom Haken nahm. Nach einer gefühlten Ewigkeit war er bereit. Tuulia riss die Tür zum Treppenhaus auf, um ihrem Chef den Vortritt zu lassen. Im nächsten Moment wäre es beinahe zu einer Karambolage gekommen, als nämlich Tobias morgenträge aus dem Treppenhaus heraustrat und Lorenz gerade noch rechtzeitig abbremste.

»Hey, pass' doch ...«, Tobias erkannte in letzter Sekunde sein Gegenüber und verschluckte den Rest des Satzes. Seinen aufgebrachten Gesichtsausdruck bekam er indes nicht so schnell in den Griff.

»Ach, Sie. Sorry«, murmelte er undeutlich und beeilte sich, ins Warme zu kommen.

»Ich muss mich entschuldigen, wir haben einen Einsatz«, erwiderte Lorenz freundlich, als würde das alles erklären. Wahrscheinlich tat es das auch. Tobias war gerade dabei, sich aus seiner dicken Winterjacke zu schälen und wedelte nur unbestimmt mit einer Hand in Richtung seines Chefs.

»Wir sehen uns später«, rief Lorenz und verschwand im Treppenhaus. Tuulia schloss die Tür hinter ihnen.

»Was ist denn los?«, fragte Tobias, nun doch neugierig geworden. Conny hinter seinem Anmeldetresen sah nur flüchtig auf.

»Ein Hundebesitzer ist beim Gassigehen auf eine Leiche gestoßen. Oben bei der Zitadelle.«

»Aha. Na, das klingt doch nach einem spannenden Fall. Immerhin darf Tuulia ja mal wieder ganz vorne mit dabei sein. Wäre ja auch …«

»Ach Tobias, reg' dich ab«, Conny hatte nicht die Absicht, sich seine Laune von dem Kollegen verderben zu lassen. »Es ist sehr wahrscheinlich, dass der Junge freiwillig in den Tod gesprungen ist. Tuulia und der Chef werden also einfach nur zwei Stunden in der Kälte stehen und froh sein, wenn sie wieder hier sind.«

»Na, du musst es ja wissen«, stichelte Tobias weiter.

»Ich muss mir vor allem keine Gedanken darüber machen, warum ich immer in der zweiten Reihe stehe«, konnte sich Conny nicht verkneifen zu erwidern und rollte mit seinem Bürostuhl ein Stück nach hinten, zu den Aktenschränken.

»Stimmt, als Sekretär hast du sicher ganz andere Sorgen«, gab Tobias mit bösem Lächeln zurück und entfernte sich in Richtung seines Büros.

»Eins zu null für dich«, rief Conny ihm hinterher. »Aber jetzt warte doch mal!«

»Was denn noch?« Tobias schob sich betont langsam wieder in Connys Sichtfeld und warf ihm einen gelangweilten Blick zu.

»Habt ihr noch irgendetwas zu der alten Dame von Montag herausgefunden?«

»Der Heroin-Omi?«, grinste Tobias und kam wieder zurück an den Anmeldetresen. Die Kabbelei von eben schien er augenblicklich vergessen zu haben und fuhr begeistert fort: »Tja, das ist ein Knaller, sag' ich dir. Entweder war sie mit allen Wassern gewaschen und hing schon längere Zeit an der Nadel oder ...«

»Oder es war Mord«, vervollständigte Conny seinen Satz nachdenklich.

»So sieht's aus.«

»Und, was glaubst du? Ich meine, die ganze Sache ist doch höchst ungewöhnlich!«

Tobias wiegte den Kopf bedächtig hin und her und zuckte schließlich mit den Schultern. »Na ja, spannender für uns wäre natürlich die Mord-Variante. Klar, der Fall ist so oder so exotisch. Aber herauszufinden wer arme Omis mit harten Drogen tötet, ist jedenfalls bedeutend reizvoller als Spielarten der Altersdepression zu erforschen. Zumal wir als Mordkommission im Falle der Selbsttötung ohnehin raus sind.«

»Reizvoller, aha«, Conny schüttelte befremdet den Kopf.

»Jetzt komm' schon, Conny. Sei mal nicht päpstlicher als der Papst. Es ist schließlich nichts dagegen einzuwenden, wenn die Arbeit Freude macht. Und den Angehörigen tun wir am Ende auch einen Gefallen, wenn wir die Tat aufklären«, versuchte Tobias vergeblich die Kurve zu kriegen und fügte im nächsten Moment fast betrübt hinzu: »Falls es nicht doch Suizid war.«

Das Dunkel vor der Fensterscheibe wich nur langsam einem verschwommenen Grau. Selbst die Sonne, die zögernd über den Horizont kroch, schien sich nicht sicher zu sein.

Sophie seufzte unhörbar. Sie war müde, genervt von dem Rummel im Klassenzimmer, und sie vermisste David. Der Platz neben ihr war noch immer leer. Warum, wusste sie nicht, und das verursachte ein ungutes Gefühl in ihr. Wahrscheinlich hatte er heute Morgen einfach eine bessere Entscheidung getroffen als sie. Trotzdem hätte er ihr doch kurz Bescheid geben können.

Dass er nicht von sich hatte hören lassen, war ungewöhnlich. Normalerweise rief er sie fast jeden Morgen an, um sie zu wecken. Auch wenn ihre Mutter immer nochmal nachsah, ob sie wach war, aber das war schließlich nicht vergleichbar. Überhaupt nicht dasselbe. In der großen Pause würde sie sich bei ihm melden. Wahrscheinlich schlief er noch, vielleicht träumte er sogar von ihr. Dieser Gedanken entlockte ihr beinahe ein Lächeln. Dennoch sirrte eine irritierende Unruhe zunehmend lauter in ihr.

»Au!« Ein bunter Radiergummi in Form eines Surfbretts war unsanft an ihre Wange geprallt.

»Hups, sorry, das war keine Absicht«, rief ihr Kumpel Phil grinsend und bemühte sich zugleich um einen zerknirschten Gesichtsausdruck. Wie zu erwarten ohne sichtbaren Erfolg.

»Klar nicht. Meine Sachen machen sich auch immer mal selbstständig und fliegen anderen um die Ohren!« Sophie merkte, dass sie richtig schlechte Laune hatte.

»Nein, ich meine, ich wollte eigentlich deine Schulter treffen«, Phil kriegte das Grinsen einfach nicht aus seinem Gesicht.

»Was es natürlich viel besser macht. Depp!«

»Ach, komm' schon, war doch nicht böse gemeint. Wo ist denn eigentlich David?«

Die ganz falsche Frage, aber das konnte ihr gemeinsamer Freund schließlich nicht wissen. »Kommt heute später.«

»Recht hat er, so ein trüber Morgen«, erwiderte Phil fröhlich. »Wüsste ja gerne mal, was Möbius so lange draußen macht.«

Ihr Mathelehrer war tatsächlich schon ziemlich lange beim Direktor. Sophie runzelte die Stirn. »Was weiß ich, er wird schon wiederkommen.«

»Mit trauriger Gewissheit«, lachte Phil. »Oh ...«

In diesem Moment öffnete sich die Tür des Klassenzimmers.

Herr Möbius trat ein, in den ungewöhnlich hellen Augen einen seltsamen Ausdruck. Sein fahrig über die Schüler streifender Blick blieb an Sophie hängen. Er ging ihr durch Mark und Bein und richtete irgendetwas in ihrem Magen an. Ihr war augenblicklich schlecht.

»Sophie ...«, begann er, und schon bevor er weitersprach, stand sie wie in Trance auf und ging zu ihm. »Bitte komm' doch einmal mit mir nach draußen.«

Die fröhliche Geräuschkulisse in der Klasse war auf einen Schlag erloschen. Allen war klar, dass etwas passiert sein musste. In diesem Augenblick vor dem Sturm stand die Welt sekundenlang still.

Erst als sie den Raum schon verlassen hatte, vernahm Sophie, wie die Stimmen ihrer Klassenkameraden langsam wieder aufbrandeten. Sie selbst war wie in Watte gepackt. Zugleich funktionierte ihre Wahrnehmung fokussiert und geschärft. Unwirklich und klar.

Möbius hatte irgendetwas gemurmelt von wegen ›zum Direktor gehen‹ und dass ›er ja dabei‹ sei. Nichts was sie beruhigt hätte, jedenfalls. Später würde sie nicht verstehen, warum sie sich Sorgen um ihre Eltern gemacht hatte. Aus welchem Grund sie sicher gewesen war, dass ihnen oder zumindest einem von ihnen etwas passiert sei. Obwohl doch die Zeichen ganz andere gewesen waren. Und sie es besser hätte wissen müssen.

Ihren Eltern ging es gut, leidlich zumindest. Sie waren bei Herrn Raab, dem Schuldirektor, und hielten sich an den Händen. Schienen Angst davor zu haben, ihr in die Augen zu sehen.

»Sophie ...«, begann ihre Mutter, mit einer Stimme, die sie von ihr nicht kannte. »Spätzchen, hör' mal ...«

Sophie registrierte Tränen in den Augen ihrer starken Mutter und wollte nicht, dass sie weitersprach.

»Es ist etwas passiert. David ...«

Irgendwo schrie jemand, laut, unmenschlich, mit rauer Stimme, und sie verlor den Halt. Verschwand in einem lichtlosen Tunnel aus Schmerz, floh in alle Richtungen, rannte gegen die Zeit. Irgendwo im ›Kurz davor‹ lebte er noch, da war er noch, da konnte sie ihn halten und glauben, dass alles in Ordnung war.

Als ihre weinende Mutter schließlich sagte, dass David, ihr David, tot war, hatte sie es längst gewusst. Gespürt. Und verstanden. In der Ewigkeit zwischen seinem Namen und den folgenden Worten. In der Ewigkeit, die eine trostlose Wüste war. In der sie gefangen bleiben würde, und es war ihr egal. Weil jetzt nichts mehr wichtig war, nichts mehr von Bedeutung sein konnte.

Und sie verstand nicht, worüber die anderen noch sprachen.

Da hatte sein alter Herr tatsächlich ein Bömbchen platzen lassen.

Henry erwachte spät an diesem Mittwochmorgen. Er räkelte sich seufzend zwischen den weichen Decken und kostete die Minuten zwischen Schlafen und Wachen genüsslich aus. Seine Gedanken wanderten dabei von diffusen Trauminhalten in die Realität und führten ihm das Treffen mit seinen Geschwistern und Dr. Reichert noch einmal vor Augen.

Die unerwartete Information hatte sich bei ihm inzwischen einigermaßen gesetzt. Henry konnte nicht umhin, eine Art amüsierter Schadenfreude zu empfinden, wenn er an seine sonst so beherrschte, aus Gründen, die sich nur ihr selbst erschlossen, immer ein wenig über den anderen stehende Schwester Philippa dachte. Dad hatte ihr tatsächlich einen kunstvoll verschlungenen Strich durch ihre Pläne als Unternehmensleiterin gemacht.

Weniger amüsant war natürlich, dass auch seine Zukunft ganz schön durcheinandergewürfelt worden war. Aber gut, er war spontan. Warum nicht eine Zeitlang Unternehmer spielen? Davon, dass hieraus ein längerfristiges Kammerspiel werden sollte, war er keineswegs überzeugt. Aber seine persönliche Rolle und der Einfluss, den er zukünftig auf alle Geschäfte des Auktionshauses Claaßen haben würde, hatten sich mit dem gestrigen Abend tatsächlich entscheidend geändert.

Was sollte er sagen? Philippa hatte schon recht gehabt, als sie ihn als Königsmacher beschimpft hatte. Fortan würde er wohl das Zünglein an der Waage sein. Philippa und Quentin hatten über die Jahre einen Modus Operandi miteinander gefunden, auch diesbezüglich konnte er seiner Schwester nicht widersprechen. Und ihre Befürchtung, dass er seinen Einfluss geltend machen und dabei ganz andere Schwerpunkte setzen würde als sie und ihr konfliktscheuer Bruder, war, nun ja, realistisch. Er grinste.

Am Abend zuvor hatte Philippa die geschwisterliche Zusammenkunft irgendwann mitsamt der verhätschelten Köter wutentbrannt verlassen. Wohin, das hatte er nicht mitbekommen. Wahrscheinlich einfach nach Hause. In ihre, für eine alleinstehende Person irrwitzig große, Wohnung auf dem Grundstück des Anwesens.

Für ihn bedeutete diese neue Entwicklung, dass er sich in den kommenden Wochen und Monaten intensiv mit dem Unternehmen würde auseinandersetzen müssen. Er überlegte. Natürlich wollte er Einsicht in die Finanzen nehmen und sich einen Überblick über die Transaktionen verschaffen. Das gehörte zur Pflicht.

Beginnen aber würde er mit der Kür: den Ausstellungen, dem Schmuck und diversen anderen Schätzchen. Obwohl ... Widerstrebend streckte er seinen rechten Fuß über die Bettkante aus massiver Eiche und schauderte ob der kalten Luft. Es wäre sicher nicht falsch, möglichst bald einen genauen Blick auf die Geschäfte seiner Schwester zu werfen.

Ohne ihr etwas Böses zu unterstellen, natürlich.

Tuulia fröstelte und schob ihre Hände tiefer in die Taschen ihrer gefütterten Dienstjacke.

Schon zum dritten Mal in dieser Woche standen Lorenz und sie am Fundort einer Leiche. Wieder im verräterischen Schutz der Dunkelheit, dieses Mal frühmorgens und draußen, auf dem Jakobsberg oberhalb der Altstadt. Ein Hundebesitzer, oder richtigerweise dessen Mischlingshündin, hatte den jungen Mann vor einer knappen Stunde am Fuße des Drusussteins, auf dem Gelände der Zitadelle, entdeckt. Was wie ein klassischer Schwedenkrimi begonnen hatte, schien jedoch bereits sein traurig-eindeutiges Finale erreicht zu haben.

»Suizid«, murmelte ihr Chef in diesem Moment und sie nickte automatisch. Das war leider offensichtlich. Tuulia musterte den jungen Mann, der auf dem von Schnee gepuderten, harten Boden vor dem ehemaligen Wachturm lag. Er war jung, noch keine zwanzig, schätzte sie. Sein halblanges braunes Haar war von Blut und der eisigen Feuchtigkeit des Bodens verklebt. Einen genaueren Blick auf die Extremitäten vermied sie. Erkannte im Augenwinkel, was keiner näheren Erläuterung bedurfte. Da war nichts heil geblieben. Eine sinnlos aus einer Schulter herausstehende Knochenspitze löste einen inzwischen wohlvertrauten Impuls in ihrem Magen aus.

Auch nach zwei Jahren in der Mordkommission fochten Neugier und Entsetzen noch immer einen in Wahrheit längst entschiedenen Kampf in Tuulia aus. Für ihre Arbeit musste sie Grenzen überwinden. Immer wieder. Auch wenn es genau solche Bilder waren, die sich in ihrem Kopf festsetzten. Die nur vermeintlich eine Zeitlang Ruhe gaben und sich früher oder später, zumeist in völlig unpassenden Momenten, vor die Realität schoben. Nicht selten vor die Gesichter ihrer Lieben.

Sie atmete tief durch, so ruhig es eben möglich war, spürte die eisige Luft in ihre Lungen fließen und im nächsten Moment einen herzhaften Klaps auf den oberen Rücken.

»Na, beim nächsten Mal gebe ich einen Kaffee aus, hätte ich jetzt fast gesagt. Dabei ist es doch schon unser drittes Aufeinandertreffen in dieser Woche!«, dröhnte fröhlich Dr. Schusters Stimme von hinten. Tuulia wechselte einen hastigen, erschrockenen Blick mit Lorenz, der neben ihr stand und dem die gleiche Begrüßung zuteilgeworden war.

Die Frohnatur des Rechtsmediziners, mit dem sie regelmäßig zusammenarbeiteten, war hinlänglich bekannt, überraschte Tuulia aber dennoch immer wieder. Lorenz schien es ähnlich zu gehen. Ihrer beider Lächeln war, im Gegensatz zu der unverfälschten Freude von Dr. Schuster, ein wenig bemüht. Im ersten Moment zumindest.

»Stimmt, ich weiß auch nicht, was diese Woche los ist«, erwiderte Lorenz.

»Das ist die dunkle Jahreszeit, wenn ihr mich fragt«, meinte Dr. Schuster unerwartet grimmig. »Da erscheinen die Probleme größer und es fällt schwer, noch daran zu glauben, dass es wieder hell werden könnte. Aber jetzt ...«

Tuulia sah erneut zu Lorenz, der ein Schulterzucken andeutete. So tiefsinnig gab sich der hartgesottene Mediziner, der normalerweise selten mit grausigen Geschichten rund um seinen exotischen Beruf geizte, im Allgemeinen nicht. Und ihre Gedanken wanderten für einen Moment zu der Frage, wie Dr. Schuster eigentlich lebte. Gab es da eine Frau, Kinder? Was hatte er, abseits von einer Vielzahl mehr oder weniger blutiger, gewaltsamer, immer aber tödlicher Schicksale anderer, erlebt?

»... fangen wir also mal an. Sie entschuldigen mich.«

Es folgte ein kleines Geplänkel zwischen Dr. Schuster und den Kollegen der SpuSi, die den Fundort bereits kurz vor der Ankunft von Lorenz und Tuulia freigegeben hatten. Anfangs war Tuulia darüber entsetzt gewesen, dass es immer wieder Kollegen gab, die sich selbst im Angesicht von Opfern roher Gewalt oder an traurigen Tatorten wie diesem, den ein oder anderen Spaß nicht verkneifen konnten. Während sie selbst vollkommen damit beschäftigt war, die verstörenden Eindrücke zu verdauen. Inzwischen hatte sie verstanden, dass dies nicht bedeutete, dass die Kollegen ihre Arbeit nicht ernst nahmen. Ganz im Gegenteil. Aber jeder fand eben einen anderen Weg, damit umzugehen. Um überhaupt weitermachen zu können.

Eine ganze Weile standen sie untätig ein Stückchen von den anderen entfernt. Nicht sicher, was sie jetzt noch tun sollten. Die nüchterne Antwort war viel zu oft, dass sie nichts machen konnten. Außer die Fakten aufzunehmen, zu protokollieren, um sie schließlich an die Angehörigen weiterzugeben. Bereinigt um die spitzen Ecken und Kanten, die Grausamkeiten und schlimmen Einzelheiten. Wohl wissend, dass deren nicht selten lebenslange Bewältigungsarbeit genau dann begann.

Bevor sie gleich gehen würden, trat Tuulia doch noch einmal näher an die Fundstelle heran. Sie reckte den Kopf und achtete darauf, die Arbeit von Dr. Schuster nicht zu behindern.

Man sah dem jungen Mann nicht an, dass er den Lebenswillen verloren hatte. Tuulia war Psychologin, sie wusste, dass das nicht ungewöhnlich war. Dennoch erschien ihr hier etwas nicht stimmig, ohne dass sie diesen Eindruck besser hätte erklären können. Da war kein konkreter Punkt, auf den sie den Finger legen konnte. Und trotzdem blieb das Gefühl, dass sie dem Jungen, denn das war er doch im Grunde noch, Unrecht taten.

»Ich weiß«, sagte Lorenz leise hinter ihr. »Es fällt schwer, so etwas zu akzeptieren.«

Tuulia nickte. »Er sieht einfach nicht aus, wie jemand, der mit dem Leben abgeschlossen hat. Schauen Sie, die Haare. Er muss vor nicht allzu langer Zeit beim Friseur gewesen sein. Und auch sonst … Er wirkt gepflegt, war wahrscheinlich sportlich. Hat auf sich geachtet. Und sehen Sie den Ring?«

Lorenz beugte sich ein Stück vor. »Ja, stimmt. Der war mir bisher noch nicht aufgefallen. Gut gesehen, Tuulia.« Er klang erschöpft.

»Vielleicht gibt es eine Freundin. Wir sollten …«

»Nein, Tuulia«, Lorenz schüttelte den Kopf und sah sie mitfühlend an. »Ich verstehe Sie sehr gut. Aber bevor es keinen Hinweis darauf gibt, dass der Junge gegen seinen Willen von dort oben«, er

deutete auf die in etwa 20 Metern Höhe befindliche Aussichtsplatt-
form, »hinuntergestoßen worden ist, ist das kein Fall für uns.«

Tuulia verstummte. Überlegte. Und wurde erneut von Lorenz
in ihren Gedanken unterbrochen.

»Wissen Sie, das fällt mir auch nicht leicht. Die Dinge ›einfach
zu akzeptieren‹.« Während seiner letzten Worte hob er die Hände
und imitierte Gänsefüßchen in der Luft. »Gerade, wenn es um
Kinder und Jugendliche geht. Und glauben Sie mir, das wird noch
schlimmer, wenn Sie selbst einmal Familie haben.« Seine Stimme
war verdächtig leise geworden.

Tuulia sah zu ihrem Chef und erkannte überrascht, wie sehr ihn
der Tod des jungen Mannes, der, wie er gerade selbst bestätigt hatte,
wohl nicht zu ihrem Fall werden würde, mitnahm.

Sie war entkommen. War in seine warme Umarmung geflohen und
es klappte. Wie es sich anfühlte, wenn David seine Arme schützend, stark und zugleich unendlich zärtlich, um sie legte, konnte
sie jederzeit heraufbeschwören. Bloß jetzt die Augen nicht öffnen.

Sophie wiegte sich langsam vor und zurück, die Arme fest um
sich geschlossen und am ganzen Körper zitternd. David lächelte.
Beruhigend. Küsste ihre Lippen, wie er es immer getan hatte. So
viele Male, und sie hatte gedacht, das sei der Anfang. Sie beide
hatten das geglaubt, gewusst.

Sie schmeckte Tränen, seine, ihre. So viele, immer mehr. Und
plötzlich war da nichts mehr. Sie berührte ihr feuchtes Gesicht, die
Augen weiter fest geschlossen, und er fehlte. Das Verstehen überflutete sie wie eine nie gekannte Naturgewalt. Und die Liebe, die
ihnen beiden das Wichtigste in ihrem ganzen Leben gewesen war,
versteinerte. Ragte wie ein Mahnmal aus den tosenden Strudeln
der Erkenntnis heraus.

Ihr Körper wurde zurückgezogen und sie hielt dem nichts mehr entgegen. Es war das Ende. Das hier war das Ende. Sie spürte, wie sie taumelte und schwebte. Starke Hände hielten sie, doch sie gehörten nicht David. Es war sowieso sinnlos. Ohne ihn. Ihr Leben erlosch und es war ihr egal.

Wie Kieselsteine, die in einen See fielen und die glatte Oberfläche unwiederbringlich zerstörten, drangen nach langer Dunkelheit Worte in ihr Bewusstsein vor. Mehr und mehr, und sie wollte doch nur Ruhe. Nicht auftauchen müssen, in diese Welt, in der sie schutzlos war. Unendlich allein. Doch es half nichts. Sie stieg unweigerlich nach oben und öffnete irgendwann die Augen.

Da waren sie noch alle. Ihre Eltern, Direktor Raab und diese unbekannte Frau. Aus irgendeinem Grund erinnerte sie sich plötzlich daran, dass ihr deren auffälliger Schmuck sofort ins Auge gestochen war, als sie den Raum betreten hatte. Wie lange das her war, konnte sie nicht sagen. Es war auf der Schwelle zwischen dem ›Kurz davor‹ und dem ›Danach‹ gewesen, so viel wusste sie und es verursachte ihr ein schmerzhaftes Ziehen im Magen.

Jetzt begann ihre Mutter zu sprechen. Sophie hörte die vertraute Stimme wie durch Wasser. Verschoben, verlangsamt. Die Mundbewegungen schienen nicht zum Ton zu passen. Übelkeit wallte erneut in ihr auf.

»Sophie, Spätzchen ...«, die Stimme ihrer Mutter brach. Sie sah zu Papa hinüber, mit Tränen in den Augen.

»Mama ...?!«, Sophie registrierte, wie dünn und piepsig ihre Stimme klang. Meilenweit entfernt. Sie war zugleich überrascht und verärgert und eigentlich war das doch alles egal.

»Entschuldigen Sie«, mischte sich unvermittelt und vor allem ungefragt die Schmuckfrau ein. »Ich kann mir gut vorstellen, wie Sie sich jetzt fühlen.«

Sophie bezweifelte das und erkannte, dass sie trotz allem in der Lage war, Abneigung zu empfinden. Heftige Abneigung.

»Es gibt im Leben manchmal schlimme Situationen, die einen wortlos zurücklassen. Hilflos. Und wenn ein uns nahestehender

Mensch sich das Leben nimmt, ist das oft besonders schwierig für die Hinterbliebenen. Ein Suizid wirft Fragen auf, die ...«

Trotz aller Schwäche konnte Sophie die irrwitzigen Mutmaßungen der Frau, die sich ihr noch nicht einmal vorgestellt hatte, schon jetzt nicht länger ertragen.

»Was reden Sie denn da?« Sie verstand sehr wohl, worauf die Frau hinauswollte, und das war in diesem Moment nicht nur taktlos, sondern abgesehen davon auch völlig abwegig.

»David hat sich doch nicht umgebracht!«

4. September 1985

Liebe Mia,

heute ist Mittwoch, da ist Mama immer im Chor.
Deshalb kommt Papa abends immer wegen den Behandlungen. Aber
heute sage ich ihm, dass ich das nicht mehr machen will.
In letzter Zeit habe ich immer versucht, mich wegzudenken, wenn
er anfing. So, als ob ich gar nicht wirklich dabei wäre. Aber es funk-
tioniert nicht immer. Manchmal fällt es mir sogar in der Schule
einfach plötzlich ein und ich kann das dann richtig spüren. Als ob ein
böser Zauberer mich für ein paar Minuten in der Zeit zurück hext.
Und ich bin dann immer mitten in der Behandlung und komme
nicht weg.
Also, ich will das nicht mehr. Aber ich habe auch Angst, dass ihm
dann was passiert. Obwohl ich manchmal denke, dass das alles nicht
wahr ist. Dass er lügt und gar nicht krank ist.
Und dann habe ich ein schlechtes Gewissen. Weil es böse ist, so zu
denken.

Kapitel 7

Henry hatte sich ein ausgiebiges Frühstück gegönnt und diesen
Luxus ausnahmsweise einmal genossen.

Es war schön gewesen, sich wieder einmal von Edith, der guten Seele des Hauses, verwöhnen zu lassen. Ganz so wie früher.
Sie war in seiner Wahrnehmung schon immer da gewesen, gehörte zu seinem Zuhause ebenso wie seine Familie. Und sie wusste
wie niemand sonst, womit sie ihm eine Freude machen konnte.
Die seltenen Gelegenheiten, zu denen ihre Künste gefragt waren,
schienen ihr ein Fest zu sein, und sie kochte und backte mit über-
schwänglicher Begeisterung irrwitzige Mengen der köstlichsten
Leibspeisen.

Es war tatsächlich ein wenig wie im Märchen, überlegte Henry,
und seine neue Rolle, der Königsmacher, schien ironischerwei-
se hier hineinzupassen. An dieser Stelle meldete sich sein Gewissen dumpf durch den Schleier trügerischer Sorglosigkeit und er
schnaubte leise. Er hatte zu viel gesehen, zu vieles zu nah miterlebt in den vergangenen Jahren, um, kaum zurück in der Heimat,
gedankenlos seine Privilegien zu genießen.

Zuletzt auf Haiti und auch schon an anderen Einsatzorten in
den ärmsten Gegenden dieser Erde hatte er viel über diese Dinge
nachgedacht. Und war immer wieder in seiner Einstellung dem
Geld gegenüber bestätigt worden, das ihm schon so lange er denken
konnte, Angst gemacht hatte. Es verlieh Macht, im Guten wie im
Bösen einsetzbare Macht, und zwar ungefiltert jedem, der in seinen
Besitz kam. Es war unmoralisch und hatte einen viel zu großen

Einfluss auf die verletzlichen Leben der Menschen. Henry lachte trocken auf, als er sich die Reaktionen seiner Familie auf dieses, in ihren Augen sicher seltsame, Bekenntnis vorstellte.

Es musste doch möglich sein, mit ihren, für eine einzelne Familie unanständig großen, Besitztümern Gutes zu tun. Diese Überlegung ließ ihm schon längere Zeit keine Ruhe, und wie es aussah, konnte er diesem Ziel in nächster Zeit möglicherweise den entscheidenden Schritt näherkommen. Dass sein Vater die Dinge jetzt auf seine Weise geregelt hatte, war nicht absehbar gewesen, spielte seinen Plänen aber natürlich trefflich in die Hände. Vielleicht hätte es der Heimlichkeiten im Vorfeld seines Familienbesuchs unter diesen neuen Vorzeichen gar nicht bedurft. Andererseits hatte er sich während der einen Woche im Hotel gut akklimatisieren und seine Fühler in Richtung wichtiger Gesprächspartner ausstrecken können. Unbeobachtet.

Doch genug der Grübeleien. Henry räumte das Geschirr zusammen und holte sich in der großen, heimeligen Gutsküche liebevolle Klapse auf die Finger ab, als er es dann noch hinaustrug. Edith musste inzwischen auch schon weit über sechzig sein, und er hätte sich äußerst unwohl dabei gefühlt, sie diese Arbeit für ihn machen zu lassen. Nach einem kurzen Plausch verließ er den warmen Raum, in dem alles noch wie in seiner Kindheit zu sein schien, gleichermaßen wehmütig und gespannt auf den Tag und seine Herausforderungen.

Vom Westflügel, in dem sein Zimmer, die Gutsküche und verschiedene weitere Räumlichkeiten untergebracht waren, gab es zwei Möglichkeiten in das Hauptgebäude zu kommen: zum einen den Weg quer durch den denkmalgeschützten Innenhof und daneben das Kellerlabyrinth. In seiner Kindheit hatte Henry mit seinen Freunden in den verschlungenen Gängen zahlreiche Abenteuer bestanden. Bei der Erinnerung hieran musste er lächeln und gestattete sich diesen nostalgischen Moment.

Heute jedoch entschied er sich ganz bewusst für die erste Option. Der Innenhof war wunderschön bepflanzt, selbst zu dieser unwirtlichen Jahreszeit grünte es und kleine Zierapfelbäumchen sorgten für strahlend rote Akzente. Henry genoss den Anblick für einen Moment. Zu seinem gelegentlichen Leidwesen verstand er nur wenig von Pflanzen. Was ihn jedoch von jeher fasziniert hatte, war der lebendige Eindruck, den sie dem großen Atrium verliehen. Wenn die Sonne in den Übergangsjahreszeiten unterging, leuchtete die rustikale Steintreppe über dem Weinkeller in einem warmen Orangeton und schuf ein wahres Toskana-Feeling. Fiel der Blick hingegen auf die gegenüberliegende Seite, fühlte er sich sofort in den Orient versetzt.

Henry atmete tief durch. Kaum in der Heimat angekommen, verspürte er schon wieder einen Hauch von Fernweh. Doch daraus würde in absehbarer Zeit nichts werden, also sollte er sich besser auf die Anforderungen hier vor Ort konzentrieren. Er seufzte und lief in Richtung der Steintreppe.

Im ersten Stock befanden sich zwei Ausstellungsräume, die er jetzt ansteuerte. In dem größeren der beiden wurden seit vielen Jahren dieselben Exponate gezeigt. Die wertvollen Einzelteile aus der großen Masken-Sammlung waren schon lange nicht mehr für den Verkauf vorgesehen. Seit man erkannt hatte, welche Anziehungskraft das Konvolut historischer und anderweitig exotischer Masken auf ein Publikum von nah und fern ausübte, war diese Ausstellung dauerhaft eingerichtet worden. Nicht zuletzt auch als kontinuierliche Einnahmequelle, überlegte Henry und war sich nicht ganz sicher, was er davon halten sollte.

Im kleineren der beiden Ausstellungsräume wurden wechselnde Schmuck-Konvolute und anderes Geschmeide zeitnah vor den vierteljährlich stattfindenden Auktionen präsentiert. Auch hier hatte sich seit Henrys letztem Besuch vor einem guten halben Jahr im Grunde nichts geändert. Er selbst hatte nie besonders viel mit Schmuck anfangen können, daher berührte es ihn nicht, wenn Einzelstücke neue Besitzer fanden und durch andere ersetzt wurden. In gewisser Weise sah er es jedoch als Verschwendung an, dass ein entbehrlicher materieller Wert nicht in humanitäre Hilfe umgestzt wurde. Ein Grundkonflikt, mit dem er sich in diesem Business wohl dauerhaft würde auseinandersetzen müssen. Aber seine Geschwister eben auch. Jedenfalls von jetzt an.

Vielleicht, nein, wie es aussah sogar ziemlich sicher, würde auch er selbst an seiner Einstellung arbeiten und Kompromisse akzeptieren müssen, um seiner neuen Rolle gerecht zu werden. Er verzog unwirsch den Mund und rief sich im nächsten Moment zur Ordnung. Es würde nichts bringen, unüberlegt voranzupreschen. Lieber würde er andere Wege finden, den Verpflichtungen, die dieses Eigentum eben auch bedeutete, nachzukommen. Systematisch und zuverlässig. Und am Ende würden auch seine Geschwister ihre Haltung überdenken müssen, das war hoffentlich klar.

Er überlegte noch, was er jetzt tun sollte, als Philippa aus Richtung des neuen Treppenhauses die kleine Kantine betrat. Sie waren alleine hier, die rund 20 Angestellten des Hauses waren mitten am Vormittag vermutlich anderweitig beschäftigt.

»Ach, du ...«, begrüßte seine Schwester ihn sauertöpfisch.

»Dir auch einen wunderschönen guten Morgen«, erwiderte Henry. Seine Stimme troff vor Ironie, und er fühlte sofort einen unangenehmen Druck im Magen.

»Wir werden sehen, was der Morgen so bringt«, gab Philippa frostig zurück und es war klar, dass es im Moment nicht mehr zu sagen gab.

Es überraschte Henry, dass Philippa sich so wenig im Griff hatte. Er kannte seine Schwester kontrollierter. Aber vielleicht war sein Eindruck auch überzogen. Sie alle hatten ereignisreiche Tage hinter sich. Und Philippa merkte jetzt offenbar endlich, dass sie sich den Veränderungen, die zweifellos für sie alle anstanden, tatsächlich nicht würde entziehen können.

»Bis später«, rief er ihrer Rückenansicht hinterher. Philippa war bereits unterwegs zu neuen Wirkungsstätten. Er erntete eine gemurmelte Erwiderung, deren genauen Wortlaut er nicht verstand und machte sich nichts daraus. Schließlich hatte er nicht vor, sich den Tag verderben oder am Ende noch seine Pläne durchkreuzen zu lassen. Wobei – wenn er ehrlich war, hatte er eigentlich noch keine konkreten Vorstellungen davon, wie sich seine ehrenhaften Ziele umsetzen lassen würden. Aber davon ließ er sich nicht aufhalten. Es würden sich schon Wege finden, davon war er fest überzeugt.

Sein Blick fiel auf die aktuelle Ausgabe des *Mainzer Kuriers*, und da er sowieso noch keine konkreten Termine oder Verpflichtungen hatte, konnte er auch eine kleine Pause machen. Er ließ sich an dem großen runden Tisch nieder, auf dem die Zeitung lag und zog sie zu sich. In der Regel lohnte sich ein Blick auf die tagesaktuellen Geschehnisse in Mainz und Umgebung für ihn nach längeren Auslandsaufenthalten. Interessiert überflog er die ersten Seiten, als sein Blick an einem reißerisch aufgemachten Beitrag hängenblieb. Er hob die Zeitung näher vor seine Augen, wie um sicherzugehen, dass das, was er da gerade gelesen hatte, wirklich wahr sein konnte.

Und so sehr sich alles in ihm dagegen sträubte, er hatte sich nicht verlesen. Er warf die Zeitung von sich, nur um sie im nächsten Moment wieder zu sich zu ziehen und den Beitrag, mit plötzlich zitternden Fingern, vorsichtig herauszureißen.

»Hej, Tuulia! Guten Morgen, Chef!«

»Hej, Conny. Du strahlst ja richtig«, murmelte Tuulia müde und ein wenig unwirsch. Lorenz grüßte nur kurz und war bereits auf dem Weg in sein Büro.

»Klar, warum denn auch nicht?«, fragte Conny.

»Hm, keine Ahnung. Vielleicht wegen des dritten Toten in einer Woche?« Tuulia musste aufpassen, ihre schlechte Laune nicht an dem Freund auszulassen. Der hatte ihre drei Einsätze sicher ganz genau im Kopf und wollte sie einfach nur aufmuntern.

»Ach, entschuldige«, schob sie daher schnell hinterher. »Ist einfach eine seltsame Stimmung im Moment.«

»Das verstehe ich doch«, erwiderte Conny und sah sie ruhig an. »Mir schlägt die ewige Dunkelheit auch immer auf's Gemüt. Aber«, er machte eine demonstrative Pause und hob den Zeigefinger in schönster Oberlehrermanier, »ich habe entschlossen, zurückzuschlagen.«

»Aha«, Tuulia lächelte bemüht. »Und, funktioniert es? Offenbar ja schon«, beantwortete sie sich ihre Frage gleich selbst.

»Ach, Tuulia«, Conny hatte diesen eindeutigen Glanz in den Augen, »ich freue mich einfach schon die ganze Zeit auf die Überraschung für Simon am Donnerstag.«

Natürlich, warum hatte sie daran nicht gleich gedacht? Am Donnerstag war der 30. Geburtstag von Connys Freund, der eigentlich davon ausging, am Wochenende zu feiern. Conny aber hatte dem unbemerkt einen liebevollen Strich durch die Rechnung gemacht und die Wochenendgäste einfach schon für den Donnerstagabend zu einer spontanen Überraschungsparty eingeladen. Und jetzt konnte er die Zeit, bis es so weit war, offensichtlich kaum abwarten.

Tuulias Lächeln wurde breiter und kam jetzt ganz von selbst. Conny war einfach ein lieber Kerl. Und sie wollte seine Stimmung durch ihre Laune nicht trüben. »Das verstehe ich. Ich freue mich auch schon!«

»Siehst du, schon lachst du wieder – ein bisschen jedenfalls.«

»Na klar, mit dir kann ich doch gar nicht schlecht gelaunt bleiben.« Tuulia spürte, dass das tatsächlich stimmte und war für einen kurzen Moment von einer warmen Dankbarkeit erfüllt. »Übrigens«, fiel ihr ein, »eventuell würde Lenni auch dazukommen. Aber du weißt ja, das wird sich erst kurzfristig entscheiden.«

»Klar, das ist gar kein Problem«, Conny hatte Lenni im vergangenen Herbst kennengelernt und wusste über seine Besonderheiten Bescheid.

»Aber er mag das *Lomo*«, fügte Tuulia schnell noch hinzu. Sie war mit ihrem Bruder schon öfters in dem bekannten Buchcafé in der Mainzer Altstadt gewesen, zuletzt in ihrem Weihnachtsurlaub. Sie hatten es genossen, vor gemütlich vollgestopften Bücherregalen zu brunchen, und irgendwann hatte Lenni sich in eines der beiden Bücher, die auf dem Tisch auslagen, vertieft. Von da an war er nicht mehr ansprechbar gewesen. Sie selbst hatte ihre Gedanken fließen lassen können und insgesamt war es ein sehr entspannter Wintersonntag gewesen. Vor auch schon wieder fast zwei Monaten.

Verrückt, wie die Zeit raste. Sie straffte sich. »Aber vorher wird noch ein bisschen gearbeitet. Die Morgenbesprechung ist auf 11:00 Uhr verschoben.«

»Ich versuche mal, wieder mit reinzukommen«, meinte Conny. »Im Moment ist nicht so viel los.«

»Das sagst du so. Also mir reichen drei lebensmüde Menschen pro Woche«, sagte Tuulia betont leichthin und versuchte, eine emotionale Distanz zu den Einzelschicksalen zu wahren.

»Nein, du weißt schon, am Telefon. Egal, also, dann bis später in der Besprechung vielleicht.«

»Das darf doch nicht wahr sein!«, hörten sie Lorenz just in diesem Moment ungewohnt laut und erregt auf dem Flur schimpfen.

Tuulia sah Conny verwundert an, der jedoch zu wissen schien, was Lorenz so über die Maßen verärgerte. »Es war eine Frage der Zeit. Ich habe mich schon gewundert, dass er den Artikel noch nicht gesehen hat«, beantwortete er ihre unausgesprochene Frage.

»Was meinst du? Klär' mich doch mal auf«, Tuulia war mindestens so ahnungslos, wie es Lorenz bis vor wenigen Minuten gewesen sein musste.

»Na, hier«, Conny schob ihr die aktuelle Ausgabe des *Mainzer Kuriers*, die sie bis dahin ignoriert hatte, über den Anmeldetresen.

»‹Heroin-Omi? Rentnerin tot in Wohnung aufgefunden!‹«, las Tuulia laut und riss ungläubig die Augen auf. »Aber wie …? Ich meine, sie ist doch erst vorgestern Abend gefunden worden. Wie kann das heute schon in der Zeitung stehen?«

Conny verstand, was sie meinte. Dass eine Rentnerin tot in ihrer Wohnung aufgefunden worden war, mochte eine zwar traurige, jedoch keinesfalls schlagzeilenträchtige Nachricht sein. Entscheidend war das Detail, das die Überschrift eröffnete und ihnen selbst die größten Rätsel aufgab.

Die Sache mit dem Heroin. Jene Kleinigkeit, von der, bis zu diesem Zeitpunkt, nur die unmittelbar an der Aufklärung Beteiligten wussten.

Henry hielt den Zeitungsausschnitt vorsichtig in seinen Händen. Er ignorierte das Zittern, das das dünne Papier beben ließ.

Ihm war völlig klar, was er zu tun hatte. Auf Philippa konnte er in dieser Angelegenheit jedenfalls nicht zählen, das war ebenso klar. Aber er musste darüber mit jemandem sprechen. Jetzt. Und so machte er sich auf den Weg zum modernen Treppenhaus, auch wenn er ansonsten immer das alte, hölzerne Treppenhaus vorzog. So würde er sein Ziel jedoch schneller erreichen und das war es, was jetzt zählte.

Wie nannte man eigentlich diesen Bodenbelag? Henry hatte keine Ahnung, ›schmutzig-beiges Noppen-Laminat‹ sicher nicht, auch wenn es genau so aussah. Du meine Güte, worauf verschwendete er hier eigentlich seine Gedanken? Eilig lief er die Stufen hinauf, von den Wänden herab kokett beobachtet von dem riesigen Antlitz Marilyn Monroes, zeitgenössisch verfremdet in einem Roy Liechtenstein-Popart-Druck. Er hatte das Bild nie gemocht, aber immerhin passte es zu dem hässlichen Treppenhaus.

So, jetzt war er gleich am Ziel. Er öffnete die Tür, die auf den langen Gang im zweiten Stockwerk führte. Wie an einer Perlenkette waren an der linken Seite Büros angeordnet, die überwiegend mit

Verbindungstüren aneinander anschlossen. Am Ende des Ganges waren zwei Räume zu einem größeren Zimmer zusammengelegt worden. Hier residierte sein großer Bruder.

Er wollte nicht ungerecht sein, Quentin war schon in Ordnung. Auch wenn er es anderen, vorzugsweise ihrem Vater, mitunter zu gerne recht machte und dem Streit mit anderen, vorzugsweise ihrer Schwester Philippa, zu gerne aus dem Weg ging. Das war, wenn man ihn fragte, die größte Schwäche seines Bruders. Und spielte im Moment überhaupt keine Rolle. Henry war sich sicher, dass Quentin über die Neuigkeit ebenso schockiert und traurig sein würde, wie er selbst. Er klopfte an die geschlossene Tür.

»Ja? Treten Sie ein.«

Henry tat, wie ihm geheißen. »Hallo, Quentin«, sein Lächeln verrutschte.

»Ach, du«, sein Bruder merkte sofort, dass etwas nicht stimmte. Er sah ihn aufmerksam an. »Was ist denn los? Du bist ja ganz aufgeregt. Setz' dich doch erstmal.«

»Danke. Ich ... Hast du heute noch nicht Zeitung gelesen?« Henry zog sich den angebotenen Stuhl heran und legte den Ausschnitt vor sich auf den Tisch.

»Doch, schon. Na, du weißt ja, überflogen ... Warum? Was gibt's denn?« Quentin hob fragend die Augenbrauen.

Henry spürte einmal mehr diesen Druck im Magen. Einen Kloß im Hals. Er schob seinem Bruder den kleinen Textausschnitt hinüber.

»Was soll das sein?« Quentin runzelte die Stirn und las die Schlagzeile oberhalb von Henrys Zeigefinger laut vor: »‹Heroin-Omi? Rentnerin tot in Wohnung aufgefunden!‹. Ja, und?«

Sein Bruder verstand einfach nicht. »Ich bitte dich, Quentin, lies' weiter!«

»Ok«, Quentin sah ihn zweifelnd an und senkte den Blick dann wieder auf den Artikel. Im nächsten Moment weiteten sich seine Augen und er hielt, wie Henry zuvor, das dünne Papier näher vor sein Gesicht. Schien den Text ein weiteres Mal zu überfliegen und erblasste. »Das ist doch ... das muss ...«

»Oma Elfie, ja. Ich denke auch, dass es hier um sie geht.« Henry sah seinen Bruder an und konnte nicht verhindern, dass ihm die Tränen in die Augen stiegen.

»Es passt soweit alles«, bestätigte Quentin leise. Seine Stimme klang plötzlich rau und er wich Henrys Blick aus.

»Ja. Elfriede D. Das Alter. Sie hatte doch gerade erst Geburtstag. Am 5. Januar«

Keinem von ihnen war nach den üblichen Scherzen über Henrys außergewöhnliches Datengedächtnis zumute.

»Und jetzt?«, fragte Quentin. »Was sollen wir machen? Können wir überhaupt etwas tun?«

»Zur Polizei gehen«, gab Henry zurück. »Keine Ahnung, ob das wirklich was bringt, aber wir können schließlich nicht untätig bleiben.« Entschlossen zog er die Nase hoch. »Hast du gelesen, was da noch stand?«

»Dass sie ein Rauschmittel gespritzt haben soll? Heroin? Ja, aber das kann doch nicht sein!«

»Eben«, meinte Henry grimmig. »Und deswegen müssen wir schnellstmöglich eine Aussage machen. Irgendwas ist doch da faul!«

Quentin nickte. »Stimmt, du hast recht.«

»Also, dann rufen wir jetzt gleich bei der Polizei an. Stellst du den Lautsprecher an?«

»Ja, gut. Obwohl ...«, Quentins Blick wanderte zu dem großen Panoramafenster. Unten sahen sie, wie Philippa mit Romulus und Remus gerade zu einer Gassi-Runde aufbrach. »Müssten wir ihr nicht vorher auch Bescheid geben?«, fragte er.

»Hm, ich weiß nicht. Ich glaube aber, dass jetzt vor allen Dingen schnelles Handeln wichtig ist. Wir können ihr ja später immer noch davon erzählen.«

»Hmhm«, Quentin nickte, zögerte jedoch noch, den Hörer aufzunehmen.

»Ehrlich gesagt glaube ich nicht, dass Philippa besonders an der Sache interessiert ist. Vergiss' nicht, dass sie Oma Elfie nie so nahe gestanden hat, wie wir«, meinte Henry und fügte in Gedanken hinzu, dass andere Menschen und deren Schicksale seine Schwester ganz allgemein nicht besonders interessierten.

»Na gut, ich wähle dann jetzt«, verkündete Quentin schließlich und betätigte die Lautsprechertaste.

Henry lief um den Schreibtisch herum zu seinem Bruder. Es fühlte sich gut an, zu handeln. Und Quentin an seiner Seite zu haben. Quentin, der ihn verstand. Als Jüngster in der Familie hatte Henry seine Mutter nie kennengelernt, für ihn hatte Oma Elfie diese Rolle ganz eingenommen. Mehr noch als für Quentin oder gar Philippa, die damals schon ein Teenager gewesen war.

Abgesehen von seinem Papa war Oma Elfie lange Zeit der Mensch gewesen, den er am innigsten geliebt hatte.

»So, dann wollen wir mal«, eröffnete Lorenz die Morgenbesprechung, die heute schon fast eine Mittagsbesprechung war, mit einem Blick in die Runde.

Conny saß direkt an der Tür, einige Plätze von Tuulia entfernt, der er jetzt heimlich zuzwinkerte. In Anbetracht der traurigen Ereignisse dieses Morgens, die gleich Thema sein würden, verkniff sie sich ein Grinsen. Im richtigen Moment, wie sich zeigte, denn Lorenz richtete das Wort als erstes an sie.

»Tuulia, klären Sie die anderen doch mal über die aktuellen Geschehnisse auf.«

»Gerne.« Tuulia schlug demonstrativ ihren Block auf. Was sie hier notiert hatte, hatte sich längst in ihr Gedächtnis eingebrannt. David Kühnel. Die Wucht der Zerstörung an einem so kräftigen, sportlichen, vermutlich makellosen Körper. Das Ende eines Lebens, das mit so viel Glück und Freude hätte aufwarten können.

Oh je, die melancholische Stimmung, die sie dank Conny bereits vertrieben hatte, rüttelte schon wieder energisch an ihrem Herzen. Sie versuchte, sie zu ignorieren und begann mit den Fakten.

»Am Fuß des Drususturms ist heute Morgen die Leiche eines jungen Mannes, 17 Jahre alt, gefunden worden. Ganz klassisch von einem Spaziergänger mit Hund.«

Es war mucksmäuschenstill im Raum. Bis auf einen verfolgten ihre Kollegen den Bericht gespannt. Tobias hingegen gab sich ganz offensichtlich große Mühe, gelangweilt auszusehen. Tuulia tat es den anderen gleich und ignorierte ihn.

»Es scheint sich ziemlich eindeutig um Selbsttötung zu handeln.« Sie sah pro forma auf den Block vor ihr. »Der Körper war, abgesehen von den zu erwartenden Verletzungen und zumindest auf den ersten Blick, äußerlich unversehrt. Wie immer müssen wir natürlich den Bericht von Dr. Schuster abwarten.«

»Alles klar«, tönte Tobias, bevor einer der anderen zu Wort kam. »Können wir dann mit der Heroin-Omi weitermachen?«

Tuulia sagte nichts und ärgerte sich im gleichen Moment über sich selbst. Schlagfertigkeit war einfach nicht ihre Stärke, und schon war der Zeitpunkt für eine treffende Entgegnung vorüber. Gottfried kam ihr zu Hilfe. Was sie einerseits freute, andererseits natürlich nicht dazu beitrug, ihre Rolle in der Gruppe zu stärken.

»Langsam, Tobias. Lass' uns doch wenigstens einmal durchatmen, Mensch. Da ist ein Junge gestorben, ganz egal, ob der Fall nun in unseren Zuständigkeitsbereich fällt oder nicht. Und außerdem ist deine Wortwahl äußerst respektlos!« Der ältere Kollege war laut geworden, was sie von ihm nicht gewohnt waren. Jetzt lehnte er sich zurück und sah demonstrativ in Lorenz' Richtung, der eilig das Ruder übernahm.

»Danke Gottfried. Sie haben natürlich recht. Wir werden den Bericht von Dr. Schuster abwarten, uns jetzt aber noch einmal

Elfriede Dornbusch zuwenden. Was wissen wir bis jetzt über die alte Dame?«

Tobias machte keinen Hehl daraus, dass er Gottfrieds Reaktion überzogen fand. Er lächelte provokant, auch wenn er ein wenig angestrengt wirkte. »Also, bis jetzt ...«

Im gleichen Moment begann Gottfried zu sprechen. Entgegen seiner Art ignorierte er Tobias und sprach unbeeindruckt weiter, bis der Jüngere verstummte.

»Kathrin und ich haben uns näher mit ihr beschäftigt. Ich sage gleich schon, dass es traurig war. Sie scheint niemanden gehabt zu haben, keine Familie oder Freunde.«

»Hm, soweit passt das mit der Suizidtheorie ganz gut zusammen«, überlegte Tuulia laut.

»Ja, da würde ich Ihnen zustimmen«, schaltete Lorenz sich wieder ein, »wenn da nicht die Nachbarin wäre. Tatjana Mellinger, 32 Jahre alt und mit Frau Dornbusch befreundet. Sie haben sich hin und wieder unterhalten und einander besucht.«

»Aha, na das ...«, setzte Tobias an, verstummte jedoch nach einem strengen Blick von Gottfried.

»Sie ist auch diejenige, die vorgestern Abend den Notruf abgesetzt hat. Ja, und gestern Morgen war sie dann hier.«

»Und, was sagt sie?«, wagte Tobias einen erneuten Vorstoß.

»Sie wirkte sehr erschüttert, hat sich viele Gedanken gemacht und ist sich völlig sicher, dass Frau Dornbusch nicht lebensmüde war. Und erst recht nicht drogenabhängig.« Lorenz räusperte sich und fuhr nach einem vielsagenden Blick zu Tobias fort: »Wir haben ihr nicht die genaue Szene geschildert, aber ihre Einschätzung möglicher Abhängigkeiten, die über Medikamente hinausgehen, erfragt. Sie ist allein schon wegen der Frage aus allen Wolken gefallen.«

»Na ja, um ehrlich zu sein, glauben wir das doch auch nicht, oder?«, wagte Tobias sich wieder vor und konnte sich eine weitere Provokation nicht verkneifen: »Auch wenn es natürlich eine coole Geschichte wäre!«

Liebe Mia,

alles Lüge, Lüge, Lüge!!!!!!!

Papa ist für mich gestorben!!

Kapitel 8

Geschafft!

Elisabeth Schölermann erhob sich aus ihrer exotischen Position und schaltete die Yoga-DVD aus. Es war schon wichtig, etwas für sich zu tun, davon war sie überzeugt. Und für ihre 62 Jahre konnte sie sich durchaus noch sehen lassen. Aber, wie gesagt, dafür arbeitete sie schließlich auch hart. Powerte sich täglich aus mit Aerobic und Yoga und manchmal, wenn sie es so richtig wissen wollte, warf sie eine der neuen HIIT-DVDs an.

High Intensity Interval Training. So hieß das, was die jungen Leute heutzutage favorisierten, und warum dann nicht auch sie? Fünfzehn hochintensive Trainingsminuten hatte sie am Morgen schon vor der Yoga-Routine absolviert, aber irgendwie fand sie heute einfach keine Ruhe. Sie war hibbelig und um ehrlich zu sein, hatte das am Montagmorgen schon angefangen.

In dem halbherzigen Versuch, sich abzulenken, blätterte sie gelangweilt in der bunten Illustrierten, die sie sonst so gut unterhielt. Tja, heute nicht. Sie legte die Zeitschrift zur Seite und ging hinüber zu der weißen Ledercouch. Die große Stadtvilla in Mainz-Gonsenheim, die sie mit ihrem Mann nun schon seit vielen Jahren bewohnte, war ein Traum. In so manch einsamem Moment war sie jedoch vor allem groß. Groß und leer. Aber das war Jammern auf hohem Niveau, und sie hätte schließlich nicht tauschen wollen. Mit niemandem.

Wahrscheinlich war das, was sie so ruhelos sein ließ, so etwas wie die Stille nach dem Sturm. Nach dem ›High Intensity-Wochenende‹, dachte sie und lächelte über ihre eigene Kreativität. Im nächsten Moment biss sie sich auf die Lippen, das war nun wirklich nicht passend. Vielleicht war es auch der Schock. Ja, das war vermutlich der Grund für ihre verhaltene Aufregung. Sie hatte so etwas immerhin noch nie erlebt. Und wünschte es auch keinem anderen. Nicht ihrem ärgsten Feind, dachte sie pathetisch, und ihre Gedanken wanderten wieder zu den schlimmen Neuigkeiten.

Sie hatte die Schmidt-Hajduks ja nie so richtig leiden können. Also ihn schon. Er war ein ganz feiner Mann, der Herr Doktor. Gewesen, korrigierte sie und wartete kurz ab, ob dieser entscheidende Zusatz ihr eine Träne entlockte. Na ja, beinahe.

Seine Frau, die, wie ein gefühltes Viertel der Deutschen, vormals einfach nur Schmidt geheißen und dann nach der Hochzeit so großen Wert darauf gelegt hatte, nun Frau Doktor Schmidt-Hajduk genannt zu werden, also sie hatte sie jedenfalls nie gemocht. Eine im Grunde sehr simple Person. Und insgeheim fand sie diesen Gedanken seltsam befriedigend. Die Frau hatte den Herrn Doktor schließlich auch nicht von dem furchtbaren Schritt abhalten können, den er während ihrer Abwesenheit zu gehen bereit gewesen war. Das musste man sich doch mal vorstellen. Ganz, ganz schlimm.

Eine Gänsehaut lief ihr den Rücken und die Arme hinunter und sie erkannte das ganz richtig als Beweis für ihre Empathie. Nein, also, es war schon furchtbar, was da passiert war.

Und jetzt? Sie war die ganze Zeit so aufgewühlt, konnte sich kaum ablenken. Auf der anderen Seite gab es aber auch nichts, was sie in diesem Moment tun konnte. Sie ging zum Fenster links neben dem Erker im Wohnzimmer. Wenn sie die Gardine zur Seite schob und sich hier nur ein kleines bisschen streckte …, ja, da konnte sie den Hauseingang eigentlich ganz gut beobachten. Also sehen. Sie würde nie ihren Nachbarn hinterherspionieren, so etwas war weit unter ihrer Würde.

Jetzt, in diesen schweren Tagen, war nachbarliche Fürsorge aber sicher angebracht. Sie hatte schließlich die Zeit, vielleicht sollte sie einmal hinübergehen. Einfach sehen, ob alles in Ordnung war. Die Frau Doktor war ja nicht da, die war am Sonntagabend, nach allem, was sie mitbekommen hatte, vorübergehend zu ihrer Schwester gezogen. Bis gestern Abend waren dann noch Polizisten oder Spurensicherung oder wie auch immer dagewesen. Mit so etwas kannte sie sich nicht aus, sie waren schließlich rechtschaffene Bürger.

Und als solche kümmerte man sich um seine Nachbarn, erst recht in Krisensituationen. So, sie wandte sich entschlossen vom Fenster ab und ging zur Garderobe. Zog sich die warmen Stiefel an und warf eben den Pelz über. Es war selbstverständlich ein sehr alter Pelz, sie besaß ihn sicher schon 15 Jahre, und von daher war er moralisch absolut vertretbar. Oder sollte das arme Tier, nachdem es nun schon einmal tot war, auch noch auf dem Müll landen? Nein, da hatte sie bessere Verwendung. Zufrieden warf sie einen Blick auf ihr Spiegelbild und verließ das Haus.

Nach wenigen Schritten war sie an der Gartenpforte der Schmidt-Hajduks angekommen. Wie immer war diese nur angelehnt, so dass sie sich problemlos bis zum Eingang vorpirschen konnte. Aber was war das? Damit hätte sie nicht gerechnet! Der Briefkasten des Hauses lief ja quasi über. Das konnte man doch nicht so lassen! Zum Glück war sie ja jetzt hier, um nach dem Rechten zu sehen. Wie sich jetzt schon zeigte, war das auch bitter nötig.

Vorsichtig zupfte sie die Tageszeitung von heute aus dem breiten Briefschlitz. Mit ihr fielen Werbeblättchen zu ihren Füßen, die sie gewissenhaft vom Boden pflückte. Schließlich schien der Briefkasten leer zu sein. Aber sicher war ja bekanntlich sicher. Verstohlen sah sie sich um. Niemand da. Gut. Schnell schob sie ihren Arm bis zum Ellenbogen in den Briefkasten. Nun zahlte sich die tägliche Plackerei doch einmal aus. Sie hätte einige ihrer Freundinnen nennen können, deren fleischige Unterarme längst schon stecken geblieben wären.

Aber nein, da war nichts mehr. Oder ...? Sie wackelte mit den Fingern, bis sie damit an die hintere Begrenzung des Briefkastens stieß. Fuhr mit ihnen von links nach rechts an dem kühlen Metall entlang und erstarrte, als sie an etwas stießen. Einen kalten, glatten Gegenstand. Es kostete sie Überwindung, danach zu greifen und ihn zu sich zu ziehen. Nachdem sie ihre Hand aus der misslichen Position befreit hatte, sah sie sich das Ding ganz genau an. Es wirkte teuer und sollte ganz sicher nicht vergessen werden. Wahrscheinlich war es bei ihr am besten aufgehoben.

Mit diesem Gedanken wischte sie den unerwarteten Fund hastig an ihrem Pelzmantel ab und ließ ihn im nächsten Moment in der Tasche verschwinden.

Für Conny war sein kurzes Intermezzo im Konferenzraum an diesem Vormittag ganz plötzlich vorbei gewesen. Gegen Ende ihrer Besprechung war ihm aus der Zentrale ein Anruf durchgestellt worden, der für die weiteren Ermittlungen im Fall des rätselhaften Drogentodes von Elfriede Dornbusch von Bedeutung sein konnte.

Tuulia hatte das Ende der Besprechung kaum abwarten können und sich von Conny gleich im Anschluss auf den aktuellen Stand der Dinge bringen lassen. Demnach hatten sich Zeugen gemeldet, die angaben, von Frau Dornbusch als Kinder betreut worden zu sein. Nach allem, was sie über die alte Dame bisher wussten, würde das schon passen. Auf dem Weg zu Lorenz' Büro ließ Tuulia sich die spärlichen Fakten, die sie in den letzten zwei Tagen über Elfriede Dornbusch gesammelt hatten, durch den Kopf gehen.

Gottfried und Kathrin hatten in der Besprechung neue Informationen liefern können. Demnach hatte die Rentnerin, laut ihrer jungen Nachbarin, mehrmals in der Woche in zwei Kindertagesstätten vorgelesen. Am späten Mittag des Vortages hatten ihre Kollegen den Kitas einen Besuch abgestattet. In beiden Fällen waren Leitung wie Angestellte gleichermaßen schockiert über den Tod der heiteren Omi. Und nein, dass sie lebensmüde gewesen sei oder Probleme mit ihren Mitmenschen gehabt haben sollte, konnte sich keine der Befragten vorstellen.

»Oma Elfie war so ein liebenswerter, selbstloser Mensch«, hatte eine junge Kindergärtnerin gesagt und die Tränen nicht zurückzuhalten können. »Wir haben sie alle ins Herz geschlossen. Meine Güte, ich kann gar nicht glauben, dass sie nie mehr …«

Natürlich habe sie keine Feinde gehabt, war die allgemeine Überzeugung gewesen. »Sie hätten sie kennen müssen, so jemanden muss man einfach gernhaben«, hatte Kathrin abschließend ein weiteres positives Zitat von ihren Notizen abgelesen. Zwar hatten sie die alte Dame nun ein wenig besser kennengelernt, waren aber weiterhin meilenweit von einer Spur, die zur Aufklärung ihres mysteriösen Ablebens führte, entfernt.

Klar war jedenfalls, dass Elfriede Dornbusch in ihrem Berufsleben mit Kindern zu tun gehabt hatte. Und mit zweien dieser Kinder von damals würden sie jetzt sprechen.

Tuulia war inzwischen am Büro ihres Chefs angelangt und erkannte durch das Riffelglas der Tür, dass die beiden Zeugen bereits anwesend waren.

Sie war aufgeregt. Ihr Körper stand schlagartig unter Strom, fühlte sich wie elektrisiert an. Sie kannte dieses Summen, das sämtliche Störfaktoren ausschaltete und ihre Aufmerksamkeit fokussierte, bereits von vorangegangenen Ermittlungen.

»So, dann wollen wir mal!«

Tuulia zuckte kurz zusammen und ärgerte sich im selben Moment hierüber. Sie hatte angenommen, dass Lorenz ebenfalls bereits in seinem Büro war, tatsächlich kam er jedoch gerade aus Richtung der Waschräume auf sie zugelaufen. Sie nickte entschieden und sah ihn erwartungsvoll an. Auch ihm war anzumerken, dass er seine Hoffnung, die Ermittlungen ein entscheidendes Stück voranzubringen, in die zwei ehemaligen Schützlinge ihres letzten Opfers setzte. Er straffte sich, schnippte ein unsichtbares Staubkörnchen von seinem Hemd und atmete geräuschvoll ein. Dann erst öffnete er die Tür.

Sie betraten das Büro ruhig und durchquerten es mit wenigen Schritten, um die Zeugen zu begrüßen. Tuulia erschien der Raum ein wenig überheizt, was aber ihrer Aufregung geschuldet sein mochte. Die beiden Männer, die bereits Platz genommen hatten, standen eilig auf. Im Anschluss an die üblichen Begrüßungsfloskeln und den Hinweis, dass ihr Gespräch aufgezeichnet wurde, nahm Tuulia an der Seite des großen Schreibtisches Platz. Zu ihrer Rechten saßen die Brüder Quentin und Henry Claaßen. Während Lorenz in lockerem Ton mit seinen Einstiegsfragen begann, musterte sie die zwei Männer unauffällig.

Tatsächlich hätten sie unterschiedlicher nicht sein können, sowohl was das Alter und Äußerlichkeiten betraf, als auch in der Art, wie sie sich ausdrückten. Das war schon nach wenigen Fragen deutlich geworden, und Tuulia vermerkte diese Beobachtung am Rand ihres Notizzettels. Nach kurzem Überlegen malte sie ein schwungvolles Ausrufezeichen hinter die letzten Worte.

Quentin Claaßen, vermutlich der ältere der beiden, hatte bereits schütteres Haar und war von gedrungenem, stämmigem Körperbau. Er trug einen teuer wirkenden Anzug mit einem Krawattendingsbums, dessen Name ihr nicht einfallen wollte, und das ihn auf distinguierte Art exzentrisch erscheinen ließ. Zufällig wählte man diese Garderobe jedenfalls nicht. Sie vermutete, dass er außerdem für die warme Sandelholznote mit einer Idee von Zimt verantwortlich war, die die Raumluft angenehm erfüllte.

Henry Claaßen wirkte, zumindest vordergründig, deutlich erschütterter als sein älterer Bruder. Aus rotgeränderten Augen sah er Lorenz und sie fast anklagend an, und rutschte, den Zeitungsausschnitt in Händen, unruhig auf seinem Stuhl hin und her.

»Fangen wir mit Ihnen an«, begann Lorenz und sah freundlich zu dem augenscheinlich jüngeren der beiden Brüder hinüber. »Name, Geburtsdatum?«

»Henry Claaßen, 08.06.1980.«

»Hmhm«, Lorenz nickte, sah kurz zu Tuulia, deren Stift über das Papier vor ihr flog und wandte sich dann dem zweiten Bruder zu.

»Ich bin Quentin Claaßen, geboren am 07.09.1973.«

»Wir haben in der Zeitung von Frau Dornbuschs Tod erfahren«, preschte der jüngere Bruder vor, kaum dass Quentin Claaßen seine persönlichen Daten angegeben hatte. Er war aufgeregt, sprach mit erhobener Stimme. Tuulia zögerte kurz und notierte eine weitere Beobachtung. Henry Claaßen hatte eine besondere Stimme, auffallend hoch für einen Mann, androgyn und zugleich fragil. Wie ein Pinsel, dem einige Borsten fehlten.

»Und das, was wir da ... Also, wie sie es dort beschrieben haben, so kann es auf keinen Fall gewesen sein!« Er war sichtlich aufgewühlt und während er sprach bis ganz nach vorne auf seinem Stuhl gerutscht. Jetzt ließ er sich zurückfallen, starrte fassungslos auf die Schreibtischplatte und strich mit den Händen immer wieder über seine Oberschenkel.

»Was lässt Sie das glauben?«, fragte Lorenz, dem die Unruhe des jungen Mannes nicht verborgen blieb. »Wie gut haben Sie Frau Dornbusch denn gekannt?«

»Frau Dornbusch ...«, Henry Claaßen schüttelte den Kopf. »Wissen Sie, für mich war sie noch nie ›Frau Dornbusch‹. Sie war einfach ...« In diesem Moment schien sich die Aufregung des jungen Mannes für die Dauer eines Augenblicks zu legen, und tiefe Traurigkeit zeichnete sich auf seinem Gesicht ab. »Oma Elfie. Sie war unsere Oma Elfie.«

Lorenz sah überrascht zu Tuulia hinüber, die ebenfalls kurz den Blick hob, um im nächsten Moment ›Oma Elfie!‹ auf ihrem Notizblock zu vermerken.

»Wissen Sie ...«, meldete sich der ältere Bruder jetzt zu Wort. Seine Stimme war belegt und er musste sich räuspern, bevor er fortfahren konnte. »Frau Dornbusch, Oma Elfie, hat sich viele

Jahre um uns gekümmert und ...«, sein Blick streifte seinen Bruder, »... für Henry war sie Mutterersatz. Unsere leibliche Mutter ist bei seiner Geburt verstorben.«

»Ja«, sagte Henry und vermied den Augenkontakt mit den anderen. Seine Stimme klang plötzlich rau, als er fortfuhr: »Ich habe meine leibliche Mutter nie kennengelernt. Aber Oma Elfie war immer schon da.«

»Verstehe«, erwiderte Lorenz leise, und Tuulia überlegte, wie wahrscheinlich seine empathische Bekundung in Wahrheit sein konnte. Sie sah wieder zu den Brüdern hinüber. Während Quentin Claaßen einigermaßen sachlich berichtete, rang Henry, der Jüngere, weiterhin sichtlich um Fassung.

»Jedenfalls, das was da im *Mainzer Kurier* steht, das kann einfach nicht stimmen, hören Sie?« In einer hilflosen Geste schlug er mit seinen Fäusten auf die Oberschenkel. Sein Blick wanderte fahrig durch den Raum, während er erkennbar daran scheiterte, das Gelesene mit den liebevollen Erinnerungen an seine Oma Elfie zusammenzubringen.

In Tuulia kämpften währenddessen zwei Gefühle um die Vorherrschaft: zum einen ein heftig aufflammendes Mitleid mit Henry Claaßen. Wer, wenn nicht sie, wusste, wie bedingungslos Kinder ihre Liebe auf die Menschen richteten, die sich ihrer annahmen. Wie eine sichere Bindung gelingen konnte, ganz egal, ob die leiblichen Eltern, weitere Verwandte oder außerfamiliäre Bezugspersonen die Fürsorge übernahmen.

Daneben traf die Verzweiflung ihres jüngeren Zeugen genau in ihre Ermittlerseele. Ihr Ehrgeiz, der Sache auf den Grund zu gehen, war spätestens jetzt entfacht. Denn dass der Tod von Elfriede Dornbusch in ihr Ressort fiel, hatten sie in Wahrheit doch längst begriffen. Jetzt galt es, Licht in diesen Fall zu bringen. Die Hintergründe aufzudecken. Lieber heute als morgen.

»Das heißt, Sie können sich nicht erklären, wie es zu dem tragischen Tod von Frau Dornbusch kommen konnte?«, fragte Lorenz.

»Nein«, übernahm Quentin Claaßen, bevor sein Bruder weiter-sprechen konnte. »Es stimmt schon, was Henry sagt. Das, was in der Zeitung so reißerisch aufgemacht ist, macht keinen Sinn. Oma Elfie hat sich mit Sicherheit keinen Goldenen Schuss gesetzt.«

»Wenn ich das schon lese!«, fuhr Henry Claaßen dazwischen. »‹Heroin-Omi›! Kann man den windigen Schreiberling eigentlich nicht irgendwie belangen? Herrgott, man muss doch auch mal an die Angehörigen denken!«

»Ich fürchte, da kann man nichts machen«, erwiderte Lorenz.

Tuulia wusste, dass er in diesem Punkt die Ansicht seines Gegen-übers teilte. Sie alle taten das. Erst recht, nachdem sie früher am Tag das Kürzel eben jenes ›windigen Schreiberlings‹ unter dem Artikel erkannt hatten: ›ws‹ stand für Wim Schneider, und mit ihm hatten sie bereits im Fall der ermordeten Studentin Penelope Sander zu tun gehabt. Auch wenn der Journalist indirekt zur Aufklärung des Falls beigetragen hatte, war er doch ein äußerst unsympathischer und selbstgerechter Zeitgenosse gewesen. Wie auch immer, jetzt zählte nur das aktuelle Verbrechen.

»Aber Sie sprechen da einen wichtigen Punkt an. Können Sie uns etwas über die persönliche Situation von Frau Dornbusch sagen? Über Angehörige, Freunde, ganz allgemein über ihre Kon-takte?«, fragte ihr Chef jetzt.

Die Brüder wechselten einen Blick, bevor der ältere übernahm: »Schwierig. Sehen Sie, Oma Elfie ist vor mittlerweile schon ...«, er überlegte kurz, »... vor fast zwanzig Jahren aus unseren Diensten entlassen worden.«

»Vor genau 17 Jahren«, präzisierte Henry. »Ich war damals gerade neunzehn geworden. Aber wenn ich heute so überlege ... Die Frage, wie das Leben von Oma Elfie außerhalb unserer Familie aussah, hat mir damals keinen Gedanken abgerungen.« Er starrte schuldbewusst auf die Tischplatte und bewegte seinen Kopf in einer winzigen, gleichförmigen Bewegung von links nach rechts. »Ich muss sehr egoistisch gewesen sein.«

»Ach Henry«, klinkte sich sein Bruder mit plötzlich weicher Stimme ein. »Du warst ein Kind. Es bringt doch nichts, sich jetzt Vorwürfe zu machen. Damit ist niemandem geholfen.«

Tuulia beobachtete die beiden Brüder. Es war offensichtlich, dass sie ein gutes Verhältnis zueinander hatten. Quentin Claaßens Mitgefühl und Rückhalt für Henry rührten sie. Aus irgendeinem Grund jedoch störte sie seine Formulierung zu der vorigen Frage. Wenn das Verhältnis, insbesondere zwischen Henry und seiner Oma Elfie, so herzlich und innig gewesen war, würde man die geliebte Bezugsperson dann ›aus den Diensten entlassen‹? Sie machte sich eine Notiz und ergriff nach kurzem Blickwechsel mit Lorenz das Wort.

»Wenn Sie sagen ›aus unseren Diensten entlassen‹, was genau waren denn die Aufgaben, die Frau Dornbusch in Ihrem Haushalt übernommen hat? Sie waren damals ja immerhin schon volljährig«, nun sah sie zu Henry Claaßen hinüber, »und haben eine Ziehmutter im eigentlichen Sinne wohl nicht mehr gebraucht?«

»Das stimmt schon«, antwortete wieder Quentin Claaßen. »Frau Dornbusch hat über die Kinderpflege hinaus noch weitere Bereiche im häuslichen Bereich des Anwesens der Familie betreut. Das Auktionshaus Claaßen ist Ihnen vielleicht ein Begriff?«

Diese letzte rhetorische Frage, nebenbei fallengelassen wie eine Petitesse, eine unerhebliche Kleinigkeit, machte Tuulia den älteren der Brüder für den Bruchteil einer Sekunde unsympathisch. Der Beigeschmack der Überheblichkeit verflog jedoch schnell, als ihr klar wurde, mit wem sie es zu tun hatten.

Und dass der aktuelle Fall möglicherweise Verbindungen bis in ihre eigene Familie hinein hatte.

Lenni saß über seinen Laptop gebeugt und betrachtete die alten Familienfotos. Wie schon am Wochenende, als Tuulia da gewesen war.

Inzwischen jedoch hatte er die Bilder gescannt, hochgeladen und in eine Vorlage für ein digitales Fotoalbum eingefügt. Es sollte das Geburtstagsgeschenk für seine Tante Gunilla werden, und er hoffte, dass er die richtige Entscheidung getroffen hatte. Für sich und Tuulia. Sie hatte ihm freie Hand mit dem Geschenk gelassen. Als Ermittlerin in der Mordkommission hatte sie oft wenig Zeit. Und gerade arbeitete sie wieder an einem Fall, über den sie nicht sprechen durfte. So viel hatte sie ihm am Telefon erzählt.

Er hatte an diesem Tag frei. Resturlaub. Den er nehmen musste. Nun ja, er fühlte sich wohl bei sich zu Hause. Das war kein Problem. Seine Arbeit als Fachinformatiker für Anwendungsentwicklung und -optimierung gefiel ihm allerdings auch gut. Zudem schaffte sie Struktur. Struktur war gut, weil sie den Tag übersichtlich machte, Gewohnheiten schuf und ihn so beruhigte.

Er wusste, dass er anders war. Und dass die anderen damit oft Probleme hatten. Selbst war er gerne unter anderen Menschen. Auch wenn er völlig falsche Signale sendete. Er wusste das. Tuulia hatte es ihm oft erklärt. Doch obwohl er ihre Worte verstand, halfen sie ihm nicht. Weil er nicht anders konnte. Unter anderen Menschen nicht anders konnte.

Es lag daran, dass er stetig darum bemüht war, die meisten Reize auszublenden. Weil sie über ihm zusammenschlugen und er den Halt verlor. In sich, in seinem unerträglich lauten Selbst, den Halt verlor. Aber die Menschen wollte er nicht ausblenden. Zumindest die wichtigen, seine Menschen, nicht.

Tuulias Gegenwart konnte ihn sogar oft beruhigen. Dann war es schön, dass jemand da war. Dass sie da war, die ihn meistens verstand. Selbst dann, wenn er sich manchmal selbst nicht ertrug. Dann sorgte ihre Gegenwart für Ordnung, für eine Reihenfolge, entzerrte die Kakophonie an Lauten, sortierte die Explosion von Reizen in seinem hyperaktiven Gehirn.

Er konnte den Menschen zum Beispiel nicht in die Augen sehen. Es machte ihn nervös und die Augen waren mehr, als sie zu sein schienen. Sie waren wie kleine Fenster in die Menschen hinein. Oft unruhig und meistens fordernd. Erwartungsvolle kleine Fenster, die wie zahllose Spiegel im Dunkel auf ihn wirkten. Spiegelung oder Original, Ernst oder, womit er überhaupt nichts anfangen konnte, Ironie. In der Ironie war die Wahrheit gerade durch ihre Verkehrung unterstrichen. Dass das Sinn machen sollte, warum das Sinn machen sollte, konnte er nicht erkennen.

Tuulia hatte oft versucht, es ihm zu erklären. Den Menschen in die Augen zu sehen, erleichterte es ihr, zu verstehen, was die Menschen dachten, meinten, wirklich wollten. Ihm war das ein Rätsel, er konnte den entscheidenden Vorgang nicht nachvollziehen.

Dann gab es bei den Menschen ein ›Zwischen-den-Zeilen‹. Das war schwierig und, wie er fand, unnötig. Warum sagten sie nicht, was sie meinten? Stattdessen gab es ›das Ausgesprochene‹, womit er etwas anfangen konnte und zusätzlich ›das Unausgesprochene‹. Das machte keinen Sinn. Kommunikation, die rein auf dem Gesprochenen basierte, war demnach unzuverlässig.

Ganz schlimm war es mit Sprichwörtern. Früher hatte er geglaubt, sie könnten ihm vielleicht helfen, die Menschen zu verstehen. Schließlich benutzten sie sie häufig. Und irgendwie hatten sie eine Faszination auf ihn ausgeübt. Sie waren die Lösung auf das lange bestaunte Rätsel, warum Menschen in manchen Orten zu bestimmten Uhrzeiten die Bürgersteige hochklappten. Tuulia hatte ihm irgendwann, als er davon gesprochen hatte, erklärt, was es damit auf sich hatte. Sie verstand ihn, und dennoch hatte sie ein Lachen nicht unterdrücken, sondern nur auf ein Schmunzeln reduzieren können.

Mimik konnte er mittlerweile ganz gut unterscheiden. Wenn sie klar und ehrlich war. Dafür hatte er viele Stunden mit Ekmans

Texten und Tafeln zum emotionalen Gesichtsausdruck geübt. Es gab allerdings auch Ironie in der Mimik. Daher war er nie hundertprozentig sicher. Der Umgang mit anderen würde immer eine Herausforderung bleiben. Und auch, wenn er die Gesellschaft anderer mitunter mochte, würde er auf sie mit großer Wahrscheinlichkeit nicht reagieren. Denn da waren so viele Signale, von denen er nur wenige ansatzweise erkennen und noch weniger korrekt decodieren konnte.

»Wie, deine Familie ist mit den Claaßens befreundet?« Conny hatte sich gerade um die Aktenablage gekümmert, stieß sich jetzt jedoch mit seinem Schreibtischstuhl zum Tisch zurück und sah sie begeistert an. »Ich meine, mit DER Familie Claaßen?«

»Genau, mit den Besitzern des traditionsreichen Auktionshauses Claaßen in Gonsenheim. Kannst den Mund übrigens wieder schließen. Meine Tante hatte während ihres Studiums mal Kontakt mit der Tochter des Hauses.«

»Hmhm. Na, wer weiß, wozu es heute gut ist«, meinte Conny grinsend. »Wie war das, man trifft sich immer zweimal im Leben?«

»Du, ich habe keine Ahnung, ob die beiden heute überhaupt noch in Kontakt miteinander stehen. Ich glaube aber eher nicht.«

»Egal, du musst deine Tante unbedingt mal darauf ansprechen. Ich meine, wer weiß, vielleicht hat sie ja sogar Frau Dornbusch mal kennengelernt!«

»Ich verspreche dir, sie zu fragen. Aber jetzt ...«, Tuulia tippte auf ihren Notizblock, »... würde ich das Gespräch von eben gerne nachbereiten. Solange die Eindrücke noch frisch sind.«

»Klar.« Conny nickte verständnisvoll, um schon im nächsten Moment unbeirrt nachzuhaken: »Wie waren die Brüder denn so?«

»Nun ja«, Tuulia erkannte, dass sie ihn nicht einfach so ohne Informationen zurücklassen konnte. »Unterschiedlich. Das war mehr als deutlich. Sowohl bezüglich des Alters, ihres Äußeren, aber auch des, nun ja, offensichtlichen Grades der Betroffenheit.«

»Stimmt, den Eindruck hatte ich auch, als ich die beiden ins Zimmer des Chefs gebracht habe«, meinte Conny. »Einer von ihnen, der schlaksige und vermutlich jüngere, sah ziemlich mitgenommen aus.«

»Henry Claaßen. Ja, das war auch mein Eindruck. Wobei ...«, sie runzelte die Stirn.

»Ja?«

»Na ja, als die Sprache auf die Schwester der beiden kam, war besonders Henry plötzlich fast schon feindselig eingestellt. Es war schon beachtlich, wie seine Stimmung umgeschlagen ist. Von traurig und mitfühlend, als es um seine ›Oma Elfie‹ ging, zu äußerst kühl und distanziert, als wir nach der Schwester, nach Philippa Claaßen, gefragt haben.«

»Und mit ihr ist deine Tante befreundet?«

»Genau. Wobei der Begriff Freundschaft wahrscheinlich nicht mehr wirklich zutreffend ist. Wenn er das überhaupt je war«.

»Dazu musst du sie unbedingt bald ...« In diesem Moment unterbrach das Klingeln des Telefons Conny und er sah entschuldigend zu Tuulia. »Sorry, da muss ich drangehen.«

Tuulia war das ganz recht. So konnte sie das Gespräch mit den zwei Brüdern nun doch zeitnah nochmal durchdenken.

»Was?! Und das ist vorher keinem aufgefallen?«

Tuulia sah überrascht zu Conny hinüber, der offensichtlich bemüht war, ruhig zu bleiben.

»Natürlich muss das nichts heißen. Wir möchten es uns aber dennoch so bald wie möglich ansehen.«

Jetzt wurde sie doch neugierig. Den Moment, bis Conny das Gespräch beendet haben würde, konnte sie jetzt auch noch abwarten.

»Na sicher, per Boten! Das sollte doch kein Problem sein. Eben!«

Tuulia hob verwundert die Augenbrauen. So streng kannte sie Conny gar nicht.

»Bis 18:00 Uhr? Na gut, wenn es früher nicht möglich ist. Ja, ja, ebenso«, der Sekretär beendete das Gespräch und kostete den Moment, da Tuulia im Ungewissen war, sichtlich aus.

»Conny? Überspann' den Bogen nicht!«

»Hm?«

Die Unschuld in Person.

»Ach so, na gut. Also, das war eben die Technik.«

»Ja. Und?«

»Sie haben tatsächlich etwas gefunden. In der Kleidung von David Kühnel!«

Liebe Mia,

gestern habe ich zum ersten Mal meine Tage bekommen.
Viele Mädchen in meiner Klasse haben Angst davor. Sie sprechen
hinter vorgehaltener Hand darüber, tuscheln und kichern.
Ich konnte es kaum erwarten, dass es bei mir so weit ist. Ich weiß schon,
dass Mädchen von da an schwanger werden können. Das wird den
Alten hoffentlich davon abhalten. Ich bin kein kleines Kind mehr,
sondern werde nächstes Jahr 13. Ich glaube seine Lügen nicht mehr!
Gestern habe ich meinen Mut zusammengenommen und versucht,
Mama zu erzählen, was er die ganze Zeit mit mir gemacht hat. Mir
war richtig übel und ich hatte ein schlechtes Gewissen, obwohl ER das
doch wollte.
Aber ich bin nicht weit gekommen, da hat sie mich schon unterbrochen.
Hat gesagt, ich soll nicht so ein dummes Zeug reden und dass man
damit keinen Spaß macht. Und dass es Kinder gibt, denen so etwas
Schreckliches wirklich passiert und ich gar nicht weiß, was ich da
sage.
Ich glaube, sie könnte die Wahrheit nicht ertragen.

Kapitel 9

Henry fühlte sich seltsam leer, als er wieder in seinem alten Jugendzimmer saß.

Sie waren vor einer knappen halben Stunde nach Hause gekommen, nachdem sie versucht hatten, durch ein gemeinsames Mittagessen in der Stadt wieder ein wenig Normalität herzustellen. Natürlich hatte das scheitern müssen, wahrscheinlich weil derlei Unternehmungen miteinander ihnen inzwischen schon fremd geworden waren. Und wenn er ehrlich war, fiel ihm nichts ein, das ihren vormittäglichen Termin auf der Polizeistation weniger aufwühlend erscheinen ließ.

Dabei war er eigentlich hart im Nehmen. Hatte in seinem Leben schon so viel Fürchterliches gesehen. Bei den Hilfseinsätzen, die ihn durch die ganze Welt und in deren entlegenste Winkel geführt hatten. Er hatte erlebt, wie Menschen in einer einzigen Nacht ihr ganzes Hab und Gut verloren. Hatte viele Tote gesehen. Und nicht selten Kinder, die vor den Trümmern ihrer Häuser, die ihre ganze Familie verschlungen hatten, saßen und warteten. Einfach nur warteten. Bis zum völligen körperlichen Zusammenbruch.

Wenn sie Glück hatten, wurden sie von Hilfsorganisationen, wie jenen, die er nach Kräften unterstützte, gerettet. Dann aber, da gab er sich keinen Illusionen hin, war die Katastrophe noch längst nicht vorbei. Wer, wie er, nicht nur einmal in die Augen der geretteten Kinder gesehen hatte, wusste das. Mit ihren Familien waren das Leuchten, der Glanz und jede Hoffnung in die ewige Dunkelheit gegangen. Ob sie jemals so etwas wie ein normales Leben würden führen können, wusste niemand.

Er konnte die Nächte nicht zählen, in denen er im Schutz der Dunkelheit zornige Tränen über die Ungerechtigkeit geweint hatte. Um am nächsten Tag unbeirrt weiter dagegen anzukämpfen, Seite an Seite mit tapferen Frauen und Männern, die ihre Trauer, wie er, für sich behielten. Jede zähe Minute lang, in der entschieden werden musste, ob sie für die Menschen, denen sie begegneten, noch etwas tun konnten oder eben nicht.

Dieses ›eben nicht‹ nährte seinen Zorn. Es gab ›eben einfach‹ Menschen, die in Gegenden der Welt lebten, die Krieg oder Klimakatastrophen ausgesetzt waren. Das war schlimm, aber dagegen konnte man ›eben nichts‹ machen. So war doch die landläufige Meinung in den Industriestaaten, die, wenn man ihn fragte, ›eben doch‹ eine ganze Menge mehr unternehmen könnten.

Seine Grübelei war müßig, das war ihm klar. Außerdem war er ganz aktuell in einer Situation, die er nicht kannte, mit der er kaum umzugehen wusste. Der Tod oder, wie er glaubte, Mord an seiner Oma Elfie war ganz klar ein Einzelschicksal. Es müsste eigentlich viel leichter wiegen als alles, dem er sonst an Grauen begegnete. Dennoch tat es das nicht.

Das war normal, auch wenn es ihm schwerfiel, sich dies einzugestehen. Aber natürlich war es so. Er hatte schließlich einen ganz anderen persönlichen Bezug zu dieser ganzen Geschichte. Zudem war die Sache für ihn nicht aufgeklärt und damit nicht abgeschlossen. Man konnte also noch etwas machen.

Oma Elfie würde auch durch die Ermittlungen der Polizei nicht wieder lebendig werden, das stimmte zwar. Aber Licht ins Dunkel und den verrückten Sachverhalt, wie er sich ihnen im Moment darstellte, konnte man sehr wohl bringen. Vielleicht sogar jemanden zur Rechenschaft ziehen.

Er war da ganz sicher und entschlossen, sein Möglichstes zu tun, um zur Aufklärung beizutragen. Aber so sehr es ihm auch in den Fingern kribbelte, konnte er doch im Moment nichts machen. Nicht auf dieser Baustelle, dachte er und versuchte vorsichtig, emotionalen Abstand zu bekommen. Seine Trauer durfte ihn nicht schwächen, das wäre das Falscheste, was jetzt passieren konnte.

Und außerdem gab es da ja noch die andere, ebenso unerwartete Baustelle: seine neue Rolle im Familienbetrieb. Er überlegte. Quentin hatte erwähnt, am Abend mit Philippa zusammen ihren Vater zu besuchen. Das würde er selbst jetzt sofort tun.

Für Geschäftliches wäre später noch genug Zeit.

Tuulia beobachtete die anderen unauffällig.

Seit einer knappen halben Stunde saßen sie nun um den großen ovalen Konferenztisch herum und beleuchteten ihren aktuellen Fall, den rätselhaften Tod von Elfriede Dornbusch, von allen möglichen Seiten. Dabei war ihr klar, dass es ihren Kollegen ähnlich gehen musste wie ihr. Ja, natürlich war es wichtig, hier möglichst zeitnah zu einem Ergebnis zu kommen. Und es war auch durchaus ein spannender Fall, wie sie fand. Aber schließlich war ihnen vor mittlerweile schon mehreren Stunden ein möglicherweise entscheidendes neues Detail im Zusammenhang mit dem Suizid des jungen David Kühnel angekündigt worden.

Mit anderen Worten, sie saßen hier im Moment alle auf heißen Kohlen. Der Bote hatte sich für 18:00 Uhr angekündigt, demnach wären sie in wenigen Minuten schlauer. Tuulia bewunderte Lorenz dafür, wie er, scheinbar unbeeindruckt von dieser Tatsache, gewissenhaft die Einzelheiten um den Mord an Elfriede Dornbusch durchging.

Die Theorie, dass es sich im Fall der alten Dame um eine gezielte Selbsttötung durch die Überdosierung eines Rauschmittels handelte, hatten sie inzwischen einstimmig ad acta gelegt. Allerdings nicht, weil ein Suizid grundsätzlich unwahrscheinlich gewesen wäre. Wer konnte schließlich schon in einen Menschen hineinsehen? Und die Tatsache, dass die sozialen Kontakte der alten Dame sich doch in einem sehr überschaubaren Rahmen bewegt hatten, ließ Einsamkeit als Risikofaktor durchaus plausibel erscheinen. Auf der anderen Seite schien es nicht ihre Art gewesen zu sein, zu resignieren oder sich kampflos einem traurigen Schicksal zu fügen.

Einen ganz entscheidenden Hinweis hierauf lieferte Tuulia und ihren Kollegen Frau Dornbuschs Engagement im Bretzenheimer Kindergarten ›Butterblume‹. Schließlich war es für eine alleinstehende ältere Dame, der das Gehen sicher nicht mehr ganz leicht gefallen war, keine Kleinigkeit, eine solche Vorlese-Stelle anzunehmen. Zudem war sie, den Mitarbeiterinnen der Kita zufolge, nicht nur meistens heiter und immer gerne bei den Kindern gewesen, sondern hatte ihre Arbeit auch absolut zuverlässig erfüllt. War bei Wind und Wetter, und ohne in zwei Jahren ein einziges Mal zu fehlen, jede Woche erschienen. So etwas wie eine Altersdepression schloss Tuulia damit intuitiv aus.

»Was mir nicht klar ist …«, überlegte Gottfried laut, »Warum sollte ein möglicher Mörder eine solch exotische Variante der Tötung wählen?«

»Das kapier' ich auch nicht«, pflichtete Tobias ihm bei und sah Lorenz herausfordernd an. »Heroin einzusetzen ist schließlich nicht nur nicht ganz billig, sondern schreit in diesem Fall ja geradezu ›Es war Mord!‹.«

»Ganz genau«, entgegnete Lorenz nachdrücklich. Er hatte seine rechte Hand zur Faust geballt und sah seine Ermittler der Reihe nach scharf an. »Das ist der springende Punkt, Tobias! Bleiben Sie da mal dran!«

Tobias hob verwundert ob der unerwarteten Zustimmung seines Chefs die Augenbrauen. »Na, das heißt ja im Grunde, dass es dem Täter wichtig ist, sein Handeln offenzulegen. Er will jedenfalls nichts verschleiern.«

»Hmm«, Lorenz hatte die Faust geöffnet und Daumen und

Zeigefinger in einer eigenwilligen Denkerpose an Kinn und Nasenspitze platziert. »Warum soll seine Tat erkannt werden?«

»Sie soll gelesen werden«, schlug Tuulia vor.

»Sehr gut, der Täter will uns also einen Hinweis geben«, fasste Lorenz zusammen.

»So weit, so gut«, mischte sich jetzt Gottfried ein. Seiner Stimme war die Ungeduld anzuhören, die sich bei ihnen allen in den vergangenen zwei Tagen kontinuierlich aufgestaut hatte. »Wir haben also einen Hinweis. Wunderbar. Dann decodieren wir ihn doch und machen den Täter dingfest.«

»Was ist denn eigentlich mit den zwei Bekannten von Frau Dornbusch, die heute Mittag da waren?«, fragte Kathrin. »Können ihre Aussagen uns weiterbringen?«

»Tja, im Grunde haben die Brüder Claaßen unsere bisherigen Annahmen untermauert. Soweit ihre Informationen da überhaupt zuverlässig sein können, denn auch sie hatten lange Jahre keinen Kontakt mehr mit ihr«, antwortete Lorenz.

»Dafür standen sie aber schnell auf der Matte«, warf Tobias ein.

»Wie meinen Sie das?«, hakte Lorenz stirnrunzelnd nach.

Tobias hob abwehrend die Hände. »Keine Ahnung, ob nur mir das seltsam vorkommt. Aber wenn Sie ... Wie lange, 17 Jahre? Also, wenn Sie seit 17 Jahren keinen Kontakt mehr mit einem Menschen hatten, kriegen Sie dann A) so schnell mit, dass ihm etwas zugestoßen ist? Und kommen Sie dann B) sofort zur zuständigen Dienststelle, um eine Aussage zu machen? Deren Kernpunkt dann lediglich darin besteht, dass Sie sich auf das Geschehen keinen Reim machen und eigentlich auch sonst nichts zur Aufklärung beitragen können?«

Nach Tobias' kleiner Rede herrschte einen Moment lang Stille. Tuulia überlegte. Eigentlich hatte er recht mit dem, was er sagte. In einem kleinen Zipfel ihres Bewusstseins geisterte schon den ganzen Nachmittag über ein aufdringlicher Gedanke herum. Der

Zweifel ihres Kollegen überreichte ihrem eigenen Argwohn nun ein leuchtendes Fähnchen.

Etwas war nicht stimmig gewesen, in der Befragung der Gebrüder Claaßen. Wenn sie an den jüngeren der beiden dachte, erinnerte sie sich, dass sie sofort Mitleid mit ihm empfunden hatte. Aber wie passte diese, böse ausgedrückt, offen zur Schau gestellte Trauer zu der von Tobias ganz richtig geschilderten Tatsache, dass beide Männer schon seit vielen Jahren keinen Kontakt mehr zu ihrer Ziehmutter gesucht hatten?

So in Gedanken schrak Tuulia merklich zusammen, als ein dreifaches, langes Schrillen der Türklingel das Eintreffen des Boten ankündigte.

Sie war gespannt, worum es sich bei dem angekündigten Fundstück handeln mochte.

Sein Vater hatte gut ausgesehen.

Den Umständen entsprechend natürlich, aber dennoch war Henry beruhigt. Die Aussage von Dr. Weinert, dass ihnen noch einige gemeinsame Jahre geschenkt würden, erschien heute schon deutlich glaubhafter. Er war dankbar. Die frische Winterluft vor der Klinik strömte kühl in seine Lungen. Er nahm die holzig-rauchige Note wahr, die es so nur in dieser Jahreszeit gab, und atmete tief durch. Für einen Moment fühlte er sich wie neugeboren, stark und allen weiteren Herausforderungen gewachsen: Oma Elfie, seiner neuen Rolle in der Firma, seinen Geschwistern. Ja, nicht zuletzt auch seinen Geschwistern.

Quentin und Philippa waren eben gekommen, hatten ihn bei ihrem Vater abgelöst. Und nun stand er hier, voller Tatendrang und mit allen Möglichkeiten. Entschlossenen Schrittes lief er zu einem der Taxis, die hier zu jeder Zeit die Menschen auffingen und sie in ihre Normalität zurückbrachten. Wie auch immer die aussehen mochte.

In seinem Fall war die neue alte Normalität flankiert von wuchtigen Mauern und klassizistischen Gebäuden. Er betrat den dunklen Innenhof des Familienanwesens und blieb kurz stehen. Sosehr er dieses Gefühl im Grunde verachtete, so wenig konnte er seinen Stolz verhehlen. Das Auktionshaus, die Gebäude, die hier schon sein ganzes Leben und viel länger standen, atmeten Geschichte und umfingen ihn immer wieder bedingungslos mit einem überwältigenden Gefühl von Zuhause.

Ihm wurde bewusst, dass er jetzt noch nicht auf sein Zimmer gehen wollte. Stattdessen lief er geradeaus durch das Atrium, vorbei an den dunklen Schemen und Kugeln, die tagsüber in sattem Grün und glänzendem Rot strahlten und lebendig gewordene Sommererinnerung waren. Und von der frühen winterlichen Abenddämmerung in Scherenschnittvorlagen für Büsche und Zierapfelbäumchen verwandelt wurden. Es war die Jahreszeit, die das Geheimnisvolle im Alltäglichen enthüllte. Henry mochte das.

Er war nun fast an seinem Ziel angelangt. Rechter Hand führte die steinerne Treppe ins Gebäude. Darunter lag der Eingang in den Weinkeller. Er betätigte den Lichtschalter, den er unter den dekorativen Weinranken auch nach all der Zeit noch blind fand und schloss die Metalltür auf. Dass sie nach innen öffnete, war vermutlich nicht ganz vorschriftsmäßig. Da nach außen hin jedoch die Steintreppe verlief, war hier keine Fluchttür möglich. Wie auch immer, der Denkmalschutz griff in diesem Fall glücklicherweise, so dass diese nicht ganz gesetzestreue Anordnung bestehen bleiben konnte.

So, Henry betrat den kleinen aber feinen Weinkeller der Familie. Wobei klein sicher auch relativ war. Ihm war das einerseits egal, er war sehr zum Leidwesen seines Vaters nie ein Weintrinker, geschweige denn -kenner, geworden. Auf der anderen Seite konnte er nicht leugnen, dass ihm der rustikal-gemütliche und mit großen

Weinfässern geschmückte Keller gefiel. Besonders die wuchtigen, aus dem Stein gehauenen Wände hatten es ihm angetan.

Hinter einem der Fässer befand sich ein Durchgang in einen weiteren Kellerraum. Hier wurde, so lange er denken konnte, alles gelagert, was andernorts im Weg gewesen wäre. Je nachdem, welche der dauerhaft in ihrem Besitz befindlichen Exponate gerade ausgestellt wurden, wechselte der Kellerbestand. Das war schon so gewesen, als er noch ein Junge war, und natürlich hatte es immer besonderen Spaß gemacht, hier herumzustöbern.

Als Erstes bemerkte er, dass die altmodische Glühbirne an der Decke nicht zu funktionieren schien. Nun ja, wie er seinen Vater kannte, hatte er sich so lange wie möglich geweigert, hier unten die modernen Stromsparbirnen anzubringen. »Das ist reine Geldmacherei, nichts anderes, wenn ihr mich fragt«, hatte er die Stimme seines Dads im Ohr, »und länger halten tun die Dinger auch nicht!«

An der Einschätzung seines Vaters mochte etwas dran sein oder auch nicht, jetzt jedenfalls stand Henry erst einmal im Dunkeln. Mit kalten Fingern nestelte er umständlich sein Smartphone aus der Innentasche seiner Lederjacke und aktivierte die Taschenlampenfunktion. Zusammen mit dem schwachen Lichteinfall aus dem Weinkeller würde es schon gehen.

Auf den ersten Blick sah es hier unten eigentlich aus wie immer. Kleinere Abweichungen ergaben sich aus der ständigen Nutzung der Sturräume und waren daher erst einmal ganz normal. Eine ganze Menge Kartons aus Pappe und Wellpappe sowie einige kleinere Bananenkisten standen an den Wänden aufgereiht und ragten unterschiedlich weit in den Raum hinein. Einige von ihnen locker verschlossen, andere mit halb offenstehenden Seitenklappen.

Henry näherte sich der ersten Kartonreihe und spähte neugierig in mehrere der Pappboxen hinein. Ah ja, in drei Kartons fanden sich, vermutlich zeitweise ausrangierte, elektrische Lichtspots. Diese wurden hier im Haus eigentlich immer gebraucht, wenn auch in wechselnder Anzahl. Je nachdem, wie umfänglich die Ausstellungen waren, wie sie arrangiert und die einzelnen Exponate in Szene gesetzt wurden. Daneben gab es bedeutend leichtere Kisten mit Verpackungs-, Füll- und Polstermaterial.

Ganz rechts außen beherbergte ein etwas größerer Karton drei historische Masken, die es offensichtlich nicht in die Maskenausstellung geschafft hatten oder aber beschädigt waren. In letzterem Fall gab es natürlich die Möglichkeit, die Stücke reparieren zu lassen. Wenn man jedoch ehrlich war, lohnte der Aufwand häufig nicht. Die Masken waren zwar äußerst wirkungsvoll und interessant anzusehen, wie ihre gut besuchte Dauerausstellung unterstrich, dennoch lag ihr tatsächlicher Wert oft kaum über dem Materialwert. Und die drei Vertreterinnen ihrer Art, die hier vor ihm lagen, hatten vermutlich ein schlechtes Los gezogen.

Henry blieb einen Moment stehen, schloss die Augen und konzentrierte sich auf den Duft der staubigen Luft, der in diesem Kellerraum seit seinen Kindertagen unverändert schien. Ein winziger Teil von ihm war heute noch dieser Junge. Der sich von Zeit zu Zeit wunderte, dass er tatsächlich schon 35 Jahre alt sein sollte, der aber vor allem nie den Spaß an Abenteuern verloren hatte. Früher hatte er sie oftmals in diesem Keller mit den geheimnisvollen Schatzkisten erlebt, heute führte ihn dieser Drang in die Welt hinaus. Und die Abenteuer waren grausamer geworden.

Er seufzte und öffnete die Augen. Ließ seinen Blick noch einmal durch den Raum schweifen, bevor er ihn wieder verlassen ... Doch was war das? In der linken Ecke, hinter einer Stange, auf der in mehreren großen Kleidersäcken vermutlich Kostüme verwahrt wurden, stand noch eine kleine Ansammlung von rund zwölf bis fünfzehn absolut einheitlichen Pappkartons mittlerer Größe. Er ging hinüber und hob eine der Kisten an. Nicht besonders schwer, aber auch nicht leer oder lediglich mit Verpackungsmüll gefüllt.

Ihm fiel auf, dass der Karton, den er eben angehoben hatte, offenbar noch ungeöffnet war. Richtig, über der Falzlinie war ein breites, mit Metallfäden verstärktes Klebeband angebracht. Henry sah sich um. Zumindest auf den ersten Blick schien es sich mit den anderen Kartons ebenso zu verhalten. Und wenn er dem Versandstempel glauben durfte, war dies eine Lieferung aus der vorletzten Woche, die in China aufgegeben worden war.

Vermutlich war der Inhalt der Kartons alles andere als wichtig oder wertvoll, anderenfalls wäre die Lieferung sicher überprüft worden. Und dann wäre mindestens einer der Kartons schon einmal geöffnet gewesen. Trotzdem war das hier Futter für seinen Abenteuergeist und er griff mit fast kindlicher Freude nach seinem Schweizer Taschenmesser. Die vorderste Kiste, jene, die er vorhin als erste inspiziert hatte, war binnen Sekunden geöffnet, und er klappte den Karton mit vor Kälte und Aufregung klammen Fingern auf.

Was er sah, war ungewöhnlich und war es auch wieder nicht. Der Karton schien randvoll mit buntem Papier, verzierten Klebebändern, dem sogenannten Washi-Tape, wenn er sich nicht irrte und weiterem Bastelmaterial gefüllt zu sein. Er runzelte die Stirn. Was sollte das hier? Und bestand tatsächlich die ganze Lieferung aus derlei Bastelmaterial? Aus China? Das machte doch keinen Sinn.

Kurzentschlossen versenkte er seinen rechten Arm in dem Karton und bewegte ihn prüfend von Kante zu Kante. Dabei bemühte er sich, den Fokus seiner Handytaschenlampe auf das Geschehen zu halten. Doch da war nichts. Nichts Verdächtiges, oder? Er stellte sich ein wenig seitlicher vor den Karton und bewegte seinen Arm jetzt diagonal durch das leichte, papierne Material.

Da! Er spürte einen Widerstand und befühlte dessen Ursprung mit angehaltenem Atem. Die Form, die sich unter seinen Fingerspitzen vergegenständlichte, war gar nicht mal so klein. Was das Material betraf, so tippte er auf Holz oder ... Nein, jetzt war da etwas ganz anderes, glattes, kühles. Das warme Fasermaterial ging in eine Art Stein oder Bein über.

Henry schob sich das Smartphone so in die Jackentasche, dass noch ein schmaler Lichteinfall auf den Karton traf und tauchte mit der linken Hand ebenfalls in das Bastelmaterial ein. Kurz darauf hatte er den geheimnisvollen Gegenstand geborgen und hielt staunend eine Art Schale in Händen, die in ihrer Form an ein Boot oder den Navette- beziehungsweise Marquise-Schliff von Diamanten erinnerte. Die Schale war diagonal in der Mitte geteilt und bestand zu einer Hälfte aus einem vermutlich gerußten Holz.

Die andere Hälfte hingegen stellte das ebenso interessante wie ganz offensichtlich verbotene Merkmal seines Fundes dar, denn sie war, wenn er sich nicht täuschte, aus massivem Elfenbein gefertigt.

Neugierig und voller Ungeduld fingen Tuulia und ihre Kollegen undeutliche Gesprächsfetzen vom Flur auf, bevor sich endlich die Tür des Konferenzraums öffnete. Conny trat strahlend ein, wobei er eine gepolsterte DIN-A6 Versandtasche an einer Ecke zwischen Zeigefinger und Daumen hielt und spielerisch damit wedelte.

»Hopp! Auf, Conny. Her mit dem Umschlag!«

Tuulia sah sich überrascht nach ihrem Chef um. Derart flapsig hatte sie ihn selten erlebt. Aber schließlich hatte er recht, Conny sollte den Bogen nicht überspannen.

»Ist ja schon gut«, der Sekretär verzichtete auf weitere Späße und reichte Lorenz den Umschlag. »Kann ich vielleicht ...?«

»Setzen Sie sich in Gottes Namen«, seufzte Lorenz. »Dann wollen wir doch mal sehen!«

Nach wenigen Handgriffen zog er einen kleinen, durchsichtigen Plastikbeutel aus dem Umschlag, der sich um einen länglichen hellen Gegenstand wölbte. Dazu gehörte ein handschriftlich beschriebener Notizzettel. Das weiße Ding mochte etwa sechs Zentimeter lang sein.

Lorenz begutachtete den Inhalt, ließ den Beutel jedoch verschlossen. Nach einigen Sekunden gab er ihn an Tuulia weiter und bedeutete ihr, ihn nach dem Betrachten an die anderen weiterzureichen.

»Ein Figürchen«, murmelte Tuulia unwillkürlich und verstummte sofort wieder.

Noch während seine Ermittler interessiert nach dem Fundstück sahen, las Lorenz vor, was der Kriminaltechniker auf dem Notizzettel vermerkt und dick unterstrichen hatte.

»Elfenbein! Absolut frei von Fingerabdrücken!«

Das Tütchen wanderte noch eine Weile durch die verschiedenen Hände, und erst als jeder einen Blick darauf geworfen hatte, erklärte Lorenz: »Dieses Elfenbeinfigürchen wurde in der Hosentasche von David Kühnel gefunden. Das allein wäre schon bemerkenswert.« Jetzt war ihm die Aufregung über die Bedeutung des Fundes deutlich anzumerken. »Aber dass die Kollegen von der Technik angeben, dass es keinerlei Fingerabdrücke aufweist …«, er hielt demonstrativ den Notizzettel hoch, »… verändert im Grunde alles.«

Tuulia runzelte die Stirn. War das so? Sie wusste, dass der Handel mit Elfenbein verboten war. Beziehungsweise die Einfuhr. Wie es sich mit älteren Stücken verhielt, konnte sie nicht sagen. Das allerdings war ihr im Moment herzlich egal. Als sie das Fundstück in Händen gehalten hatte, hatte ihr kurz der Atem gestockt. Bei der näheren Betrachtung des Figürchens war ihr nämlich etwas aufgefallen. Oder, besser gesagt, wieder eingefallen.

Und sollte ihre Erinnerung sie nicht trügen, rückte die kleine Elfenbeinfigur tatsächlich alles, was sie bisher angenommen hatten, in ein gänzlich anderes Licht.

Henry hatte nicht lange überlegt und den kostbaren Fund irgendwie unter seiner dicken Winterjacke verstaut. Was genau er damit anstellen würde, wusste er in diesem Moment noch nicht. Aber es fühlte sich gut an. Richtig. Für den Fall, dass es noch einmal wichtig sein sollte, etwas in der Hand zu haben. Im wahrsten Sinne des Wortes.

Jetzt aber spürte er plötzlich die Aufregung in sich hochsteigen. Sein Herz hämmerte, als er hastig begann, die Spuren zu verwischen. Er glättete den Inhalt des um seinen Schatz beraubten Kartons und schloss eilig die vier Seitenklappen. Die Bemühungen, das mit Metallfäden durchwirkte Klebeband einigermaßen über den zwei oberen Flügeln zu befestigen, endeten mehr schlecht als recht.

Egal, er würde ein wenig Kistendomino spielen und diesen Karton in der hinteren Reihe unter den anderen verstauen. Verstecken. Probehalber lupfte er einige der oberen Kisten an und begann damit, die leichten von hinten oben nach vorne zu heben. Einige Handgriffe später war der fragliche Karton irgendwo hinten unauffällig eingefügt und Henry richtete die vordere Reihe exakt so aus, wie er sie ursprünglich vorgefunden hatte. Als er noch ahnungslos gewesen war.

Prüfend tastete er durch seine geschlossene Jacke nach der Elfenbeinschale. Sie saß sicher vor seinem Brustbein. Solange ihm auf dem Weg zu seinen Räumen niemand in plötzlicher Sympathiebekundung um den Hals fiel – eine Option, die er als äußerst unwahrscheinlich einschätzte – würde er den Schatz unbehelligt in Sicherheit bringen können.

Während Henry seine Arbeit ein letztes Mal begutachtete und schließlich für ausreichend befand, ließ er seine Gedanken frei um das Offensichtliche kreisen. Irgendjemand in der Familie musste von der heißen Ware wissen. Schlimmer noch, dieser Jemand hatte allen Anstand zum Teufel gejagt und trieb Handel mit geschützten Naturprodukten. In seine allgemeine Aufregung mischte sich jetzt eine gehörige Portion Wut. Er konnte sich kaum vorstellen, was einen Menschen dazu bringen mochte, diese moralische Grenze und nicht zuletzt das Gesetz so dreist zu übertreten. Absolute existentielle Verzweiflung oder grenzenlose Habgier waren die beiden einzigen Motive, die ihm im Moment einfielen.

Motiv eins schied bereits in der Sekunde aus, in der er es innerlich formulierte. Motiv zwei hingegen, nun ja, dazu hätte er schon eine Idee. Henry presste aus einer Mischung von Ärger und Entschlossenheit die Lippen zusammen. Diejenige sollte sich nur nicht einbilden, mit so etwas davonzukommen. Dafür würde er schon ...

»Hallo? Hallo, ist da jemand?«, schallte es in diesem Moment aus unmittelbarer Nähe an sein Ohr. Erschrocken sah Henry sich um und erkannte, dass die Stimme ihren Ursprung im Weinkeller hatte. In wenigen Schritten war er dort und lachte erleichtert auf. »Edith, na, Sie haben mir aber einen Schrecken eingejagt!«

»Da sagen Sie was! Fragen Sie mich mal, Herr Henry!«

An der Ansprache erkannte Henry, dass die herzensgute Haushälterin ihm bereits verziehen hatte.

»Das glaube ich, Edith. Es tut mir leid, ich wollte niemanden erschrecken.«

»Das weiß ich doch. Aber jetzt sehen Sie uns nur mal an. Wie zwei Gespenster. Auf frischer Tat ertappt!«, sie lachte herzlich und ihre Wangen bekamen wieder etwas Farbe. Wie er selbst aussehen mochte, konnte Henry nur vermuten. Und er war froh über seine natürliche Tarnung, den letzten Rest Sonnenbräune aus Haiti.

»Wenn hier nun also keine Einbrecher am Werk sind, mache ich mich mal wieder auf den Weg in die Küche«, die Haushälterin nickte Henry freundlich zu und unterbrach sich im nächsten Augenblick: »Ach Moment, den Wein wollte ich doch eigentlich holen!« Sie wandte sich zu den Regalen um und hatte schnell den gewünschten Tropfen gefunden. »So, jetzt dann aber wirklich ...«

Henry sah Edith mit einem Lächeln auf den Lippen zu und starke, ehrliche Gefühle von Zuhause, Geborgenheit und Liebe trafen ihn unerwartet und mit voller Wucht.

»Ich komme gleich nach«, entgegnete er ruhig, »und schließe dann ab«.

Sie nickten sich zu, in Ediths Augen tanzten kleine Funken von Freude und Spaß, und er lächelte gerührt. Manchmal gab es solche besonderen Momente. Dann fühlte er sich, als sei er in eine Erinnerung an längst vergangene, bessere Zeiten eingetaucht. Und begriff erst später, dass dies die Gegenwart war. Diese Empfindung war wahrscheinlich seltsam, aber er wusste oder besser: glaubte zu wissen, woher sie kam. Schuld waren vermutlich seine großen Verlustängste, die ihn nun schon so lange begleiteten. Ohne, dass er über die Jahre stark genug geworden wäre, sie zu überwinden. Egal, er sah Edith hinterher, die eben die Stufen der Steintreppe nach oben lief. Und er ermahnte sich, ins Hier und Jetzt zurückzukehren.

Es war ja nun nicht gerade so, dass sein Leben langweilig wäre. Im Gegenteil. Prüfend fühlte er erneut nach der heißen Ware unter seiner Jacke. Alles ok. Henry ließ seinen Blick durch den Raum schweifen, befand, dass auch hier alles in Ordnung war und schickte sich an, das Licht zu löschen. Nein, Moment. Zuerst schob er den Schlüssel in das über die Jahre verwitterte Schloss. Die über dem Eingang zum Weinkeller angebrachte Laterne leuchtete in einem hierfür ungünstigen Winkel. Jetzt aber. Er schaltete das Licht aus und verließ den Gewölberaum.

Während er sich wieder zu der schweren, mit Eisenbeschlägen versehenen Tür umdrehte, kehrten seinen Gedanken zu dem Fund zurück. Wie würde er als Nächstes vorgehen? Auf jeden Fall wollte er nichts überstürzen. Zum einen war es unwahrscheinlich, dass sein heutiger ›Raub‹ in absehbarer Zeit auffallen würde. Und außerdem, selbst wenn? Was sollte dann schon geschehen? Der Hehler würde wohl kaum eine Suchmeldung aufgeben und sich damit enttarnen.

Nein, er würde erst einmal in Ruhe nachdenken, die ganze Sache sacken lassen und am Ende Schritt für Schritt zu einer Lösung finden. Und nebenbei die Augen und Ohren offenhalten. Schließlich war es nicht so, dass er nicht bereits einen ziemlich heißen Verdacht hätte.

So in Gedanken schrak er zusammen, als er hinter sich plötzlich laute Schritte auf dem Kies vernahm. Noch im Umdrehen erkannte er, dass es sich um mehrere Personen handelte, die nun eilig den unbeleuchteten Innenhof überqueren. Ihre Umrisse hoben sich ein wenig dunkler von dem lichtlosen Hintergrund ab.

»Onkel Henry?«

Das war Jonathan, sein Neffe. Und wo er war, konnte Nina natürlich nicht weit sein. Die beiden waren nun schon über ein Jahr ein Paar und man traf sie fast nur noch zusammen an. Beneidenswert. Aber das schien im Moment gerade nicht das Thema zu sein.

»Ja? Jonathan, Nina, ist alles ok?« Jetzt, da die beiden sich dem schummrigen Lichtkegel vor Weinkeller und Treppe näherten, fiel Henry auf, dass etwas ganz und gar nicht stimmte. Die beiden jungen Leute wirkten, trotz des warmen Lichts, auffallend blass. Zudem war irgendetwas mit Jonathans Augen, sie sahen entzündet aus. Und Nina legte, sobald sie stehengeblieben waren, tröstend den Arm um ihren Freund. Eine rührende, liebevolle Geste, doch auch ihre Miene war sorgenvoll.

»Was ist denn los? Hast du ... Du hast geweint?!«

»Es ist wegen David«, Jonathans Stimme ging in einem unterdrückten Schluchzen unter. »Papa weiß es noch gar nicht, aber ... Er ist tot, Onkel Henry. David ist tot!«

Liebe Mia,

ich hasse die Schule!
Mit mir will niemand was zu tun haben, ich bin ein richtiger Außenseiter. Aber man kann den anderen auch nicht vertrauen. Einmal habe ich versucht, mich mit Gabi anzufreunden. Ich dachte, sie ist nicht so wie die anderen. Aber dann hat sie Dinge über mich erzählt und mich bloßgestellt. Und ich stand wieder allein da.
In der Schule denke ich mich jetzt immer öfter weg. Das funktioniert ganz gut und wenn ich wieder zurückkomme, fühle ich immer ein bisschen weniger. Deswegen werde ich immer unverwundbarer. Und die Worte der anderen können mich nicht mehr treffen. Nicht mehr bis dorthin vordringen, wo es wehtut.
Auch die anderen können immer weniger dorthin vordringen.
Manchmal macht mir alles plötzlich eine Riesenangst. Dann fühle ich mich innerlich leer und die Taubheit ist kein Schutz mehr, sondern macht mich unwirklich.
Und ich habe Angst, dass nichts mehr von mir übrigbleibt.

Kapitel 10

Sie waren unerwartet gekommen. Sicher nicht zufällig eine Frau und ein Mann. Und ihre Eltern hatten sie eigentlich nicht zu ihr lassen wollen. Aber da hatte sie sich eingeschaltet.

»Sophie, Schätzchen, bist du dir sicher?«, hatte Mama besorgt gefragt und sich, zusammen mit Papa, schützend zwischen sie und die Polizisten gestellt. »Du weißt, du musst dazu nichts sagen.«

Sie war sich da gar nicht so sicher. Wahrscheinlich musste sie schon aussagen, auch wenn verständlich war, dass ihre Eltern sie davor beschützen wollten.

»Ja, das ist schon ok.« Sophie wusste, dass sie ihren Eltern alles andere als ›ok‹ erscheinen musste. Sie vermied den Blickkontakt mit ihnen, so wie mit allen, die sich heute um sie gesorgt hatten. Oma und Opa, Mamas Eltern, waren sogar aus Koblenz gekommen, um nach ihr zu sehen. Und es tat ihr leid, dass sie sich nicht einmal ein wenig darüber hatte freuen können. Sie nicht richtig angesehen oder mit ihnen gesprochen hatte.

Alle waren so freundlich und besorgt, und ihr war das alles egal. Nein, mehr noch, sie ertrug das alles nicht. Diesen Wirbel um sie, wenn doch jetzt nur zählte, dass derjenige, der David das angetan hatte, gefasst wurde. Denn nach wie vor war sie unumstößlich davon überzeugt, dass er sich niemals das Leben genommen hätte.

Die Vorstellung, wie David sie in seinen Armen hielt, war seit der schlimmen Nachricht allgegenwärtig geworden. Das Gefühl, dass er hinter ihr, neben ihr stand. Dass er ihr beistand und sie diesen verrückten Kampf nicht gänzlich allein bestritt. Denn sie musste beweisen, dass er sich nicht das Leben genommen hatte. Dass er so etwas niemals getan hätte. Es auch ihr nicht angetan hätte. Sie merkte, dass sie sich im Kreis drehte. Aber schließlich war das die einzige Sache, die für sie noch von Bedeutung war.

»Nun gut, dann kommen Sie doch am besten mit ins Wohnzimmer«, hörte sie Mama jetzt sagen und folgte den Polizisten wortlos in den großen, gemütlich eingerichteten Raum.

Mama zog für die Ermittler zwei Stühle vom Esstisch herüber zu der gemütlichen Couchkombination, die sie damit der Familie vorbehielt. Es dauerte eine Weile, bis sich alle gesetzt hatten. Sophie aber blieb stehen.

»Kann ich Ihnen vielleicht ein Glas Wasser anbieten?«

»Ach, Mama«, hörte sie ihre eigene Stimme. Weit entfernt und viel höher, als gewohnt. »Lass' doch, das ist doch nicht wichtig!«

Aus dem Augenwinkel erkannte sie, dass die ältere Polizistin abwinkte und beruhigte sich ein wenig. »David hat sich nicht umgebracht!«, wandte sie sich unvermittelt an die Ermittler. Zum ersten Mal hob sie ihren Blick und sah die beiden entschlossen an. »Das hätte er niemals getan.«

Die Polizistin erwiderte ihren Blick ruhig, und noch bevor sie etwas sagte, hatte Sophie den Eindruck, verstanden zu werden. Jetzt nickte auch der Kollege, der sich zuvor als Lorenz Wagner vorgestellt hatte. Er sah sie lange an. So warm und mitfühlend, dass Sophie Angst hatte, die Tränen nicht unterdrücken zu können. Sie schlug die Augen nieder, als der Polizist sagte: »Sie haben sich sehr gemocht.« Pause. »Mehr noch, Sie haben ihn geliebt. Und er Sie.«

Im Raum war es jetzt ganz still geworden und Sophie war froh, dass sie den Blick gesenkt hatte. Denn die Worte des netten Ermittlers trafen sie unerwartet heftig. Berührten sie in ihrem Inneren und klopften erbarmungslos gegen die brüchigen Steine ihres hastig errichteten Schutzwalls. Für einen Moment formierte sich ihre Traurigkeit neu und versuchte, so etwas wie Wut zu werden. Aber irgendwo auf dem Weg dorthin verpuffte die Energie und fiel wieder in sich zusammen. Rauschte durch den langen, dunklen Schacht absoluter Hoffnungslosigkeit, in dem sie sich immer wieder verlor. An dessen Ende ihre Zuversicht, ihre Lebensfreude und aller Sinn im Sterben lagen. Und es war ihr egal.

»Er hat Sie geliebt«, schallte Lorenz Wagners Stimme jetzt von den Wänden des Schachts, »so sehr, dass er Ihnen so etwas niemals angetan hätte.«

Irgendwann während der Fragen hatte Sophie sich ganz klein gemacht. Hatte sich hingehockt und wippte in dieser Position jetzt, ohne es wirklich zu wollen, hin und her. Sie war sich nicht sicher, ob der Ermittler verstand, wie stark ihre Liebe war. Gewesen war. Unermesslich. Sie schluchzte kurz auf und konnte nichts dagegen machen. Aber sie wusste, dass sie sich aus dem Schacht herauswagen musste. Um Davids willen.

»Ja!«, rief sie endlich mit zitternder Stimme. »Genauso ist es, und deswegen macht das alles keinen Sinn! Er hätte sich niemals das Leben genommen. Er hätte mich niemals verlassen!«

»Ich weiß«, antwortete der Polizist leise. »Und ich verstehe Sie.«

Sophie wagte einen kurzen Blickkontakt. Er hatte warme, braune Augen, die sie vielleicht auffangen konnten. Weil er ihr glaubte. Und ihre Worte nicht als belanglose Schwärmerei von einer zwar schönen, aber doch in absehbarer Zeit vergänglichen ersten großen Liebe abtat. Sie vertraute ihm, und wenn doch sowieso alles egal war, konnte sie es jetzt auch sagen.

Eigentlich hatte es ihr Geheimnis bleiben sollen. Zumindest bis zu den Abi-Prüfungen. Doch jetzt, auf einmal, war von ihrer Liebe zu sprechen, das Einzige, was ihr noch blieb. David, ihr David, existierte nur mehr in all den Spuren, die er in ihr hinterlassen hatte. Und damit die Welt ihn nicht vergaß, würde sie von ihm erzählen. Immer wieder. Und nie damit aufhören.

»Wir hatten ein Geheimnis, David und ich«, begann sie leise und hielt den Blick starr auf den Polizisten gerichtet. Seine Augen veränderten sich ein wenig, als sich seine Mundwinkel in ein sanftes Lächeln hoben. Er sah sie fragend an, vermutlich wohl wissend, dass jedes Wort sie verschrecken konnte.

»Es sollte erstmal niemand davon erfahren. Es sollte nur für uns sein. Erstmal.«, wiederholte sie.

Auf der gemütlichen Couch regte sich ihre Mutter, aber es war gut. Sophie sah weiterhin nur Lorenz Wagner an.

»Aber es war uns eben einfach klar. Und so haben wir längst ›Ja‹ zueinander gesagt.«

Ein kurzes unruhiges Rascheln von der Couch, wo ihre Mutter saß. Egal.

»David war der Junge, mit dem ich mein ganzes Leben verbringen wollte, und er fühlte genauso.« Sophies Stimme begann zu zittern, aber sie ignorierte es. »Er war mein Mann, ich seine Frau.« Jetzt verschwamm ihre Sicht, und sie merkte, dass Mama zu ihr kommen wollte. Aber sie sah weiterhin nur Herrn Wagner an.

»Nach dem Abi«, begann sie, sammelte sich kurz und setzte mit festerer Stimme erneut an: »Nach dem Abi wollten wir aller Welt von unserer Liebe erzählen und sie vor Gott und der Welt rechtskräftig machen.«

Tuulia parkte den Dienstwagen ein Stückchen entfernt von ihrem Ziel. Auf dem kurzen Weg dorthin atmete sie dankbar die kühle Winterluft ein. Sie war froh, etwas zu tun zu haben. Handeln zu können. Und aufgeregt war sie. Unheimlich aufgeregt. So war es immer bei ihr, wenn die Ermittlungen in Gang kamen. Wenn die ersten, scheinbar zusammenhangslosen Punkte sich zu verbinden begannen.

Lorenz und Kathrin hatten die Ermittlungszentrale kurz vor ihr verlassen, um zu der Freundin von David Kühnel zu fahren. Sie wollten Sophie Kramer noch einmal in geschütztem Rahmen, zu

Hause bei ihren Eltern, befragen. Im Grunde hätte dieses Gespräch auch noch etwas Zeit gehabt oder wäre vielleicht gar nicht mehr nötig gewesen, das hatte sich mit dem Fund des Elfenbeinfigürchens heute jedoch schlagartig geändert. Tuulia hatte sich dieses Mal ausgeklinkt und Kathrin den Vortritt gelassen. Mit ihrem ruhigen Wesen schien die ältere Kollegin prädestiniert für diese Art von Befragung.

Dieser gelegentliche Rollentausch war vollkommen in Ordnung, und Lorenz hatte wohl auch keinen Verdacht geschöpft. Wobei sie einzig im Sinne ihrer Ermittlungen handelte. Auch wenn sie wusste, dass ihr Chef Alleingänge dieser Art, gelinde gesagt, missbilligte. Doch darauf konnte sie jetzt keine Rücksicht nehmen.

Tuulias Gedanken wanderten wieder zu ihrem aktuellen Vorhaben. Und sie gestand sich ein, dass sie ziemlich aufgeregt war. Noch wussten die anderen nichts von ihrem drängenden Verdacht, sie wollte sich zuerst versichern, dass ihre Erinnerung ihr keinen Streich spielte. Ob dem so war, würde sie in wenigen Minuten wissen.

Die dunkle Silhouette des Mehrfamilienhauses, in dem sie vorgestern zuletzt gewesen waren, zeichnete sich scharf vor dem anthrazitfarbenen Himmel ab. Tuulias Finger umschlossen die kalten Schlüssel in ihrer Jackentasche. Zum Glück hatten sie sie noch nicht an die Hausgesellschaft weitergegeben, so dass ein kurzer Gang in die Asservatenkammer der Ermittlungszentrale ausgereicht hatte, diese ersten zwei Hindernisse, Haus- und Wohnungstür, zu überwinden.

Tuulia betrat den kühlen Hausflur unbeobachtet. Sie betätigte den kleinen, rot flackernden Lichtschalter neben den Briefkästen und machte sich auf den Weg in den 1. Stock. Am Rande ihres Bewusstseins nahm sie bunte Fußmatten mit mäßig lustigen Abbildungen wahr, eine Mietpartei hatte sich bisher noch nicht von ihrem Weihnachtsschmuck an der Wohnungstür trennen können.

Alles Versuche, der Trostlosigkeit, die wie ein übler Geruch in der Luft hing, etwas entgegenzusetzen.

Sie konnte nicht sagen, warum sie gerade hieran dachte, aber diese Umgebung strahlte Traurigkeit aus. Vielleicht lag es einfach an der Dunkelheit, der Kälte. Dem Fehlen von Kinderstimmen. Wenn sie es richtig verstanden hatte, lebten hier vor allem ältere Menschen. Und Singles, wie die nette junge Frau ... Wie war noch ihr Name gewesen? Melling, genau.

Egal, sie hatte jetzt die Wohnungstür von Elfriede Dornbusch erreicht. Im Treppenhaus war im Moment niemand außer ihr, und auch hinter dem Spion der Nachbarwohnung glaubte sie, keine Bewegung wahrzunehmen. Und selbst wenn jemand sie bemerken sollte, ging sie davon aus, dass ihre Dienstjacke sie dem aufmerksamen Bürger als >befugt< auswies.

Tuulia spürte, wie ihr Puls weiter anstieg, als sie ein kleines Taschenmesser zückte und die Versiegelung der Tür durchtrennte. Das war in dieser Weise nicht ganz rechtmäßig, und sie beruhigte sich nicht zum ersten Mal mit dem Gedanken daran, dass sie Lorenz nach dieser Aktion selbstverständlich sofort informieren würde. Wenn alles so lief, wie sie es sich erhoffte, würde die Türöffnung nicht mal mehr am Rande interessant sein.

Jetzt war der Moment gekommen, da sie, möglichst unauffällig, die Schutzhandschuhe anlegen musste. Geschafft. Sie griff nach dem schmaleren der beiden Schlüssel in ihrer Jackentasche und öffnete vorsichtig die Tür. Die Lavendelnote hatte sich mittlerweile verflüchtigt und muffige Luft nach Teppichboden und getragener Kleidung schlug ihr entgegen. In dieser Hinsicht hatte sie jedoch schon deutlich Schlimmeres erlebt. Frau Dornbusch war noch gut in der Lage gewesen, für sich selbst zu sorgen. Auch was die Körperpflege betraf.

Sie betrat die Wohnung langsam und achtete sorgfältig darauf, mit ihrer voluminösen Winterjacke nicht an den Flächen entlang zu wischen. Und so nicht mehr Spuren als unbedingt nötig zu zerstören oder auch zu produzieren. Die Wohnung war von der Technik abgenommen worden, das war nicht das Problem. Ihr ging es vielmehr darum, nach Möglichkeit den Originalzustand der Wohnung, wie er sich ihnen am Montagabend präsentiert hatte, nicht zu verändern. Und damit das bleiche, glatte Beweisstück, das vorhin in der Besprechung plötzlich vor ihrem inneren Auge aufgeblitzt war, nicht unbrauchbar zu machen.

Ein kurzer Blick über ihre linke Schulter ließ ihr Herz hüpfen. Da! Da stand es, noch an der gleichen Stelle wie vorgestern Abend. Tuulia schaltete das Licht ein, befand sich nun in der Wohnung und wandte sich sofort wieder der Haustür zu, um sie langsam zu schließen. Jetzt war das Schlüsselbrett auf ihrer rechten Seite, angebracht etwas unter Kopfhöhe.

Es war ganz süß gemacht, das Schlüsselboard. Sah aus wie eine Mini-Garderobe. Mit kleinen Haken für die Schlüssel und einer Hutablage darüber. Gefertigt war es aus grobem, bunt bemaltem Holz. Tuulia meinte, eine ganz ähnliche Arbeit bei ihrer Tante gesehen zu haben, die solche praktischen Kleinigkeiten gerne von der Werkstatt für Menschen mit Behinderung in ihrem Ortsteil kaufte. Wahrscheinlich war am Montag überhaupt erst deswegen ihr Blick kurz hier hängengeblieben.

Verrückt, woran sie jetzt, da sie das mögliche Beweisstück un-mittelbar vor sich sah, dachte. Es glich dem Figürchen, das heute bei David Kühnel gefunden worden war, womöglich nicht bis ins letzte Detail. Auf der Standfläche wies es zudem zwei, drei schroffe Kratzer auf. Um die Abweichungen sicher festzustellen, müsste sie beide Figuren genauer vergleichen. Aber dieses hier schien zu-mindest der gleichen Produktionsreihe zu entstammen. Jedenfalls soweit sie das beurteilen konnte. Die Größe stimmte und ganz offensichtlich war es ebenfalls aus Elfenbein gefertigt.

Blieb noch ein entscheidendes Merkmal, das sie vor Ort nicht überprüfen konnte. Hierfür sollten sie auf Nummer Sicher gehen und die Technik noch einmal herbemühen. Doch zunächst würde sie Lorenz informieren. Er sollte die weiteren Schritte einleiten.

Bei dem Gedanken daran, was es bedeuten mochte, wenn auch dieses Figürchen frei von Fingerabdrücken sein sollte, stockte ihr sekundenlang der Atem. Und fast zeitgleich blitzte eine Idee durch ihr Bewusstsein, der sie sich nicht entziehen konnte. Es war gefahrlos, nicht umsonst hatte sie vorhin die dünnen Handschuhe übergestreift.

Tuulia ging äußerst vorsichtig vor. Zuerst entledigte sie sich der weiten Winterjacke. Dann holte sie genügend, aber nicht zu viel, Luft und hielt schließlich den Atem an. Mit Daumen und Zeigefinger griff sie behutsam nach dem Figürchen und hob es einige Zentimeter hoch. Sie sah zuerst auf die nun freigewordene Ablagefläche und senkte dann ihren Kopf, bis sie horizontal genau die Oberfläche der Miniatur-Hutablage im Blick hatte. Ihre Prüfung dauerte nur wenige Sekunden, und sie achtete peinlichst genau darauf, in dieser Zeit nicht zu atmen. Auch nicht die kleinste Haarsträhne durfte an das Schlüsselboard kommen. Und im nächsten Moment stellte sie die kleine Elfenbeinfigur wieder passgenau an ihren Platz.

Sofort begannen ihre Hände zu zittern, was zum einen sicher an der körperlichen wie emotionalen Anspannung lag. Daneben aber war ihre Aufregung eben neu befeuert worden. Als sie gesehen hatte, dass sie mit ihrer Vermutung richtig lag:

Das Figürchen hatte auf Staub gestanden. Es hatte keine Spuren in der weißen, pudrigen Schicht auf dem kleinen Holzbrett hinterlassen.

Es war schwer. Härter als erwartet und doch absolut nachvollziehbar. Sophie Kramer hatte David Kühnel geliebt, und es ließ Lorenz absolut nicht kalt, wie sie von ihrer, wie sie nun wussten, tragischen

Liebe erzählte. Aber, und das war für sie als ermittelnde Beamte nach dem Ausblenden aller traurigen Details entscheidend, ein Suizid erschien in der gegebenen Situation tatsächlich sehr unwahrscheinlich. Vorausgesetzt, Sophie Kramer sagte die Wahrheit und David Kühnel war aufrichtig gewesen.

Lorenz seufzte leise auf. Hundertprozentige Sicherheit konnten sie so nicht erlangen. Aber abgesehen von diesem Punkt hatten sie ja noch eine ganz konkrete Frage, die Sophie ihnen sicher würde beantworten können. Er nickte Kathrin unmerklich zu und wandte sich dann an Sophie. Das Mädchen hatte sich nach seinen letzten Worten kraftlos auf den Boden sinken lassen und auf die Bitte seiner Mutter, doch zu ihr auf die Couch zu kommen, nicht reagiert.

»Sophie, es gibt noch eine wichtige Frage, auf die Sie uns wahrscheinlich am ehesten eine Antwort geben können.«

Das Mädchen bewegte seinen Kopf eine Winzigkeit nach oben, sah aber nicht auf. Für Lorenz war das jedoch Bestätigung genug, dass sie ihn gehört hatte.

»Unsere Kollegen haben etwas bei David gefunden, von dem wir gerne wüssten, ob Sie es kennen.« Lorenz streckte seinen Arm in Kathrins Richtung aus, die den kleinen Plastikbeutel bereits aus ihrer Tasche genommen hatte.

»Bitte sehen Sie sich das doch mal an. Lassen Sie sich ruhig Zeit«, er reichte Sophie das rätselhafte Elfenbeinfigürchen hinüber.

Sophie nahm es an sich und starrte zunächst vermeintlich unberührt darauf.

»Sie dürfen den Beutel nicht öffnen, ihn ansonsten aber genau unter die Lupe nehmen«, half Lorenz ihr auf die Sprünge.

Zögerlich kam Sophie seiner Aufforderung nach. Das verpackte Figürchen wanderte von einer in die andere Hand, sie hielt es in unterschiedlichen Entfernungen vor ihr Gesicht, zog das Plastik stramm, um den Inhalt genauer zu betrachten. Schließlich schüttelte sie den Kopf. »Ich kenne es nicht. Was ist das eigentlich? Eine stilisierte Statue?«

»Sowas in der Art«, antwortete Lorenz. Tatsächlich hatten sie das noch nicht näher bestimmt.

In diesem Moment rührte sich sein Handy. Ganz offensichtlich hatte er vergessen, es vor Betreten der Wohnung von Familie Kramer auf Flugmodus zu stellen. Er warf einen schnellen Blick auf das Display. »Tuulia Hollinder« leuchtete auf und er runzelte die Stirn. Tuulia wusste doch, dass sie hier waren, und sie würde sicher nicht anrufen, wenn es nicht wichtig war. Er murmelte eine Entschuldigung in Sophies Richtung und wandte sich ab. »Wagner. Was gibt es, Tuulia?«

Während des kurzen Gesprächs wanderten seine Augenbrauen bald vor Ärger, bald vor Überraschung nach oben. Nachdem er aufgelegt hatte, gab er Kathrin ein Zeichen und bat Familie Kramer, sie ein paar Minuten zu entschuldigen.

Tuulia hatte bemerkenswerte Neuigkeiten, an die sie auf absolut unakzeptable Weise gekommen war. Nun gut, darüber würde er später mit ihr sprechen müssen. Jetzt aber wollte er als erstes Kathrin informieren und dann würde die Befragung von Sophie weitergehen.

Zugegebenermaßen in eine bis eben noch ungeahnte Richtung.

⁓

»Ich kapier' das nicht! Ich kapier' das einfach nicht! Und soll ich dir was sagen? Es macht mich kaputt!«

Jonathan Claaßen war während seiner hitzigen Rede ein Stückchen aus Ninas Arm gerutscht und saß nun, die Ellbogen auf den Knien, die Hände um den gesenkten Kopf geschlossen, auf der Vorderkante der gemütlichen Couch, auf der sie so viele schöne Stunden zu zweit verbracht hatten.

»Pscht ... ich weiß«, versuchte Nina, ihn zu beruhigen.

»Ich meine, das ist doch nicht normal! Wie verkorkst kann eine Familie denn sein? Was wäre denn so schlimm, wenn man einfach mal ... Ach, das ist doch alles ...«, schnaubte er aufgebracht und bewegte seinen Oberkörper ruckartig zur Seite. Seine Worte hingen hilflos in der Luft. Schließlich drehte er sich wieder zurück, hob den Kopf und sah Nina verzweifelt an.

»Ich weiß, was du meinst. Aber du kannst sie nicht ändern. So schlimm das auch sein mag.« Nina war Jonathan ein Stückchen nachgerutscht und zog ihn jetzt liebevoll wieder zu sich. »Ich denke, sie können alle nicht über ihren Schatten springen. Und solange niemand den Anfang macht ...«

»Das ist doch total gestört! Ich glaube, ich habe keinen von ihnen mal so richtig traurig, geschweige denn weinen gesehen. Keinen! Aber das ist natürlich verständlich, schließlich sind wir die Familie Claaßen, ein Vorbild an Tugend und Erfolg, und haben unsere Emotionen knallhart im Griff. Phh ...«, machte er verächtlich und fuhr nach einer kleinen Pause mit leiserer Stimme fort: »Was kann uns denn noch Schlimmeres passieren? Erst Großvaters Herzinfarkt und jetzt David.« Seine Stimme brach und er lehnte sich kraftlos an Nina an.

»Wobei ich schon den Eindruck habe, dass Henry da ein bisschen anders ist«, begann diese nach einer kurzen Weile vorsichtig.

»Ja, vielleicht, was weiß ich«, räumte Jonathan widerwillig ein. »Kann schon sein, dass du recht hast. Aber Onkel Henry ist ja auch ansonsten, na ja, speziell. Und vor allem den größten Teil des Jahres weit weg. Was ich im Übrigen immer besser verstehe. Und eigentlich ist das alles jetzt auch völlig egal.« Seine Stimme wurde wieder dünner, zerrieben von der Wucht der furchtbaren Nachricht von Davids Tod, die in Wellen immer wieder in seinem Bewusstsein aufblitzte.

»Psch ... scht«, Nina strich ihm beruhigend über den Kopf, immer wieder. Bis seine Spannung nachließ und er sich, wie ein kleines Tier, an ihrer Brust zusammenrollte. Endlich kamen die Tränen. Leise und verzweifelt erst, dann immer heftiger, überwältigend, tobte die Trauer in ihm.

Nina hatte sich irgendwann über ihn gebeugt, ihn ganz festgehalten, beschützt und verhindert, dass die Traurigkeit ihn zerriss.

Sie hatten lange so eng zusammengesessen, bevor Jonathan zum ersten Mal in dieser neuen Realität ohne seinen Beinahe-Cousin David von ihm erzählte. »Als er klein war«, begann er und zog die Nase hoch, »vielleicht so fünf oder so, da ist er mit allem zu mir gekommen. Drei Jahre machen in dem Alter so viel aus und er hat mich total vergöttert. Wollte alles lernen, was ich ihm voraushatte. Da konnte er ziemlich hartnäckig sein.« Sein trauriges Lächeln ließ die Tränen wieder laufen, aber er ignorierte sie. »Wir waren richtige Freunde, bis ...«

»Das klingt sehr schön«, flüsterte Nina und wischte zärtlich die neuen Tränen von seiner Wange.

»... bis zuletzt.« Er sah Nina eindringlich an. »Und dass er sich umgebracht haben soll, ist völliger Bullshit. Er hat doch vor Lebensfreude gestrotzt! Weißt du noch, wie er mich gelöchert hat wegen der Uni und ... und er hat so viele Pläne gehabt. Nein, das passt für mich alles absolut nicht zusammen. Er ist ...«, Jonathan schluckte, »Er war nicht der Typ, der einfach aufgegeben hat. Das wäre für ihn nie in Frage gekommen. Und außerdem hat er sich darauf gefreut, dass es für ihn bald so richtig losgehen sollte. Für ihn und Sophie ... mein Gott!«

An Davids Freundin hatte er noch gar nicht gedacht, sie musste gerade durch die Hölle gehen. Dieser Gedanke zeichnete einen entschlossenen Zug in sein Gesicht. Endlich schien es etwas zu geben, was er tun, wo er vielleicht helfen konnte. Selbst wenn das David nicht wieder zurückbrachte.

»Ich muss mit Sophie sprechen, sie weiß genauso gut wie ich, dass David sich nie etwas angetan hätte!«

»Das ist eine gute Idee«, pflichtete Nina ihm bei, »aber warte vielleicht ein bisschen, sie muss auch erstmal damit klarkommen.«

»Stimmt«, antwortete Jonathan und fuhr mit zynischem Unterton fort: »So ist das ja in normalen Familien. Man geht nicht sofort zur Tagesordnung über, sondern nimmt sich die Zeit, zu trauern.«

»Ärgere dich nicht«, versuchte Nina, ihn zu besänftigen. »So blöd es klingt, aber das ist eben die Art, wie deine Familie mit solchen Dingen umgeht, und du wirst sie da nicht ändern können. So sehr ich dich auch verstehe«, fügte sie schnell noch hinzu.

»Ich weiß, ich weiß«, erwiderte Jonathan mit weicherer Stimme und schlang seine Arme um Nina. »Du bist der liebste Mensch auf der ganzen Welt und ich bin so froh, dass ich dich habe.« Er strich ihr die Haare, die immer in ihre Stirn fielen, nach hinten und seine Lippen wanderten zärtlich über ihre Wange zu ihren vollen, weichen Lippen. Fanden dort Heimat und verweilten lange, lange.

Irgendwann lösten sie sich wieder ein Stückchen voneinander, und Nina fuhr mit dem Finger die Tränenspuren in Jonathans Gesicht nach, bis er nach ihm griff und ein Küsschen auf der Fingerspitze platzierte. Er sah sie gedankenverloren an, bis sie nachfragte. »Was überlegst du?«

»Ach, ich weiß auch nicht. Mir ist schon klar, dass ich die Menschen nicht ändern kann. Auch nicht die, die mir eigentlich am nächsten stehen. Meine Familie.«

Nina lächelte traurig. Mitfühlend.

»Aber es lässt mir dennoch keine Ruhe. Guck' dir doch mal meinen Vater an. Ich weiß, wie sehr er David geliebt hat. Immerhin war er sein Patenkind, auch wenn ihn und uns keine richtigen Blutsbande«, bei den zwei letzten Worten zeichnete er mit Zeige- und Mittelfingern imaginäre Gänsefüßchen in die Luft und legte einen verächtlichen Ton in seine Stimme, »verbunden haben. Wer weiß, vielleicht war die Bindung gerade deshalb besonders stark. Weil hier das Kind von Freunden qua persönlicher Entscheidung zu einem Verwandten geworden ist. Und trotzdem lässt Papa sich fast nichts anmerken.«

»Vielleicht ist es so auch für ihn leichter«, gab Nina zu bedenken.

»Vergiss' nicht, dass wir alle in Extremsituationen unterschiedlich reagieren.«

»Ich weiß, ich weiß ja«, wiegelte Jonathan ab, »und es soll auch gar kein Vorwurf sein. Es ist nur ... Ja, ich finde es traurig, dass wir nicht einmal einander unsere wahren Gefühle zeigen. Sondern gleich einen Vorhang herunterlassen. Die Fassung wahren. Nenn' es, wie du willst. Und das Verrückte ist, dass es immer so weitergeht. Ich merke, dass ich schon genau das Gleiche mache, obwohl ich es zugleich verurteile.«

»Mach' dir keine Vorwürfe«, Nina streichelte wieder seine Wange. »Gib' dir Zeit. Und sei nicht so streng mit dir. Wir alle haben nie gelernt, mit solchen Dingen umzugehen. Manchmal ist das oberste Ziel wohl einfach, daran nicht zu zerbrechen.«

»Vielleicht«, räumte Jonathan widerwillig ein. »Aber dennoch gibt es Unterschiede. Denk' doch mal an Philippa.«

»Hmm«, Nina nickte langsam. »Sie stellt vielleicht wirklich eine Ausnahme dar. Ich meine, wie lange gehöre ich jetzt schon, so ein bisschen jedenfalls, zur Familie?«, sie drückte sich kurz ein wenig fester an Jonathan. »Fast anderthalb Jahre. Und trotzdem weiß ich über sie so gut wie nichts.«

»Außer vielleicht über ihre umfassenden Zuständigkeiten in der Firma. Ach ja, und nicht zu vergessen, über ihre Geschäftserfolge.« Jonathan versuchte sich an einem bitteren Lachen, das nicht ganz glücken wollte.

»Genau. Was sie vorhin am Ende gesagt hat, passt da ja auch ganz gut hinein.«

Jonathan sah sie fragend an.

»Na, sie meinte doch, wenn sie nicht mehr gebraucht würde, wolle sie dann noch ein wenig arbeiten. Und dass es ihr leidtue, ihre Pflichten aber nach ihr verlangten.«

»Genau das meine ich«, regte Jonathan sich gleich wieder auf, »das ist doch einfach nicht normal! Sie weiß doch, dass Onkel Henry und Papa zu allem, was heute passiert ist, auch noch die schlimme Nachricht über den Tod ihres früheren Kindermädchens verdauen müssen. Aber selbst das scheint ja nicht zu reichen, um ihr ein Minimum an Sorge um ihre Brüder abzuringen.«

Hi Mia,

in letzter Zeit habe ich manchmal mit Andy geredet.
Ich glaube, er ist nett. Gestern waren wir zusammen bei den Gleisen.
Eine ganze Weile haben wir geredet. Als es dunkel wurde, hat er
meine Hand gehalten, als ich auf dem Brückengeländer balancieren
wollte. Eigentlich war das nur ein Test, wie er auf meine Verrückt-
heiten reagiert. Und ... er ist geblieben. Hat nicht gleich entsetzt die
Flucht ergriffen.
Später hat er mich gehalten. Und ich habe ihn mich halten lassen.
Erst ganz am Ende hat er gesagt, ich solle auf mich aufpassen.
Weil ich ihm nicht egal bin.

Kapitel 11

Es war noch früh an diesem düsteren Donnerstagmorgen, aber Tuulia war hellwach.

Sie fühlte nach den Ereignissen des Vorabends noch immer diese kribbelnde Aufregung, die sich immer dann bei ihr einstellte, wenn eine Ermittlung richtig ins Rollen kam. Wenn sie endlich einen Faden hatten greifen können, der Widerstand bot. An dem sie sich näher in Richtung der Lösung hangeln konnten. Müdigkeit war für sie in solchen Zeiten ein Fremdwort. Das blieb auch lange so, bis der Körper irgendwann forderte, was sie, was ihr Beruf ihm so lange verwehrte. Im besten Fall, wenn die Ermittlungen von Erfolg gekrönt und abgeschlossen waren. Im Moment war das jedoch noch kaum vernehmbare Zukunftsmusik.

Sie saß zusammen mit der ganzen Gruppe im Konferenzraum, wo Lorenz eben den anderen von ihrer Entdeckung in Elfriede Dornbuschs Wohnung berichtet hatte. Dass er sich diesen Punkt für das Ende seiner Zusammenfassung des Vortags aufgespart hatte, unterstrich seine Bedeutung und Tuulia empfand heimlich ein kleines bisschen Stolz darüber, die Ermittlungen voranzutreiben. Zugleich hoffte sie, dass man ihr dieses Gefühl nicht anmerkte. Denn eigentlich war es unpassend, wenn man an den traurigen Kontext dachte.

Egal, Tuulia merkte, dass sie in unnütze Gedanken abdriftete. Sie mahnte sich zur Aufmerksamkeit und konzentrierte sich wieder auf ihren Chef. Dieser hatte die Morgenrunde mit einer Zusammenfassung des Gesprächs mit David Kühnels Freundin

Sophie Kramer begonnen. Sie hatte ihn mit ihrem Anruf noch in der Wohnung von deren Eltern erwischt, so dass er die junge Frau gleich auch nach Elfriede Dornbusch hatte befragen können. Ohne Erfolg allerdings, Sophie Kramer sagte der Name nichts, und sie konnte sich auch nicht erinnern, dass David von einer älteren Dame berichtet hätte.

»Nun ja, trotzdem war nach Tuulias Anruf natürlich alles anders, wie Sie sich denken können.«

Lorenz Wagner machte eine kleine Pause und ließ seine Worte auf die Kollegen wirken. Wie zu erwarten, sorgten die Neuigkeiten im Fall David Kühnel dafür, dass die Ermittler schlagartig hochkonzentriert bei der Sache waren. Während sich mit dem Fund des obskuren, fingerabdruckfreien Elfenbeinfigürchens bei dem jungen Mann schon eine Spur angedeutet hatte, meißelte Tuulias Entdeckung in Elfriede Dornbuschs Wohnung diese unwiderruflich in Stein.

»Auch wenn ich Alleingänge dieser Art auf keinen Fall gutheißen kann«, setzte er fort und warf Tuulia einen bemüht strengen Blick zu, »muss ich anerkennen, dass wir hiermit einen großen Schritt weiterkommen.«

»Weil wir davon ausgehen können, dass es sich sowohl im Fall unserer Heroin-Omi«, Tobias schien jede Erwähnung dieses unsäglichen Namens nach wie vor Freude zu machen, »als auch bei dem jungen David um Mord handelt.«

»Ganz genau«, mischte Tuulia sich jetzt endlich ein. Bis zu diesem Zeitpunkt hatte sie sich ganz bewusst zurückgehalten und einfach nur die Fakten sprechen lassen. Nachdem sie die kleine Rüge ihres Chefs mit vermeintlich schuldbewusst gesenktem Kopf entgegengenommen hatte, konnte sie es kaum erwarten weiterzumachen und fuhr fort: »Außerdem können wir jetzt davon ausgehen, dass es einen Zusammenhang zwischen beiden Fällen geben muss.«

»Das scheint sicher zu sein«, bestätigte Lorenz. »Das zweite Figürchen befindet sich bereits in der Technik. Und ich nehme an, dass auch hierauf keine Fingerabdrücke zu finden sein werden. Ach ja, außerdem haben sie heute Morgen ein Bild gemailt, auf dem deutlich zu erkennen ist, dass die Unterlage, auf der das Figürchen von Frau Dornbusch gestanden hat, absolut gleichmäßig von einer feinen Staubschicht bedeckt ist.«

»Das war auch mein Eindruck.« Tuulia nickte. »Zu erwarten wäre ja ein deutlich sichtbarer Unterschied zwischen der Stelle, auf der die Figur gestanden hat und der unmittelbaren Umgebung.«

»Das kapier' ich nicht«, warf Tobias ein und schüttelte argwöhnisch den Kopf. »Ich meine«, fuhr er mit festem Blick zu Lorenz fort, »warum pflanzt der Täter uns diesen Zaunpfahl wohl direkt vor die Nase? Ebenso gut könnte er den Opfern einen Zettel mit der Aufschrift ›Es war Mord!‹ auf die Stirn tackern.«

Wenn Tuulia sich auch öfters an den schroffen Worten ihres Kollegen störte, konnte sie ihn in diesem Fall, wenn sie ehrlich war, verstehen. Auf den ersten Blick schien es tatsächlich wenig Sinn zu machen, derart auffällige Hinweise am Tatort zurückzulassen, die doch mit großer Wahrscheinlichkeit als Spur erkannt wurden. Es sei denn ... In ihrer Vorstellung nahm eine Idee undeutliche Formen an.

»Du hast recht«, begann sie und ignorierte Tobias' ironische Dankesgeste in ihre Richtung. »Auf der anderen Seite macht dieses Vorgehen des Mörders unter bestimmten Umständen aber dennoch Sinn.«

»Na, jetzt bin ich aber mal gespannt«, der Kollege lehnte sich demonstrativ auf seinem Stuhl zurück, streckte die Beine aus und sah sie herausfordernd an. »Der Täter möchte wahrscheinlich möglichst bald gefasst werden?!«

»Ja und nein«, Tuulia ließ sich von der skeptischen Miene ihres Kollegen nicht aus dem Konzept bringen. »Bei dem Figürchen handelt es sich um eine ganz bewusste Botschaft. Der Täter nimmt, wenn man so will, Kontakt auf. Ihm muss klar sein, dass er sich damit enttarnt.«

»Und das nimmt er in Kauf«, warf nun Gottfried ein. »Bliebe also die Frage, warum?«

Für eine Weile wurde es still im Konferenzraum. Die Ermittler hingen ihren Gedanken nach. Tuulia beobachtete ihre Kollegen heimlich. Und überlegte dabei. Tobias dachte zu kurz. Zu sehr in ausgetretenen Pfaden.

»Das macht doch alles keinen Sinn«, brach er das Schweigen jetzt frustriert.

»Daran glaube ich nicht. Der Täter nimmt schließlich nicht nur in Kauf, uns Hinweise zu geben«, begann sie nachdenklich, »sondern es ist vielmehr genau das, worauf er abzielt.«

»Mal angenommen, dem wäre tatsächlich so«, sagte Tobias unbeeindruckt, »dann können wir dennoch nicht beurteilen, was diese Hinweise bedeuten oder ob sie überhaupt wichtig sind.« Langsam redete er sich in Rage. »Ob sie überhaupt richtig sind oder uns einfach nur in die Irre führen sollen. Das denke ich nämlich viel eher.«

»Richtig. Wir müssen uns auf die Suche nach den Spuren machen, die er uns nicht sehen lassen will«, antwortete Tuulia und klopfte sich gedankenverloren an die Nasenspitze.

»Prima Theorie, Frau Dipl.-Psych.«, ätzte Tobias jetzt. »Womit wir wieder so schlau wie am Anfang wären.«

»Mensch, jetzt gib’ der Sache doch mal eine Chance«, Gottfried war hörbar genervt von Tobias’ Stänkerei. »Bloß weil die Idee nicht auf deinem Mist gewachsen ist, muss sie nicht unbrauchbar sein.«

»Das vielleicht nicht«, wandte Tobias sich bemüht ruhiger an den älteren Kollegen. »Aber ich glaube einfach nicht, dass es dem Täter darum geht, uns tatsächliche Hinweise zuzuschustern. Wisst ihr, was ich glaube?«, wandte er sich an die ganze Runde. »Für mich fühlt sich das so an, als ob er mit uns spielt. Uns verhöhnt.«

Tobias’ Worte hingen noch in der Luft, als es dreimal laut und deutlich vernehmbar klopfte.

»Ja, bitte?« Lorenz sah zur Tür, durch die im nächsten Moment Conny seinen Kopf steckte. »Conny, was gibt's?«

»Sorry für die Störung«, ihr Sekretär lächelte entschuldigend, »Wir haben Besuch. Die Brüder Claaßen, die gestern bereits hier waren, warten im Eingangsbereich.«

»Aha?«

»Ja«, beeilte sich Conny zu erklären, »sie haben etwas zum Fall David Kühnel zu sagen. Ich habe ihnen ausgerichtet, dass es eine Weile dauern kann, aber sie wollen warten.«

»Ok«, Lorenz runzelte die Stirn, »sagen Sie ihnen, wir sind in etwa einer halben Stunde fertig, ja?«

»Alles klar, mach' ich«, nickte Conny und schloss die Tür.

Lorenz wartete noch einen Moment und erhob dann wieder das Wort. »Also, es sieht im Grunde gar nicht so schlecht aus. Fassen wir doch mal zusammen. Erstens: Wir können so gut wie sicher annehmen, dass wir es mit zwei Mordfällen zu tun haben. Zweitens: Durch die in der Nähe beider Leichen gefundenen Elfenbeinfiguren liegt nahe, dass hier ein Zusammenhang besteht.«

»Drittens:«, fiel Tobias ihm ins Wort, »Der Täter scheint sich direkt an uns zu wenden, böse gesagt, spielt er mit uns. Viertens: Wir haben den Köder geschluckt und sind fünftens: jetzt darauf angewiesen, welche Hinweise er uns darüber hinaus gibt.«

»Falsch, Tobias«, Tuulia konnte nichts dagegen tun, dass ihre Stimme ungewohnt eisig klang. Tobias hatte es geschafft, sie zu provozieren. Und sie würde den Teufel tun, sich aus der Ruhe bringen zu lassen. »Viertens: Wir haben den Köder erkannt und fünftens: Wir werden gezielt auf die Suche nach dem gehen, was er vor uns verbirgt.«

»Verstehen Sie nicht? David ist mein Patenkind!«

Quentin Claaßen sprach nicht laut, allerdings mit solch einem emotionalen Nachdruck in der Stimme, dass sich sofort eine Gänsehaut über Tuulias Arme und den oberen Rücken ausbreitete.

»Natürlich, wir können uns vorstellen, wie erschüttert Sie sind, glauben Sie mir. Und wir wollen Sie auch nicht quälen. Bitte versuchen Sie, sich zu beruhigen.« Lorenz klang so mitfühlend, dass er das überwältigende Gefühl von Traurigkeit, das Tuulia nur mit einiger Anstrengung im Zaum hielt, unwillkürlich verstärkte. Tatsächlich hatte ihr aktueller Fall ihr ihren ansonsten eher distanzierten Chef von einer so viel menschlicheren Seite gezeigt, als sie das bisher für möglich gehalten hatte. Das mochte aber auch einen ganz anderen Grund haben: Lorenz war zwar bereits seit knapp anderthalb Jahren Leiter der Mordkommission Mainz. So, wie sie ihn kennengelernt hatte, gehörte er jedoch zu jenen Menschen, die eine ganze Weile brauchten, bis sie sich ganz in ein neues Umfeld eingefunden hatten. Dann erst ließ ihre innere Anspannung nach. Dann erst trauten sich die Emotionen an die Oberfläche.

»Ach, um mich brauchen Sie sich keine Sorgen zu machen.« Quentin Claaßen sah Lorenz aus blanken Augen an, die ihre Tränen nicht freigeben würden. Nicht hier vor ihnen jedenfalls.

»Aber Anke und Ralf, ich meine, ich habe nur kurz mit ihnen gesprochen, aber ... Können Sie sich das vorstellen? Haben Sie Kinder? David war ihr ein und alles, ihr einziges Kind, er ...« Ein scharfes Einatmen verhinderte ein Schluchzen, Quentin Claaßen sah angestrengt erst auf die Tischplatte. Dann hob er den Kopf, wie um die unvermeidlichen Emotionen zurückzudrängen.

»Contenance«, dachte Tuulia unwillkürlich und überlegte, dass der Mann, der hier vor ihnen, mit aller ihm zur Verfügung stehenden körperlichen wie seelischen Stärke gegen seine Gefühle ankämpfte, sicher nur ganz wenige Menschen an sich heran ließ.

Sie sah zu Lorenz hinüber, der jetzt ruhig zu sprechen begann. »Ja, ich habe eine Tochter. Sie ist noch ganz klein. Man ...«, er stockte und fuhr nach einem Räuspern fort, »Man will sie beschützen. Immer.«

Quentin hatte bei seinen Worten den Blick gehoben, nickte langsam. »Dann haben Sie vielleicht eine Vorstellung davon, was die Eltern jetzt durchmachen.«

Tuulia fiel auf, wie er den eigenen Schmerz sofort wieder in seine Schranken wies. Und das Gespräch stattdessen auf die Eltern von David Kühnel umlenkte. Auf deren Trauer.

»Wir haben mit den Eltern noch nicht gesprochen«, fuhr Lorenz jetzt fort. »Wie sind Sie eigentlich genau verwandt?«

»Zwischen Davids Eltern und mir besteht keine Blutsverwandtschaft«, erklärte Quentin. Seine Gesichtszüge, die Kieferpartie, schienen sich ein wenig zu entspannen. »Anke und Ralf haben mich kurz nach Davids Geburt als Paten bestimmt. Das war für mich damals keineswegs zu erwarten gewesen, und ich habe es seitdem als meine besondere Verantwortung angesehen, dass es David immer gut geht. Dass es ihm nie an etwas fehlen sollte. Mein Gott.«

»Verständlich«, erwiderte Lorenz mitfühlend.

Tuulia spürte, wie sehr ihn das Gespräch gerade mitnahm. Sicher versetzte er sich in die Lage von Davids Eltern. Das lag nahe und zeugte von Empathie. Auf der anderen Seite brachte es sie keinen Schritt weiter. Um Licht in die genauen Umstände des Todes von David Kühnel zu bringen, mussten sie das Gespräch langsam in konkretere Bahnen lenken.

Sie überlegte und musterte heimlich Henry, den jüngeren der beiden Brüder, der am Vortag so aufgewühlt wegen des Mordes an seinem ehemaligen Kindermädchen gewesen war. Er wirkte heute deutlich gefasster. Aber etwas an der ganzen Situation schien nicht recht zu passen. Tuulia beschlich ein seltsames Gefühl, das sie nicht näher benennen konnte. Gestern erst waren die Brüder hier gewesen und doch präsentierte sich ihr heute ein gänzlich anderes Bild.

Das emotionale Muster der zwei Brüder erinnerte sie an etwas, was sie schon einmal in einer Kunstausstellung gesehen hatte: Es war wie ein Gemälde, eine Schwarz-Weiß-Verwerfung, bei der innerhalb der Grenzen eines Karomusters die Objekte auf der Leinwand abwechselnd in den beiden Farben gezeichnet wurden. Und zwar unabhängig von den Gesetzen, den die Gestalt vorgab. Ein weiterer Begriff, der plötzlich in ihrem Kopf auftauchte, war ›Komplementär-Emotion‹. Henry war gestern traurig gewesen – Schwarz. Quentin war weniger betroffen gewesen – Weiß. Heute präsentierte sich ihnen das gespiegelte Muster.

»Sehen Sie, wir sind zunächst davon ausgegangen, dass David sich selbst das Leben genommen hat«, näherte Lorenz sich nun langsam ihren neuen Erkenntnissen. Ob diese für Quentin Claaßen erträglicher sein würden, war unklar.

»Ja, und?« Quentin sah sie verständnislos an. Auch Henry setzte sich etwas aufrechter hin und runzelte die Stirn.

»Inzwischen haben wir leider eindeutige Hinweise darauf, dass ihr Patenkind«, Lorenz' Stimme klang rau, »Opfer eines Verbrechens geworden ist.«

Die Neuigkeit musste sich erst einmal setzen. Tuulia beobachtete die Brüder und wieder schien Quentin Claaßen zu versteinern. Seinem Bruder stand der Schock hingegen deutlich ins Gesicht geschrieben.

»Und im Zusammenhang hiermit möchte ich von Ihnen gerne wissen, ob Sie diesen Gegenstand schon einmal gesehen haben. Und ihn mit David in Verbindung bringen können.« Lorenz schob zwei Fotos von der kleinen Figur über den Tisch.

Quentin zog die Bilder zu sich heran, betrachtete sie eingehend, schüttelte dabei aber schon seinen Kopf. »Willst du?«, wandte er sich an seinen Bruder, der sofort nach den Bildern griff.

Tuulia war gespannt. Henry nahm sich Zeit und gab, anders als sein Bruder, durch Gestik oder Mimik keine unmittelbaren Hinweise darauf, ob er das Figürchen kannte.

»Nein«, sagte er zuerst zögernd und dann entschlossener: »Nein, ich habe die Figur nie zuvor gesehen. Aber es ist bemerkenswert, dass sie ganz offensichtlich aus Elfenbein gefertigt ist.«

»Dessen Import seit Jahren verboten ist«, ergänzte Quentin.

Tuulia nickte. Dass es sich um eine Elfenbeinfigur handelte, wussten sie schon von den Technikern. Dennoch notierte sie: ›Elfenbein, Import verboten!‹ auf ihrem Block. Als sie den Blick hob, bemerkte sie, dass auch Lorenz die Bedeutung der Fakten klar war. Er hatte abgewartet, bis sie den Stift sinken ließ, bevor er sich wieder den zwei Brüdern zuwandte.

Doch es war eine ganz andere Beobachtung, die Tuulia eben einen kalten Schauer über den Rücken gejagt hatte: Während Henry Claaßen gesprochen hatte, war für den Bruchteil einer Sekunde so etwas wie Erkenntnis in seinen Augen aufgeflackert. Sie konnte nicht benennen, was es genau gewesen war. Aber womöglich hatte sich, für einen winzigen Moment nur, ein Riss in der Fassade des jüngeren Claaßen-Bruders aufgetan. Um sofort wieder von dem traurigen Ausdruck überlagert zu werden, den sie bereits kannten.

Aber obwohl sie sich sicher war, wollte sie es doch vermeiden, Kleinigkeiten allein deswegen überzubewerten, weil sie vorankommen und hierfür eine Unstimmigkeit finden mussten.

Sie hatte keine passenden Worte für ihre Beobachtung und skizzierte stattdessen mit wenigen Strichen einen feinen Blitz neben ihre Notizen.

Der Moment vor dem Aufprall erschien unwirklich gedehnt. In die Länge gezogen. Das war immer wieder so, und Mike Pötzsch hatte ihn seither unzählige Male erlebt.

Damals war sein Leben unwiederbringlich von der heutigen Realität abgespalten worden. Von seinem heutigen Leben, das sich für ihn nie so richtig ›wahr‹ angefühlt hatte. Nach dieser Sache. Die jenem unbeschwerten Abend, der seine Zukunft gerade erst hatte einläuten sollen, auf einen Schlag alle Leichtigkeit genommen hatte und ewig einen undurchdringlichen Schatten auf ihn warf.

Es war tatsächlich alles anders geworden, nach dieser Nacht. Nach dem, wie sie am nächsten Morgen erfahren hatten, verheerenden Unfall auf der Lahnstraße. Auf der Strecke, die am Tag mit wunderbaren Farbspielen in der dichten Bewaldung verzauberte. Und deren kurvige Straßenführung in lichtloser Nacht genau hierfür Tribut forderte. Immer wieder.

Er hatte die Strecke seither gemieden, wann immer es ihm möglich war. Aber das konnte die Bilder nicht löschen, das Entsetzen nicht mildern. Wie ein glühendes Siegel trug er die immer schwelende Schuld in seiner Seele. Seit so vielen Jahren.

Die damaligen Geschehnisse hatten ihrer beider Leben vollkommen auf den Kopf gestellt. Sie hatten von heute auf morgen erwachsen werden müssen. Etwas in ihnen war seither unreparierbar zerstört, zumindest von sich konnte er das sagen. Erst nach langer Zeit war ihm klar geworden, dass das für seinen ehemaligen Kumpel und unfreiwilligen ›Partner-in-Crime‹ so nicht zuzutreffen schien.

Sie hatten den Kontakt nach diesem Abend schleifen, ihn unmerklich auslaufen lassen. Um durch den anderen nicht immer wieder an das Unaussprechliche erinnert zu werden. Um ihr Gewissen zu ersticken und irgendwie weitermachen zu können.

Lange hatte er gedacht, seinem Kumpel ginge es ähnlich wie ihm. Seine Fantasie reichte für eine andere Vorstellung nicht aus. Wie sollte die Sache ihn nicht verfolgen? Während der Arbeit, im Umgang mit ahnungslosen Kollegen, aber ganz besonders in den Nächten.

Nein, wenn er ehrlich war, konnte er es nicht verstehen. Wie der andere einfach so hatte weitermachen können. Erfolgreich sein, sich feiern lassen.

Und dabei immer diese schwerste Last im Gepäck.

»Hast du gleich noch mal einen Moment Zeit für mich?« Henry lehnte an der Tür zu Quentins Büro und sah seinen Bruder hinter dem Schreibtisch sitzen.

Für Außenstehende mochte es seltsam wirken, dass er an diesem Tag mit seinen schlimmen Neuigkeiten scheinbar weitermachte, als sei nichts geschehen. Doch Henry wusste, dass dem mitnichten so war. Quentin suchte Halt. Im Vertrauten, in der Arbeit. In einem Bereich seines Lebens, der weiterging, während in einem anderen Ausnahmezustand herrschte.

»Hm? Ja, sicher. Was gibt es denn?«

»Ich muss dich etwas fragen, Quentin. Und zwar war ich gestern im Lagerkeller«, begann Henry und beobachtete das Gesicht seines Bruders. Wenn er von der heißen Ware wusste, die sich dort unten befand, sollte er jetzt nervös werden.

»Ja, und?«

Nichts, da war keine ungewöhnliche Regung in Quentins Gesicht. Auf der anderen Seite, erinnerte sich Henry, war sein Bruder nach außen hin oft die Ruhe in Person. Er hatte das immer als eine beneidenswerte weil nervenschonende Eigenschaft angesehen. Daran, welche Möglichkeiten sie darüber hinaus bot und dass es in Quentin durchaus ganz anders aussehen mochte, hatte Henry bisher keinen Gedanken verschwendet. Hatte auch keinen Anlass dazu gehabt. Vermutlich.

»Ich habe mal die Lieferungen überflogen«, fuhr er fort. »Und mir bei der Gelegenheit einige der Kartons näher angesehen.«

Ausdrucksloser Blick. »Aha.«

»Ja, Quentin. Und ich bin dabei auf ziemlich interessante Stücke gestoßen, nämlich zum Beispiel diese wunderbare Schale«, er nestelte sein Smartphone hervor und hielt ihm eine Aufnahme besagten Exponats vor die Nase. »Bevor du fragst: Ja, das ist mit großer Wahrscheinlichkeit Elfenbein.«

»Hm, ja stimmt. Das würde ich auch sagen.«

»Verdammt, Quentin«, Henry machte sich nicht die Mühe,

seine Enttäuschung zu verbergen. Sein Bruder musste nicht mehr sagen, er reagierte viel zu entspannt. »Du weißt davon?!«

»Ach, Henry«, sagte Quentin leise. Er legte den Kugelschreiber, mit dem er seine Finger die ganze Zeit über beschäftigt hatte, in einer fast schon provokant langsamen Bewegung neben die Tastatur des PCs, knetete seine Hände und streckte den Oberkörper nach hinten. Schließlich atmete er schwer aus und hob nun endlich den Kopf, um Henry anzusehen. »Vielleicht habe ich davon geahnt.«

»Wie bitte?« Henry spürte, wie die Wut in ihm in gleichem Maße wuchs, wie sein Bruder Beherrschung demonstrierte. Das war schon immer so gewesen und brachte ihn, allein schon aus diesem Grund, noch mehr auf.

»Du kennst sie doch …«, setzte Quentin erneut an, doch dieses Mal konnte Henry sich nicht zurückhalten. Wollte es auch nicht. »Was soll das bitte heißen, ›Du kennst sie doch‹? Ja, natürlich weiß ich, dass unsere liebe Schwester sich für nichts zu schade ist, wenn es darum geht, ihre Erfolgsgeilheit zu befriedigen.«

»Henry! Jetzt …«

»Lass' mich ausreden! Soweit ich informiert bin, seid ihr beide hier in der Firma die letzten Jahre absolut gleichberechtigt. Oder nicht? Ist das so, ja oder nein?« Henry sah seinen Bruder herausfordernd an.

»Ja, das schon. Aber du musst …«

»Ich bin noch nicht fertig! Wenn es also stimmt, dass du – und sei es nur der Hauch einer Ahnung – etwas von Philippas schmutzigen Geschäften gewusst und nichts dagegen unternommen hast, steckst du da genauso drin, wie sie.«

»Jetzt beruhige dich doch mal.« Als einziges Zeichen seines Gefühlszustands waren auf Quentins Halsansatz ganz leichte rote Flecken auszumachen.

»Was, glaubst du, würde Vater dazu sagen?« Henrys Stimme war ganz leise, bebte vor mühsam unterdrückter Spannung. »Was würde er zu seinen feinen Kindern sagen, Quentin?«, fuhr er jetzt in schneidendem Ton fort. »Zu seinen Kindern, die sein Lebenswerk und alle Werte, die er immer ...«, keine Chance, die Wut kleinzuhalten, »... die er sein ganzes Leben lang hochgehalten hat«, schrie er schließlich, »mit Füßen treten, kaum dass er langsam beginnt, das Ruder an sie weiter zu reichen.«

Henry hatte sich während seiner Worte über den stilvollen Schreibtisch aus dunklem Mahagoni zu Quentin hinuntergebeugt und zwang ihn nun, ihn anzusehen. »Weißt du was? Ich schäme mich!«

»Henry ...«

»Nein, Quentin. Ich schäme mich! Für dich fast noch mehr als für Philippa. Von ihr ist nicht mehr Anstand zu erwarten. Aber du, Quentin, musst endlich lernen, Verantwortung zu übernehmen.«

»Beruhige dich, Henry«, wiederholte Quentin. »Du kannst dir denken, dass ich Philippas Handeln nicht gutheiße, aber ...«, er wehrte Henrys Einwurf mit einer Handbewegung ab, »Jetzt lass' mich mal aussprechen. Jedenfalls bin auch ich nicht immer in all ihre Transaktionen von Beginn an eingeweiht. Auf der anderen Seite frage ich mich«, seine Stimme klang plötzlich ungewohnt kühl, »ob du tatsächlich in der Position bist, so harsch über uns zu urteilen.«

»Wie bitte?« Das war ja wohl die Höhe! Henry fragte sich, wie gut er seinen Bruder, der für ihn heimlich immer ein Vorbild an Integrität und Loyalität gewesen war, eigentlich kannte.

»Nun, immerhin bist du seit vielen Jahren kaum in der Firma, trägst hier keinerlei Verantwortung und erscheinst nur zu ausgewählten Anlässen, während derer du außerdem von hinten und vorne umsorgt wirst.«

»Stimmt, und auch sonst lege ich größten Wert auf Komfort und Bequemlichkeit. Zum Beispiel auf Haiti, da ...«

»Entschuldige, das war unfair. Ich weiß, dass du große Dienste für die Armen dieser Welt leistest.« So wie Quentin das sagte, stand das ›Aber‹ für Henry wie der berühmte rosa Elefant im Raum. Und tatsächlich: »Aber das qualifiziert dich eben nicht unbedingt für die Arbeit im Rahmen wirtschaftlicher Zwänge und Herausforderungen, die unser Tagesgeschäft maßgeblich prägt.«

»Deswegen müssen wir uns leider unmoralischer Mittel bedienen, die nicht nur die Ausnutzung, sondern besonders auch das Abschlachten schwächerer Geschöpfe einschließt, um unsere Bilanzen im harten Tagesgeschäft strahlen zu lassen.« Henrys Stimme troff vor Sarkasmus, aber in Wahrheit machten ihn die Worte und Erklärungen Quentins unwahrscheinlich traurig. Er spürte, dass er in diesen Minuten den Bruder, zu dem er trotz aller Unterschiede zeitlebens aufgesehen hatte, verlor. Ohne, dass er etwas dagegen tun konnte.

»Weißt du, vielleicht hat Vater ja mehr von Philippas, ach nein, jetzt muss man ja wohl sagen: von euren Geschäften mitbekommen, als ihr immer dachtet. Ich meine«, Henry legte den Kopf schief und zwang mit einiger Anstrengung ein kühles Lächeln auf seine Lippen, »warum sonst sollte er auf die Idee gekommen sein, unsere Anteile an der Firma, Rechte wie Pflichten, absolut gleich zu verteilen?«

»Das weiß ich nicht, Henry«, erwiderte Quentin.

»Ich nämlich auch nicht. Auf diese Weise stellt er jedenfalls sicher, dass ihr zwei den Kahn nicht in schmutzige Gewässer ziehen könnt. Und zwar weil ich«, fuhr Henry fort, »den Daumen darauf haben werde. Du weißt genau, dass ihr, nach Vaters Willen, ohne mich zukünftig keine Geschäftsentscheidungen mehr treffen könnt!«

»Ach, Henry«, Quentin klang bekümmert.

Hey,

manchmal genügt eine winzige Kleinigkeit und ich explodiere. Oder besser, ich implodiere. In mir tobt ein rotglühender Feuerball und ich spucke kleine, gemeine Flammen. Das ist die weniger schlimme Variante.

Wenn es ganz schlimm ist, sehe ich rot. Ich meine, alles in mir und um mich herum ist heiße, rote Wut und ich verschmelze mit ihr. Ich bin die Wut, und die Grenzen meines Körpers verlieren sich. Ich verliere sie.

Zuletzt ist das gestern Abend passiert, als ich dem Alten erzählt habe, dass ich jetzt einen Freund habe. Und er es bereuen wird, wenn er mir nur noch einmal zu nah kommt. Das hat ihm gar nicht gepasst. Natürlich nicht. >Reiz' mich nicht, du kleine Hure!<, hat er gesagt und dass Andy mich schneller fallen lassen wird, als ich mir vorstellen kann. Wenn er erst einmal merkt, was für ein dreckiges Flittchen ich bin.

Danach bin ich immer wieder abgedriftet, aus meinem Körper geflossen, war nur noch Wut und Traurigkeit und konnte nichts dagegen tun. Es war so schlimm, dass ich einen meiner Tricks anwenden musste, um mich wieder zu spüren. Ich weiß, dass es Mädchen gibt, die sich in solchen Situationen ritzen. Und ich kann sie verstehen, der Drang ist fast übermächtig.

Aber ich will keine Spuren hinterlassen. Deswegen habe ich mir Alternativen überlegt. Eiswürfel sind gut. Eiskalte Duschen funktionieren manchmal. Aber Chilis, die richtig scharfen, wirken immer.

Wenn es ganz schlimm ist, kann mich nur der Schmerz zurückholen. Gestern mussten es die Chilis sein. Man kann die Kerne zwischen den Fingern verreiben und sich dann damit durchs Gesicht fahren.

An der Nase entlang, am Auge. Und den Rest der Chili so lange wie eben möglich im Mund behalten.
So bin ich irgendwann wieder zurückgekommen.

Kapitel 12

»Hach, Tuulia, ich beneide dich ja schon ein bisschen!«

Tuulia grinste unwillkürlich. Irgendwie schaffte Conny es immer wieder, die Dinge mit einer Heiterkeit zu überstrahlen, die ihr einfach guttat. Was nicht hieß, dass sie ihre Arbeit weniger ernst genommen hätte. Und gerade die Gebrüder Claaßen, deren Schwester sie in Kürze auch endlich kennenlernen würden, warfen für sie noch Rätsel auf.

»Ich glaube, du stellst dir das ein wenig zu rosig vor.«

»Aber Tuulia, überleg' doch mal! Ein Auktionshaus, das ist doch total spannend. Vielleicht führen sie euch ja ein bisschen ...«

»Was? An der Nase herum? Oder doch durch die Ausstellung?«

»Ach, du nimmst mich ja nicht ernst«, Conny deutete ein Schmollen an, war dann aber doch viel zu aufgeregt, als dass er das Thema so einfach auf sich beruhen lassen konnte. »Aber für mich, der ich hier Tag für Tag hinter dem tristen Tresen darbe, ...«

»Also wirklich, was muss ich da hören? Schöne Alliteration übrigens«, erklang da Lorenz' Stimme aus dem Gang hinter der Anmeldung. Tuulia und Conny wechselten einen irritierten Blick. Jetzt bog ihr Chef auch schon um die Ecke und sah Conny erheitert an. »›Trister Tresen‹, meine ich.«

»Äh, ja«, erwiderte Conny verdattert und vergaß im ersten Moment, den Mund wieder zu schließen. Auch Tuulia war überrascht. So, für seine Verhältnisse fast schon ausgelassen, hatte sie Lorenz schon lange nicht mehr erlebt. Wenn überhaupt einmal.

»Können wir dann, Tuulia?«, wandte er sich jetzt an sie.

»Ja, natürlich. Bis später, Conny.« Sie schnappte sich ihre dicke Winterjacke und schlüpfte hinein, während Lorenz ihr die Tür zum Treppenhaus aufhielt.

»Ich bin gespannt auf die Tochter des Claaßen-Imperiums. Bisher scheint sie von den jüngsten Ereignissen ja unbeeindruckt zu sein«, überlegte er laut, während sie die Stufen hinabstiegen.

»Mag sein, andererseits wissen wir ja eigentlich überhaupt noch nichts von ihr«, gab Tuulia zu bedenken. »Vielleicht ist sie auch am Boden zerstört und daher nicht bei uns erschienen.«

Dass ihre Tante Philippa Claaßen zu Studentenzeiten gekannt hatte, behielt sie im Moment noch lieber für sich. Auch weil sie schlicht vergessen hatte, sie auf die einstige Kommilitonin anzusprechen. Außerdem war das Auktionshaus zu Hause nie ein Thema gewesen, weswegen Tuulia vermutete, dass da schon lange kein Kontakt mehr bestand. Und schließlich wollte sie sich möglichst unvoreingenommen ein Bild von der Millionenerbin machen.

»Das wäre natürlich auch möglich«, pflichtete Lorenz ihr bei. »Na, wie gesagt, ich bin gespannt.«

Tuulia war ebenfalls neugierig auf die Tochter des alteingesessenen Mainzer Traditionshauses. Die beiden so nah aufeinanderfolgenden Todesfälle, die, jeder für sich, eine Verbindung zur Familie Claaßen hatten, warfen eindeutig mehr Rätsel auf, als sie Ansatzpunkte für ihre Aufklärung lieferten.

Eine mögliche Ermittlungslinie fasste Tuulia für sich unter der Überschrift ›Die Einschläge kommen näher‹ zusammen. So stand das erste Opfer, Elfriede Dornbusch, der Familie inzwischen nicht mehr ganz so nahe, wie es einmal der Fall gewesen sein musste, als die Kinder noch klein waren. Im Fall des Patenkindes von Quentin Claaßen war die Gewalt hingegen schon deutlich näher an die Familie herangerückt. Die räumliche wie zeitliche Entfernung zum heutigen Alltag der Familie war erheblich geringer.

»Was meinen Sie zu den Figürchen?«, unterbrach Lorenz ihren Gedankengang, als sie am Wagen angekommen waren.

»Hm, ich frage mich …«, begann Tuulia und wartete ab, bis sie beide im Auto saßen. Lorenz richtete sich hinter dem Steuer ein, und sie zog den Gurt nach vorne, bevor sie erneut ansetzte: »Ich frage mich, ob die Tatsache, dass sie aus einem verbotenen Material, nämlich Elfenbein, hergestellt sind, von Bedeutung ist.«

»Nachvollziehbar«, meinte Lorenz. »Was fällt Ihnen noch dazu ein? Es kann ruhig durcheinandergehen.«

»Ok. Dann habe ich mir die Frage gestellt, wann die Figürchen auf Frau Dornbuschs Schlüsselbrett gestellt beziehungsweise in der Kleidung von David Kühnel versteckt worden sind.«

»Gut! Wie könnte uns eine Antwort hierauf weiterbringen?«

Tuulia fühlte sich einerseits ein wenig wie in einer Prüfung, auf der anderen Seite war sie froh, dass ihre Meinung und Ansichten ihrem Chef wichtig waren. »Wenn die Figürchen vor dem Tod der Opfer, vielleicht ein oder mehrere Tage vorher, zu ihnen gebracht worden wären, hieße das, dass es im Vorfeld eine Kontaktaufnahme gegeben haben muss. In welcher Form auch immer.«

»Richtig«, stimmte Lorenz ihr zu, ohne den laufenden Verkehr aus dem Blick zu lassen.

»Was aber nicht heißt, dass die Opfer sich dessen bewusst waren. Der Täter kann die Figuren unbemerkt bei ihnen deponiert haben«, ergänzte Tuulia.

»Möglich, aber ist das wahrscheinlich?«, fragte Lorenz.

Tuulia ging in Gedanken verschiedene Szenarien durch, bevor sie antwortete: »Das hängt, denke ich, von der Funktion ab, die der Täter den Figuren zugedacht hat.«

»Ja, gut«, Lorenz nickte, während er in Richtung Gonsenheim abbog. »Welche Funktionen könnten das sein?«

»Entscheidend ist für mich die Frage, wer adressiert werden soll. Wem soll das Figürchen etwas sagen? Und da kommen mindestens zwei Möglichkeiten in Betracht. Entweder will der Täter die späteren Opfer warnen. In diesem Fall hätte er die Figürchen vor seiner Tat auf irgendeinem Weg zu den Opfern gebracht. Hier wäre interessant, ob diese Figuren per se eine Bedeutung für Frau Dornbusch und David gehabt haben.«

»Sehr gut«, Lorenz klang jetzt äußerst konzentriert, die Leichtigkeit von vorhin schien verflogen, er war ganz in ihrem Fall.

»Die zweite Möglichkeit wäre, dass der Täter uns eine Botschaft zukommen lassen will. Nicht jedem Kapitalverbrecher ist es wichtig, mit seiner Tat davonzukommen. Mitunter begehen Menschen furchtbare Verbrechen in der Überzeugung, damit Gerechtigkeit wiederherzustellen. In diesem Fall wäre es für den Mörder zweitrangig, ob er die Polizei auf seine Spur bringt. Er fühlt sich, wenn man das so sagen kann, gewissenmaßen im Recht.«

Am Steuer des Wagens hatte eine junge Frau gesessen. Sie war noch an der Unfallstelle gestorben. Natürlich hatten die Zeitungen gierig nach der traurigen Geschichte gegriffen, sie maximal reißerisch aufbereitet und die Pietätsgrenze mehr als ausgereizt.

Mike wollte nicht daran denken, aber es half nichts. Weil da dieses Kind war. Ein kleiner Mensch, der an jenem Abend vor nun fast 25 Jahren seine Mutter und wichtigste Bezugsperson verloren hatte. Dessen Welt kurz stillgestanden und sich dann, wider Erwarten und trotz dieses katastrophalen Fehlers, unerbittlich weitergedreht hatte. Ohne die Mutter, die doch sein ganzes Universum gewesen sein musste.

Die Zeit vor dem schicksalhaften Abend war eine aufregende, schöne Zeit gewesen, in der die Freundschaft zwischen ihnen aufgeblüht war. Die Prüfungen, das gemeinsame Lernen und schließlich Bangen um die Ergebnisse hatten sie zusammengeschweißt, und für die Zeit danach war ein gemeinsamer Urlaub geplant. Viele Stunden lang hatten sie Kataloge hierfür gewälzt, das ein oder andere Urlaubsziel favorisiert, bevor eine noch bessere Idee die vorige an der Spitze der Alternativen ablöste.

Die Zukunft lag freundlich beschienen von den unterschied-
lichsten Möglichkeiten vor ihnen, eine spannender als die andere.
Sie würden wohl in verschiedenen Bereichen unterkommen, hatten
da jeder schon längst die Fühler ausgestreckt und gute Chancen
auf die jeweilige Wunschstelle. Dennoch würde es sie nicht weit
auseinandertreiben, das war klar, schließlich blieben sie de facto
unter dem gleichen Dach.

Nach dem Abend der großen Abschlussfeier war von einem
gemeinsamen Urlaub nicht mehr die Rede gewesen. Den anderen
zu sehen, rief bei ihm unvermeidlich die immer gleichen Bilder
der Unglücksfahrt hervor. Die alles, was zuvor gewesen war, grell
überstrahlten, auslöschten, nichtig machten. In dem anderen sah
Mike seine eigene Angst gespiegelt, auch wenn klar war, dass der
Kumpel dichthalten würde.

Es war total verrückt, aber sie hatten nicht darüber gesprochen.
Selbst an dem Abend nicht. Nicht während der Weiterfahrt, nicht,
als sein Freund ihn nach Hause gebracht und nicht, als er ihn
vor dem elterlichen Haus abgesetzt hatte. Es war eine wortlose
Übereinkunft, die sie ihr Leben lang verband und ihnen zugleich
den Kontakt untersagte. Denn der jeweils andere würde immer
wissen, dass es wahr war.

Waren sie beide zusammen, war da immer auch diese Schuld
mit im Raum und sie zu ignorieren, fiel zunehmend schwerer. Ihm
zumindest. Der andere schien besser vergessen oder zumindest
erfolgreich verdrängen zu können. Nach allem, was er über die Zeit
so beobachtet hatte.

Ihm selbst war das nie gelungen. Im Gegenteil: Je mehr Zeit verstrich, je stärker die Geschehnisse in Vergessenheit gerieten, umso
nachdrücklicher hatte sich bei Mike das Gefühl eingestellt, dass
es nicht in Ordnung war, wenn er einfach so weitermachte. Und
dass sein Kumpel das Leben so selbstverständlich, unbeschwert
weiterlebte, als sei nichts geschehen.

Es war sein Gewissen, das rebellierte, und kein weltliches Gericht hätte eine quälendere Strafe verhängen können.

»Angenommen, der Täter hätte das Figürchen zur Warnung der Opfer bei ihnen versteckt«, griff Tuulia den Faden nach einer Weile wieder auf, »wäre es dann richtig, die Bevölkerung zu informieren? Wir können schließlich nicht ausschließen, dass er weitermordet.«

»Gute Frage, Tuulia«, Lorenz warf einen schnellen Blick auf das Navi, das ihre Ankunft am Zielort in gut zwei Minuten ankündigte. »Lassen Sie mich da noch ein wenig drüber nachdenken. Jetzt sollten wir uns erst einmal auf die Schwester der Claaßen-Brüder konzentrieren.«

Tuulia nickte und schob den Gedanken an eine Pressekonferenz, nach der ihre Ermittlungen unweigerlich viel stärker unter dem Radar der Öffentlichkeit stattfinden würden, in den Hintergrund. Lorenz hatte recht, vorerst stand für sie die Familie Claaßen wieder im Mittelpunkt. Zwar hatten sie mit der Tochter des Hauses noch nicht gesprochen, dennoch war vor Tuulias geistigem Auge ein Bild der Frau entstanden, die sich nach außen hin bisher aus allem herausgehalten hatte. Weder als es um den Tod von Elfriede Dornbusch gegangen war, noch beim Patenkind ihres Bruders, hatte sie es für nötig befunden, bei ihnen vorstellig zu werden.

Tuulia mahnte sich zur Objektivität. Sie standen schließlich ganz am Anfang. Noch wussten sie nicht, warum die Tochter bisher nicht bereit gewesen war, zur Aufklärung beizutragen. Es war immerhin möglich, dass sie einen guten Grund hierfür hatte. Selbst, wenn sie sich nicht vorstellen konnte, welcher das sein sollte. Tuulia seufzte leise. Sie musste sich eingestehen, dass es ihr nicht gelingen wollte, der Schwester von Henry und Quentin Claaßen unvoreingenommen zu begegnen. Aber gut, ein Bauchgefühl mochte durchaus wichtig sein, redete sie sich diesen Umstand schön, und schließlich war das Verhalten der Claaßen-Tochter ja auch ungewöhnlich.

»Ich schlage vor, dass wir sie erst einmal reden lassen und uns mit Fragen zurückhalten«, unterbrach Lorenz ihre Gedanken.

»Alles klar«, Tuulia war gespannt, ob von der Tochter heute viel kommen würde. Wenn sie ehrlich war, glaubte sie noch nicht daran. Aber Lorenz' Vorschlag machte dennoch Sinn. Allein schon, wie Philippa Claaßen mit der Möglichkeit, frei zu erzählen, umgehen würde, konnte ihnen implizite Hinweise auf ihr Wesen liefern. Außerdem war nicht zu unterschätzen, welchen Einfluss sie als Kriminalbeamte durch ihre Fragen ungewollt auf die Zeugen ausübten. Deren Aufregung und Nervosität konnten immer dazu beitragen, dass einzelne Winkel eines Untersuchungsfeldes, ohne böse Absicht von beiden Seiten, unbeleuchtet blieben. Ob das im Nachhinein tragisch oder zu verschmerzen war, konnten sie im schlimmsten Fall erst beurteilen, wenn es zu spät war.

»Sie haben Ihr Ziel erreicht«, tönte das Navi blechern-penetrant durch ihre Überlegungen und wurde gleich darauf von Lorenz ausgeschaltet.

»So, da wären wir. Mal sehen, wo man hier parken kann.«

Tuulia reckte neugierig den Kopf, um etwas zu erkennen, konnte von hier aus aber nur die schweren Mauern sehen, die das Anwesen begrenzten. Lorenz hatte bald einen Parkplatz an der von Kastanien geflankten Allee gefunden, und sie stiegen gegen kurz vor halb fünf aus dem Wagen aus. Um diese Uhrzeit ging die Sonne bereits unter, und sie liefen durch die Winterdämmerung auf das Anwesen der Familie Claaßen zu.

Im ersten Moment konnte Tuulia das Gefühl nicht recht identifizieren, dann aber wurde ihr klar, dass sie hier schon einmal gewesen sein musste. Vor langer Zeit, in ihrer Kindheit. Plötzlich blitzte eine ganz klare Erinnerung auf. An einen fröhlichen Sommertag. Sie war etwa neun Jahre alt gewesen, und sie hatten mit der ganzen Familie einen Ausflug hierher gemacht. Die Alleenstraßen in Kombination mit dem schweren Mauerwerk hatten sich in ihr Gedächtnis eingebrannt. Da aber endete die Erinnerung auch schon. Ein bisschen enttäuscht musste sie zugeben, dass ihr ansonsten nichts bekannt vorkam.

»Sehen Sie mal«, rief Lorenz in diesem Moment.

»Ja?«

»Hier, das Plakat!«

Ihr Chef, der sein Tempo zuvor beschleunigt hatte, stand einige Meter vor ihr und winkte sie näher zu sich heran.

Tag der Offenen Tür – Am 31.01. öffnet das Auktionshaus Claaßen seine Pforten für große und kleine Interessierte‹, las Tuulia den verschnörkelten Schriftzug laut vor. »Moment, das ist doch am kommenden Sonntag.«

»Stimmt«, gab Lorenz zurück. »Wer weiß, wenn wir unseren Täter bis dahin gestellt haben, könnte das doch ein schöner Anlass sein, noch einmal hierher zurückzukommen.«

»Vielleicht«, Tuulia war sich keineswegs sicher, dass sie ihren Fall oder die zwei Fälle, wie man nun wohl richtigerweise sagen musste, in den kommenden drei Tagen gelöst haben würden. Geschweige denn, dass sie den in diesem Fall freien Sonntag unbedingt hier würde verbringen wollen.

»Gut, dann also los!« Lorenz schickte sich an, durch die Außenmauer des Anwesens zu treten, als hinter ihnen auf einmal ein scharfer Pfiff, gefolgt von einer Frauenstimme, ertönte. »Romulus, Remus! Auf!«

Lorenz wandte sich um und sah zunächst Tuulia, die dicht hinter ihm gelaufen war und nun abrupt stehenblieb. Dann aber meinte er, ein Déjà-vu zu erleben, als zwei schlanke Windhunde um die Ecke geprescht kamen und in vollem Tempo auf eben jenen Torbogen in der Mauer zuhielten, in dem er stand.

»Na, also ...«, hob er an, als die Hunde gänzlich unbeeindruckt an ihm vorbei auf das Anwesen schossen.

»Gibt es ein Problem?« Die Frau, die nun um die Ecke geschlendert kam, sah sie fragend an. Und herausfordernd zugleich. Tuulia war sie, schon bevor sie weitersprach, unsympathisch. Hoffentlich war das nicht …

»Philippa Claaßen, meiner Familie gehört dieses Anwesen. Kann ich Ihnen weiterhelfen?«

Tuulia runzelte die Stirn. Die Frage konnte zu Recht als dreist bezeichnet werden. Schließlich hatten sie einen Termin, genau jetzt, und ihre Uniformen sollten der Frau Hinweis genug auf ihre Identität sein. Sie spürte das Pochen hinter ihrer Stirn, das sie heute schon seit dem Aufstehen quälte, aufwallen und straffte sich.

Lorenz schob sich neben sie und antwortete kühl: »Ich denke, wir kennen uns.«

Tuulia sah überrascht zu ihm hinüber. Was sollte das heißen?

»Soweit würde ich vielleicht nicht gehen«, antwortete Philippa Claaßen kaltschnäuzig. »Aber ja, ich fürchte, wir sind uns schon einmal begegnet.« Sie lachte abfällig und nachdem Tuulia und Lorenz nichts erwiderten, schritt sie demonstrativ durch sie hindurch.

Tuulia spürte, wie allein diese zwei Sätze ausreichten, ihren Puls in unangenehme Höhen zu treiben. Und sie war jetzt schon gespannt auf das Gespräch mit der Frau. Wortlos schloss sie sich Lorenz an, der der ›Gutsherrin‹, wie sie Philippa Claaßen spontan betitelte, mit festem Schritt in das Innere des Anwesens folgte.

Hinter der großen Außenmauer durchquerten sie einen parkähnlichen Bereich, bevor sie an eine weitere, nicht ganz so respekteinflößende Mauer stießen. Das Tor hier war allerdings abschließbar und sie waren darauf angewiesen, dass Philippa Claaßen sie einließ. Auch die beiden Hunde wuselten schon schwanzwedelnd vor dem Eingang herum und warteten auf ihre Herrin.

»Fein, Romulus, braver Remus!«, lobte diese ihre Hunde ausgiebig, wobei Tuulia nicht ganz klar war, wofür eigentlich. Danach erst wandte sie sich ihnen wieder zu.

»So, dann würde ich sagen, Sie folgen mir jetzt einfach weiter unauffällig.« Philippa Claaßen öffnete in aller Ruhe die Tür und betrat das Gebäude demonstrativ vor ihnen. Die Tür ließ sie gleichgültig hinter sich offenstehen und beachtete ihre Gäste fürs Erste nicht weiter.

Henry Claaßen trat ein Stückchen vom Fenster in der großen Kantine zurück. Sie waren jetzt da. Die hübsche junge Polizistin zusammen mit dem Chef der Ermittlungsgruppe, Lorenz Wagner. Er war gespannt. Nur zu gern würde er jetzt Mäuschen spielen und sehen, wie Philippa sich verhielt. Obwohl – noch interessanter war vielleicht, wie die Ermittler auf seine Schwester reagierten.

Doch diese Gedanken waren hinfällig, denn er würde nun mal nicht mitbekommen, was da hinter verschlossenen Türen besprochen wurde. Und in Wahrheit gab es eine viel wichtigere Sache, auf die er die Ermittler unbedingt, am besten heute noch, ansprechen musste.

Zunächst jedoch würde er Quentin bitten, ihm den Rücken zu stärken. Letztendlich sollte doch auch er ein Interesse daran haben, dass der Ruf von Oma Elfie wiederhergestellt wurde. ›Heroin-Omi‹! Wenn er nur daran dachte, dass es diese Bezeichnung war, unter der die Menschen, fremde Menschen, ihre Oma Elfie in Erinnerung behalten sollten ... Nein, das durfte nicht sein!

Wenn er ihr schon in all den Jahren zuvor nicht beigestanden, ja kaum gewusst hatte, ob sie noch am Leben war und ihr furchtbares Ende nicht hatte verhindern können, wollte er wenigstens dafür sorgen, dass sie der Mainzer Stadtbevölkerung als ein Vorbild an Menschlichkeit in Erinnerung blieb.

»Wie meinen Sie das, es scheine mir ja nicht viel auszumachen?« Tuulia verfolgte den Wortwechsel zwischen Lorenz und Philippa

Claaßen gespannt. Bisher lieferte das Gespräch mit der Schwester von Quentin und Henry Claaßen ihnen noch keine Neuigkeiten. Sie hatte zu Elfriede Dornbusch seit vielen Jahren keinerlei Kontakt mehr gehabt. David, den Patensohn von Quentin, hatte sie im Rahmen eines Familienessens am ersten Weihnachtsfeiertag zuletzt getroffen, mit ihm allerdings nicht länger gesprochen, soweit sie sich erinnerte.

Nachdem die Millionenerbin sich während der ersten Fragen äußerst sachlich und wenig beeindruckt von den traurigen Ereignissen, die ihre Familie doch immerhin am Rande betrafen, gezeigt hatte, fuhr Lorenz jetzt andere Geschütze auf. Tuulia hatte während der knapp anderthalb Jahre, die sie nun schon zusammenarbeiteten, verstanden, dass Provokation im Allgemeinen nicht sein Mittel der Wahl war, um Zeugen zum Reden zu bringen. In besonders hartnäckigen Fällen erwies es sich jedoch mitunter als wirkungsvoll.

»Nun ja, Sie wirken auf mich nur wenig erschüttert. Immerhin betreffen die Taten Menschen, die Ihnen zu unterschiedlichen Zeiten nahe gestanden haben. Und ich stelle mir vor, dass ich in einer vergleichbaren Situation ziemlich aus der Bahn geworfen würde.«

»Es ist ja auch nicht so, dass mich diese unerfreulichen Vorkommnisse völlig kalt lassen«, lenkte Philippa Claaßen ein, »aber aus der Bahn geworfen zu werden, kann ich mir nicht erlauben. Die Todesfälle sind bedauerlich, ja, aber so schlimm es für Ihre Ohren klingen mag, sind sie nun einmal nicht zu ändern.«

Tuulia atmete tief ein und widerstand dem ersten Impuls, den Worten ihrer allzu kaltschnäuzigen Gesprächspartnerin etwas entgegenzusetzen. Was sie da hörte, war für sie nur schwer zu ertragen. Auf der anderen Seite fragte sich die Psychologin in ihr spätestens jetzt, was ein Mensch erlebt haben musste, um so zu werden.

»Es mag Ihnen unpassend erscheinen, aber sehen Sie es mal so: Ich habe zu Frau Dornbusch damals kaum eine Beziehung aufgebaut. Quentin und vor allem natürlich Henry waren ja noch viel mehr auf eine Bezugsperson angewiesen, die Mutter«, nun zog doch für einen kurzen Moment ein Schatten über ihr Gesicht, »die unsere Mutter ersetzte.« Als ihr Blick wieder klar wurde, sah sie sie fast herausfordernd an. »Machen Sie daraus, was Sie wollen. Aber ich habe immer schon meinem Vater näher gestanden, als unserer Mutter. Was nicht heißt, dass ...«, sie schien mit sich zu ringen, »... dass ich sie nicht respektiert hätte. Glauben Sie nicht, dass das alles für mich damals nicht schwer gewesen wäre.«

Gerade, als Tuulia beinahe bereit war, so etwas wie Mitleid für die junge Philippa von damals aufzubringen, vertrieb die Philippa von heute jegliches Mitgefühl mit harter Stimme: »Aber ich habe Schwäche verachtet, damals schon. Aufzugeben oder zu hadern war nie eine Option für mich.«

Tuulia überlegte, wer das von sich schon sagen würde. Dennoch trugen unzählige Menschen ihr Leben lang alte Verletzungen und Kränkungen mit sich herum.

»Zum Glück wusste ich schon früh, was ich vom Leben wollte. Um meine Angelegenheiten habe ich mich in der Regel selbst gekümmert. Falls ich doch mal nicht weiterkam, konnte ich immer zu Vater gehen.«

Lorenz nickte unbestimmt.

Im Raum war es jetzt ganz ruhig geworden. Tuulia wusste, dass Stille etwas war, was ihnen in der Regel eher nutzte. Viele Menschen ertrugen es nicht, wenn niemand sprach, dabei aber alle Aufmerksamkeit offensichtlich auf ihnen lag. Das Bedürfnis, diese Lautlosigkeit zu füllen, führte häufig dazu, dass sie zu sprechen begannen. Über vermeintlich unwichtige Punkte zunächst, aber nicht selten verfingen sie sich in den Untiefen ihrer Geschichten in Widersprüche. Auch Lorenz war sich dessen offenbar bewusst, und für einige Minuten, die sich viel länger anfühlten, sagten sie beide nichts.

Philippa Claaßen hatte gute Nerven. Sie sah sie abwartend an, dabei kam jedoch kein Wort über ihre Lippen. Schließlich brach

Lorenz das Schweigen. »Wo ist er eigentlich, Ihr Vater? Wir würden gerne auch mit ihm sprechen.«

»Das ist leider nicht möglich, Vater ist … Er hatte vor wenigen Tagen einen Herzinfarkt und ist noch in der Klinik. Jegliche Aufregung«, sie fixierte Lorenz streng, »ist Gift für ihn. Daher würde ich Sie bitten, ihn nicht zu behelligen.«

»Wir werden sehen, ich kann Ihnen das nicht versprechen. Selbstverständlich werden wir uns gegebenenfalls mit dem behandelnden Arzt abstimmen. Wenn Sie so freundlich wären, uns die Kontaktdaten zu nennen?«

»Ungern, aber bitte«, Philippa tippte und wischte auf ihrem Smartphone, bis sie den gewünschten Eintrag gefunden hatte und streckte Lorenz das Display entgegen. »Sind Sie dann hier fertig?«

Lorenz ignorierte ihre ruppige Frage, schrieb sich Stations- und Zimmernummer von Carl-Conrad Claaßen in aller Ruhe auf und ergänzte schließlich den Namen des zuständigen Oberarztes. Erst als alle diese Daten notiert waren, bedachte er Philippa Claaßen mit einem kühlen Blick.

»Für heute ja. Sie werden sich aber bitte zu unserer Verfügung halten, es ist gut möglich, dass wir weitere Fragen haben. Und wir gehen davon aus, dass Sie sich bei uns melden, wenn Ihnen noch irgendetwas im Zusammenhang mit den Todesfällen wichtig erscheint.«

»Jawohl!«, Philippa Claaßen bewegte ihre rechte Hand diagonal in Richtung Schläfe, wie um ein Salutieren anzudeuten und nickte knapp, den Mund zu einem giftigen Lächeln verzogen.

»Brr, was war das denn?«

Lorenz und Tuulia liefen gemeinsam durch den mittlerweile dunklen Innenhof des Claaßen'schen Anwesens. Die Tochter des

Hauses hatte sie durch die Kantine zu der Steintreppe geführt und sie dort mit den Worten ›Sie finden hinaus!‹ stehenlassen.

»Ich fürchte, die Frau, die das alles hier einmal erben wird. Nachdem sie ihre Brüder totgebissen und zum Abendbrot verspeist hat«, antwortete Lorenz mit düsterem Grinsen. »Nein, im Ernst, Frau Claaßen scheint schon sehr speziell zu sein. Aber für uns ist nur interessant, was sie zu den Ermittlungen beitragen kann.«

»Oder eben nicht«, ergänzte Tuulia nüchtern.

»Das müssen wir sehen, ich habe das Gefühl, dass von ihrer Seite vielleicht doch noch etwas nachkommen könnte. Heute schien mir die Familiendynamik so im Mittelpunkt zu stehen, dass es mich nicht wundern würde, wenn ihr, bei näherem Nachdenken über unsere beiden Opfer, doch noch etwas einfiele.«

»Das wäre natürlich gut«, meinte Tuulia. Daran glauben tat sie nicht. Philippa Claaßen wirkte auf sie wie ein Mensch, der mit anderen, abseits von klar vorgegebenen geschäftlichen Pfaden, lieber nichts zu tun haben wollte. Für den Empathie, solange sie kein gewinnträchtiges Gut war, in seinem Leben keinen Raum hatte.

»Hallo, Herr Wagner, Frau Hollinder«, hörte Tuulia in diesem Moment die inzwischen wohlvertraute Stimme von Henry Claaßen hinter ihnen.

»Ja?« Lorenz blieb abrupt stehen und drehte sich um, Tuulia tat es ihm gleich.

»Hätten Sie vielleicht noch einen kurzen Moment Zeit für uns?« Das war Quentin Claaßen, der ältere der beiden Brüder.

»Natürlich, was gibt es denn?«

»Leider nichts Neues, was Elfie Dornbusch oder David betrifft«, antwortete Quentin Claaßen, »Wir wollten nur ...«

»Wir möchten Sie bitten, etwas zu tun, um den Ruf von Oma Elfie wiederherzustellen«, übertönte Henry Claaßen seinen älteren Bruder aufgeregt.

Tuulia verspürte einen Hauch von Mitgefühl. Es fiel ihr nicht schwer, sich vorzustellen, wie der kleine Henry an seiner ›Oma Elfie‹

gehangen hatte. Wahrscheinlich lag das mit daran, wie deutlich der Unterschied zwischen den erwachsenen Brüdern war. Henry hatte sich etwas Jungenhaftes bewahrt, während Quentin Claaßen deutlich gesetzter wirkte.

»Beruhigen Sie sich.« Lorenz wandte sich jetzt Henry Claaßen zu. »Wir werden dafür sorgen, dass Frau Dornbusch nicht als ›Heroin-Omi‹ im öffentlichen Gedächtnis bleibt. Das verspreche ich Ihnen. Jetzt müssen wir aber los, es sei denn, Sie hätten noch etwas für uns?«

Tuulia war überrascht. Ein derartiges Versprechen hätte sie von Lorenz zu diesem Zeitpunkt nicht erwartet. Die Gebrüder Claaßen wohl auch nicht. Sie wirkten überrascht ob der prompten Zusage ihres Chefs.

Erst als sie wieder im Auto saßen, verstand sie, warum Lorenz sich so klar geäußert hatte.

»Ich habe über Ihre Frage von vorhin nachgedacht. Sie wissen schon, dazu, wann der Täter die Figürchen bei den Opfern deponiert hat. Und ich will kein Risiko eingehen. Wenn nur der Hauch einer Chance besteht, dass weitere Opfer gewarnt werden könnten, muss die Bevölkerung hierüber Bescheid wissen.«

Lorenz sah sie entschlossen an. »Wir werden noch heute Abend eine Pressekonferenz dazu geben!«

Hi,

ich habe mich länger nicht gemeldet. Schon fast eineinhalb Jahre nicht mehr.

In der Zeit ist viel passiert. Andy ist Geschichte, schon lange. Er hat es mit mir nicht mehr ausgehalten, glaube ich. Das verstehe ich. Und hasse mich selbst dafür, dass ich alles kaputt gemacht habe.

In der Zeit nach ihm gab es andere, die mir alle nicht so viel bedeutet haben. Um die es nicht schade war, als sie mein wahres Ich erkannt und Schluss gemacht haben. Bei manchen habe ich eigentlich gar nichts gefühlt, die waren sowieso nicht die Richtigen. Bei anderen war es ein einziges Hin und Her, Auf und Ab, ganz toll und richtig scheiße.

Ich vermisse Andy ...!

Kapitel 13

»Guten Morgen!«

Tuulia betrat die Ermittlungszentrale im Weibergässchen an diesem Freitagmorgen gut gelaunt. Zur Abwechslung war ihr Schlaf heute mal erholsam gewesen, sie fühlte sich, als könne sie die viel zitierten Bäume – derzeit verschneit, aber was machte das schon – ausreißen.

Ein wenig irritiert von der Stille im Empfangsbereich sah sie in Richtung von Connys Tresen, der jedoch einsam und verlassen im Halbdunkel lag. Sie runzelte die Stirn. Das war absolut unüblich, und Conny hatte eigentlich nichts von Urlaub oder einem freien Tag gesagt. Nun ja, vielleicht hatte er einen Arzttermin? Trotzdem ungewöhnlich, dass sie davon nichts wusste.

Tuulia zuckte mit den Schultern und beschloss, die Lösung dieses Rätsels auf später zu verschieben. Wahrscheinlich würde es sich bis dahin schon geklärt haben. Sie schloss die Tür zum Treppenhaus hinter sich und wandte sich der Garderobe zu. Noch in Gedanken öffnete sie ihre dicke Winterjacke, schälte sich heraus und zog danach erst den dicken, selbstgestrickten Schal aus. Als Tante Gunilla ihn ihr vor mittlerweile fast zehn Jahren zu Weihnachten geschenkt hatte, hätten sie wohl beide nicht gedacht, dass er, allen modischen Strömungen zum Trotz, zu einem ihrer absoluten Lieblingsteile werden würde. Ein kleiner familiärer Trost gegen eisige Winterwinde.

Sie grinste und staunte über ihre Kreativität am frühen Morgen. Ja, es war doch nicht zu verachten, was genügend ungestörter Schlaf bewirken konnte. Der Wille, ihren aktuellen Fall ein ganzes Stück voranzubringen, strömte elektrisierend, wie ein frischer Energiestoß, durch ihre Adern. Sie hatte das Gefühl, dass sie heute den entscheidenden Schritt weiterkommen konnten. Wenn ...

»Einen wunderschönen guten Morgen, Tuulia. Habe ich doch richtig gehört!« Tobias kam aus dem Gang zu ihren Büros nach vorne gelaufen. Geschmeidig wie eine Raubkatze wand er sich um den Empfangstresen.

Schlagartig war ein wenig ihres Elans verflogen und ein mulmiges Gefühl breitete sich in ihrer Magengegend aus. Da schwang etwas Ungutes in der Stimme des Kollegen mit. Seine vermeintlich harmlosen Worte fielen zur Seite hin steil ab und bildeten eine scharfe Kante. Hatten etwas Abwartendes, Lauerndes.

»Ihr kommt ja prima voran, der Chef und du. Finde ich toll!«

Tuulia murmelte etwas Unbestimmtes und hoffte, vergeblich, wie sich herausstellte, dass Tobias sich damit zufriedengeben würde.

»Erzähl' doch mal, versteht ihr euch eigentlich gut?«

Wie bitte? Tuulia hoffte sehr, sie habe sich verhört. Während diese Frage von jedem anderen harmlos und von freundlichem Interesse gewesen wäre, verbarg sich hinter Tobias' Worten nichts als eine ungerechtfertigte Unterstellung mit drei Ausrufezeichen. Mit voller Absicht gestellt, um sie zu verunsichern. Wie alle Provokationen des Kollegen war auch diese eigentlich zu durchschaubar, um ernst genommen zu werden. Dennoch rührten seine Worte an etwas in Tuulia, das seit Schulzeiten ein wunder Punkt für sie war.

Sie zwang sich, ruhig zu bleiben. »Ich glaube, ich verstehe nicht ganz, worauf du hinaus willst.« Gut, ihre Stimme hielt, klang selbstbewusst und gelassen. Dafür, dass das so blieb, konnte sie nicht garantieren. Sie merkte jetzt schon, wie ein Zittern aus der Bauchgegend aufstieg. Wie ihr Puls plötzlich hart über dem Schlüsselbein pochte.

»Alles gut, Tuulia. Ich meine doch nur. Gerade, wenn man so viel Zeit zusammen verbringt, ist das doch ganz wichtig. Dass man miteinander auskommt. Sich aufeinander verlassen kann. Du weißt schon.«

»Sicher.« Tuulia versuchte, nicht auf den provokanten Unterton einzugehen, dem Tobias mit größtem Vergnügen ein nur oberflächlich neckendes Gewand verpasste.

»Und es ist doch schön, dass der Chef dein ... nun ja, Potential sieht.«

Jetzt reichte es, das war unverschämt. Tobias griff sie hinter der Fassade eines vorgeblich vertrauensvollen, in Wahrheit aber höhnischen Lächelns mit voller Absicht persönlich an. Es waren genau solche Situationen, die Tuulia hasste. Sie war ganz und gar nicht gut darin, derlei Angriffe zu parieren. Doch schließlich war sie kein Teenager mehr, der von neidischen Klassenkameraden gemobbt wurde. Heute ging es um ihren Beruf, ihre Befähigung als Ermittlerin in der Mordkommission, die Tobias von Anfang an in Frage gestellt hatte. Es war klar, dass sie reagieren, Tobias in seine Schranken weisen musste. Auch um vor sich selbst das Gesicht zu wahren.

Noch während sie fieberhaft überlegte und versuchte, sich genau das nicht anmerken zu lassen, ging in Tobias' Gesicht eine fast unmerkliche Veränderung vor sich. Er schien das Interesse zu verlieren, hatte er doch gesagt und ganz offensichtlich auch erreicht, was er wollte. Tuulia spürte, dass der Moment für eine treffende Retourkutsche ungenutzt verstrichen war und wünschte sich nicht zum ersten Mal, schlagfertiger zu sein. Dies war wieder eine jener typischen Situationen, die sie in der Vergangenheit öfter erlebt hatte und auf die sie stets eine passende Antwort parat hatte. Allerdings erst später. Wenn der Gegenpart seinen kleinen Sieg eingeheimst und den Disput vermutlich längst vergessen hatte.

»Nichts für ungut, Tuulia. Freut mich doch für dich!«, drang jetzt Tobias' Stimme mit weiterhin falschem Unterton in ihr Bewusstsein. Er klopfte ihr doch tatsächlich auf die Schulter – innerlich wand sie sich unwillkürlich – und musterte sie noch einmal mit diesem sardonischen Lächeln und einem kalten Blick, der ihr eine Gänsehaut über den Rücken jagte. Schließlich ließ er sie stehen und verschwand wieder im Gang hinter der Anmeldung.

Prima. So fand der beschwingte Start, den dieser Tag für Tuulia eigentlich gehabt hatte, also sein jähes Ende. Sie stand, nach so vielen Jahren mal wieder, wie ein begossener Pudel da und fühlte sich klein, hilflos, unfähig. Versuchte, sich davon zu überzeugen, dass der andere das Fehlverhalten gezeigt hatte, während das nagende Gefühl des Versagens blieb und sich irgendwo in ihrer Magengegend festsetzte. Ihr fielen verschiedene Kraftausdrücke ein, um den Kollegen und sein wenig subtiles Vorgehen zu bewerten. Doch sie blieb sich treu. Beherrschte sich mal wieder, während ihr Stolz sie dafür verachtete. Zugleich schwor sie sich, den blinden Neid des Kollegen zukünftig mit Köpfchen, Können und Erfolg abzuschmettern. Anders konnte sie es ja ganz offenbar nicht. Auch heute noch nicht.

Wie auch immer, es mochte eine größere Schmach für ihn sein, dass er sie durch sein Verhalten zu immer besseren Leistungen anstachelte. Doch hier und jetzt machte dieser Gedanke die Situation für sie, wenn sie ehrlich war, kein bisschen besser.

Es schien gar nicht richtig hell werden zu wollen, an diesem Freitagmorgen.

Elisabeth Schölermann seufzte schwer und schob ihre Beine zögerlich unter der warmen Fleece-Decke hervor. Sie sollte eigentlich schon längst auf der Yoga-Matte arbeiten. An ihrem Körper und gegen die Langeweile.

Was war denn heute nur mit ihr los? Solche finsteren Gedanken erlaubte sie sich doch sonst nicht. Sie machten Falten und unglücklich, davon war sie überzeugt. Und schließlich hatte sie, falls es hart auf hart kam, doch auch noch ihre ›Mädels‹. Irgendeine von ihnen würde sicher Zeit für ein Telefonat haben. Aber wenn sie ehrlich war, konnte sie deren Geplapper auch oft kaum ertragen und ganz bestimmt nicht heute. Wie auch immer.

Ihre Beine baumelten jetzt an der weißen Ledercouch hinunter, und sie ließ ihren Blick durch das helle, freundliche Wohnzimmer streifen. Es war genauso eingerichtet, wie sie es sich gewünscht hatte: stilvolles Ambiente, cremefarbene Harmonie. Konnte als Leseprobe aus *Schöner Wohnen* durchgehen. Jetzt hatte sich doch ein Lächeln auf ihre Züge geschlichen. Gert war wirklich ein Schatz, er las ihr jeden Wunsch von den Augen ab und trug sie auf Händen.

Dennoch schien ihr das heute nicht zu reichen. Was sie irritierte, denn im Allgemeinen war sie sich selbst genug und gab nicht viel auf die Gesellschaft anderer, deren belanglose Problemchen, allesamt Petitessen, wenn man mal ehrlich war, sie doch nur langweilten. Ihre Zeit vergeudeten.

Und Zeit war so kostbar. Wie schnell alles vorüber sein konnte, hatten sie ja am Wochenende gesehen. Gut, nun hatte Dr. Hajduk seinem Leben selbst ein Ende gesetzt, aber das auszublenden fiel ihr zunehmend leicht. Schließlich machte dieses Detail seinen tragischen Tod zu keinem geringeren Schicksalsschlag. Zumindest für seine Frau. Die sich sicher große Vorwürfe machte. Bestimmt zu Unrecht, so war ja die anerkannte Meinung zu diesem Thema. Sie kannte sich aus, hatte einiges hierzu gelesen und würde den Hinterbliebenen niemals Vorwürfe machen.

Aber wenn sie ganz ehrlich war, hielt sich ihr Verständnis doch in eng bemessenen Grenzen. Man musste sich das doch auch mal vorstellen – so gar nichts von der schwindenden Lebensfreude des Menschen, der einem am nächsten stand, mitzubekommen? Undenkbar für sie! Aber sie war natürlich auch ein sehr empathischer Mensch. Vielleicht sollte sie nicht so streng sein, wenn andere ihren Maximen nicht genügen konnten.

Sie nahm sich vor, der Nachbarin nach Kräften beizustehen, wenn diese wieder zurückkäme. Ihr würde die arme Frau sich anvertrauen können, schließlich war sie absolut loyal.

Und diszipliniert. Und deswegen würde sie sich jetzt endlich ihre Yoga-Matte nehmen und mit den Übungen beginnen. Sie schob die hellgraue Fleece-Decke zur Seite und erhob sich von der Couch. Für einen Moment blieb ihr Blick an der gläsernen Vitrine neben dem großen Panorama-Fenster gegenüber hängen und ein versonnenes Lächeln breitete sich auf ihrem Gesicht aus.

Perfekt! Das kleine weiße Figürchen, das sie vorgestern aus dem Briefkasten der Schmidt-Hajduks gefischt und in Sicherheit gebracht hatte, machte sich ausnehmend gut in der Gesellschaft der schummelnden Mönche. Sie sandte einen liebevollen Gedanken an Gert, der sich mit kindlicher Begeisterung für den Erwerb des Arrangements, so wollte sie es einmal nennen, eingesetzt hatte. Von tatsächlichem Wert waren die fünf pummeligen Gestalten, die einander eifrig und mit allen Mitteln beim Kartenspielen betrogen, nicht, eher im Gegenteil. Gefertigt aus dunkelbraunem Wachs und von kleiner Statur, musste man schon genau hinsehen. Dann aber erkannte man immer mehr Details, wie etwa einen verschmitzten, grimmigen oder gänzlich unschuldigen Ausdruck, den die Mönche zur Schau trugen.

Keine Frage, dieses Grüppchen konnte im Grunde weder mit der eleganten Einrichtung noch mit den wertvollen Exponaten, die Gert und sie auf ihren Reisen durch die ganze Welt zusammengetragen hatten, mithalten. Aber für ihren Mann hatten die Mönche einen ganz eigenen Wert und schließlich war das doch ein schöner Zug, überlegte sie. Das Besondere im eigentlich Banalen zu entdecken und die Fähigkeit zur ganz bescheidenen Freude, war etwas, was auch nicht allen gegeben war. Daran sollten sie alle, die sie sich durch fleißige Arbeit einen etwas besseren Rang in der Gesellschaft verdient hatten, sich doch auch immer wieder erinnern.

Abgesehen davon, schien ihr das neue weiße Figürchen deutlich wertvoller zu sein. Sie war sich nicht ganz sicher, tippte aber, dass es sich bei dem glatten, kühlen Material um Elfenbein handelte. Sehr schön gefertigt, wie sie wohlwollend feststellte. Es machte sich gut neben den kleinen dunklen Mönchen. Und sie mochte ja Elfenbein. Gerade auch, weil es selten geworden war, war es etwas ganz Besonderes. Auch jetzt musste sie wieder an Gert denken. Wie er ihr, als sie noch gar nicht so lange zusammen gewesen waren, ein Paar wunderschöne Ohrringe geschenkt hatte. Es waren schlanke, stilisierte Stoßzähne gewesen, die ihre Ohrläppchen zart umspielten. Und der Clou war gewesen, dass sie aus echtem Elfenbein gefertigt waren. Sie war so stolz auf diesen Liebesbeweis gewesen und hatte die Ohrringe gerne und oft getragen. Zu entsprechenden Anlässen natürlich, damit ging man sicher nicht zum Bäcker.

Doch dann, Anfang der neunziger Jahre, war es im Rahmen eines feierlichen Empfangs der Mainzer Stadtoberen zu einem Eklat gekommen. Wobei – im Grunde war es eher ein Möchtegern-Eklat gewesen. Die Gattin von einem der Gäste, die der damals gerade sehr präsenten Tierschutzbewegung näher gestanden hatte, als für sie alle noch angenehm gewesen war, war völlig aus der Rolle gefallen. Hatte sie des Elefantenmords beschuldigt und Worte wie >unmoralisch<, >ignorant< und >skandalös< fallen lassen. Es war jedenfalls sehr unschön gewesen. Und obwohl Gert und sie absolut zu Unrecht bezichtigt worden waren, schwang zukünftig immer eine düstere Erinnerung an diesen Abend mit, wenn sie den Schmuck anlegte. Es war schon schlimm, wie eine solch unbedachte Selbstinszenierung der Dame, deren Namen sie selbstverständlich sofort aus ihrem Bekanntenkreis und dem Gedächtnis gestrichen hatte, bis heute nachwirkte. Und schließlich hatte sie ja nicht einmal ansatzweise richtig gelegen, schließlich gab es selbst heute doch noch Elefanten, oder etwa nicht?

Wie auch immer, das neue Figürchen, von dem sie Gert noch gar nicht erzählt hatte, war sicher aus diesem edlen Material. Sie war gespannt, wann er bemerken würde, dass seine Mönche Gesellschaft bekommen hatten. Die sie sogar ein kleines bisschen aufwertete.

Daran, dass er sich freuen würde, hegte sie keinen Zweifel. Er wusste schließlich, dass es diese Kleinigkeiten waren, die seine Frau glücklich machten und würde ihr die kleine Freude gerne gönnen. Ach, sie hätte ihn jetzt gerne bei sich. Auch wenn sie wusste, dass es albern war, so zu denken. Schließlich hatte er gerade mal vor etwas über einer Stunde das Haus verlassen. Und eigentlich mochte sie es doch auch, so viel Zeit zu ihrer freien Verfügung zu haben. Vielleicht war sie heute auch einfach besonders anhänglich.

Zärtlich griff sie nach der Zeitung, die Gert morgens üblicherweise las, am liebsten hier, an dem kleinen Couchtisch. Während er neben ihr auf der weißen Ledercouch saß. Sie legte eine Hand an ihre linke Wange, die, die sie jetzt am liebsten an seine Schulter geschmiegt hätte. Aber das musste warten. Sie zog die Zeitung zu sich herüber, ordnete und glättete die ein wenig durcheinandergeratenen Seiten und schlug sie schließlich zu. Sie war schon dabei, die Zeitung noch einmal in der Mitte zu falten, als ihr Blick auf die reißerische Schlagzeile auf Seite 1 fiel.

Elisabeth Schölermann überflog den Text hastig, bevor die vergrößerte, schwarz-weiß gepixelte Abbildung ihre Aufmerksamkeit ganz in Beschlag nahm.

»Jetzt beruhige dich erst mal!« Henry Claaßen befand sich gerade in der ›Schatztruhe‹ oder ihrem ›Ausstellungsraum 2‹, wie er offiziell hieß, als Britta anrief.

Er hatte sie im Rahmen seiner Arbeit für eine der zahlreichen Hilfsorganisationen, die versuchten, diese Welt ein wenig gerechter zu machen, kennengelernt. Und anders als die vielen Menschen, mit denen er zu tun gehabt hatte, war sie für ihn bis heute etwas Besonderes. Und über alles Körperliche hinaus eine Seelenverwandte.

Britta war etwas älter als er, eine reife Frau sozusagen. Und irgendwie zog ihn das unerwartet heftig an. Sie hatte Feuer und trat leidenschaftlich für das ein, was ihr richtig und wichtig erschien. Das hatte er immer bewundert an ihr. In diesem Moment aber trug ihre Leidenschaft ein knallrotes Mäntelchen der Ungeduld, das sie laut und anklagend vor ihm schwenkte. Kompromisslos, wie sie nun einmal war.

»Ich habe doch gesagt, ich werde mich darum kümmern«, versuchte er weiter, sie zu beschwichtigen. »Es wäre aber unklug, zu diesem Zeitpunkt etwas zu überstürzen. Das könnte alles kaputt-machen.« Unbewusst hielt er das Handy ein Stückchen von seinem strapazierten Ohr weg und wartete, bis Britta fertig war.

»Pass' auf, es gibt Neuigkeiten, die uns in die Hände spielen könnten.« Eigentlich hatte er noch nicht davon erzählen wollen, auch, weil er sie und ihre stürmische Begeisterung kannte. Und weil er wusste, dass von nun an Fingerspitzengefühl gefragt sein würde. Nicht nur im Umgang mit Britta.

»Ich mache gar keine seltsamen Andeutungen, aber ich möchte hier am Telefon nicht darüber sprechen. Das verstehst du doch sicher.« In Wahrheit ahnte er längst, dass dem nicht so war, und Britta klang auch nicht wirklich besänftigt. Aber Henry wusste, dass sie seine Haltung spätestens im Nachhinein verstehen würde. Schließlich ging es um ihrer beider Sache. Und darüber hinaus um so viel mehr.

Sein Blick wanderte über die zahlreichen Schmuckvitrinen, jedoch ohne deren funkelnden Inhalt wirklich zu erfassen. Die Edelsteine hatten für ihn ihren Wert verloren beziehungsweise ihn sogar ins Negative verschoben, seitdem er sich näher über ihre Gewinnung und den Handel informiert hatte. Klar, es gab Konzerne, die die Diamanten angeblich sauber abbauten. Ein riesiges Problem aber waren die so genannten ›Blutdiamanten‹: Schmucksteine, die von unterbezahlten Schürfern in den bitterarmen Regionen afrikanischer Krisengebiete abgebaut wurden. Zu unhaltbar niedrigen Löhnen und nicht selten unter lebensgefährlichen Bedingungen.

Außerdem war bekannt, dass der Diamantenhandel heute unter anderem zur Finanzierung von Bürgerkriegen beitrug. Bei dem Gedanken daran verzog sich Henrys Gesicht verächtlich. Er wusste, dass diese Zusammenhänge beispielsweise einen entscheidenden Anteil an den Unruhen in der Republik Kongo hatten. Und selbst wenn ihre eigenen Diamanten ›sauber‹ sein sollten, konnte er das nicht einfach ausblenden und sich am Feuer der Steine erfreuen.

»Ach, Henry! Gut, dass ich dich gerade erwische!«

Henry zuckte zusammen, als er die bekannte Stimme aus Richtung der Tür näherkommen hörte und ärgerte sich im selben Moment hierüber. Schließlich tat er nichts Verbotenes. Langsam hob er den Kopf, das Handy nun wieder fest an die Wange gedrückt. In den mannshohen verspiegelten Türen der Glasvitrine vor ihm zeichnete sich jetzt die dunkle Silhouette Quentins ab, die größer wurde, bis der Bruder dicht hinter ihm stehen blieb. Sofort beendete Henry das Gespräch mit Britta und ignorierte dabei ihren überraschten Protest.

»Oh, tut mir leid«, Quentin sah Henry entschuldigend an. »Ich wusste nicht, dass du gerade telefonierst.«

»Kein Problem«, log Henry und überlegte fieberhaft, wie viel Quentin mitbekommen haben mochte. »Wir waren sowieso gerade fertig.«

»Gut«, Quentin straffte sich merklich und schien ein Stückchen größer zu werden. »Pass' auf, ich wollte nochmal mit dir sprechen. Über die ...«

Henry hatte einen Verdacht, worum es Quentin ging, und er war gespannt, was sein Bruder ihm jetzt, da sie endlich ein paar Minuten Zeit fanden, zu sagen hatte. Wie er sich da rausreden wollte. »Über die Hehlerware? Das Elfenbein?«, konnte er sich nicht verkneifen ihn zu unterbrechen.

»Nein. Also, ja und nein.«

»Na, dann erkläre mir das bitte mal!«

»Nun, du hast gewissermaßen schon recht, es handelt sich bei der Ware«, sein Bruder betonte das Wort ganz besonders, wohl in Abgrenzung zu dem zuvor gefallenen Begriff ›Hehlerware‹, »um Elfenbein. Aber ...«

»Aha. Nun gut, das habe ich bereits verstanden. Soweit waren wir im Übrigen auch schon gestern. Und wie, Quentin, willst du das entschuldigen?«

»Ich würde ja gern, wenn du mich nur ausreden ließest.«

Henry spürte eisigen Zorn in sich aufsteigen. An dieser Stelle waren sie vor verschiedenen Kulissen schon so oft in ihrem Leben gewesen. Gestrandet. Wenn er nicht aufpasste, sich nicht beherrschte, würde er nichts erfahren. Und außerdem einmal mehr der zu maßregelnde kleine Bruder sein. Er biss sich tatsächlich auf die Zunge. Begnügte sich damit, Quentin kalt anzulächeln: »Bitte.«

»Gut, also … Du weißt, dass der Handel mit Elfenbein nicht überall auf der Welt kategorisch verboten ist.«

Henry deutete ein Nicken an. Was Quentin da sagte, war leider richtig. Nach dem Washingtoner Artenschutzübereinkommen war für vier afrikanische Staaten, in denen die Elefantenpopulation als stabil angesehen wurde, der Handel mit Elfenbein zugelassen. Dies galt auch für Thailand, vorausgesetzt, das kostbare Material stammte von den 4000 einzig zu diesem Zweck gehaltenen Zuchtelefanten. Er wusste das alles, hatte sich tatsächlich auch schon vor längerer Zeit mit diesem Thema beschäftigt, aber dennoch war hier etwas faul.

»Das stimmt schon, Quentin«, Henry gab sich Mühe, einen gelassenen Ton in seine Stimme zu legen. »Aber du willst jetzt nicht behaupten, dass die neben unserem Weinkeller versteckten Kisten, legal erstandene Elfenbeinexponate enthalten?!«

»Doch, Henry, genau das behaupte ich.«

»Hmm«, Henry schürzte die Lippen. Er ließ sich Zeit. So schnell würde er die Machenschaften seiner Geschwister nicht auf sich beruhen lassen. »Und kannst du mir dann auch erklären …«

Quentin sah ihn scheinbar unbeeindruckt an. Abwartend.

»… warum die Stücke in den, wohlgemerkt aus China stammenden, Kartons zwischen Unmengen an Büromaterial versteckt sind? Und warum der Wareneingang zudem in keinem der offiziellen

Eingangsbücher vermerkt ist? Ja, bevor du fragst, ich habe mir da in den letzten Tagen einen kleinen Einblick verschafft. Lange bevor ich eure heiße Ware entdeckt habe.«

»So, jetzt aber mal langsam.«

Quentin wirkte nun plötzlich doch wachsam. Sehr gut. Seine Stimme hatte er ein ganzes Stück tiefer geschraubt, so als wolle er den Altersunterschied zwischen ihnen künstlich betonen. Heute aber würde er damit nicht weiterkommen. Henry fiel es zunehmend leichter, sich zu beherrschen. Im gleichen Maße, in dem die Nervosität seines großen Bruders stieg.

»Ich möchte vorausschicken, dass es in erster Linie Philippa ist, der die China-Geschäfte obliegen, aber jedenfalls ...«

»Oh nein, das ist jetzt billig, Quentin!«

»Lass' mich aussprechen«, fuhr Quentin ihn bemerkenswert unbeherrscht an. »Also, dass sich in den Kartons auch Polstermaterial befindet, dürfte dich eigentlich nicht überraschen.«

»Büromaterial, Quentin. Bastelmaterial, von mir aus. Aber mit Sicherheit keine Papierabfälle. Keine Luftpolsterfolie oder Rollwellpappe, wie zu erwarten wäre.«

»Dazu kann ich nichts sagen, Henry. Was ich aber mit Sicherheit weiß, und was auch dir klar sein sollte, ist, dass der legale Elfenbeinhandel im Grunde immer über Japan und eben China läuft. Und alles Weitere ...«

»Ja?« Henry konnte nicht fassen, dass sein Bruder ihn offenbar mit dieser Nicht-Information abspeisen wollte.

»... alles Weitere besprich' bitte mit Philippa persönlich.«

»Das ist jetzt nicht dein Ernst!«

»Doch, Henry, wie gesagt. Im Übrigen fände ich es angemessen, wenn du ein wenig Rücksicht nehmen würdest. Es sind schlimme Dinge passiert und vor diesem Hintergrund passt deine künstliche Aufregung einfach nicht.«

Henry wünschte, er hätte sich verhört. »Wie bitte? Künstliche Aufregung?«

»Entschuldige«, Quentin winkte müde, in erster Linie aber sichtlich unwillig, ab. »Ich weiß, dass du dich ehrlich engagierst, und ich habe das auch immer gut gefunden. Bitte streich' das ›künstlich‹. Trotzdem ist deine Aufregung unverhältnismäßig. Wir haben im Moment wirklich ganz andere Probleme.«

»Weißt du eigentlich«, begann Henry nach einer kurzen Pause nachdenklich, »dass ich dich immer vergöttert habe? Für das, was du konntest, was du mir als großer Bruder immer schon voraushattest? Aber am allermeisten habe ich dein Verantwortungsbewusstsein, dein moralisches und umsichtiges Handeln bewundert. Dass du immer wusstest, was richtig war. Und dich nicht aus dem Konzept hast bringen lassen.« Henry schluckte die aufsteigende Traurigkeit weg. Mehrmals.

Es stimmte, schon in der Schulzeit war Quentin ein verlässlicher, fleißiger Schüler gewesen und dafür von den Schulkameraden oft als Streber gehänselt, zum Teil regelrecht gepiesackt worden. Davon hatte er sich jedoch nicht beirren lassen und schon früh die Fähigkeit entwickelt, solche Schmähungen an sich abprallen zu lassen. Henry hatte seinen Bruder heimlich darum beneidet, er selbst war schon als kleiner Junge viel zu aufbrausend gewesen.

Aber eben gerade, in dieser konkreten Situation, hatte sich etwas geändert. Die Seiten schienen plötzlich vertauscht.

Denn er spürte, wie sein großer Bruder ihn, in dieser für ihn elementar wichtigen Situation, zum ersten Mal an sich abprallen ließ.

Während der ganzen Ausbildungszeit waren sie ein klasse Team gewesen. Hatten sich von Anfang an verstanden, dieselben Ziele und vor allem die gleichen Werte gehabt. Die zugegebenermaßen in ihren damals noch jungen Leben kaum auf die Probe gestellt worden sein mochten. Obwohl Mike das nicht als Ausrede gelten lassen wollte. Seinem Kumpel das nicht durchgehen lassen konnte.

Sie hatten in jener schicksalhaften Nacht eine Grenze überschritten und in der folgenden Zeit bald eine weitere Grenze erreicht: Ihre Freundschaft konnte so nicht weiterbestehen. Sie hatten einander nichts mehr zu sagen gehabt, durften zusammen nur schweigen. Ohnehin wäre nichts mehr wirklich von Bedeutung gewesen, bevor diese eine Sache nicht geklärt war. So hatte er das gesehen.

Sein Kumpel war da ganz anderer Auffassung gewesen und hatte ihm irgendwann zu verstehen gegeben, dass es schlimme Folgen für ihn haben würde, das Schweigen zu brechen.

Noch heute erinnerte er sich daran, wie erschüttert er gewesen war. Wie er die Wandlung, die mit dem Freund vorgegangen war, nicht hatte fassen können. Heute war ihm klar, dass es damals schon begonnen hatte. Dass diese unverhohlene Drohung den Stein ins Rollen gebracht hatte. Mike selbst hatte schließlich nichts mehr zu verlieren, wie auch, wenn nichts mehr von Bedeutung war.

Später, als er sich sicher gefühlt haben musste, hatte sein Kumpel einmal gesagt, seine ›warnenden Äußerungen‹ seien leere Worte gewesen, ausgesprochen kaum weniger ängstlich als sie bei ihm angekommen sein mussten. Doch da war es längst zu spät und nicht mehr zu ändern gewesen. Sein Kumpel hatte selbst die reinigende Saat ausgebracht, die nach vielen Jahren endlich aufgehen und ihn zu Fall bringen würde.

In nicht allzu ferner Zukunft.

＊

»Nicht erschrecken!«

Jonathan Claaßen, der, ausgerüstet mit Fusselrolle und weicher Ziegenhaarbürste gerade tief über eine der wertvollen Masken gebeugt saß, war dankbar für den Hinweis. Noch dankbarer war er für die weiche Umarmung, in die Nina ihn in der nächsten Sekunde mit zärtlichem Nachdruck zog und eine ganze Weile lang fest hielt.

»Ich habe dich vermisst«, flüsterte sie und strich ihm die Haare aus der Stirn, als sie sich langsam voneinander lösten.

»Und ich dich erst«, Jonathan schmiegte sich erneut an Nina und schloss für einige Atemzüge die Augen.

»Was machst du da?«, Nina nickte interessiert in Richtung des einfachen Schneidertisches, an dem Jonathan bis eben eine blutrote venezianische Maske mit schwarzem Spitzenbesatz für die Ausstellung am Sonntag aufbereitet hatte.

»Ach, nichts Besonderes«, Jonathan ließ seine Arme sinken. »Das ist für übermorgen, für den *Tag der Offenen Tür*, oder besser den ›Tag des Großen Theaters‹, an dem wir alle so tun, als sei David nicht gerade erst ...«, Jonathans Stimme brach und er verstummte. Wandte den Blick von Nina ab und starrte auf seine Hände, die jetzt vermeintlich nutzlos neben seinem Körper herabhingen.

Nina schien die dunklen Gedanken ihres Freundes zu erahnen und schloss ihre Hände sanft um seine. »Du konntest nichts machen. Du hättest es nicht verhindern können. Hörst du?« Sie löste eine Hand wieder und legte sie zärtlich an seine Wange. Drehte sein Gesicht zu ihrem und lächelte ihn traurig an. »Denn das ist wichtig. Es war nicht deine Schuld.«

»Das weiß ich. Eigentlich. Ich meine ...«

Ninas Hand auf seiner Wange wölbte sich, ihre Fingerspitzen wanderten zu seinen Augenbrauen, fuhren die Umrisse seines Gesichts unendlich vorsichtig nach. »Pscht ... Beruhige dich. Es ist gut. Du kannst nichts machen.« Und noch einmal: »Du hättest es nicht verhindern können.«

»Ach, Nina. Du bist so lieb, und ich weiß, du meinst es nur gut. Aber ...«, er drehte seinen Körper ein Stückchen zur Seite, »... eine Sache lässt mir einfach keine Ruhe. Ich meine, David – er war doch so ein kräftiger, durchtrainierter Kerl. Verdammt, ich war deswegen manchmal fast eifersüchtig auf ihn!«

»Du kannst dir nicht vorstellen, wie er gegen seinen Willen auf den Drusus-Turm gebracht worden sein soll«, sagte Nina nachdenklich.

»Ja, und dass ihn dort oben jemand überwältigt haben soll. Das macht doch alles keinen Sinn!«

Für eine Weile sagte keiner von ihnen ein Wort. Dann, irgendwann, war es Nina, die wieder zu sprechen begann. »So verrückt es klingen mag, aber im Grunde gibt es nur eine Möglichkeit, warum David mit da rauf gegangen sein sollte. Und die ist eigentlich unvorstellbar. Ich will mir gar nicht ausmalen, was das hieße.« Ihr Blick war dunkel geworden vor Angst und Entschlossenheit.

»Du meinst ...?« Jonathan sah sie überrascht an.

Nina nickte grimmig, »Überleg’ doch mal. Es kann im Grunde nur so gewesen sein!«

»... dass David seinen Mörder gekannt hat«, sagte Jonathan tonlos.

Hey,

wir wollen es nochmal miteinander probieren, Andy und ich. Ich bin überglücklich, setze mich aber auch sehr unter Druck, es nicht wieder alles kaputt zu machen.

Unsere Versöhnung war wunderbar, großartig. Gekrönt vom besten Sex, den wir je hatten. Eigenartig, aber es hat mir fast ein bisschen gefallen. Ich mag Sex nicht besonders, aber ich weiß, dass es sein muss. Weil es den Jungs wichtig ist, und ich kann es inzwischen gut ertragen. Ich klinke mich innerlich aus und denke an die schönen Dinge. Und hoffe, dass sie bei mir bleiben.

Nein, nicht >sie<. Er! Ich will nur Andy.

Dass ich die Pille abgesetzt habe, habe ich ihm nicht gesagt. Aber das ändert schließlich nichts. Ich will keinen anderen mehr. Nur ihn, für mein ganzes Leben. Und vielleicht, irgendwann, eine kleine, heile Familie.

Vielleicht ist ja nichts passiert.

Kapitel 14

Tuulia fröstelte.

Sie streckte ihre Beine weit unter den Tisch und rutschte mit dem Oberkörper fast unmerklich ein Stückchen tiefer. Versenkte das Kinn in ihrem Lieblingsschal und sah sehnsüchtig zu Gottfried und Kathrin hinüber, deren Stammplätze im Konferenzzimmer an der Fensterseite und somit direkt vor der Heizung waren. Hoffentlich brütete sie nichts aus. Aber wahrscheinlich war es nur die Erinnerung an die unerfreuliche Begegnung mit Tobias heute Morgen, die sie immer noch nicht ganz aus ihrem Kopf verdrängen konnte.

Ihr kleiner, wortloser Disput unter der trügerischen Oberfläche harmlosen Smalltalks schlich sich immer wieder in ihr Bewusstsein. Durch unsichtbare Hintertürchen, heimlich, still und leise. Vor allem aber nachdrücklich. Und wie alle unerwünschten Gedanken wurden auch diese hartnäckiger, je mehr sie versuchte, sie zu verdrängen. Das kannte sie bereits. Aus der Theorie von ihrem Studium, aus der Praxis von weit schlimmeren Gedanken, die sie, besonders in ablenkungsarmen Situationen, immer wieder quälten. Sie seufzte lautlos.

»... bitte ich Sie, besonderes Augenmerk auf David Kühnels Freundin, Sophie Kramer, sowie seine Schulkollegen zu richten.«

Tuulia sah erschrocken auf. Was war denn nur mit ihr los? Sie mahnte sich zur Aufmerksamkeit und erkannte, dass ihr Chef sich Kathrin und Tobias zugewandt hatte. Die beiden sollten wohl noch einmal in David Kühnels sozialem Umfeld auf Spurensuche gehen.

Gut, in diesem Fall war sie nicht gemeint gewesen. Trotzdem störte sie ihre mangelnde Konzentration auf die Sache. Situationen, wie die mit dem übereifrigen Kollegen heute Morgen, waren ihr aus deutlich unangenehmeren Zusammenhängen bekannt. In ihrer Schulzeit war sie als ›Überfliegerin‹, die mehrere Klassen übersprungen hatte, gemobbt worden. Von Mitschülern, die ein ganzes Stück jünger als sie gewesen waren. Und doch hatte sie sich nicht wehren können, war verstummt und immer tiefer in sich selbst gestürzt. Wie in einen Brunnenschacht, in dem das unvermeidliche Label ›Streberin‹, von den runden Wänden in nie endendem Echo reflektiert, sie bis ganz auf den Grund verfolgt hatte.

Bis heute hatte sie nicht gelernt, mit so etwas wie verdientem Stolz zu ihren guten Leistungen zu stehen. In Wahrheit war sie immer noch verstummt, nur wurde ihre ruhige Art heute anders interpretiert. Mitunter gerade als selbstbewusst oder souverän. Und obwohl sie glaubte zu verstehen, wie wenig sie selbst zu diesen Einschätzungen beitrug, hielt sie sich in schlechten Momenten dennoch vor, irgendwie unehrlich zu sein. Denn tief in ihrem Inneren fühlte sie sich oft noch genauso unsicher wie damals. So gesehen hatte Tobias mitten ins dunkle Zentrum ihrer Ängste getroffen.

Tuulia merkte, dass sie schon wieder abschweifte und sich dabei nur um sich selbst drehte. Zwei Dinge, die sie nicht akzeptieren, in solchen Momenten aber auch nur allzu schwer umlenken konnte. Wie so oft, kam ihr auch jetzt das Außen zu Hilfe. Erfordernisse, die sie nicht oder nur wenig beeinflussen konnte, denen sie aber sofort nachkommen musste. Für sie war das ein Riesenpluspunkt in ihrem fordernden Arbeitsalltag: Er befreite sie immer wieder zuverlässig aus den zwanghaften Gedankenkreisen. Der rettende Notausgang konnte in Form dramatischer Entwicklungen in einem aktuellen Fall, aber auch in alltäglicheren Situationen erscheinen. So, wie jetzt die Aufgabenverteilung für den heutigen Tag.

Dass Tobias und Kathrin das soziale Umfeld ihres letzten Opfers näher unter die Lupe nahmen, war sicher sinnvoll, auch wenn

Tuulia sich kaum vorstellen mochte, dass die Freunde oder gar seine Freundin Sophie etwas mit dem rätselhaften Tod des jungen, sportlichen Mannes zu tun haben sollten. Kurz spielte sie durch, wie wahrscheinlich ein Eifersuchtsdrama sein mochte. Doch wenn sie genauer hinfühlte, erschien ihr das einfach nicht stimmig. Sie hatte die Freundin vorgestern ja selbst erlebt und konnte sich nicht vorstellen, dass sie überhaupt zu Gewalt neigte. Andererseits handelten Menschen in emotionalen Ausnahmesituationen häufig unerwartet. Unerwartet heftig, unerwartet grausam. Um den eigenen Schmerz zu neutralisieren. Oder völlig ungeplant, im Sinne einer Kurzschlusshandlung.

Das emotionale Potential konnte im sozialen Umfeld des jungen David also durchaus gegeben sein. Wie die Schulfreunde möglicherweise involviert waren, war ja auch noch völlig unklar. Außerdem blieb die Frage, wie diese Tat mit dem Mord an der vermutlich harmlosen Rentnerin Elfriede Dornbusch in Einklang zu bringen war. Deren soziales Umfeld hatte ja, nach allem, was sie wussten, fast ausschließlich aus Kindern und deren Betreuungskräften in zwei Kindertagesstätten bestanden. Plus einer jungen, lesebegeisterten Nachbarin, die, wie sie ihnen anvertraut hatte, nicht einmal Kriminalromane las. Weil sie sich dabei so gruselte.

Ihre Kollegen hatten sich bereits erhoben und waren auf dem Weg aus dem Raum. Tuulia schnappte sich eilig Stift und Block und folgte ihrem Chef zu dessen Büro. Dass sie an diesem Mittag ihrem Bruder einige Stunden auf dem Bürgeramt in Worms beistehen musste, hatte sie zwar schon vor längerer Zeit beantragt, wollte Lorenz aber sicherheitshalber noch einmal daran erinnern, bevor sie sich in einer guten Stunde auf den Weg nach Worms machen würde.

Möglicherweise mit ein wenig Ermittlungsmaterial im Gepäck.

Es brach Henry das Herz, seinen mächtigen und starken Vater so schwach und winzig in dem großen Krankenhausbett versinken zu sehen.

Wie konnte sein kräftiger und in jeder Situation absolut diszi-plinierter Dad in den wenigen Tagen hier so abgebaut haben? Der Anblick machte ihm Angst und gleichzeitig würde er alles tun, Papa das nicht merken zu lassen. Entschlossen nahm er seine Hand, die sich blass und schlaff kaum von der hellen Bettwäsche abhob und sah ihn prüfend an.

»Wie geht es dir heute?«

Sein Papa lächelte, der liebevolle Blick sprach Bände. Ein bisschen so wie früher, wenn er ihm zum Einschlafen Abenteuergeschichten vorgelesen hatte und der große Triumph des Helden dicht bevor-stand. Wenn er das Happy-End mit vor Vergnügen funkelnden Augen noch ein wenig hinausgezögert hatte, um die Geschichte für seinen Jüngsten noch spannender zu machen.

Heute stand mehr auf dem Spiel und doch schmunzelte sein Vater und erhielt damit das Gefühl aufrecht, für seinen Sohn un-verwundbar zu sein. Henry hatte genug erlebt, um zu wissen, dass dies das größte Geschenk war, das sein Papa ihm machen konnte. Weil es endlich war. Weil dies jetzt schon die Momente waren, an die er sich später erinnern, zu denen er sich zurücksehnen würde.

»Einen wunderschönen guten Morgen, Herr Claaßen!« Bei diesen Worten flog die Zimmertür auf und schleuderte einen brü-netten Wirbelwind in den Raum. Beneidenswert, mit welch über-bordender Frische und Leichtigkeit die junge Schwester ihre Rou-tinearbeiten am Menschen und im Raum erledigte. Wie sie Fieber maß, die Geräte überprüfte, an die sein Vater bis heute angeschlos-sen war, die Fenster öffnete – »Kümmern Sie sich darum, dass sie in fünf Minuten wieder geschlossen werden? Das ist lieb, vielen Dank!« –, dabei fröhlich vor sich hinplapperte und schließlich mit dem Frühstückstablett in Händen und einem Lächeln auf den Lippen wieder aus dem Zimmer hinauswehte.

Sein Dad schmunzelte. »Die mochte dich. Ist aber auch eine ganz Liebe, die Tina!« Er blinzelte ihn vielsagend an.

»Nein, nein, Dad, lass' mal. Ich bin ganz glücklich, auch ohne Tina.« Henry ging gerne auf die kleinen Neckereien seines Papas ein und wusste, dass sie beide das brauchten. Um die Schwere aus dem Leben zu kriegen. Zu vermeiden, dass das Dunkel, die Angst, durch alle Ritzen in ihr Leben sickerte. Um den Tod auf Abstand zu halten.

»Wie geht es denn in der Firma?«, fragte sein Dad jetzt.

»Alles ok, du weißt doch, Philippa würde etwas anderes gar nicht zulassen.« Das Thema hatte Henry vermeiden wollen. Sein Dad durfte sich nicht aufregen. Von den zwei Todesfällen und den hiermit verbundenen Erschütterungen, denen die Familie in den vergangenen Tagen ausgesetzt gewesen war, sollte er nicht erfahren. Jedenfalls nicht zu diesem Zeitpunkt, da er vor allem Ruhe brauchte und Aufregung Gift für ihn war.

»Ja«, sein Dad wirkte niedergeschlagen. »Ja, das stimmt wohl. Die Firma geht Philippa über alles.«

»Sie nimmt die Geschäfte sehr ernst«, erwiderte Henry, bemüht, seinen Vater aufzumuntern, »und ist sehr gut in dem, was sie tut.«

»Henry?« Sein Vater wirkte auf einmal nervös, fast beunruhigt. »Bitte versprich' mir eines.«

»Natürlich, Papa«, Henrys Puls hatte sich bei den Worten seines Vaters schlagartig beschleunigt. Er klang plötzlich so ernst, fast traurig, so kannte er ihn gar nicht. Ganz gleich, was ihm auf dem Herzen lag, er würde alles versprechen und dafür kämpfen, den Wunsch seines Vaters zu erfüllen.

»Was auch immer passiert, Henry …«, Carl-Conrad Claaßen sah seinen jüngsten Sohn flehend an. »Ich meine, egal, was die Zukunft für die Firma bringen sollte – Bitte pass' auf, dass die Familie nicht auseinanderbricht.«

Henry war überrascht. Damit hatte er nicht gerechnet. Natürlich diskutierten er und seine Geschwister, nun ja, intensiv. Und gerade was Philippas vermutlich illegale Geschäfte betraf, konnte er natürlich überhaupt nicht hinter ihr stehen. Aber zum einen hätte er nicht gedacht, dass sein Vater diese Stimmungen wahrnahm, noch glaubte er daran, dass die Familie sich tatsächlich entzweien könnte. In letzter Instanz hielt sie schließlich immer noch die Firma zusammen. Ob sie wollten oder nicht, konnte man fast sagen.

»Ich meine das sehr ernst, Henry. Ihr wart für mich immer das Wichtigste, gerade nach dem Tod eurer Mutter.«

Henry schluckte und empfand, wie immer, wenn die Sprache auf dieses Thema kam, eine bedrückende Verlegenheit. Und bemühte sich, wie immer, dennoch zu lächeln.

»Weißt du, ich habe euch das nie gesagt«, fuhr sein Dad jetzt fort, »auch, weil ich dachte – weil ich hoffte, Henry –, dass es nicht notwendig sein würde. Aber der Wind weht inzwischen rauer und daher will ich, dass ihr Folgendes bei allem, was ihr tut, im Hinterkopf habt.«

Henry nickte unbewusst. Natürlich würde er seinem Vater jedes Versprechen geben.

»Bitte sage es auch den anderen, für den Fall, dass ich nicht mehr dazu kommen sollte.« Carl-Conrad hob die Hand, um Henrys vorhersehbaren Protest abzuwehren, und sah seinen Sohn ernst, mit Tränen in den Augen, an.

»Es war Amalias sehnlichster Wunsch, dass ihr zusammenhaltet. Komme, was wolle!«

Inzwischen war es kurz vor halb vier, und Tuulia und Lenni saßen seit einigen Minuten in dem großen Eck-Café gegenüber der Buchhandlung in der Wormser Fußgängerzone.

Tuulia versuchte vergeblich, einen leisen Anflug von Neid auf die kurzen Wege und schnellen Bearbeitungszeiten in der Kleinstadt zu unterdrücken. Es war nur wenig mehr als eine Stunde vergangen, seit Lenni und sie den kleinen Fotoladen nahe dem Dom betreten hatten. Die Fotografin war begeistert darüber gewesen, wie schön Lenni NICHT lächelte. Tuulia war anfangs misstrauisch gewesen, als sie die junge Frau so reden hörte, dann aber im gleichen Atemzug aufgeklärt worden, dass es ›vielen Menschen ja so schwerfällt, nicht zu lächeln. Gesellschaftliche Konventionen und so, Sie wissen schon‹. Na ja, als Lenni nach dem ›Shooting‹ seine Passbild-Miene beibehalten und die engagierte Fotofrau dadurch irritiert hatte, war in Tuulia für einen kurzen Augenblick schon ein wenig Mitleid aufgeflammt.

In der letzten Stunde waren jedenfalls nicht nur die aktuellen biometrischen Bilder ihres Bruders geschossen worden, sondern sie hatten außerdem eine kurze Wartezeit, die ihren Namen eigentlich kaum verdiente, überstanden und einen neuen Reisepass für Lenni beantragt. Tadaa! Tuulia seufzte. In Mainz hätte diese Unternehmung zweifellos mindestens einen ganzen Nachmittag beansprucht.

Auf der anderen Seite konnte sie so ohne schlechtes Gewissen ein verspätetes Mittagessen in dem gemütlichen Café zu sich nehmen. Wie immer hatten Lenni und sie nur wenige Worte gewechselt. Doch sie spürte, dass es ihrem Bruder heute gut ging. Er war relativ entspannt, sicher auch, weil sie ihn bei diesem Gang auf das Bürgeramt begleitet hatte. Und sie war dankbar für die Ablenkung, den kleinen Ausflug aus ihrem Arbeitsalltag. Gewisse Kollegen, die ihr den Morgen verhagelt haben mochten, waren komplett aus ihren Gedanken gelöscht. Die unerfreuliche Garderobenszene hatte ihre spitzen Ecken und Kanten, mit denen sie sie den Vormittag über immer wieder angestoßen hatte, endlich verloren.

Nicht aus ihren Gedanken gelöscht war hingegen der aktuelle Fall, der sich langsam aber nachdrücklich wieder seinen Weg in ihr Bewusstsein gebahnt hatte. Tuulia überlegte. Sie wusste, dass es grenzwertig war, was sie vorhatte. Strenge Geheimhaltung von Fakten in aktuellen Ermittlungen war absolut unerlässlich. Das wusste sie. Aber bei Lenni war es etwas anderes, redete sie sich ihren kleinen Plan schön. Seine logische, unverfälschte Wahrnehmung war ihnen schon bei einer Ermittlung vor mittlerweile fast anderthalb Jahren eine entscheidende Hilfe gewesen. Damals hatte sie der stille Mord an einer Psychologie-Doktorandin von der Johannes Gutenberg-Uni vor immer größere Rätsel gestellt.

Wenn sie bei Lenni war, war der Gedankenaustausch zwischen ihnen eher wie lautes Denken. Und ihr Bruder war nun wirklich verschwiegen. Von ihm würde niemand etwas erfahren.

Sie zog ihr Handy aus der Tasche, entsperrte es und öffnete den Foto-Ordner. Hier! Die beiden letzten Bilder hatte sie gerade noch rechtzeitig geschossen, bevor sie die Ermittlungszentrale verlassen hatte. In der Diskussion über den Ursprung der zwei, etwa acht Zentimeter hohen, elfenbeinernen Skulpturen waren sie noch nicht wirklich weitergekommen. Klar schien zu sein, dass sie zusammengehörten. Dies legten sowohl die identische Größe als auch die, bei aller Ähnlichkeit dennoch gegebenen, kleinen Unterschiede nahe. Und bemerkenswert war natürlich, dass der Täter über die kleinen weißen Gestalten mit ihnen in Kontakt trat. Doch noch gaben sie ihnen mehr Rätsel auf, als Erklärungen zu liefern.

»Welches düstere Geheimnis bergt ihr? Wie lautet euer Auftrag?«, überlegte Tuulia und schaltete das Handy wieder aus. Ging verschiedene Optionen durch und fasste einen Entschluss.

»Lenni?«

»Hm?«

»Du vet att vi identifierar i ett nytt fall ...«

Lenni wusste, dass sie in einem neuen Fall ermittelten und nickte erwartungsgemäß.

»... och kanske kan du hjälpa oss.« Vielleicht konnte er ihnen tatsächlich helfen.

»Kanske«, antwortete Lenni. Vielleicht.

Tuulia spürte, wie allein die Tatsache, dass sie mit ihrem Bruder Schwedisch sprach, sie beruhigte. Es war ihre Kindheitssprache und so etwas wie ein ganz persönlicher Rückzugsort. Sie wusste, dass sie für ihren Bruder noch viel mehr war. Schwedisch war die Sprache, die ihr Vater mit ihnen gesprochen hatte. Die Mutter war für das Finnische zuständig gewesen und als Kind hatte Lenni, wie sie selbst, auch beide Sprachen gesprochen. Nach dem Tod der Eltern jedoch hatte er sich an die Sprache seines Vaters geklammert. Pappa war sein großer Held gewesen und lebte auf diese Weise bis heute in jedem von Lennis Sätzen ein kleines bisschen weiter.

Insgeheim war Tuulia, je älter sie wurde, umso dankbarer für diesen seltsamen Umgang Lennis mit der großen Tragödie ihres Lebens. Immer öfter spürte sie, wie er ihrer beider Leben DAVOR und DANACH allein durch das kompromisslose Festhalten an der schwedischen Sprache verband. Und so eine kleine Prise Heimat in alles Neue streute.

»Tuulia?« Lenni sah sie fragend an.

»Ja, Lenni. Alles in Ordnung.« Ihre Augen waren ein klein wenig feucht geworden – sicher wegen der trockenen Winterluft. Sie straffte sich und schaltete erneut ihr Handy ein, tippte und wischte sich durch bis zu den besagten Fotos.

»Ich zeige dir jetzt zwei Aufnahmen. Bitte sieh' sie dir genau an und sag' mir dann, was dir dazu einfällt.«

Lenni wirkte unzufrieden.

»Ich erkläre dir danach, was es damit auf sich hat, ok?«

Ihr Bruder zuckte die Schultern und rückte auf seinem Stuhl ein Stückchen nach vorne. Tuulia wartete gespannt, ob die Bilder irgendeine Regung im Gesicht ihres Bruders hervorriefen. Natürlich taten sie das nicht. Dennoch beobachtete Tuulia unauffällig die winzigen zuckenden Augenbewegungen, mit denen Lenni die Fotos gleichsam scannte. Eines nach dem anderen. Danach wanderte sein Blick abwechselnd von links nach rechts. Er verglich. Und wandte sich kurz darauf, scheinbar desinteressiert, ab.

Tuulia ließ ihm Zeit. Er würde zu erkennen geben, wenn er bereit war. Im Moment lehnte er sich auf seinem Stuhl zurück und starrte auf sein Wasserglas. Betrachtete die kleinen Kohlensäure-perlen auf ihrem Zickzackweg zwischen dem Eiswürfel und der Zitronenscheibe zur Wasseroberfläche.

Tuulia wusste, dass er die Eindrücke der zwei Fotos sacken ließ und widmete sich endlich ihrem Cappuccino. Er wartete schon zu lange, als dass die Sahnehaube noch ihre Form gehalten hätte. Eilig fischte sie die in ihrer Auflösung befindlichen Sahnewölkchen aus der Tasse und genoss den herb-süßen Geschmack auf der Zunge. Für einen Moment war sie ganz entspannt, waren Mörder und Leichen und gruselige Elfenbeingestalten weit weg.

»Warum die zweite und dritte?«, fragte Lenni unvermittelt auf Schwedisch.

»Was? Wie meinst du das?«, Tuulia verscheuchte jegliche Kaffeeträumereien energisch und war sofort ganz bei der Sache.

»Das sind Schachfiguren, da auf den Fotos«, erklärte Lenni.

»Was? Glaubst du wirklich?« Tuulia zog die Fotos näher zu sich heran. »Wie kommst du darauf?« Wenn sie die Figürchen einem Außenstehenden beschreiben sollte, würde sie wohl vor allem auf den edlen Eindruck eingehen. Darauf, dass ihre zylindrische und am oberen Ende schräg abgeschliffene Form im Mittelpunkt zu stehen schien. Und sie sich fast zum Verwechseln ähnelten. Wahrscheinlich hatte sie deshalb bisher nicht an Spielfiguren gedacht.

Lenni reckte seine Hand über den Tisch und klopfte leicht auf die Bilder. An der oberen Begrenzung der abgeschrägten Fläche waren Linien in die Figürchen eingeritzt. Die hatte sie schon wahrge-nommen, ihnen jedoch keine, über eine Verzierung hinausgehende, Bedeutung zugemessen.

»Springer«, Lenni deutete auf die Wellenlinien der einen Figur, »und Turm!« Sein Finger wanderte zu den senkrechten, parallel angeordneten Linien der anderen Figur. »Men hur är det med bonden?«

Was war mit dem Bauern? Gute Frage. In Tuulias Gedanken wirbelte gerade alles durcheinander. Dass es sich bei den Figürchen, deren Botschaft sie bisher vor allem in ihrem Material vermutet hatten, um Schachfiguren handelte, änderte alles. Wie hatte sie vorhin noch überlegt? Der Täter trat über die Figuren mit ihnen in Kontakt. Nachdem sie jetzt, wie es aussah, enthüllt waren, konnten sie das Verhalten des Täters viel besser lesen. Und vielleicht seinen Plan entschlüsseln. Sie spürte, wie die Ermittlung an Fahrt aufnahm.

Wie elektrisiert versuchte sie, sich an die Grundlagen des Spiels zu erinnern. Ging man von der klassischen Wertigkeit der Schachfiguren aus, reihte sich der Bauer ganz hinten ein. Von ihm gab es in dem Spiel immerhin acht Kollegen, weswegen der Verlust eines Bauern, etwa als strategisches Opfer, zu verkraften war. Die Bauern wurden daher als erste geschlagen. Mit steigendem Wert folgten Springer und Turm. Die zweite und dritte Figur.

Jetzt schon zeigte sich, dass es richtig gewesen war, mit ihrem Bruder zu sprechen. Bei ihm konnte sie sicher sein, eine absolut emotionslose Betrachtung der Fakten präsentiert zu bekommen. Ohne Verzerrungen durch subjektive Wahrscheinlichkeitsüberlegungen. Das Undenkbare stand für Lenni erst einmal vollkommen gleichberechtigt neben dem Naheliegenden. Vermeintlich selbstverständliche Zusammenhänge löste er voneinander, ohne mit der Wimper zu zucken. Wo sie zwei Puzzlesteinchen nicht zusammenfügen würde, weil das Bild dann nicht mehr stimmte, sah er nur die passenden Anschlussstellen und akzeptierte das neue Ganze vorbehaltlos.

Tuulia entschloss sich, tiefer einzusteigen und die Konsequenzen für ihr Handeln gegebenenfalls zu tragen. Sie umriss die wichtigsten Eckpunkte ihrer Ermittlungen für Lenni in wenigen Sätzen.

Nach einem wieder längeren und dieses Mal für Tuulia deutlich schwerer auszuhaltenden Schweigen, hatte Lenni jetzt von irgendwoher einen Stift gezaubert und breitete eine der weißen Papierservietten vor sich aus. Mit schnellen Strichen skizzierte er die beiden auf den Fotos abgebildeten Figuren. Springer und Turm. Links von dem Springer malte er ein leeres Oval, rechts neben den

Turm drei Dreiecke, deren Spitzen nach oben zeigten. Er drehte die Serviette um 180 Grad, so dass Tuulia alles genau sehen konnte. Sie überlegte, und etwas in ihr wollte die jäh aufblitzende Erkenntnis fast abwehren. Aber Lenni hatte recht, es konnte tatsächlich so sein.

Wenn seine Vermutung stimmte, hatten sie einen furchtbaren Fehler begangen. Und mehr als nur ein wenig Grund zur Sorge.

Es war ein tolles Gefühl gewesen, einen Verbündeten, ja einen richtigen Kumpel gefunden zu haben. Damals, als Mike noch ganz jung gewesen war und gerade erste vorsichtige Schritte in die Welt gesetzt hatte. Wahrscheinlich auch, weil er es von der Zeit zuvor nur anders kannte. In seiner engen Kindheitswelt war er oft Außenseiter gewesen.

Jetzt jemanden zu haben, mit dem er seine Interessen teilen und neue entwickeln konnte, war fantastisch. Plötzlich war alles so einfach. So richtig. Ihre Freundschaft stand für sich und überstrahlte in diesen Tagen alles. Sie war einzigartig.

Gewesen, wie er heute bitter ergänzte. Niemals hätte er damals für möglich gehalten, was einmal aus ihnen werden sollte. Wie ein einziger Moment alles auslöschen und nichtig machen konnte.

Er selbst war an der Sache kaputtgegangen. Langsam, schleichend. Er hatte jahrelang dagegen angekämpft und doch verloren. Niemand hatte etwas geahnt. Ihm etwas angemerkt. Doch die Last ihrer Schuld war nicht leichter geworden. Bis er sein Leben und das anhaltende Lügen, das ein versteinertes Schweigen war, irgendwann nicht mehr in nüchternem Zustand ertragen hatte.

Wenn er heute zurückdachte, war in jener Zeit schon der Gedanke in ihm erwacht, etwas tun zu müssen. Die Dinge in Ordnung zu bringen. Was eine unvorstellbare Idee war. Aber sie hatte sich in ihm festgesetzt. Sich langsam verankert. Bis er, peu à peu, alles unbemerkt diesem einen Ziel untergeordnet hatte.

Natürlich war er zu Beginn im Grunde hilflos gewesen. Viel zu schwach, um eine solche Mammutaufgabe zu bewältigen. Und, wenn er ehrlich war, hatte er auch keine Ahnung gehabt, wie eine Wiedergutmachung vonstattengehen sollte. Ob das überhaupt möglich war.

Dann aber hatte ein Plan in ihm Form angenommen. Und er hatte, anfangs zögerlich, dann, als klar war, dass es klappen konnte, entschiedener, erste Schritte gemacht.

Auf dem verschlungenen Weg zur Wiedergutmachung.

»Wir können uns nicht sicher sein. Wir können die Geschehnisse nicht zuverlässig überschauen, weil wir uns mitten in dem Bild befinden. Wahrscheinlich sind wir in Wahrheit sogar Teil des Bildes.«

Tuulia war längst wieder in Mainz, wo die Kollegen nach einem langen Arbeitstag abschließend ihre neuen Erkenntnisse zusammentrugen. Sie hatte eben das Wort gehabt und eindringlich unterstrichen, für wie groß sie die Wahrscheinlichkeit weiterer Morde in unmittelbarer Zukunft hielt.

Gerade machte sie eine Pause, in die Tobias prompt hineingrätschte: »Hä? Kapier' ich nicht. Wie meinst du das? Mach' das doch mal ein bisschen konkreter.«

»Ganz einfach: Es ist ein bisschen wie in diesen Zeichenrätseln, in denen es darum geht, über die Grenzen hinauszudenken.« Tuulia ignorierte die unverändert skeptische Miene ihres Kollegen. »Wir müssen verstehen, dass die zwei Morde nicht die Grenzen, nicht Anfang und Ende unseres Falls markieren. Zumindest können wir das nicht feststellen, solange wir mitten im Bild stehen. Was wir aber die ganze Zeit versuchen, ist, diese Grenzen anhand unserer Position zu bestimmen.«

»Ich will ganz ehrlich sein, Tuulia«, sagte Lorenz. »Ich bin mir gerade nicht ganz sicher, ob uns das, was Sie sagen, weiterbringt oder ob es nicht eigentlich völlig selbstverständlich ist? Ist das letztendlich nicht immer unsere Ausgangssituation?«

»Mag sein«, erwiderte Tuulia unbeeindruckt. »Die Frage ist aber, ob uns das in den vergangenen Tagen wirklich bewusst war? Oder ob wir nicht ›völlig selbstverständlich‹ davon ausgegangen sind, uns am Beginn zu befinden und glauben, die Ermittlungsrichtung zu kennen?«

»Also, mir ist das zu hoch«, warf Tobias unüberhörbar schlecht gelaunt ein. »Wenn wir noch mehr Morde verhindern wollen, kann die Ermittlungsrichtung ja wohl nur nach vorne gerichtet sein, oder sehe ich das falsch?«

»Falsch nicht, Tobias«, Tuulia war klar, dass sie jetzt gerade die Saat für zukünftige Attacken des Kollegen ausbrachte, aber es war ihr erfreulich egal. »Wenn wir allerdings davon ausgehen, dass die an den Tatorten gefundenen Figürchen von Bedeutung sind, können wir nicht ignorieren, dass uns eine Figur, die erste nämlich, fehlt. Das hieße, dass wir einen Mord ...«, sie machte eine kurze Pause, um die Bedeutung dieser Erkenntnis zu unterstreichen, »... dass wir den Mord an einem Menschen übersehen haben müssen! Damit ist die Frage doch, mit welchem Wissen wir nach vorne ermitteln. Offenbar haben wir den Beginn der Serie gar nicht mitbekommen. Wir müssen uns also zugleich rückwärts und nach vorne orientieren. Schließlich wäre es fahrlässig, wenn wir mögliche Hinweise unbeachtet hinter uns ließen.«

»Sicher, Tuulia, das ist doch klar.« Tobias klang nicht überzeugt. »Aber wie kommst du darauf, dass wir Teil des Bildes sind? Wie wir uns verhalten, kann der Täter schließlich nicht geplant haben.«

»Das würde ich so nicht sagen«, widersprach Tuulia. »Dass wir früher oder später ins Geschehen eingreifen würden, muss ihm zumindest klar gewesen sein. Und entsprechend hat er vorgesorgt.«

»Und die Partie eröffnet?!«, ergänzte Tobias, jetzt mit deutlich ironischem Unterton.

»Gewissermaßen.« Tuulia ließ sich nicht aus der Ruhe bringen. »Er spielt mit uns. Er gibt die Spielfiguren aus. Er bestimmt die Regeln und legt damit die Spielrichtung fest. Wir können seine Hinweise nur decodieren. Und ob uns die Lösungen weiterhelfen oder aber ganz vom Weg abbringen, können wir absolut nicht einschätzen.«

»Sie meinen, er will uns ablenken?«

»Nicht ganz«, Tuulia wandte sich von Tobias ab und ihrem Chef zu. »Er stellt uns vor die Wahl, ihm und seinem Spiel entweder zu vertrauen und zu riskieren, am Ende genau dort zu landen, wo er uns haben will, oder aber die Hinweise zu ignorieren und damit völlig gegen unsere Intuition als Ermittler zu handeln.«

»Nun gut«, lenkte Lorenz ein. »Ich denke, was Sie ganz zu Beginn gesagt haben, ist entscheidend und sollte jetzt Priorität haben. Wir werden gleich morgen Vormittag die Villa des Ehepaars in Gonsenheim nach Hinweisen durchsuchen. Nur um zu überprüfen, ob es sich bei Herrn ...«, er hatte den Namen jetzt schon nicht mehr parat, »... bei dem Suizid vom Sonntag ebenfalls, wie Sie glauben, um ein Verbrechen handelt.«

Hey,

bis zum errechneten Geburtstermin sind es keine drei Wochen mehr. Andy guckt mich kaum noch an. Er war von Anfang an nicht begeistert, hätte am liebsten gehabt, dass ich unser Kind abtreibe. Aber das kam für mich nie in Frage. Eher hätte ich mich von ihm getrennt.
Kurz nachdem ich wusste, dass ich schwanger bin, bin ich in ein Mutter-Kind-Heim gezogen. Alles war besser, als weiter zu Hause bei meinen verlogenen Eltern zu sein. Und ich bin seitdem fast ein wenig zur Ruhe gekommen. Die können hier ganz gut mit meinen Stimmungsschwankungen umgehen, auch wenn Andy trotzdem manchmal unter mir leidet.
Aber er ist noch da. Immerhin. Auch wenn wir manchmal streiten wie die Kesselflicker und ich bloß hoffe, dass unser Würmchen da drin nichts davon mitbekommt.
Mir wäre es am liebsten, wenn wir heiraten würden. Damit alles in geordneten Bahnen verläuft. Mit dem Kind, meine ich. Aber er fragt mich nicht und ich ...
Na ja, trotzdem soll das Kind seinen Namen tragen. Das ist mir ganz wichtig.
Allein schon, damit das Schwein sein Enkelkind niemals ausfindig machen kann.

Kapitel 15

Fahle Lichtstreifen am Horizont kündigten einen weiteren grauen Wintertag an.

Soweit hatte sich, verglichen mit den vergangenen Tagen, nicht viel verändert. Entscheidend neu war jedoch die aktuelle Entwicklung in ihren Ermittlungen, die Tuulia wie ein warmes Leuchten von innen erfüllte und antrieb. Als Lorenz und sie nun auf die Villa der Schmidt-Hajduks zuliefen, spürte sie in jeder Faser ihres Körpers, dass es jetzt endlich voranging. Dass sie das Ende des roten Fadens zu fassen bekommen würden, wenn sich ihr Verdacht bestätigen sollte. Lennis Verdacht, wenn sie ehrlich war.

Seit dem vergangenen Nachmittag war ihr das Bild, wie der Täter mit ihnen spielte, nicht mehr aus dem Kopf gegangen. Ein übermächtiger Marionettenspieler, der über die Szenerie wachte, in der sie und ihre Kollegen bislang nur ahnungslos umherirrten. Und so beklemmend diese Vorstellung auch sein mochte, so sehr hoffte sie, dass sie recht behielten. Ob dem so war, würde sich in der kommenden Stunde zeigen.

Natürlich war sie in Gedanken immer wieder die Situation vom letzten Sonntagabend durchgegangen. Hatte in ihrer Erinnerung nach einer kleinen bleichen Gestalt gegraben und war dabei erfolglos geblieben. Bisher. Das musste jedoch nichts heißen. Schließlich war ihre Aufmerksamkeit ganz von der grausamen Badezimmerszene eingenommen worden: Dem tödlich roten Wasser, das den schlaffen, weißen Körper des Hausherrn umspülte. Und dem seltsamen Gedeck – Kaviar und Sekt oder Champagner. Bereitgestellt, um mit dem Tod anzustoßen. Oder auf das Ende. Schließlich hatte, in krassem Gegensatz zu diesem schreiend stillen Tod, die grelle Beleuchtung und Ausrüstung ihrer Kollegen von der Technik die Szene unwirklich verzerrt.

»Ihnen ist am Sonntag sicher nichts aufgefallen?«, fragte Lorenz in diesem Moment, als könne er ihre Gedanken lesen. »Überlegen Sie noch mal.«

»Nein«, antwortete Tuulia. »Wie gesagt.« Sie hatten am Freitagabend schon einmal kurz hierüber gesprochen. Aber sie verstand Lorenz. Es ging ihm vermutlich darum, sie beide auf die Suche einzustimmen.

»Ich habe seit gestern viel darüber nachgedacht«, fuhr sie fort. »Ob wir etwas übersehen haben, meine ich. Oder wo ein Figürchen hätte stehen können.«

»Geht mir ähnlich«, meinte Lorenz. »Aber wir haben nur einen Bruchteil des Hauses gesehen. Und waren auf andere Dinge konzentriert. Das dürfen wir nicht vergessen.«

Wie sie eben selbst gedacht hatte. Das machte es allerdings nicht besser. Tuulia hoffte, dass das Spielangebot des Täters, wenn es hier begonnen haben sollte, noch stand. Im wahrsten Sinn des Wortes.

»Gut, dann wollen wir mal!« Ihr Chef wartete bereits unter dem Dach, das den Eingang der Stadtvilla überspannte. Er trat dicht an die weißlackierte Tür heran und warf ihr einen entschlossenen Blick zu. Sein angespanntes Lächeln sollte wohl Zuversicht signalisieren. Tuulia nickte wortlos und atmete ruhig und tief ein. Sie würden hier etwas finden, das sie weiter brachte, da war sie sich ganz sicher.

Lorenz schloss die Tür auf. Rita Schmidt-Hajduk, die Witwe ihres vermutlich ersten Opfers in einer momentan nicht überschaubaren Serie, hatte ihnen am Vorabend freie Hand gelassen: »Wenn Sie nur aufklären, was da passiert ist.« Dass die nächsten Angehörigen nicht glauben konnten, dass ihr Mann, Kind, Freund sich das Leben genommen haben sollte, war nichts Ungewöhnliches. Und so hatten sie der Aussage der Witwe, unmittelbar nach Auffinden der Leiche ihres Mannes, keine größere Bedeutung zugewiesen. Das war vielleicht ihr erster Fehler gewesen.

Tuulia hoffte, dass sie nicht zu spät kamen.

Sie folgte Lorenz in das Entrée, das in seiner Form einer Rotunde entsprach und zu einer späteren Tageszeit angenehm lichtdurchflutet sein würde. Zumindest versprachen dies die großen, in regelmäßigen Abständen über Kopfhöhe eingelassenen Fenster. Jetzt aber hatten die Schatten noch die Oberhand. Tuulia entdeckte den Lichtschalter und sah fragend zu Lorenz. »Kann ich?«

Lorenz ließ seinen Blick mit erhobenem Kinn durch die kreisförmige Eingangshalle schweifen, bevor er nickte. »Ja, natürlich.«

Im nächsten Moment erstrahlte der Raum, wie erwartet. Tuulia erinnerte sich an den hell gefliesten Boden und daran, dass sich das Badezimmer hinter der zweiten Tür auf der linken Seite befand.

»Ok, dann wollen wir mal!« Entgegen seinen Worten verharrte Lorenz noch einen Moment und schlug dann vor, dass sie die Räume auf der linken Seite übernehmen sollte, während er selbst rechts begann.

Tuulia wusste ja bereits, dass sich auf ihrer Seite das Badezimmer befand. Jetzt stellte sie fest, dass der kleine Raum, der vor dem Bad als erster auf dieser Seite abging, eine zusätzliche Gästetoilette beherbergte. Klein aber fein, war ihr erster Eindruck. Diese Floskel traf es tatsächlich genau. Der von einem dringenden Bedürfnis hierher geleitete Gast fand alles vor, was er brauchte: von einer nach dem Händewaschen möglicherweise benötigten Handcreme in einem eleganten Pumpspender bis zu der adrett angeordneten Auswahl an identischen Gästehandtüchern. In diesem, für den Alltagsgebrauch unsinnigen Format, das offensichtlich kaum mehr als einmaliges Verwenden vorsah, dachte Tuulia. Daher auch das, momentan leere, geflochtene Strohkörbchen auf dem Fensterbrett.

Es war jedenfalls ein wohlgeordneter Haushalt, in den die Ereignisse vom vergangenen Wochenende mit brutaler Wucht eingeschlagen waren. Tuulia erhaschte einen unerfreulichen Blick auf ihr blasses Spiegelbild, bevor sie das Schränkchen über dem Waschbecken öffnete. Blasenpflaster, Schmerztabletten, Hygieneartikel. In diesem Haus war man gut vorbereitet.

Einzig jene Kleinigkeit, nach der sie suchte, ein Elfenbeinfigürchen aus einer ganz bestimmten Serie, fand sich weder im Spiegelschrank noch anderswo im Raum. Obwohl – eine Möglichkeit gab es noch: Tuulia stellte sich auf die Zehenspitzen und fuhr mit den Fingern ihrer rechten Hand über die Oberfläche des Schranks. Ihr einziger Triumph waren mikroskopisch kleine Staubreste, die vermutlich in direktem Zusammenhang mit der etwas geringeren Körpergröße der Hausherrin standen. Ansonsten blieb ihre Suche in diesem Raum erfolglos.

Als nächstes stand das Badezimmer an. Dass sie hier etwas finden würde, war eher unwahrscheinlich. Vielleicht war sie aber auch zu voreilig. Sie musste berücksichtigen, dass ihr Blick am Sonntagabend durch die Beleuchtung der Techniker gelenkt worden war. In die dunklen Bereiche hatte sie daher nicht gesehen, da war Tuulia sich ziemlich sicher. Die Techniker wie auch die Reinigungsfirma hatten ihre Arbeit abgeschlossen, bevor der Hinweis in der Tageszeitung erschienen war. Bevor sie die Bedeutung der Figürchen erkannt hatten.

Ihre Arbeit dauerte hier etwas länger, da der Raum größer war und zudem über mehr Nischen, drei Schränke und Ablageflächen verfügte. Irgendwann aber war klar, dass ihr Täter auch im Badezimmer keinen Hinweis für sie hinterlassen hatte. Wenn Tuulia ehrlich war, überraschte sie das. In den beiden anderen Fällen waren die Schachfiguren in größerer Nähe zum jeweiligen Opfer hinterlegt worden. Gut, räumte sie ein, sicher konnten sie das eigentlich nur im Fall des jungen David sagen. Bei Elfriede Dornbusch war die Sache nicht ganz so eindeutig. Die räumliche Nähe war hier im Grunde durch die beengte Wohnung der Rentnerin begründet. Abgesehen davon, hatten sich Figürchen und Opfer auch hier in unterschiedlichen Räumen befunden.

Sie musste das als Motivation sehen. Ihre Chancen auf eine erfolgreiche Suche standen in der großen Villa gut. Tuulia lugte durch das Entrée in Richtung der beiden offenstehenden Türen auf der anderen Seite. Ah ja, gut. Lorenz war noch im zweiten Zimmer. Und offenbar ganz in die Suche vertieft. Sie überlegte kurz und betrat den großen Raum gegenüber des Eingangs durch eine der zwei Türen, die von der Halle hier hineinführten. Sie schaltete das Licht ein und sah sich in dem langgestreckten Raum um. Offenbar war hier die bauliche Trennung von Wohn- und Esszimmer aufgehoben worden, auch wenn die beiden Bereiche weiterhin klar erkennbar waren. Hier würde sie eine ganze Weile beschäftigt sein.

Nachdem sie den Raum zunächst in seiner Gesamtheit gescannt und auf den ersten Blick nichts Verdächtiges entdeckt hatte, begann Tuulia mit ihrer Suche im Essbereich an der linken Seite. Sie war noch nicht lange bei der Sache, als ein lautes Knacken, gefolgt von einem penetranten Surren, ihr durch Mark und Bein fuhr. Elektrische Rollläden! Sie schüttelte den Kopf über ihre eigene Schreckhaftigkeit und suchte weiter.

»Ah, hier sind Sie!« Ihr Chef trat, womöglich angelockt von dem unerwarteten Geräusch, in den Raum, sah sie bedauernd an und präsentierte symbolisch seine leeren Handflächen. »Nichts. Ich war jetzt in Küche und Schlafzimmer. Offenbar haben die Schmidt-Hajduks fürs Alter vorgesorgt und alles, was sie brauchen, nach unten verlegt.«

Die nächsten Minuten suchten sie konzentriert Wohn- und Essbereich nach dem entscheidenden Hinweis ab. Tuulia war so sehr auf das kleine weiße Figürchen fixiert, dass ihr im ersten Moment nicht klar war, worauf sie da plötzlich starrte. Im Nachhinein konnte sie nicht sagen, was es war, das sie die Tür der gläsernen Vitrine hatte öffnen und den unscheinbaren Gegenstand in die Hand nehmen lassen. Als sie nun aber hineinblickte, spürte sie, wie das Adrenalin kribbelnd von ihren Fingerspitzen in die Arme schoss.

Diese Botschaft war so eindeutig, dass es sich für den Bruchteil einer Sekunde so anfühlte, als stünde der Täter direkt hinter ihr.

Der Polizist und das Mädchen waren nun schon ziemlich lange in dem Haus.

Elisabeth Schölermann machte gerade ein Päuschen und saß auf ihrer Yoga-Matte, die sie heute etwas näher an ihrem schönen Panoramafenster im Wohnzimmer ausgerollt hatte. Ja, die Aussicht hier war wirklich wunderbar. Und wenn sie ihren Hals nur ein klein wenig reckte, konnte sie außerdem den Hauseingang der Schmidt-Hajduks bequem beobachten.

Glücklicherweise, musste sie sagen, hatte sie es heute nicht lange im Bett ausgehalten. Obwohl es zu dieser Jahreszeit morgens noch lange dunkel war, hatte sie schon um Viertel nach sechs nicht mehr weiterschlafen können. Sie wusste, das lag daran, dass Gert nicht bei ihr war, sondern auf Geschäftsreise. Schon wieder ... Und dieses Mal sogar über das Wochenende. Aber sie wollte sich nicht beklagen, er machte seine Arbeit gern und mit großer Leidenschaft, und das war schließlich wichtig. Dass es auch ganz anders sein konnte, hatte ihnen ja gerade der tragische Tod ihres Nachbarn vor Augen geführt. Schrecklich, sie wollte gar nicht daran denken.

Trotzdem vermisste sie Gert. Und fühlte sich in ihrem eleganten, großzügig geschnittenen Rundbett so verloren, wenn er nicht neben ihr lag. Wollte am Abend schon gar nicht schlafen gehen, in der tristen Gewissheit, am nächsten Morgen nicht von seiner sanften Hand geweckt zu werden. Stattdessen würde sie allein in diesem riesigen Bett aufwachen, in diesem riesigen Haus, dessen Räume plötzlich viel leerer waren, ja sogar einen seltsamen Nachhall hatten, wenn er nicht da war. Aber sie wollte nicht undankbar sein. Sie wusste, dass andere sie um den Klassenwechsel beneideten, den sie mit Gerts Hilfe vollzogen hatte.

Wie sie jetzt wusste, konnte sie von Glück sagen, dass sie so früh auf den Beinen gewesen war. So hatte sie sich schon im Wohnzimmer aufgehalten, als vor einer guten halben Stunde die Nachtbeleuchtung im Eingangsbereich der Nachbarn auf den Bewegungsmelder reagiert hatte. So hatte sie alles mitbekommen.

Selbstverständlich war sie sofort ans Fenster getreten, um nachzusehen, was da los war. Zwar würde irgendwann in nächster Zeit die Witwe – sie hielt gedanklich inne und spürte dem nach, was das gruselige Wort in ihr auslöste – des Herrn Dr. Hajduk in ihr Haus zurückkehren, aber zu dieser Uhrzeit? Es war schließlich gerade mal kurz nach sieben Uhr, das wäre schon sehr ungewöhnlich.

Und tatsächlich hatte sie recht behalten: Vor der Tür standen ein Mann und eine junge Frau in den warmen Lichtschein der bewegungsgesteuerten Außenlampe getaucht. Ein ihr gänzlich unbekanntes Pärchen. Das zuverlässig einsetzende Gefühl des Misstrauens oder, wie sie es lieber nennen wollte, der Vorsicht, war sofort da gewesen. Nachdem sie der Uniformen gewahr geworden war, die beide – auch das junge Mädchen! – trugen, hatte es sich allerdings sofort in nachbarschaftliche Fürsorge gewandelt. Vielleicht konnte sie ja sogar helfen? Mal sehen, eventuell würde sie einfach mal nachfragen, wenn die beiden wieder herauskamen.

Vielleicht wäre dies sogar der richtige Zeitpunkt, ein Thema anzuschneiden, das ihr nun schon seit dem Vortag aufs Gemüt drückte. Seit ihr Blick auf den Hinweis der Polizei im *Mainzer Kurier* gefallen war. Da war ein Figürchen abgebildet gewesen, das demjenigen, das sie, umsichtig wie sie nun einmal war, aus dem Briefkasten der Schmidt-Hajduks befreit hatte, zum Verwechseln ähnlich sah. Sicher war das ein verrückter Zufall. Und sicher war es in Ordnung, ach was, lobenswert, dass sie so gut auf die elfenbeinerne Mini-Skulptur geachtet hatte. Schließlich thronte sie sogar auf einem Ehrenplatz in der Glasvitrine hier im Wohnzimmer.

Trotzdem konnte es nicht schaden, wenn sie die Polizei auf ihren Fund hinwies. Immerhin war in dem Zusammenhang von so einer Räuberpistole die Rede gewesen. Irgendwie ging es um einen Serienmörder. Das allein zeigte ja schon, dass ihr Figürchen hiermit nichts zu tun haben konnte. Sie waren schließlich rechtschaffene Bürger. Und die Schmidt-Hajduks auch. Mehr oder weniger. Die Frau Dr. war natürlich im Grunde eine einfache Person, aber einen Mord oder gar eine ganze Mordserie traute sie ihr nun wirklich nicht zu.

An der Stelle verbot sie sich, weiter über diesen unerfreulichen, und auf ihr Figürchen ja zum Glück auch nicht zutreffenden, Aspekt der Pressemeldung nachzudenken. Sie würde einfach gleich, wenn die zwei Polizisten wieder aus dem Haus traten, kurz mit ihnen sprechen. Ihnen das Figürchen zeigen und erklären, dass es harmlos war, auch wenn es eine ganz offenbar zufällige Ähnlichkeit mit der von ihnen beschriebenen Produktionsreihe aufwies. Anschließend würde sie es wieder wohlbehalten in ihre Vitrine zurückstellen. Jedenfalls nahm sie ihre Bürgerpflicht ernst, die Polizei über den kuriosen Fund zu informieren.

Schlimm genug, dass es Menschen gab, die nicht über dieses Mindestmaß an Verantwortungsbewusstsein verfügten.

⁓

Tuulia achtete darauf, nicht mehr Fingerabdrücke als nötig auf der weißen Pappbox zu hinterlassen. Sie wandte sich um – wie zu erwarten stand hier niemand, zuallerletzt ihr Täter – und sah zu Lorenz hinüber, der am gegenüberliegenden Ende des langgestreckten Wohn-/Esszimmers die Schublade der TV-Bank durchsuchte.

»Chef«, ihre Stimme durchschnitt die fast meditative Ruhe, in der sie ihre Arbeit bisher strukturiert und systematisch durchgeführt hatten. Sie räusperte sich. »Ich glaube, die Suche ist beendet. Sehen Sie sich das mal an.«

»Was? Ja, sofort.« Wenige Sekunden später stand Lorenz bei ihr. »Aber das ... Was haben Sie da gefunden?«

Tuulia verstand die Irritation ihres Chefs, schließlich war ihr Zielobjekt eigentlich eine kleine Elfenbeinfigur und mitnichten eine weiße Pappschachtel. Doch er würde gleich verstehen, was ihr Fund bedeutete. Sie senkte den Arm und streckte ihn wortlos nach vorne, so dass Lorenz den Inhalt der weißen Box sehen konnte. Dass sie keinen Deckel hatte, mochte ein Indiz dafür sein, dass der Täter sichergehen wollte, dass sie diese Spur aufnahmen. Dass er ihnen zeigen wollte, was er vorhatte. Wie es weiterging.

Tuulia musterte Lorenz, während dieser die Bedeutung dessen erkannte, was sie ihm da präsentierte. Verschiedene Regungen spiegelten sich in seinem Gesicht, von Überraschung über Entsetzen zu grimmiger Entschlossenheit. »Sehr gut, Tuulia. Das haben Sie wirklich sehr gut gesehen«, sagte er schließlich und schüttelte leicht seinen Kopf. »Aber welche Ironie!«

»Ja«, griff Tuulia seinen Gedanken auf, »wir suchen nach einem Figürchen, und stattdessen geben uns hier fehlende Figürchen den entscheidenden Hinweis.«

Sie sah auf den samtenen Einsatz der weißen Schachtel in ihren Händen, der in vier Reihen Vertiefungen für je acht, insgesamt also 32 Schachfiguren aufwies. Die schwarzen Spielfiguren waren, wie zu erwarten, komplett und nahmen die eine Hälfte der Schachtel ein. Auf der Seite der weißen Spielfiguren klafften mehrere leere Vertiefungen innerhalb der 16 Positionen.

»Fünf, Tuulia! Hier fehlen fünf Figürchen! Das heißt ...«

»Es muss zwei weitere Opfer geben«, führte Tuulia seinen Gedanken weiter. »Obwohl, nein, nicht unbedingt.«

»Wie, nicht unbedingt?«

»Ich meine, wir müssen die Reihenfolge der Opfer berücksichtigen. Also die Rangfolge der fehlenden Figürchen.« Tuulia stellte die Box auf die Kommode neben der Vitrine und spreizte Zeige- und Mittelfinger der rechten Hand. Ließ sie über zwei der leeren Vertiefungen schweben. »Wir haben hier zwei Reihen, in denen jeweils acht Spielfiguren untergebracht sind. In der vorderen Reihe sind dies alles Bauern, dahinter befinden sich die weiteren Figuren, von außen gesehen also Turm, Springer, Läufer und in der Mitte Dame und König.«

»Und hier fehlen ein Bauer in der ersten Reihe und je ein Turm, Springer und Läufer in Reihe zwei«, dachte Lorenz laut.

»Genau. Bisher gefunden haben wir einen Turm in Frau Dornbuschs Wohnung und einen Springer bei David Kühnel«, fasste Tuulia zusammen. »Hier aber fehlen außerdem noch Dame und König, die zudem die wichtigsten Figuren im Spiel sind.«

»Das stimmt«, meinte Lorenz. »Aber wenn der Täter sich bei seinem Vorgehen an die, durch die Wertigkeit der Figuren vorgegebene, Reihenfolge hält, hieße das doch, dass wir eventuell noch eine Chance haben.«

Tuulia wusste, was er meinte. »Vielleicht. Entweder gibt es bereits zwei weitere Opfer, von denen wir noch nicht wissen, oder aber es ist noch nichts geschehen, sondern ...«

»... der Täter fordert uns mit diesem Hinweis heraus, und zwei weitere Morde stehen kurz bevor«, vervollständigte Lorenz.

Sie ließen den Gedanken einen Moment sacken, bevor Lorenz wieder das Wort ergriff. »Gut, dann würde ich sagen, ist unsere Arbeit hier beendet. Die Schachtel kommt mit«, er zog einen knapp ausreichend großen Asservatenbeutel aus der Innentasche seiner Uniformjacke, »und dann fahren wir wieder.«

Tuulia nickte und schloss die Vitrinentür. Sie ließ ihren Blick noch einmal durch das geschmackvoll eingerichtete Wohnzimmer streifen und registrierte, dass ihr an diesem Raum, ebenso wie schon im Entrée, die unaufdringliche Eleganz gefiel. Sicher waren die Bewohner vermögend, aber das Geld schien ihren Geschmack nicht verdorben zu haben. Ob das auch auf ihren Charakter zutraf, würden sie noch untersuchen müssen.

»Was ist mit der Witwe, Frau Schmidt-Hajduk?«, fragte sie Lorenz, als sie durch den Eingangsbereich liefen. »Rückt sie hiermit an die Spitze unserer Verdächtigen?«

»Wir werden sie auf jeden Fall zu den Figuren und dem Spiel befragen«, er hob den Beutel vielsagend an. »Sollte sie hinter den Morden stecken, wäre unser Fall damit bald gelöst. Aber auf der anderen Seite erscheint mir das zu einfach. Ich weiß nicht, warten wir ihre Vernehmung ab.«

Tuulia verstand, was er meinte. Auch bei ihr hatten sich während der letzten Minuten Fragen angesammelt. Warum hatte es in unmittelbarer Nähe zum ersten Opfer kein Figürchen gegeben? War die Schachtel am Sonntag bereits in der Wohnung gewesen? Was war überhaupt der Ursprung dieses aufgrund der Elfenbeinfiguren vermutlich nicht ganz legalen Spiels? Hatte die Beschaffenheit der Figürchen per se eine Bedeutung? Sollte sie eine Botschaft senden?

Ihr heutiger Fund warf jedenfalls nicht nur neue Fragen auf, sondern verdeutlichte indirekt, wie ihnen die Zeit durch die Finger rann. Sie hatten eine Chance, daran wollte sie unbedingt glauben, aber sie mussten schnell sein. Und durften sich keine Fehler leisten.

Sie waren eben aus dem Haus getreten und liefen den Plattenweg zum Eingangstörchen entlang, als sie die Nachbarin bemerkten, die gerade irgendetwas an ihrem Briefkasten richtete. Als sie fast auf ihrer Höhe waren, kam sie ihnen entgegen und sprach Lorenz an. Mit einer Mischung aus Ärger und Belustigung nahm Tuulia zur Kenntnis, wie die Frau sie konsequent ignorierte. Für sie schien der Mann hier für Recht und Ordnung zuständig zu sein.

Gerade wollte sie sich in das Gespräch einmischen, als sie begriff, was die Nachbarin, eine gewisse Elisabeth Schölermann, ihrem Chef da in herzlichem Plauderton erzählte. Das war tatsächlich kaum zu glauben. Tuulia wechselte einen schnellen Blick mit Lorenz und verstand, dass er dasselbe dachte wie sie:

Mit der Dame würden sie ein längeres, sehr ernstes Gespräch führen müssen.

Mike erinnerte sich, dass Mädchen damals zu ihren Hauptinteressen gehört hatten. Natürlich, das war doch klar. In ihrer Ausbildung gab es jedoch nur wenige Kolleginnen und so heckten sie gemeinsam mehr oder weniger ernst gemeinte Pläne aus, wo sie welche treffen konnten. Konkurrenten waren sie jedoch nie gewesen. Für ihn selbst hatten dabei auch weniger die Mädchen als vielmehr das fröhliche Gemeinschaftsgefühl, das in jener Zeit allem anhaftete, im Mittelpunkt gestanden.

Sie hatten einen ganz ähnlichen Geschmack gehabt, damals. Wahrscheinlich war er nicht mal besonders einzigartig und viel zu sehr von amerikanischen TV-Serien, die zu dieser Zeit Hochkonjunktur im deutschen Fernsehen hatten, geprägt gewesen. Der Typ ›California Highschool Girl‹ in blond, mit knackigen Shorts und süßem Lächeln hatte seine Kumpels damals alle angesprochen.

Wenn er zurückdachte, war zu jener Zeit gefühlt immer Sommer gewesen. Das konnte natürlich nicht stimmen, aber vielleicht hing das mit der Jugend zusammen. In der die dunklen Tage einfach ausgeblendet waren. Jedenfalls seitdem mit der Ausbildung ein ganz anderes Leben begonnen hatte. Er hatte gelernt zu vertrauen. Darauf, dass niemand ihnen etwas anhaben konnte. Darauf, dass ihre Freundschaft über allem stehen würde.

Dass sie einmal so enden, ja, dass sie überhaupt ein Ende haben sollte, hätte er nie geglaubt. Er hätte dem Schicksal seine grausame Laune übelnehmen können, aber das war nicht seine Art. Stattdessen hatte er, zu Recht, wie er fand, von seinem Freund erwartet, mit ihm zusammen eine ehrliche Lösung zu suchen. Einen gemeinsamen Weg aus dem Geflecht aus Lügen und Entsetzen, das immer weiter wuchs. Und ihm mit jedem Jahr, das verstrich, die Luft zum Atmen nahm.

Der Alkohol war von Anfang an immer nur Mittel zum Zweck gewesen. Niemals Genuss, lediglich Weichzeichner seiner Gefühle. Ein Dämpfer der immerwährenden Angst und des ewigen Wunsches, aufzufliegen. Seine Schuld abzutragen. Vielleicht irgendwann wieder so etwas wie Freiheit zu spüren. Wie das möglich sein sollte, überstieg seine vernünftige Vorstellung. Hier bot der Wodka für wenige Stunden trügerischen Frieden.

Es war gekommen, wie es kommen musste. Der Alkohol, der fast ohne Unterlass durch seinen Körper floss, hatte sich bald nicht mehr verheimlichen lassen. Natürlich war sein Zustand ein absolutes K.O.-Kriterium, ganz besonders in seinem Beruf. Eine zweite Chance, einen Entzug und die anschließende Rückkehr, hatte er trotz guter Vorsätze nicht genutzt und seine Arbeit verloren. In Wahrheit hatte er sein Recht auf die Stelle ohnehin bereits am Abend der Abschlussfeier verspielt, redete er sich anfangs ein.

Dann aber hatte sich etwas gewandelt. Er hatte plötzlich so viel Zeit gehabt. Viel zu viel Zeit, in der die Gedanken, Alkohol hin oder her, nur noch um das eine Thema, den schwarzen Fleck, der sein Leben bestimmte, kreisten.

Lange hatte er überlegt, was er machen konnte. Und schließlich mit dem einen Thema begonnen, das ihm in schlimmen Momenten am meisten zusetzte.

Mit dem Kind.

Vielleicht sollte ich wieder mit dem Tagebuch-Schreiben anfangen.
Früher hat es mir eigentlich immer geholfen.
Und heute wie damals fehlt mir in Wahrheit ein echter Ansprech-
partner. So was, wie eine Freundin. Oder so.
Andy ist schon lange Geschichte. Er hat es mit mir nicht länger aus-
gehalten, und ich kann das verstehen. Zum Vater ist er auch nicht
geboren, aber ich will ihm nichts nachtragen. Sein größtes Geschenk
an unser Kind ist sein Name. Und er ist nach wie vor der Einzige,
den ich wirklich an mich heranlassen konnte.
Das Schwein ahnt nichts davon, dass es ein Enkelkind hat, und das
muss auch so bleiben.
Ich bin ein Einzelkämpfer, für mich und mein Kind. Wenigstens
habe ich damals, hochschwanger, noch die mittlere Reife gemacht.
Ohne Abschluss hätte ich gar keine Chance. Aber so, ...
Tatsächlich bin ich heute glücklich. Mein Vorstellungsgespräch in der
neuen Firma war erfolgreich, und ich fange zum nächsten Ersten als
Sekretärin dort an. Ich hoffe, ich mache es nicht alles wieder kaputt.
Ich habe es so satt, abhängig zu sein. Auf Transferleistungen ange-
wiesen, egal ob von Andy oder vom Staat.

Kapitel 16

»In Ordnung, wir fahren hier gleich los und sind in etwa einer Dreiviertelstunde bei Ihnen!«

Lorenz beendete das Telefonat mit Rita Schmidt-Hajduk, öffnete im Vorbeigehen schwungvoll die Beifahrertür und nahm hinter dem Steuer Platz.

Tuulia hatte sich während des Gesprächs ein Stückchen abseits gehalten, die Befragung von Elisabeth Schölermann klang in ihren Gedanken noch nach. Jetzt beeilte sie sich, zum Wagen zu kommen.

»Alles klar«, begann Lorenz, als sie den Sicherheitsgurt anlegte. »Frau Schmidt-Hajduk erwartet uns bei ihrer Schwester Almuth Schmidt in Georgenborn.«

Es ging also auf die andere Rheinseite. Tuulia kannte den kleinen Ort im Taunus vor allem von Sonntagsausflügen mit der Familie. Es war lange her, dass sie zum letzten Mal dort gewesen war. Sie erinnerte sich an schmucke kleine Villen inmitten von viel, viel Grün. Ach genau, einen Waldlehrpfad hatte es dort gegeben. Oder im benachbarten Schlangenbad? Sie war sich nicht sicher. Sicher war jedoch, dass die beschaulichen Taunusörtchen wie gemacht dafür waren, Ruhe zu finden. Äußeren wie inneren Frieden.

Nun, spätestens nach ihrem heutigen Fund war klar, dass sie diese Ruhe empfindlich würden stören müssen. Im Moment beschäftigte Tuulia allerdings immer noch das Gespräch mit der Nachbarin der Schmidt-Hajduks. Ihr Blick wanderte zu dem kleineren der zwei Asservatenbeutel in ihrem Schoß, der sich unerwartet zu ihrem Hauptfund hinzugesellt hatte.

»Was sagen Sie zu Elisabeth Schölermann?«, wandte sie sich an Lorenz, der den Wagen in diesem Moment auf die A643 in Richtung Wiesbaden lenkte.

»Tja, das ist eigentlich nicht zu fassen«, begann ihr Chef kopfschüttelnd, ohne dabei den Blick von der Fahrbahn zu wenden. »Ich meine, sie war ganz offensichtlich noch stolz darauf, dass sie nicht nur im Briefkasten ihrer gebeutelten Nachbarin geschnüffelt, sondern sich ihren hübschen Fund dann auch noch unter den Nagel gerissen hat. Und als wäre das nicht genug, hat sie selbst dann noch geschwiegen, als ihr bereits klar gewesen sein musste, dass sie durch ihr Handeln aktuelle Mordermittlungen behindert.«

»Wenn das Figürchen das edle Interieur aber doch so trefflich vervollständigt«, flötete Tuulia und imitierte den Tonfall ihrer letzten Zeugin überraschend gut.

»Genau«, meinte Lorenz ironisch. »Also wenn Sie mich fragen, ist die Dame doch nicht ganz knusper«, er tippte sich mit dem rechten Zeigefinger vielsagend an die Schläfe, bevor er in den fünften Gang raufschaltete.

Tuulia grinste, ihr Chef konnte ja richtig lustig sein. Überhaupt hatte sie den Eindruck, dass er über die letzten eineinhalb Jahre immer etwas entspannter, nahbarer geworden war. Er schien sich als Leiter der Mordkommission wohlzufühlen, war in ihrem Team angekommen. Den Begriff ›knusper‹ kannte sie in diesem Zusammenhang noch gar nicht, machte sich in Gedanken aber eine Notiz.

»Was sagen Sie denn als Psychologin dazu?«, wollte er wissen.

»Na ja«, Tuulia musste nicht lange nachdenken, »ganz offensichtlich macht sie sich die Welt, wie sie ihr gefällt. Ich glaube, dass sie gar nicht mehr in der Lage ist, ihre Umwelt ungefiltert wahrzunehmen. So unerschütterlich scheint ihre Überzeugung der eigenen moralischen Überlegenheit allem und jedem gegenüber zu sein.«

»Und nach dem, was sie angedeutet hat, ist sie ja viel allein, wenn ihr Mann so oft geschäftlich unterwegs ist«, sagte Lorenz.

»Wenn er dann mal da ist, wird er sicher andere Pläne haben, als ihr verschrobenes Weltbild gerade zu rücken.«

»Kann schon sein«, erwiderte Tuulia. »So kommt dann schnell eins zum anderen. Erinnern Sie sich daran, wie oft sie darauf hingewiesen hat, dass sie und ihr Mann ›rechtschaffene Bürger‹ sind?«

»Oh ja. Und wie großzügig sie die kleinen Unvollkommenheiten der anderen, wie die gesellschaftlich fragwürdige Herkunft von Frau Schmidt-Hajduk, toleriert«, Lorenz' Stimme troff vor Ironie.

»Das passt genau ins Bild«, bestätigte Tuulia. »Aber was meinen Sie, macht sie das verdächtig? Kann sie tatsächlich unser Serienmörder sein? Ich finde, ehrlich gesagt, dass da gewisse intellektuelle Anforderungen möglicherweise nicht ganz erfüllt ...«

Lorenz lachte auf. »Sie haben recht. Wahrscheinlich sollten wir einfach versuchen, die ganze Sache, trotz der ärgerlichen Verzögerung durch die Zeugin, mit Humor zu sehen. Jetzt, da das Kind ohnehin in den Brunnen gefallen ist.«

Die Fahrt nach Georgenborn verlief ohne Probleme. Während sie Mainz hinter sich ließen und die städtische Bebauung langsam den grünen Ausläufern des Taunus wich, sprachen sie nicht viel.

Um kurz nach 10:00 Uhr verkündete das Navi, dass sie ihr Ziel erreicht hatten. Sie stellten den Wagen ab und stiegen aus. Tuulia fiel als erstes die Stille auf. Und die klare, reine Winterluft, die sie instinktiv tief in ihre Lungen sog.

»Nicht schlecht«, meinte Lorenz und ließ den Blick anerkennend über die kleine Ortschaft, die sich scheinbar an den Wald schmiegte, schweifen.

Tuulia sah sich ebenfalls um und machte ein zustimmendes Geräusch. Nach einer Pause, in der keiner von ihnen etwas sagte, fügte sie leise hinzu: »In meinen Armen schlafen Wälder ein ...«

»Äh, was?«

»Rilke«, nuschelte sie und spürte, wie ihr die Röte ins Gesicht stieg. »Aus meinem Lieblingsgedicht.«

»Ach. Äh, schön.«

Tuulia grinste verlegen, was war denn da in sie gefahren? »Ja, aber jetzt ...«, sie straffte sich und ging energisch voran. »Wollen wir dann?«

Lorenz schloss zu ihr auf, und wenig später klingelten sie an der Tür eines kleinen Einfamilienhaus, das auf den ersten Blick an eine Art elegantes Hexenhäuschen erinnerte. Falls es so etwas gab.

»Guten Morgen!«, eine kleine rundliche Frau riss schwungvoll die rustikale, mit verspielten Schnitzereien verzierte Holztür auf und sah sie selbstbewusst an. Betrachtete sie eingehend, bevor sie zu sprechen begann. »Herr Wagner, nehme ich an?«

»Ganz genau, und meine Kollegin, Frau Hollinder«, erwiderte Lorenz sachlich. »Wir hatten vorhin mit Ihrer Schwester telefoniert und müssen ihr leider noch einige Fragen stellen. Dürfen wir eintreten?«

»Natürlich«, die Frau nickte knapp und musterte Tuulia unverhohlen, bevor sie ein klein wenig Platz machte, so dass sie sich an ihr vorbei ins Haus schieben konnten. »Rita ist im Wohnzimmer, aber ich möchte Sie bitten, sie nicht zu sehr aufzuregen. Sie ist immer noch sehr belastet, auch wenn sie das vielleicht nicht zeigen wird.«

Irgendetwas an dieser, auf den ersten Blick ziemlich ruppig wirkenden, Frau rührte Tuulia. Es war diese kompromisslose Fürsorge, die Löwenmutter, die durch ihre harten Worte hindurchschien. »Selbstverständlich, wir haben auch nur wenige Fragen«, erwiderte sie und lächelte die Löwin an. Es kam kein Lächeln zurück und Tuulias Gewissen regte sich. Es stimmte zwar, sie würden wahrscheinlich nur wenige Fragen stellen, die jedoch hatten es in sich.

Rita Schmidt-Hajduk saß an einem großen ovalen Esstisch an der Kopfseite des Wohnzimmers, vor sich ein offensichtlich unberührtes Glas Wasser. Es ging eine seltsame Stille von dieser Szene aus, die in Tuulia unweigerlich den Gedanken aufbrachte, ob sie gestellt sein mochte. Oder ob Frau Schmidt-Hajduk die letzten Tage so, in sich, in Erinnerungen, in Trauer versunken, an diesem kargen Tisch verbracht hatte.

Zu ihrer Überraschung blitzte in einem Eckchen ihres Bewusstseins der Wunsch auf, dass die von den psychischen Strapazen der vergangenen Tage gezeichnete Frau, die hier vor ihnen kauerte, unschuldig sein möge. Selbst wenn ihr heutiger Fund in der Villa sie hochverdächtig machte. Die Überlegung, was genau diesen Gedanken in ihr auslöste, verschob Tuulia auf später.

So oder so würde Frau Schmidt-Hajduk ihnen einiges zu erklären haben.

Er hatte mit Engelszungen auf seinen Dad eingeredet, doch der war stur geblieben.

»Willensstark, mein Sohn«, hatte er ihn korrigiert und außerdem klargestellt, dass er sich von ›so etwas‹ doch nicht vom Leben abhalten lassen werde. »Jetzt nicht mehr, Henry. Für Vernunft habe ich keine Zeit.« Er hatte geschmunzelt, wohl um seinem Sohn die Angst zu nehmen, und ihm sanft über das Haar gestrichen. »Ich weiß, du machst dir Sorgen. Aber ein bisschen Zeit bleibt mir noch. Bleibt uns noch …« Dann hatte sein Dad sich ein wenig zu schnell abgewandt, als dass er hätte beruhigt sein können.

Henry hatte ein ungutes Gefühl bei der ganzen Sache. Ein Herzinfarkt war nichts, was man so einfach wegsteckte. Auch nicht als Patriarch der Familie Claaßen. Aber sein Dad war es eben gewohnt, die Richtung zu bestimmen. Und so hatte er beschlossen, dass er genug Zeit in der Klinik verschwendet habe und sich zu Hause sowieso viel besser erholen könne.

»Und du konntest ihm die Idee nicht irgendwie austreiben?«, Quentin sah ihn mit unverhohlenem Entsetzen an.

»Na ja, sag’ du es mir«, gab Henry schulterzuckend zurück. Weil er selbst diesem verrückten Wunsch seines Vaters so hilflos gegenüberstand, hatte er seine Geschwister um ein Treffen im Gelben Salon des Hauses gebeten. Um 10:00 Uhr an diesem Samstag.

Während Quentin überpünktlich bereits einige Minuten vor der vereinbarten Zeit eingetroffen war, hatte Philippa offenbar andere Prioritäten gesetzt. Egal, selbst wenn sie noch nicht anwesend war, hatte Henry seinem Bruder die aktuelle Situation um ihren Vater bereits geschildert.

Wie zu erwarten, reagierte dieser ähnlich fassungslos wie Henry selbst am Vortag und verstand sofort, dass ihre Möglichkeiten, den Vater von seiner Idee abzubringen, äußerst begrenzt waren. Quentin schloss für einen Moment die Augen und kniff die Lippen zusammen. Die Lage schien aussichtslos. Er atmete tief durch und sah Henry schließlich wieder an. »Ok, du hast ja recht. Wenn er sich das so in den Kopf gesetzt hat, werden wir ihn wohl abholen müssen. Ist da an einem Samstag denn überhaupt ein Arzt anwesend, der ihn entlassen kann?«

»Natürlich nicht, was denkst du denn? Seine Ärzte haben doch die völlig undenkbare Prognose geäußert, dass er noch mindestens eine ganze Woche bleiben muss«, Henry imitierte gereizt den ungläubigen Ton, in dem sein Dad sich hierüber beschwert hatte.

»Und spätestens da hat er den Entschluss gefasst, sich selbst zu entlassen«, setzte Quentin resigniert fort. »Das darf doch einfach nicht wahr sein. Ich meine, an uns denkt er bei diesem Harakiri-Unternehmen wohl gar nicht?«

»Ich weiß es nicht, Quentin. Sieht aber ganz so aus.« Henry hatte seinen Bruder selten so aufgebracht erlebt und irgendwie beruhigte ihn dessen emotionale Reaktion. Ließ ihn die Familienbande deutlich spüren, die zumindest seinen Bruder mit ihm und ihrem Vater verbanden. Philippa war, was das betraf, jedenfalls anders, das war ja nichts Neues. »Aber es hilft jetzt alles nichts, wir müssen einfach darauf achten, jegliche Aufregung von Dad fernzuhalten.«

»Hm«, Quentin nickte, »auch wenn das leichter gesagt als getan ist. Wir müssen auf jeden Fall vermeiden, dass Zeitungen von dieser

Woche im Haus sind. Und alle Mitarbeiter briefen. Vater darf auf keinen Fall von der Sache mit David erfahren.«

In Henry flammte unerwartet heftiges Mitleid mit seinem Bruder auf. Quentin hatte eine sehr enge Bindung zu seinem Patenkind gehabt. David war regelmäßiger Gast bei ihm und Jonathan gewesen. Und gerade nach dem frühen Krebstod von Quentins Frau vor vielen Jahren, hatte David ganz selbstverständlich für Ablenkung gesorgt. Henry fragte sich, wie Quentin es im Moment eigentlich schaffte, weiter zu funktionieren. »Ich werde mit allen sprechen«, versprach er. Wenigstens diese Bürde konnte er seinem Bruder nehmen. »Und dann müssen wir einfach darauf achten, dass Vater morgen in seinem Zimmer bleibt.«

Quentin lachte freudlos auf. »Du glaubst doch nicht, dass er es sich nehmen lässt, am *Tag der Offenen Tür* zumindest die wichtigen Gäste zu begrüßen!«

Da hatte er recht. Henry wusste, dass es eine Herausforderung werden würde, seinen Dad hiervon abzuhalten. »Ich werde gleich bei ihrem Eintreffen mit allen sprechen«, meinte er entschieden. »So können wir auch vermeiden, dass die Gäste ihn über Gebühr beanspruchen. Vielleicht hört er ja auf sie.«

Quentin sah ihn mit ironischem Lächeln an. »Genau, das wird er sicher tun. Aber gut, mehr können wir in der Situation nicht machen. Ich ...«, er stockte.

»Hm?«

»Na ja, ich muss mich bedanken. Es macht alles viel leichter für mich, wenn du ...«

»Ich weiß, Quentin, ist doch selbstverständlich«, Henry wünschte sich nicht zum ersten Mal, dass sie, nun ja, irgendwie ungezwungener miteinander umgehen konnten. Ein kumpelhaftes Schulterklopfen oder tröstliche Umarmungen waren bei ihnen von jeher unüblich. Gerade in traurigen Momenten schien jeder seinen eigenen gläsernen Schutzschild um sich herum hochzuziehen. Schneller als man ›Hilf' mir!‹ sagen konnte.

Quentin nickte dankbar, vermied aber den Augenkontakt und musterte stattdessen die dekorative Obstschale auf dem großen Tisch, an dessen Fensterseite sie sich zusammengesetzt hatten.

»Quentin, da ist noch eine Sache«, setzte Henry zögerlich fort. Was er zu sagen hatte, ging ihm nicht leicht über die Lippen, aber es war notwendig. »Ich wollte dich um Entschuldigung bitten.«

Sein Bruder schien nicht zu wissen, worauf er anspielte. Er hob fragend die Augenbrauen.

»Wegen neulich. Ich hätte dich nicht so angehen dürfen wegen der ... Dinge, die ich im Lagerkeller gefunden habe. Besonders nachdem das mit David war. Ich hätte mich zurückhalten müssen, es tut mir aufrichtig leid, Quentin. Und ich weiß, dass du damit nichts zu tun hast.«

Quentin nickte langsam. »Ach so, das. Kein Problem, ich verstehe dich ja irgendwie. Tatsächlich habe ich davon nichts gewusst. Manchmal ...«, er sah zur Tür, wie um sicherzugehen, dass ihre Schwester nicht ausgerechnet in diesem Moment in den Raum treten würde, »Manchmal erscheint es mir besser, nicht ganz so aufmerksam zu sein. Eigentlich ist das falsch, ich weiß.«

»Ich bin der Letzte, der dir das vorwirft«, unterbrach Henry ihn. »Na ja, außer neulich. Ich kann mir nur zu gut vorstellen, wie es sein muss, tagtäglich mit Philippa zusammenzuarbeiten. Und ich beneide dich da wirklich nicht. Nur ...«, er machte eine Pause, suchte nach den richtigen Worten.

Quentin rückte ein Stückchen näher zu ihm.

»Nun ja, nach Dads Stiftungsgründung ändert sich alles hier von Grund auf. Du hast doch gehört, was Dr. Reichert gesagt hat. Alle zukünftigen Entscheidungen, die das Geschäft betreffen, bedürfen der absoluten Mehrheit. Das heißt, wenn wir zwei zusammenhalten, können wir alle Pläne unserer lieben Schwester blockieren. Und selbst wenn wir einmal nicht offen gegen sie stimmen wollen«, er machte eine Pause, um die Bedeutung des nun Folgenden zu unterstreichen, »erlangen alle unsere Entscheidungen doch erst dann Gültigkeit, wenn jeder von uns seine Stimme abgegeben hat.«

Sein Bruder nickte, rückte aber auch wieder ein wenig zurück. Henry hoffte, er würde jetzt nicht dichtmachen.

»Quentin, als Team sind wir ein echtes Gegengewicht zu Philippa«, sein Blick flackerte hektisch in Richtung Tür. Sie musste jetzt jeden Moment kommen. »Weißt du, was das bedeutet? Sie kann ohne uns nichts – ich wiederhole, ab-so-lut nichts! – ausrichten. Sie ist abhängig von unserem guten Willen!«

»Von Hohenlohe?« Conny hatte gerade dazu angesetzt, seinen Rechner für die Mittagspause in den Ruhemodus zu schalten, als das Telefon klingelte.

Schon nach wenigen Sekunden wich der entspannte Ausdruck in seinem Gesicht überraschter Aufmerksamkeit. Nebenbei wedelte er ungeduldig mit der Computermaus, um den dunklen Bildschirmschoner zu vertreiben.

»Alles klar, natürlich. Ja, ich sage Bescheid. Was? Nein, ist schon klar, niemand verlässt die Zentrale!«

Tobias, der gerade aus dem Gang zu den Büros kam und die letzten Worte gehört haben musste, sah vermeintlich desinteressiert zu Conny hinüber und schlenderte betont lässig weiter zur Garderobe. Die hektischen Zeichen, die der Sekretär ihm gab, ignorierte er und warf sich unbeeindruckt seine Jacke über. Immerhin wartete er dann aber ab, bis Conny das Gespräch beendet hatte.

Dieser salutierte scherzhaft in Richtung Telefon und wandte sich danach an den Ermittler. »Aus der Mittagspause wird erstmal nichts, Tobias.«

»Sagt wer?«

»Tuulia und der Chef sind wohl einen entscheidenden Schritt

weitergekommen. Sie waren doch heute in der Villa der Schmidt-Hajduks.«

»Ja, ja, ich weiß. Und was ist jetzt?«, fragte Tobias gelangweilt.

»Wir sollen uns bereithalten. In einer halben Stunde im KonZi.«

»Aha, na, das wäre jedenfalls das erste Mal, dass ein Täter in unserem Konferenzzimmer ...«, Tobias betonte das letzte Wort und vermied die Abkürzung demonstrativ, wie um den Sekretär zu belehren, »... dingfest gemacht würde. Ich bin jetzt jedenfalls erstmal weg. Mal sehen, ob ich es zu eurem Treffen schaffe.«

»Wie du meinst«, Conny hatte nicht vor, sich von dem aufsässigen Verhalten des dauer-schlechtgelaunten Kollegen provozieren zu lassen. »Aber sag' später nicht, ich hätte dich nicht informiert!«

Tobias verschwand wortlos im Treppenhaus, nicht ohne Conny noch einmal spöttisch zuzuwinken.

»Denk' da einfach mal richtig drüber nach, Quentin!«

Wie eigentlich immer, schien sein Bruder nach dem Weg des geringsten Widerstands zu suchen. Heute verstand Henry ihn, was das betraf, besser als in ihrer Jugend. Es mochte an Quentins Position in der Familie liegen. An der Rolle, die er wie selbstverständlich übernommen hatte, solange Henry denken konnte. Er wollte zuverlässig sein, seinem Vater nach dem frühen Tod der Mutter, über deren Verlust er im Übrigen auch nie wirklich gesprochen hatte, keinen Ärger machen. Und Henry vermutete, dass er sich schon sein ganzes Leben lang heimlich mehr Anerkennung von seinem Vater wünschte.

Vielleicht musste Quentin die Vorstellung, Philippa zukünftig Paroli zu bieten, erst einmal sacken lassen. Henry wollte ihn nicht quälen und entschloss sich, das Thema erst einmal nicht weiter zu vertiefen. Stattdessen waren im Moment schließlich ganz andere Punkte von drängender Wichtigkeit.

»Aber jetzt mal zum *Tag der Offenen Tür*«, Henry lächelte seinen Bruder an, um die Stimmung aufzulockern. »Was habt ihr da genau geplant? Ich muss gestehen, dass ich mich noch nicht nennenswert in die Vorbereitungen eingebracht habe.«

»Ach, nichts Wildes«, Quentin nahm den Themenwechsel sichtlich dankbar an. »Im Grunde ist es so, wie jedes Jahr. Wir öffnen also unsere Ausstellungsräume, es gibt Verpflegung im Innenhof – bevor du fragst, ja, wir werden zu dem Anlass diese ökologisch unverantwortlichen Heizpilze aufstellen – und Kinderbespaßung.«

»Ok, und wo, beziehungsweise wie, kann ich da helfen? Wenn möglich, bitte nichts mit Kindern ...«

Henrys letzte Aussage entlockte seinem Bruder nun doch ein Grinsen. »Nein, nein, keine Sorge. Wir haben umdisponiert. In den vergangenen Jahren hat Vater ja im lockeren Wechsel mit ein paar Elternteilen die Kinderbetreuung übernommen. Für morgen hat sich Nina aber schon bereit erklärt, einzuspringen.«

»Sehr gut«, Henry gab sich übertrieben erleichtert und zwinkerte Quentin zu. »Gibt es eigentlich noch die Scheinauktionen?«

Was sich wie eine nicht ganz legale Unternehmung anhörte, war in Wahrheit ein Riesenspaß für ihre jüngsten Gäste. Es wurden echte Exponate aus den Untiefen ihrer Lager herbeigeschafft, bei denen es sich in Wahrheit um Ladenhüter handelte, die schon seit vielen Jahren einzig zu diesem Zweck aufbewahrt wurden. Am späten Nachmittag, wenn die ersten Familien nach Hause aufbrachen, fand dann eine ›echte Auktion‹ statt, bei der sich die kleinen Käufer allerdings im Vorfeld dazu verpflichtet hatten, die mit ›echtem‹ Spielgeld ersteigerte Ware dem Auktionshaus im Anschluss als großzügige Schenkung zu überlassen.

»Wenn nichts dazwischenkommt, schon«, antwortete Quentin. »Wir müssen nur aufpassen, dass Vater nicht mitspielen will.«

»Oh je, ja, das tun wir«, Henry grinste gequält.

»Was tun wir?«, durchschnitt die Stimme ihrer Schwester just in diesem Moment die endlich gelöste Stimmung im Gelben Salon.

»Ach, gibst du dir auch mal die Ehre?«, Henry ersparte sich die Mühe, den scharfen Unterton in seiner Stimme zu verbergen.

»Natürlich, tut mir leid, dass ich ein wenig zu spät komme«, erwiderte Philippa in einem Ton, der nicht unbekümmerter hätte sein können. »Also, was habe ich verpasst?«

»Quentin und ich haben über Vater gesprochen«, Henry beobachtete, während er sich von seinem Stuhl erhob, die Miene seiner Schwester genau. Sie blieb völlig unbewegt. Kein Zeichen von Mitgefühl oder auch nur Interesse. Im Augenwinkel nahm er wahr, dass auch Quentin aufgestanden war.

»Wir werden ihn heute Nachmittag aus der Klinik holen.«

»Oh, aber ist das denn …«

Falls da doch eine Spur von Sorge sein sollte, würde sie, zumindest für den Moment, mit voller Absicht ignoriert werden. Geschah ihrer Schwester schließlich ganz recht!

»Sorry, Philippa, aber wir haben noch etwas Wichtiges zu erledigen. Du kennst das ja!«, fiel Henry ihr ins Wort. Dieses Mal klang er betont unbekümmert. »Kommst du, Quentin?«

Ohne ihre Schwester noch eines weiteren Blickes zu würdigen, schickten sie sich an, den Raum zu verlassen.

»Ja, das kenne ich in der Tat«, erklang Philippas Stimme hinter ihnen, als sie durch die Tür schritten. Beide blieben stehen, drehten sich aber nicht um. Henry staunte, diese konsequente Haltung hätte er seinem Bruder gar nicht zugetraut.

»Aber dennoch wollte ich mich zumindest von euch verabschieden, bevor ich aufbreche«, nun schwang unverhohlener Triumph in ihrer Stimme mit.

Beide drehten sich um, Henry um einen gelangweilten Gesichtsausdruck bemüht.

»Wie meinst du das?«, fragte Quentin.

»Nun, wie ich es gesagt habe. Es ist eigentlich nicht so schwer zu verstehen«, gab Philippa zurück. »Ich werde noch heute Mittag nach Rotterdam fliegen, Geschäfte, ihr wisst schon. Aber ihr werdet das auch gut ohne mich hinkriegen.«

Quentin sah ungläubig von Philippa zu Henry und wieder zu seiner Schwester. »Bitte WAS hast du vor?«

Philippa ignorierte seine Frage geflissentlich. »Ich wünsche euch jedenfalls alles Gute für morgen!«

Süßes Gift tropfte von jedem einzelnen ihrer Worte, und sie stolzierte mit einem eisigen Lächeln auf den Lippen an ihren Brüdern vorbei durch die Tür.

»Eigentlich haben wir beide schon nicht mehr daran geglaubt, ein Figürchen zu finden, und tatsächlich haben wir das auch nicht. Nicht direkt, jedenfalls. Tuulia, würden Sie bitte fortfahren?«

Das Ermittlerteam inklusive Conny hatte sich im Konferenzzimmer versammelt. Sie alle waren gespannt auf die angekündigten Neuigkeiten. Selbst Tobias hatte sich pünktlich auf die Minute hier eingefunden. Jetzt war es ganz still. Kein Papierrascheln oder Stühlerücken störte die Konzentration, als Tuulia das Wort ergriff.

»Ja, also, unsere Suche nach einem Figürchen ist zwar erfolglos geblieben, dafür sind wir jedoch im Wohnzimmer der Schmidt-Hajduks auf das hier gestoßen.« Tuulia nestelte in dem vor ihr auf dem Tisch liegenden Jute-Beutel herum und förderte vorsichtig den großen durchsichtigen Asservatenbeutel mit dem Schachspiel hervor. Die grobe Stofftasche legte sie aus dem Weg, so dass alle freie Sicht auf ihren Fund hatten.

Ganz offenbar war im ersten Moment für ihre Kollegen nicht wirklich ersichtlich, worum es sich bei der großen weißen Pappbox handelte. Die Reaktionen fielen verhalten aus, bis Tuulia den Beutel an Kathrin weitergab. Diese zupfte die Plastikhülle glatt und sah sich den Kasten genauer an, neugierig beobachtet von ihren Kollegen.

Endlich weiteten sich ihre Augen. Sie sah Tuulia ungläubig an. »Das ist doch nicht ...?« Während sie sprach, schob sie ihr bisher wohl wichtigstes Beweismittel weiter an Tobias.

»Doch, es ist genau das!« Als Tuulia den Verdacht ihrer Kollegin lächelnd bestätigte, erlebte sie eine etwas verminderte Version der Sensation, die sie in der Villa empfunden hatte. Und gleichzeitig war da ein neuer Eindruck: ein an Gewissheit grenzendes Gefühl, dass sie ganz dicht vor der Lösung ihres Falles standen. Dass das Finale womöglich genau in diesen Minuten begann.

»Doch, du hast recht, Kathrin. Dies ist das Schachspiel, dem die Figuren, die wir bei den Opfern gefunden haben, entnommen worden sind. Aber nicht nur das. Würden wir die Box aufklappen, könntet ihr die leeren Vertiefungen sehen, die die Anzahl der bei den Leichen gefundenen Figürchen um drei überschreiten.«

Im ersten Moment sagte keiner ein Wort. Sie alle wollten das Spiel selbst in Augenschein nehmen und die Zusammenhänge verstehen. Es war klar, dass ihr Täter die Regeln vorgab. Und dass er, wie es aussah, noch längst nicht fertig gespielt hatte.

»Nun gut, das heißt, er wirft uns den Fehdehandschuh zu«, sagte Gottfried irgendwann grimmig in die konzentrierte Stille und ließ den Satz so stehen. Auch die anderen begannen, Mutmaßungen anzustellen, und das anfängliche Murmeln schwoll während der nächsten Minuten auf ein Level an, das Lorenz schließlich dazu veranlasste, das Wort zu ergreifen. Er klopfte laut auf die Tischplatte, um die Aufmerksamkeit der anderen zu gewinnen.

»Wie Sie sich vorstellen können, haben wir sofort Kontakt zu Frau Schmidt-Hajduk aufgenommen«, begann er ruhig, während die Aufregung der anderen nur langsam abebbte. »Es scheint jetzt ja eindeutig erwiesen zu sein, dass sie zumindest in besonderer Weise in unseren Fall involviert ist.«

»Sie meinen, weil der Suizid ihres Mannes den Morden an Elfriede Dornbusch und David Kühnel vorangegangen ist?« Kathrin wirkte nicht restlos überzeugt.

»Ja und nein. Auf dem Weg zurück zum Wagen hat uns die Nachbarin der Schmidt-Hajduks, eine besonders aufmerksame ältere Dame, aufgehalten.« Lorenz tauschte einen vielsagenden Blick mit Tuulia. »Und sie ist auch gleich zur Sache gekommen.«

»Na ja«, warf Tuulia ein, »eigentlich auch erst, nachdem ihre Versuche, herauszubekommen, was wir in der Villa gemacht und möglicherweise entdeckt hatten, erfolglos blieben.«

»Stimmt«, Lorenz fuhr mit ironischem Unterton fort: »Jedenfalls ist sie, wie gesagt, eine sehr fürsorgliche Nachbarin und hat während der Abwesenheit von Frau Schmidt-Hajduk deren Briefkasten geleert. Und sich rührend um das dabei gefundene Elfenbeinfigürchen gekümmert.« Er ließ die Worte wirken.

»Was?«, fuhr Tobias wie zu erwarten auf. »Soll das heißen, sie hat die dritte Schachfigur gefunden und das für sich behalten?«

»Genau so war es«, bestätigte Lorenz und wurde ernst. »Nicht genug damit, sie hat uns auch noch erzählt, wie sie unsere Pressemeldung im *Mainzer Kurier* gelesen und den Zusammenhang mit ihrem Figürchen abgetan hat.«

»Unglaublich«, brummte Gottfried verdrießlich. »Ihr habt sie hoffentlich nicht so einfach davonkommen lassen?«

»Wir haben ihr schon sehr eindringlich klar gemacht, dass ihr Handeln entgegen ihrer Überzeugung verantwortungslos war«, sagte Tuulia, »aber um ehrlich zu sein, wollten wir zu diesem Zeitpunkt vor allem mit Frau Schmidt-Hajduk sprechen.«

»Weil deren Mann spätestens jetzt, nach dem Auftauchen des dritten, oder dann ja eigentlich ersten Figürchens in der Rangfolge, mit ziemlicher Sicherheit zum Kreis der Opfer gezählt werden kann«, dachte Kathrin laut. »Also muss auch sein Suizid vorgetäuscht, das heißt vom Täter inszeniert worden sein.«

Lorenz nickte bestätigend, wurde jedoch von Gottfried unterbrochen, dessen Miene sich verdunkelt hatte.

»Aber mit Sicherheit nicht nur deswegen! Mensch, jetzt denkt doch alle mal ganz scharf nach!«

Kapitel 17

Alle Augen waren auf Gottfried gerichtet, der sich jetzt tatsächlich die Haare raufte.

»Wie«, rief er grimmig in die Runde, »ist Frau Schmidt-Hajduk wohl an das Schachspiel gekommen? Was meint ihr?«

»Äh, Gottfried ...«, setzte Lorenz lächelnd an.

»Moment!« Der ältere Kollege war in seinem Element und offensichtlich nicht gewillt, sich unterbrechen zu lassen. »Hat der Täter es bei ihr deponiert, um für uns den Beginn seines kranken ›Spiels‹ zu markieren? Wollte er es einfach nicht bei sich zu Hause haben? Oder ...«, er hob die Augenbrauen, legte den Zeigefinger auf die Lippen und fuhr mit verschwörerischem Unterton fort, »Oder war es die ganze Zeit bei ihm beziehungsweise ihr, der Täterin nämlich, zu Hause? Und sie hat ganz einfach Figürchen für Figürchen ›abgearbeitet‹«, das letzte Wort versah er mit der typischen Gänsefüßchen-Geste, »und sich zwischen ihren ›Einsätzen‹«, wieder Gänsefüßchen, »im idyllischen Taunus von ihrer vermutlich nichtsahnenden Schwester ›auffangen und aufpäppeln‹ lassen?«

Gottfried senkte seine Hände nach den dritten Gänsefüßchen und sah seine Kollegen zufrieden an. Schließlich blieb sein Blick bei Lorenz hängen, dessen Lächeln mittlerweile ein klein wenig eingefroren wirkte. Dennoch nickte er ihm freundlich zu.

»Danke Gottfried. Ja, Ihre Vermutung liegt natürlich nahe. Und tatsächlich befand sich das Schachspiel nach Aussage von Rita Schmidt-Hajduk schon seit längerer Zeit im Besitz von ihr und ihrem Mann.«

Der ältere Kollege runzelte die Stirn. »Kommt da ein Aber?«

Lorenz nickte bedauernd. »Ich fürchte schon. Allerdings bringt uns dieses Aber offensichtlich den entscheidenden Schritt weiter.«

»Mensch, jetzt kommen Sie doch mal zum Punkt!«, fuhr Tobias unbeherrscht in das Geplänkel. »Vielleicht denken Sie mal an die weiteren leeren Fächer in der Spielebox da drüben. Bloß weil wir möglicherweise die Idee einer Spur haben, wird der Täter ...«,

»... oder die Täterin«, beharrte Gottfried unbeeindruckt auf seiner Theorie.

»Ja, mein Gott, von mir aus auch die Täterin«, gab Tobias erregt zurück. »Jedenfalls wird er oder sie nicht aufhören zu morden, bis sein beziehungsweise ihr perfider Plan, den wir im Übrigen immer noch nicht wirklich durchschaut haben, erfüllt ist.«

So wenig sie sonst mit Tobias und seiner hitzigen Art anfangen konnte, so sehr verstand Tuulia in diesem Moment seinen Ausbruch. »Vielleicht darf ich weitermachen?«, fragte sie Lorenz und fuhr fort, nachdem dieser Zustimmung signalisiert hatte.

»Also, das Schachspiel gehört zwar den Schmidt-Hajduks, genauer Frau Schmidt-Hajduk, jedoch erst seit ein paar Wochen. Seitdem es ihr nämlich als Weihnachtsgeschenk von ihrem ehemaligen Arbeitgeber zugesandt worden ist. Und hier wird es interessant.«

»Aha?!«, Tobias rückte näher an den Tisch heran und hörte Tuulia konzentriert zu. Im Raum war es still geworden.

»Denn eigenen Angaben zufolge, hat Rita Schmidt-Hajduk viele Jahre lang als Empfangsdame in treuen Diensten des Auktionshauses Claaßen gestanden.«

»Nein!«, entfuhr es Conny.

»Doch«, entgegnete Tuulia einfach. »Das Schachspiel ist ihr im Dezember zugestellt worden, anbei lag eine Grußkarte, die ›von der Chefin‹, wie sie sagte, unterschrieben war.«

Die Wucht dieser Information spiegelte sich in sekundenlanger Sprachlosigkeit. Damit hatte niemand gerechnet. Tuulia konnte die Überraschung ihrer Kollegen nachvollziehen, sie selbst hatte die brisante Neuigkeit immerhin schon sacken lassen können.

Nach einer Weile stieg der Geräuschpegel wieder an. Lorenz ließ seinen Ermittlern die nötige Zeit, sich an die neuen Fakten zu gewöhnen, bevor er schließlich zu sprechen begann: »Hier haben wir also wieder eine Verbindung zum Auktionshaus.«

»Das ja, aber in doppelter Hinsicht«, meinte Tuulia, »und das ist neu. Bisher haben wir nur die Spur der Opfer dorthin verfolgen können. Jetzt aber scheint der Täter plötzlich viel näher zu sein.«

Es wurde wieder still, bevor Lorenz erneut das Wort ergriff. »Klar sind zum jetzigen Zeitpunkt also zwei Dinge: Erstens, wir sind einen entscheidenden Schritt weitergekommen. Dem Täter nähergekommen. Und zweitens, das Auktionshaus Claaßen spielt eine weitaus größere Rolle, als wir bisher angenommen haben.«

»Was machen wir dann noch hier?«, fragte Tobias und rückte mit seinem Stuhl demonstrativ vom Tisch ab.

Lorenz erhob sich halb von seinem Stuhl und klopfte entschlossen mit beiden Handflächen auf den Tisch. »Aufbrechen, und zwar schleunigst. Wir beenden die Besprechung an dieser Stelle, und Sie und Tuulia werden umgehend mit mir nach Gonsenheim fahren.«

Seine Worte waren das befreiende Signal, auf das hin eine betriebsame Unruhe das Team schlagartig erfasste. Es war offensichtlich, dass sie alle nur auf den Startschuss für eine solche Aktion gewartet hatten. Diese neueste Wendung kam für sie alle unerwartet. Endlich ging es weiter in diesem Fall, der in den vergangenen Tagen all ihre Aufmerksamkeit beansprucht und doch so wenig Ermittlungserfolg beschert hatte.

Für Tuulia waren dies die heimlichen Gänsehautmomente, die ihr ermöglichten, ihrer Arbeit mit der notwendigen Selbstlosigkeit und Leidenschaft nachzugehen. Sie nahm wahr, dass Tobias sich von seinem Stuhl erhob und tat es ihm gleich. Lorenz stand ebenfalls auf und klopfte noch einmal mit den Fingerknöcheln auf die

Tischplatte. Die anderen verstummten umgehend und alle Augen waren auf ihn gerichtet.

»Wir sehen uns später wieder hier, Sie hören von uns, sobald die Dinge sich klären.«

Die Dinge, ihr Fall. Tuulia war wie elektrisiert. Auch das kannte sie von sich in dieser Ermittlungsphase. Sie versuchte, sich innerlich zu bremsen. Wie es aussah, hatte sich die Schlinge um den Hals ihres Täters oder vielmehr ihrer Täterin empfindlich zugezogen. Aber noch durften sie sich nicht zu sicher sein.

»Philippa Claaßen wird uns auf jeden Fall einiges zu erklären haben!«, unterbrach Lorenz' entschiedene Stimme ihre Gedanken.

Rick Hartmann blies die Backen auf, kniff die Augen zusammen und fuhr sich mit beiden Händen durch die militärisch kurz geschorenen rotblonden Haare. Dann ließ er die Luft langsam entweichen und massierte in kreisenden Bewegungen sein Gesicht, bevor er sich zwei-, dreimal energisch auf die Wangen klopfte. Es war kurz vor zwölf und er hatte noch nichts getan. Zumindest nichts, das seinen Arbeitstag verkürzte.

Eigentlich war die zweite Schicht ganz ok. Er begann um Punkt zwölf und verließ den Flughafen abends gegen Viertel nach acht. Das hieß, er konnte sich morgens Zeit lassen, theoretisch jedenfalls, und sich am Abend immer noch mit Denise treffen. Immerhin. Praktisch gesehen brauchte er die Zeit morgens jedoch nicht, er war schon immer ein Frühaufsteher gewesen, der den Tag am Schlafittchen packte und etwas schaffen wollte. Das war nicht erst seit der Bundeswehr so.

Heute hatte er, je nach Schicht, oft das Gefühl, die Zeit schlüpfe ihm durch die Finger. Dazu kamen die in letzter Zeit immer lauter werdenden Gedanken, dass er sich für den falschen Weg entschieden hatte. Dabei hatte er damals sehr gewissenhaft überlegt, was zu ihm passen könnte. Er zog sich den dicken Pullover und das T-Shirt über den Kopf und stieg aus seiner Hose. Legte alles ordentlich zusammen, wie er es beim Bund gelernt hatte, und nahm seine Dienstkleidung heraus: dunkle Schuhe, schwarze Hose und grünes Hemd mit dem aufgestickten ›Zoll‹-Schriftzug direkt unter der rechten Schulter.

Seine Kumpels fanden ›cool‹, was er machte und Denise hatte ihm mehr als einmal gesagt, wie ›hot‹ sie ihn in seiner Uniform fand. Aber egal, ob cool oder hot, das alles änderte nichts daran, dass er schon lange nicht mehr glücklich in seinem Beruf war. Und das war schlimm, denn immerhin war er einen langen Weg gegangen, um seinen Traum zu verwirklichen. War für das duale Studium sogar für drei Jahre nach Münster gegangen und hatte die anspruchsvolle Ausbildung mit der Laufbahnprüfung erfolgreich abgeschlossen. Alle waren stolz gewesen. Er hatte als erster in seiner Familie studiert, und die Aussicht auf eine aufregende Stelle im Rahmen der zollamtlichen Überwachung hatte ihn gleichermaßen begeistert und beruhigt.

Damals war er 25 gewesen und aus heutiger Sicht noch grün hinter den Ohren. Trotz der Zeit des Wehrdienstes, von der er immer gesagt hatte, sie habe ihn entscheidend geprägt. Ihm die Flausen der Jugend ausgetrieben, weil er den wirklichen Wert von Gehorsam und Pflichterfüllung gelernt habe. Heute war er fast 30 und die Pflichterfüllung fiel ihm immer schwerer. Natürlich gab er nicht nach, wusste, dass die Arbeit immer an oberster Stelle stehen musste, und er hier nicht schwach werden durfte.

Dennoch spürte er mehr und mehr, wie die qualvolle Eintönigkeit seiner Dienste und die immer wieder aufkommende Frage nach dem Sinn, ihn zu ersticken drohten. Ein-, zweimal hatte er versucht, mit Denise darüber zu sprechen, doch noch nicht einmal sie hatte seine Not erkannt. Vielleicht dachte sie da auch ein bisschen simpel. Praktisch, würde sie es wohl nennen. Für sie waren jedenfalls der monatliche Sold und die Aussicht auf Verbeamtung schon zwei zufriedenstellende Antworten auf die Sinnfrage. Sie verstand einfach nicht, was die immer gleichen Dienste in wechselnden Schichten mit ihm machten. Dass er sich alt fühlte und spürte, wie die Flamme in ihm, die zuverlässig seine Neugier und Begeisterung genährt hatte, stetig kleiner wurde. Dass er Angst hatte, sie könne irgendwann im Dunkel einer Depression verglimmen.

Er atmete durch, straffte sich und schlug die Tür seines Mitarbeiterspindes zu. Es brachte ja alles nichts, es war jetzt genau 11:54 Uhr, und er musste los. Zu den Räumen des Hauptzollamtes Frankfurt in Terminal 1 des Flughafengebäudes.

Wenig später betrat er die große Halle, in der an diesem Samstagmittag zahllose Menschen, entweder Geschäftsleute oder, in auffälligem Kontrast hierzu, bunt gekleidete Touristen aus der ganzen Welt geschäftig hier- und dorthin liefen. Er hielt, wie fast immer, kurz inne und sog den besonderen Flughafenduft nach Maschinen, Menschen und weiter Welt ein. Rick mochte das Gewusel, die Mischung aus Vorfreude, Stress, aufgeregter Abreise und erschöpfter Ankunft. Diese spezielle Flughafenatmosphäre hatte ihn schon von Kindheit an fasziniert.

Er mochte die Vorstellung, dass sich in diesen Gebäuden eine Mikro-Version eben jener weiten Welt aufbaute, nur um, wie die bildgebenden Teilchen in einem Mosaik, im nächsten Moment wieder auseinanderzufallen und sich danach erneut, in anderer Ordnung, zusammenzusetzen. Das war der natürliche Kreislauf dieses Knotenpunkts, und um jene Elemente zu eliminieren, die den bunten Wirbel von Menschen und Kulturen für ihre kleineren und größeren Gaunereien ausnutzten, gab es Menschen wie ihn.

Doch so langsam musste er sich ranhalten, wenn er nicht zu spät zum Dienst erscheinen wollte. Man unterschätzte die Entfernungen hier leicht, aber ihm passierte das nicht. Nie. Mit langen Schritten lief er quer durch die große Halle, über den spiegelnden Boden und wich dabei den Fluggästen geschickt aus. Er war groß und schlank und sich seiner Erscheinung durchaus bewusst.

›Hot in deiner Uniform‹, klangen Denises Worte in ihm nach und hoben seine Mundwinkel jetzt doch eine Winzigkeit an. Auf den letzten Metern zum Dienstraum gab er sich Mühe, die dunklen Gedanken von vorhin in den Hintergrund zu drängen und riss die Tür wenig später schwungvoll auf.

»He, Rick, alles klar?«

Das war sein Kollege, Dieter, der mit Ende 50 alles tat, um nicht wie Ende 50 zu wirken.

»Hi, Dieter, na sicher doch«, gab er beschwingter zurück, als er sich fühlte. Aber so war es eben. Zum Glück gab es Kollegen, die mit ihren erfrischenden Belanglosigkeiten in seine düsteren Grübeleien hineingrätschten. Er schloss die Tür hinter sich.

»Das ist schön«, fuhr Dieter jetzt fort, »und gut, dass du jetzt gerade kommst. Wir haben da nämlich was von der Kontrolle reingekriegt.« Er sah unbestimmt über seine Schulter zu dem langen Tisch, der direkt an die Glasscheibe zu einem kleinen Nebenraum angrenzte. »Schau' auch nochmal drüber. Wenn sich mein Verdacht bestätigt, dürfte sie da drüben«, er nickte mit abgewendetem Blick in Richtung Glasscheibe, »jedenfalls Probleme bekommen.«

»Ja, klar, mache ich«, meinte Rick und reckte den Hals um durch die nicht verspiegelte Scheibe in den Nebenraum zu sehen. Tatsächlich, hier wartete eine stattliche Dame um die 50, in einem schicken Reisekostüm samt Federhut, die wenig erbaut von der Situation schien. »Was ist es denn, zeig' mal her!«

»Sieh' selbst«, sein Kollege hielt Rick einen ihrer durchsichtigen Plastikbeutel hin, schien von der ganzen Angelegenheit ansonsten jedoch eher gelangweilt zu sein. »Nichts Wildes, oder, na ja, wie man will.«

»Na, dann zeig' mal her«, Rick griff nach dem Beutel und verstand sofort, was Dieter meinte. Es kam ziemlich häufig vor, dass Urlauber Erinnerungsstücke in exotischen Ländern erstanden, deren Einfuhr verboten oder zumindest beschränkt war. Diese Funde gehörten längst zum täglichen Brot in seinem Job und waren nur wenig sensationell.

»Angemeldet hat sie das natürlich nicht«, sagte er mehr zu sich selbst, bevor er sich Dieter zuwandte. »Wissen wir, von woher sie eingereist ist?«

»Nicht eingereist«, antwortete Dieter mit vollem Mund. Rick wünschte, er würde erst einmal fertig kauen, soviel Zeit musste seiner Meinung nach sein.

»Ja, wie?«, hakte er nach.

»Ausgereist«, erwiderte Dieter und wischte sich seinen Mund umständlich mit einem Taschentuch sauber, das zuvor eindeutig schon mal zum Einsatz gekommen sein musste. Rick unterdrückte den Impuls, seine Nase zu rümpfen und begnügte sich damit, den Kollegen verwundert anzusehen.

»Das heißt, sie will nach Rotterdam fliegen«, erklärte Dieter.

»Aber macht das Sinn?«, überlegte Rick laut.

»Nach Rotterdam zu fliegen? Warum nicht, ist vielleicht ganz schön da, wenn das Wetter …«

»Du liebe Güte, Dieter, ich meine natürlich, Elfenbein aus dem Land hinaus zu schmuggeln? Klingt erstmal nicht logisch, oder?«, gedanklich griff Rick sich ob der Begriffsstutzigkeit des Kollegen an den Kopf und zweifelte nicht zum ersten Mal an dessen intellektueller Wendigkeit. Er hielt sich den Plastikbeutel näher ans Gesicht und betrachtete die zwei röhrenförmigen Klötzchen, deren bleiches Material die Dame nebenan in eine ziemliche Bredouille brachte, noch ein wenig genauer.

Erst war es nur ein winziger Impuls, dann klärte sich seine Erinnerung. Rick lächelte ungläubig, er schürzte die Lippen und sah Dieter mit erhobenen Augenbrauen an. »Du weißt wirklich nicht, was wir hier haben, oder?«

»Äh, na ja, Elfenbein eben. Schön, dass du dich darüber noch so sehr freuen kannst.« Der Kollege lachte kurz auf, verstummte aber, als er Ricks Miene sah. »Was meinst du denn?«

»Warte, ich zeige es dir. Gleich«, Rick wandte sich zu dem PC um, der hinter ihren Arbeitsplätzen an der Rückwand stand, und fuhr ihn kommentarlos hoch. Nur dieser Computer verfügte über Internet, anders als ihre beiden Rechner vorne, auf denen sensible Personen- und weitere Daten verarbeitet wurden.

»Was meinst du?«, wiederholte Dieter und beobachtete, wie Rick nach dem Windows-Willkommenssignal konzentriert tippte und klickte und ihn schließlich zu sich winkte.

»Sieh' mal, hier!« Rick deutete aufgeregt auf den Bildschirm.

Dieters Blick folgte den hektischen Gesten und sprang zwischen der Abbildung und dem knappen Text hin und her. Er runzelte ungläubig die Stirn, hob den Kopf und sah unmittelbar in Ricks breites Grinsen. »Das kann doch nicht sein, oder?«, brachte er verblüfft hervor. »Ich meine, das wäre ja ...«

Rick genoss es für einen Mini-Moment, den allzu entspannten Kollegen aus dem Konzept gebracht zu haben. Er selbst spürte die Aufregung kribbelnd aus seinem Magen emporsteigen und über seine Oberarme laufen. Solche Arbeitstage gab es viel zu selten, endlich war mal etwas los. Endlich war, nach einer viel zu langen Zeit, heute mal wieder seine Neugier geweckt worden. Und er kostete es aus, ruhig und mit einigermaßen sonorer Stimme, den nächsten Schritt anzukündigen.

»Ich denke, wir sollten die Kollegen von der Kripo rufen!«

Henry fühlte sich in vielerlei Hinsicht unwohl.

Zuallererst war da natürlich sein Dad, den sie in Kürze, wider jegliche Vernunft und ärztliche Empfehlungen, nach Hause holen würden. Dann dachte er mit wachsendem Grauen an den morgigen *Tag der Offenen Tür*. Jetzt unter den erschwerten Bedingungen, dass sie immer ein Auge auf seinen Dad haben mussten und dass seine Schwester nichts Besseres zu tun hatte, als sie mit der ganzen Organisation allein zu lassen.

Und damit nicht genug. Henry wusste, dass der jährliche *Tag der Offenen Tür* weit mehr bedeutete, als sich einfach nur der Allgemeinheit zu präsentieren. Das war in Wahrheit nicht mehr als der schmückende Saum an jenem Stoff, an dem sie mit derlei Veranstaltungen, wie auch mit ihrer Präsenz bei ausgewählten gesellschaftlichen Events anderer Wirtschaftsgrößen im Land, kontinuierlich webten. Man war dabei, gehörte dazu, tanzte mit gelassener Selbstverständlichkeit auf dem Parkett unternehmerischen Erfolges.

Das war der eigentliche Zweck dieser Veranstaltung. Es ging nicht darum, Mainz und seine Bewohner hinter die Kulissen des berühmten Auktionshauses Claaßen schauen zu lassen oder die Kinder für ihre Berufssparte zu begeistern. Henry wusste das. Natürlich. Er war in diese Welt hineingeboren worden und hatte zwangsläufig viele Jahre mitgetanzt, bevor es ihn zu den Brennpunkten dieser Erde gezogen hatte. Dort hatte sich bestätigt, was er lange zuvor geahnt hatte: Ihr Erfolg und auch sein angenehmes Leben, gründeten von jeher auf einer tiefen, tödlichen Ungerechtigkeit, unter der die Ärmsten und Schwächsten in den vergessenen Regionen der Welt zu leiden hatten. Während sie selbst sich und ihr erschlichenes Glück im sicheren Deutschland bei Anlässen wie dem morgigen feierten. Vielleicht war er zu streng, vielleicht sogar ungerecht, aber das alles war ihm so zuwider.

Er atmete hörbar aus und sank tiefer in den gemütlichen Beifahrersitz des 5er BMWs, den Quentin, äußerlich ruhig wie immer, gleich in Richtung Uni-Kliniken lenken würde. Wo blieb er eigentlich? Wenigstens Jonathan und Nina ließen sie morgen nicht im Stich, obwohl die jungen Leute eigentlich nicht in diesem Maße eingeplant gewesen waren, wie er von seinem Bruder wusste. Nun ja, jetzt war erst einmal wichtig, dass sein Dad von der ganzen Aufregung, die Philippa mit ihrem unerwarteten Aufbruch ausgelöst hatte, nichts mitbekam.

Es war jene Stimme, die ihm in den vergangenen Tagen leider viel zu vertraut geworden war, die ihn sich umblicken ließ. Er hatte recht, an der Haustür stand dieser Ermittler, Lorenz Wagner, mit zwei Kollegen dieses Mal. Die junge Frau Hollinder erkannte er wieder, den Mann mit den dunklen Locken hatte er noch nie gesehen. Sie sprachen mit seinem Bruder, das war also der Grund, warum Quentin noch nicht zum Wagen gekommen war. Sofort beschleunigte sich Henrys Herzschlag. Vielleicht hatten sie etwas über die näheren Umstände des Todes von Oma Elfie herausgefunden?

Unsinn, ermahnte er sich. Sie war zwar seine Ziehmutter gewesen, von ihnen allen dreien genauer gesagt, aber es bestand formell nun mal kein Verwandtschaftsverhältnis. Weswegen es auch unwahrscheinlich war, dass die Polizisten aus diesem Grund hier waren. Nein, viel eher ging es um David. Vielleicht war der dritte Kollege ein Psychologe? Seine Unruhe verstärkte sich. Er öffnete die Beifahrertür und ging mit langen Schritten zu dem kleinen Grüppchen an der Haustür. Warum blieben sie denn hier draußen in der Kälte? Egal, er würde Quentin jetzt jedenfalls zur Seite stehen. Die Neuigkeiten konnten zwar die Realität an Grausamkeit nicht mehr überbieten, jedenfalls hoffte er das, dennoch wollte er zeigen, dass er für ihn da war.

»Uns hat es, wie gesagt, auch überrascht«, sagte Quentin gerade. Henry runzelte die Stirn. »Sie können mir glauben, dass wir angesichts des morgigen *Tages der Offenen Tür* fest davon ausgegangen sind, dass sie hier sein würde.«

Ah ja, es ging wohl um Philippa. Das war ja interessant. Und etwas, das er auf keinen Fall verpassen wollte. Er trat näher an die anderen heran und musterte Wagner und seine Kollegen fragend.

»Guten Tag, ist etwas passiert?«

»Guten Tag, Herr Claaßen«, begann Wagner. Die beiden anderen beschränkten sich darauf, ihm zuzunicken. »Nein, nein, keine Sorge. Wir haben gerade mit Ihrem Bruder gesprochen. Eigentlich wollten wir Ihrer Schwester ein paar Fragen stellen.«

»Ich hätte auch so einiges mit ihr zu klären«, gab Henry ruppiger als gewollt zurück. »Aber leider stimmt es, was Quentin sagt. Sie hat uns heute Vormittag mitgeteilt, dass sie geschäftlich in die Niederlande fliegt und ist kurz darauf aufgebrochen. Ungeachtet dessen, dass sie hier morgen eigentlich fest eingeplant war.«

»Hmm«, Wagner gab sich nachdenklich. »Und vorher hatte sie nichts von dieser Reise gesagt.« Er sah Henry nicht an, schien mit sich selbst zu reden. »Gut, das passt leider ins Bild.«

»Äh, wie bitte?«, Henrys Blick wanderte von Wagner zu Quentin, der ob dieser Bemerkung ebenfalls verunsichert zu dem Ermittler sah.»Würden Sie uns bitte aufklären?«

»Tut mir leid, während der laufenden Ermittlungen darf ich Ihnen nicht mehr sagen. Nur eine Frage noch, können Sie sagen, von welchem Flughafen Ihre Schwester vorhat zu fliegen? Frankfurt/Main, nehme ich an?«

Quentin nickte perplex. »Ja, ziemlich sicher.«

»Sehr gut, vielen Dank! Würden Sie mir dann bitte noch die Handy-Nummer Ihrer Schwester geben?«

»Natürlich«, Quentin zückte sein eigenes Telefon, um die Ziffern abzulesen und streckte Wagner zur Kontrolle anschließend das Display entgegen.

»Prima. Vielen Dank, und alles Gute für Ihre Veranstaltung morgen«, meinte Wagner nach zwei, drei schnellen Blicken. Er schien gedanklich schon auf dem Weg zu sein.

Die Polizisten verabschiedeten sich hastig und verschwanden in ihrem Wagen. Nach wenigen Minuten war der Spuk vorbei und Quentin schüttelte ungläubig den Kopf. »Wenn sie sich da durch ihr seltsames Verhalten mal nicht in Schwierigkeiten gebracht hat.«

»Kann schon sein, Quentin. Aber bist du dir denn sicher, dass sie nichts zu verbergen hat? Also, ich nicht.«

Während Dieter schon nach dem Hörer griff, öffnete sich die Glastür, und die Dame aus dem Nebenraum trat entschiedenen Schrittes an ihren Tisch.

»Hören Sie, ich warte jetzt schon seit einer guten halben Stunde hier wie bestellt und nicht abgeholt. Meine Zeit wird langsam knapp, deshalb werde ich diesen Raum jetzt verlassen, ob Sie hier fertig sind oder nicht.«

Rick mochte es eigentlich nicht sonderlich, seine amtsgegebene Autorität spielen zu lassen, aber diese Dame war geladen. Und sie unterschätzte die Situation ganz offensichtlich erheblich. Wenn sie glaubte, sie hier für dumm verkaufen zu können, würde sie in Kürze begreifen, wie falsch sie damit lag. Er setzte sein strengstes Gesicht auf und schraubte seine Stimme erneut nach unten. »Moment, Moment, nicht so schnell. Hier verlässt niemand den Raum.«

»Da muss ich Sie korrigieren«, widersprach die Dame hochmütig. »Wenn Sie zugehört haben, wissen Sie, dass es für mich unerheblich ist, welche Kontrollen Sie glauben, hier durchführen zu müssen.«

Rick nahm aus dem Augenwinkel wahr, dass Dieter den Hörer unverrichteter Dinge sinken ließ. Das war sicher gut, ihm wäre wohler, wenn die Frau außer Hörweite wäre, wenn sie mit den Polizisten sprachen. Sie schien nicht zimperlich zu sein. In keiner Hinsicht.

»Daher werde ich jetzt mein Gepäck nehmen«, sie machte sich daran, den Handgepäckskoffer, der offen auf dem seitlichen Tisch lag, zusammenzuklappen und den Reißverschluss zu schließen, »und zu meinem Flieger gehen. Ohne«, fuhr sie zwar nicht besonders laut, jedoch in nicht weniger herrischem Ton fort, »dass mich hier irgendjemand an meiner Weiterreise hindert. Haben wir uns verstanden?«

»Wir haben sehr wohl gehört, was Sie gesagt haben«, mischte sich jetzt Dieter ein, »aber ganz offensichtlich haben Sie nicht verstanden. Sie reisen jetzt erstmal nirgendwo hin. Die Ware, die wir in Ihrem Koffer gefunden haben ...«

»... interessiert mich nicht. Ebenso wie das, was Sie sagen. Aber wenn es Ihnen so wichtig ist, erkläre ich gerne noch einmal, dass ich diese ›Ware‹, wie Sie es nennen, noch nie zuvor gesehen habe. Machen Sie damit, was Sie wollen. Ich werde jetzt jedenfalls gehen!«

Der Ton der Dame war kühler geworden, vermeintlich gelassener, und doch war klar, dass sie keinen Widerspruch duldete. Rick schnaubte geräuschlos und lugte unauffällig auf den Personalausweis neben dem Telefon. Offenbar glaubte Philippa Claaßen tatsächlich, damit durchzukommen. Nun gut, sie würden sie vorerst in dem Glauben lassen. Rick suchte Blickkontakt mit Dieter, sie verstanden sich in solchen Situationen mittlerweile ohne Worte.

»Gut, Frau Claaßen«, sagte er, jetzt gänzlich emotionslos, »wenn Sie das wirklich wollen, werden wir Sie hier nicht festhalten.«

»Sehen Sie, geht doch.« Unbeeindruckt packte Philippa weiter ihre Sachen und würdigte den Plastikbeutel keines Blickes.

»Aber Sie müssen wissen«, fing Dieter den Ball von Rick auf, »dass wir, wenn Sie diesen Raum verlassen, die Flughafensicherheit alarmieren. Die Kollegen werden schneller bei Ihnen sein, als Sie sich vorstellen können. Und sie werden nicht zimperlich sein.«

»Sie können mich gerne zu meinem Flieger begleiten, dann stößt mir wenigstens nichts zu«, erwiderte Philippa spöttisch und riss den kleinen Koffer etwas heftiger, als nötig gewesen wäre, vom Tisch. »Ich wünsche einen guten Tag!« Mit diesen Worten schob sie sich energisch durch die Tür aus dem Raum.

Rick und Dieter waren für einen Moment sprachlos. Rick konnte sich nicht daran erinnern, etwas Vergleichbares schon einmal erlebt zu haben. Spätestens, wenn das Wort ›Flughafensicherheit‹ fiel, kamen die Delinquenten üblicherweise zur Vernunft. Aber Philippa Claaßen war ganz offensichtlich ein anderes Kaliber. Das, was sie von ihrer Persönlichkeit bis jetzt schon mitgekriegt hatten, ließ jedenfalls tief blicken. Und mit dem Anflug eines Schauderns überlegte er, ob sie es hier wohl gerade mit einer Serienkillerin zu tun gehabt hatten.

»Pass' auf«, riss Dieter ihn aus seinen Gedanken, »ich rufe jetzt zuerst die Sicherheit an, dann informiere ich die Kripo. Folge du Frau Claaßen und lass' sie nicht aus den Augen. Rück' ihr ruhig ein bisschen auf die Pelle, bis die anderen da sind, ok?«

»Alles klar!« Das musste Dieter ihm nicht zweimal sagen. Rick ging sofort zur Tür, hob grüßend die Hand und war schon aus dem Raum hinausgetreten. So, wo war sie wohl? Er ließ den Blick durch die strahlend helle Halle schweifen und hatte sie im nächsten Moment entdeckt. Näher, als er erwartet hatte. Es würde nicht lange dauern, bis er sie erreichte. Sie sah nicht nach links oder rechts, schien ihre Drohung, die Kollegen auf sie anzusetzen, also tatsächlich als Bluff abzutun. Nun ja, da würde sie gleich eines Besseren belehrt werden.

»Hallo, Frau Claaßen«, begann er, als er sie eingeholt hatte. Sie reagierte nicht. Wie es schien, wollte sie ihn wohl ignorieren. Bitte, das sollte sie ruhig versuchen.

»Ich wollte Ihnen noch einmal ins Gewissen reden«, fuhr er fort und schob sich so dicht wie eben möglich an sie heran. Auf Außenstehende mussten sie wie gute Bekannte wirken. Rick achtete darauf, leise zu sprechen. »Wissen Sie, es war kein Bluff, was mein Kollege Ihnen eben erklärt hat. Unsere Kollegen werden in wenigen Minuten hier sein und ihnen geht es nicht um ein Gespräch. Wenn Sie verstehen, was ich meine.«

In einem seltsamen Tanz schoben sie sich weiter durch das Terminal. Rick wich nicht von Philippas Seite, was ihr mit Sicherheit unangenehm war. Trotzdem lief sie stoisch immer weiter und gab vor, ihn nicht wahrzunehmen. Zugegebenermaßen war er froh, dass sie garantiert keine Waffe bei sich trug, das wäre bei der Kontrolle aufgefallen. Dennoch fragte er sich, was sie hier überhaupt taten. Es war völlig klar, wie die Sache ausgehen würde. Aber gut, wenn sie nicht hören wollte ...

»Frau Claaßen, denken Sie noch einmal nach«, setzte er erneut an, als vier bewaffnete Sicherheitsoffiziere in sein Blickfeld traten, »dies ist Ihre letzte Möglichkeit, aufzugeben.«

Philippas Beherrschung bröckelte einen Wimpernschlag zu spät. »Ich habe Ihnen doch bereits deutlich gesagt, dass ich keinerlei Veranlassung ...«, begann sie und wurde im nächsten Moment von zwei bewaffneten Uniformierten zu Boden gerissen. Ein dritter Sicherheitsoffizier trat ihren Koffer aus dem Weg und bildete mit dem vierten eine Art Schutzring um die am Boden Balgenden.

Rick traute seinen Augen nicht. War es tatsächlich möglich, dass sich die Dame in ihrem Reisekostüm mit zwei gestählten Sicherheitsoffizieren prügelte? Er konnte nicht genug erkennen, aber sie hatte wohl nicht vor, es den Männern leicht zu machen. Rick überlegte. Seiner spontanen Empfindung nach, sprach dieses Verhalten dafür, dass sie richtig viel zu verlieren hatte. Oder etwa nicht?

Wie zu erwarten, bildete sich schnell eine Menschentraube um das Geschehen, die er nach Kräften auseinanderzutreiben versuchte. Reisende, die eilig zu ihrem Flugsteig wollten, kamen kaum durch, und hier und da wurden protestierende Rufe laut.

»Gehen Sie weiter, es gibt hier nichts zu sehen«, wiederholte er unzählige Male, aber erst nachdem die beiden Sicherheitskräfte mit ihrer Zielperson im Schlepptau wieder aufgestanden waren, lichtete sich die Menge deutlich. Philippa Claaßen sah ein wenig zerrupft aus, und eiserne Schellen um ihre Fuß- und Handgelenke erstickten jegliche Fluchtimpulse im Keim. Selbstverständlich hatten die Kollegen Übung darin, Menschen ruhigzustellen, ohne allzu großen Schaden anzurichten.

Allein die Feder hatte sich aus dem Hut der Dame verabschiedet und lag zerstört am Boden.

Das erste halbe Jahr in der neuen Firma war gut. Meistens hatte ich mich im Griff oder konnte kritische Situationen rechtzeitig verlassen. Ich glaube, die anderen finden mich ein bisschen schrullig, aber ansonsten in Ordnung.

Mein Kind geht seit letzter Woche in die Schule. Das ist natürlich für uns beide ziemlich aufregend. Ich habe deswegen extra Urlaub genommen, aber ab Montag beginnt der neue >normale Alltag<. Mal sehen ...

Kapitel 18

»So, dann wollen wir mal!«

Lorenz hatte hinter dem Steuer Platz genommen und wartete mit dem Handy am Ohr darauf, dass Tuulia die Tür schloss. Er war gespannt. Natürlich konnte es Zufall sein, dass ›die Chefin‹ ausgerechnet jetzt nicht anzutreffen war. Das musste zunächst einmal gar nichts bedeuten, und er hütete sich davor, hieraus vorschnelle Schlüsse zu ziehen. Auf der anderen Seite schienen auch ihre Brüder, zumindest der ältere der beiden, von ihrem offenbar überstürzten Aufbruch überrascht gewesen zu sein. Zudem war sie für die Veranstaltung am morgigen Sonntag eigentlich fest eingeplant gewesen. Jedenfalls hatte er das so verstanden.

Er sah ungeduldig, wie es eigentlich nicht seine Art war, zu Tuulia hinüber, die eben den Sicherheitsgurt anlegte. Da er immer noch den Hörer in der Hand hielt, hätten sie zwar ohnehin noch nicht losfahren können, aber Emotionen mussten ja auch nicht logisch sein. Wie auch immer. Er zählte angespannt die Anzahl der Freizeichen mit. Als er bei zehn angekommen war, sprang die Mobilbox an und eine strenge Frauenstimme informierte ihn darüber, dass die Person, die er zu sprechen verlangte, vorübergehend nicht verfügbar sei. Neben der drängenden Ungeduld machte sich Enttäuschung in Lorenz breit. Vermutlich hatte ihre Hauptverdächtige das Handy bereits in den Flugmodus gestellt und war auf dem Weg in den Flieger.

Für ihren Flug, das hatte Tuulia ihm herausgesucht, begann in einer knappen Dreiviertelstunde das Boarding. Mit viel Glück konnten sie es schaffen, bis dahin am Flughafen zu sein. Natürlich hatte er überlegt, die Kollegen vor Ort zu informieren. Aber angesichts der Tatsache, dass sie im Moment nichts als Fragen an Philippa Claaßen hatten, wären Maßnahmen, die den Flugverkehr störten, unverhältnismäßig. Er richtete nachdrücklich den Innenspiegel, was nicht nötig war, ihm aber etwas zu tun gab und startete endlich den Wagen.

Sie hatten die Autobahn noch nicht erreicht, als Tuulias Smartphone klingelte. Sie nahm das Gespräch mit leiser Stimme an und Lorenz erkannte aus dem Augenwinkel, dass sie sich rücksichtsvoll ein wenig zur rechten Seite drehte. Im nächsten Moment jedoch fuhr sie hoch.

»Was?! Wie ...? Warte mal!« Sie tippte hektisch mehrmals auf das Display und aktivierte den Lautsprecher. »So, jetzt. Der Chef hört mit, Conny«, sagte sie. »Wiederhole bitte nochmal, was du gerade gesagt hast.«

»Hallo Conny«, rief Lorenz in Richtung des Hörers und ließ sich von Tuulia, die wild mit einer Hand wedelte und dann energisch auf das Handy deutete, nicht aus dem Konzept bringen. »Was ist los?«

Er konnte kaum fassen, was er da hörte. Am Flughafen hatten sich die Ereignisse in der letzten Stunde offenbar überschlagen. Während sie gerade begonnen hatten, die Spur in Richtung Philippa Claaßen aufzunehmen, war die Dame andernorts bereits überführt und in Verwahrung genommen worden. Zu Fall gebracht hatte sie eine kleine Skulptur, die in ihrem Handgepäck verstaut gewesen und deren Ähnlichkeit zu den Abbildungen in der Pressemeldung vom Vortag einem findigen Kollegen aufgefallen war.

»Gut, passen Sie auf, Conny!«, setzte Lorenz entschieden fort. »Tuulia und ich sind ohnehin auf dem Weg zu Flughafen und voraussichtlich spätestens in einer halben Stunde dort. Schicken Sie uns noch zwei Beamte zur Verstärkung und sprechen Sie mit Frau Dr. Beck. Wir benötigen einen Haftbefehl für Philippa Claaßen aufgrund dringenden Tatverdachts. Außerdem ... Wie?« Lorenz hatte nicht erwartet, dass Conny ihn unterbrach. »Sagen Sie ihr, es besteht nicht nur Fluchtgefahr, sondern auch Verdunkelungs- und Wiederholungsgefahr. Erzählen Sie von den wieder aufgetauchten Figürchen, falls sie nähere Informationen fordert.«

Lorenz bezweifelte nicht, dass sie den Haftbefehl ohne größere Probleme bekommen würden. Die Staatsanwältin, mit der er in der Vergangenheit immer wieder in Kontakt gestanden hatte, war von einer kühlen Sachlichkeit, die ihrer Profession zugutekam. Der energischen, strengen Art, mit der sie die Dinge anpackte, begegnete man am besten mit hieb- und stichfesten Argumenten. Insofern war es gut, dass Conny sich von ihm entsprechend briefen ließ.

»Sagen Sie ihr, dass uns im Moment zwar lediglich Indizien vorliegen, die Verhältnismäßigkeit aufgrund der vorgenannten Gründe aber dennoch gegeben ist. Ich bin mir sicher, dass sie dem zustimmen wird, sobald Sie ihr die näheren Umstände erläutern. Ok?« Er wartete die Antwort ihres Sekretärs ab. »Sie kriegen das schon hin, Conny, immerhin sind Sie doch ein halber Jurist.«

Lorenz spürte den Blick, mit dem Tuulia ihn musterte, ohne dass er den Kopf wenden musste. Hatte er da gerade ein Fettnäpfchen erwischt? Aus der Personalakte wusste er, dass ihr Sekretär Jura studiert hatte, am Ende des Studiums jedoch zweimal das zweite Staatsexamen nicht bestanden hatte.

»Sie wissen schon, was ich meine«, schob er schnell hinterher, »was das rechtliche Hintergrundwissen betrifft, haben Sie uns allen hier ganz ohne Frage einiges voraus.«

Hoffentlich waren jetzt jegliche Missverständnisse bereinigt. Was er in der Zusammenarbeit mit dem jungen Mitarbeiter vom Empfang bisher vielleicht versäumt hatte, war, ihm zu zeigen, wie zufrieden er mit seiner Arbeit in der Ermittlungsgruppe war. Denn es stimmte, auf Conny war zu jedem Zeitpunkt Verlass. Lorenz nahm sich vor, ihm das, spätestens wenn der aktuelle Fall in trockenen Tüchern war, unter vier Augen noch einmal zu sagen.

Tuulias Blick war wieder nach vorn gewandert. Sie schien also zufrieden zu sein. Lorenz beendete das Telefonat und ließ den Motor starten.

»Das war gut«, sagte Tuulia. Betont beiläufig, wie ihm schien.

»Was meinen Sie?«

»Ihren Zusatz. Was Connys Qualifikation betrifft.«

Also doch. Lorenz war froh, dass er ihren Blick zuvor richtig gedeutet hatte. Das Arbeitsklima und ein respektvoller Umgang der Kollegen im Team miteinander waren ihm wichtig. Er hätte es mit seinen ganz persönlichen Werten nicht vereinbaren können, wenn bei Conny der Eindruck entstanden wäre, er sähe auf seine Leistung oder gar seine Position in der Gruppe herab.

~

»Ich hoffe nur, dass die Polizei Philippa nicht verdächtigt, irgendetwas mit diesen Morden zu tun zu haben«, begann Quentin an Henry gerichtet, während er den großen Wagen sicher in Richtung Unikliniken steuerte.

Draußen war es heute kaum richtig hell geworden, jetzt senkte sich die Sonne schon wieder in Richtung Horizont. Henry wusste, dass es so in Wahrheit nicht war. Sondern dass die Sonne stillhielt und den Planeten um sie herum die Bewegung überließ.

Er spürte zwei Dinge: Vorfreude auf seinen Dad und eine tiefe Entspannung, wie sie ihm während seiner Tage hier in Deutschland noch nicht vergönnt gewesen war. Eine Regung verspürte er hingegen nicht: Sorge um seine Schwester. Oder gar Mitleid. Die Sache ließ ihn bemerkenswert kalt und er wusste nicht, ob das gut war. Zugleich war es ihm schlicht egal.

»Hmm …«, machte er träge und hoffte, sein Bruder würde sich hiermit zufriedengeben.

»Ganz egal, wie die Geschichte weitergeht, Vater darf auf keinen Fall etwas von dieser ganzen Sache mitkriegen. Auch nicht von den Morden. Ich hoffe nur ...«, Quentins Stimme rutschte in eine seltsam hohe Lage, und er verstummte. Wurde offenbar von den Eindrücken, der Trauer der letzten Tage, eingeholt. Und sammelte sich sofort wieder.

Henry verscheuchte seine müßigen Gedanken und schob sich in eine aufrechtere Position. »Quentin, ist doch klar! Wenn die Sprache auf David kommt, übernehme ich. Mir wird schon was einfallen. Und, na ja, du bist nicht allein, meine ich.« Da war sie wieder, diese Beklommenheit, wenn es um Emotionales zwischen ihnen ging. Er sprang über seinen Schatten und legte Quentin für einen Moment seine Hand auf die Schulter.

Quentin sah verwundert zu ihm, durch die Fassade des großen Bruders hindurch, und Henry fuhr der Blick bis in die Magengrube. Er räusperte sich und lächelte schief. »Sieh' lieber wieder auf die Straße, nicht dass noch was passiert.«

»Keine Sorge, dieses eine Mal bringe ich uns sicher ans Ziel.« Quentin flüchtete sich in Ironie, und Henry wusste, dass das ihnen beiden klar war. Dass es für den Moment die beste Lösung war. Die Arbeit an der emotionalen Front würden sie auf irgendwann später verschieben. Bis dahin würden sie die gemeinsam überwundenen Hürden, die Sorge um Dad, der Ärger mit Philippa, einander wieder ein wenig näher gebracht haben.

Henry hatte bei seinen vielen humanitären Hilfseinsätzen im Grunde genau das immer wieder erlebt: wie sehr im Team durchgestandene Krisen Menschen zusammenschweißen konnten. Völlig unpassend blitzte Britta in seinen Gedanken auf. Ihr sollte er unbedingt Bescheid geben, dass er noch Zeit brauchte. Mehr musste sie zu diesem Zeitpunkt nicht wissen.

Erwartungsgemäß bogen sie wenige Minuten später unbeschadet auf den großen Klinikparkplatz ein. Der Weg zum Zimmer seines Dads war Henry in den wenigen Tagen, die dieses erschreckende Zwischenspiel gedauert hatte, so vertraut geworden, dass er ihn wohl mit verbundenen Augen hätte gehen können.

Als sie an der unbesetzten Information vorbeikamen, griff sein Bruder nach einem der herrenlosen überdimensionierten Klinikrollstühle und zog ihn entschlossen zu sich.

»Das ist nicht dein Ernst, Quentin«, meinte Henry und konnte sich ein Grinsen nicht verkneifen, »du weißt, dass unser Vater dich sehr wahrscheinlich lynchen wird.«

»Aber ...«, begann Quentin hilflos, »wir müssen doch ...«

»Ich weiß, du meinst es nur gut«, unterbrach Henry ihn. »Du kannst es ja versuchen. Bestenfalls ignoriert er das da einfach«, er nickte zu dem silberglänzenden Gefährt und überholte seinen ratlosen Bruder.

Das Bild, das sich Henry beim Betreten des Krankenzimmers ihres Vaters präsentierte, war so unpassend wie typisch für seinen Dad. Er saß in voller Montur, inklusive Lodenmantel und -hut auf seinem Bett, ließ die Beine baumeln und machte einen ziemlich zufriedenen Eindruck.

»Na, da seid ihr ja endlich!«, rief er ihnen fröhlich entgegen. »Ich hatte schon Sorge, ich müsste nach Hause laufen.«

»Bei Gott, Vater!« Quentin bugsierte umständlich den viel zu großen Rollstuhl durch die immer wieder zufallende Tür. »Henry, kannst du mal ...?«

Henry tauschte einen heiteren Blick mit seinem Dad, bevor er sich umdrehte und die Tür festhielt, bis sein Bruder mit seiner rollenden Fracht den Raum betreten hatte.

»Hallo Vater«, schnaufte Quentin, parkte den Rollstuhl irgendwo in der Ecke und trat endlich näher an das Bett heran. »Es ist doch selbstverständlich, dass wir dich abholen kommen. Auch, wenn ich sagen muss ...«

»Quentin, mein Junge, ich weiß, was du denkst. Aber«, jetzt sah er sie beide mit völlig klarem Blick an, »auch wenn ich einen Aufschub bekommen habe, bleibt nicht mehr viel Zeit.«

»Ach, Dad«, Henry merkte erschrocken, wie dünn und brüchig seine Stimme klang, und räusperte sich reflexhaft.

»Aber ein wenig Zeit habe ich doch noch. Das heißt, wir haben Zeit geschenkt bekommen. Und wie sollte ich sie besser verbringen, als mit euch? Mit meinen zwei Jungs ...« Er sah sie beide lange an, mit einem Blick, in dem so viel Liebe lag, dass Henry sich von innen auf die Lippe beißen musste, um die Fassung zu wahren.

Er erinnerte sich an Bilder von seinem Dad mit ihm als Säugling auf dem Arm. Damals hatte er gerade seine Frau, die Liebe seines Lebens, verloren und doch so viel Herzenswärme für ihn und seine Geschwister bewahrt. In seinem Gesicht zeichneten die gegensätzlichen Emotionen jetzt ein ähnliches Bild, und fast schien es, als würden die Züge aus dieser schweren Zeit wiederbelebt. Doch dieses Mal würden sie, die Kinder, zurückbleiben. Irgendwann.

Henry straffte sich und zwang sich, zu lächeln. »Na klar, Dad. Wir wollen das doch auch. Aber wir machen uns eben auch ein bisschen Sorgen.«

»Ich weiß, aber daran wollen wir jetzt nicht denken«, antwortete sein Dad leise, und Henry wurde plötzlich klar, dass er Angst hatte. Sein starker, zupackender Dad, der einen mit seinen schlüssigen Argumenten seit jeher in Grund und Boden diskutieren konnte und Problemen mit fröhlicher Zuversicht begegnete, hatte Angst. Und brauchte Ablenkung wie die Luft zum Atmen. Mehr noch als Maschinen und Medikamente. Was er nicht brauchte, war die in den Gesichtern seiner Söhne gespiegelte, mühsam im Zaum gehaltene, Furcht vor dem Ende.

Nun, da er das endlich begriffen hatte, verspürte Henry einen heftigen Drang zu handeln. Zu leben und so aktiv gegen die Angst vorzugehen. Er zwang seine Mundwinkel nach oben und fragte: »Wollen wir dann?«

Sein Dad lächelte nur. Wenige Minuten später liefen sie durch den sterilen Gang, und es fühlte sich wie ein Entkommen an. Selbst für ihn.

Natürlich war sein Dad an dem Rollstuhl neben der Tür vorbei gegangen, wie an einem nicht weiter zu beachtenden Möbelstück, und Henry war froh, dass Quentin nichts weiter dazu gesagt hatte. Sein Bruder sah blass aus. Vielleicht lag das an dem grellen Licht oder der schlechten Luft. Oder es hatte andere Gründe. Quentin war ein Kopfmensch, und er liebte ihren Vater sehr. Ihm musste auch klar sein, dass sie hier gerade Lebensdauer in Lebensqualität eintauschten. Und dass die Zukunft von nun an immer dem Jetzt unterliegen würde.

Als der Klinikausgang näherkam, blühte ihr Vater sichtlich auf. Henry konnte ihn verstehen. Selbst nach dem kurzen Aufenthalt hier war er froh, der beklemmenden Umgebung zu entkommen.

Doch schon kurz nachdem sie ins Freie getreten waren, entschuldigte sich Quentin. Er wollte schnell noch einmal die Waschräume aufsuchen, sie konnten ja schon mal zum Wagen gehen. Für einen kurzen Moment flammte erneut Sorge in Henry auf, dieses Mal um seinen Bruder. Dann aber rief er sich zur Vernunft. Quentin war alt genug, und wenn etwas nicht in Ordnung sein sollte, hätte er ihm sicher ein Zeichen gegeben.

Erst als sie alle drei bereits im Wagen saßen, kam dieses Zeichen. »Hast du da gerade eine WhatsApp bekommen?«, fragte Quentin und bog seinen Hals dabei leicht nach hinten, in Richtung Rückbank. Sie hatten ihren Vater natürlich vorne sitzen lassen und die Heizung voll aufgedreht.

»Was? Ich glaube nicht. Warte, ich schau' mal«, erwiderte Henry überrascht. Er zog sein Handy hervor und überflog hastig den Text der Kurznachricht, die wenige Minuten zuvor von Quentins Handy gesendet worden war. Von wegen ›Waschräume aufsuchen‹. Jetzt wurde ihm einiges klar. Er spielte das Spiel mit. Natürlich.

»Du hattest recht, ist aber nichts Wichtiges. Nur eine Bekannte aus Mainz, die fragt, ob wir uns treffen wollen«, gab er geistesgegenwärtig zurück. In Wahrheit stand da:

»Henry! Dr. Reichert hat mich gerade darüber informiert, dass Philippa am Frankfurter Flughafen festgenommen worden ist. Verdächtig des Mordes in drei Fällen! Wir sollen ihn heute Abend im

›Steinernen Krug‹ treffen. Lass' dir nichts anmerken, Vater darf sich nicht aufregen. Jonathan und Nina sind ebenfalls informiert. Wir reden später.«

Als das erste Ausbildungsjahr zu Ende ging, waren Mike und sein Kumpel immer noch mit wachsender Begeisterung bei der Sache gewesen. Ihre Arbeit bot so viel Neues, Aufregendes, Jungsartiges. Es war die Anfangszeit ihrer Freundschaft und sie träumten beide von einer spannenden, actiongeladenen Zukunft.

Sie hatten bald begonnen, sich auch außerhalb der Arbeit zu treffen, zockten halbe Nächte durch, um am nächsten Tag verschwörerische Blicke aus müden kleinen Augen zu tauschen. Es war eine tolle Zeit gewesen, jeder Tag unendlich und voller neuer Eindrücke.

Er hatte so eine richtige Freundschaft noch nie zuvor erlebt. Und anfangs war die Angst groß gewesen, der andere könnte erkennen, dass er langweilig war. Dass er wahrscheinlich zu Recht von jeher derjenige gewesen war, den jeder zuletzt in seine Mannschaft wählte. Er hatte keinerlei Erwartungen gehabt, als er hier angefangen hatte, und die herzliche, selbstverständliche Zuneigung des anderen stimmte ihn in selbstzweiflerischen Momenten auch nach fast einem Jahr noch ratlos.

Irgendwann hatte er angefangen zu vertrauen. Vielleicht war das der Fehler gewesen.

Aber es war sinnlos, die immer gleichen Erinnerungen heraufzubeschwören. Irgendwann hatte er wieder zu sich zurückgefunden. Auch zu dem alten Misstrauen und der Verschlossenheit aus Kindertagen, aber damit konnte er umgehen.

Er hatte es geschafft, dem Alkohol zu entsagen. Wahrscheinlich nur, weil der Plan, der ihm im Kopf herumspukte, mehr und mehr Form annahm. Und weil es erforderte, völlig klar zu sein. Wenn er durchhielt und wenn sein Plan aufging, mochte er irgendwann Erlösung erfahren. Zumindest war das eine Option.

In Recherche war er geschult, und das kam ihm bei seiner Aufgabe zu Gute. Er versuchte, alles über das Kind herauszufinden. Über den Jungen, der ohne Mutter aufwachsen musste, weil so ein Schwein sie totgefahren und sich seiner Verantwortung nie gestellt hatte. Dass er nicht selbst am Steuer gesessen hatte, minderte seine Schuld nicht.

Er hatte den Jungen über die letzten Jahre zu seinem Lebensmittelpunkt gemacht. Ihn in seinem Alltag beobachtet. Seinen Werdegang verfolgt. Und schließlich im Hintergrund Kontakte spielen lassen, Fäden gezogen, um den jungen Mann seinen Träumen näher zu bringen.

Heute war er 32 Jahre alt und arbeitete in seinem Traumberuf. Der einst sein eigener Traum gewesen war.

Aber er hatte noch mehr in die Gänge geleitet. Denn der Gerechtigkeit war mitnichten Genüge getan worden. Er wusste, dass er selbst eine große Schuld trug. Sein ehemaliger Kumpel aber, der sich offenbar allzu gut von seinem Gewissen distanzieren konnte, sollte am Ende nicht ungestraft davonkommen.

Als Tuulia und Lorenz später an diesem Samstagnachmittag die Räumlichkeiten der Ermittlungsgruppe im Weibergässchen betraten, wurden sie von den anderen längst neugierig erwartet. Wie auf ein geheimes Zeichen begannen alle gleichzeitig zu sprechen, bis Lorenz dem Einhalt gebot.

»Moment, Moment. Bevor wir gleich zur Sache kommen, haben wir hier erstmal etwas ganz Wichtiges. Vorsicht, Conny!« Nacheinander flogen zwei prall gefüllte Papierbeutel, aus denen es verführerisch nach Berlinern duftete, in Richtung ihres Sekretärs, der sie geistesgegenwärtig auffing.

»Wären Sie so lieb, uns ein paar Teller und Servietten ins Konferenzzimmer zu bringen? Wir treffen uns dort in zehn Minuten. Zur Abschlussbesprechung!«

Tuulia entging nicht, wie gelöst ihr Chef klang. Und das war mehr als verständlich, denn dieser Fall war besonders hartnäckig gewesen. Hatte sich zunächst getarnt und sie, nachdem sie die Zeichen erkannt hatten, schließlich eine ganze Weile beschäftigt. Tuulia spürte, dass sie tief im Inneren noch nicht begriffen hatte, dass sie heute ihr Ziel erreicht hatten. Ihre Täterin war gefasst, es würde keine weiteren Morde mehr geben, keine Fortsetzung der Jagd. Und keine neuen weißen Figürchen, die sie verhöhnten.

Selten hatte die Zeit ihnen so im Nacken gesessen, wie in den vergangenen Tagen. Erst vor wenigen Stunden waren sie in höchster Alarmbereitschaft zum Auktionshaus der Familie Claaßen aufgebrochen, die verrinnende Zeit immer in ihrem Bewusstsein. Und die Angst, dass sie zu spät wären. Dass ein Anruf aus der Zentrale ihnen zuvorkommen und ihre größte Sorge bestätigen würde: dass sie es nicht geschafft hatten, den nächsten Mord zu verhindern. Oder gar zwei.

Das war bis vor Kurzem noch die Situation gewesen, in der sie sich befunden hatten. Die Ereignisse hatten sich überschlagen, Hinweise waren deutlich zu Tage getreten und hatten die letzte Runde eingeläutet. Sie alle hatten wie im Tunnel funktioniert, alles Unwichtige ausgeblendet, Zweifel eliminiert und schließlich völlig klar gesehen. Hatten verstanden, wer die Fäden die ganze Zeit über in Händen gehalten und sie, ganz nach ihrer Laune, mal in diese, mal in die andere Richtung gelenkt hatte. Und es war immer klar gewesen, dass ihnen nicht viel Zeit blieb.

Durch Connys Anruf waren sie gefühlt von hundert auf null abgebremst worden. Und so groß Tuulias Erleichterung über den Erfolg der Zollbeamten vom Flughafen auch war, so beherrschend war selbst jetzt, gut zwei Stunden später, noch das Gefühl der Leere.

Genau dort, wo bis dahin einzig ihr Ziel, den Täter zu stellen, allen Raum gefüllt hatte.

Das mochte daran liegen, dass die Ereignisse sie auf den letzten Metern überholt hatten. Obwohl Lorenz und sie endlich auf der richtigen Fährte gewesen waren, hatten sie den entscheidenden Ermittlungserfolg doch nicht selbst herbeiführen können. Stattdessen war es dem aufmerksamen Einsatz der Zollbeamten zu verdanken, dass Philippa Claaßen nicht in den nächsten Flieger gestiegen war und sich dem Zugriff durch die Polizei entzogen hatte.

»Wir wären zu spät gekommen«, dachte sie frustriert. Sie wusste, dass es stimmte und nicht schönzureden war. Ihren Chef schien diese Wahrheit allerdings weniger zu belasten. Tuulia seufzte und wandte sich von den anderen ab, um ihre Jacke in die Garderobe zu hängen. Sie machte langsam, versuchte gegen das ungute Gefühl, das in ihrem Magen umherirrte, anzugehen.

Lorenz hatte wahrscheinlich recht. Immerhin waren durch die funktionierende Zusammenarbeit von Polizei und Grenzschutz mit großer Wahrscheinlichkeit zwei weitere Morde verhindert worden. Es wäre egoistisch, hieran herumzumäkeln. Oder den Wunsch, allein durch die eigene Leistung Fälle zu lösen, über den Ermittlungserfolg zu stellen. Wie bei so vielem im Leben galt auch hier, dass es besser ging, wenn man mit anderen zusammenarbeitete.

Das Teufelchen auf ihrer Schulter zischte »Amen!«, und Tuulia spürte, dass ihre schlechte Laune sich, allen logischen Argumenten zum Trotz, nicht ganz vertreiben ließ.

»Tuulia?«, hörte sie in diesem Moment Conny rufen. Sie sah auf und stellte überrascht fest, dass die anderen sich wohl wieder in ihre Büros verzogen hatten. Oder schon mal im Konferenzzimmer auf Berliner und Erfolgsgeschichten warteten. Sie zog eine Grimasse. »Hm?«

»Du wirkst irgendwie gar nicht nach ›Hey, wir haben einen verflixt komplizierten Fall gelöst und einen Serienkiller gestoppt!‹. Was hast du denn?«

»Ach nichts, Conny«, Tuulia wandte den Blick ab und zuckte mit den Schultern.

»Genau! Ich glaub' dir kein Wort.« Conny trat auf sie zu, hob seine zwei Zeigefinger in die Höhe und bewegte sie, zu ihrer Verwunderung, zielstrebig auf ihr Gesicht zu.

»Huch, was soll ...?«

»Pscht! Guck' mal, so ...«, Connys Zeigefinger piekten links und rechts unter ihre Mundwinkel und schoben sie langsam nach oben, »... wäre es richtig.«

»Ey«, quiekte Tuulia erschrocken und versuchte vergeblich, Connys Hände abzuwehren. Sie schlug scherzhaft nach ihm und musste schließlich, wider Willen, lachen.

»Siehst du, ich habe es geschafft«, erwiderte Conny zufrieden und strahlte sie so treuherzig an, dass sie ihm nicht böse sein konnte.

»Ja, ja«, murrte sie gespielt genervt und spürte doch, wie die Leere in ihrem Inneren langsam wieder Wärme und Leben in sich zog. Fühlte Freundschaft, Freude und Entspannung. Und war Conny für seine unkomplizierte Herzlichkeit nicht zum ersten Mal dankbar.

»So ist es jedenfalls schon viel besser«, entschied dieser jetzt. »Falls du dich übrigens kurz frischmachen möchtest, solltest du das gleich tun. Die neugierige Meute wartet schon.«

»Aye, aye!«, salutierte Tuulia und nahm Connys Rat gerne an. Für dringende Bedürfnisse abseits der Verhaftung ihrer Täterin war an diesem Nachmittag keine Zeit gewesen. Umso dringlicher meldete ihr Körper ihr jetzt zurück, dass er keinen weiteren Aufschub dulden würde. Sie flitzte zu den Waschräumen und stieß wenig später zu den anderen.

Im Konferenzzimmer hatte man sich längst gemütlich eingerichtet, auch für sie stand schon ein mit einem Berliner bestückter Teller bereit. Sie sah sich nach Conny um, der hierfür sicher verantwortlich war, und nickte ihm lächelnd zu. Er grinste zurück, nahm eines der Gläser von dem Tablett vor ihm und schubste es gekonnt über die Tischplatte zu ihr. »Nimm' dir was zu trinken, gleich wird es spannend.«

»Seid ihr dann soweit?«, ließ sich Tobias gereizt vernehmen. »Falls ja, können wir hier vielleicht endlich mal zum Punkt kommen. Ich weiß ja nicht, wie es bei euch ist, aber ich könnte mir durchaus eine schönere Wochenendbeschäftigung vorstellen.«

»Na, na, Tobias, Sie wollen doch wohl die Auflösung unserer Ermittlungen nicht verpassen?« Lorenz schien entschlossen, sich die gute Laune nicht nehmen zu lassen. Tuulia ging durch den Kopf, dass sie sich mitunter ein härteres Durchgreifen ihres Chefs wünschte. Tobias' Verhalten schrie ja förmlich danach.

»Aber gut, kommen wir zu den Fakten«, setzte Lorenz nun an. »Ausgehend von der Annahme, dass Philippa Claaßen zumindest eine besondere Rolle in unserem Fall spielen musste, sind Tuulia und ich heute zum Auktionshaus gefahren, wo wir von ihren Brüdern erfuhren, dass sie just in diesen Minuten dabei war, sich ins Ausland abzusetzen.«

»Weswegen sie spätestens jetzt unsere Hauptverdächtige war«, warf Tuulia ein. »Allerdings fürchteten wir, sie nicht rechtzeitig aufhalten zu können.«

»Richtig. Denn Maßnahmen, die den laufenden Flugverkehr beeinträchtigt hätten, wären trotz des nun erhärteten Verdachts unverhältnismäßig gewesen. Wir hatten zwar Indizien, die Philippa Claaßen klar belasteten, allerdings keine Beweise.«

»Die jedoch konnten die Kollegen vom Zoll sicherstellen«, übernahm Tuulia wieder, während Lorenz einen durchsichtigen Beutel von seinem Schoß auf den Tisch legte.

»Ich weiß nicht, wie viel Conny Ihnen schon erzählt hat«, begann er mit einem Seitenblick zu ihrem Sekretär, dessen Gesicht sich sofort angemessen rosig verfärbte.

»Er war sehr gewissenhaft«, warf Gottfried gutmütig ein.

»Gut, also dann … Nachdem die zwei in dem Schachspiel fehlenden Figuren im Handgepäck von Philippa Claaßen gefunden worden sind, scheint eindeutig erwiesen, dass sie unsere Täterin ist. Dafür spricht außerdem, dass sie, nachdem sie wohl gespürt hat, dass die Luft für sie dünn wird, versucht hat, sich ins Ausland abzusetzen. Wie ihre Brüder uns bestätigt haben, hat sie diesen Entschluss wohl ziemlich kurzfristig getroffen, was auch wieder ins Bild passt.«

»Was hat sie denn zu der ganzen Sache gesagt?«, fragte Tobias.

»Nichts«, antwortete Lorenz einfach. »Sie hat verlangt, ihren Anwalt zu sprechen und ansonsten geschwiegen.«

»Das heißt, sie sitzt jetzt in U-Haft?«

»Genau! Wir sollten baldmöglichst den letzten Stand unserer Ermittlungen an Frau Dr. Beck weiterleiten, die im nächsten Schritt dann Klage erheben wird.«

»Das klingt ja alles ganz gut«, meldete sich Gottfried noch einmal zu Wort. »Mir will nur noch nicht so recht in den Kopf, welches Motiv sie gehabt haben soll.«

»Das ist fraglos ein wichtiger Punkt«, bestätigte Lorenz. Auf Tuulia wirkte er dabei fast ein wenig enttäuscht darüber, dass der ältere Kollege so in seine Freude über den gelösten Fall grätschte.

Tatsächlich hatte Tuulia diese Frage auf dem Weg nach Mainz auch beschäftigt. Abgesehen davon, dass es ihr schwerfiel zu glauben, dass es für Mord überhaupt gute Gründe geben sollte, wusste sie als Psychologin und Polizistin natürlich, dass Menschen diese Entscheidung immer wieder trafen. Weil sie sie in ihrer jeweiligen Situation offenbar für gerechtfertigt und den besten Weg hielten.

Ihr war klar, dass das Motiv der Schlüssel zum Verständnis der Taten war. Und sie wollte verstehen, die Zusammenhänge begreifen. Was hatte Philippa Claaßen angetrieben? Wie hatte sie drei Menschen so kaltblütig töten können. Welcher Grund wog schwer genug?

Und wie waren die Regeln des Spiels, das sie mit ihnen gespielt hatte?

Schon wieder so lange nichts hier geschrieben. Ob das ein gutes oder ein schlechtes Zeichen ist, kann ich gar nicht sagen.

Als Jugendliche habe ich vor allem geschrieben, wenn ich ein Ventil brauchte. Wenn alles zu viel wurde und ich Druck ablassen musste. Heute schlucke ich viel mehr als damals und will das ganze Negative, das in letzter Zeit immer mehr zu werden scheint, am liebsten vergessen.

Bei der Arbeit läuft es nicht so gut. Mein Chef hat nur wenig Verständnis dafür, dass mein Kind auch mal krank ist und mich braucht. Obwohl er sich anfangs so kinderlieb gegeben hat. Und auch die Kollegen haben nur wenig Verständnis. Immer wieder habe ich das Gefühl, im Mittelpunkt ihrer Häme zu stehen. Ein wirklich gutes oder gar freundschaftliches Verhältnis habe ich zu keinem von ihnen. Aber das kenne ich ja schon.

Meine Mauern sind wieder gewachsen, was gut und schlecht zugleich ist. Dahinter bin ich ganz für mein Kind da. Es erdet mich, zeigt mir jeden Tag, was wirklich wichtig ist, und gibt mir die Kraft, die anderen acht Stunden am Tag zu ertragen.

Kapitel 19

»Für mich ein ›Kleines Mainzer‹, bitte!«

Tuulia lächelte Eileen, der immer freundlichen Bedienung in ihrem Stammcafé ›Zum Hahnen‹, zu und stellte fest, dass Connys Plan aufgang. Dabei hatte sie seiner Idee, an diesem Sonntagvormittag gemütlich zusammen frühstücken zu gehen, am Vorabend eher aus Höflichkeit zugestimmt. Jetzt aber spürte sie, wie eine tiefe Entspannung sich wohltuend wie eine warme Decke über ihren Körper senkte. Sie atmete tief durch und gab sich herrlich müßig dem Duft von frisch getoastetem Weißbrot, gekochten Eiern und Kaffee hin.

Während Conny seine Bestellung aufgab, überlegte sie träge, dass sie dem Thema Achtsamkeit womöglich mehr Raum in ihrem Leben geben sollte und hob dann in einer kleinen Geste ihren Zeigefinger in Richtung der Kellnerin.

»Darf es noch ein Cappuccino für dich sein?« Eileen zwinkerte Tuulia wissend zu.

»Genau, vielen Dank. Und, äh …«

»Mit extra viel Sahne?«

»Du kennst mich zu gut«, seufzte Tuulia wohlig, senkte gespielt schuldbewusst den Kopf und musste lachen. Die sympathische Bedienung stimmte mit ein und verschwand kurz darauf in einer winzigen Küche.

»Na, wie fühlst du dich heute?«, Conny musterte sie wohlwollend. »Kannst du deinen Ermittlungserfolg inzwischen endlich anerkennen?«

»Ach ja, ich hätte schon nichts dagegen, wenn wir einen größeren Beitrag zur Festnahme der Täterin geleistet hätten.« Tuulia hatte ihre Stimme automatisch gesenkt, auch wenn es angesichts des nicht eben niedrigen Lautstärkepegels unwahrscheinlich war, dass man ihr Gespräch an den anderen Tischen verfolgen konnte.

»Na, komm' schon«, wandte Conny ein, »entscheidend ist doch das Ergebnis. Mensch, Tuulia, ihr konntet zwei Morde verhindern!«

Tuulia kräuselte ihre Nase und kniff die Augen ein wenig zusammen, so als wollte sie ein kleines Insekt in weiter Entfernung beobachten. Was Conny sagte, stimmte einerseits und war, ihrer Meinung nach, doch nicht die ganze Wahrheit.

»Ich meine es ernst, ihr könnt stolz auf euch sein«, schob er jetzt hinterher, und Tuulia rief sich zur Ordnung. Sie atmete langsam aus, entspannte ihre Gesichtszüge und sah Conny schließlich nachdenklich an.

»Du bist lieb, weißt du das? Wie du versuchst, mich aufzubauen und überhaupt, deine Idee für dieses Verwöhn-Programm hier«, ihre schwungvolle Geste schloss das ganze Café ein. »Und das tut mir auch richtig gut. Vielen Dank!« Sie lächelte Conny an.

»Und ich kenne dich längst gut genug, um zu wissen, dass hinter deinen Worten ein riesiges ›Aber‹ lauert, das du nur verschluckst, um mich nicht zu enttäuschen.«

»Ähm ...«

»Na los, raus damit. Was lässt dir keine Ruhe? Mir kannst du es doch sagen!«

Tuulia musste lachen, als Conny den Kopf schief legte und sie treuherzig, mit einer Miene irgendwo zwischen neugierig, verständnisvoll und vertrauenerweckend, ansah. »Na gut. Also, es geht mir gar nicht so sehr darum, dass wir den Zugriff nicht ohne Hilfe einleiten konnten. Aber ich habe den Eindruck, noch so vieles nicht zu verstehen. Und klar, natürlich sind die Indizien, die gegen die Täterin vorliegen, erdrückend. Trotzdem würde ich mich wohler fühlen, wenn wir zumindest einen einzigen belastbaren Hinweis auf ein mögliches Motiv hätten. Einfach eine Idee davon, was sie zu ihren grausamen Taten angetrieben hat.«

Conny sah, vermeintlich abwesend, zur gegenüberliegenden Wand, an der hinter gläsernen Rahmen Werke von Mainzer Künstlerinnen ausgestellt waren. Nach einer Weile begann er zu sprechen, immer noch, ohne Tuulias Blick zu erwidern. »Das verstehe ich«, jetzt wandte er sich ihr wieder zu. »Dieses ganze Drumherum, die Schachfiguren, das Spiel, das sie mit uns zu spielen versucht hat … das ist schon ganz schön viel Aufwand für … ja, wofür?«

»Eben, genau das meine ich!«, stimmte Tuulia ihm aufgeregt zu. »Irgendetwas …«

»So, hier erst einmal das ›Französische‹«, die nette Kellnerin war zurück und schwerbeladen mit Tellern, Tassen und Besteck für zwei. Ein liebevoll dekorierter Teller mit Brötchen sowie süßen und herzhaften Aufstrichen und Belägen wurde vor Conny abgestellt. »Dann das ›Kleine Mainzer‹«, selbiges landete vor Tuulias Nase, »und, nicht zu vergessen, der Cappuccino. Mit extra viel Sahne!«

»Eileen! Du bist ja verrückt!«, rief Tuulia, den Blick fest auf die große Untertasse mit einer zweiten Portion Sahne für ihren Cappuccino geheftet.

»Ich kenne dich halt«, Eileen grinste und fuhr mit fast mütterlicher Sorge in der Stimme fort: »Und deswegen merke ich auch, wenn es eine etwas größere Portion sein muss.« Sie lächelte noch einmal geheimnisvoll und war im nächsten Moment schon wieder an einem anderen Tisch.

Tuulia sah ihr verwundert und ein wenig gerührt nach.

»Da hast du es, selbst Eileen merkt, dass was nicht stimmt«, tönte Conny neben ihr.

»Jetzt hör’ doch mal auf!« Tuulia war der ganze Wirbel um ihre Person eindeutig zu viel.

»Ok«, lenkte Conny ein, »dann lass’ uns jetzt mal überlegen, welches Motiv Philippa Claaßen gehabt haben könnte.«

»Gut, einverstanden!« Tuulia war sofort Feuer und Flamme für diesen Vorschlag und Conny heimlich dankbar, dass er an seinem freien Tag bereitwillig dienstliche Themen mit ihr wälzte.

»Also, fang' du an, du hast dir doch bestimmt schon jede Menge Theorien überlegt«, sagte er jetzt.

»Schön wär's«, erwiderte Tuulia. »Theorien wäre zu viel gesagt. Ich habe mich einfach gefragt, was es mit den Elfenbeinfiguren auf sich hat. Spielt das Material eine Rolle? Wir wissen, dass der Handel mit Elfenbein-Antiquitäten, die vor dem ersten Juni 1947 hergestellt worden sind, legal ist. Für die Zeit danach gibt es Ausnahmen für vier südafrikanische Staaten sowie Thailand, wo das Elfenbein von eigens hierfür gehaltenen Elefanten gewonnen wird.«

Conny rümpfte verächtlich die Nase. Er ließ keinen Zweifel daran, was er von derlei Geschäften hielt. »Ich merke schon, du hast dich wirklich genau mit dem Thema beschäftigt.«

Tuulia zuckte mit den Schultern. »Dr. Google wusste da relativ schnell Rat. Aber wirklich weiter bringt uns diese Information allein auch noch nicht. Was wir eigentlich bräuchten, wäre die Expertise eines Fachmanns.«

»Den würden wir im Auktionshaus Claaßen sicherlich finden.«

»Stimmt. Diese Option fiel allerdings aus den bekannten Gründen weg. Außerdem bleibt die Frage, ob und wie uns die Erkenntnisse hierüber weitergebracht hätten«, meinte Tuulia frustriert.

»Na ja, angenommen, bei den Schachfiguren hätten wir es tatsächlich mit illegal gehandeltem Elfenbein zu tun, wäre das doch ein Hinweis auf fragwürdige Geschäfte des Auktionshauses. Vielleicht wollte Philippa Claaßen diese verschleiern, indem sie derartigen Bestand unauffällig aus dem Hause schaffte.«

»Das habe ich anfangs auch überlegt«, nickte Tuulia. »Aber welchen Sinn würde es machen, die Figuren, nachdem sie einmal aus dem Hause, bei den Schmidt-Hajduks nämlich, waren, Stück für Stück bei den Leichen zu deponieren? Nein, ich glaube, die Figuren loszuwerden, stand nicht im Mittelpunkt.«

»Klingt logisch«, bestätigte Conny Tuulias Ausführungen nachdenklich. »Aber was, wenn das Auktionshaus zum Beispiel erpresst worden ist?«

»Mit dem Wissen um illegale Exponate, wie den Elfenbeinfiguren, meinst du?« Tuulia wiegte den Kopf zweifelnd hin und her. »Das erscheint mir einfach nicht schlüssig. Ich meine, warum sollte Philippa Claaßen eine Spur aus ebensolchen verbotenen Handelsgütern legen?«

»Stimmt«, erwiderte Conny ratlos. »Und warum sie überhaupt eine Spur gelegt hat, wäre die nächste Frage.«

»Genau. Verstehst du jetzt, warum mir das keine Ruhe lässt?«

»Das tue ich. Wirklich, Tuulia. Aber du darfst nicht vergessen, dass es euch, so oder so, gelungen ist, eine Mordserie zu stoppen! Sicher wäre es ein besseres Gefühl, die bisherigen Taten, den Antrieb der Mörderin, zu durchschauen, aber ...«

»Sie hat mit uns gespielt, Conny! Das lässt mir einfach keine Ruhe. Sie hat uns im Grunde an der langen Leine genau dahin geführt, wo sie uns haben wollte. Wäre das nicht der Fall gewesen, hätte sie zum Beispiel einfach nur auf die Figürchen verzichtet, wären wir heute vermutlich noch völlig ahnungslos! Wir hätten die Todesfälle als Suizide abgetan, was nur deswegen nicht passiert ist, weil wir Hinweise von der Täterin bekommen haben. Stell' dir doch mal vor, was das bedeutet!«

Conny nickte düster. »Ich weiß, was du meinst, Tuulia. Aber vielleicht ...«, er unterbrach sich und verstummte.

»Hm?«

»So wenig tröstlich das für dich im Moment vielleicht klingen mag, aber ich glaube, dass deine Sorge in Wahrheit mehr ein Zeichen für deine Gründlichkeit ist, als dafür, dass das Böse kurz davor steht, das Kommando zu übernehmen. So. Sag' ruhig, dass das theatralisch klingt, aber das ist meine ehrliche Überzeugung.«

Tuulia senkte den Blick und zwang sich, Connys Worte, die in Wahrheit nicht weniger als ein wunderbares Kompliment für ihre

Arbeit als Polizistin waren, sacken zu lassen. Sie anzunehmen und einfach mal widerspruchslos stehen zu lassen. Nach einer Weile sah sie wieder auf und warf ihm einen dankbaren Blick zu. Sie verstanden sich, auch ohne Worte, und das war es, was ihre Freundschaft so besonders machte.

Jetzt allerdings löste sich sein Blick von ihr und wanderte in Richtung des Eingangs, wo er offenbar schon einige Sekunden vor ihr seinen Herzensmenschen ausgemacht hatte. »Entschuldigst du mich einen Moment?«, fragte er und war auch schon aufgesprungen, um Simon zu begrüßen.

Tuulia freute sich für ihn. Sie hatte die gemeinsame Geschichte der beiden von Anfang an mitbekommen. Von den ersten geflüsterten Glücksbekundungen bei der Arbeit, nachdem Conny Simon in eben diesem Café kennengelernt hatte, über gemeinsame Partys, bis heute. Sie ließ den beiden ihre Zeit, bis Conny Simon die Jacke abgenommen und ihn glücklich mit zum Tisch gebracht hatte, dann erst begrüßte sie ihn herzlich.

Im gleichen Moment stieg ein heißes Schuldgefühl in ihr auf. Conny hatte mit ihr eigentlich über die Überraschungsparty für Simon sprechen wollen. Das Thema war angesichts ihrer völligen Fokussierung auf den Fall während der letzten Woche viel zu kurz gekommen, und jetzt waren es nur noch vier Tage. Sie warf einen entschuldigenden Blick in Connys Richtung, den er zwinkernd auffing. Sie verstand, dass er ihr nicht böse war. Dennoch nahm sie sich vor, in Zukunft aufmerksamer zu sein, was diese Dinge betraf. Auch und vielleicht besonders während laufender Ermittlungen.

Simon erkundigte sich nur kurz nach ihrem Fall, vermutlich mehr aus Höflichkeit, denn aus Interesse, und das war ihr mehr als recht. Sie stellte erstaunt fest, wie leicht es ihren Freunden gelang, sie abzulenken und für anderes zu begeistern. Es dauerte nicht lange, bis sie, herzlich lachend über irgendeine von Connys Geschichten, keinen Gedanken mehr an Morde, Schachfiguren oder Elfenbeinhandel verschwendete.

Tuulia genoss die Gesellschaft von Simon und Conny in dieser heimeligen Umgebung, die zugleich nach Urlaub und Zuhause und frischen Brötchen an sonnigen Morgen duftete. Aber wie jede schöne Zeit gingen auch diese Stunden viel zu schnell vorbei, und nach einer innigen, ausgiebigen Verabschiedung stand Tuulia bald allein vor dem Café ›Zum Hahnen‹ in der Mainzer Altstadt.

Und kaum, dass sie nicht mehr abgelenkt war, waren da wieder ihre Gedanken, die oftmals ungeliebten Gäste. Eine Idee war besonders hartnäckig, sie hatte sie an diesem Morgen schon gleich nach dem Aufstehen beschlichen. So gut gestimmt, wie sie nach dem schönen Vormittag war, so wenige plausible Argumente schienen gegen diesen Plan zu sprechen.

Tuulia zückte kurzentschlossen ihr Handy und wählte die vertraute Nummer.

Auf dem geforenen Winterboden des Gonsenheimer Wäldchens erklangen ihre Schritte vollkommen gleichmäßig, in einem gemeinsamen Rhythmus.

Hiervon abgesehen, war lange Zeit Schweigen zwischen ihnen gewesen. Viel zu sehr waren sie beide gedanklich von den aktuellen Geschehnissen um Philippa und die Morde eingenommen. Das war eine ganze Weile so gegangen, bis zu diesem Moment, da Nina vorsichtig versuchte, ein wenig Normalität in den ganzen Wahnsinn zu streuen.

»Na ja, jetzt ist es nur noch eine gute Stunde, bis es losgeht.«

Jonathan erwiderte nichts. Sie hatte recht, und ihm war einfach nicht nach Reden.

»Um 14:00 Uhr öffnen die Tore des Auktionshauses«, proklamierte Nina mit salbungsvollem Unterton, der vermutlich witzig sein sollte, jedoch ziemlich verunglückte. Sie merkte das wohl selbst, denn als sie fortfuhr, klang ihre Stimme wieder normal.

»Und ab 15:30 Uhr bin ich für die Kinderbespaßung eingeteilt.«

»Hm«, machte Jonathan abwesend.

»Ich bin ja mal gespannt. Um ehrlich zu sein, habe ich keine Ahnung, was ich da eigentlich genau machen soll. Malen, gut, das geht ja immer. Und ein bisschen Kinderschminken – ohne dass ich da besonders viel Erfahrung hätte.«

»Du machst das schon«, rang er sich ab. Er liebte Nina. Von ganzem Herzen. Aber im Moment war ihm das alles einfach zu viel. Und ›das alles‹ ließ sich eben nicht übertünchen. Nicht mit vernünftigen Überlegungen, damit schon gar nicht. Und auch nicht mit vielen fröhlichen Worten.

»Ich bin nur froh, dass Edith da sein wird. Ich meine, Essen und so wird ja geliefert, aber trotzdem. Sie kennt sich einfach richtig gut aus und hat den *Tag der Offenen Tür* ja auch schon seit vielen Jahren ...«

Er blendete die Stimme aus. Nina plapperte und er wünschte, sie würde damit aufhören.

Er blendete Nina aus und hasste sich im gleichen Moment dafür. Sie trug keinerlei Schuld an all dem. An Davids Tod. Der Angst um Großvater. Und der Gewissheit, dass Philippa ... Hilflose Wut raubte ihm den Atem. Er blieb stehen, versuchte, sein rasendes Herz unter Kontrolle zu bekommen und erhob im nächsten Moment unvermittelt die Stimme.

»Hey!«, sein Pfiff war kurz und präzise. »Romulus, Remus, hier lang!«

Nina, die bei seinem plötzlichen Rufen unwillkürlich zusammengezuckt war, sah ihn lange von der Seite an, bevor sie sprach.

»Du hast nicht so gut geschlafen heute Nacht, hm?«

»Nicht besonders«, antwortete Jonathan nach einem Moment. Sein Blick streifte Nina nur kurz, bevor er wieder starr auf den Weg vor sich sah.

Es hatte bisher nur wenig geschneit in diesem Winter und so war das, was ein romantischer Spaziergang durch einen weißen

Winterwald hätte sein können, eine eher triste Angelegenheit. Der Nachtfrost ließ den aufgeweichten Boden noch weit bis in den Tag hinein in schroffen Formationen und gezackten Rillen erstarren. Irgendwie schien das zu passen. Ebenso, wie der schwache Duft nach verbranntem Holz und Vergänglichkeit in der eisigen Winterluft.

»Ich war ein paar Mal wach«, fuhr Nina fort und suchte seinen Blick, »und du warst ziemlich unruhig. Hast dich immer wieder auf die andere Seite gewälzt.«

»Mhm«, machte er gleichgültig.

»War es wegen Philippa? Ich meine ...«

»Du, ist doch egal«, unterbrach er sie schroff und beschleunigte seine Schritte. Den Blick hatte er jetzt auf die Hunde gerichtet, deren schlanke Körper leichtfüßig einige Meter vor ihnen über den Waldboden tänzelten.

»Also hab' ich recht«, sagte Nina mit weicher Stimme und bemüht, mit ihm Schritt zu halten. Schließlich packte sie ihn mit vorsichtigem Nachdruck am Arm und zog ihn ein wenig zurück. Zu sich. Ihre Hand rutschte dabei über die dicke Polsterung seiner Winterjacke, und endlich blieb er stehen.

»Ja, vielleicht ist es wegen Philippa«, rief er aufgebracht. »Vielleicht ist es auch nur«, er betonte das letzte Wort ironisch, »weil David umgebracht worden ist. Umgebracht! Ermordet!«

»Ich weiß doch«, Nina strich unbeholfen über seinen Kopf, ließ die Hand dann über seine Wange wandern und barg sein Gesicht schließlich in ihren warmen Händen. Er schloss für einen Moment die Augen und ließ sich ganz in die zärtliche Geborgenheit fallen. Es war eine dieser Situationen, in denen ihm fast schmerzlich bewusst wurde, was Nina ihm bedeutete. Wie sehr er sie liebte und brauchte. Sie war so viel stärker als er. Und doch ...

»Du bist lieb«, flüsterte er und strich über ihr Haar. Stupste nach der einen Strähne, die sich immer löste und die Silhouette ihres Gesichts in einem weichen Bogen umspielte. Sein Blick verlor sich und er runzelte die Stirn.

»Hey«, sagte Nina leise, »bleib' mal hier. Bei mir. Im Hier und Jetzt.«

Er gab nicht zu erkennen, ob ihre Worte ihn erreichten. Sah stattdessen in die Ferne und versank in Wahrheit doch in seinen Gedanken. Ertrank in sinnlosen Fragen. Seine Augen füllten sich mit Tränen.

»Pscht, sieh' mich mal an.« Nina war da, sie legte beide Arme um ihn, zog ihn an sich. Schmiegte sich an ihn, wand sich wie ein kleines Tier an seiner Brust und legte seinen Arm um ihren, bis ihrer beider Hände vor ihr zusammenfanden. So standen sie eine ganze Weile da, und irgendwann war er wieder ganz bei ihr.

»Es ist einfach ...«, begann er stockend, räusperte sich und machte eine kurze Pause. Seine Stimme klang kalt und irgendwie nicht nach ihm, als er fortfuhr: »Ich weiß einfach nicht, was ich mache, wenn sie es wirklich gewesen sein sollte.«

Als er Nina ansah, hatte sich etwas geändert. Und er hatte den Eindruck, dass sie es auch spürte. Wo er zuvor nur Trauer gefühlt hatte, stand jetzt eine neue Entschlossenheit, an deren Rändern Wut und Schmerz flackerten.

Dies war noch lange nicht das Ende.

An seinem ersten Ausbildungstag hatte Mike nicht ahnen können, wohin ihn der gerade eingeschlagene Weg in wenigen Jahren bringen würde.

Das vorherrschende Gefühl in den ersten Tagen war eine prickelnde Mischung aus Unsicherheit und Neugier gewesen. Es waren so viele Eindrücke auf ihn eingeströmt. Seine neuen Azubi-Kollegen, die hoffentlich nett waren, die ehrfurchtgebietenden Ausbilder in ihren Uniformen, aber auch die Ausbildungsinhalte. Das, was er in den nächsten Wochen und Monaten erleben würde. Was er vielleicht auch würde sehen müssen. Aushalten.

Was hatte er schon gewusst? Weil er all das Neue gar nicht auf einmal verarbeiten konnte, begann er mit dem, was er schon kannte. Und was immer ein Problem gewesen war. Die sozialen Kontakte. Er zwang sich, mit seinen Azubi-Kollegen nicht nur zu sprechen, sondern sie dabei auch anzusehen. Daran musste er sich immer wieder erinnern. Zu sehr war er es aus seiner äußerst unerfreulichen Schulzeit gewohnt, Kopf und Stimme gesenkt zu halten.

Ja, es war nicht alles schlecht gewesen, damals. Schon nach wenigen Wochen war er aufgeblüht und hatte vorsichtig in Erwägung gezogen, dass andere gerne mit ihm zusammen waren. Wie sich diese einschneidende Erfahrung angefühlt hatte, wusste er noch ganz genau. Wie traurig seine tief empfundene Überraschung damals eigentlich gewesen war, was sie über seine Vorgeschichte aussagte, erkannte er hingegen erst heute.

Damals hatte er die ersten zaghaften Schritte in Richtung einer echten Jungsfreundschaft gemacht. Wie die Geschichte weitergegangen war, das schlimme Ende, hatte niemand voraussehen oder verhindern können.

Doch heute, über 20 Jahre später, beschäftigte ihn diese Freundschaft, die längst schon keine mehr war, mehr, als er für möglich gehalten hätte. In der letzten Zeit nämlich war etwas Seltsames passiert: Parallel zu seiner Sorge um das Kind von damals, hatte er mit einer perversen Art der Wiedergutmachung begonnen und sich für seinen ehemaligen Kumpel eingesetzt, wo immer möglich.

Ob er im hintersten Winkel seines Bewusstseins schon die Konfrontation herbeisehnte, konnte er beim besten Willen nicht sagen.

»Auf Gleis 5 fährt jetzt ein: der Intercity aus Karlsruhe, Ankunft 14:09 Uhr. Bitte Vorsicht bei der Einfahrt!«

Die Stimme der Bahnbeamtin quäkte nahezu unverständlich aus den Lautsprechern am Mainzer Hauptbahnhof. Tuulia war das egal, sie hatte sich längst online informiert, war pünktlich und erwartete ihren Besuch direkt am Gleis.

Der IC, der bis eben noch ein dunkler Fleck am südlichen Horizont gewesen war, näherte sich dem Bahnhof, wobei er eine Druckwelle aus Winterluft und Bahnhofsgerüchen vor sich her schob. Instinktiv liefen die Fahrgäste am Bahnsteig ein Stück in Fahrtrichtung mit dem Zug, bis dieser endlich zum Stehen kam. Tuulia hatte sich nicht vom Fleck bewegt und befand sich nun etwa auf Höhe der Zugmitte. Gut, so würde sie ihn auf keinen Fall verpassen.

Und tatsächlich erkannte sie seinen hellen Haarschopf, unmittelbar nachdem die Türen sich öffneten, am hinteren Drittel des Zuges. Daran würden sie zweifellos immer als Geschwister erkennbar sein, überlegte Tuulia und schob sich gedankenverloren eine weißblonde Strähne aus dem Gesicht. Im nächsten Moment setzte sie sich in Bewegung und lief ihrem Bruder entgegen.

»Hej, Lenni. Schön, dass du mitkommst!«

»Hej«, antwortete Lenni einfach und hob den Blick vom grauen Bahnhofsboden. »Går vi?«

»Na klar, wir fahren mit der 51. Vorher würde ich mir gerne noch eine Kleinigkeit an der Brezelbude holen.«

Lenni nickte und setzte sich in Bewegung. Sie fuhren mit der Rolltreppe in das Bahnhofsgebäude hoch und durchquerten die Halle im ersten Stock, um dann über die großen Treppen zum Haupteingang hinunterzulaufen. Wenige Meter vor dem Bussteig reihte Tuulia sich in die beachtliche Schlange derer ein, die von dem verführerischen Duft frischer, warmer Laugenbrezeln angezogen, geduldig in der Kälte warteten.

»Möchtest du auch was?«, wandte sie sich an Lenni. Er überlegte, dann nickte er.

Tuulia kannte das schon und verkniff sich ein Schmunzeln. Er hatte ja recht und eindeutig korrekt geantwortet.

»Was kann ich dir mitbringen?«, konkretisierte sie ihre Frage und Lenni musste dieses Mal nicht überlegen. Er wartete ein paar

Schritte abseits und studierte das Kommen und Gehen an der Haltestelle mit halb gesenktem Kopf. Tuulia beobachtete ihn unauffällig, beiläufig, so wie sie schon immer daran gewöhnt war, auf ihren Bruder zu achten. Die Schlange schob sich unterdessen nur langsam voran. Sie erkannte, dass der Brezelmann gerade eine neue Ladung der verschlungenen Köstlichkeit in den Ofen schob. Es konnte also noch dauern.

Lenni wirkte in ihren Augen entspannt. Sie wusste, dass größere Menschenansammlungen Stress für ihn bedeuteten und dazu führten, dass er sich immer weiter in sich selbst zurückzog. Dass er Ruhe in sich suchte. Heute aber schien er mit den auf ihn einströmenden Reizen verhältnismäßig gut umgehen zu können. Außenstehende würden nichts von den Kämpfen ahnen, die er tapfer in sich, mit sich, austrug. Tuulia spürte eine Riesenwoge Stolz heranrollen und konnte nicht verhindern, dass ihre Augen feucht wurden.

Sie blinzelte und hob das Gesicht, um Schlimmeres zu verhindern. Diese Dünnhäutigkeit mochte dem plötzlichen Stressabfall nach dem unerwartet frühen Ende ihrer Ermittlungen geschuldet sein. Die tage-, manchmal wochenlange ununterbrochene Anspannung bis sie ihre jeweiligen Fälle gelöst hatten, ging nicht spurlos an ihr und ihren Kollegen vorüber. Das war ihr schon in der Vergangenheit aufgefallen. Automatisch wanderte ihr Blick wieder zu Lenni. Er fixierte weiterhin konzentriert das Geschehen am Bussteig. Alles war in Ordnung.

Tuulia zog entschlossen die Nase hoch und rückte eine weitere Stelle in der Reihe auf. Ihre Augen waren wieder trocken. Gut.

Wenig später saßen sie in der Straßenbahn 51 in Richtung Gonsenheim. Tuulia brach sich ein Stück von der duftenden, warmen Brezel ab, der in der Papiertüte wohl nur ein kurzes Dasein beschieden sein würde. Herrlich! Sie ließ sich noch ein wenig tiefer in den Sitz rutschen und genoss es, wie ihre Muskeln entspannten. Was sie jetzt vorhatten, sollte einzig und allein ihrem Privatvergnügen dienen. Freizeitunterhaltung sein. Sollte da die Ermittlerin in ihr mitreden wollen, würde sie sie schon in ihre Schranken weisen. Ganz entschieden. Sie nickte unmerklich.

»Kannst du dich noch an damals erinnern?«, wandte sie sich jetzt an Lenni.

Er nickte, und sie fragte sich, was sie erwartet hatte. Natürlich wusste ihr Bruder noch, dass sie vor vielen Jahren mit Tante Gunilla und Onkel Magnus einen solchen *Tag der Offenen Tür* im Auktionshaus Claaßen besucht hatten. Sie waren damals noch Kinder gewesen, aber das hieß nicht, dass ihr Bruder sich hieran nicht mehr erinnerte. Ganz im Gegenteil: Lennis Erlebnisse waren feinsäuberlich in seinem Gehirn abgelegt. Wie in tausenden kleinen Schubladen hatte alles seinen Platz, und viele der Schubladen waren miteinander wie über zahllose Spinnenfäden verwoben.

Er hatte ihr das einmal erklärt. Ganz ernsthaft, und sich gewundert, dass es bei anderen Menschen anders sein sollte. Als Psychologin wusste Tuulia, dass Lennis Gedächtnis-Modell, wie er es ihr beschrieben hatte, der Realität in Wahrheit ziemlich nah kam. Nicht zuletzt aus eigener Erfahrung konnte sie jedoch auch bezeugen, dass mitnichten alle Menschen jederzeit Zugriff auf alle, über die Jahre angesammelten, Schubladeninhalte hatten. Und auch, wenn sie sich manchmal wünschte, jegliche Daten, Fakten, Erinnerungen, sofort parat zu haben, verstand sie doch, dass das Gehirn einfach kategorisieren musste. Wichtiges von Unwichtigem unterscheiden, Prioritäten setzen und so die Masse an Information handhabbar machen.

Dass das bei Lenni anders war, vermittelte ihr den Ansatz einer Vorstellung davon, wie das geordnete Chaos im Kopf ihres Bruders funktionierte. Wie sehr er darum kämpfen musste, seinen Alltag zu bewältigen. Und es gelang ihm, ohne dabei besonders aufzufallen. Sie bewunderte Lenni dafür, und nicht zuletzt war er ein wertvoller Ratgeber, eben weil er anders dachte.

Über ein Bild, wie sie es wahrnahm, hinaus, bezog er den Hintergrund, die Wand, den Raum, in dem sich dieses Bild befand, wie selbstverständlich mit ein. Was das betraf, konnte sie von ihm immer noch eine ganze Menge lernen.

Und deswegen wollte sie – nur kurz, und dann sofort wieder in den Freizeitmodus schalten – seine Meinung zu ihrem Fall hören. Dass sie beide untereinander ausschließlich Schwedisch sprachen, kam ihr dabei hier in der Straßenbahn zugute. Sie warf einen vorsichtigen Seitenblick auf Lenni, der weiterhin entspannt wirkte, und begann zu erzählen.

Während der kurzen Fahrt nach Gonsenheim informierte sie ihren Bruder in wenigen Worten über die Lösung ihres Falls und die Täterin. Lenni hatte ruhig zugehört, lange überlegt und schließlich nicht viel gesagt. Doch das, was ihm aufgefallen war, ließ Tuulia keine Ruhe.

Nicht zuletzt, weil ihr dieser Gedanke auch schon gekommen war.

Wenn ich mein Kind nicht hätte, würde ich jetzt Schluss machen.
Bei der Arbeit scheinen sich alle gegen mich verschworen zu haben,
sie hetzen und reden über mich und denken, ich kriege das nicht mit.
Aber ich merke alles, ihr Tuscheln ist ständig in meinem Ohr, auch
nachts hört das nicht auf.
Jetzt macht auch noch mein Chef dabei mit. Er hat mich vor ein
Ultimatum gestellt, das ich nicht erfüllen kann. Warum kapiert er
nicht, dass mein Kind für mich an erster Stelle steht? Wir müssen
schließlich zusammenhalten, jetzt mehr denn je.
Mit ein wenig Pech habe ich bald keine Stelle mehr. Und dann? Was
wird dann??
Das darf nicht passieren. Ich habe überlegt, mit dem obersten Chef
zu sprechen. Dem Patriarchen, wie sie ihn in der Firma alle nennen.
Vielleicht kann er mir helfen.
Sonst weiß ich nicht, wie es weitergehen soll ...

Kapitel 20

»Aahh, das war gut!«

Lorenz lehnte sich auf seinem Stuhl zurück und strich zufrieden über seine Körpermitte. Auch wenn diese für sein Alter noch erfreulich flach war, zeichnete sich hier, unmittelbar nach Annettes wunderbarem Essen, doch eine kleine Wölbung ab und das war völlig in Ordnung. Fand er.

Heute wollte er einfach nur den Tag, das Leben und ihre Liebe genießen. Das Aufwachen am Morgen nachdem sie einen Fall gelöst und die Ermittlungen beendet hatten, war für ihn immer noch unschlagbar. Das Erfolgsgefühl überstrahlte für eine ganze Weile die permanente Unruhe, die sein Wissen über die nie enden wollende Flut an kleineren und größeren Verbrechen konstant aufrechterhielt. Annette hatte seine Erleichterung natürlich gespürt und sein Glücksgefühl nicht nur auf ihre Weise aufgefangen, sondern auch noch verstärkt.

Mira hatten sie am Vorabend mit Sack und Pack und leuchtenden Augen bei Oma und Opa zum ›Übernachten-Üben‹ abgeliefert, so dass sie sich endlich mal wieder richtig Zeit füreinander nehmen konnten. Und natürlich war es viel schöner, wenn er auch gedanklich ganz bei seiner Frau war. Dies nämlich war die andere Seite seines schlechten Gewissens: die Sorge, dass er seiner wunderbaren Frau, die die Familie ruhig und souverän managte, während er zu unmöglichen Zeiten Verbrecher jagte, nicht gerecht wurde. Er sah auf und begegnete Annettes Lächeln, das wohl schon eine ganze Weile auf ihm lag.

»Du siehst glücklich aus«, sagte sie jetzt und er konnte erstmal gar nichts erwidern. Doch ihr Lächeln, das längst bewirkt hatte, dass auch seine Mundwinkel nach oben gewandert waren, erwiderte er nur zu gerne. Während der nächsten Sekunden war ihre wortlose Kommunikation intensiver, als es das lebendigste Gespräch hätte sein können.

Obwohl seine Frau nicht weiter als eine gute Armeslänge von ihm entfernt saß, wurde die Sehnsucht nach ihr mit einem Mal unerträglich. Da war dieses Ziehen in seiner Brust, das von einer wilden Mischung an Emotionen genährt wurde. Dem Bedürfnis, jetzt sofort aufzuspringen, Annette an sich zu ziehen und sie nie wieder loszulassen. Dem Gefühl, dass es falsch war, jemals wieder von ihr wegzugehen, und sei es nur für wenige Stunden. Dem Anspruch, alles zu tun, um seine Familie abzusichern und ihnen ein schönes Leben zu ermöglichen.

Er entschied sich, dem ersten Bedürfnis nachzugehen und erhob sich von seinem Platz. Annette sammelte das Besteck zusammen und legte es auf ihrem Teller ab. Weiter kam sie nicht, da er ihre Arme von hinten umschloss und seine Wange an ihren Kopf legte. Er atmete den Duft ihres Haars und schloss die Augen. Spürte, wie sich ihr Körper entspannte und sie sich an ihn lehnte. Er genoss ihre Nähe und die Gewissheit, dass es ihr genauso ging.

Schließlich zog er sie nach oben und ganz dicht an sich heran. Sie strahlte eine Wärme und Kraft aus, die ihn überwältigte. Seine Hände fuhren zärtlich ihre weichen Rundungen nach, die er so sehr liebte. Vorsichtig erst, dann immer drängender. Und er war sicher, dass sein Staunen darüber, eine so schöne Frau zu haben, niemals versiegen würde. Schließlich schob er sie in Richtung der breiten, gemütlichen Wohnzimmercouch, auf der sie fortfuhren, bis er merkte, dass irgendetwas komisch war.

Irritiert löste er seine Lippen von Annettes und hörte es im gleichen Augenblick. Sie kicherte! Und sah ihn dabei schuldbewusst an. »Entschuldige«, brachte sie schließlich hervor, musste jedoch immer mehr lachen. Es war ihr sichtlich unangenehm, ließ sich aber offenbar nicht verhindern. »Es ist nur ...«,

Lorenz sah seine Frau an und wünschte sich, sie würde nicht versuchen, ihr Lachen zu verbergen. Um zu zeigen, dass er ihr nichts übel nahm – wie könnte er? – stimmte er vorsichtig in ihr Lachen ein und stupste mit seinem Zeigefinger an ihre Nase. »Macht doch nichts«, sagte er und beobachtete erheitert ihre verzweifelten Bemühungen, den Impuls, der für ihre Heiterkeit verantwortlich war, zu unterdrücken. Das wollte einfach nicht klappen, und schließlich sprang er wie ein kleines Tier auf ihn über und sie lagen lachend auf der Couch.

»Herrlich«, japste Lorenz irgendwann und Annette strich sich zum wiederholten Mal über die feuchten Augen.

»Es war eigentlich gar nichts«, begann sie mit zittriger Stimme und musste hierüber gleich wieder lachen. Sie schüttelte den Kopf und fuhr in kreisenden Bewegungen über ihren Bauch, der wahrscheinlich ebenso schmerzte wie sein eigener. Lorenz war bewusst, dass dies einer jener Momente war, in denen wie aus heiterem Himmel die Wahrheit darüber im Raum stand, was im Leben wirklich von Bedeutung war: ihre Liebe und Zuversicht und dem, was von außen auf sie einströmte, mit gelassener Stärke zu begegnen.

Heute war ein entspannter Tag, und es gelang ihnen mühelos, dem winterlichen Grau in Grau vor dem Fenster ihr warm leuchtendes Zuhause entgegenzuhalten.

»Ist doch seltsam«, gelang es ihm irgendwann wieder zu sprechen, »dass wir uns so dagegen wehren.«

»Aber auch verständlich«, überlegte Annette und atmete langsam aus. »Das ist quasi erzwungener Stressabbau.«

»Kann schon sein. Wobei die Glückshormone mit einer ganz schönen Wucht ausgestoßen werden.« Er grinste.

»Aber irgendwie auch gut, oder?« Annette zwinkerte ihm zu und er nickte lächelnd. »Ich meine, eure Ermittlungen sind doch oft ziemlich belastend. Nicht nur für die Familie, meine ich.«

Er hatte nicht verhindern können, dass seine Miene sich während ihrer Worte verdunkelte, und sah schuldbewusst auf. Ihm war klar, dass Annette und Mira viel zu oft zu kurz kamen.

»Nein, so meine ich das nicht. Ich merke doch, wie nah dir jeder Tag geht, an dem ihr einen Täter nicht stellen könnt.«

»Na ja, klar. Gerade im aktuellen Fall mussten wir davon ausgehen, dass weitere Menschen sterben werden, wenn wir unsere Arbeit nicht gut machen«, meinte er düster.

»Ich weiß«, Annette nickte nachdenklich. »Aber gleichwohl ist es eben nicht eure Verantwortung, sondern in allererster Linie immer noch die des Täters. Beziehungsweise der Täterin, wie jetzt in diesem Fall.«

»Das auseinanderzuhalten wird schnell schwierig«, meinte Lorenz. »Mich beschäftigt schon, was gewesen wäre, wenn wir einfach früher auf die richtige Spur gekommen wären. Und es ärgert mich, dass wir zur Lösung offensichtlich die Unterstützung der Täterin gebraucht haben.«

»Das verstehe ich«, sagte Annette und legte ihre Hand auf seine Wange. »Aber genau diese Gedanken sind doch ein Zeichen deiner Gewissenhaftigkeit und nicht eures Versäumnisses.«

Er sah sie zweifelnd an und wollte gerade antworten, als sie ihm sanft den Finger auf die Lippen legte. »Ich kenne jedenfalls niemanden, der so verantwortungsbewusst handelt wie du, der immer abwägt und sich keine Minute Ruhe gönnt, bis ein Fall gelöst ist. Trotzdem bist du oft so hart zu dir selbst.« In ihrem Lächeln lag eine Spur Traurigkeit. »Manchmal fürchte ich, dass du gar nicht merkst, wie gut du deine Arbeit machst.«

Lorenz schluckte. Es kostete ihn einige Anstrengung, seine Leistung nicht sofort wieder kleinzureden. Sein Mindestanspruch bestand darin, die Fälle, die auf seinem Schreibtisch und damit in seiner Verantwortlichkeit landeten, aufzuklären. Hierfür erwartete er kein Lob, das sah er als Selbstverständlichkeit an. Zudem aber forderte er von sich selbst, schnell und effektiv zu arbeiten, so dass keine weiteren Menschen zu Schaden kamen. Und diesem Anspruch konnte er zu oft, wie er fand, nicht genügen.

»Wobei«, Annette zog das Wort in die Länge und bemühte sich um einen strengen Blick, »es da natürlich eine Pflicht gibt, bei der eventuell Nachholbedarf besteht.«

»Ach so, hmm … wenn das so ist«, Lorenz schob die Gedanken an seine Arbeit entschlossen zur Seite und stieg auf Annettes Spiel ein. »Duldet wahrscheinlich keinen Aufschub?«

»Ich denke nicht«, hauchte seine Frau und zog ihn von der Couch.

Tuulia und Lenni waren das letzte Stückchen von der S-Bahn-Station zu Fuß unterwegs. Am Ende der Straße rückte in diesem Moment der Eingang zum Anwesen der Familie Claaßen in ihr Blickfeld.

Tuulia sah auf ihr Handy. Kurz nach 15:00 Uhr. Wie sie einem der zahlreichen Plakate, an denen sie unterwegs vorbeigekommen waren, entnommen hatte, waren die Pforten des Auktionshauses nun schon seit einer guten Stunde geöffnet. Sie war gespannt, ob sie bekannte Gesichter sehen würden.

»So, da vorne ist es«, murmelte sie auf Schwedisch. »Ich bin ja mal gespannt.«

Lenni sah auf und runzelte die Stirn. Aber die Wahrheit war, dass Tuulia selbst nicht sagen konnte, was sie von ihrem Besuch hier erwartete. Natürlich war sie nicht als Ermittlerin hier. Ihr Fall war abgeschlossen und sie machte sich nichts vor: Zu erwarten, dass die Familie Claaßen sich übermäßig über ihre Anwesenheit freuen würde, wäre mit Sicherheit naiv. Aber so ganz ausschließlich privat war sie heute insgeheim eben doch nicht hier.

Sie wusste nicht, ob sie bei dieser Veranstaltung etwas erfahren konnte, das ihre innere Unruhe, die über den Tag immer mal wieder aufgeflammt war, besänftigen würde. Ob es da überhaupt etwas geben konnte. Geschweige denn, was das sein mochte. Aber ihren Eindruck, dass da noch etwas offen oder nicht schlüssig war, konnte sie eben auch nicht einfach zur Seite schieben. Dafür hatte dieses Gefühl sie zu oft genau in die richtige Richtung sehen lassen.

Inzwischen hatten sie das Törchen des Anwesens passiert und betraten den langen schmalen Weg, der zum Innenhof führte. Zu dem besonderen Anlass war er heute von historisch wirkenden Fackeln flankiert und stimmungsvoll beleuchtet.

Zwar war es noch früh, allerdings auch einer jener Tage, an denen es kaum hell zu werden schien, bevor die Sonne auch schon wieder unterging. Tuulia blieb kurz stehen und ließ den Weg, an dessen anderem Ende weitere Besucher standen, auf sich wirken. Es war eine heimelige Atmosphäre, die die Gäste hier empfing. Die Domäne der Familie Claaßen leuchtete wie eine schützende Festung im Winterdunkel. Tuulia atmete tief durch und ließ die kühle Winterluft, die durch die Fackeln nach Kamin duftete, ihre Lungen durchströmen. Irgendwie war dies hier auch ein Ausflug in ihre Kindheit. Sie nickte Lenni zu, der an ihrer Seite stehen geblieben war, und sie liefen weiter.

Der Innenhof summte vor Menschen, die sich in Grüppchen an kleinen Stehtischen zusammengefunden oder an den rustikalen Bierzeltgarnituren Platz genommen hatten. Die Stimmung war gut und der Geräuschpegel beträchtlich. Tuulia sah sich um. Auf der Wiese des Innenhofs war ein Köhlerfeuer errichtet worden, in dem ein Maronenmann Esskastanien wendete. Seine zentrale Position verhinderte, dass der Rauch des Feuers die Wände der Gebäude schwärzte. Sie staunte. Bisher kannte sie nur die kleinen fahrbaren Geschäfte, die auf den Weihnachtsmärkten für diese Spezialität sorgten. Hier schien alles eine Nummer größer zu sein.

Lenni tippte ihr auf die Schulter und deutete an, sich für eine Portion heißer Kastanien anstellen zu wollen. Sie nickte und wartete außerhalb des Rauchkorridors, in der Nähe von einem der in regelmäßigen Abständen aufgestellten Heizpilze. Eileen hatte ihr einmal erzählt, wo man sich mit dem Betrieb dieser Heizstangen preislich so bewegte, aber dass man hier Geld hatte, war ja kein Geheimnis. Darüber hinaus schien der ökologische Fußabdruck, zumindest an diesem Nachmittag, nicht zu interessieren.

Von der Familie Claaßen hatte sie bisher noch niemanden gesehen, was ihr, um ehrlich zu sein, ganz recht war. Inzwischen war sie sich nämlich nicht mehr so sicher, dass sie hier überhaupt willkommen sein würden. Nun ja, auf der anderen Seite würde man sicher die Contenance wahren, allein schon, um die Fassade aufrechtzuerhalten.

Was Tuulia förmlich ins Bewusstsein sprang, war, dass das Anwesen, besonders der geschmückte, festlich hergerichtete Innenhof, heute eine gänzlich andere Ausstrahlung hatte, als noch am Vortag. Märchenhafter, ja fast ein wenig verzaubert, wenn man denn so kitschig sein wollte. Natürlich entsprang all das dem Kalkül der Familie, da machte Tuulia sich nichts vor. Dennoch erkannte sie diese Leistung an. Es gehörte einiges an Talent dazu, für die Gäste eine Illusion zu schaffen, die sie aufs Angenehmste aus ihrem Alltag entführte. Die sie lächeln und durchatmen und sich einfach unbeschwert wohlfühlen ließ.

Wenn sie überlegte, wie es unter der Oberfläche in Wahrheit aussah, nötigten ihr die Bemühungen der Familie Claaßen Respekt ab. Viele wären unter diesen Umständen daran gescheitert, den Schein in dieser Form aufrechtzuerhalten. Allein die Vorstellung, wie es den einzelnen Familienmitgliedern gehen mochte, und welche Energie es sie kosten musste, ihre gute Miene nicht nur beizubehalten, sondern sie derart in Szene zu setzen, erschöpfte sie auf seltsame Weise. Offenbar war von der Verhaftung der Tochter des Hauses bisher nichts an die Öffentlichkeit gedrungen, anderenfalls wäre dies alles heute nicht möglich.

Unabhängig hiervon machte Tuulia sich eine innere Notiz: Die Familie war ganz offensichtlich gut darin, Leinwände hochzuziehen, auf denen genau das gespiegelt wurde, was sie die anderen sehen lassen wollte.

Das durften sie bei allen weiteren Überlegungen nicht vergessen.

Henry wünschte sich in diesem Moment nichts sehnlicher, als an einem anderen Ort zu sein.

Trotz aller Armut und allen widrigen Lebensumständen in den Ländern, in die ihn sein Wille zu helfen sonst trieb, hätte er jetzt weitaus lieber ein Lehmhaus oder einen Brunnen gebaut. Mit und für jene Menschen, deren Leben er mit wenigen, einfachen Handgriffen so entscheidend leichter machen konnte.

Aber heute wurde seine Hilfe nun einmal hier gebraucht. Er zupfte widerwillig an seinem Kragen und versuchte, den Hals so weit wie möglich aus dem engen Ding herauszustrecken. Sich dieser lächerlichen Verkleidung zu entziehen. Dies alles hier war einfach nicht seine Welt. Dennoch, ermahnte er sich, mochte sie ihm zunutze sein. Und schließlich machte er dieses ganze Theater nicht zuletzt seinem Dad zuliebe mit.

Sie hatten ihm ein gemütliches kleines Reich in seinen Räumen eingerichtet. Im Grunde konnte er, wie einst antike Herrscher, von seiner Schlafstatt aus wirken. Für sein leibliches Wohl war gesorgt und über das Handy konnte er sich jederzeit einschalten. Was er im Übrigen an diesem Nachmittag schon einige Male getan hatte. Henry blies die Backen auf und sah auf die Uhr: Viertel nach vier.

Um 17:00 Uhr würden sie mit der Scheinauktion beginnen. Auch wenn diese beliebte kleine Veranstaltung auf den großen Plakaten an der Straße und hier im Hof deutlich sichtbar angekündigt wurde, sollte er sie wohl ihren wichtigsten Kunden, beziehungsweise Gästen, wie sie sie heute nannten, noch einmal persönlich nahelegen. Das würde aber später auch noch reichen, überlegte er lustlos und schlenderte in Richtung Weinkeller.

»Henry, na? Wie gefällt dir unser großer Tag?«, empfing Quentin ihn am Fuß der steinernen Treppe. Er hatte dieses repräsentative Lächeln auf den Lippen, das ihm immer wie ein Schutzwall erschien. Sein Bruder ließ sich vor Außenstehenden niemals anmerken, was wirklich in ihm vorging. Wahrscheinlich sollte er selbst mehr an dieser vermeintlichen Tugend arbeiten. Immerhin gelang es Henry, seine Lippen nicht zu verziehen.

Er versuchte, seinem Gesicht einen heiteren Ausdruck zu verleihen und ließ den Blick über die Gäste schweifen. Offensichtlich amüsierten sie sich, im Hof brummte es vor fröhlichen Gesprächen wie in einem Bienenstock.

»Was soll ich sagen, Quentin? Ich hasse es«, sagte er leichthin, ein kleines bisschen stolz darüber, die inhaltlichen und emotionalen Inhalte seiner Antwort so gut voneinander trennen zu können. Augenkontakt mit seinem Bruder vermied er dabei.

»Ach, Henry«, erwiderte Quentin nach einem kleinen Moment. »Sieh' es doch mal so: Für Vater ist dieses Event etwas ganz Besonderes. Jetzt läuft es schon bald drei Stunden und wir kriegen alles gut hin. Er hat keinen Verdacht geschöpft und sich noch nicht einmal darüber aufgeregt, dass Philippa ausgerechnet an diesem Sonntag«, er malte Anführungszeichen in die Luft, »>dienstlich unterwegs< sein muss.«

Henry wusste, dass Quentin recht hatte. Trotzdem fand er es nicht ganz fair, dass sein Bruder ausgerechnet diese Karte spielte. Jetzt fehlte nur noch ...

»Er ist glücklich, Henry. Und wir wissen alle nicht, wie viele Tage der Offenen Tür er noch ...«

»Ja, ja, du hast ja recht«, fiel er seinem Bruder unwirsch ins Wort. Mit diesem Thema hatte Quentin ihn. Natürlich. Schließlich konnte er seinen Dad nicht sehenden Auges unglücklich machen.

»Na komm'«, Quentin stieß ihn freundschaftlich mit der Schulter an, »wir kriegen den Tag schon rum. Und alles andere wird sich auch irgendwie klären.«

»Natürlich«, murmelte Henry. Er hatte eben gerade jemanden in der Menge entdeckt, sah Quentin an und nickte in die entsprechende Richtung.

»Ach, Gott«, entfuhr es seinem Bruder und Henry nahm zur Kenntnis, dass ihm sein ehernes Lächeln nun doch für einen Moment entglitt. »Was will die denn hier?«

»Ich fürchte, das werden wir gleich erfahren.«

»Na prima, das hat uns jetzt wirklich gerade noch gefehlt.«, stöhnte Quentin leise und entnahm seiner allzeit verfügbaren Palette positiver Gesichtsausdrücke das Modell ›angenehm überrascht‹. Henrys Blick verdunkelte sich. Er konnte nichts dagegen tun, dass sie ihm sein Misstrauen ansehen würde. Das hier war kein Spaß. Sein Dad durfte auf gar keinen Fall etwas von David und Philippa erfahren. Das würde sein Herz nicht mitmachen, da war er sich ganz sicher.

»Frau Hollinder«, preschte er voran, kaum dass die blonde Polizistin mit ihrer Begleitung sie erreicht hatte. »Und Ihr Mann, nehme ich an?«

»Hallo«, erwiderte die junge Frau mit einem strahlenden Lächeln. Gerade so, als sei ihr Auftauchen hier an diesem Tag nicht völlig unpassend. »Lenni ist mein Bruder. Wir wussten ja vom *Tag der Offenen Tür* und dachten ...« Der Rest des Satzes hing unentschlossen in der Luft.

»Ah ja«, schaltete sich jetzt Quentin ein. »Schön, dass wir Sie heute in weitaus angenehmerem Zusammenhang hier bei uns begrüßen dürfen.«

Henry dachte sich seinen Teil, machte aber weiterhin gute Miene zu der in Wahrheit peinlichen Situation. Diese wurde jedoch schon im nächsten Moment unterbrochen, als eine ausgelassene Bande von vielleicht zehn bis zwölf Kindern mit durchdringendem Indianergeheul in den Hof einfielen. Einige Meter hinter ihnen erkannte Henry Nina, die gerade den wohl anstrengendsten Part der Kinderbetreuung hinter sich gebracht hatte.

Er winkte und gab ihr Zeichen, zu ihnen zu kommen. So, spätestens jetzt sollte klar werden, wie beschäftigt sie hier alle eigentlich waren. Von ihm aus sollte die Polizistin ruhig merken, dass sie störte.

»So, fertig!«, rief Nina und kam zu ihrem kleinen Grüppchen hinüber. »Die Kinder sind müde gespielt, Romulus und Remus werden von Edith in der Küche verwöhnt ... Und? Wie läuft's hier?«

Die winterliche Kälte hatte ihre Wangen rot gefärbt und die Beschäftigung mit den Kindern ein Strahlen in ihr Gesicht gezaubert, das noch nicht weichen wollte. Auch nicht, als sie die Gäste erkannte, die bei ihrem Schwiegervater in spe und dessen Bruder standen. Sie bremste hart und sah fragend in die Runde.

»Oh, hallo, Frau Hollinder?«

»Hallo. Wir sind heute ganz privat hier«, beeilte sich die Polizistin, zu erklären.

Wenn man Henry fragte, war sie jedoch ein wenig übereifrig. »Wir sind heute ganz harmlos?«, oder wie war das zu verstehen? Für seinen Geschmack betonte sie das ein wenig zu sehr.

»Dies ist auch ein bisschen ein Ausflug in unsere Kindheit«, plauderte sie jetzt an Quentin und ihn gerichtet weiter. »Es ist nämlich so, dass unsere Tante und Ihre Schwester einander noch aus Studienzeiten kennen. Und daher waren wir schon als Kinder öfter bei Veranstaltungen wie dieser hier. In den letzten Jahren ist das ein bisschen eingeschlafen, aber ...« Der blonden Polizistin ging wohl einen Moment zu spät auf, dass auch dieser Satz kein befriedigendes Ende haben konnte.

»Nun, das wussten wir nicht«, übernahm Quentin steif, aber selbstverständlich mit ausgesuchter Höflichkeit. Henry hingegen lachte trocken. »Na, mit Philippa können wir Ihnen heute nicht dienen, das sollte Ihnen schon klar sein.«

»Ja, natürlich. Ich meine, das alles ist schon ein seltsamer Zufall«, die Polizistin wirkte auf einmal nachdenklich, wischte die Gedanken aber mit einem Schulterzucken weg und fuhr ruhiger fort. »Jedenfalls wollten wir uns hier gerne einmal ausschließlich zu unserem Vergnügen umsehen. Ich habe gesehen, dass es später noch eine Auktion geben wird?«

»Ja, ganz richtig, in einer guten halben Stunde. Vorne weisen die Schilder den Weg«, erklärte Henry. »Nur eine Bitte.«

»Ja?« Die Polizistin sah ihn fragend an. Die arglose Offenheit hätte er ihr fast abgenommen.

»Unser Vater darf auf keinen Fall«, er trat ein Stück näher an sie heran und fuhr leiser aber nicht weniger bestimmt fort, »er darf unter keinen Umständen von David und unserer Schwester erfahren. Ich meine es bitterernst.«

»Selbstverständlich. Wir sind, wie gesagt ...«

»... rein privat hier. Und das ist auch gut so«, Henry wandte sich ab, als Zeichen dafür, dass er nichts mehr zu sagen hatte. Ohne auf eine Reaktion auf seine eindringlichen Worte zu warten.

In die Stille, die seinen Worten folgte, hinein, meldete sich jetzt wieder Nina zu Wort. Sie hatte schweigend dem Gespräch mit Frau Hollinder zugehört, musste vor der Auktion aber noch etwas aus dem Sprinter holen und anschließend weiter zu den Ausstellungsräumen, um wenigstens noch ein paar Minuten mit Jonathan sprechen zu können.

Henry war klar, dass die wirklich wichtigen Punkte des seltsamen Gesprächs jene waren, die unausgesprochen geblieben waren.

***

»Du warst komisch«, stellte Lenni fest, sah sie flüchtig an und runzelte die Stirn.

»Mag sein«, räumte Tuulia ein. »Aber aus gutem Grund.«

Lenni zog die Augenbrauen noch ein wenig mehr zusammen.

»Die Claaßens haben mich in den vergangenen Tagen nur als Ermittlerin kennengelernt.«

Lenni nickte langsam.

»Und da ist es für sie ungewohnt, mich jetzt als Privatmensch zu treffen.«

Hier streiften sie ein schwieriges Thema. Tuulia wusste, dass es für ihren Bruder ein Rätsel darstellte, warum ein Mensch sich in Abhängigkeit von seiner Umgebung verändern sollte.

Sie hatten über die verschiedenen Rollen, die ein und derselbe Mensch in seinem Leben einnahm, schon oft gesprochen. Manchmal hatte sie den Eindruck gewonnen, Lenni habe die Zusammenhänge verstanden, aber vielleicht akzeptierte er diese rätselhafte Komplikation auch einfach nur bei anderen.

Mehr als einmal hatte er ihre Gespräche hierüber mit den Worten ›Ich bin immer Lenni!‹ beendet. Als sie jetzt daran dachte, überflutete sie die Liebe für ihren Bruder einmal mehr wie ein warmes, orangerotes Licht, das noch den letzten Winkel erreichte und erhellte.

»Als Ermittlerin deckst du ihre Geheimnisse auf.«

»Genau«, Tuulia überlegte, dass das eigentlich eine schöne Beschreibung ihres Berufs war.

»Wie jetzt bei der Frau mit der Schachfigur.«

»Wie bei der Täterin, ja. Und als Privatmensch ...«

»... tust du so, als ob dich ihre Geheimnisse nicht interessieren.« Lenni klang skeptisch.

»Ungefähr so, ja.« Tuulia musste schmunzeln.

»Aber sie interessieren dich in Wahrheit doch.«

Ertappt! Tuulia bemühte sich um einen ernsten Gesichtsausdruck und erklärte geduldig: »Na ja, immerhin wohnt die Ermittlerin ja im gleichen Körper wie der Privatmensch. Und wenn sie ihm über die Schulter schaut und etwas mitbekommt, kann sie es wahrscheinlich schlecht ignorieren.«

»Hm ... Und? Was ist es?«

»Was meinst du?«

»Was hat die Ermittlerin mitbekommen?«

»Eben gerade?«

Lenni nickte energisch.

»Ich fürchte ...«

In diesem Moment wurden sie von einem herzzerreißenden Gebrüll unterbrochen. Urheberin des beachtlichen Lärms war ein etwa vierjähriges Mädchen. Tuulia musste ein Grinsen unterdrücken. In der Rolle der Eltern wollte sie jetzt nicht stecken.

Lenni hatte sich abgewandt und die Hände schützend über seine Ohren gelegt. Einige Gäste, denen seine heftige Reaktion nicht verborgen geblieben war, drehten sich in seine Richtung, starrten ihn an und schüttelten missbilligend den Kopf.

»Hyperakusis«, rief Tuulia ihnen erklärend zu. »Geräuschüberempfindlichkeit.« Das war zwar nicht die Wahrheit, in diesem Fall aber eine, wie sie fand, absolut zulässige Alternative.

Prompt zeigten sich auf einigen Gesichtern Anzeichen eines schlechten Gewissens. Münder spitzten sich in einer Mischung aus Schreck und Mitgefühl, Augenbrauen wanderten neugierig nach oben.

Tuulia hatte inzwischen kein Verständnis mehr für derlei voreilige Reaktionen. Zumindest nicht, wenn sie es mit erwachsenen Menschen zu tun hatte. Trotzdem rang sie sich eine Art verständnisvolles Lächeln ab und wandte sich wieder dem Schauplatz mit dem kleinen Mädchen zu. Offenbar hatte es beim Spielen einen Handschuh verloren, was bemerkenswert war, denn die Mutter hatte die weich gefütterten Fäustlinge der Kleinen in weiser Voraussicht durch ihre Jackenärmel gezogen. Nun aber baumelte aus dem linken Ärmel lediglich die bunte Kordel, der Handschuh fehlte.

Während Tuulia die kleine Szene beobachtete, fühlte sie sich für einige Sekunden zurück in ihre eigene Kindheit katapultiert. Diese kreative Handschuhlösung gehörte definitiv zu den Dingen, die es nur in dieser Lebensphase gab. Es waren diese Details, die zusammen mit der elterlichen Liebe und der Geborgenheit eines glücklichen Zuhauses die schönsten Erinnerungen bewahrten. Tuulia spürte ein sehnsüchtiges Ziehen in ihrer Brust.

»... haben nämlich eine Höhle gebaut!«, krähte das Mädchen, Emmi, wie Tuulia aus den unermüdlichen Fragen ihrer Mutter nach dem verlorenen Handschuh herausgehört hatte, inzwischen längst schon wieder guter Dinge. »Und da hab' ich die ausgezogen, und die hingen so rum.«

»Ja, und dann?«, fragte die Mutter, die in die Hocke gegangen war, um auf Augenhöhe mit ihrer kleinen Tochter kein Fitzelchen an Information zu verpassen.

»Ja ... dann«, die Kleine seufzte schwer und Tuulia fand die Szene herrlich. Sie hatte schon eine Ahnung, wie die Geschichte ausgehen würde.

»Dann war er weg.«

»Na, sowas«, meinte die Mutter resigniert und fügte nach kurzem Überlegen hinzu: »Weißt du, was wir machen?«

»Was?« Emmi strahlte sie gespannt an.

»Wir laufen jetzt überall da noch einmal entlang, wo du vorhin mit den anderen gespielt hast. Und bei der Höhle fangen wir an.«

»Jaaa«, krähte das kleine Mädchen glücklich. »Und dann können wir auch nochmal zu den Hunden gehen.«

»Nein, kleine Madame, dann müssen wir uns beeilen, damit wir mit Papa zusammen noch die Auktion besuchen können.«

»Ich will aber Romus und Remus streicheln«, die Unterlippe der Kleinen begann verdächtig zu beben. »Du kannst ja den Handschuh suchen und ich ...«

Tuulia verkniff sich erneut das Grinsen und versuchte, nicht allzu auffällig zu der kleinen Familie hinüberzusehen. Mit Sicherheit hieß der erste Hund Romulus, aber in dem Alter war es völlig in Ordnung, die sagenhafte Gründungsgeschichte Roms nicht zu kennen.

»Oh, nein«, lachte die Mutter und ignorierte jeglichen aufkommenden Trotz in der Stimme ihrer Tochter. »Du hast doch die Hunde heute schon gesehen. War das nicht schön?«

»Doch, aber das war nur ganz kurz«, schmollte Emmi.

»Nein, Madame, ich meine es ernst. Wir gehen nur schnell deinen Handschuh suchen und kommen dann sofort wieder zurück.« Sie warf ihrem Mann einen bittenden Blick zu. »Würdest du uns während wir weg sind schon einmal Plätze bei der Auktion sichern? Die fängt nämlich in ...«, sie sah auf ihre Uhr, »... genau sechs Minuten an.«

»Nichts, was ich lieber täte«, antwortete der Mann gespielt ergeben. »Außer, ich soll vielleicht mitkommen?«

»Nein, nein, lass' uns zwei das ruhig mal allein machen. Wahrscheinlich werden wir in der Höhle schon gleich fündig.«

»Und dann gehen wir zu den Hunden«, tönte es von unten.

»Na gut«, der Vater ignorierte Emmis Vorschlag, gab seiner Frau einen Kuss und streichelte seine Tochter liebevoll über die knallrote Zipfelmütze.

»Aber seid vorsichtig«, fügte er leiser hinzu und streichelte die Wange seiner Frau, »es wird jetzt schnell dunkel.«

Die Erinnerung an den ersten Tag in seiner neuen Ausbildungsstätte stand Mike auch nach so vielen Jahren noch glasklar vor Augen.

Außer ihm hatten noch drei weitere Auszubildende mit bleichen Gesichtern in der viel zu großen Aula gesessen, in der sie an diesem besonderen Tag willkommen geheißen wurden. Mit ihnen sollte er also während der kommenden drei Jahre einen Großteil seiner Zeit verbringen.

Er wusste noch wie heute, wie er die anderen verstohlen gemustert hatte. Den Jungen neben ihm zum Beispiel, von dem er damals noch nicht ahnen konnte, dass er bald schon sein bester Freund werden würde. Er war ihm sofort sympathisch gewesen, dennoch wollte ihm einfach nichts Sinnvolles einfallen, das er sagen konnte, und so blieb er stumm.

Der andere hingegen war weniger schüchtern gewesen. Seine herzlichen Worte, während er ihm fröhlich zwinkernd die Hand entgegenstreckte, hallten nach all den Jahren unverändert in seinen Gedanken nach:

»Hi, ich bin Lorenz. Lorenz Wagner.«

Kapitel 21

»Einen schönen guten Morgen!«

Tuulia verfolgte müde, wie ihr Chef beschwingten Schrittes ins Konferenzzimmer platzte. Ihre Kollegen und sie hatten sich längst hier versammelt und auf Lorenz gewartet. Dass er zu spät kam, war für sich genommen schon ungewöhnlich. Zudem war er selten so, nun ja, ausgelassen. Immerhin schien es für beides jedoch einen guten Grund zu geben.

Er war beladen mit mehreren braunen Papiertüten und schob sich umständlich in Richtung des langen Tischs, auf den er seine Ladung vorsichtig fallen ließ. Der intensive Duft, der den Tüten entwich, ließ Tuulia reflexhaft das Wasser im Munde zusammenlaufen.

»Berliner!«, verkündete Lorenz gut gelaunt. »Wäre doch schade, wenn die närrischen Tage so ganz an uns vorbeigingen.« Wie zu erwarten, kam seine Idee auch heute wieder gut an. Ein zustimmendes Murmeln hob an, Gottfried und Kathrin klopften mit den Fingerknöcheln anerkennend auf die Tischplatte und Tobias lehnte sich demonstrativ auf seinem Stuhl zurück. »Wo Sie recht haben, Chef!«

Die allgemeine Stimmung war gelöst, ihre Gruppe locker und, nach dem freien Sonntag, ausgeruht. Der Februar begann jungfräulich, zumindest in ihrer Fallbilanz. Damit einher ging die Hoffnung auf ein paar entspannte Tage um Fasching herum. »Ich hole mal Teller und Servietten«, erklärte Tuulia und machte sich auf den Weg in die Küche.

»Bringen Sie Conny doch auch gleich mit«, hörte sie Lorenz in ihre Richtung rufen und entschied, als erstes zu ihm zu gehen. So ganz war die gute Laune an diesem Morgen noch nicht bei ihr angekommen, aber das würde von den Kollegen am ehesten Conny ändern können.

»Hi, nanu? Schon fertig mit der Besprechung? Oder bist du mal wieder rausgeflogen?«, rief er ihr schon von Weitem zu.

»Klar, wie immer«, ging sie auf den Spaß ein und kam an den Empfangstresen. »Nein, im Ernst, der Chef ist heute ganz offensichtlich ausnehmend gut gelaunt.«

»Wie? Meinst du das ironisch? Oder ...«

»Nein, gar nicht.« Tuulia wusste selbst nicht genau, warum sie den Satz so seltsam betont hatte. »Er hat schon wieder Berliner für alle mitgebracht und schwärmt neuerdings von den ›närrischen Tagen‹.« Sie stützte die Ellbogen auf dem Tresen auf und ließ ihren Kopf zwischen die Hände fallen.

»Oh. Verstehe«, Conny grinste und runzelte gleich darauf misstrauisch die Stirn. »So eine Feierlaune kennen wir von ihm ja noch gar nicht.«

»Genau. Jedenfalls bist auch du herzlich eingeladen.«

»Na, das lasse ich mir doch nicht zweimal sagen«, Conny schnappte sich das Telefon und sprang hinter dem Tresen hervor.

Tuulia musste lachen. »Dann komm', du kannst mir mit den Tellern helfen.«

»Aye, aye«, Conny salutierte und hielt den Blick streng geradeaus gerichtet.

»Hopp, auf! Wir wollen die hungrige Meute schließlich nicht so lange mit der süßen Beute allein lassen.« Tuulia spürte, wie es Conny mit seiner Art und wenigen Worten mal wieder gelungen war, ihre gedrückte Stimmung aufzulockern.

Sie verstand selbst nicht genau, warum sie noch nicht wieder so ausgelassen sein konnte, wie die anderen. Schließlich hatten sie relativ schnell den Fall aufgeklärt, der sie die vergangene Woche beschäftigt hatte. Das war ein respektabler Erfolg, denn immerhin war es ihnen gelungen, weitere Opfer zu verhindern. Und doch hatte sich der Moment, in dem alle Anspannung von ihr abfiel und sie normalerweise nur noch schlafen wollte, bis jetzt nicht eingestellt.

Lag es daran, dass ihnen der finale Zugriff auf die Täterin versagt worden war? Das konnte zwar schon einen Einfluss haben, aber Tuulia war sich sicher, dass das nicht der Kern des Problems war. Irgendetwas an der ganzen Geschichte erschien ihr noch nicht stimmig, ohne dass sie den Finger auf die Wunde hätte legen können. Das bis dato unbekannte Motiv von Philippa Claaßen war durch die erdrückenden Beweise und den mutmaßlichen Fluchtversuch in den Hintergrund gerückt worden. Und trotz allem hakte da etwas. Das Gefühl, etwas Entscheidendes zu übersehen, rumorte mal mehr, mal weniger stark in Tuulias Magen.

»Sag' mal«, wandte sie sich an Conny, während sie in Richtung Küche liefen, »glaubst du, wir übersehen etwas?«

»Was? Wie meinst du das?«

»Ich bin mir einfach nicht sicher«, begann sie. »Ich meine, während der Ermittlungen sammeln wir Steinchen für Steinchen und können deren Bedeutung und Position doch bestenfalls erahnen. In Wahrheit wissen wir zu diesem Zeitpunkt über die Zusammenhänge noch nichts. Wenn wir glauben, genügend Steinchen gesammelt zu haben, werfen wir sie zusammen, wie in einem Kaleidoskop. Wir drehen, wenden und betrachten sie in allen möglichen schillernden Kombinationen.«

»Schönes Bild«, meinte Conny, »und ja, so in etwa trifft das schon zu.«

»Genau«, fuhr Tuulia fort. »Aber mein Problem ist, dass das Bild, meinem Gefühl nach, nicht stimmt. Da ist ein Knick, eine Unebenheit.«

»Wie meinst du das genau?«

»Na ja, ich glaube, man kann diesen Fehler im Gesamtbild durchaus übersehen.«

»Wenn man den Fall ad acta legen will?«, fragte Conny.

»Ja, zum Beispiel. Und ich glaube einfach, dass wir von der richtigen, einer makellosen Lösung noch immer eine oder zwei weitere Drehungen entfernt sind.«

»Hm, auf der anderen Seite ...«, begann Conny vorsichtig.

»Ja?«

»Na, ich meine, das Leben ist eben auch nicht makellos. Nimm' zum Beispiel das Tatmotiv.«

»Was meinst du?«

»Es muss im Grunde immer nur für genau eine Person, in unserem Fall Philippa Claaßen, plausibel sein. Nur für sie muss es logisch erscheinen.« Er öffnete den Küchenschrank und reichte ihr einen Stapel Teller.

»Ich weiß, Conny. Und mir ist auch klar, welche große Rolle beispielsweise psychische Erkrankungen mitunter spielen. Dass Betroffene oft in einer für alle anderen völlig unakzeptablen, undenkbaren Weise handeln. Wie unverständlich ihre Beweggründe für uns sein können.«

»Eben«, stimmte Conny zu. »Und selbst unabhängig vom richtigen Psycho-Knacks gibt es doch manchmal extreme Abweichungen vom Normalen. Nehmen wir eigentlich noch Servietten mit?«

»Kann schon sein, dass du recht hast, aber ...«, Tuulia ignorierte Connys Frage und hob frustriert die Hände, nur um sie im nächsten Moment schlaff wieder sinken zu lassen. Wie um einen nicht ganz geraden Strich unter ihre Überlegungen zu ziehen.

»Hey, Tuulia!«, dröhnte Tobias' Stimme in diesem Moment aus dem Konferenzzimmer. Natürlich lauter, als notwendig. »Wird das heute noch mal was? Wir haben Hunger!«

»Na auf, Socke! Wenn du mit raus willst, ist jetzt die letzte Gelegenheit.«

Dietrich Dernbach wandte sich der Terrassentür zu und begann, die verschiedenen Schlösser zu öffnen. Dies geschah in der immer gleichen Reihenfolge und war ein beinahe meditativer Vorgang. Zu wissen, dass er hierbei aus strahlendgrünen Augen kritisch beobachtet wurde, amüsierte ihn jedes Mal wieder. Natürlich gab er dies nicht zu erkennen, sondern ignorierte Sokrates, wie der schwarze Kater eigentlich hieß, demonstrativ. Gab vor, den mehrstufigen Entscheidungsprozess seines Katers darüber, ob er nun in den Garten hinaustreten wollte oder nicht, nicht mitzubekommen. In Wahrheit verfolgte er Sockes Abwägungen mit stillem Vergnügen.

Es war wie ein geheimes Spiel, das nur sie beide verstanden. Nach welchen Kriterien das schwarze Fellknäuel schließlich zu der Entscheidung für oder gegen einen Ausflug in den großen Garten kam, erschloss sich ihm noch immer nicht. Angesichts des feuchtkalten Wetters hatte er heute jedoch so eine Ahnung.

Und richtig! Als er sich umdrehte, sah er, dass Socke ein Pfötchen prüfend nach vorne gestreckt hatte, es jetzt allerdings, beinahe angewidert, wie es schien, hängenließ. Im nächsten Moment schob er seinen Körper pikiert in Richtung der warmen Menschenhöhle, genauer eines kleinen Deckenlagers neben dem Kratzbaum, zurück und taxierte seinen Dosenöffner dabei verächtlich.

»Hat man tatsächlich gedacht, der Herr Sokrates würde mit solch unakzeptablen klimatischen Gegebenheiten vorliebnehmen? Also wirklich nicht!«, synchronisierte Dietrich Dernbach seinen Kater, der nach einem letzten, vorwurfsvollen Blick dazu übergegangen war, ihn zu ignorieren und sich stattdessen wichtigeren Dingen zuzuwenden. Sich zum Beispiel unter seine Lieblingsdecke zu schieben und ihm nicht mehr als sein Hinterteil zu präsentieren.

Dietrich Dernbach schmunzelte. Ihm war klar, dass er Sokrates vermenschlichte, aber er schadete dem Tier schließlich nicht. Und was es mit ihm machte, dass der Kater seit vielen Jahren sein einziger

Ansprechpartner war, sobald er aus der Firma kam, stand auf einem ganz anderen Blatt. Auf einem sorgsam verstauten, mit Selbstsicherheit, Disziplin und einem fast ehrlichen Humor beschwerten Blatt. So. War er also wieder an dem Punkt, an dem sich jeder weitere Gedanke verbot.

Zum Glück hatte er heute keine Zeit, Trübsal zu blasen. Er öffnete die Terrassentür schwungvoll und betätigte den Schalter, der für die Beleuchtung des beachtlichen Areals sorgte, das er verniedlichend seinen ›Garten‹ nannte. Ein Funken Stolz glomm auf, irgendwo neben dem Punkt, der ihn eben gerade wieder zu piesacken begonnen hatte. Es funktionierte auch dieses Mal wieder: Ein warmes Gefühl breitete sich in seinem Inneren aus, als die Früchte jahrzehntelanger Arbeit in der Dunkelheit aufleuchteten.

Er stellte fest, dass er heute offenbar einen Hang zu besonders pathetischen Gedanken hatte. Aber das war ok. Ebenso wie ein wenig Stolz auf das, was er geschaffen hatte. Es war ein wunderschönes Zuhause, das er sein Eigen nennen durfte. Die weitläufige Grünanlage, die seine 300 Quadratmeter große Villa umschloss, ließ keine Wünsche übrig. Wer ihn nur in seiner Rolle als Finanzberater kannte, hätte ihm die märchenhafte Gestaltung des Anwesens vermutlich gar nicht zugetraut. Aber was andere von ihm hielten, konnte ihm schon lange beruhigend egal sein.

Dietrich Dernbach blieb eine Weile auf der Terrasse stehen und ließ seinen Blick schweifen. Ganz vorne begrenzten vier stattliche Apfelbäume das Grundstück. Hier und da luden kleine Sitzgruppen zum Verweilen ein, deren gemütliche Sitzpolster er bald wieder aus ihrem Winterschlaf wecken würde. Ein besonderes Highlight war die massive Naturstein-Vogeltränke, die ein renommierter Bildhauermeister aus dem Frankfurter Umland speziell für ihn handgefertigt hatte. Durch die gesamte Anlage schlängelte sich ein romantischer Wasserlauf, der im Zentrum des Gartens ein beeindruckendes Wasserspiel in einem historisch anmutenden Brunnen speiste. Jetzt im Winter lag diese Spielerei natürlich trocken, würde aber schon in wenigen Wochen, wenn nicht mehr mit Nachtfrost zu rechnen war, wieder in Betrieb genommen werden.

Ach, schön! Er freute sich schon auf die hellere, wärmere Jahreszeit. Es war ja kein Wunder, dass einen in diesen dunklen, eisigen Monaten der ein oder andere trübe Gedanke beschlich. Aber die Zweifel waren alle nicht wahr. Das spürte er spätestens, wenn er diese Pracht vor sich sah. Selbst im Winter war es hier wunderschön. Auch alleine ...

Es war ein großes Geschenk, dass er in der Lage war, das alles auch ganz für sich zu genießen. Das war ihm bewusst. Natürlich. Auf der anderen Seite – wenn vielleicht doch mal jemand in sein Leben kommen sollte ... Eine Frau, die bereit war, zu bleiben ... Dann würde jedenfalls alles perfekt sein.

Lange hatte er geglaubt, später nur mehr gehofft, dass Philippa Claaßen diese Frau sein könnte. Er hatte sie an der Uni kennengelernt, und obwohl sie nur wenige Seminare zusammen gehabt hatten, waren sie sich immer öfter vermeintlich zufällig über den Weg gelaufen. Dafür hatte er gesorgt, und es hätte ja auch fast geklappt. Beinahe wären sie ein Paar geworden, aber dann ... Ja, was dann? Das Leben war dazwischengekommen. So einfach und so tragisch war das. Heute sah er die Sache entspannter, aber damals hatte er ganz schön zu knapsen gehabt.

Immerhin hatten sie es geschafft, bis heute Kontakt zu halten. Auch wenn sie sich nicht oft sahen – im vergangenen Jahr gerade einmal zu zwei Veranstaltungen, bei denen sie kaum Gelegenheit gehabt hatten, miteinander zu sprechen. Es waren halbgeschäftliche Termine gewesen, die sich nur nach außen hin als gesellschaftliches Event präsentierten, und bei denen es in Wahrheit darum ging, neue Kunden zu gewinnen. Dementsprechend waren ihre Brüder immer in der Nähe gewesen, mit denen er nie groß zu tun gehabt hatte. Über das ›Sie‹ waren sie jedenfalls nie hinausgekommen.

Egal, die Brüder interessierten ihn nicht. Viel mehr beschäftigte ihn, warum Philippa gestern nicht, wie eigentlich vereinbart, beim

Tag der Offenen Tür im Auktionshaus gewesen war. Sie war keine Frau, um die man sich sorgen musste, aber er machte sich dennoch Gedanken. Schließlich hätte sie doch sicher Bescheid gesagt, wenn ihr etwas dazwischengekommen wäre? Er war jedenfalls wie verabredet erschienen. Selbstverständlich. Und im ersten Moment zugegebenermaßen ziemlich enttäuscht von ihrer Abwesenheit gewesen.

Aber er hatte beschlossen, der ganzen Sache nicht zu große Bedeutung beizumessen. Ihre Verbindung war viel zu stark, als dass sie durch derlei Petitessen erschüttert werden könnte. Außerdem war er davon überzeugt, dass Philippas Anwesenheit durch äußere Umstände vereitelt worden war und sie schlicht keine Möglichkeit gehabt hatte, rechtzeitig mit ihm Kontakt aufzunehmen. Die Erklärung erschien ihm schlüssig.

Schließlich hatte er über die Jahre gelernt, durch Philippas Fassade zu sehen und gespürt, dass auch sie gerne mehr Zeit mit ihm verbringen würde. Nun ja, wenn die Dinge irgendwann einmal anders liegen sollten, wenn sie alt und frei von geschäftlichen Verpflichtungen wären, dann vielleicht. Und wenn es nur der Lebensabend sein sollte ...

Unerlaubtes Gefühl kribbelte in seiner Nase, die, wohl aufgrund der Kälte, zu laufen begonnen hatte. Seine Mundwinkel zuckten und die Kontrolle versagte für einen Augenblick.

In dieses Zuhause hatte er all seine aufgesparte Liebe gesteckt. Und er würde auf sie warten. Immer.

Tobias sah auf die Uhr.

Knapp über zehn Minuten noch, dann sollte er wieder im Weibergässchen sein. Seine Mittagspause hatte er heute unten am Rheinufer verbracht, wo er flotten Schrittes von der Altstadt zum Winterhafen gelaufen war und die kalte Luft seine Lungen hatte

durchströmen lassen. Er mochte die Bewegung, sie half normalerweise.

Er war schon wieder so kribbelig. Wie immer, wenn sie keinen
aktuellen Fall auf dem Tisch hatten. Keine konkrete Ermittlung.
Natürlich gab es immer noch Altfälle, die nicht zufriedenstellend
geklärt worden waren, aber das war für ihn nicht dasselbe. Er mochte das Gefühl des Wettlaufs mit dem Täter. Den Triumph, schneller
zu sein. Cleverer. Es war die Jagd, die sein Adrenalin sprudeln ließ.

In den wenigen ruhigen Momenten fragte er sich manchmal, ob
das ein fragwürdiger Charakterzug von ihm war. Die Freude daran,
Menschen zu verfolgen, zu bezwingen und einer Strafe zuzuführen.
Dass dies in seinem Beruf zentrale Anforderungen waren, stellte,
so gesehen, ein großes Glück dar. Die Mittel zur Täterverfolgung
waren hier in feste, rechtsstaatliche Formen gegossen, innerhalb
derer er sich frei bewegen und dabei sicher sein konnte, einem guten
Zweck zu dienen. Mal pathetisch gesagt.

Tuulia hatte ihn heute genervt. Seltsam, dass er an sie denken
musste, denn bei ihr lief so eine Ermittlung offenbar ganz anders ab,
als er das von sich kannte. Sie war einfach immer furchtbar verkopft.
Als sie vorhin alle mal ganz ungezwungen zusammengesessen und
gefeiert hatten, dass es ihnen am Wochenende gelungen war, eine
Mörderin hinter Gitter zu bringen, hatte sie mal wieder Einwände
gehabt. Dabei konnte sie diese nicht einmal näher begründen, sondern nur sagen, dass sie ›ein seltsam ungutes Gefühl bei der ganzen
Sache‹ habe.

Dann hatte sie wieder von dem ihrer Meinung nach nicht vorhan-
denen Motiv angefangen und er hatte sich gedanklich ausgeklinkt.
Menschen handelten nun einmal nicht logisch, schon gar nicht
solche, die andere Menschen killten. Das kapierte Tuulia einfach
nicht. Dabei sollte sie als Psychologin doch eigentlich wissen, wie
Menschen tickten. Oder warum sie austickten. Er grinste. Nun
ja, Tuulia mochte intelligent sein, aber sie war eben auch noch
sehr jung. Gerade mal zwei Jahre im Team. Und das merkte man

in solchen Situationen einfach. Naja, vielleicht würde sie es noch lernen.

Wenn man ihn fragte, war es nie gut, sich, wie Tuulia, allzu sehr in einen Fall zu verbeißen. Weil man den Blick für das Ganze verlor, Kleinigkeiten überbewertete oder ihnen eine Bedeutung zusprach, die sie nun einmal einfach nicht hatten. In diesem Sinne war ein wie auch immer geprägtes ›Gefühl‹ keine zulässige Kategorie. Das war jedenfalls seine Überzeugung.

Inzwischen war er in die Augustinergasse eingebogen und bewegte sich zügig in Richtung Kirschgarten. Er war nur noch wenige hundert Schritte von der Ermittlungszentrale entfernt, als sich ein Mann von dem großen Brunnen am Kirschgarten in seine Richtung bewegte. Er war unauffällig gekleidet, von durchschnittlicher Statur, trug eine Brille und hatte seine Mütze tief in die Stirn gezogen. Niemand, der einem anderen Angst einjagte. Dennoch spürte Tobias, wie seine Muskeln in Bereitschaft gingen. Irgendetwas hatte der Mann an sich, eine nervöse Zielstrebigkeit, die ihm klarmachte, dass er gemeint war.

Und tatsächlich, der Mann steuerte nun genau auf ihn zu und blieb schließlich vor ihm stehen. »Entschuldigung«, sagte er leise mit rauer Stimme und zog seine Mütze vom Kopf.

»Nein, danke«, erwiderte Tobias, einem Impuls folgend, blieb aber dennoch stehen. Er merkte selbst, wie unfreundlich er klang. Der Mann hatte sicher nichts anzubieten, was er ihm abkaufen wollte. Denn was sonst konnte wohl sein Anliegen sein? Vielleicht bettelte er? Tobias setzte sich wieder in Bewegung, körperlich war er dem Mann in jedem Fall überlegen.

»Warten Sie, Sie sind doch Tobias Scherer?«

Tobias blieb wieder stehen, musterte den anderen misstrauisch. »Und wenn?«

»Bitte hören Sie mir zu. Es geht um Ihre Mutter. Genauer um die Geschehnisse in der Nacht vom zweiten auf den dritten Juli 1992.«

Tobias' Puls begann sofort zu rasen. Ein unangenehmer Druck stieg von seinem Magen nach oben. Ihm wurde übel.

»Bitte hören Sie sich an, was ich zu sagen habe.«

»Warte mal!«

Jonathan beugte seinen Kopf über den von Nina, die sich, wie ein kleines Tier, in seinen Arm geschmiegt hatte. »So, jetzt. Da war ein kleiner Zweig. Hast dich wohl durchs Unterholz geschlagen«, er schnippte den Delinquenten auf die gläserne Platte des Couchtischs und streichelte Nina danach sanft über die Wange.

»So ähnlich. Henry und ich sind querfeldein durch den Wald gelaufen. Aber ohne Erfolg. Von Romulus und Remus keine Spur. Im wahrsten Sinne des Wortes.«

»Das ist wirklich seltsam, ich kann mir einfach nicht vorstellen, wohin die beiden verschwunden sind. Und warum.«

»Ich weiß es auch nicht. Vielleicht hat es sie aufgeregt, dass Philippa seit vorgestern nicht mehr nach Hause gekommen ist?«, überlegte Nina.

»Andererseits kennen sie das ja bereits. Sie ist öfters mehrere Tage am Stück unterwegs und bisher haben sie sowas doch auch noch nie gemacht.«

»Ja, das ergibt irgendwie keinen Sinn. Na ja, Edith ist jedenfalls mit den Nerven am Ende. Sie beteuert immer wieder, dass sie nur ganz kurz zur Toilette gegangen ist und darauf geachtet hat, dass alle Türen verschlossen waren«, beendete Nina ihren Bericht niedergeschlagen und schob sich noch enger an Jonathan.

»Hm«, meinte Jonathan ratlos und umschloss Nina tröstend noch ein wenig fester. Spürte jäh, wie viel sie ihm bedeutete. »Ist ja verständlich, dass sie sich Vorwürfe macht, aber damit hat doch niemand rechnen können. Sowas ist bei Romulus und Remus schließlich noch nie vorgekommen. Das ist völlig untypisch für die beiden.«

»Stimmt, für Windhunde sind sie wirklich ganz schön lauffaul. Nach Philippas Gassi-Runden liegen sie ihr doch normalerweise die meiste Zeit zu Füßen und sind damit vollauf zufrieden.« Nina runzelte die Stirn. »Ach, und außerdem ärgert mich eine Sache daran richtig.«

»Was meinst du?« Jonathan küsste zärtlich Ninas Stirn. Auch wenn es unpassend sein mochte, gingen seine Gedanken für einen Moment auf Wanderschaft. Plötzlich war die Sehnsucht riesengroß, in Ninas weichem Körper zu versinken und endlich alles andere ausblenden zu können. Er seufzte. Seiner Freundin stand der Sinn wohl eher nach Reden.

»Na ja, klar ist es schlimm, dass die Hunde verschwunden sind, aber die tauchen schon wieder auf«, fuhr sie jetzt fort. »Mindestens genauso traurig finde ich, dass Edith sich die Schuld daran gibt. Ich meine, eigentlich müssten wir alle ihr jeden Tag viel mehr dafür danken, was sie alles für uns macht. Das bräuchte sie schließlich gar nicht, sie ist doch schon ... Wie alt? Über 67 auf jeden Fall. Und trotzdem macht und tut sie und hilft, wo sie kann.«

»So habe ich das noch gar nicht gesehen«, erwiderte Jonathan nachdenklich. In Wahrheit hatte er seine Hoffnung auf eine stärker körperlich geprägte Abendgestaltung noch nicht ganz aufgegeben. Andererseits mochte Nina es überhaupt nicht, wenn er ein ihrer Meinung nach wichtiges Thema abtat. »Du hast natürlich recht«, bestätigte er daher. »Wir nehmen wirklich viel zu selbstverständlich hin, dass sie einfach immer da ist.«

»Genau. Ich glaube zwar schon, dass sie auch gerne hilft, aber die Frage müsste doch sein, warum das so ist«, überlegte Nina. Die Sache beschäftigte sie sichtlich. »Wahrscheinlich hat sie große Angst davor, allein in ihrer Wohnung zu sitzen.«

»Und nicht mehr gebraucht zu werden«, ergänzte Jonathan. »Aber was können wir da machen?« Vermutlich nichts, dachte er im gleichen Moment bei sich und hoffte, sie könnten sich dann vielleicht doch angenehmeren Beschäftigungen widmen.

»Gute Frage, ich weiß noch nicht genau«, antwortete Nina. »Immerhin konnte ich sie vorhin davon abhalten, sich mit uns zusammen auf die Suche nach den Hunden zu machen. War aber nicht einfach, sie hatte ihre Jacke schon in der Hand.«

»Ach Gott, wirklich?«, fragte Jonathan, jetzt doch ehrlich betroffen. »Also, dann ... Ich weiß nicht. Ich glaube, jetzt ist vor allem wichtig, ihr dieses Schuldgefühl zu nehmen.«

»Zumal es dafür nun wirklich keinen Grund gibt«, bestätigte Nina.

Es war ein friedlicher Tag. Eigentlich.

Sie hatten ihre Täterin dingfest gemacht, der Fall schien gelöst. Und doch zählte das alles nicht. Nicht nach dem Ungeheuerlichen, das er heute erfahren hatte. Seitdem er Bescheid wusste, raste alles in Tobias. Er wusste, dass er handeln musste. Aber er konnte so viel falsch machen und wollte sich selbst nicht in eine unglaubwürdige Position bringen. Auch wenn die ganze Sache verrückt klang.

Lange hatte er dem Mann, der ihn nach seiner Mittagspause abgefangen hatte, einfach nicht glauben können. Wenn er ehrlich war, hatte er die Geschichte auch nicht glauben wollen. Aber es stimmten so viele Details. Pötzsch hatte Dinge gewusst, die er als Außenstehender niemals hätte wissen dürfen. Und schließlich hatte sich der Gedanke, dass etwas an der Geschichte dran sein könnte, einen Platz in seinem Kopf gesucht, von dem aus er ihn unablässig piesackte.

Er kannte sich selbst gut genug, um zu wissen, dass eine persönliche Konfrontation unter vier Augen sich im Grunde verbot. Dafür war er viel zu aufbrausend und würde in einer solchen Situation womöglich mehr Schaden als Nutzen anrichten. Und zwar in allererster Linie für sich selbst. Dass sein Chef einknicken und alles offenlegen würde, war schließlich mehr als unwahrscheinlich. Dafür hatte er viel zu lange dichtgehalten.

Wenn er daran dachte, wie Lorenz Wagner sein Leben scheinbar unbeeindruckt weitergelebt, geliebt, gearbeitet, eine Familie gegründet hatte, stieg Übelkeit wie eine schwarze Wolke in ihm auf. Er selbst hätte ihm so etwas niemals zugetraut, hatte den Chef sogar mehr als einmal heimlich als Weichei bezeichnet. Aber sie wussten ja, dass die schlimmsten Verbrecher sich nicht selten hinter einer harmlosen Fassade verschanzten. Dennoch konnte er nicht fassen, dass der Mensch, der ihm das Wichtigste genommen hatte und seit seiner frühen Kindheit nicht weniger als der schwarze Schatten gewesen war, auf den sich all sein Hass fokussiert hatte, ihm so nah gewesen war. Die ganze Zeit so nah.

Tobias konnte nicht sagen, wie er es geschafft hatte, den Rest des Nachmittags zu überstehen. Er hatte Conny angerufen, sich krankgemeldet. Sollten sie doch denken, was sie wollten. Wenn das, was dieser Mike Pötzsch gesagt hatte, stimmte, würde sich in nächster Zeit sowieso einiges ändern.

Jetzt aber war er zu Hause. Nachdem er in rastloser Wut stundenlang durch die Stadt gelaufen war, hatte er es endlich nach Hause geschafft. Doch seine Unruhe ließ nicht nach und ehe ihm klar war, was er da tat, hatte er sich eines der Kissen von der Couch gegriffen und sein Gesicht darin vergraben. Im nächsten Moment ging ein Beben durch seinen Körper und er schrie, wie er noch nie geschrien hatte. Der feste und doch weiche Stoff fing seine Wut auf. Seine unermessliche Wut, seine Schreie und endlich seine Tränen.

Die neuen und die viel zu lange ungeweinten.

Es war dunkel, als er sich auf den Weg in die Altstadt machte.

Ein lautloser Schatten in der kalten Winterluft, heute einsamer denn je. Wie vertraut ihm diese Strecke war, wie oft er sie bereits zurückgelegt hatte. Und doch schien plötzlich alles anders zu sein. Alles, woran er bis heute geglaubt hatte, hatte keine Gültigkeit mehr. Alles, was jetzt passieren würde, hing von seiner Standhaftigkeit ab. Seiner Stärke. Dem Glauben in jene Werte, die sie ihm einst beigebracht hatte.

Sie. Seine Mutter, die seine ganze Welt gewesen war. Die ihn so früh verlassen hatte. Verlassen musste. Sie war der Grund, warum er in dieser Situation nicht vollkommen den Kopf verlor. Durchdrehte. Kurzen Prozess machte.

Hoffentlich.

Kapitel 22

Jetzt war er da.

Hier an der Straßenecke konnte er im Verborgenen warten und hatte freie Sicht auf das Weibergässchen. Auf die Ermittlungszentrale. Und hier würden sie gleich alle herausspazieren.

Tobias hoffte darauf, dass er ihn allein erwischen würde. Die Chancen standen nicht schlecht, schließlich blieb er in der Regel mit am längsten im Büro. Wichtig war jetzt nur, dass er die Nerven behielt. Souverän blieb.

Da! Die erste schob die schwere Holztür auf und trat in die Kälte hinaus. Kathrin. Sie zog ihren voluminösen Wollschal zurecht, schien fast darin zu verschwinden, und ging dann schnellen Schrittes das Weibergässchen in entgegengesetzter Richtung hinunter.

Zwei weitere, dick vermummte, Gestalten verließen die Ermittlungszentrale, und er spürte seinen Puls jäh ansteigen. Sofort zwang er sich, ruhig zu bleiben. Jetzt durfte er keinen Fehler machen.

Es war so gelaufen, wie er es sich erhofft hatte. Tobias wartete ab, bis die Straße frei vor ihm lag und setzte sich in Bewegung. Langsam zunächst. Dann aber schien ein unsichtbarer Magnet seine Schritte zu beschleunigen, ohne dass er etwas dagegen tun konnte.

Gleich würde er den Stein anstoßen, der alles ins Rollen bringen würde. Von da an würde sich alles ändern und ein Rückzieher wäre dann ausgeschlossen. Er würde seine Worte nicht zurückholen können. Sie würden hässlich und ehrlich und brutal im Raum stehen.

Für einen von ihnen würde die Karriere mit dem heutigen Tag enden. Und dieser eine würde nicht er sein, so viel war klar.

Der so vertraute Knauf der historischen Holztür lag schwer in Tobias' Hand, als er noch einmal tief durchatmete und versuchte, seinen Puls unter Kontrolle zu bringen. Vergeblich. Tief in Gedanken, in die Suche nach richtigen Formulierungen, Worten versunken, legte er den kurzen Weg in die Räume der Ermittlungszentrale quasi blind zurück. Es war warm hier oben, überheizt schien ihm, und dennoch nahm er sich keine Zeit, seine gefütterte Steppjacke auszuziehen.

Stattdessen ließ er die Garderobe links liegen und lief wie in Trance an der, um diese Uhrzeit unbesetzten, Anmeldung vorbei in den dunklen Gang, von dem ihre Büros abgingen. Nur unter einer Tür, rechts von ihm, drang noch schwaches Licht in den Flur. Er steuerte auf sie zu und hielt, endlich am Ziel, sekundenlang inne. Atmete ein weiteres Mal tief durch, und es half nichts. Sein Blick flackerte nach links, wo am Ende des Ganges Wagners Büro schemenhaft zu erkennen war. Wie immer hatte er die Tür nach Dienstschluss weit offenstehen lassen, wohl um zu signalisieren, dass er nichts zu verbergen hatte. Ha! Tobias verzog verächtlich das Gesicht.

Er straffte sich und klopfte leise an Gottfrieds Tür.

Neunundfünzig, sechzig ...!

Dietrich Dernbach stieß den letzten Rest Luft, der in seiner Lunge verblieben war, entschieden aus und genoss den folgenden tiefen Atemzug mit geschlossenen Augen. Für sein Alter war er noch gut in Form, dachte er nicht ohne Stolz und bewegte sich aus der Liegestütz-Position wieder auf die Füße. Das lag in der Hauptsache sicher an seinem ganz persönlichen Trainingsprogramm. Er hatte es sich schon vor langer Zeit selbst zusammengestellt, und es kam ohne Gedöns oder neumodische englische Begriffe aus. Ob man die Übungen nun ›Squats‹ oder einfach ›Kniebeugen‹, ›Crunches‹ oder ›Bauchpressen‹ nannte – entscheidend war einzig, dass man sie machte. Egal, unter welchem Namen.

Das war ja, so simpel es klingen mochte, bei allem im Leben das Wichtigste: Machen! Tun, nicht denken oder planen, lamentieren oder in grüblerischen Gedanken versinken. Wenn die trübe Stimmung ihn doch mal ganz hart erwischte, hatte es sich zum Beispiel bewährt, immer nur an den nächsten Schritt zu denken. Gestern und Morgen existierten in Wahrheit nicht, hatte er mittlerweile verstanden. Es gab immer nur das Jetzt. Und in diesem konnte, nein, musste man handeln! Da schloss sich der Kreis.

Apropos, wenn er pünktlich zur *Tagesschau* fertig sein wollte, musste er sich sputen. Im Badezimmer streifte er die verschwitzte Sportkleidung vom Körper und verschwand in der Dusche. Das Ritual begann immer mit dem ›Regenwald‹. Unter einer 80 x 50 cm großen unterputz-montierten Edelstahlfläche sorgten 400 Silikondüsen für das ultimative Erfrischungserlebnis. So, oder zumindest so ähnlich, war diese exklusive Nasszelle vom Hersteller vor einigen Jahren angepriesen worden, und er musste zugeben, dass es nicht übertrieben war.

Er stellte das Wasser an und sich selbst mittig unter die Duschfläche. Wartete einige Sekunden ab, schloss die Augen und streckte sein Gesicht zur Decke. Stellte sich vor, er stünde unter freiem Himmel, in irgendeinem exotischen Land. Unter einem Wasserfall vielleicht, wie wäre das? Er strich seine Haare glatt und besann sich. Stellte den ›Regenwald‹ ab und schäumte seinen Körper mit einem herb duftenden Duschgel ein. Schämen musste er sich nicht, er war wohl noch ganz knackig. Zwar nicht besonders muskulös, aber doch einigermaßen straff.

Eigentlich Verschwendung. Er feixte. ›Von glühn'den Augen nie geschaut, und unberührt von scheuer Hand ...‹ Aus einem seiner Lieblingsgedichte. Auweia, dachte er und ließ es wieder regnen. So ein Tag war heute offenbar. An dem harmlose und sogar heitere Gedanken völlig unvermittelt in Schieflage gerieten und ihn am Ende an den immer gleichen Abgrund locken wollten. Aber er kannte das schon. Und natürlich stand er da drüber. Denn am Ende war es seine Entscheidung. Ob die Gedanken wahr waren oder nicht. Ob sie wichtig waren. Ob sie jetzt, genau in diesem Moment, Bedeutung für ihn haben mussten. Oder ob er sich von ihnen freimachen, sie in ihre depressive Ecke zurückschicken und sich einen schönen Abend machen konnte. Er stellte das Wasser ab.

Dasselbe versuchte er mit den störenden Gedanken, während er sich abtrocknete. Sie abzustellen. Es gelang ihm leidlich gut. Dann plötzlich, als er gerade das Handtuch in das Trockengestänge an der Heizung hängen wollte, hörte er es.

Ein gleichförmiges, schrilles Geräusch, gedämpft noch durch die geschlossene Tür!

Gottfried sah den jungen Kollegen, der sein Büro vor wenigen Minuten betreten und fast zeitgleich zu reden begonnen hatte, prüfend an. Hatte Tobias anfangs noch mühsam die Beherrschung wahren können, stand er inzwischen völlig aufgelöst, zitternd und sichtlich mitgenommen vor ihm.

Es war eine unglaubliche Geschichte, das hatte er selbst gesagt, und Gottfried konnte ihm da nur zustimmen. In gewisser Weise hatte er größten Respekt vor der Entscheidung, den Chef nicht etwa kopflos und zornentbrannt mit seinem Wissen zu konfrontieren, sondern sich einem anderen Menschen zu offenbaren. Das war etwas, was in der Vergangenheit nicht in Tobias' Handlungsrepertoire zu finden gewesen wäre.

Zwar machte es in diesem Moment, da der junge Kollege völlig zerstört, mit Tränen der Wut auf den hochroten Wangen, vor ihm stand, nicht diesen Eindruck, Gottfried aber hatte genug erlebt, um zu wissen, dass Tobias jetzt gerade auf die harte Tour, in nahezu unerträglicher zeitlicher Verengung, einen ganz entscheidenden Entwicklungsschritt durchmachte.

Er tat ihm leid. So etwas sollte niemand erleben müssen. Das änderte jedoch nichts daran, dass er selbst jetzt irgendwie mit im Boot saß.

Tobias hatte ihn gebeten, bei einer Konfrontation, einem Sechsaugengespräch, dabei zu sein. Auf ihn aufzupassen. Sein Temperament, wenn nötig, zu zügeln. Und Gottfried wusste, dass es auch, und vielleicht vor allem, darum ging, Zeuge dieser unglaublichen Szene zu sein. Zeuge der maßlosen Ungerechtigkeit, die seiner Mutter widerfahren war. Die Tobias geprägt hatte, bevor er Worte dafür hatte finden können, und die langsam und stetig einen tiefroten, jederzeit entflammbaren Zornball in seinem Inneren genährt hatte.

Sie alle kannten diese unberechenbare Seite an ihrem Kollegen, und jetzt schien er mit deren Ursprung konfrontiert zu sein.

Dietrich Dernbach öffnete die Badezimmertür und reckte den Kopf. Wo war das Tier? Dumme Frage. Sockes Miauen hatte inzwischen einen klaren Befehlston angenommen und ertönte ohne Unterlass aus Richtung Küche. Woher sonst?

»Ich komme ja schon«, rief er in den Flur, machte sich dann aber erst einmal auf den Weg zum Kleiderschrank. Dieser war riesig und erfüllte wohl die Bedürfnisse der meisten Frauen. Wenn nur … Nein! Falsche Richtung! Hier sollte er heute nicht weiterdenken.

Für ihn war der Schrank de facto zu geräumig, aber man wusste ja nie. Jetzt fischte er sich lediglich Wäsche und legere Freizeitkleidung heraus und beeilte sich mit dem Anziehen. Sockes Hunger hatte offensichtlich die äußerste Grenze der Zumutbarkeit erreicht.

Was ihm das Tier einmal bedeuten würde, hatte er zum Zeitpunkt seiner Anschaffung, vor knapp fünf Jahren, nicht geahnt.

Damals hatte er geglaubt, mit einer Katze seine eigene Anziehung auf das andere Geschlecht zu verstärken. Heute lachte er über diesen Irrtum. An diesem Abend war das Lachen besonders traurig.

Schluss! Socke hatte Hunger, und das gab ihm etwas zu tun. Machen, nicht denken!

Er ging eiligen Schrittes zur Küche, wo ihn der schwarze Kater laut schimpfend vor eben jener Schranktür erwartete, hinter der sein Trockenfutter lagerte. Natürlich ahnte das Tier nicht, wie dankbar er ihm gerade jetzt für das Theater war. Und nach dem Fressen würde die Versöhnung nicht lange auf sich warten lassen. Dietrich Dernbach sah zu der auf alt getrimmten Küchenuhr über der Tür. Zehn vor acht, wunderbar. In wenigen Minuten würde Judith Rakers die Nachrichten des Tages verlesen, und noch vor dem Wetter würde sich ein schwarzes, dann sattes, Fellknäuel in seine Armbeuge kuscheln und ihm großzügig erlauben, es zu streicheln. Das war ihr abendliches Ritual und eine lächerliche Verspätung der Fütterungszeit würde ihrem freundschaftlichen Verhältnis keinen Abbruch tun.

Während Socke noch futterte, machte er es sich schon einmal auf der breiten, gemütlichen Couch im Wohnzimmer bequem. Noch wurde der Raum lediglich von der beschirmten Stehlampe neben seinem Platz erhellt. Wobei hell übertrieben war, es war schließlich nicht mehr als schummriges Dämmerlicht, das zudem nur ein kleines Areal beleuchtete und kaum bis zum Fenster reichte.

Für einen Augenblick genoss er die Stille und gewöhnte seine Augen an die Dunkelheit. Schaltete innerlich einen Gang hinunter und spürte, wie er ruhiger wurde. An diesem Abend würde er weder die Welt noch sein Leben ändern, also konnte er die Zeit ebenso gut genießen.

Er nahm auf der Couch Platz und ließ seinen Blick zu der großen Fensterfront gegenüber wandern, hinter der sich die wunderbare Gartenlandschaft, sein großer Stolz, erstreckte. Sehen konnte er hiervon zu dieser abendlichen Stunde nichts, stattdessen spiegelte sich sein etwas unförmiger Schatten in der Scheibe. Das war gruselig und erinnerte ihn an einen Film, in dem eine ganz ähnliche Szene vorkam. Dort aber war urplötzlich eine düstere Gestalt hinter dem Protagonisten aufgetaucht und ... Es hatte jedenfalls ein böses Ende mit ihm genommen.

Gerade wollte er sich zur Zimmertür umdrehen, als eine Art Lichtblitz vor der Scheibe seine Aufmerksamkeit fesselte. Was war das? Er spürte ein Kribbeln tief in seinem Magen und zwang sich, in den Garten zu sehen. Eine Weile war dort nichts mehr zu erkennen, dann blitzte es wieder. Dort hinten, am gegenüberliegenden Ende des Gartens, war etwas. Dunkel. Blitz. Dunkel. Blitz ...

Er begann zu zittern. Es war eindeutig, dass er gemeint war. Oder? Das nächste Haus stand ein ganzes Stück entfernt. Und dann diese Zeichen. Das musste ein Auto sein, das hinter der lichten Hecke stand und immer wieder aufblendete. Er spürte, wie Ärger sich mit der unbestimmten Angst mischte. Was sollte das? Machte sich da jemand einen Spaß, oder wie war das zu verstehen?

Die ganze Zeit schon hatte er das ungute Gefühl, jemand stünde im Dunkeln hinter ihm. Wenn er jetzt jedoch das Licht anstellte, würde er hier drin ungeschützt wie auf einem Präsentierteller sein. Er überlegte. Eine ganze Weile. Und die seltsamen Signale von draußen hörten nicht auf.

Schließlich fasste er den Entschluss, den Stier bei den Hörnern zu packen. Angriff war jetzt womöglich die beste Verteidigung. Sollte er vielleicht jemanden anrufen? Ihn oder sie bitten, am Apparat zu bleiben, während er nach dem Rechten sah? Nur, wer kam da in Frage? Man würde ihn bestenfalls für ein wenig plemplem, schlimmstenfalls für paranoid halten. Und die Polizei zu informieren erschien ihm dann doch übertrieben.

Nein, er würde der Sache jetzt selbst auf den Grund gehen. Natürlich war der Weg durch den Garten, frontal auf den hinter der Hecke wartenden Belästiger zu, ausgeschlossen. Nein, er würde in aller Ruhe durch den Hauseingang hinaus und die öffentliche

Straße entlang laufen. Diese Seite war vom Ende des Gartens nicht einsehbar. Und da der Typ ihn ja wahrscheinlich nicht persönlich kannte, konnte er auch nicht wissen, wer ihm da entgegenkam.

Er achtete darauf, die Tür zum Flur nur so wenig wie irgend möglich zu öffnen und sich schnell hindurchzuschieben. Hoffentlich hatte der Beobachter sein kleines Manöver nicht mitbekommen. Als Socke, der gerade von der Küche in Richtung Wohnzimmer trottete, ihn mit einem leisen Laut begrüßte, zuckte er übermäßig stark zusammen. Seine Nerven waren zum Zerreißen gespannt. Auch Socke merkte, dass etwas nicht stimmte. Sein Fell sträubte sich und er hielt eine Art Sicherheitsabstand zu ihm.

So, jetzt aber! Es half ja alles nichts, redete er sich ein. In wenigen Minuten würde der Spuk ein Ende haben und er wieder gemütlich auf seiner Couch sitzen.

Sicherheitshalber löschte er auch im Flur das Licht, bevor er die Haustür öffnete und hinaustrat. Er schloss die Tür so leise wie möglich. Seine Schritte auf dem Kiesweg erschienen ihm ungewohnt laut, aber dieser Eindruck war wohl der Situation geschuldet. Der Mann am Ende des Gartens, auf der anderen Seite des Hauses, konnte ihn bis dorthin nicht hören.

Inzwischen hatte er die Straße erreicht. Er wechselte vorsichtshalber auf den gegenüberliegenden Bürgersteig. Das würde zum einen etwas mehr Platz zwischen ihn und den Beobachter bringen und außerdem konnte er so selbst, aufgrund des besseren Winkels, früher erkennen, was da vor sich ging. Er redete sich so allerhand schön auf dem Weg und war sich dessen auch bewusst. Tatsächlich hatte er jetzt richtig Angst.

Vorne links schob sich nach wenigen Schritten der verschwommene Umriss eines großen Wagens in sein Blickfeld, den er selbst nach näherer Betrachtung keinem seiner Bekannten zuordnen konnte. Es war allerdings auch kaum etwas zu erkennen, genau hier stand keine der ohnehin nur spärlich verteilten Laternen. Sein Puls raste. Was, wenn der Typ ihm, genau ihm, ans Leder wollte?

Sein Grundstück verbarg seinen Wohlstand sicher nicht. Vielleicht hatte er ihn schon länger im Visier?

Ihm war jetzt richtig schlecht. Kalter Schweiß brach ihm aus, als er weiterging. Langsamer. Aber immer weiter.

Es trennten ihn vielleicht noch drei Meter vom Führerhäuschen, als die Türverriegelung laut vernehmlich klickte. Sein Herz machte einen Satz. Die Tür öffnete sich, und er begann panisch zu überlegen, wo er gegebenenfalls in Deckung gehen konnte, als eine Gestalt rückwärts aus dem Führerhaus herabstieg.

Dietrich Dernbach blieb wie paralysiert stehen, als der Schatten sich langsam in seine Richtung drehte und er endlich mitten in das seltsam vermummte Gesicht des unheimlichen Beobachters sah. Erst Panik, dann Erkenntnis.

»Ach, du!«, keuchte er und fühlte sich schwindelig vor Erleichterung. »Mensch, was ...?«

Tobias fühlte sich seltsam ruhig. Wie betäubt. Beweglich schien einzig sein Verstand, der sich unlösbar um den einen Gegenstand gewunden und festgezurrt hatte.

Er konnte sich nicht vorstellen, wie es jetzt weitergehen sollte und doch gab es nichts, was im Moment wichtiger war. Was ihm bevorstand, war an Bedeutung wohl nicht zu überbieten. Und er wusste nicht, ob er alldem gerecht werden konnte. Oder ob er kurz davorstand, Fehler zu begehen, die er sich sein Leben lang nicht würde verzeihen können.

Sie saßen im Wagen, und Tobias fixierte die große runde Uhrenanzeige auf dem Armaturenbrett. 20:47 Uhr. Die Fahrt würde nur noch wenige Minuten dauern. Laut Navi erreichten sie ihr Ziel um 20:51 Uhr. Das hieß, dass das Leben von Lorenz Wagner, Leiter der Mainzer Mordkommission und Mörder seiner Mutter, in Kürze eine unerwartete Wendung nehmen würde.

Tobias war bewusst, dass er niemals Worte für das finden würde, was in diesem Moment vor der Konfrontation in ihm vorging. Er verstand doch selbst kaum, dass sein großes Lebensthema heute … ja, was? Gelöst werden konnte? Wohl kaum. Erklärt? Vielleicht. Aber half das heute noch etwas? Er wusste es nicht. Und konnte doch nichts dagegen tun, dass seine Gedanken kreisten, kreisten …

Auf dem Weg hatten sie Pötzsch aufgegabelt, der sich still wie ein Stein auf der Rückbank zusammengekauert hatte. Es gelang Tobias nicht recht, Wut auf den Mann zu empfinden. Er hatte jahrelang die Schuld für zwei getragen und war daran zerbrochen. Tobias hatte verstanden, dass Pötzsch sich sein ganzes erwachsenes Leben lang nicht selbst ins Gesicht hatte sehen können. Was das bedeuten musste, war schier unvorstellbar.

In hartem Kontrast dazu stand das Verhalten von Wagner. Wenn er ehrlich war, konnte er es immer noch nicht fassen. Er wollte auch einfach nicht verstehen, wie es dem Mann gelungen war, über so viele Jahre die Fassade zu wahren. Tobias hatte im Dienst immer wieder in tiefe menschliche Abgründe gesehen, aber wenn er jetzt an seinen Chef dachte, lief es ihm eiskalt über den Rücken.

Mit kühlem Kopf betrachtet, war Gottfrieds Idee gut. Sie würden Wagner mit ihrem Wissen konfrontieren und ihm eine knappe Frist gewähren, in der er sich selbst beim Leitenden Kriminaldirektor anzeigen konnte. Hiermit wollten sie ihm eine letzte Gelegenheit einräumen, Anstand zu zeigen. Sollte er diese Möglichkeit nicht nutzen, würden sie die Angelegenheit am morgigen Vormittag selbst in die Hand nehmen.

Egal wie, selbst wenn Wagners Fahrerflucht längst verjährt und er dafür rechtlich nicht mehr zu belangen war, würde seine Karriere im Dienst der rheinland-pfälzischen Polizei beendet sein.

Wenn an der Sache auch nur ein Fitzelchen Wahrheit war.

Es war vollbracht.

Dernbach war der Letzte in diesem Spiel. Selbstverständlich war sichergestellt, dass seine Leiche spätestens am nächsten Morgen, also in weniger als zwölf Stunden, gefunden werden würde. Das war der Moment, in dem der Startschuss für die nächste Phase fiel.

Der Hinweis war bei Dernbachs leblosem Körper deponiert. So, dass sie ihn auf jeden Fall bemerken würden. Immerhin wussten sie inzwischen, wonach sie suchen mussten. Und das Spiel durfte gerade jetzt nicht ins Stocken geraten.

Ob sie den Hinweis dieses Mal komplett dechiffrieren würden, war nicht sicher, in diesem Fall allerdings auch nicht unbedingt notwendig. Die zwingende inhaltliche wie zeitliche Abfolge der letzten Schritte würde sie so oder so einholen.

Die darauffolgende Phase war kurz und würde nur ein einziges pikantes Detail präsentieren. Vor allem aber hatte sie den Sinn, das Finale einzuläuten. Und zwar bald schon.

In rund 40 Stunden, um genau zu sein.

»So, ich würde sagen ...«, Gottfried bog in die Straße ein, in der ihr Chef wohnte, »wir sind da! Und? Wie sieht es aus, Tobias?«

Tobias' Anspannung war, wenn das überhaupt möglich war, während der letzten Kilometer stetig gewachsen. Er hatte sich offengehalten, ob er bei der Konfrontation dabei sein würde, obwohl alles in ihm danach verlangte, Lorenz Wagner zu stellen. Aber er kannte sich, er konnte nicht dafür garantieren, dass er die Nerven behalten und nicht körperlich auf seinen bisherigen Chef losgehen würde. Außerdem hatte sich in den letzten Minuten ein ganz anderes Gefühl in seine glühende Wut gedrängt. Und er wollte nicht riskieren, dass die tiefe Traurigkeit des kleinen Jungen von damals sich ausgerechnet in der Konfrontation Bahn brach. Sie war trotz allem privat, gehörte hier nicht hin.

Auf der anderen Seite musste er es zumindest versuchen. Das hier war seine Sache. Er war es seiner Mutter schuldig, ihren Mörder zur Rede zu stellen. Nur dann würde es eine wirkliche Konfrontation sein. Und schließlich würde er sich nie verzeihen, wenn er jetzt kniff. Auch wenn er keine Ahnung hatte, was er sagen sollte. Was man in so einer Situation sagen konnte.

Fragen oder auch nur Worte hatte der traurige Junge von früher niemals für den Mann gehabt, der ihm seine Mutter genommen hatte. Da war immer nur Wut gewesen. Eine gewaltige rote Wolke, die alle anderen Gefühle ausschaltete. Die für einen gedankenlosen Moment Stärke vorgaukelte, bevor die Verzweiflung ihn wieder in ihre Fänge schloss.

»Also?«

Tobias schrak auf, löste seinen Blick, der doch eigentlich nach innen gerichtet war, von der Uhr und sah Gottfried einen Moment lang stumm an. Dann nickte er. Langsam erst, schließlich entschlossen.

»Ich ...«, er räusperte das überschüssige Gefühl aus der Stimme, »Ja, ich komme mit.«

»Alles klar, dann also los!« Gottfried löste den Gurt und öffnete die Autotür. Dasselbe passierte auf der Rückbank.

Tobias stieg als letzter aus dem Wagen und atmete tief die eisige Winterluft ein. Zwang sich, ruhig zu werden. Ohne Erfolg. Seine Beine fühlten sich seltsam instabil an, als er zu den beiden anderen hinüberging, sein Körper schwach, wie nach einer langen Grippe. Ihm war übel.

»Alles ok?« Gottfried musterte ihn, und Tobias wollte es jetzt nur noch hinter sich bringen.

»Ja.« Wieder das Gefühl auf den Stimmbändern, wieder räuspern. Dann kräftiger: »Ja, natürlich.«

Tobias hörte sich selbst wie aus weiter Ferne. Das machte die Konzentration, er kannte das aus Ermittlungen. Wenn es brenzlig wurde. Wenn der Zugriff erfolgte.

Sie traten durch das Gartentörchen auf den gepflasterten Weg, der in leichten Windungen zur Haustür führte, deren Oberlicht eine leuchtend-orange Lichtschneise in die Dunkelheit warf. Einen Grund gab es für diese besondere Anordnung der Pflastersteine wohl nicht. Außer, dass es schön aussehen sollte. Idyllisch.

Seine Konzentration verirrte sich auf Nebenschauplätze, aber er wusste, dass das normal war. Seine Wahrnehmung war bis aufs Äußerste aktiviert. Es wurde Zeit.

»Bereit?« Gottfried hatte demonstrativ den Arm ausgestreckt und verharrte mit dem Daumen vor dem Klingelknopf.

Tobias sah, dass Pötzsch schwerfällig nickte. Er selbst senkte den Kopf zweimal zackig und stellte sich neben Gottfried. Mit ihren Körpern verbargen sie Pötzsch ein wenig, würden diese Deckung jedoch aufgeben, wenn der Zeitpunkt dafür gekommen war.

»Also, dann!« Gottfried drückte zweimal kräftig auf den Klingelknopf und ein warmes Gongen erklang.

Tobias merkte, dass er mit den Fingerknöcheln auf die Außenseiten seiner Oberschenkel trommelte und zwang sich, die Hände ruhig zu halten. Sein Blick war starr auf die Tür gerichtet, die sich jetzt öffnete und einen größer werdenden Ausschnitt von Lorenz Wagner präsentierte.

»Ja, bitte? Oh, Gottfried, Tobias, was ...?«

Sie reagierten nicht, sondern traten jeder einen Schritt zur Seite und gaben die Sicht auf Mike Pötzsch frei, der nun im Zentrum von Wagners Blickfeld erschien.

»Guten Abend, Lorenz.«

»Äh ...«, Wagner senkte den Kopf und hob ihn wieder, doch die Situation blieb unverändert. Fast wirkte es hilfesuchend, wie er nun über die Schulter ins Haus sah und sich ihnen dann wieder zuwandte.

»Kannst du dich noch an mich erinnern?« Pötzsch sprach leise, ganz ruhig, mit seltsam sanfter Stimme. Ein böser Märchenerzähler, wehe, wenn er einen in den Fängen hatte.

357

Bei dem Klang stellten sich an Tobias' Armen die Härchen auf. Die Stimme kroch förmlich in ihn hinein, und er spürte die über viele Jahre gebändigten Emotionen des Mannes, der alle Schuld allein getragen hatte und hierzu nun nicht mehr bereit war, beinahe körperlich. Das war gut. Es war gut, dass sie Pötzsch mitgenommen hatten, denn ein Blick in das Gesicht von Wagner machte sämtliche Worte im Grunde überflüssig.

»Mike, ja, äh ...«, Wagner sah erneut über die Schulter, dieses Mal nicht hilfesuchend, und schloss leise die Tür.

Ihr Chef war die personifizierte Schuld. Fast wünschte Tobias sich, dass es nicht wirklich so gewesen war, wie Pötzsch es ihnen erzählt hatte. Die Wahrheit erschütterte ihn mehr, als er geglaubt hatte.

»Was ...? Ich meine ... Und Sie, Gottfried, Tobias, was kann ich für Sie tun?«

Tobias spürte, wie die Wut in ihm die Oberhand gewann. Seine Hände waren längst zu Fäusten geballt. Aber er musste sich beherrschen. Auch wenn er am liebsten auf seinen Chef losgehen und die Wahrheit aus ihm herausprügeln wollte. Das durfte er nicht. Musste es um jeden Preis verhindern. Sein Blick verschleierte sich und die rote Wolke umschloss ihn. Nein, er durfte nicht ...

»Tobias, beruhige dich.« Gottfried streckte den Arm in seine Richtung aus. Er wollte ihm nur gut, das wusste er, aber es ging einfach nicht. Mit dem linken Unterarm schob er Gottfrieds Hilfsangebot, so sanft er es eben schaffte, zur Seite.

»Mach' keinen Scheiß!« Ein letzter Versuch des Kollegen. Vergebens.

Die Welt um ihn herum wurde absolut still. Tobias sah, dass sich Wagners Lippen wie in Zeitlupe öffneten und schlossen, um weitere Lügen abzusondern, und er ertrug es nicht länger. Sein Körper war wie eine Feder bis zum Anschlag gespannt, die Fäuste gefühllos, so hart hatte er sie geballt. Er wusste, dass es nur eine

Lösung gab. Er wusste es doch die ganze Zeit schon. Und endlich ließ er los. Gab nach und wurde nach vorne katapultiert.

Er prallte an Wagner und krallte sich an seinem Hemdkragen fest. So hielt er ihn und hatte alle Möglichkeiten. Sein ganzer Körper bebte, und er erkannte die Angst in den Augen des Mannes, der seine Mutter auf dem Gewissen hatte.

»Du!«, schrie er und zog das Gesicht über dem Kragen ganz dicht an seines heran. Er spürte die Angst des anderen jetzt körperlich und genoss es. Bewegte seinen Kopf noch näher an Wagners Gesicht und unterdrückte den Drang, in seine Mördervisage zu spucken. In seiner Erinnerung flackerten die Bilder, fielen übereinander, drängten sich nach vorn. Traurigkeit. Wut. Weinen. All die Jahre. Die gestohlene Zeit.

Er zog ihn näher, presste seine Wange an die des anderen und fühlte sich zugleich abgestoßen und mächtiger, als er für möglich gehalten hätte. Langsam löste er eine Hand vom Kragen Wagners und umschloss damit seinen Hinterkopf.

Sekundenlang verharrte er in dieser Position und erhöhte den Druck stetig. Schließlich schob er seine Wange langsam ein Stück weiter nach hinten und riss die Haut des anderen dabei schmerzhaft. In einem Winkel seines Bewusstseins begriff er, dass Gottfried ihn gewähren ließ. Das war gut. Denn noch war er nicht fertig mit Wagner. Er wandte sein Gesicht so, dass sein Mund genau vor Wagners Ohr lag. Dann begann er zu schreien.

Er schrie sich alles von der Seele. Belud Wagner mit der Schuld, die er jahrelang verdrängt hatte. Mit der ihm eigenen heiteren Selbstgerechtigkeit. Wagner widerte ihn an und er hatte nicht vor, so bald von ihm abzulassen. Als sein Schrei verstummte, bewegte er den Kopf zu Wagners anderem Ohr und begann zu erzählen. Von dem Jungen, der er einst gewesen war, und von der Trauer. Dem großen schwarzen Vogel, der seine Flügel hinter ihm ausgebreitet hatte und jeden Blick zurück verdunkelte. Der sanft aber unnachgiebig seine Fänge um ihn geschlossen und ihn nie mehr freigegeben hatte.

Er erzählte von der Hoffnungslosigkeit. Dem Schweigen, seinem stillen Kampf und dem Entschluss, dafür zu sorgen, dass anderen Kindern ihre Eltern nicht einfach so genommen werden konnten. Noch immer lagen seine Lippen ganz dicht an Wagners Ohr.

Als er glaubte, fertig zu sein und seine Stimme drohte, den Dienst zu versagen, lockerte Tobias seinen Griff, drehte Wagners Kopf und sah tief in die Augen des Mörders. Seine Stimme war nicht mehr als ein Wispern, als er weitersprach:

»Und wenn du zukünftig deine kleine Tochter ansiehst und wie deine liebe Frau sie auf dem Arm hält ...« Tobias machte eine Pause, um das Bild in Wagner entstehen zu lassen, bevor er in mildem Ton fortfuhr: »Oder wenn sie lernt, Fahrradzufahren oder wenn sie eingeschult wird ...« Seine Stimme begann vor verhaltener Spannung zu beben, »Oder wenn deine Frau sie tröstet ...«, erneute Pause, »... dann denke immer daran, wie du meine Mutter zum Sterben liegengelassen hast!«

Die letzten Worte schrie er wieder, mit den brüchigen Resten seiner Stimme, bevor er Wagner von sich stieß und an Gottfried und Pötzsch vorbei in die Nacht lief.

Kapitel 23

Lorenz schloss die Badezimmertür hinter sich.

Annette hatte von den Geschehnissen des Vorabends zum Glück kaum etwas mitbekommen. Sie war mit der Kleinen oben im Kinderzimmer beschäftigt gewesen, und nachdem er ihr irgendetwas von angeheiterten Passanten erzählt hatte, hatte sie nicht weiter nachgefragt. Das asoziale Gebrüll von Tobias hatte sein Kopf offenbar gut abgefangen. Sein Ohr jedenfalls stach und klingelte immer noch fürchterlich.

Er atmete zwei-, dreimal tief durch. Aus dem Spiegel über dem Waschbecken sah ihm eine kreideweiße Gestalt entgegen. In dem eingefallenen, bleichen Gesicht, aus dem die Augen wie zwei Kohlestücke herausstarrten, erkannte er sich kaum. Wie hatten ihn die letzten Stunden so verändern können? Wie war das möglich? Er sah auf seine Hände, an denen das Blut der jungen Frau klebte. Auch nach so vielen Jahren noch. Er mochte diesen Gedanken und alles, was unweigerlich damit zusammenhing, nicht, hatte die Erinnerung an jenen Abend immer wieder aktiv verdrängt. In letzter Zeit allerdings nur noch selten. Die Fassade, die er sofort nach dem Unfall begonnen hatte zu errichten, hielt nun schon seit Jahren zuverlässig. Auch ohne, dass er sie täglich hätte absichern müssen.

Und jetzt? Was hatte Mike, der Idiot, sich nur dabei gedacht, die ganze Sache neu aufzurollen? Was erwartete er sich von diesem ganzen Theater? Die Straftat, wenn man sie denn so nennen wollte, war doch längst verjährt. Und überhaupt war es schließlich ein Unfall gewesen, ganz einfach und nicht mehr als das. Konnte irgendjemand denn ernsthaft glauben, dass sie das alles einfach so in Kauf genommen hatten?

Lorenz erinnerte sich mit Grauen an die Zeit danach. Erstmal war natürlich wichtig gewesen, die Spuren am Wagen zu beseitigen. Das hatten sie irgendwie hingekriegt. Auch während dieser verrückten, traurigen Arbeit hatten sie einander schon nicht mehr in die Augen sehen können und den Kontakt relativ bald danach abgebrochen. Ohne ein Wort über die ganze Sache zu verlieren. Natürlich war das vernünftig gewesen. Und auch, dass sie ihren Weg weitergegangen waren, war richtig gewesen. Das hatte er damals geglaubt und stand auch heute noch dazu. Überzeugter sogar als damals. Wem hätte es denn etwas gebracht, wenn noch zwei weitere junge Leben zerstört worden wären? Niemandem, das war doch klar! Schlimm genug, dass die junge Frau ... Aber daran hatten sie nichts mehr ändern können. Niemand hätte das gekonnt. Für Hilfe war es sicher zu spät gewesen. Ganz sicher.

»Noch an der Unfallstelle verstorben«, hatte es damals in den Berichten geheißen. Und so, wie der Wagen ausgesehen hatte, war da bestimmt nichts mehr zu machen gewesen. Verdammt, das war vielleicht das Einzige, was ihn noch über Monate schlecht hatte schlafen lassen. Der winzige Zweifel. Die unwahrscheinliche Version jenes Abends, in der sie Hilfe gerufen hätten und die Frau überlebte. In der der kleine Schatten auf der Rückbank, von dem er seit wenigen Stunden wusste, dass es sein Mitarbeiter Tobias gewesen war, nicht ohne Mutter hätte aufwachsen müssen.

Verdammt, er musste sich zusammenreißen! Das hier war schließlich keine jener kitschigen Familientragödien, die Annette sich so gern ansah, und in denen das Drama erst ausgekostet und dann, in letzter Minute, vom Helden des Films abgewendet wurde. In ihrer beider Leben, und natürlich für Mira, war er der Held. Das war seine Rolle, und sie konnte er nur erfüllen, wenn er realistisch blieb. Also, er straffte sich, realistisch war, dass der Frau damals nicht hätte geholfen werden können. Der Junge hatte es in einigen

Belangen sicher schwerer gehabt als seine Spielkameraden, aber aus ihm war schließlich auch etwas geworden.

Er selbst hatte es, wahrscheinlich auch massiv traumatisiert, geschafft weiterzuleben. Ohne jeglichen Trost oder Rückhalt. Hatte sich beruflichen Erfolg erarbeitet und eine Familie gegründet. Den Gedanken an die andere, an Tobias' Restfamilie, hatte er sich konsequent verboten. Schließlich durfte er nicht zweifeln. Nicht riskieren, stehen zu bleiben. Niemals.

Was anderenfalls passierte, sah man ja an Mike. Er war ganz offensichtlich an der ganzen Sache zerbrochen. Hatte sich das alles weit über das Maß des Vernünftigen zu Herzen genommen und zahlte jetzt den Preis dafür. Niemandem war doch durch seine trostlosen Lebensumstände geholfen. Aber gut, das war Mikes Entscheidung gewesen. Aber dass er sein Unglück jetzt in sein Leben, in seine Familie tragen wollte, war nicht in Ordnung. Hier ging er zu weit. Blieb die Frage, was er, Lorenz, jetzt tun sollte. Seinen ersten Impuls, es Mike gleichzutun und schmerzhaft in das Leben des früheren Freundes zu grätschen, hatte er schnell verworfen. Der Mann war am Boden, das war eindeutig. Außerdem war er offensichtlich geübt darin, Schmerz zu ertragen.

Billige Rache passte außerdem nicht zu ihm. Lorenz war zwar nicht besonders fromm, vertrat aber standhaft und nicht ohne einen gewissen Stolz jene humanistischen Werte, die die Gesellschaft seiner Meinung nach zusammenhielten. Außerdem war er umsichtig und reflektiert und wollte, auch in dieser extremen Situation, positiv handeln. Was war nun also wichtig?

Seine leitende Funktion in der Mordkommission würde er nicht halten können. Da war er sich sicher, und Seite an Seite mit Tobias weiterzuarbeiten, so als sei nichts gewesen, war nicht möglich. Was aber war möglich? Er hatte die ganze Nacht überlegt und schließlich beschlossen, in den sauren Apfel zu beißen. Dabei hatte er nicht an sich gedacht, sondern vor allem an seine Familie. Natürlich. Schließlich bestand die Gefahr, dass Annette durch eine verkürzte

Darstellung der Ereignisse einen völlig falschen Eindruck bekam. Dass sie irritiert und unnötig aufgeregt werden würde.

Auch und gerade um seine Frau und sein Kind zu schützen, würde er die Verantwortung alleine schultern. So mussten sie von alldem gar nichts mitbekommen. Für die nächsten Tage würde er eine Lösung finden. Vielleicht eine Grippe vorschützen, das wäre plausibel und passte zur Jahreszeit. Und danach? Nachdem er nun viele Jahre im Einsatz gewesen war, konnte er sich durchaus eine kleine Stelle in der Lehre vorstellen. Die jungen Polizeianwärter und -anwärterinnen fachlich wie moralisch auf ihre berufliche Zukunft vorzubereiten, würde ihm gefallen. Und nicht zuletzt hatten die Kollegen dort geregelte Arbeitszeiten, was sogar wieder der Familie zugutekäme.

Diese ›Umstrukturierung‹ aber war im Moment noch Zukunfts-musik. Jetzt, der Wecker auf der Ablage des Spiegelschranks zeigte 07:30 Uhr, musste er wohl oder übel erst einmal reinen Tisch ma-chen. Bei dem Gedanken an diese Bedingung, die böse gesprochen ja fast an ein Ultimatum grenzte, verzog er verächtlich das Gesicht.

Natürlich musste er sich schuldbewusst geben. Verzweifelt viel-leicht sogar und klar machen, dass er während der vielen Jahre auch selbst immer wieder an seine Grenzen gestoßen war. Emotional, psychisch. Ja, das sollte er auf jeden Fall sagen. Eigentlich stimmte das auch. Er war ganz sicher, dass ihn die ganze Sache vielleicht wirklich fertiggemacht hätte. Wenn er nicht gewissenhaft dagegen angegangen wäre, um für seine Familie, für Annette, da zu sein. Obwohl, das klang vielleicht zu flapsig, nicht belastend genug. Aber das kriegte er noch besser hin, über die genaue Formulierung würde er unterwegs weiter nachdenken. Um dann, völlig übernächtigt und sichtlich am Ende seiner emotionalen wie körperlichen Kräfte, den Gang nach Canossa anzutreten.

Als Tuulia gegen 08:00 Uhr das Treppenhaus der Ermittlungszentrale betrat, war sie so ausgeruht wie lange nicht mehr.

Sie hatte in dieser Nacht wie ein Stein geschlafen. Acht Stunden, ohne Unterbrechung. Vielleicht war ihr Körper ihrem Verstand voraus und hatte begriffen, dass der Fall, der sie über die gesamte letzte Januarwoche auf Trab gehalten hatte, nun wirklich gelöst war. Auch wenn für ihren persönlichen Geschmack noch zu viele Fragen offengeblieben waren.

Warum zum Beispiel das Spiel mit den Schachfiguren? Was steckte hinter dem Mord an Elfriede Dornbusch? Nach Aussage ihrer Nachbarin war sie doch eine reizende alte Dame gewesen, die sich ihr Leben lang aufopferungsvoll um die Kinder anderer Leute gekümmert hatte. Wie hatte der junge David Kühnel den Hass seines Mörders auf sich ziehen können? Und warum sollte das erste Opfer, der vermeintlich lebensmüde Rentner Dr. Hajduk, den Tod verdient haben?

All diese Fragen hinterließen ein Gefühl der Leere in Tuulia. So, als ob der Gegenstand, der ihre Gedanken in den vergangenen acht Tagen auf Hochtouren gepusht hatte, aus ihrem Kopf gebeamt worden wäre. Und zwar kurz bevor das Bild Sinn ergeben hätte. So, als ob jemand all die mühsam angesammelten Steinchen vor der letzten, der entscheidenden Drehung, aus dem Kaleidoskop geschüttelt hätte. Dieses Bild verfolgte sie in den letzten Tagen. Die Überzeugung, dass sie noch nicht am Ziel waren.

Egal, sie würde über kurz oder lang mit diesem unbefriedigenden Ende der Ermittlungen leben müssen, und wer wusste schon, ob Philippa Claaßen nicht doch noch Licht ins Dunkel brachte. Wenn sie verstand, dass sie aus dieser Sache nicht mehr herauskam. Immerhin hatte sie doch selbst Hinweise für sie gestreut. Wenn Tuulia ehrlich war, war es aber genau dieser Umstand, der ihr keine Ruhe ließ. Spätestens jetzt wäre der Zeitpunkt für ihre Täterin, aufzuklären, was der Grund für die Morde war. Dass sie das nicht tat, sondern ihre Schuld sogar abstritt, führte das bis hierhin fein inszenierte Vorgehen ad absurdum.

Schluss jetzt. Sie war inzwischen oben angekommen und schälte sich aus der dicken Winterjacke. Aus dem Augenwinkel erkannte sie, dass Conny eben im Gang verschwand. Der Freund hatte die ganze Sache entspannter gesehen, also sollte sie das jetzt einfach auch versuchen. Wer sagte denn schließlich, dass ein Mensch, der die Grenze zum Morden überschritten hatte, bis ins letzte Detail logisch handelte? Trotzdem lauerte der Zweifel wie ein hungriges kleines Tier in einer Ecke ihres Bewusstseins, bereit, jederzeit wieder hervorzuspringen.

Ihr fiel auf, dass es heute seltsam ruhig war. Normalerweise war dies die Zeit, zu der sich die Kollegen in der Küche mit Kaffee versorgten und Neuigkeiten oder auch nur Befindlichkeiten austauschten, bevor jeder sich zurückzog, um die Welt ein bisschen besser zu machen. Als sie auf dem Weg zu ihrem Büro Gottfried in der Tür zu Tobias' Büro stehen sah, ging sie kurzentschlossen zu ihm hinüber.

»Hej, Gottfried, guten Morgen!«, grüßte sie leichthin.

»Tuulia, na, alles klar?« Der ältere Kollege wirkte abwesend. Erst jetzt wandte er sich um und sah sie an. »Halte dich mal bereit. Sobald Kathrin da ist, treffen wir uns im Konferenzzimmer. Außerplanmäßig.«

Tuulia stutzte. »Ist der Chef denn überhaupt schon da?« Die Tür zu seinem Büro stand weit offen, im Raum brannte kein Licht.

»Nein, ist er nicht. Wie gesagt, komm' einfach gleich mit den anderen rüber.«

Gottfried betrat das Büro von Tobias. Er war im Grunde froh, dass Kathrin heute etwas später als üblich kam. So hatte er Gelegenheit, noch einmal zu überlegen, wie er den anderen gleich alles erklären würde. Dass Tobias heute nicht kommen würde. Dass Lorenz sehr wahrscheinlich gar nicht mehr kommen würde. Und sie überlegen mussten, wie sie mit der ganzen Angelegenheit umgehen sollten. Vielleicht machte er sich auch zu viele Gedanken, aber etwas Vergleichbares hatte er einfach noch nicht erlebt.

Auf die dienstlichen Konsequenzen, die die ganze Sache haben würde, konnten sie ohnehin keinen Einfluss nehmen. Aber es war doch wichtig, dass die anderen wussten, was am Abend zuvor geschehen war. Was vor 24 Jahren geschehen war. Und dass Wagner seine Schuld nicht einmal abgestritten, sondern vorgezogen hatte, zu schweigen. Bis heute.

Er hörte Kleiderbügel in der Garderobe leise aneinanderstoßen und trat an die Zimmertür. Sah den Gang hinunter und erkannte Kathrin, die hastig ihren Schal abwickelte und dann in seine Richtung gelaufen kam. Er ging ihr entgegen und atmete tief durch. Informierte sie über die außerplanmäßige Besprechung, bat sie, die anderen zu holen, und ging voran ins Konferenzzimmer.

»Ich will ehrlich sein«, begann er, als sich alle gesetzt hatten. »Ich weiß nicht recht, wo ich anfangen soll. Wie ihr seht, fehlen sowohl Tobias als auch Wagner.«

Er sah Kathrin, Tuulia und Conny nacheinander ernst an. Schloss dann für wenige Sekunden die Augen und fuhr ein wenig holprig fort: »Ihr alle wisst, glaube ich, dass Tobias seine Mutter schon früh verloren hat. Sie ist bei einem Verkehrsunfall gestorben, als er acht Jahre alt war.«

Seine Kollegen nickten, keiner sagte ein Wort. Der Moment für die berühmte Stecknadel.

Ob er mit seinen begrenzten Worten das Ausmaß dessen, was am Vortag aufgedeckt worden war, auch nur annähernd erfassen und übermitteln konnte, wusste Gottfried nicht. Aber irgendwie musste er schließlich anfangen, und so erzählte er, wie Tobias am Vorabend zu ihm gekommen war. Wie er erst hatte glauben wollen, dass das, was der junge Kollege ihm unter höchster Anspannung erzählte, vielleicht nicht stimmte. Dass die Geschichte irgendwie unschlüssig war. Wie dann dieser Mike Pötzsch die letzten Zweifel vertrieben hatte. Und wie die Konfrontation verlaufen war.

In den Reaktionen der anderen sah Gottfried seine eigenen Gedanken zu der ganzen Sache gespiegelt. Von Fassungslosigkeit über Zweifel und dem Bedürfnis, das Unbegreifliche verstehbar zu machen, war alles dabei.

»Mein Gott, alleine die Vorstellung, wie viel Leid hätte verhindert werden können«, sagte Kathrin erschüttert. »Oder sehe ich das falsch? Die Frau hätte ja womöglich gerettet werden können!«

»Das siehst du genau richtig, Kathrin«, Gottfried spürte, wie seine Betroffenheit langsam aber sicher einer handfesten Wut wich. »Zumindest die Chance hat es gegeben.«

»Hätte es gegeben«, stellte Tuulia klar. »Wenn jemand geholfen hätte.«

Gottfried nickte knapp. Er merkte, dass er für ein paar Minuten an die frische Luft musste und beschloss, ihre Zusammenkunft vorerst zu beenden. »Also, wie gesagt, wie es hier weitergeht, können wir ohnehin nicht beeinflussen. Ich schlage daher vor, dass wir erst einmal ganz normal weiterarbeiten. Von mir aus kann ich die Leitung übernehmen, bis uns die Kriminaldirektion über die nächsten Schritte, besonders natürlich die Personalfrage, informiert.«

Zustimmendes Gemurmel begleitete den stillen Aufbruch des kleinen Grüppchens. Gottfried blieb noch eine Weile sitzen und merkte, dass Conny an der Tür stehenblieb.

»Alles ok, Gottfried? Ich meine, na ja, das Ganze muss dich ja auch ganz schön mitgenommen haben«, erkundigte er sich besorgt.

Gottfried lächelte schief. Er war gerührt. »Ach Conny, mach' dir um mich mal keine Gedanken. Mit so einer netten Truppe wie euch wird alles gut.«

Tuulia hatte während der vergangenen Stunde vergeblich versucht, sich auf die noch ausstehende Überarbeitung der Berichte des letzten Falls zu konzentrieren. Es hatte keinen Zweck. Sie schob den aufgeschlagenen Ordner frustriert von sich und überlegte, was sie stattdessen tun konnte.

Ein kurzer Blick auf die Uhr bestätigte ihre Vermutung, es war gerade halb zehn. Der Grund für ihre Unkonzentriertheit war natürlich die schockierende Neuigkeit von vorhin. Obwohl sie nicht zu Sensationslust neigte, fiel ihr für die Geschichte, die da gestern enthüllt worden war, kein treffenderes Wort ein. Das Ganze war und blieb schockierend.

Bis zehn Uhr lief die Frist für Lorenz, hatte Gottfried ihnen erzählt. Und auch wenn kein Grund zu der Annahme bestand, dass ihr Chef hier auftauchen und die ganze Geschichte sich als ein riesengroßes Missverständnis entpuppen würde, war sie doch immer noch fassungslos. Vor allem sie beide hatten in den vergangenen anderthalb Jahren Seite an Seite gearbeitet. Und nachdem Lorenz lange Zeit immer ein wenig distanziert geblieben war, hatte sie in den vergangenen Wochen zunehmend den Eindruck gehabt, dass er endlich ein wenig auftaute.

Mit dem neuen Wissen über ihren ehemaligen Chef machte das alles natürlich mehr Sinn. Ein derartiges Geheimnis über so viele Jahre zu verbergen, musste etwas mit einem Menschen machen. Die meisten zerbrachen über kurz oder lang wohl daran. Sie kannte auch Beispiele von Mördern, die irgendwann leichtsinniger geworden waren, um zu provozieren, dass die Wahrheit ans Licht kam.

Auf Lorenz schien das nicht zuzutreffen. Wahrscheinlich hätte er immer so weitergemacht. Sich seine kleine heile Welt mit Frau und Kind erhalten und zur Ablenkung von den Schatten in seinem Leben Mörder gejagt. Sie bekam eine Gänsehaut.

Offenbar hatte Lorenz nicht gewusst, dass ausgerechnet einer seiner Mitarbeiter der Sohn jener Frau von damals war. Das hatte er, Gottfried zufolge, wohl behauptet. Und sie konnte sich vorstellen, dass Wagner da nicht gelogen hatte. Sie merkte, dass sich etwas in ihr dagegen sträubte, für diesen Menschen weiterhin die vertraute Anrede zu verwenden. Selbst wenn es nur in Gedanken war.

Tuulia beschloss, dass die Berichte vorerst warten mussten, sie war im Moment einfach nicht bei der Sache. Vielleicht würde ein wenig Bewegung helfen? Sie erhob sich von ihrem Stuhl und trat auf den Flur hinaus. Am Waschbecken in der Damentoilette ließ sie das kalte Wasser ihre Handgelenke benetzen. Auch Tobias und seine traurige Geschichte bekam sie einfach nicht aus dem Kopf. Sicher war auch das verständlich. Dem Ausmaß der ganzen Sache angemessen.

Sie waren bisher nicht sonderlich gut miteinander ausgekommen. Und den anderen war es mit Tobias wohl ähnlich gegangen. Dennoch würden sie ihn im Team nicht missen wollen. Das war gar keine Frage. Schließlich konnte man über Tobias denken, was man wollte – und er machte es einem tatsächlich oft schwer, ihn zu mögen –, aber zuverlässig war er.

Unabhängig davon war es völlig selbstverständlich, dass man niemandem solch ein trauriges Schicksal wünschte. Und auch, wenn Tobias gerade sie ganz besonders auf dem Kieker zu haben schien, empfand sie Mitleid mit dem kleinen Jungen von damals. Dass er oft genug schon der Wermutstropfen in ihrem Arbeitsalltag gewesen war, änderte hieran nichts.

Wenn sie ehrlich war, hatte sie ihn in der Vergangenheit heimlich um die Erinnerungen an seine Mutter beneidet. Auch, wenn das ungerecht sein mochte. Denn am Ende stand bei ihnen beiden die Trauer. Um die Mutter in seinem Fall, um die Eltern bei ihr. Und obwohl sie ahnte, dass schöne Erinnerungen die Traurigkeit sicher auch noch verstärken konnten, musste sie zugeben, dass sie Tobias darum beneidet hatte. Bei dem Gedanken daran fühlte sie sich schlecht. Aber ja, es stimmte.

Sie sah auf, sah ihr Gesicht im Spiegel und erkannte es wieder: das Mädchen ohne Erinnerung.

Nachdem das Unglück ihre bis dahin heile Welt aus den Fugen gerissen hatte und nichts mehr gewesen war, wie zuvor, hatte sie viele Jahre lang nicht einschlafen können. Sie war zwar noch ganz klein gewesen, gerade mal vier Jahre alt, aber sie wusste noch genau, wie sie Abend für Abend im Dunkeln dagelegen hatte, umgeben von einer kleinen Plüschtier-Armee und der Liebe ihrer neuen Familie und dennoch nicht einschlafen konnte. Weil sie den vergangenen Tag in Gedanken durchgehen musste. Immer wieder. Weil sie ihn sich ganz genau einprägen wollte. Weil sie nicht vergessen wollte. Nie mehr vergessen wollte. Denn einmal in ihrem Leben hatte sie die wichtigste Erinnerung, jene an ihre Eltern, aus ihrem Bewusstsein schlüpfen lassen. Und das würde sie sich nie verzeihen.

Tuulia spürte, wie eine allzu vertraute Traurigkeit in ihrem Herzen aufstieg und Tränen ihren Blick verschleierten. Sie war kein unbeschwertes Kind gewesen, auch wenn sie Tante Gunilla und Onkel Magnus immer genau das glauben machen wollte. Damals wie heute. Wahrscheinlich weil die eigene Traurigkeit besser zu ertragen war, als die der Menschen, die ihr am Herzen lagen.

Doch das war eine ganz andere Geschichte. Sie besann sich. Jetzt war mit Sicherheit der falsche Zeitpunkt, um sich dieser Art Gedanken hinzugeben. Sie schaffte es irgendwie, die Tränen dorthin zurückzudrängen, von wo sie gekommen waren, atmete tief durch und trocknete sich die Hände ab.

Als sie den Waschraum verließ, sah sie Conny, der ihr entgegengelaufen kam. Er hatte das Diensthandy in der Hand und winkte hektisch, mit fahrigen Bewegungen. »Tuulia, komm' mit!«

Sie zögerte nicht und beschleunigte ihre Schritte. Zusammen eilten sie in Gottfrieds Büro. Zeitgleich stellte Conny den Lautsprecher ein und die Stimme des Kollegen vom KDD erklang blechern im Flur:

»... vermutlich seit einigen Stunden tot. Und, ich wiederhole noch einmal, bei der Leiche wurde eine kleine schwarze Figur gefunden.«

Kapitel 24

Hier in der Kälte an einem weiteren Tatort zu stehen, fühlte sich an, wie abgestraft zu werden. Für die Unfähigkeit, die richtigen Schlüsse zu ziehen. Den Zusammenhang zu erkennen.

Tuulia stand neben Gottfried am Rande eines beeindruckenden Grundstücks in Mainz-Gonsenheim. Einige Meter entfernt lag ein Mann tot am Boden. Mehrere Kollegen in weißen Schutzanzügen hielten sich in der Nähe zu ihm auf und gingen ihrer Arbeit nach.

In Tuulias Kopf rasten die Gedanken. Wie es aussah, hatte sie recht behalten. Philippa Claaßen war nicht der Serienmörder, der sie alle seit über einer Woche vorführte. Der noch weitere Figürchen in petto hatte und ganz offensichtlich nicht gewillt war, sein makabres Spiel zu beenden. Im Gegenteil, vermutlich war er irgendwo ganz in der Nähe und triumphierte.

Wie auch immer, sie mussten umsichtig vorgehen. Sorgfältig. Auch wenn in Tuulia alles zur Eile drängte. Aber Eile führte zu Fehlern, und Fehler durften sie sich jetzt nicht mehr erlauben.

›Alles Weitere‹, hatte der Kollege am Telefon noch gesagt, sollten sie sich vor Ort ansehen. Von hier aus konnte sie nicht erkennen, was er damit gemeint haben mochte. Ihre Anspannung wuchs, während sie die Spezialkleidung überstreifte, um gleich, wenn sie näher an die Leiche herantreten würden, keine Spuren zu zerstören.

Tuulia wartete, bis Gottfried fertig war. Sie sahen einander an, der ältere Kollege presste die Lippen entschlossen zusammen und nickte knapp. Tuulias Puls stieg sprunghaft an, sie spürte ihn unangenehm im Hals klopfen. Aber das war ok. Es hatte nicht mehr zu sagen, als dass es jetzt losging. Und dass sie hoffte, hier auf entscheidende neue Hinweise zu stoßen.

Sie näherten sich dem Mann, der rücklings auf dem gefrorenen Boden lag. Tuulia registrierte, dass die Straße um ihn herum von Nägeln bedeckt war. ›Auf Rosen gebettet‹, schoss ihr durch den Kopf. Oder so ähnlich. Gut, der Mann würde davon nichts mehr spüren.

›Morgen früh, wenn Gott will, wirst du nicht mehr ...‹

Wer spielte hier Gott? Richtete über Leben und Tod?

Endlich traten die Kollegen zur Seite, so dass Gottfried und sie freie Sicht hatten.

Die Unterschiede zu ihren Tatorten der vergangenen Tage sprangen Tuulia sofort ins Auge. Hier war große Gewalt zum Einsatz gekommen. Es war eine Menge Blut geflossen. Aus dem Augenwinkel hatte sie etwas wahrgenommen, das unmittelbar Übelkeit in ihr aufsteigen ließ. Sie gab dem Reflex, sich hiervon abzuwenden, für den Moment nach und zwang sich, systematisch vorzugehen. Oben anzufangen.

Der Anblick des unförmigen Klumpens, der einmal der Kopf ihres neuesten Opfers gewesen sein musste, war nicht leicht zu ertragen. Etwas Vergleichbares hatte sie in ihrem Arbeitsalltag nur einmal gesehen. Vor mittlerweile über einem Jahr, und sie hoffte, dass sie sich an den Anblick niemals gewöhnen würde. Das Gesicht des Mannes, der hier vor wenigen Stunden gestorben war, war schlicht nicht mehr erkennbar. Tuulia wusste, was es bedeutete, wenn ein Täter so vorging.

Der Mann musste seinen Kopfverletzungen erlegen sein. Das war mehr als eindeutig. Doch es war noch nicht alles. Tuulia riss sich vom Anblick des grausam zugerichteten Schädels los und sah an dem Mann hinunter. Zwischen dem linken Arm, von ihr aus gesehen rechts, und dem Oberkörper lag das schwarze Figürchen, von dem der Kollege am Telefon gesprochen hatte. Tuulia runzelte die Stirn. Ob es sich um eine Schachfigur handelte, konnte sie von hier aus nicht erkennen. Der Bezug zu den anderen Morden schien dennoch klar zu sein. Sie beugte sich hinab und hob das Figürchen vorsichtig auf. Die dünnen Latex-Handschuhe, die sie trug, verhinderten, dass sie hierbei Fingerabdrücke hinterließ.

Sie drehte und wendete das Figürchen, das deutlich gröber gearbeitet war, als jene von den anderen Tatorten. Dennoch war es durchaus möglich, dass es sich auch hierbei um eine Schachfigur handelte. Tuulia suchte nach einem eindeutigen Hinweis und erkannte, dass an einem Ende der Figur ein gezackter Kreis in das holzähnliche Material geprägt oder geschnitzt war. Die Standfläche wies kleine Kratzer und Kerben auf. Gebrauchsspuren, die bei diesem vergleichsweise weichen Material leicht entstanden. Sie legte das Figürchen wieder an die Stelle zwischen Arm und Körper zurück und fuhr mit der weiteren Betrachtung der Leiche fort.

Die flüchtige Erinnerung an das beklemmende Detail, das sie bis eben verdrängt hatte, pochte sofort wieder penetrant hinter ihrer Stirn. Und verursachte ein unangenehmes Kribbeln, das sich von ihrem Magen über die Schultern und Arme ausbreitete. Bis in die Fingerspitzen. Tuulia schloss die Augen, einen kurzen Moment nur. Sammelte sich. Öffnete sie wieder und zwang sich, ganz genau hinzusehen.

Die mittägliche Wintersonne schien erbarmungslos auf das Gemetzel. Die verstümmelten Hände, die blutig-faserig in roten Pfützen ruhten. Tuulia schloss die Augen erneut, was das Bild jedoch nicht vertrieb, sondern dazu führte, dass es sich umso stärker in ihr Gedächtnis brannte. Sie riss ihre Augen sofort wieder auf. Wohlwissend, dass es noch nicht vorbei war. Ihr Blick wanderte weiter nach unten. Sie ahnte, was sie erwartete, schließlich hatte sie es für den Bruchteil einer Sekunde bereits wahrgenommen, als sie eben bei der Leiche angekommen waren.

Für wenige Augenblicke hatte sie versucht, das Bild von sich zu schieben. Denn das, was da links und rechts auf Kniehöhe des Mannes lag, war ganz einfach nur verkehrt. Falsch. Ein unverbesserlicher

Fehler. Und, wie alles an diesem Tatort, nicht mehr gutzumachen. Drei Finger neben dem rechten Bein, zwei neben dem linken. Zwei Finger an der rechten Hand übrig, drei an der linken.

Tuulia sah noch einmal genau hin. Scannte den toten Körper und prägte sich alle Grausamkeiten ein. Sie wusste, dass sie sie lange nicht aus dem Gedächtnis kriegen würde. Berufsrisiko. Ein letzter Blick über die Leiche und dann, endlich, Distanz. Zumindest äußerlich. Wenige Schritte.

Ihr war jetzt richtig übel. In der Luft hing ein schwerer Blutgestank, der ihren Magen reizte. Gleich würde es besser werden, redete sie sich ein und atmete tief durch. Gab Gottfried, der ihr nachgekommen war und sie fragend ansah, zu verstehen, dass alles in Ordnung war.

»Nur eine Sekunde, geht gleich wieder«, ihre Stimme klang unerfreulich zittrig. Immerhin konnte sie sich darüber schon wieder ärgern.

»Gib' mir zwei«, antwortete Gottfried einfach, und sie erkannte, dass ihn ein Tatort, wie dieser hier, auch nach so vielen Berufsjahren noch erschütterte.

Irgendwie beruhigte sie das.

<hr>

»... wirklich die Finger abgehackt?!« Conny riss entsetzt die Augen auf.

Sie saßen zu viert im Konferenzzimmer. Gottfried und Tuulia hatten Kathrin und Conny wenige Minuten nach ihrer Ankunft in der Ermittlungszentrale zu einer Besprechung gebeten.

»Nein, Conny. Wir denken uns das nur aus. Natürlich ›wirklich‹, was glaubst du denn?« Gottfried reagierte ungewohnt hitzig auf die Nachfrage des jungen Kollegen vom Empfang. Er schnippte die Bilder vom Tatort über den Tisch in Connys Richtung.

»Sorry, natürlich, ich wollte nicht ... Uhh!« Der Blick auf die Fotos kurierte Connys Ungläubigkeit schlagartig.

»Schon gut«, brummte Gottfried, »nun mal weiter im Text. Das ist der aktuelle Stand. Was fällt euch spontan dazu ein?«

Die Stille im Raum war angespannt. Ihnen allen war klar, dass die Zeit drängte. Schließlich war Kathrin die Erste, die sprach.

»Es scheint ja so zu sein, dass sich unser Täter ganz plötzlich steigert«, überlegte sie.

»Kann man so sagen, ja«, Gottfried starrte auf die Bilder des toten, entstellten Körpers, die zwischen ihnen auf dem Tisch lagen.

»Was ich mich frage ...«, fuhr Kathrin fort und sah zu Gottfried, bis dieser ihren Blick erwiderte.

»Hm?«

»Können wir tatsächlich sicher sein, dass es sich hierbei nicht um einen Trittbrettfahrer handelt? Immerhin haben wir der Presse genügend Details zu den Morden gegeben. Und der Täter weicht hier ja ganz entscheidend von seinem bisherigen Vorgehen ab.«

»Das stimmt zwar, aber es wäre schon äußerst ungewöhnlich, wenn wir es mit zwei verschiedenen Tätern zu tun haben sollten.« Gottfried runzelte die Stirn.

»Wir dürfen nicht vergessen, dass einem Mord in den meisten Fällen äußerst persönliche Motive zu Grunde liegen«, mischte Tuulia sich ein. »Dazu passt es eigentlich nicht, einen anderen Mord quasi zu ›kopieren‹. Außerdem ist hier der Kopf ganz zentral angegriffen worden. Ihr wisst, was das heißt. Wenn ein Täter an das Gesicht seines Opfers geht, weist dies mit großer Sicherheit auf ein persönliches Motiv hin.« Sie hatte augenblicklich die Stimme ihres Ausbilders an der Polizeischule im Ohr, der ihnen diese Wahrheit immer wieder eingebläut hatte.

»Könnte es sich um einen Komplizen von Philippa Claaßen handeln?«, fragte Conny.

»Eher nicht, aus demselben Grund«, Tuulia klang abwesend. »Aber wartet mal.« Wie in einem Film, der in schnellem Tempo vorgespult wurde, zogen die vier Morde an ihr vorbei. Wieder und wieder, schneller. Bis sich vor ihrem inneren Auge endlich die Choreographie der Fälle herausschälte. Und sie erkannte, dass, wie bei einem Daumenkino, immer eine Kleinigkeit verändert, verstärkt wurde.

»Die vier Morde gehören auf jeden Fall zusammen und sind auch von der gleichen Person verübt worden. Ziemlich sicher!« Sie war eine umsichtige Ermittlerin und neigte nicht zu vorschnellen Urteilen, aber jetzt glaubte sie zu verstehen, wie die Morde zusammenhängen mussten.

Die Stille im Konferenzzimmer war förmlich greifbar, Tuulia spürte die Blicke der anderen auf sich. Sie räusperte sich leise und fuhr fort.

»Es gibt eine klare Linie, die sich vom ersten Mord an Dr. Hajduk über Elfriede Dornbusch und David Kühnel bis zu unserem heutigen Opfer zieht. Ich meine damit die stetig wachsende Brutalität und die zugleich geringer werdende Distanz.«

Tuulia ließ ihre Worte wirken und gab den Kollegen Zeit, ihre eigenen Überlegungen mit dieser Theorie abzugleichen.

»Hm, das klingt plausibel«, räumte Gottfried als Erster ein. »Bei Dr. Hajduk ist der Tod in«, er markierte mit Zeige- und Mittelfinger beider Hände Gänsefüßchen in der Luft, »‹reinigendem Wasser› eingetreten, während der Mord an dem ältlichen Kindermädchen, unserer Heroin-Omi, schon etwas mehr Körperkontakt erfordert hat. Soweit kann ich dir folgen.«

»Na, und David Kühnel ist sicher nicht ohne eine körperliche Auseinandersetzung vom Drususturm gestürzt«, warf Conny aufgeregt ein. »Das heißt, die Distanz des Täters muss hier äußerst gering gewesen sein.«

»Genau«, bestätigte Tuulia. »Heute nun waren wir mit massiven körperlichen Verletzungen und erstmals mit einer erheblichen Menge an Blut konfrontiert. Der Kontakt zwischen Täter und Opfer muss fraglos eng und brutal gewesen sein.«

»Richtig«, nickte Gottfried. »Dazu kommt, dass das Opfer vor seinem Tod womöglich gefoltert worden ist.«

»Falls seine Finger vor Eintritt des Todes abgetrennt worden sind. Dazu werden wir hoffentlich bald mehr erfahren«, ergänzte Tuulia. »Festhalten können wir aber jetzt schon, dass der Täter kontinuierlich die Distanz verringert.«

»Zu den Opfern, aber auch zu uns«, sagte Conny tonlos.

»Das stimmt. Die Hinweise werden deutlicher, der Ablauf beschleunigt sich.« Tuulia machte eine Pause, atmete einmal tief durch, beobachtete ihre Kollegen.

»Und ich könnte mir vorstellen, dass es bald zu einer Konfrontation kommt.«

Draußen dämmerte es bereits.

Tuulia saß seit Stunden in ihrem Büro. Jetzt rückte sie ihren Stuhl ein Stückchen vom Tisch ab und massierte sich die Wangen. Fast im gleichen Moment musste sie herzhaft gähnen. Kein Ausdruck von Müdigkeit, sondern wohl eher des Sauerstoffmangels. Sie kippte das Fenster und ließ die frische Winterluft hereinströmen.

Noch einmal führte sie sich die Geschehnisse des heutigen Tages vor Augen. Zum x-ten Mal. Den Tatort. Alle verstörenden Details.

»Wenn ein Täter an das Gesicht seines Opfers geht, ist das häufig ein Hinweis auf ein persönliches Motiv.« Da war sie wieder, die Stimme ihres ehemaligen Ausbilders. Ein persönliches Motiv. Sollte das tatsächlich nur auf ihr aktuelles Opfer zutreffen? In den anderen Fällen war der Kopf nicht betroffen gewesen. Bei dem jungen David Kühnel vielleicht, aber wenn, dann nur als Kollateralschaden. Er war nicht Hauptziel des Angriffs gewesen.

Dann die Finger. In der Besprechung am Mittag hatten sie viel über die Bedeutung dieser Verstümmelung nachgedacht. An der rechten Hand fehlten drei Finger, an der linken waren es zwei. Was sollte ihnen das sagen? War das Opfer Rechts- oder Linkshänder gewesen? War das überhaupt von Bedeutung? Oder waren vielmehr die einzelnen Finger – Zeige-, Mittel- und Ringfinger rechts, Zeige- und Mittelfinger links – wichtig?

Schließlich die Figur. Was hatte es mit ihr auf sich? Warum war sie schwarz? Und unterschied sich hierdurch so elementar von den anderen Figuren? Sie schloss die Augen. Nur für einen Moment. Einmal durchatmen. Dann wieder weiterdenken.

Sie blieb eine ganze Weile so sitzen. Vielleicht sollte sie mit dem Meditieren beginnen. Wenn die Ermittlung abgeschlossen war. Womöglich würde es helfen? Aber sie kannte sich, um so etwas tatsächlich richtig anzugehen, war sie zu rastlos. Ungeduldig. Es machte sie nervös. Aber ein kurzes Innehalten tat manchmal ganz gut. Zu sehen, wohin die Gedanken danach, quasi von selbst, als erstes wanderten.

Während sie versuchte zu entspannen, blitzte in der Dunkelheit hinter ihren Lidern plötzlich ein Bild auf. Sie war selbst Teil dieses Bildes und stand in einem Gang. Einem engen Gang. Es war dunkel und sie brauchte einen Moment, um zu begreifen, wo sie sich befand. Dies war die Wohnung, genauer der Eingangsflur der Wohnung von Elfie Dornbusch. Der Heroin-Omi! Sie wusste noch genau, wie sie das weiße Figürchen hochgehoben hatte, um zu kontrollieren, ob es auf Staub stand. Damals hatte sie nach einer Bestätigung für ihre Vermutung gesucht, dass das Figürchen noch nicht lange hier stand. Sondern ganz gezielt vom Täter zurückgelassen worden war.

Die Erkenntnis traf sie wie ein Schlag. Sie riss die Augen auf und begriff, dass sie damals einen weiteren Hinweis übersehen hatte. Und beinahe hätte sie denselben Fehler heute wieder gemacht. Weil es nur eine Kleinigkeit war, nichts Besonderes. Etwas, dem man gerne die Bedeutung absprach, und das vermeintlich keinen zweiten Blick wert war. Nach dem heutigen Tag wusste sie es besser. Am Ende erklärte das vielleicht sogar die abgetrennten Finger!

Tuulia erhob sich und lief nach vorn zu Conny, der jedoch gerade nicht an seinem Platz war. Aber für das, was sie vorhatte, brauchte sie ihn nicht. Schließlich wusste sie, wo der Schlüssel zum Archiv war und griff zielsicher in die richtige Schublade. Conny würde ihn nicht vermissen, die ganze Aktion dauerte sicher nicht lange. Bis er zurück war, würde der Schlüssel längst wieder an seinem Platz liegen. Wenn sie ehrlich war, war ihr wohler dabei, ihren Verdacht noch für sich zu behalten.

Ohne einen Blick zurück betrat sie das Treppenhaus und lief die Stufen ins Archiv hinab. Sie fröstelte leicht in der kühlen Luft. Vielleicht lag es auch an der Aufregung. Sie öffnete die Stahltür zu den Räumen, in denen unter anderem die Asservatenkammer untergebracht war, und schaltete das bläuliche Kellerlicht an. Seit längerem war eine Lichterreihe defekt, was für eine unheimliche Atmosphäre sorgte. Dieser Umstand war allerdings schon so oft Gegenstand ihrer Scherze gewesen, dass er auf Tuulia keine Wirkung mehr hatte.

Ihr Atem bildete kleine Wölkchen, was sie erstaunt zur Kenntnis nahm, sich dann aber sofort wieder auf ihr Ziel konzentrierte. Sie war vor wenigen Tagen erst an dem Regal gewesen und fand die entscheidenden Beutel sofort. Griff danach und beeilte sich, wieder nach oben zu kommen. Dort registrierte sie erleichtert, dass Conny noch nicht wieder an seinem Platz war. Das war gut. Normalerweise hätte es sie nicht gestört, ihn in ihre Überlegungen einzubeziehen. In diesem Fall jedoch war es gut möglich, vielleicht sogar wahrscheinlich, dass sie sich irrte. Und sie wollte sich nur ungern vorwerfen lassen, Gespenster zu sehen.

In ihrem Büro angelangt, zog sie sicherheitshalber dünne Gummihandschuhe über, bevor sie die Beutel öffnete. Ihr Herz klopfte schneller. Zuerst war der Beutel an der Reihe, in dem sich die kleine weiße Figur aus Elfriede Dornbuschs Wohnung befand. Ihr Herz raste jetzt. Was bedeutete es, wenn sie recht behielt? Sie wog die kleine Gestalt in ihrer rechten Hand, drehte sie dann auf den Kopf und betrachtete die Unterseite ganz genau. Das Figürchen bebte, ihre Hand zitterte ganz leicht.

Sie schloss die Augen. Es stimmte! Sie hatte sich nicht getäuscht! Der Boden des Figürchens, das bei dem netten alten Kindermädchen zurückgelassen worden war, wies neben zwei winzigen Vertiefungen drei leichte Kratzer auf. Nichts Wildes, keine wirkliche Beschädigung. Einfach Gebrauchsspuren, wie sie entstehen, wenn die Spielfigur oft zum Einsatz kommt. Daher hatte sie dem keine Bedeutung beigemessen. Und sich auch heute, bei der Untersuchung des schwarzen Figürchens, zunächst nichts weiter gedacht.

Der Effekt von Mord Nummer vier ist fantastisch!

Mehr als zufriedenstellend und noch besser als gedacht. Es liegt sicher an dem vielen Blut. Und natürlich dem Sahnehäubchen, der Kirsche auf diesem schwer verdaulichen Dessert: den abgetrennten Fingern!

Den Opfern gebührt Dank, auch wenn sie natürlich keine Wahl hatten. Das ist tragisch. Aber nicht zu vermeiden. Der Übergang kann ihnen nur so leicht und schmerzfrei wie möglich gemacht werden. Das ist wichtig. Ihr Schicksal ist der Tod, nicht das Leid.

Das Spiel mit den Ermittlern macht mehr Spaß als erwartet. Sie verhalten sich genau so, wie es für sie bestimmt ist. Als seien sie in den großen Plan eingeweiht. Auch wenn sie natürlich völlig blind und ohne eine Ahnung von den Regeln über das Spielbrett stolpern.

Allzu bereit, auf eine unlogische Auflösung hereinzufallen.

Als Tuulia mitten in der Nacht erwachte, fiel ihr Blick als erstes auf das grün leuchtende Display ihres Radioweckers. 04:10 Uhr. Viel zu früh.

Sie drehte sich auf die andere Seite und wusste doch längst, dass sie nicht mehr würde einschlafen können. Das Gedankenkarussell hatte sich wieder einmal in Bewegung gesetzt, kaum, dass sie ein bisschen wach war. Erinnerungsfetzen an den Tag, an ihren Fall, wirbelten durch ihr Bewusstsein und verfingen sich. Setzten sich fest. Bereit, durchdacht und von allen Seiten betrachtet zu werden, bevor sie sich wieder lösen würden.

Es waren nicht nur dramatische, drängende Inhalte, die ihr keine Ruhe ließen. Vielmehr präsentierte ihr Gehirn ihr eine beliebige Auswahl an Themen. Jetzt zum Beispiel echote die Stimme von Conny, der heute so aufgeregt gewesen war: »Mensch, überleg' doch mal, übermorgen ist es schon so weit! Dabei fühlt es sich wie gestern an, dass ich die Idee für die Überraschungsparty hatte.« Ihr Freund hatte ungläubig Mund und Augen aufgerissen, und sie hatte gelächelt und sich an seiner Vorfreude gefreut. Gerade während aufreibender Ermittlungen war es schön und wichtig, sich vor Augen zu führen, dass das ›normale Leben‹ eben auch noch existierte. Abseits von den Verbrechen, mit denen sie ansonsten zu tun hatten.

»Und jetzt ist schon der 2.2. – das ist doch Wahnsinn!«

Tuulia erinnerte sich, es drollig gefunden zu haben, wie Conny sich freuen konnte. Sie lächelte auch jetzt, war dankbar, ihn zum Freund zu haben und … erstarrte! Was er da gesagt hatte, katapultierte sie schlagartig an ihren letzten Tatort zurück. Die Bilder überlagerten sich.

Hier: Conny und dieses Datum. Der 2.2.!

Da: Der tote Mann in seinem Blut auf dem gefrorenen Boden. Auf Nägel gebettet.

Die Finger: Drei und zwei! Und das Figürchen aus Elfriede Dornbuschs Wohnung: Drei Kratzer, zwei Punkte!

Die Bilder und die Erkenntnis setzten ihren ganzen Körper unter Strom. Da war es endlich, dieses elektrisierende Gefühl, das sie von vorangegangenen Ermittlungen kannte. Das die letzten Drehungen des Kaleidoskops begleitete. Und das bisher gefehlt hatte.

Jetzt war die körperliche Spannung fast unerträglich, tropfte kribbelnd von ihren Fingerspitzen.

Drei und zwei Finger. Drei und zwei Zeichen. Tuulias Blick wanderte zurück zu ihrem Wecker. Hier strahlten sie die gleichen Zahlen an: 03.02.! Seit vier Stunden und 17 Minuten war der dritte Februar. Das war die letzte Nachricht ihres Täters. Heute! Sie war sich sicher, heute würde etwas Entscheidendes passieren! Heute würde das Spiel enden ...

Sie konnte keine Minute länger im Bett bleiben, sondern machte sich in Rekordzeit fertig für die Arbeit. War bei der aktuellen Entwicklung ein Weckanruf vertretbar? Es war inzwischen kurz nach fünf, und sie fand schon. Gottfried oder Kathrin? Oder ...

Vielleicht war es eine fixe Idee, aber sie entschied sich anders. Tobias' Geschichte, die ihnen allen durch die aktuellen Ereignisse um Wagner so nahegekommen war, hatte den Tag überschattet. Das konnte man nicht anders sagen. Und vielleicht stand sie im Begriff, einen Fehler zu begehen, aber das Risiko nahm sie in Kauf. Sie tippte und wischte sich in ihrem Handy bis zu seiner Nummer durch.

Wenn es eine Sache gab, die Tobias' Stimmung zuverlässig aufhellte und ihn umgänglich werden ließ, war es diese Phase der Ermittlungen. Wenn die Dinge plötzlich Sinn ergaben, ein Zusammenhang erkennbar wurde und es außerdem schnell gehen musste. Immer dann konnte man sich auf Tobias absolut verlassen, dann war die Arbeit mit ihm angenehm und er selbst ein anderer Mensch. Ausgeglichen und fokussiert.

Ein Teamplayer.

Kapitel 25

Henry war kein Morgenmensch, war es auch nie gewesen. Außer vielleicht in seiner frühen Kindheit. Als man es kaum erwarten konnte, die Versprechen des neuen Tages zu erkunden.

Das Versprechen des heutigen Tages war bekannt. Seine Gefühle dazu würde er als gemischt bezeichnen. Auch wenn sie das nicht sein sollten. Immerhin wurde Philippa heute aus der JVA entlassen und das war schließlich eine gute Nachricht. Denn obwohl das Verhältnis zu seiner Schwester sicherlich nicht von übermäßiger Herzlichkeit geprägt war, hatte er nie an ihrer Unschuld gezweifelt. Jedenfalls nicht in dieser Angelegenheit, schob er in Gedanken schnell nach.

Egal. So wie es aussah, war die Sache überstanden. Und zwar bevor ihr Vater etwas mitbekommen hatte. Wenn er ehrlich war, war die Sorge um seinen Dad in den vergangenen Tagen deutlich größer gewesen, als sein Interesse an Philippas Lage. Irgendwie hing beides natürlich zusammen. Viel länger hätte die Erklärung einer spontanen Geschäftsreise ungewisser Dauer nicht mehr getragen. Ihr Vater war schließlich nicht auf den Kopf gefallen.

Und nun war sie also wieder da. Beziehungsweise fast. Quentin hatte sich nicht davon abbringen lassen, sie frühmorgens in der JVA Rohrbach im Dörfchen Wöllstein abzuholen. Henry war gespannt, ob er es ihr unterwegs sagen würde. Oder ob sie noch ahnungslos wäre und sich auf ihre Hunde freute, wenn sie hier ankämen. Was im Übrigen bald sein musste. Quentin war vor über einer Stunde aufgebrochen und so groß war die Entfernung schließlich nicht.

Wobei er natürlich nicht wusste, welche Schritte für ein vorschrifts-
mäßiges Aus-Checken aus dem Knast erforderlich waren.

Henrys Gedanken balancierten für einen kurzen Moment auf
der Grenze zwischen seinem moralischen Anspruch, der eigenen
Schwester nichts Schlechtes zu wünschen, und der Genugtuung,
dass sie nun auch einmal Gegenwind erfahren hatte. Einer Situation
hilflos ausgesetzt war. Nein, so zu denken war nicht nett und er
würde jetzt ...

»... bei Edith.«, schallte da die Stimme seines Bruders aus dem
Innenhof. Philippas Irritation war nur zu erahnen, das Zuschlagen
ihrer beider Autotüren machte es unmöglich, ihre Antwort zu
verstehen. Bei Edith? Romulus und Remus? Oh je, wie es aussah,
ritt sein konfliktscheuer Bruder sich gerade richtig in die Bredouille.

Henry war gespannt, wie Quentin da wieder herauskommen
wollte.

Tuulia war seit kurz nach sechs Uhr am Morgen in der Ermittlungszentrale.

Zuhause hatte sie es nicht mehr ausgehalten. Seitdem sie glaubte,
verstanden zu haben, dass heute mit großer Wahrscheinlichkeit
etwas Entscheidendes passieren würde, saß ihr die Zeit im Nacken.
Und ihr war nur allzu bewusst, dass sie im Grunde auf der Stelle
traten. Es tauchten immer neue Fragen auf, jetzt wäre es langsam
an der Zeit, Antworten zu finden.

Seit einer guten halben Stunde versuchten sie dies im Team. Gingen immer wieder die Fakten durch, versuchten Lücken zu schließen und einen Zusammenhang zwischen den drei ersten Morden
und jenem von gestern zu erkennen.

Nachdem Tuulia den anderen ihren Verdacht erläutert hatte,
hatte das Tempo angezogen. Zumindest war das ihr Eindruck. Die

Anspannung hatte auf jeden Fall zugenommen. Sie waren alle hellwach und saßen in den Startlöchern.

Tobias war nicht dabei, hatte aber anklingen lassen, sie jederzeit zu verstärken, wenn er gebraucht würde. Tuulia wusste nicht, was genau sie erwartet hatte, als sie ihn heute frühmorgens angerufen hatte. Wahrscheinlich, dass die Ermittlung ihn nach dieser unerwarteten Wendung von seiner aktuellen Situation ablenken und er nur zu gern zurückkommen würde.

Andererseits war klar, dass das, was er am Montag erfahren hatte, ein ganzes Leben durcheinanderwirbeln konnte. Und dass er Zeit brauchte, die neuen Wahrheiten zu sortieren. Wenn sie überlegte, wie schockiert sie und ihre Kollegen angesichts des unfassbaren Verhaltens ihres ehemaligen Chefs gewesen waren, war doch absolut nachvollziehbar, dass auch Tobias das nicht einfach mal eben wegsteckte.

Als sie ihm versichert hatte, dass sie ihn brauchten und er doch schließlich dazugehörte, hatte sie ein trauriges Lächeln am anderen Ende der Leitung erahnt. Er hatte ihr das Versprechen abgenommen, ihm Bescheid zu geben, wenn es wirklich nötig war, und sie war erschrocken gewesen, ihn so niedergeschlagen zu erleben.

Wenn der Zusammenhang, den sie zwischen den Hinweisen des Täters und dem heutigen Tag hergestellt hatte, stimmte, würden sie Tobias vielleicht früher brauchen, als er ahnte. Aber jetzt ging es erst einmal hier weiter.

»Also, nochmal von vorne«, fasste Gottfried gerade zusammen. »Bei dem Toten handelt es sich um Dietrich Dernbach, 52 Jahre, alleinstehend, kinderlos und wohnhaft in Gonsenheim. Verstorben vorgestern Nacht, todesursächlich war die Schädelfraktur. Vermutlich ist er vor seinem Tod gefoltert worden. Dabei wurden von seinen Händen insgesamt fünf Finger abgetrennt.«

»Das ist aber nicht sicher«, warf Tuulia ein. »Ich meine, ob das vor Eintritt des Todes passiert ist. Denkbar wäre auch, dass es dem

Täter einfach darum ging, uns möglichst blutig mitzuteilen, dass heute etwas passieren wird.«

»Ok, das soll Schuster uns nochmal genau sagen«, räumte Gottfried ein.

»Wenn es überhaupt von Bedeutung ist«, meinte Kathrin nachdenklich. »Es ist so oder so klar, dass der Täter sich steigert. Dernbachs Körper ist deutlich stärker in Mitleidenschaft gezogen worden, als die der anderen Opfer.«

»Stimmt!«, fiel Conny ihr ins Wort. »Außerdem haben wir hier ein schwarzes Figürchen. Das ist doch ein klares Zeichen dafür, dass dieser Mord einen Wendepunkt markiert!«

»Wahrscheinlich den Höhepunkt«, pflichtete Tuulia ihm bei. »Am 3.2.! Heute!«

»Was hast du dir denn dabei nur gedacht?«

Henry schüttelte den Kopf und sah seinen Bruder ungläubig an. Dabei zupfte ein äußerst unpassendes Grinsen beharrlich an seinen Mundwinkeln, bis er sich geschlagen gab.

»Ja, ja«, erwiderte Quentin müde. »Was hättest du denn bitte gemacht? Wir wären jetzt vermutlich noch längst nicht hier, sondern ohne Umweg auf die Suche nach den Hunden gegangen. So gewinnen wir etwas Zeit und Philippa wähnt sie sicher bei Edith, bis morgen ihr ›Urlaub‹ vorbei ist.«

»Da könntest du recht haben«, räumte Henry ein. »Aber was machen wir, wenn sie vorher zu Edith fährt, um Romulus und Remus einen kleinen Besuch abzustatten? Oder wenn Edith morgen noch krank ist?« Für Quentins Verhältnisse glich diese Schummelei einem Tanz auf dem Vulkan. Und man merkte, dass er nicht besonders geübt im Lügen war. Es war keineswegs gesagt, dass die Magen-Darm-Grippe ihrer Perle bis zum nächsten Tag kuriert sein würde. Mal ganz abgesehen davon, dass Edith von Quentins Geschichte keine Ahnung hatte.

»Das kann ich dir auch nicht sagen, Henry. Keine Ahnung«, brauste Quentin auf. »Woher soll ich das wissen? Vielleicht kannst du ja zur Abwechslung auch mal einen konstruktiven ...«

In diesem Moment ertönte von draußen ein markerschütternder Schrei. Kehlig, gurgelnd, schien er kaum von einem menschlichen Wesen zu stammen. An Henrys Armen stellten sich schlagartig die Härchen auf und er sah alarmiert zu Quentin hinüber, der verstummt war und mit gerunzelter Stirn ans Fenster trat.

Henry tat es ihm gleich, konnte aber nichts erkennen. Das Schreien hörte immer noch nicht auf, da schien jemand in höchster Not zu sein. Henry wechselte einen knappen Blick mit Quentin. Sie verstanden sich wortlos, immerhin, und liefen in Richtung Treppenhaus und in den Hof hinunter.

»Es kommt von dort«, rief Quentin und deutete in Richtung Hausrückseite. »Vom Parkplatz!«

Jetzt war Henry wirklich beunruhigt. Hoffentlich war dort kein Unfall passiert. Hoffentlich hatte kein Kunde oder Mitarbeiter jemanden übersehen. Ein Kind im toten Winkel ... Er mochte gar nicht weiterdenken. Sie durchquerten den Torbogen, durch den Innenhof und Parkplatz verbunden waren, im Laufschritt.

Da! Henry erkannte eine Gestalt, die am Kofferraum eines Wagens, nein, Philippas Wagens, kauerte. Es war seine Schwester! Das Schreien war einem heiseren Klagelaut gewichen, der kaum leichter zu ertragen war. Alleine schon Philippas Kummer zu sehen, schnürte ihm die Kehle zu. Hatte er sie überhaupt schon jemals weinen sehen? Er konnte sich zumindest nicht erinnern.

Sie verlangsamten ihre Schritte, je näher sie an den Wagen, an ihre Schwester, kamen. Philippa hatte sie, wie es aussah, noch nicht bemerkt. Die Kofferraumklappe ihres Mercedes' stand offen, sie war auf dem eisigen Boden davor zusammengesunken, klammerte sich aber mit ausgestreckten Armen an die Ladekante.

Es war ein furchtbares Bild.

Henry konnte den Anblick seiner verzweifelten Schwester nur schwer ertragen. Philippa war doch die Starke, die Unverwundbare. An der spitze Bemerkungen, ebenso wie berechtigte Kritik, seit jeher abgeprallt waren, wie Speere an einer steinernen Festung. So oft sie ihn auch verärgert haben mochte, so sehr wünschte er sich seine hochmütige, starke Schwester in diesem Moment zurück.

Er war nur noch wenige Meter von ihr entfernt, als er den Geruch bemerkte. Ein kurzer Blick zu Quentin bestätigte, dass er ihn ebenfalls wahrnahm. Schon zwei, drei Schritte später war etwas anderes auch nicht mehr möglich. Der penetrante Verwesungsgestank ließ ihn instinktiv zurückprallen. Nur die Sorge um Philippa zwang ihn, weiterzugehen.

Quentin hatte sein Halstuch, das für ihn zu Hause die Krawatte ersetzte, aufgebunden und hielt es sich vor Mund und Nase. Henry bezweifelte, dass das etwas half.

Sie waren jetzt ganz dicht an der Quelle des Gestanks und er ahnte, was sie gleich erwartete.

Vorsichtig lenkte er den Blick von Philippa nach rechts, in den Kofferraum, und versuchte, flacher zu atmen. Seine Ahnung bestätigte sich. Schlimmer noch, sie wurde übertroffen.

In dem Durcheinander von cremefarbenen und silber-schwarzen langen Haaren und steif in die Höhe ragenden Gliedmaßen, waren es die Köpfe von Romulus und Remus, die seine ganze Aufmerksamkeit bannten. Sie waren blutig abgetrennt und prominent auf ihren toten Körpern platziert worden. So, dass ihr Anblick Philippa sofort nach Öffnen des Kofferraums ins Auge springen musste.

Der Gestank war jetzt unerträglich.

Henry spürte das Frühstück in sich aufsteigen und wandte sich von dem Massaker ab. Dass Philippa hier minutenlang starr verharrte, musste an dem Schock liegen. Anders war das doch gar nicht zu ertragen.

Dem Grad der Verwesung nach mussten die Tiere schon am Sonntag, direkt nach ihrem Verschwinden, getötet worden sein.

Nicht, dass er sich hier besonders gut auskannte.

»Wenn das wirklich stimmt, was du vermutest«, rief Gottfried und rückte auf seinem Stuhl ein Stück nach vorne, »wenn also die Markierungen auf den Böden der Figuren tatsächlich eine Botschaft für uns sind, hieße das auch, dass der Täter den Ablauf von Anfang an festgelegt hat. Minutiös.«

»Perfekt choreografiert«, nickte Tuulia. »Jetzt müssen wir ihm nur noch zuvorkommen.«

»Aber genau das ist doch das Problem!«, brauste Gottfried auf. »Schon die ganze Ermittlung hindurch lassen wir uns vorführen. In Wahrheit haben wir doch keinen Schimmer, was als nächstes passieren wird.« Er rückte mit dem Stuhl vom Tisch ab und lehnte sich frustriert wieder zurück. Die Arme ausgestreckt, klopfte er mit den Fingern einen ungeduldigen Rhythmus auf der Tischkante.

»Vielleicht siehst du das zu schwarz, Gottfried«, mischte sich Kathrin unbeirrt ein. »Wir wissen immerhin, dass ein Zusammenhang zwischen den Mordopfern und dem Auktionshaus besteht. Und selbst, wenn Philippa Claaßen unschuldig sein sollte, ...«

»Oh, sorry!« Conny hatte das Telefon, wie immer, mit in die Besprechung genommen. Nach einem raschen Blick auf das Display gab er ihnen mit hektischen Gesten zu verstehen, dass er das Gespräch hier annehmen wollte. »Die Claaßen-Brüder«, erklärte er, hob ab und stellte den Lautsprecher an.

Im nächsten Moment erfüllten verzweifelte Klagelaute den Raum. Die Aufmerksamkeit aller war sofort auf das Diensthandy gerichtet, aus dem jetzt gedämpft ein Rascheln, Weinen und undeutliche Worte zu vernehmen waren. Schließlich war der Klang wieder frei und eine vertraute Stimme tönte klar aus dem Hörer.

»Hallo, hören Sie mich? Henry Claaßen hier. Bitte kommen Sie schnell zum Auktionshaus. Das sollten Sie sich ansehen!«

Gottfried und Tuulia hatten es nur einen kurzen Augenblick unmittelbar an Philippa Claaßens Wagen ausgehalten.

Mehr Zeit hatten sie allerdings auch nicht benötigt, um die Situation zu erfassen. Die Windhunde der Tochter des Hauses waren bestialisch getötet worden. Die abgetrennten Köpfe waren ein weiteres Zeichen des Täters, dass es jetzt ernst wurde. Seine Hinweise waren unmissverständlich. Der Anblick war für Tuulia nur schwer zu ertragen und der Gestank tat sein Übriges. Ihr war sofort übel geworden, auch Gottfried war blass um die Nase.

Jetzt standen sie ein Stückchen entfernt von dem grauenhaften Bild. Philippa Claaßen saß kreideweiß auf einer halbhohen Mauer, die den kleinen Parkplatz begrenzte. Sie wirkte apathisch, völlig abwesend, aber ganz so konnte es nicht sein, denn sie hatte, ihren Brüdern zufolge, abgelehnt, ins Haus zu gehen. Auch einen Arzt wollte sie wohl nicht hier haben.

»Jedenfalls waren die Tiere seit Sonntagabend verschwunden«, erklärte Henry Claaßen gerade. Tuulia mahnte sich zur Aufmerksamkeit und wandte ihren Blick von Philippa Claaßen ab. Wie Gottfried und sie eben erfahren hatten, waren die Hunde während der Abwesenheit ihres Frauchens, vermutlich irgendwann während des *Tages der Offenen Tür*, verschwunden. Bis heute war Philippa Claaßen hierüber nicht in Kenntnis gesetzt worden. Tuulia konnte nachvollziehen, dass man sie hatte schonen wollen, immerhin war sie zu diesem Zeitpunkt mit ganz anderen Problemen beschäftigt gewesen.

»Ist so etwas denn vorher schon einmal vorgekommen?«, erkundigte sich Gottfried.

»Nie!«, rief Philippa Claaßen schrill von ihrem Platz auf der Mauer. »Sie sind nie weggelaufen, warum denn auch?!«

Der Schmerz brannte in jedem ihrer Worte. Und auch wenn sie Tuulia alles andere als sympathisch war, zog sich ihr Herz vor Mitleid zusammen, als sie die resolute Geschäftsfrau, als die sie Philippa Claaßen kennengelernt hatten, so völlig schutzlos erlebte. Ihre verletzliche Seite vor aller Welt entblößt. Hilflos, hoffnungslos, untröstlich.

Tuulia ließ ihren Blick ein weiteres Mal zum Wagen, zu seiner furchtbaren Ladung, wandern. Dann sah sie wieder zu Philippa Claaßen. Zu den Hunden. Wieder zurück.

Und plötzlich erkannte sie das Bild. Das ganze Bild. Und damit die Antwort auf ihre ewige Frage nach dem Motiv.

Kapitel 26

Gottfried spürte, dass sie der Lösung ihres Falls einen großen Schritt nähergekommen waren.

Tuulias Vermutung, die sie ihm auf dem Weg in die Zentrale dargelegt hatte, war ebenso einfach wie einleuchtend.

»Das Bild war natürlich furchtbar«, unterbrach Tuulia seine Gedanken in diesem Moment.

»Und der Geruch«, vermutete Conny ganz richtig.

»Yap, der auch. Trotzdem war es schwer, Philippa Claaßen von dort wegzubekommen. Sie stand unter Schock und war förmlich erstarrt«, fuhr Tuulia fort. »Das heißt, wir haben die ganze Szene minutenlang angesehen. Und irgendwann habe ich begriffen, was wir da eigentlich beobachten. Was uns präsentiert wird.«

»Ich glaube, ich weiß, was du meinst«, murmelte Kathrin nachdenklich. »Philippa Claaßen hockte völlig zerstört vor dem, was ihr am wichtigsten war.«

»Ganz genau!«, bestätigte Tuulia. »Ihr ist das Wichtigste in ihrem Leben genommen worden. So verrückt das klingt, immerhin handelt es sich dabei um Hunde.«

»Das ist unerheblich«, schaltete Gottfried sich ein. »Der entscheidende Punkt scheint zu sein, dass wir es hier, deiner Theorie zufolge, mit Stellvertretermorden zu tun haben.«

»Das ist zumindest mein dringender Verdacht«, nickte Tuulia. »Wir können die Morde ja mal einzeln durchgehen.«

»Der Tod Elfriede Dornbuschs hat ganz besonders den jüngeren der Claaßen-Brüder getroffen«, begann Conny aufgeregt.

»Und der des jungen David seinen Patenonkel Quentin Claaßen«, fuhr Kathrin fort.

»Was ist mit Dr. Hajduk?«, fragte Gottfried. »Und wer stand unserem neuesten Opfer, Dietrich Dernbach, nah?«

»Bei Dr. Hajduk könnte seine Frau gemeint sein. Sie hat doch als Empfangsdame im Auktionshaus gearbeitet«, erinnerte sich Tuulia. »Und über Dernbach wissen wir so gut wie nichts. Wir sollten die Claaßen-Brüder fragen, ob es Verbindungen von ihm zum Auktionshaus gab und falls ja, wie die aussahen.«

»Ich bin mir noch nicht ganz sicher, ob tatsächlich die einzelnen Familienmitglieder gemeint sind, oder vielleicht doch das Auktionshaus insgesamt«, wandte Kathrin ein.

»Du meinst, unser Täter ist jemand, dem das Geschäftsmodell ein Dorn im Auge ist?«, fragte Gottfried.

»Das ist zumindest nicht auszuschließen. Wobei – wäre das ein Grund, so viele Menschen zu töten? Um auf womöglich fragwürdige Geschäfte hinzuweisen?«

»Das glaube ich auch eher nicht«, sagte Tuulia. »Dazu passt dieser große Aufwand, das Spiel, in das uns der Täter verwickelt hat, meiner Meinung nach nicht. Seine Taten sind im Grunde ja gespickt von Botschaften. An den Schachfiguren können wir zum Beispiel gut ablesen, wo er sich im Moment befindet.«

»Was? Wie meinst du das?«, wollte Conny wissen.

»Na ja, ich bin kein Schachprofi. Aber selbst ich weiß, dass am Ende der König stirbt.«

Tuulia tat etwas, was für sie äußerst ungewöhnlich war.

Aber die Umstände waren eben auch besonders, und vielleicht ging es jetzt vor allem darum, den Kopf frei zu bekommen. Die vertrauten Räume zu verlassen und ihre verkrampften Hirnwindungen zu lockern. Um dann wieder klarzusehen.

Sie schnappte sich einen der Autoschlüssel, die vorne bei Conny am Empfang aufbewahrt wurden, und fragte die anderen, ob sie ihnen etwas mitbringen solle. Sie würde eine späte Mittagspause machen und zu *Burger King* in Bretzenheim fahren. Die anderen wollten nichts, aber sie zögerte dennoch kurz. Überlegte und ging dann noch einmal in ihr Büro zurück. Sie hatte selbst erkannt, dass heute ein besonderer Tag war. Dass heute etwas passieren würde. Und sie glaubte nicht daran, dass es nur um die Hunde ging.

Weil es dumm wäre, unvorsichtig zu sein, legte sie ihre schussichere Weste und den Waffengürtel an. Es war nicht mehr als ein Gefühl, das sie diese Vorkehrungen treffen ließ. Und gleich würde sie einfach in den Drive-in fahren. Wenn sie in voller Montur unterwegs war, würde sie automatisch alle Blicke auf sich ziehen. Diese Aufmerksamkeit konnte sie im Moment nicht gebrauchen.

Auf dem Weg nach Bretzenheim gingen ihr Kathrins Worte von vorhin durch den Kopf. Ihnen allen war bekannt, dass die Kollegin eine große Hundefreundin war und selbst einen Golden Retriever und einen Rauhaardackel bei sich aufgenommen hatte. In Hundefragen war sie ihnen allen damit ein großes Stück voraus. Eben gerade hatte sie ihnen erklärt, dass Afghanen komplizierte Tiere seien, schwer zu erziehen und nicht besonders vertrauensselig. Sie ließen sich wohl auch nicht von jedem führen.

Während Kathrin gesprochen hatte, war eine Erinnerung in Tuulias Gedanken aufgeblitzt. An die Situation mit der kleinen Emmi beim *Tag der Offenen Tür*. War es etwas, was sie gesagt hatte? Zunächst konnte sie das Gefühl nicht recht greifen. Dann aber fiel es ihr wieder ein. Tatsächlich waren die entscheidenden Worte kurz zuvor gefallen, als sie mit den Brüdern Claaßen zusammengestanden hatte. Nina war dazu gekommen und hatte erklärt, dass die Hunde bei Edith, der langjährigen Hausdame der Claaßens, in der Küche seien.

Seltsam. Passte das mit dem zusammen, was Kathrin beschrieben hatte? Immerhin kannten die Hunde Edith schon lange. Kathrin hatte auch gesagt, dass eine enge Bindung an den Menschen bei Afghanen durchaus möglich sei, allerdings eine äußerst zeitintensive und geduldige Erziehung voraussetze. Und natürlich gab es auch bei dieser Hunderasse unterschiedliche Temperamente.

Tuulia bog jetzt auf den Parkplatz von *Burger King* ein, fuhr weiter zum Drive-in-Schalter und bestellte einen vegetarischen Burger, eine große Portion Pommes und dazu ein Wasser. Wenig später hielt sie auf einem der freien Parkplätze. Gerade als sie nach dem Burger griff, klingelte ihr privates Handy. Sie ließ das lauwarme, runde Päckchen sinken und zog ihr Telefon hervor.

Mit gerunzelter Stirn sah sie auf das Display und erkannte, dass es Tante Gunilla war, die anrief. Das ungute Gefühl war sofort wieder da. 3.2.! Heute würde etwas passieren! Tuulia atmete tief durch, sicher sah sie Gespenster. Sie ließ es noch einmal klingeln, bevor sie dranging.

»Tuulia?!«, rief ihre Tante alarmiert, noch bevor sie sich überhaupt gemeldet hatte.

»Tante Gunilla, was ...?«

»Hör' zu Tuulia. Ich denke, es hat wahrscheinlich nichts zu bedeuten, aber ...«

»Was ist passiert?«, Tuulia durchfuhr die Sorge, sie war jetzt wirklich beunruhigt.

»Nichts, eigentlich ist nichts passiert. Es ist nur ...«

Tuulia wünschte, sie käme endlich zum Punkt. Nur mühsam gelang es ihr, sich zu beherrschen. »Sag' schon, was ist los?«

»Ihr habt doch diesen Serienmörder gejagt. Den mit den Schachfiguren.«

»Ja?!«

»Ja, also, ich habe eben einen Anruf bekommen, bei dem eine Stimme meinte, ich solle mal im Blumenkasten bei der Haustür nachsehen. In dem mit dem Gartenhibiskus.«

»Und hast du das getan?« Tuulias Puls raste, ihr war jetzt richtig übel. Der Geruch der abkühlenden *Burger King*-Päckchen tat ein Übriges dazu.

»Ja«, antwortete ihre Tante verzagt. »Und ... es war ein weißes Figürchen darin. Deshalb dachte ich, ich sage dir gleich Bescheid.«

»Das war richtig, Tante Gunilla«, hörte Tuulia sich noch sagen. Dann passierte es. Ein Teil von ihr splittete sich ab, verlor den Halt und taumelte, taumelte ... Hinein in das Dunkel, das ihre Angst war. Ihre größte Sorge. Und für einen Moment verlor sie sich, schwappte atemberaubende Panik über sie, war sie mehr das Taumeln, als sie selbst. Dann, langsam, langsam, zog sich die Flut zurück und sie erkannte von weit her ihre eigene Stimme. Sie war der Rest, der von ihr übrig geblieben war und lächerlich pragmatisch versuchte, Anweisungen zu geben.

»Ich komme jetzt gleich zu dir, ok? Geh' hinüber zu der kleinen Bäckerei. Warte dort auf mich und achte darauf, nicht allein zu sein. Ich bin in ein paar Minuten da!«

Sie hatte lediglich ein paar Mal durchgeatmet, um die Kontrolle zurückzugewinnen. Als die Erkenntnis sie fast schmerzhaft durchfuhr, war sie längst schon auf dem Weg nach Laubenheim. Plötzlich ploppte die Szene, in der sie den entscheidenden Fehler gemacht hatte, ganz einfach und glasklar in ihrer Erinnerung auf.

Zugleich schlich sich diese spezielle Stimme in ihren Kopf. Ungewöhnlich hoch für einen Mann, androgyn, fragil wie der Strich eines Pinsels, dem mehrere Borsten fehlen. Henry Claaßen! Der so viel Leid gesehen hatte und nach seinen zahlreichen Einsätzen in Katastrophengebieten womöglich selbst traumatisiert war. Sie wusste, dass es nur selten ohne Folgen blieb, wenn ein Mensch immer wieder mit so vielen Toten konfrontiert wurde. Die Dekadenz und der Hedonismus in Deutschland waren für ihn sicher nur schwer auszuhalten.

Elfriede Dornbusch, als Sinnbild für die Geborgenheit und behütete Kindheit in seiner sicheren Heimat, hatte als erste dran glauben müssen. Ob er schon davor oder erst durch die Tat seinen Verstand endgültig verloren hatte, war schwer zu beurteilen. Jedenfalls war er danach dazu übergegangen, seinen Geschwistern vor Augen zu führen, was es bedeutete, zu verlieren, was ihnen das Liebste war.

So machte alles plötzlich Sinn! Tuulia war jedoch weit davon entfernt, ihren Ermittlungserfolg zu feiern. Stattdessen flammte eine verzweifelte Wut auf sich selbst in ihr auf. Was hatte sie sich nur dabei gedacht, ihre Familie ins Spiel und damit in höchste Gefahr zu bringen? Als Lenni und sie beim *Tag der Offenen Tür* mit den Brüdern Quentin und Henry zusammenstanden, hatte sie völlig naiv von der Bekanntschaft Tante Gunillas mit Philippa Claaßen erzählt. Das war nicht nur unüberlegt, sondern auch vollkommen unnötig und dumm gewesen. Außerdem hatten die beiden schon seit vielen Jahren keinen Kontakt mehr. Was gäbe sie jetzt darum, diese verhängnisvollen Sätze aus ihrer Plauderei am Sonntag streichen zu können.

Alles Gedanken, die sie kein Stück weiterbrachten, rief sie sich selbst zur Ordnung. Jetzt ging es um die Sicherheit ihrer Tante. Noch war schließlich nichts passiert. In wenigen Minuten würde sie sich selbst hiervon überzeugen können.

Und tatsächlich, der Stein, der ihr vom Herzen fiel, als ihre Tante ihr vom Bürgersteig vor der kleinen Bäckerei aus zuwinkte, müsste eigentlich bis ins Weibergässchen zu hören sein. Sie war so erleichtert, dass sie den Warnblinker anschaltete und direkt neben Tante Gunilla im Parkverbot zu stehen kam. Just in diesem Augenblick klingelte ihr Diensthandy laut und vernehmlich. Es war Conny. Tuulia winkte ihre Tante zu sich und bedeutete ihr, einzusteigen. Zugleich nahm sie das Gespräch an und war im nächsten Moment hochkonzentriert.

»Tuulia? Folgendes: Eben hat sich Jonathan Claaßen hier gemeldet. Er war sehr beunruhigt und außer sich vor Sorge um seine

Freundin Nina. Die hat ihn nämlich vor ein paar Minuten angerufen und panisch geschildert, eine Schachfigur erhalten zu haben. Als er angerufen hat, war er gerade losgefahren und ist jetzt auf dem Weg ins Auktionshaus. Die Freundin hat sich vollkommen verängstigt im Konzertsaal eingeschlossen und wartet da auf ihn.«

»Ok, gut. Ich bin im Moment in Laubenheim bei meiner Tante. Sie hat nämlich heute auch eine Figur bekommen, ist jetzt aber hier bei mir und es geht ihr gut.«

»Kann sie an einem öffentlichen Ort bleiben? Denn wenn es irgendwie möglich ist, wäre es wichtig, dass du gleich ins Auktionshaus fährst. Gottfried und Kathrin sind zwar schon vorgefahren, aber trotzdem. Ich habe ein ganz komisches Gefühl, Tuulia.«

Tante Gunilla saß wohlbehalten in der Bäckerei.

Tuulia hatte sie gebeten, Onkel Magnus von dort aus anzurufen und ihm Bescheid zu geben, dass auch er direkt dorthin kommen sollte. Keiner von beiden durfte in ihr Haus zurückkehren, bevor sie nicht Entwarnung gegeben hatte.

Nachdem sie das Figürchen von Tante Gunilla entgegengenommen und genauer inspiziert hatte, war ihr klar geworden, dass der Täter sie vorsätzlich an einen falschen Ort gelotst hatte. Die kleine weiße Gestalt war kaum mehr als eine Parodie der echten Figürchen. Fast schon amüsant, wenn es nicht so verdammt ernst wäre.

Sie war absichtlich vom Ort des Geschehens weggelockt worden. Ihr Team war, für den entscheidenden Zeitraum vielleicht, gesprengt worden. Denn eins war klar: Der Countdown hatte in diesen Minuten begonnen, heute, am 3.2. Ihre Ahnung war richtig gewesen, und sie hatte selten so sehr gehofft, sich geirrt zu haben.

Die Erkenntnis durchfuhr sie eiskalt. Sie musste wieder an das Motiv denken. Was dir das Liebste ist. Das war es, was der Mörder, was Henry Claaßen, seiner Familie nehmen wollte. Und zwar einem nach dem anderen. Jetzt sollte offensichtlich das jüngste Mitglied der Familie getroffen werden. Ob Jonathan Claaßen etwas ahnte? Auf jeden Fall schwebte seine Freundin in höchster Gefahr. Tuulia wäre wohler zumute, wenn die junge Frau so weit wie möglich vom Auktionshaus weggefahren wäre. Dass sie dort im Moment offenbar allein war, war nicht gut.

Dazu kam, dass der Täter sich wieder gesteigert hatte. Möglicherweise war ihre Tante doch nicht außer Gefahr, und der Mörder fuhr jetzt zeitgleich an zwei Orten fort. Kurz tauchte in ihrem Kopf ein ganz neuer Gedanke auf. Hatten sie es womöglich mit zwei Tätern zu tun? Aber ihr Gefühl sagte ihr, dass dem nicht so war.

Stattdessen hatte sie wieder diese Stimme im Ohr: ungewöhnlich hoch für einen Mann, androgyn, fragil wie ein zerstörter Pinsel.

Als Tuulia beim Auktionshaus ankam, entschied sie sich dafür, den Wagen ein Stückchen weiter die Straße hinunter zu parken. So, wie auch schon am Sonntag. Nur war sie da mit ihrem Seat, in zivil, unterwegs gewesen.

Sie erkannte einen der Wagen am Straßenrand, einen Sprinter, und stellte sich hinter ihn. Offensichtlich war Jonathan Claaßen kurz vor ihr hier angekommen und nun vermutlich schon im Haus. Sie spürte, wie ihre Anspannung wieder stieg. Wie es aussah, würde es heute im Auktionshaus zu einem Showdown kommen. Wie auch immer er aussehen mochte.

Egal, was zählte, war immer der nächste Schritt. Wie bei so vielem. Ihre nächsten Schritte führten sie an Jonathan Claaßens Wagen vorbei. Sie war in Gedanken bei dem, was sie gleich erwartete und wie sie bestmöglich vorbereitet sein konnte. Daher war ihr nicht sofort klar, worauf ihr Blick da ruhte. Sie wollte sich abwenden und zum Eingangstörchen des Anwesens laufen, als ihr gerade noch rechtzeitig bewusst wurde, was das Bild störte.

Das konnte doch nicht ...?! Tuulia sah genauer hin und ging wieder ein paar Schritte zurück. Näher an den Kleinbus heran. Doch! Sie beugte sich hinunter und erkannte, dass es wirklich wahr zu sein schien. Wie auf ein geheimes Kommando wirbelten die Bilder dieser Tage in ihrem Kopf durcheinander, bevor sie sich endlich – endlich! – zu einem stimmigen Ganzen fügten.

Die Erkenntnis durchfuhr sie heiß. Erschütterte sie. Das Kaleidoskop rastete mit einem gehörigen Ruck ein. Jetzt war endgültig klar, dass sie einen furchtbaren Fehler begangen hatten. Tuulia ging zum Wagen zurück und stellte sich in dessen Schatten, so dass ein möglicher Beobachter sie vom Haus aus nicht sehen konnte. Dann erst zückte sie ihr Handy, stellte es stumm und schrieb eine SMS.

Die Antwort war kurz und knapp und ging wenige Augenblicke später ein. Tuulia unterdrückte mit Mühe einen Triumphlaut. So passte endlich alles zusammen. Ein Schauer jagte ihr über den Rücken, als sie verstand, dass sie nur deswegen jetzt nicht in die Falle ging, weil sie wenige Minuten später als Jonathan Claaßen hier angekommen war.

Ihr blieb nicht viel Zeit, das spürte sie instinktiv. Mit klopfendem Herzen lief sie den schmalen Weg entlang, der beim *Tag der Offenen Tür* am Sonntag noch mit Fackeln beleuchtet gewesen war. Ganz anders als am Sonntag war hier heute kein Laut zu hören. Und es war auch niemand weit und breit zu sehen. Tuulia war auf der Hut, die Stille erschien ihr verdächtig, wie die Ruhe vor dem Sturm. Als sie an die Haustür herantrat, erkannte sie, dass diese nur angelehnt war. Sie schwang träge einige Zentimeter hin und her.

Jetzt zahlte es sich aus, dass Lenni und sie am Sonntag schon einmal hier gewesen waren. Nach der Szene mit der kleinen Emmi und den verlorenen Handschuhen, war ihr Bruder nämlich plötzlich verschwunden gewesen. Seine kleine Extratour hatte am Ende dazu geführt, dass sie auf einen verborgenen Eingang zu dem winzigen Konzertsaal des Hauses gestoßen waren. Ein Stockwerk plus eine Wendeltreppe weiter oben. Mit Sicherheit war dieser Bereich des Hauses nicht für die Allgemeinheit freigegeben, und Tuulia hatte darauf gedrungen, dass sie schnellstmöglich wieder zu den Ausstellungsräumen zurückkehrten.

Heute kam ihr dieses Wissen zu Gute. Wenn die Situation unverdächtig sein sollte, was ihr mehr als unwahrscheinlich erschien, konnte sie sich immer noch zu erkennen geben. Jetzt aber lief sie erst einmal leise und sich immer wieder umschauend, in Richtung des regulären Eingangs zum Konzertsaal.

Es kam ihr seltsam vor, dass von Gottfried und Kathrin keine Spur zu erkennen war. Hätte sie nicht schon längst Stimmen hören müssen? Ihre Vermutung verfestigte sich. Und wieder hoffte sie, falsch zu liegen. Denn wenn es so war, wie sie befürchtete, steckten Gottfried und Kathrin in massiven Schwierigkeiten.

So, sie war am Ziel. Dies war der offizielle Eingang zum Konzertsaal. Die Tür wirkte robust und war ins Schloss gezogen. Tuulia wagte nicht zu prüfen, ob sie auch verschlossen war. Wie sich gleich im nächsten Moment herausstellte, war das die einzig richtige Entscheidung gewesen. Hinter der Tür hörte sie jetzt eine dumpfe Stimme. Unmöglich zu verstehen, was sie sagte. Aber dass Besucher hier nicht erwünscht waren, hatte Tuulia ohnehin längst begriffen. Der Hinweis war nicht besonders diskret und mehr als eindeutig:

›GESCHLOSSENE GESELLSCHAFT

~

ZUM 10. GEDENKTAG DES 3. FEBRUARS 2006‹

prangte in nüchternen Blockbuchstaben auf einem nachlässig zugeschnittenen Pappschild, das provisorisch an der Tür zum Konzertsaal befestigt war.

Kapitel 27

Tuulia überlegte nicht lange.

Als erstes musste sie sich einen Überblick verschaffen und das setzte voraus, dass sie in den Raum gelang. Natürlich nicht durch diese Tür hier unten. Aber es gab ja noch eine weitere Möglichkeit, wie sie dank Lennis kleiner Erkundungstour vom Sonntag wusste.

Sie lief die paar Schritte zurück zu dem Treppenhaus, über das sie in den ersten Stock gekommen war. Es war sichtlich alt, die Stufen aus dunklem Holz gefertigt. Sie knarrten sicher gemütlich, aber das konnte sie im Moment nicht brauchen.

Vorsichtig setzte sie ihre Schritte daher weit am äußeren Rand der breiten, ausgetretenen Stufen und hoffte, keine verräterischen Geräusche zu erzeugen. Dass diese überhaupt bis in den kleinen Konzertsaal vordringen würden, war zwar eher unwahrscheinlich, aber sie wollte nichts riskieren. Wenn, wie sie vermutete, Gottfried und Kathrin sich in dem Raum aufhielten, war Sicherheit das oberste Gebot. Und sollte sich später herausstellen, dass ihre Vorsicht unnötig gewesen war, würde sie selbst am herzlichsten über ihren staksenden Treppenslalom lachen.

So, die erste Treppe war geschafft. Arnold Böcklin sah aus seinem dunklen Holzrahmen abwesend über ihre Schulter und wurde dabei vom fiedelnden Tod fixiert. Gruselig. Aber jetzt nicht wichtig. Tuulia schlich weiter nach oben und kam am Fuß der hölzernen Wendeltreppe an. Sie sah sich um. Ihr Einsatz und damit ihre Anwesenheit hier, war vollkommen gerechtfertigt. Trotzdem wollte sie nur ungern entdeckt werden. Aber die Luft schien rein zu sein.

Die Stufen der Wendeltreppe waren deutlich weniger abgenutzt. Hier kam man wohl nur selten hoch. Wahrscheinlich deshalb, weil es oben nicht mehr als den zusätzlichen Eingang zu dem Konzertsaal gab. Tuulia hoffte, dass die Tür, wie wenige Tage zuvor, unverschlossen war.

Sie drückte den verschnörkelten Griff aus weißlackiertem Metall einen Millimeter nach unten. Jetzt durfte sie sich nicht verraten. Immerhin befand sie sich nur wenige Meter entfernt vom Zentrum des winzigen Konzertsaals. Der aus einem Strom undeutlicher Worte gewobene Geräuschteppich aus dem Inneren des kleinen Raums machte die Sache für sie etwas einfacher, dennoch war sie froh, dass die Tür sich nahezu lautlos öffnen ließ.

Einen Zentimeter zunächst nur, denn schon eine kleine Bewegung am Rand des logenartigen Ranges, an dem sich die Tür befand, konnte Aufmerksamkeit auf sich ziehen. Tuulia duckte sich unwillkürlich und versuchte, sich durch den kleinen Ritz einen Eindruck von der Situation im Raum zu verschaffen. Von ihrem Ausflug mit Lenni am Sonntag wusste sie, dass die Tür, vor der sie gerade stand, sich von ihr aus gesehen am linken Ende des Ranges befand. Dieser beschrieb einen Halbkreis, von ihr aus gesehen nach rechts, mit einer Krümmung nach vorn. Geradeaus erkannte sie die kleine Bühne mit einem normalgroßen Konzertflügel, der üblicherweise vermutlich alle Blicke auf sich zog. Zwischen Loge und Bühne, an der rechten Saalseite, befanden sich große Fenster, die die gesamte Raumhöhe einnahmen.

Tuulia zog die Tür mit klopfendem Herzen eine Winzigkeit weiter auf. Und noch ein Stückchen. Sie streckte sich, um durch den offenen Ritz in einem vernünftigen Winkel nach unten sehen zu können. Der Rang, auf den die Tür hin öffnete, war nur etwa eineinhalb Meter breit. Vier Hocker standen vor der Balustrade. Mit mehr Gewicht als dem von vier wohlgenährten Besuchern sollte dieser langgestreckte Balkon, denn nichts anderes war der Konzertrang im Grunde, vernünftigerweise nicht belastet werden.

Noch konnte sie nicht wirklich viel erkennen. Die Stimme jedoch war jetzt klar und deutlich zu vernehmen. Tuulia wagte es, die Tür weiter zu öffnen und konnte endlich mehr sehen. Der Raum unter ihr wurde von einer festlich gedeckten Tafel dominiert. GESCHLOSSENE GESELLSCHAFT!

Ihr stockte der Atem, als sie die GESELLSCHAFT erkannte. Geradeaus saßen drei menschliche Gestalten, deren Gesichter von reich geschmückten, venezianischen Masken verdeckt wurden. Sie war sich nicht sicher, ob die Personen bei Bewusstsein waren, sie hingen seltsam schlaff und gekrümmt auf den Stühlen. Im nächsten Moment erkannte sie, dass dies an den dicken Seilen lag, mit denen sie an ihre Plätze gefesselt waren. Die Stühle, auf denen die Gefangenen an der langen Tafel saßen, waren um eine Vierteldrehung verschoben worden, so dass sie auf die Wand links von Tuulia sahen. Am linken Kopfende saß eine weitere maskierte Gestalt. Soweit sie wusste, handelte es sich bei der Maske um eine Kopie der berühmten Königsmaske des altägyptischen Königs Tutanchamun.

Tuulia atmete geräuschlos ein. Gegenüber von den drei maskierten Gestalten, halb von dem Rang verdeckt, auf dem sie sich befand, erahnte sie Gottfried, Kathrin und Jonathan. Tatsächlich sehen konnte sie lediglich drei Beinpaare, von denen sie die zwei ihrer Kollegen erkannte. Die Stühle auf dieser Seite waren ebenfalls nach links gedreht, wenn auch etwas diagonaler, nachlässiger. Dadurch und aufgrund des steilen Winkels von ihr zu ihren Kollegen, war es ausgeschlossen, dass die beiden sie würden sehen können. Tuulia war klar, dass das in diesem Fall von Vorteil war. Zu leicht wäre ihre Anwesenheit durch einen unbedachten Blick von einem der drei auf sie enthüllt worden. Dennoch taten ihre Kollegen ihr leid, da sie keinerlei Hinweise darauf hatten, dass ihnen hoffentlich bald geholfen würde. Auch wenn die Situation mehr als ungünstig war.

Die Stimme redete ohne Unterlass, sie kam von rechts. Tuulia musste sich von ihrer Position hinter der Tür vorbeugen und zugleich strecken, um zu erkennen, was sie doch schon längst geahnt hatte. Spätestens seitdem ihr ein verräterisches Detail an Jonathan Claaßens Sprinter aufgefallen war und sie zurück an ihren jüngsten Tatort katapultiert hatte. Wo man Dietrich Dernbach tot auf Nägel gebettet hatte.

Das war die letzte Spur gewesen, die sie an ihr Ziel geführt hatte: die Nägel im Reifen des Wagens von Jonathan Claaßen, der kurz vor ihr am Auktionshaus angekommen sein musste. Weil er wahrscheinlich sämtliche Geschwindigkeitsbegrenzungen ignoriert hatte. Weil er Panik hatte. Weil es um Nina ging. Seine Nina. Seine liebe, zärtliche Nina. Die er tief und innig liebte und die immer für ihn da war. Die zu jeder Zeit ein offenes Ohr für seine Gedanken, seine Zweifel und Sorgen hatte. Die ihn aufgefangen und gehalten und getröstet hatte.

Nachdem sie David getötet hatte.

Nachdem sie sie alle getötet hatte.

Obwohl Tuulia schon kurz nach ihrer Ankunft verstanden hatte, wer die ganze Zeit über die ›Spielleiterin‹ gewesen sein musste, spürte sie, wie sich jetzt, da sich ihr Verdacht bestätigte, eine Gänsehaut von ihren Schultern über die Arme und den Rücken ausbreitete.

Ihr war klar, dass sie Verstärkung brauchte. Allein konnte sie hier nichts ausrichten. Sie überlegte nicht lange, zog ihr Handy hervor und schrieb Tobias eine SMS. Nur das Nötigste und wie er hier hinauf kam. Dann verfolgte sie wieder das Geschehen um die Festtafel, die von hier oben aus nur etwa zweieinhalb, maximal drei Meter Luftlinie entfernt war.

Nina saß von ihr aus gesehen rechts, am Kopfende. Sie hielt eine Waffe gefährlich nachlässig in den Händen und redete, redete. Ganz eindeutig, sollte dies hier eine Abrechnung sein. Jetzt erst fiel Tuulia auf, dass etwas an die linke Wand projiziert wurde. Schemenhaft erkannte sie ein Bild, das die tote Elfriede Dornbusch zeigte. Die

Schrift darunter war schwer zu entziffern, irgendetwas Handschriftliches. Jetzt drang der Wortstrom Ninas in Tuulias Bewusstsein vor. Sie hörte genau zu, während sie die Tür weiter aufschob.

»... ganz unten und bin mit der Situation überhaupt nicht klargekommen. Niemand wäre das, und ich war gerade mal 16 Jahre alt. 16! Was haben die feinen Herrschaften hier wohl in dem Alter gemacht? Wahrscheinlich darüber nachgedacht, ob sie an ihrem Internat lieber mit Polo oder Golf beginnen sollten. Oder eine kleine Weltreise einschieben, bevor es ernst wird mit dem Abitur? Für das Papa ja sowieso monatlich gezahlt hat, weswegen man sich auch da keine Sorgen machen musste.«

Tuulia runzelte die Stirn. Was sollte das sein? Sozialneid?

»Ich habe auf der Straße gelebt, verdammt! Weil ich es in dem Scheiß-Heim nicht ausgehalten habe. Da hab' ich nicht hingehört, das war alles ein Fehler. Auf der Straße, da war ich wenigstens frei. Einsam, das ja, aber frei. Frei, mir alle Drogen zu beschaffen, die mich aus meinem Scheiß-Leben katapultiert haben. Ein hoher Preis für ein bisschen Vergessen. Irgendwann hielt die Wirkung immer kürzer an und am Ende war ich auch dort nicht mehr frei. Immer nur noch auf der Jagd nach dem nächsten Schuss. Ich wollte nicht kriminell sein. Aber es ging nicht anders. Ich habe mich geschämt und gewusst, sie sieht das alles von da oben und dass ich nichts anderes als eine Schande für sie bin.«

»Nina ... sag' das nicht!«, erklang in diesem Moment eine unbekannte Stimme. Jonathan, vermutete Tuulia.

Sie schob sich vorsichtig durch die Tür und hockte jetzt in der langen Loge. Bewegte sich in dieser Haltung bis zur Balustrade vor und erhob sich ein wenig. Nina behielt sie dabei immer im Blick. Zum Glück war sie so in ihren Monolog vertieft, dass sie nichts um sich herum wahrzunehmen schien. Auch auf Jonathans Zwischenruf reagierte sie nicht.

»Und mit gerade mal 17 habe ich einen kalten Entzug gemacht. Das Monster gebändigt, vielleicht getötet. Ich wusste, dass ich dabei draufgehen konnte und es war mir egal. Dann wäre ich wieder bei ihr. Oder einfach ... bäääm ... weg! Who fucking cares? Aber dann habe ich nachgedacht und bin drauf gekommen, dass das dumm wäre. Immerhin war ich noch da, sie nicht. Ich konnte handeln, sie nicht. Ich konnte hierhin zurückkommen, für sie, und das habe ich getan.«

Tuulia begriff, dass es um Rache zu gehen schien. Während sie dem Vortrag Ninas folgte, versuchte sie unablässig, alle Details des Raumes unter ihr zu scannen. Sich eine Vorstellung von ihren Möglichkeiten zu machen. Denn es war klar, dass der Zugriff baldmöglichst erfolgen musste.

»Und ich habe es geschafft. Irgendwann war ich davon runter. Nach vielen Tagen körperlicher Qual. Aber ich bin nicht dumm, mir war klar, dass es schwer sein würde, clean zu bleiben. Deswegen habe ich einen Deal mit mir selbst gemacht und mir eine ganz bestimmte Menge Stoff beschafft. Die Menge hätte gereicht, um allem ein Ende zu setzen. Um rückfällig zu werden allemal. Aber diese eiserne Reserve in der Hinterhand zu haben, hat mir geholfen, meine Nerven zu beruhigen. Wenn das Verlangen und die Schmerzen fast übermächtig wurden, habe ich mir mit aller Kraft eingeredet, dass ich jetzt gerade nicht wollte. Morgen vielleicht, wenn es bis dahin nicht besser geworden ist. Und so habe ich es geschafft. Ich hab's geschafft und die Reserve nie angerührt.«

Tuulia ahnte, was jetzt kam.

»Im Nachhinein war es ein großes Glück, dass ich den Stoff noch hatte. Denn bei ihr ...«, Nina deutete auf die an die Wand projizierte Elfriede Dornbusch, »... wäre mir alles andere grausam erschienen. Falsch, irgendwie.«

Tuulia verfolgte gebannt, wie die junge Frau unwissentlich ihr während der letzten Ermittlungstage entstandenes Kaleidoskop-Bild Steinchen für Steinchen nachbaute.

»Sie sollte auf keinen Fall leiden, schließlich hatte sie nichts falsch gemacht. Ganz im Gegenteil. Sie hat euch Nichtsnutzen über so viele Jahre all ihre Zeit und Liebe geschenkt, und wie habt ihr es ihr gedankt? Wie? Indem ihr sie vergessen und im Alter vollkommen allein gelassen habt! Wie es ihr ging, ob sie überhaupt noch am Leben war, hat hier doch niemanden interessiert. Ich spucke auf euch!«

Etwas am Fenster erregte Tuulias Aufmerksamkeit. Was war das für eine dunkle Linie, da, neben der mittleren Fenstersprosse und fast nicht zu erkennen? Es sah aus wie ... Es musste ein Kabel sein! Sie folgte seinem Lauf, der sich unterhalb der Fensterbank im Dunkel verlor. Am anderen Ende, erkannte sie, führte das Kabel durch ein minimal gekipptes oberes Fenstersegment nach draußen. Dort verschmolz die dünne, schwarze Linie mit den winterkahlen Ästen der Zierapfelbäumchen im Innenhof.

»Aber darin seid ihr ja gut. Den Menschen vorzugaukeln, sie bedeuteten euch etwas, nur um sie dann bis aufs Mark auszupressen und am Ende fallenzulassen!«

Tuulia horchte auf. Sie spürte, dass Nina dem Kern ihres Motivs näherkam.

»Henry, Quentin, erinnert ihr euch an den Anblick? Wie sie tot, mit der Nadel im Arm, in ihrem Sessel hing? Ich hoffe es. Ich hoffe so sehr, dass sich dieses Bild unauslöschlich in eure Netzhaut eingebrannt hat! Dass es euch nie wieder loslässt und in die dunkelste Nacht begleitet. Das wünsche ich euch!«

An dieser Stelle stockte Nina, bevor sie mit fester Stimme fortfuhr: »Aber weil eure Oma Elfie ein guter Mensch war und weder euch noch sonst etwas Böses verdient hatte, habe ich dafür gesorgt, dass sie nicht leiden musste. Ich habe ihr gesagt, dass sie keine Angst haben braucht und sie dann per Elektroschocker betäubt. Sie hatte wahrscheinlich den angenehmsten Übergang von allen.«

Tuulia bezweifelte, dass dem so gewesen war. An Ninas gute Absichten glaubte sie in diesem Fall hingegen schon. Nicht, dass das Elfriede Dornbusch oder den anderen jetzt noch helfen würde. Ihr Blick wanderte wieder zu den drei maskierten Gestalten am

Tisch. Spätestens jetzt war klar, dass es sich bei ihnen um die Brüder Henry und Quentin Claaßen und ihre Schwester Philippa handelte. Tuulia war froh, dass Nina ihre Vermutung bestätigte. Die Masken der Gefangenen am Tisch waren hochgeschnitten und selbst von hier oben konnte sie aufgrund ihres flachen Blickwinkels über die Brüstung nicht viel erkennen.

»Quentin!«, rief Nina plötzlich mit schneidender Stimme, und die mittlere der drei maskierten Personen zuckte etwas stärker zusammen, als die beiden anderen. »Was hast du gemacht, Quentin? Deinetwegen musste ich David töten. Und, Quentin, ich muss dir leider sagen, bei ihm war es nicht ganz so angenehm. Weißt du, Quentin, es hat gedauert. Lange. Und es war nicht schön, das kannst du dir hoffentlich vorstellen. Er ist langsam und qualvoll gestorben. Ich hatte schon Angst, es könnte nicht geklappt haben, Quentin. So lange hat er noch gelebt.«

Irgendwann während ihrer Rede hatte Nina mit dem Pointer eine neue Folie aufgerufen und David war nahezu überlebensgroß an der Wand erschienen. Die Lichtverhältnisse schienen schwierig gewesen zu sein, dennoch waren die in unmöglichen Winkeln verdrehten Gliedmaße genau zu erkennen. Die dünne Blutspur, die aus einem Mundwinkel rann. Tuulia musste einen heftigen Übelkeitsimpuls unterdrücken. Sie wandte ihren Blick von der Wand ab und der mittleren maskierten Gestalt zu.

»Ich weiß ja, Quentin, dass dir Familie so wahnsinnig wichtig ist. Wie schade, wenn man bedenkt, dass deine Frau so jung gestorben ist. Ihr wolltet eigentlich viele Kinder, ja? Ich weiß, Quentin, aber so ein Patenkind ist doch besser als nichts. Oder? Oder, Quentin?«

Tuulia runzelte die Stirn. Der Ton Ninas hatte sich verändert. Sie vermutete, dass die junge Frau nicht mehr lange durchhalten würde. Was in diesem Fall jedoch kein Grund zu der Hoffnung war, dass die Situation bald und vor allem unblutig aufgelöst werden konnte. Tuulia wusste, dass die Situation nur dann stabil bleiben konnte, wenn Nina weiterredete. Sprach und sprach. Sich aber nicht der Rage hingab, die jetzt schon gefährlich durch ihre Worte hindurchblitzte.

»Entschuldige, ich muss mich korrigieren, Quentin. Denn da gibt es ja noch Jonathan! Nicht wahr, Schatz?«

Sie wandte sich nach links, vermutlich Jonathan zu. Dabei blieb die Stimme der jungen Mörderin eiskalt. Keine Spur von der Liebe, die sie Jonathan und aller Welt bis dahin vorgespielt hatte.

»Nun ja, ihn umzubringen hätte dich sicher noch schmerzlicher getroffen, Quentin. Aber ihn brauchte ich noch. Als Informanten.«

»Aber Nina, das meinst du doch nicht so!«, rief Jonathan verzweifelt. Der junge Mann tat Tuulia leid. Sein ganzes Weltbild war innerhalb kürzester Zeit zerstört worden. Zudem befand er sich in höchster Gefahr.

»Nein, Schatz«, Nina betonte das abgenutzte Kosewort ironisch. »Stimmt. Ich meine eigentlich, ich brauchte dich als *dummen* Informanten. Aber das nur am Rande. Quentin, dich, beziehungsweise Jonathan, hat gerettet, dass du nicht ganz so schlimm warst, wie die, die nach dir kamen.«

Tuulias Blick war während Ninas Vortrag zwischen den Geschwistern Claaßen hin- und hergewandert und erneut an einem Detail hängengeblieben. Einem Detail, das sie alle miteinander verband. Hier nämlich tauchte es plötzlich wieder auf. Das Kabel! Es war vermutlich mit jeweils zwei Klebeelektroden beidseitig in der Schläfenregion der Gefangenen befestigt. Die genauen Punkte, an denen sie angebracht waren, konnte Tuulia nur vermuten. Das Kabel führte, von unten kommend, unter die Masken. Bei der Gestalt, die am weitesten von Nina entfernt und in unmittelbarer Nachbarschaft zu der Königsmaske saß, verschwand es endgültig hinter der bizarren Vermummung.

An seinem anderen Ende wurde das Kabel vermutlich von einer Stromquelle gespeist. Was Nina mit diesem Arrangement ausrichten konnte, pflanzte jetzt schon grauenhafte Bilder in Tuulias Gedanken. Sie spürte, wie ihre Nervosität zunahm. Wo blieb Tobias denn nur? Sie zog ihr Handy hervor, wobei sie unverändert darauf achtete, kein Geräusch zu machen. Keine neuen Nachrichten. Mist, was bedeutete das? Tobias hätte doch sicher bestätigt, wenn er auf dem Weg wäre. Die Zeit drängte, und ihr Herzschlag pochte gefühlt in doppelter Geschwindigkeit. Nach kurzem Überlegen schickte sie ihrer ersten SMS eine weitere hinterher.

Als sie wieder aufsah, sprang es sie förmlich an: Anstelle des Weinglases stand ein unscheinbares, metallisch schimmerndes Kästchen an Ninas Platz. Mittig auf ihm prangte ein rotleuchtender Knopf von etwa fünf Zentimetern Durchmesser.

Die Distanz zwischen Leben und Tod betrug für die Claaßen-Erben jetzt nur noch wenige Zentimeter.

Tuulia begriff: Wenn am anderen Kopfende der Festtafel tatsächlich der alte Herr Claaßen saß, wäre dies Ninas letzter Zug. Die Krönung ihres mörderischen Spiels.

Als allerletzter nämlich war der König an der Reihe.

Kapitel 28

Tuulia steckte das Handy weg.

Sie hatte Tobias über den aktuellen Stand der Dinge informiert. Jetzt konnte sie nur noch warten und hoffen, dass es reichen würde. Dass sie es schaffen würden. Während sie Ninas grausamer Rede weiter zuhörte, überlegte sie fieberhaft, was sie tun konnte. Eine vage Idee schlich sich in ihre Gedanken. Konnte das funktionieren? Solange sie alleine war auf keinen Fall. Hierfür brauchte sie Tobias. Und selbst dann war ihr Plan äußerst riskant. Für sie alle.

Aber sie hatten keine Wahl. Wenn die Situation eskalierte, würde sie sich nicht verzeihen können, es nicht wenigstens versucht zu haben. Tuulia zückte erneut ihr Handy und ergänzte die letzte SMS. Es machte sie wahnsinnig, dass Tobias sich offenbar nicht einmal ein kurzes ›Ok‹ abringen konnte.

»Wie schade, Quentin, dass du bei aller Kinderliebe so egoistisch bist. Wie SCHADE!« Mit dem Griff der Waffe schlug Nina unvermittelt und heftig auf die Tischplatte. Die Maskierten zuckten zusammen. Tuulia stockte der Atem. Wusste die junge Frau, wie sie mit dem Revolver umzugehen hatte? Was sie da tat, war jedenfalls äußerst gefährlich.

Obwohl die Claaßen-Geschwister durch ihre Fesseln und die eigenwillige Vermummung fast vollständig ihrer Bewegungsfreiheit beraubt waren, spürte Tuulia, wie die Unruhe am Tisch zunahm.

»Hey!«, schrie Nina unvermittelt. Auch ihr waren die Regungen ihrer Gefangenen nicht verborgen geblieben. »Gebt gefälligst Ruhe, sonst ist das hier schneller zu Ende, als ihr euch vorstellen könnt.«

Tuulia hoffte inständig, dass die Claaßens Ninas Befehl nachkamen. Ihre eigene Nervosität nahm weiter zu. Aber sie konnte im Moment nichts machen. Nicht ohne Menschenleben aufs Spiel zu setzen. Sie schloss für einen Moment die Augen, versuchte, ruhig zu werden. Was war bloß mit Tobias?

»Und, glaubt mir, das wäre schade«, zischte Nina. »Sehr schade. Denn jetzt ...«

Da! Tuulia hörte ein leises Rumoren aus dem Treppenhaus und hoffte inständig, dass die Geräusche nicht zu Nina durchdringen würden. Das schien jedoch nicht der Fall zu sein.

»... jetzt wird es doch erst richtig spannend!« Ninas Stimme war kaum mehr als ein irres Säuseln, von jedem ihrer Worte perlte Wahnsinn. Tuulia verstand, dass sie lange auf diese Abrechnung hin gefiebert und dabei irgendwann die Grenze zwischen gesund und krank überschritten hatte.

In diesem Moment wieder ein leises Geräusch, das Tuulias Blick unweigerlich von der Szene am Tisch ablenkte. Die Türklinke senkte sich und sie hoffte, dass Nina hiervon nichts mitbekam.

Ihre Sorge war unbegründet. Nina war vollkommen berauscht von der Macht, die sie über ihre Gefangenen hatte. Während sie sprach, hatte sie ihre linke Hand ausgestreckt und sanft auf den roten Knopf gelegt. Zärtlich, fast liebevoll, fuhr sie seine Umrandung mit dem Zeigefinger nach, und das falsche Lächeln, das sich auf ihrem Gesicht ausgebreitet hatte, gefror zu einer grotesken Grimasse.

Auf dem Balkon versuchte Tuulia, zwei Schauplätze zugleich im Blick zu behalten: Während Nina unten ganz und gar in ihrer Inszenierung aufging, schob sich oben ein dunkler Lockenschopf durch die Tür auf den Balkon. Tobias!

Sie wechselten einen Blick, Tobias nickte fast unmerklich und Tuulia fiel ein Stein vom Herzen. Soweit hatte alles geklappt. Ihre knappen Angaben hatten dem Kollegen gereicht, und zu zweit hatten sie ganz andere Möglichkeiten, in die Geschehnisse unten im Saal einzugreifen. Aber sie durften keine Zeit verlieren. Nach dem beständigen Lautteppich, den Nina durch ihren nahezu unununterbrochenen Monolog gewoben hatte, herrschte jetzt für einige Sekunden Stille. Die Szenerie war gespenstisch. Nie hatte das Bild der Ruhe vor dem Sturm besser gepasst. Die Luft in dem kleinen Raum schien zu vibrieren.

»Denn jetzt kommen wir zur Königin!«, schrie Nina plötzlich wieder. Ihre Stimme war hässlich verzerrt und sie spie das letzte Wort angewidert aus. Tuulia spürte, wie ihnen die Zeit durch die Finger rann. Wenn Nina dem Wahn vollends nachgab, würde das hier schlimm enden.

In diesem Augenblick huschte Tobias hinaus, um wenige Sekunden später mit einem Feuerlöscher im Arm wieder zurückzukehren. Fünf Kilogramm Löschmittel verschafften ihnen mindestens zehn Sekunden, in denen Ninas Aufmerksamkeit abgelenkt war. Tuulia atmete tief durch. Gleich würde es beginnen.

Die Gestalt, die am nächsten zum entgegengesetzten Kopfende der Tafel saß, wandte ihren Oberkörper Nina zu. Hob das Kinn fast trotzig an. Tuulia ahnte, dass es Philippa Claaßen noch schwerer fiel als ihren Geschwistern, diese demütigende, vor allem aber bedrohliche, Situation zu ertragen.

›Was soll ich denn schon getan haben?‹, imitierte Nina Philippas hochmütige Stimme gar nicht mal schlecht. »Das fragst du dich vielleicht, und weißt du was? Die Antwort lautet: Nichts! Du hast nichts getan! Warum auch, schließlich interessierst du dich einen Scheißdreck für die Menschen um dich herum!«

Tuulia und Tobias kommunizierten über Blicke und Gesten. Tobias machte sich bereit, zum rechten Ende des Balkons hinüber zu robben. Er duckte sich tief unter die Brüstung und entfernte sich von Tuulia. Sie machte sich währenddessen mit dem Feuerlöscher vertraut und achtete weiterhin auf beide Schauplätze.

»Aber soll ich dir was sagen?«, fuhr Nina unten fort. »Deine Meinung zählt hier nicht! So etwas nennt man unterlassene Hilfeleistung. Und damit nicht genug. Du hast sogar noch zugesehen! Minutenlang in der Tür gestanden und zugesehen.« Nina steigerte sich, nicht nur in der Lautstärke, sondern auch in der Intensität ihrer Worte. »Und die Blicke meiner Mutter, die verzweifelten, hilfesuchenden Blicke meiner Mutter sind an dir abgeprallt, wie an einer verdammten Prunkrüstung.«

Tuulia sah zu Tobias, der sich langsam, Zentimeter für Zentimeter, erhob, bis er über die Balustrade sehen konnte. Seine Position lag nicht in Ninas Blickfeld. Sie stand an der linken Tischhälfte, den Blick fest nach unten auf Philippa gerichtet. Tobias wirkte hochkonzentriert. Offensichtlich schätzte er ab, ob und wie er hinunter gelangen konnte. Schließlich schwang er seine Beine nacheinander leise über die Brüstung, setzte sich vorsichtig auf die Holzbalustrade und versuchte, die Balance zu halten. Jetzt begann der kritischste Teil ihres Plans.

»Ihr stummes Entsetzen muss lauter als jeder Schrei gewesen sein. Aber du hast zugesehen. Zugesehen!« Ninas Stimme überschlug sich, sie bebte. Nach einer Pause flüsterte sie: »Und dann? Was hast du dann getan, Philippa? Weißt du es etwa nicht mehr? Du hast dich umgedreht und bist gegangen. Ganz einfach.« Pause, dann lauter: »Verdammt, Philippa! Du hast sie mit dem Monster allein gelassen!«

Tuulia hielt den Atem an, als Nina mit einer schlenkernden Bewegung ihre Waffenhand in Richtung des letzten Maskierten am Kopfende schleuderte. So sehr sich in dieser Situation jegliches Mitleid mit der Täterin verbot, so wenig konnte Tuulia vermeiden, dass sich ihr Magen bei jedem von Ninas Worten ein wenig mehr zusammenzog. Das Motiv, das Nina hier Stück für Stück enthüllte, gewann nach ihren letzten Sätzen gehörig an Gewicht. Aber das durfte sie jetzt nicht ablenken.

»Und dabei hat sie das alles schon einmal erlebt!«

Tobias sah fragend zu Tuulia hinüber. Mit dem Feuerlöscher in der Hand trat sie weiter nach vorne, ganz dicht an das Geländer

heran. Nina hatte sie nicht bemerkt. Gut. Tuulia erwiderte Tobias'
Blick und hatte im selben Moment noch eine Idee. Sie hob den
Feuerlöscher an und baute in Sekundenschnelle eine Vorrichtung
aus zwei Hockern und ihrem dicken Haargummi. So müsste sich
der Auslösehebel gedrückt befestigen lassen, wenn sie selbst ihn
nicht mehr hielt. Sollte es nicht funktionieren, hätten sie zumindest
nichts verloren. Tobias erkannte, was sie vorhatte und beobachtete
gebannt, was sie tat. Als sie fertig war, hob er anerkennend den
Daumen. Sie nickte hochkonzentriert. Das war das Startzeichen.

Tuulia richtete die Düse des Feuerlöschers nach links, in Richtung der Wand, auf die Nina die Bilder projiziert hatte, betätigte
den Auslösehebel und fixierte ihn mit dem Haargummi. Eine Ladung weißen Löschschaums wurde mit großer Wucht ausgestoßen
und verteilte sich gleichmäßig auf der Wand, dem Boden und dem
Tisch. Zeitgleich ließ sich Tobias von der Balustrade hinunterhän-
gen, sprang den letzten Meter und kam rechts von der langen Tafel
auf dem Boden auf.

Nina reagierte seltsam verzögert, sah dann aber erwartungsgemäß zuerst an die Wand, von der der weiße Schaum großflächig
hinab lief. Danach erst versuchte sie, die Quelle des Löschmittels
auszumachen.

Währenddessen war Tuulia längst zur rechten Seite des Balkons
gelaufen, um, wie Tobias vor ihr, irgendwie nach unten zu kommen.
In diesem Miniatur-Konzertsaal war der Abstand zum Boden, als
sie sich von der Balustrade hängen ließ, zum Glück nicht mehr sehr
groß. Was sie jedoch gerade noch rechtzeitig erkannte, versetzte ihr
einen Riesenschreck.

Sie hatte bis eben nicht weiter auf Tobias achten können. Jetzt
aber wurde ihr klar, dass etwas schiefgegangen sein musste. Fast
zeitgleich entdeckte sie ihren Kollegen, der ein Stückchen weiter
in Richtung des Tisches reglos am Boden lag. Über ihm hatte sich
Nina aufgebaut, ihre Waffe war präzise auf ihn ausgerichtet. Tobias

stöhnte und tat alles, was ihm in dieser aussichtslosen Lage möglich war, um Nina von dem Geschehen hinter ihr abzulenken.

Tuulia wusste, dass sie Nina im Moment des Aufpralls auf sich aufmerksam machen, dabei aber auf deren mögliche Reaktion vorbereitet sein musste. Tobias stöhnte immer lauter. Tuulia hoffte, dass er ihr hiermit lediglich eine Art akustischer Tarnung verschaffen wollte. Ihre Wahrnehmung war jetzt äußerst konzentriert und messerscharf. Sie befand sich in einer brenzligen Lage, hing exponiert an der Balustrade, behielt ihre Waffe dabei in der Hand und Nina immer im Fokus. Noch hatte die sie nicht bemerkt. Gut.

Schließlich ließ sie sich fallen, ihre ganze Konzentration auf Nina und ihre eigene Waffe gerichtet. Sie durfte nicht straucheln, vermutlich war das Tobias zum Verhängnis geworden. Als sie hart aber sicher landete, stieß sie einen markerschütternden Schrei aus und hielt ihre Pistole mit beiden Händen auf Nina gerichtet. Den Moment der Ablenkung nutzte Tobias und trat Nina aus seiner unmöglichen Position die Waffe aus der Hand. Eigentlich war die Sache entschieden. Sie hatten allerdings unterschätzt, wie wenig Nina ihr Leben noch wert war. Obwohl Tuulia ihre Waffe weiterhin fest auf sie gerichtet hatte, machte sie einen großen Schritt auf den Tisch zu und umschloss den roten Knopf mit beiden Händen. Dabei wandte sie Tuulia beinahe den Rücken zu, erwiderte ihren Blick nur über die linke Schulter. Beiläufig geradezu.

»Mooooment!«, rief sie mit donnernder Stimme. »Ich bin noch nicht fertig! Und es wäre doch schade, wenn das Spiel vorzeitig abgebrochen würde.«

Tuulia war sich da nicht sicher. Im Moment lagen das Leben der Täterin und das der drei Claaßen-Erben in zwei Waagschalen. Sie würde sich vorerst zurückhalten und hören, was Nina zu sagen hatte.

»Am Ende stirbt der König. So ist es eigentlich«, fuhr diese vollkommen unbeeindruckt fort. Bereit, ihr Leben jederzeit für ihre Mission zu opfern. »Aber das viel größere Leid verursacht es doch, die Menschen, die einem am Herzen liegen, leiden zu sehen. Deswegen wird das Spiel auch so ausgehen. Das Schicksal des Königs ist das Leid, nicht der Tod.«

Tuulia beobachtete Nina gleichermaßen fasziniert und schockiert. Wie kleinteilig sie ihren perfiden Plan von Anfang an geschmiedet hatte! Wie Ninas Intelligenz ihre Grausamkeit zum Tanz gebeten und einen Alptraum geschaffen hatte ...

»Ihr!«, Nina bedachte die drei Kinder des ›Königs‹ mit einem mehr als abfälligen Blick, »Ihr beendet das Spiel. Euer Tod wird eine gerechte Strafe sein. Und als ewiges Bild im Gedächtnis eures Vaters abgelegt bleiben.«

Tuulia war erstarrt, von der Vorstellung Ninas vollkommen eingenommen. Sie sah die Hände auf dem roten Knopf liegen. Dachte an die Verkabelung der drei maskierten Gefangenen. Sie wusste, was passieren würde, wenn gleich der Strom von ihren Köpfen aus durch den ganzen Körper laufen würde. Ihr war klar, dass nicht viel übrig bliebe.

Das Bild vor ihren Augen verschwamm. Die Linien liefen ineinander wie flüssiges Metall. Sie sah, wie Nina demonstrativ die Ellbogen hob, um anzuzeigen, dass sie gleich den Knopf drücken würde. Sah, wie sie ihren Kopf schief legte und sich die drei Maskierten, vermeintlich bedauernd, noch ein letztes Mal einprägte.

Sie sah, wie Nina den ›König‹ mit einem genüsslichen Grinsen musterte. Wie ihr Blick auf ihm verweilte, weil es die Krönung in diesem Spiel und die höchste Befriedigung für sie war, seine Gesichtszüge im Moment des Todes seiner Kinder ersterben zu sehen.

Dann erst senkten sich ihre Hände.

Und es passierte ...

... nichts.

Tuulia ging langsam auf Nina zu, die völlig paralysiert am Tisch stand, das selige Lächeln noch immer im Gesicht.

*Ich habe versucht, mich wegzudenken. Dorthin zurückzugehen, wo
ich als Kind in diesen Situationen immer war.*
*Aber es hat nicht geklappt. Die Tür in mir blieb verschlossen. Ich
musste die ganze Zeit dabei sein. Ich habe alles ganz genau wahrge-
nommen. Details, unwichtige Einzelheiten. Einen roten Placken auf
dem Sakko vom Patriarchen, dem Schwein. Tomatensoße, irgendwas.
Ganz egal. Ein verschmierter Fleck auf der Schreibtischunterlage,
feiner Staub zwischen Telefon und Notizblock.*
*Dann die Zimmertür, die sich wie in Zeitlupe öffnete. Erst Angst.
Scham. Dann Hoffnung! Egal, wer da kommt, er wird mir helfen!
Das muss er doch einfach ...*
Erleichterung, als ich sie erkannte: Philippa Claaßen! Aber dann ...
Sie ist die Tochter, habe ich gedacht. Vielleicht hat sie dasselbe erlebt.
*Seltsam, aber ich habe es in ihren Augen gesehen. Sie wusste genau,
was mit mir passiert. Sie hat mich angesehen. Lange. Schließlich
gelächelt, eiskalt. Und sich dann umgedreht. Den Raum verlassen
und die Tür geschlossen.*
Sorgfältig.

Epilog

»Für mich ein Kleines Mainzer bitte«, seufzte Tuulia wohlig und lächelte Eileen an.

»Darf es noch ein Cappuccino dazu sein? Mit extra Sahne?«

Tuulias Lieblingskellnerin zwinkerte ihr verschwörerisch zu und sorgte für ein perfektes Déjà-vu. War es tatsächlich erst vier Tage her, dass sie mit Conny hier gefrühstückt hatte? Verrückt, wenn man sich vorstellte, was seither alles passiert war.

Die anderen gaben gerade ihre Bestellungen auf, während Tuulia in Gedanken die einzelnen Stationen seit Sonntagvormittag bis zur Festnahme der Täterin am gestrigen Abend im Schnelldurchlauf abspulte. Ihr Besuch mit Lenni beim *Tag der Offenen Tür* und die unglaubliche Geschichte um Wagner und Tobias. Dann der Mord an Dernbach, der nach ihrem damaligen Wissensstand nicht hätte passieren dürfen, ihnen jedoch die Augen geöffnet und das Finale eingeläutet hatte. Und schließlich der Showdown gestern am späten Nachmittag.

»Na, da kommt ja endlich unser zweiter Held!«, rief Gottfried in diesem Moment laut, erhob sich halb von der gemütlichen Bank und winkte Tobias mit großer Geste zu ihrem Tisch.

»Guten Morgen, allerseits«, Tobias blieb erst einmal unentschlossen vor dem vollbesetzten Tisch stehen, bevor er auf die Bank neben Tuulia zeigte. »Passe ich da noch hin?«

»Klar«, Tuulia stupste Gottfried kumpelhaft mit dem Ellbogen an, »wir rutschen ein bisschen zusammen, das geht schon.«

»Prima, danke«, Tobias' Blick verweilte einige Sekunden länger als nötig auf ihr.

Tuulia lächelte. Die vergangenen Tage hatten einiges verändert. Sie waren als Gruppe näher zusammengerückt, seit dem Skandal um ihren ehemaligen Chef. Und was sie gestern gemeinsam durchgestanden hatten, hatte sie noch enger zusammengeschweißt.

»So, wenn jetzt alle da sind«, Conny konnte seine Ungeduld sichtlich nicht mehr zügeln, »klärt mich doch mal auf!«

Sie waren, nachdem Nina Arndt am Vorabend festgenommen und die Geiseln befreit worden waren, alle wieder in die Ermittlungszentrale zurückgekehrt. Ohne viele Worte zu verlieren, war klar gewesen, dass keiner von ihnen in dieser Situation alleine sein wollte. Ebenso wenig hatten sie allerdings reden, sondern die vergangenen Stunden in Ruhe verdauen wollen.

Für ihren Sekretär, der doch den überwiegenden Teil der Ermittlungen mitbekommen hatte, war das zugegebenermaßen äußerst unbefriedigend gewesen.

»Oder«, Conny setzte erneut an, da niemand das Wort ergriff, »ich fasse mal zusammen, was ich aus den Brocken, die ihr mir hingeworfen habt«, halbbeleidigter Blick in die Runde, »bis jetzt verstanden habe. Also: Der Anruf von Jonathan Claaßen, den ich gestern entgegengenommen habe, war ein Fake und diente einzig dem Zweck, euch ins Auktionshaus zu locken. Dort hatte die Freundin von Jonathan Claaßen zum 10. Jahrestag des Suizids ihrer Mutter eine Art Abrechnung mit denjenigen vorbereitet, die sie für den Tod ihrer Mutter verantwortlich macht. Und ihr solltet ... ja, was? Zeugen dieser Inszenierung sein? Publikum für die Schmach der Anwesenden?«

»So in etwa«, antwortete Gottfried. »Der Anruf von Jonathan Claaßen war allerdings echt. Ebenso die Angst um seine Freundin.«

»Genau«, bestätigte Tuulia. »Wir dürfen nicht vergessen, wie lange Nina Arndt diesen Tag geplant hat. Die Beziehung zu Jonathan Claaßen verdeutlicht das mit am besten. Die beiden waren rund anderthalb Jahre zusammen, und Nina Arndt hat diese Partnerschaft damals ganz gezielt eingeleitet. Und nicht nur das, sie hat sich schon lange vorher systematisch in die Familie ›eingearbeitet‹, muss man fast schon sagen.«

»Krass«, murmelte Conny. »Das heißt, dass die Rache für die Selbsttötung ihrer Mutter im Grunde seit ihrer Jugend ihr großes Lebensziel gewesen sein muss. Wie alt ist Nina Arndt noch gleich?«

»24«, antwortete Tuulia.

»Und was hat sie abseits von ihren morbiden Plänen im Leben gemacht?«

»Angeblich studiert, das prüfen wir alles noch«, sagte Gottfried. »Nicht, dass das noch irgendetwas ändern würde. Das, was wir das ›normale Leben‹ nennen, ist in ihrer Welt nicht mehr als Kulisse für das große Ziel gewesen.«

»Ich glaube, das trifft es ganz gut«, nickte Tuulia. »Man kann hier schon von Besessenheit sprechen. Dass wir sie am Ende überwältigt haben, war ihr völlig egal. Sie hat fast keinen Widerstand geleistet.«

»Warum auch?«, warf Tobias ein. »Sie hatte ihr Ziel schließlich erreicht. Und uns als Zeugen für ihre Anklage mit dabei.«

»Na ja, ganz zu Ende führen konnte sie ihre Inszenierung dann ja doch nicht«, brummte Gottfried.

»Zum Glück«, sagte Tuulia schaudernd und fing im nächsten Moment Connys fragenden Blick auf. »Als Krönung ihrer Bestrafung hatte sie eigentlich vorgesehen, Henry, Quentin und Philippa Claaßen vor den Augen ihres Vaters zu töten.«

Conny riss überrascht die Augen auf.

»Das stimmt«, meinte Tobias und fuhr zufrieden fort: »Ich konnte das allerdings verhindern.«

»Ach?«, Conny sah automatisch zu Tuulia, die bestätigend nickte und dann grinste.

»Ich muss sagen, ich war selten so froh wie gestern, Tobias zu sehen. Aber als du«, sie wandte sich ihrem Sitznachbarn zu, »das

Zeichen gegeben hast, dass du die Stromverbindung kappen konntest, ist mir schon ein besonders großer Stein vom Herzen gefallen.«

»Für dich mache ich sowas doch besonders gerne!«

Tuulia registrierte, dass das Geplänkel zwischen Tobias und ihr jegliche Schärfe verloren hatte. Sie hoffte, das bliebe so, denn es fühlte sich gut an. Auch, dass die Anspannung von ihr und den anderen langsam abfiel, war nötig und wohltuend. Sie grinste Tobias an, und das Gefühl, dass sie endlich auf der gleichen Seite standen, war unbeschreiblich.

»Ja, wie? Nina Arndt hätte die drei ansonsten geröstet, oder was?« Conny schien das ganze Ausmaß der gestrigen Konfrontation jetzt erst klar zu werden.

»Sie ist seit Jahren psychisch krank«, verdeutlichte Tuulia. »Der Tod ihrer Mutter war ein dermaßen einschneidendes Erlebnis, und hat ja auch tatsächlich Nina Arndts gesamte Lebenssituation verändert, dass ihre Psyche das alles nicht verarbeiten konnte.«

Conny nickte nachdenklich.

»Sie ist unmittelbar danach in ein Heim für Kinder und Jugendliche gekommen und muss das Gefühl gehabt haben, dass ihre ganze Welt verschoben worden ist. Was de facto ja auch stimmt.«

»Und sie hat jetzt jahrelang darauf gewartet, die Dinge wieder gerade zu rücken?«

»Sozusagen«, bestätigte Tuulia. »Zudem dürfen wir eines nicht vergessen. Nina Arndt hat ihre Informationen zu einem großen Teil aus den Tagebuchaufzeichnungen ihrer Mutter gewonnen. Auf der Festtafel gestern hatte sie Kopien von einigen dieser Einträge verteilt. Sie lagen auf den Tellern derjenigen, auf die sich die jeweiligen Vorwürfe bezogen.«

»Ok«, Conny runzelte die Stirn. »Was ich aber dabei nicht verstehe: Wenn das Verhältnis zwischen Nina Arndt und ihrer Mutter so besonders nah gewesen ist, dass sie zu einer derart kompromisslosen Rache geführt hat, wie konnte die Mutter ihre Tochter dann verlassen?«

»Das kann ich sowieso nicht verstehen«, brummte Gottfried. »Als Mutter einer vierzehnjährigen Tochter bringt man sich doch nicht um!«

»Hier kommen wir, glaube ich, an einen ganz entscheidenden Punkt«, sagte Tuulia. »Ich habe mir alles, was wir an Aufzeichnungen gestern Abend mitgenommen haben, durchgelesen. Manche Passagen mehrmals.«

»Na klar«, grinste Tobias.

»Ja«, kommentierte sie erfreulich entspannt den Einwurf, der auch dieses Mal den gewohnten scharfen Unterton vermissen ließ. »Jedenfalls waren zwei Dinge sehr deutlich. Erstens: Die Mutter ist von ihrer Kindheit bis ins Teenageralter hinein von ihrem Vater sexuell missbraucht worden. Ihrer Not ist selbst von ihrer Mutter kein Gehör geschenkt worden und all das hat die Entwicklung ihrer Persönlichkeit natürlich beeinflusst.«

»Du meinst, sie hatte selbst auch schon einen Knacks weg?«, fragte Tobias.

»Na ja, sie hat gekämpft. So kann man es vielleicht sagen. In ihren Einträgen schildert sie immer wieder Probleme mit Nähe und Distanz zu anderen Kindern, Jugendlichen, Partnern. Außerdem hatte sie große Schwierigkeiten damit, ihre Emotionen zu kontrollieren. Sie in Schach zu halten.«

»Sie hat sich geritzt?«, vermutete Tobias.

»Nein, das wohl nicht. Sie hat aber andere Auswege gesucht und auch gefunden, sich über Schmerz zu spüren. Dabei war ihr immer wichtig, keine sichtbaren Spuren zu hinterlassen.«

»In ihr hat das alles aber sehr wohl Spuren hinterlassen«, sagte Kathrin leise und so traurig, dass Tuulia spürte, wie sich die Härchen an ihren Unterarmen aufstellten. Sie warf der älteren Kollegin einen schnellen Blick zu, der nicht erwidert wurde. Kathrin schien tief in Gedanken, vielleicht Erinnerungen, versunken zu sein.

»Ja«, sagte Tuulia nach einer kleinen Pause. »Sie kannte ihre Dämonen und hat wirklich gegen sie gekämpft. Erst recht, als das kleine Mädchen, ihre Tochter, da war. Es muss unglaublich schwer für sie gewesen sein. Alleinerziehend, ohne jegliche familiäre oder freundschaftliche Unterstützung und immer wieder ihren Stimmungsschwankungen ausgesetzt.«

»Aber ist es dann nicht merkwürdig, dass Nina Arndt ihre Mutter anscheinend ja trotzdem so absolut vergöttert hat?«, wunderte sich Conny.

»Das würde man zwar eigentlich nicht vermuten«, nickte Tuulia, »aber tatsächlich ist diese übermäßig ausgeprägte Loyalität von Kindern zu ihren Eltern, selbst wenn diese sie mitunter nicht gut behandeln, gar nicht so ungewöhnlich. Da spielt vieles mit hinein. In Nina Arndts Fall vermutlich der Wunsch, die Mutter zu beschützen. Die Sehnsucht nach den positiven Momenten, in denen die Mutter ihr Kind mit Liebe überschüttet. Die Angst, dass jemand etwas mitbekommen könnte. Und bei alldem immer die Panik, verlassen zu werden. Ob freiwillig oder gezwungenermaßen.«

Es war still am Tisch geworden. Eine ganze Weile hingen sie alle ihren Gedanken nach. Schließlich war es Tobias, der das Schweigen brach und sich an Tuulia wandte.

»Meinst du, die Vorwürfe, die Nina Arndt den Claaßens macht, sind falsch? Weil die Wahrnehmung der Mutter die Dinge einfach verfälscht hat?«

»Schwer zu sagen. Ich glaube schon, dass es für alle Punkte eine Art wahren Kern gibt. Aber du hast recht, wir können allein anhand der Einträge der Mutter und deren Interpretation durch Nina Arndt nicht sagen, wie es wirklich gewesen ist.«

Tobias nickte nachdenklich.

»Obwohl«, schob Tuulia schnell nach, »ich nach den Aufzeichnungen der Mutter tatsächlich daran glaube, dass die Vergewaltigung stattgefunden hat, die Carl-Conrad Claaßen vorgeworfen wird, und die wir gestern nur sehr rätselhaft durch Nina Arndts Vorwürfe an Philippa Claaßen angedeutet bekommen haben. Zu ihrem Störungsbild würde es nicht passen, dass sie sich eine solche Episode vollkommen frei ausdenkt.«

»Ist mir da etwas entgangen?«, fragte Tobias. »Welche Vergewaltigung?«

»Wie gesagt, das ist mir ohne die Tagebucheintragungen von Nina Arndts Mutter auch nicht ganz klar gewesen. Unsere Täterin hat Philippa Claaßen doch vorgeworfen, in einer bestimmten Situation hingesehen aber nichts unternommen zu haben. Mit einer bestimmten Schilderung in dem Tagebuch ergibt das diesen traurigen Sinn.«

»Ok«, Tobias wirkte betroffen. Ihnen allen wurde, wie es schien, erst langsam klar, welche tragischen Hintergründe die bizarre Mordserie der vergangenen zehn Tage hatte.

»Warum eigentlich die Schachfiguren?«, überlegte Conny laut.

»Machterleben«, antwortete Tuulia, wie aus der Pistole geschossen. »Zum einen hat sie die Personen, die für ihre Mutter vermeintlich übergroß waren, die sie langsam kaputt gemacht haben, zu kleinen Spielfiguren degradiert ...«

»... die sie nach Lust und Laune auf dem Spielbrett verschieben konnte«, ergänzte Tobias.

»Ganz genau! Und zudem hat sie uns, die Polizei, lange vor sich hertreiben können.«

»Es lag vollkommen in ihrer Hand, wann wir einen Schritt weitergekommen sind«, sagte Gottfried düster.

»Trotzdem waren wir ihr am Ende den entscheidenden Schritt voraus«, griff Tuulia das Bild auf, »und das allein zählt. Aber ...«, sie machte eine Pause, sammelte sich, denn was sie jetzt sagen wollte, was sie jetzt sagen musste, hatte keiner, wirklich niemand von ihnen, auch nur ansatzweise geahnt. Sie selbst hatte es kaum glauben können, gestern spätabends, als alle längst nach Hause gegangen waren und sie, allein im dunklen Archiv, verstanden hatte, dass Nina Arndts Rachefeldzug viel früher begonnen hatte.

»Aber«, begann sie erneut, »ihr Triumph dauert in Wahrheit schon viele Jahre an.«

»Häh, wie meinst du das?« Tobias runzelte die Stirn.

»Es gab bereits einen tragischen Todesfall. Und zwar vor zehn Jahren. Genauer vor neuneinhalb Jahren.«

»Ich verstehe nur Bahnhof.«

»Vor zehn Jahren hat sich Nina Arndts Mutter, Ulrike Landwehr, das Leben genommen. Und nur ein halbes Jahr später ist ihr Vater«, Tuulia ließ den Blick über ihre Kollegen wandern, »der Mann, der die kleine Ulrike jahrelang schwer sexuell missbraucht hat, seiner Tochter nachgefolgt. Sein vermeintlicher ›Suizid‹«, sie betonte den Begriff so, dass keine Fragen offenblieben, »fand am 15.08.2006 statt.«

Die Erkenntnis spiegelte sich nacheinander in den Gesichtern aller ihrer Kollegen.

»Nina Arndt war zu diesem Zeitpunkt 14 Jahre alt.«

Über die Autorin:

Antonia Richter wurde 1976 in Wiesbaden geboren. Schon in der Kindheit erwachte in ihr die Begeisterung für Bücher und Geschichten und mit ihr bald der Berufswunsch „Autorin!".

Nach dem zunächst hobbymäßigen Verfassen kleinerer Texte, hat sich das Schreiben weiterhin als roter Faden durch ihre bunte berufliche Laufbahn gezogen: Sie absolvierte eine Ausbildung zur Verlagskauffrau im Musikverlag und arbeitete dort mehrere Jahre in der Fachzeitschriftenabteilung, bevor sie ihr Studium der Psychologie aufnahm.

Während und nach ihrem Studium arbeitete sie im Bereich der Kinder- und Jugendhilfe, in einer Poliklinischen Ambulanz für Psychotherapie sowie als Therapeutin in einer Tagesklinik für Psychiatrie und Psychotherapie.

Neben der praktischen Arbeit gefiel ihr das wissenschaftliche Schreiben an der Uni besonders gut, so dass sie sich nach ihrer Diplomarbeit dafür entschied, eine Doktorarbeit anzuschließen.

Während des Verfassens ihrer Dissertation wurde erneut der Wunsch laut, für Leserinnen und Leser zu schreiben, sie spannend zu unterhalten, auf falsche Fährten zu locken und zu überraschen. Seit Abschluss ihrer Doktorarbeit widmet sie sich ganz dieser Leidenschaft und schreibt mit großer Freude Krimis und Thriller, in denen sie menschliche Abgründe hinter dem scheinbar Normalen beleuchtet.

Antonia Richter lebt mit ihrem Mann in Rheinland-Pfalz.

Bereits erschienene Fälle von Tuulia Hollinder:

Wie Du es versprochen hast - Ein Mainz-Krimi

Auf den Stufen eines verschlossenen Vorlesungssaals der Johannes Gutenberg-Universität wird am Morgen nach der großen Sommerparty der Psychologen die Leiche der Doktorandin Penelope Sander gefunden. Tuulia Hollinder, die junge Ermittlerin der Mainzer Mordkommission, und ihre Kollegen entdecken keinerlei Spuren von äußerer Gewalteinwirkung - der Fall gibt ihnen Rätsel auf. Erst als ein weiterer Akademiker stirbt, wird klar, dass mit dem Mord an Penny ein tödlicher Wettlauf begonnen hat. Buchstäblich in letzter Sekunde erkennt Tuulia Hollinder, dass sich hinter dem Fall viel mehr verbirgt, als sie alle zunächst angenommen hatten ...